U0927191

下

希区柯克
悬念故事全集

Alfred Hitchcock Movie Stories

冯小晏 编译

〔插图珍藏本〕

CS 湖南文艺出版社 HUNAN LITERATURE AND ART PUBLISHING HOUSE 博集天卷 CS-BOOKY

图书在版编目（CIP）数据

希区柯克悬念故事全集. 下 / 冯小晏编译. —长沙：湖南文艺出版社，2014.1
ISBN 978-7-5404-6504-9

Ⅰ. ①希… Ⅱ. ①冯… Ⅲ. ①故事–作品集–美国–现代
Ⅳ. ①I712.45

中国版本图书馆CIP数据核字（2013）第282862号

©中南博集天卷文化传媒有限公司。本书版权受法律保护。未经权利人许可，任何人不得以任何方式使用本书包括正文、插图、封面、版式等任何部分内容，违者将受到法律制裁。

上架建议：畅销・小说

希区柯克悬念故事全集（下）

编　　译：冯小晏
出 版 人：刘清华
责任编辑：薛　健　刘诗哲
监　　制：张应娜
特约编辑：薛　婷
封面设计：吕彦秋
版式设计：崔振江
出版发行：湖南文艺出版社
（长沙市雨花区东二环一段508号　邮编：410014）
网　　址：www.hnwy.net
印　　刷：北京京都六环印刷厂
经　　销：新华书店
开　　本：787mm × 1092mm　1/16
字　　数：624千
印　　张：31
版　　次：2014年1月第1版
印　　次：2014年1月第1次印刷
书　　号：ISBN 978-7-5404-6504-9
定　　价：38.00元
（若有质量问题，请致电质量监督电话：010-84409925）

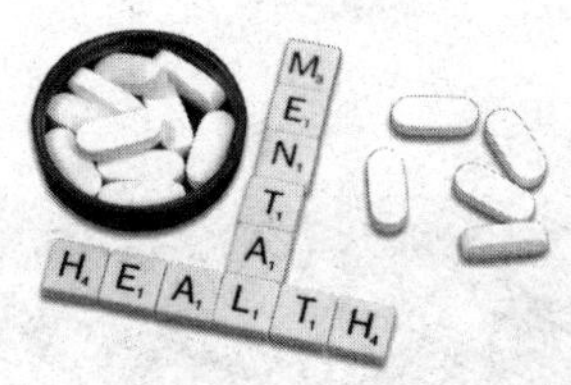

目录
Contents 下册

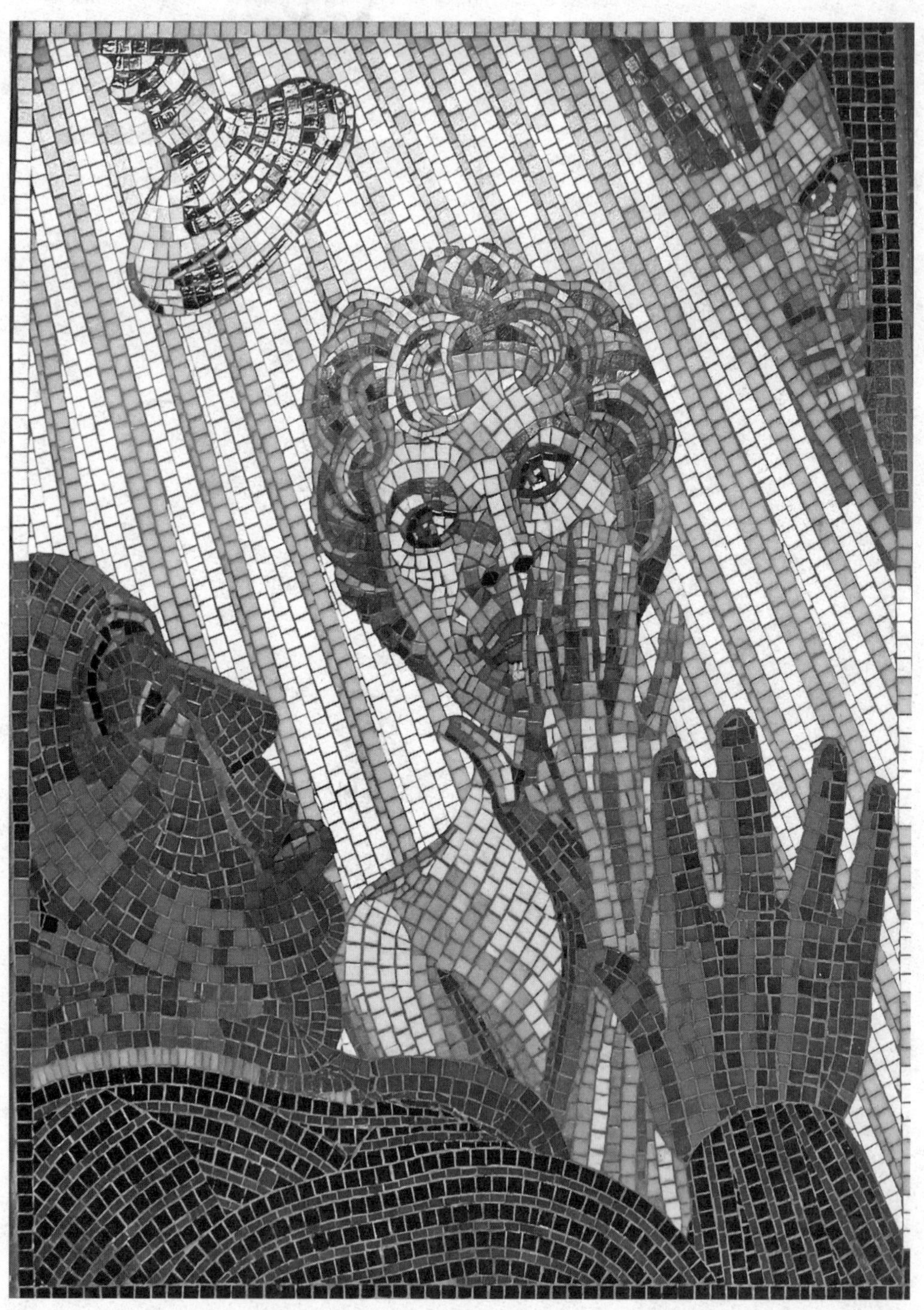

后窗

这片区域都是老式的公寓，楼与楼的间距很近，四面围成一个院子，从窗口望出去，能清楚地看到对面或侧面楼房窗口的邻居。

这个清晨，小猫在玩耍，阁楼上的鸽子在悠闲地梳理着羽毛。

杰弗里就住在其中的一间，此时他还没有醒来。天气实在太热了，快接近35摄氏度了，他的额头上全是细密的汗珠。

对面二楼的作曲家刚刚涂上剃须膏准备剃须，但收音机太吵了，他不耐烦地关掉了。

三楼的一对夫妇为了凉快些，睡在阳台上。挂在栏杆上的闹钟响了，丈夫先坐了起来，又推醒了妻子。

对面二楼还住着一位年轻的芭蕾舞演员，穿着粉色的短裤和文胸，一边压腿，一边烤着面包。

轮椅上的杰弗里还在睡，没错，他是坐在轮椅上，因为他的左腿打了石膏。房间里有很多摄影器材和黑白照片——和战争有关的照片，还有原子弹爆炸的照片。除此之外，桌上还摆着成摞的时尚杂志。

杰弗里正在用电动剃须刀剃须，突然电话铃响了。他拔掉剃须刀插头，接起电话。

“我是杰弗里。”

“恭喜你，杰夫！”电话那端的声音很愉快。

“什么事？”

“摆脱石膏呀！”

“谁说我摆脱了？”杰弗里一边听电话，一边看着对面阳台上乘凉的芭蕾舞演员。

“今天是星期三，七个星期前的今天你摔断了腿，不是吗？”

“乔纳森，你记性这么差，是怎么当上编辑的？”

“节俭、勤奋、努力工作，还有抓出版商的小辫子。我记错日子了吗？”

“没有，是记错了星期，我下星期三才拆石膏。”杰弗里无奈地拍了拍石膏。

“那太糟糕了，杰夫。我猜，我不可能每天都走运的。就当我没打过电话吧。”

对面的芭蕾舞演员跳起了舞，杰弗里目不转睛地看着。

“我真替你难过，乔纳森。我还有一个星期才能摆脱石膏，一定让你很难受。”

“我最好的摄影师没法儿工作了……你会错过一次极佳的任务。”

“去哪儿？”

芭蕾舞演员一边在冰箱中取食物，一边扭着屁股。

“现在说这个没用了。”

“别这样，去哪儿？”

“克什米尔，今天早上从中情局得来的消息，那地方要开战了。”

“我早说过要盯着那里。”

芭蕾舞演员一边吃早餐，一边跳舞，杰弗里看得笑了起来。

“的确。”

“好吧，我什么时候动身？半小时后？一小时后？”

“打着石膏？别做梦了。”

“别这么死板，我可以在吉普车上或者水牛背上拍照。”

芭蕾舞演员一边往面包上涂果酱，一边扭动着身体。

“你对我们杂志太重要了，好好养着，我会派摩根和兰伯特去。”

“好吧。我为了你差点儿死掉，你就这样报答我？”杰弗里不满。

“我又没让你站在赛道中间。”

“可你要求照片引人注目。你成功了。”

作曲家正叼着香烟谱曲，外面的噪声影响了他，让他无法安心。

“没错。再见，杰夫。”

“不，等一下，乔纳森。让我去吧。六个星期了，坐在这套小公寓里什么也做不了，只能看着窗外的邻居……”

“再见，杰夫。”

“不，乔纳森，我……如果你不把我从这无边的沼泽中救出来，我会做出疯狂的事的。”

对面二楼大腹便便的推销员从外面回来了，他的妻子似乎病了，正躺在卧室的床上用毛巾敷额头。

“例如？”

“例如，我会结婚，然后我可以想去哪儿就去哪儿。”

“你是该结婚了，趁你还没有变成孤寡老人之前。”

杰弗里忍不住笑了。

“是啊，瞧瞧我，在闷热的家里，听着洗衣机、洗碗机和倒垃圾的声音，还有那些妻子的唠叨。”

“杰夫，现在的妻子不再唠叨了，她们只是在讨论。”

推销员的妻子就在唠叨。她指着手表，似乎在抱怨丈夫回来太晚，推销员不耐烦地走开了。

“是吗？是吗？在高档住宅区可能是这样，在我这儿，她们还在唠叨。”

的确，推销员的妻子无休止地唠叨。不知为什么，她忽然大吵了起来，还把书扔在地上。推销员先是捡起了书，后来又因为妻子无休止的大吵而把书狠狠地摔在地上，走了。

“是吗？可能吧，回头再联系，杰夫。”

“下次带点儿好消息来，行吗？”

杰弗里打着石膏的腿忽然痒了起来，他无计可施，使劲儿拍打甚至用拳头砸都不管用。他忽然想起旁边的痒痒挠，就费力地将它从裤子的边缘伸进去，终于解决了这个难题，这才放松下来。

推销员走进院子，侍弄种在矮墙边的花。一楼的胖太太看到后忍不住说：“换成我，就不会挖得那么深。你浇的水太多了！”

推销员语气生硬地说：“您为什么不闭嘴呢？”胖太太生气地走开了。

“纽约州判偷窥者汤姆入狱六个月。”斯泰拉走进门揶揄道。这是一位干净利落的女士，年近五十岁。

“你好，斯泰拉。”杰弗里向她打招呼。

“监狱里可没有窗户。如果是从前，他们会用烧红的烙铁把你的眼珠挖出来。”斯泰拉一边摘掉帽子，一边说，“为了偷窥比基尼而挨烙铁，值吗？”

杰弗里装作没听见。

“天哪，我们快变成一群偷窥狂了。”斯泰拉看着全部敞开的窗户，“‘人们应该离开自己的房间，去外面的世界寻找新生活’，这朴素的人生观怎么样？”

“不错，挺精彩的。”

“今天不用量体温了吧。”杰弗里请求。

“安静。”显然他的请求不管用，斯泰拉不由分说地将体温计放入杰弗里嘴里。“看看你是否到了38摄氏度。我本该是个吉卜赛预言家，而不是保险公司的护士。”斯泰拉一边整理按摩床，一边说，“我有个能预知灾祸的鼻子，可以闻到十英里之外的麻烦。你知道1929年的股市大崩盘吗？”杰弗里含着体温计点头，“我预测到了。”

“你怎么做的，斯泰拉？”杰弗里问。

“简单，我当时在护理通用电气公司的老板。”斯泰拉抖开床单，“他们说他得了肾病，但要我说他得的是神经病。于是我问自己，他为什么紧张生产过剩。我猜，他是担心破产。如果通用电气的老板每天要上十次洗手间，其他公司就更别提了。”

“斯泰拉，从经济学的角度看，肾病和股票是扯不上关系的，风马牛不相及。”杰弗里忍不住从嘴里取出来温度计，发表自己的见解。

“但股票跌了，不是吗？”

“是的。”杰弗里没办法否认这个。

“我在你这套公寓里也闻到了麻烦，”斯泰拉肯定地说，“先是你摔断了腿，然后又从窗口看你不该看的东西，麻烦！”斯泰拉走到杰弗里身边，“我可以想象到你在法庭上被一群律师包围着，你辩护说：‘法官大人，那不过是一点儿毫无恶意的消遣，我喜欢我的邻居，像父亲一样喜欢他们。’法官说：‘好吧，祝贺你，你只需要在监狱坐三年牢。’”斯泰拉的描述绘声绘色。

“现在我就喜欢麻烦。”杰弗里有点儿忍俊不禁。

“你的激素分泌不足。”斯泰拉肯定地说。

“只看体温计，你怎么会知道？”

“那些洗澡的美女一个月也没能让你的体温升高一度。来吧。”斯泰拉帮助杰弗里趴到按摩床上。

“还有一个星期。我认为你是对的，我这里是有点儿麻烦。”杰弗里认可了斯泰拉的“麻烦”论。

“我就知道。”斯泰拉将按摩乳膏拍到杰弗里的背上。

“哦，你就不能先预热一下吗？”杰弗里被刺激得抖了一下。

“这是为了刺激你的血液循环。”斯泰拉回答。

“知道了。”

“你说的是什么麻烦？”

“丽莎·弗里蒙特。”

“开玩笑，她可是个大美人！而你又是个健康的男人——一个四十岁左右摔断腿的健康男人。”

“但愿我能娶她。”

“这很正常。”

“可我不想。”

“那可不正常。”

“我只是还没准备好结婚。”杰弗里解释。

“每个男人都准备好了，只要有了合适的女孩。丽莎是每个男人都梦寐以求的女孩。”

“她确实很好。”杰弗里在艰难地寻找着形容词。

“你们吵架了？”

“没有。”

“她父亲要拿枪打你？”

“什么？”杰弗里觉得匪夷所思，“别这样说，斯泰拉。”

“这种事时常发生，你知道的。世上最美满的婚姻往往开始于‘严密监视之下’。”斯泰拉喜欢引经据典。

“她不适合我。”杰弗里直接下了结论。

“她很完美。”这是斯泰拉的结论。

“她太完美、太优秀、太美丽、太成熟，总之，太好了，但不是我要的。”杰弗里的表情不知是纠结还是矫情。

“她哪里不好，说说看。”斯泰拉说着，又倒了另一只瓶子里的东西。杰弗里又被刺激得抖了一下。

“很简单，斯泰拉，她属于公园大街那种高雅氛围——住高档酒店，出席有品位的鸡尾酒会。”

“有头脑的人可以适应任何环境。”

“你能想象她跟一个带着相机、没有积蓄的男人浪迹天涯吗？她要是普通一点儿，那该有多好……”杰弗里纠结的就是这个。

“你永远不打算结婚？”斯泰拉问。

“没准儿过几天我就会结婚。”按摩结束了，杰弗里回到了轮椅上，“如果我要结婚，绝不能找一个只知道买新衣服、吃龙虾大餐、爱打听花边新闻的女人。我需要一个愿意——扶我一下——愿意跟我去任何地方、做任何事的女人。所以，我还是放弃对她的幻想，让她找别人好了。”

“我明白了。‘离开我吧，完美的女神，我配不上你。’”斯泰拉和杰弗里说话时总是极具讽刺意味，“虽然我没读过太多书，但是我可以告诉你，如果两个人一见钟情，他们就该砰一声撞在一起，就像马路上的两辆出租车一样，而不是坐在那里，像分析标本一样分析彼此。”斯泰拉收好东西。

“对婚姻来说，这可不理智。”

“理智？没有比理智更容易招惹麻烦的了，那就是所谓的现代婚姻。”斯泰拉不认同。

“我们在情感上更成熟。”杰弗里辩解道。

“胡说！以前的人只要见个面，觉得心动，就结婚。现在呢？读一大堆书，用复杂的术语相互分析，弄得相亲像公务员考试一样了。”

“人们的情商各不相同。”

“我和迈克尔结婚时就有性格差异，现在依然如此，但是我们珍惜在一起的每一刻。”斯泰拉认真地说。

“真好。斯泰拉，你能帮我做一个三明治吗？”观念不同，杰弗里不想再多说了。

“好的，我要在面包上涂点儿‘常识’，丽莎非常爱你，听我一句，娶她吧。”

“她给了你多少钱？”杰弗里问。斯泰拉惊愕得一时不知怎么回答，气得转身走开了。杰弗里满意地笑出声来。

窗外，推销员干完活儿回去了。胖太太将报纸盖在头上，在躺椅上睡着了。芭蕾舞演员在窗前梳理着头发。

侧面二楼新住进来一对夫妇，刚拿到钥匙。高大的丈夫西装革履，很绅士，娇小的妻子是个温柔淑女。两人显然还是新婚，亲热又腼腆。房东给了钥匙刚走出去，夫妻俩就迫不及待地拥抱在一起。但是房东很快又提着他们的箱子送了进来，两人立刻不好意思地分开了。终于，房东告辞，带上门走了。两个人无所顾忌地拥吻。丈夫打开门看了看外面，没有人。他便拉着妻子走出去。很快，他抱着妻子重新走进门，又是一阵热吻。妻子忽然想起了什么，提醒丈夫窗子是开着的。于是，丈夫放开妻子，拉上了窗帘。

杰弗里目不转睛地看着，连斯泰拉走到他身边都没发觉。

“偷窥高手！”斯泰拉这样喊他。

夜幕降临，回到公寓的人们像清晨一样忙碌着。

杰弗里正在小睡。一个美丽的女子来到他身边，她俯身的阴影让他醒了过来。杰弗里一睁开眼睛，就看到这张美丽的脸。的确是一个美丽的女子。她有着精致的五官和一头金色的鬈发，洁白的牙齿像她颈间的珍珠项链一样明亮，一双美丽的大眼睛好像会说话。

杰弗里笑了，于是，一个吻落在他的唇上。

“腿怎样了？”丽莎问。

“还有点儿疼。”

“肚子呢？”

“空得像个足球。”

“爱情呢？”

“一般。”

“有什么困扰吗？”

“你是谁？”

“看仔细了，丽莎·卡洛·弗里蒙特。”丽莎打开了房间所有的灯。

“这位就是一条裙子从不穿两次的丽莎吗？”丽莎今天的确穿了一条新裙子，高贵典雅，非常符合她的气质。

“这是专门定做的，刚刚从法国空运过来。你觉得会大卖吗？”丽莎转了一圈，披肩和裙摆都随之飘了起来。

“那得看价格如何，还要加上空运费用、关税等等……”

“1100美元，很划算。”

“1100？”杰弗里觉得难以置信，“应该把它送到股票交易所去上市。”

“我们今天卖了一打，都是这个价格。”

“谁买呢？收税的吗？”

“即便让我自己花钱，也值得。只在重要场合穿。”

“有重要的晚会吗？”

“就在今天，今晚。”丽莎好像在找什么东西。

“这只是一个普通的星期三晚上。日历上多的是。”

“今晚是‘L.B.杰弗里摆脱石膏前的最后一星期’公开首演。”

“哦，我可没看到有人买票。”杰弗里自嘲道。

“那是因为，今晚我包场了。”丽莎终于找到了要找的东西，“这盒烟曾风靡一时。”

“我在上海买的。那地方也曾风靡一时。”

“都裂开了，你从未用过。它太奢华了。我送只普通的银烟盒给你，刻上你的名字。”丽莎甜甜地笑着。

“我可不想花你的辛苦钱。”杰弗里淡淡地说。

“我愿意。”丽莎深情地说。

一阵敲门声传来。“噢！”丽莎兴奋地跑去开门，“你觉得我们共进‘21号餐厅’的美味晚餐如何？”

“难道你喊救护车了？”杰弗里无法同意。

“不，比那更好，‘21号餐厅’！”丽莎打开门。“21号餐厅”的侍应生就站在门外。丽莎站到门边，杰弗里笑了，但并不是惊喜。

“多谢你，卡尔，厨房在左边，我来拿酒。”丽莎说。

“晚上好，杰弗里先生！”侍应生殷勤地向他问好。

“卡尔。”杰弗里回应，显然与之相熟。

“把东西放到烤箱里就行了。”丽莎叮嘱道。

“好的，女士。”

“我们来开酒。是蒙拉谢法国葡萄酒。”丽莎将冰桶放在杰弗里旁边。

“要用大杯子。那儿有开瓶器，让我来。”

“这个够大吗？”丽莎找了两只大的高脚杯。

“够了。”

“我想不出比困在家里更乏味的事了。上个星期肯定是最难熬的。”丽莎说。

“让我来吧，先生。”侍应生接过开瓶器。

“好吧。是的，我真想把这东西弄掉，好好地活动一下。”杰弗里拍打着石膏。

“我要让这个星期成为你最难忘的一个星期。”丽莎笑容明媚。

“好的，谢谢。”侍应生把酒递给杰弗里。

“等我一下，卡尔。”丽莎去拿钱包，“打车的钱也在里面了。”

“谢谢您，弗里蒙特小姐。祝您用餐愉快，杰弗里先生。”侍应生告别。

“好的，晚安。”

“晚安！”

“今天可真忙呀！”丽莎笑着感叹道。

“你累了。”

“一点儿也不。整个上午都在和老板开会，然后赶去见杜弗兰太太，她刚从巴黎带回一些商业信息。然后又去‘21号餐厅’和代理商吃午餐，于是我在那儿订了晚餐。”丽莎倒了两杯酒，递给杰弗里一杯，“然后连开了两场秋季服装展示会，与利兰和海沃德喝鸡尾酒，我们准备开一场新的发布会。接着赶回来换衣服。”

“告诉我，海沃德太太穿什么？”

“她看上去太美了。她穿着上等的意大利手工印制的——”丽莎放下酒杯，一边描述，一边感叹。

“意大利的？”

“哦，意大利的，想想看——”这句话没有说完，“我今天在报纸上用了三个专题来介绍你。”丽莎转移了话题。

“真的？”

“知名度是钱买不到的。”丽莎提醒。

“我知道。”

“有一天，你也许会在这里开个属于自己的工作室。”又转移了话题，这正是丽莎所希望的。

“我怎么顾得过来？如果我在——比如说——巴基斯坦——”杰弗里从容接招，他早有思想准备。

“杰夫，别再四处奔波了，你可以自己挑选工作。”丽莎坐到杰弗里对面，说道。

“希望能有我喜欢的。”杰弗里并不积极。

“那就创造一个。”丽莎建议。

“你是说，离开杂志社？”杰弗里表情冷淡。

“是的。”

“为什么？”

“为了你和我。”丽莎请求道，“我可以提供一打工作任你挑选：时尚杂志、人物摄影……”杰弗里一边喝酒一边笑，“别笑，我是认真的！”

“那才是我害怕的。你能想象我开着吉普车，穿着军靴，胡子拉碴地去参加时尚沙龙吗？能吗？”

“我能想象。你会是个英俊的身着法兰绒西装的成功人士。”丽莎有自己的憧憬。

“我们别说这些废话了，好吗？”杰弗里有些不耐烦。

“我还是去准备晚餐吧。”丽莎很无奈。她失望地去了厨房，杰弗里的目光又投向了窗外。

推销员的妻子在吃药。

一楼的单身女士在梳妆打扮。她看似准备了两个人的餐具，点了蜡烛，还开了一瓶酒。似乎有人敲门，单身女士开门迎接，事实上门外空无一人，这一切都是她的幻想。她就这样幻想着与人对话，迎接他进门，并与之共进晚餐。当然，这个虚拟人物一定是男士。她甚至幻想对方亲吻了自己的脸颊，并陶醉地体会那种感觉。杰弗里匪夷所思地看着这一切。单身女士向对方举杯，不知是出于调侃还是怜悯，杰弗里也举起了自己的杯子。单身女士的表情就像对面真的坐了一位男士，可她总是失神，一脸落寞与伤感。终于，她颓然地伏在餐桌上哭了起来。

“可怜的单身女士。至少，你不用为此烦恼。”杰弗里对铺好桌布的丽莎说。

“你怎么知道？你能从这里看到我在第63大道的公寓？”丽莎也一脸伤感。

“不，不能，不过有套小公寓也许和你的公寓一样热闹。你还记得特索小姐——那个芭蕾舞演员吗？”特索小姐的公寓正在办聚会，不过她请来的全是男士。“她像个蜂王一样挑选着雄蜂。”杰弗里评论道。

“她正在做一件危险的事——招蜂引蝶。”丽莎平静地说。

特索小姐拿了一杯酒给阳台上的一位中年绅士，对方搂住她亲吻，特索小姐半推半就。但是她并没有忘记房间中还有两位，所以很快推开身边的人回到房间里。

“她选了个最富有的家伙。”杰弗里说。

“她不爱他，也不爱另外两个。”丽莎以女性视角评价道。

“你怎么知道？”杰弗里问。

“你说它的公寓和我的一样，不是吗？”丽莎回敬道。

新婚夫妇的窗帘一直拉着，杰弗里很遗憾什么都看不到。

推销员已经做好晚餐，端给卧病在床的妻子。“但愿你这次煮熟了。”妻子边说边坐起身。推销员拿了个靠枕放在妻子身后，并吻了吻她的头发。妻子开始吃晚餐，推销员回到客厅打电话。他的妻子好像感觉到什么，悄悄地下床去看。推销员并没有注意到妻子，他拿着电话坐在了沙发上，似乎说得很开心。他的妻子一定是听到了什么，大声说了出来。推销员立刻挂断了电话。他的妻子一直在说，好像在学他，一边学，一边大笑，让推销员非常恼火。

作曲家正在弹钢琴。“这美妙的音乐来自哪里？”丽莎端着食物走出厨房。

“是对面的作曲家。他一个人住，可能经历过一段不幸的婚姻。”杰弗里猜测。

“太美妙了！”丽莎再次赞美道，“就像是专门为我们谱写的。”丽莎将螃蟹放到杰弗里的餐盘中。

“难怪他写得那么费劲儿。”杰弗里故意唱反调，丽莎顿时黯然神伤。

“至少你应该说晚餐还不错。”

“丽莎，棒极了！你一向如此。”杰弗里在语言上很配合，但是态度实在勉强，让失落的丽莎不知道说什么好。

晚餐结束了，丽莎坐在沙发上和杰弗里谈话，态度很严肃。

“人与人之间没有那么大差别，我们都吃饭、喝水、聊天、穿衣——”

“你瞧——”杰弗里打断她。

“如果你有难言之隐，想对我隐瞒，我可以理解。”丽莎抢着说。

“我没有隐瞒什么——”

“还说没有！”这次是丽莎打断他，“你去过的地方与这里有什么不同，让你觉得无法适应别人？”

“有的人可以。如果你听我解释——”

丽莎的话里明显带着怒气，她不再温柔地任由杰弗里在语言和态度上随心所欲了：“你的工作除了观光、不停地拍照，还有什么？不过是不停地四处旅行罢了。”

“这是你的想法。现在听我说。”丽莎的这句话显然让杰弗里很不快。

“真可笑，我就不信除了你，别人都做不到。”丽莎回应道。

“也许我没说清楚，但那是事实。只要你闭嘴，我就可以证明我的观点。”杰弗里不但态度不好，言语也粗鲁起来。

“如果你的意见和态度一样粗鲁，我肯定无法接受！”丽莎警告他。

“别这样，冷静点儿。”

“‘我适应不了这里，你适应不了那里’，照你的说法，人们就不应该在一个地方生老病死——”丽莎并不罢休。

“闭嘴！”杰弗里的声音提高了八度，“你吃过鱼头和糙米吗？”

“没有。”丽莎实话实说。

“跟我在一起就得吃。”

“你坐过飞行高度15000英尺、气温零下20摄氏度的飞机吗？”杰弗里接着说道。

“经常那样，就在午餐后的几分钟。”

“你遭遇过枪击吗？筋疲力尽过吗？因为你拍的照片令人不悦而遭人暴打过吗？在丛林中穿高跟鞋真是个好主意——尼龙裙子和六英寸的高跟鞋。”

“三英寸！”丽莎生气地纠正。

“好吧，三英寸，在芬兰穿肯定很棒，如果你没被冻死的话。”

“我知道穿什么衣服！”

“对，在巴西要穿雨衣，即便没有下雨。丽莎，这种工作只能带一只箱子，没有旅馆住，睡眠和洗浴都没法儿保证，有时候食物也是用最令人恶心的动物做的。”

“你用不着为了吓我而故意说得这么可怕。”

“故意说得可怕？我已经轻描淡写了。你得承认，你适应不了那种生活，几乎没有人做得到。”

“你真的不可理喻！”丽莎找不到合适的词，气得转过头去。

“我没有，这是事实。”

“你本可以说这只是个漫长的假日来鼓励我。”丽莎的声音忽然伤感极了。

“等一下，等一下，如果你想克服这一切，我很愿意帮助你。”杰弗里也温和下来。

“不，算了吧。”丽莎真的伤心了，眼里都是泪，“就是这样——你不愿意留下来，我也不会跟你走。”

“那会是个错误。”

“我们中的一个不能改变吗？”丽莎又问了一遍。

“看来暂时不会。”杰弗里摇头。

“我爱你，我不在乎你以什么为生，我只想成为你生活的一部分。”丽莎开始戴手套，“真遗憾，看来只能靠订阅你所在的杂志来了解你的工作了。看来，我没有想象中那么坚强。”她忍着泪，声音越来越低。

“不是你的错，你已经适应了这里的生活。”杰弗里的声音很温柔。

“不完全是。”丽莎披上披肩，拿着手包离去，头也没有回，“再见，杰夫。”

“你是说晚安？”

“不，我说的是再见。”丽莎打开门。

“丽莎？”杰弗里着急地喊着，丽莎停了下来，“为什么我们不能……为什么我们不能维持现状呢？”

“不考虑将来吗？”丽莎转过身来。

“什么时候能再见到你？”杰弗里不回答她的问题。

“不会太久……至少在明晚之前。”丽莎走得很快，但她的语气明显还是不舍得。

丽莎走后，杰弗里一个人郁闷了一会儿，又开始看窗外。后来，他就在轮椅上坐着睡着了。忽然，窗外下起了雨，杰弗里醒了，又看向窗外。

这天晚上，二楼推销员家的百叶窗一直拉着，不知道为什么。

睡在阳台上的夫妇手忙脚乱地往房间里搬东西，忙乱中把挂在栏杆上的闹钟碰到了楼下。闹钟在楼下疯狂地响着，丈夫进门时简直是栽进去的。杰弗里看到这些，忍不住笑了。

正在这时，推销员穿着雨衣，戴着帽子，提着他的推销箱走出门去。杰弗里觉得很奇怪，他看了下手表，是凌晨1点55分。杰弗里一直关注着对面。凌晨2点35分，推销员从外面回到了家。

作曲家醉醺醺地回来了，淋了雨，显然心里很不痛快，也有着怀才不遇的悲凉。他来到钢琴旁，将已经完成的乐谱全扫到地上，然后整个身体跌进沙发里。

没过多久，推销员又出门了。杰弗里觉得越发奇怪，想了又想。不知过了多久，打盹儿的杰弗里忽然醒过来，看到推销员还没有回来。

芭蕾舞演员刚刚回到家，正在推拒送她回来的男子，好不容易才锁上房门。

雨越下越大，推销员终于回来了。一整晚，推销员家的百叶窗一直没有打开过。杰弗里一直看着，他困极了。

天刚亮的时候，推销员和一位戴着宽檐帽的女士走出了家门。可惜杰弗里刚刚睡着，没有看到。

在忙碌的清晨，一楼的胖太太雕塑着她称为《饥饿》的作品。芭蕾舞演员依然一边跳舞，一边准备早餐。三楼经常睡在阳台上的妻子用一只小篮子装着她那可爱的小狗，利用滑轮送它到院子里玩耍。

斯泰拉已经来了，一边给杰弗里按摩，一边说：“你以为下雨后就会降温吗？只会变得更闷热。”

“就是那里，就是那里酸痛。”杰弗里说的是左肩。

“如果你每晚睡在床上，而不是睡在轮椅上，保险公司会很高兴的。”

“你是怎么知道的？”杰弗里问。

“你满眼血丝。一定是盯了窗外好几个小时。”斯泰拉一语中的。

“的确。”

“如果被人发现了，怎么办？”

“那得看是被谁发现了，如果是特索小姐——”

“别乱想了。”斯泰拉打断了他。

“她肯定是个及时行乐的人。”

“对，酗酒、发胖，最后晚景凄凉。”这就是斯泰拉的说话风格。

“可能吧。说到凄凉——可怜的单身女士。她又一个人喝到睡着了。”

“可怜的人，有一天她会找到幸福的。”

“对，不知道谁这么倒霉。”

“附近有人适合她吗？”女人总是过于热心。

“不知道。也许那个推销员适合。”

“跟妻子闹翻的那个？”

“我不太明白，昨晚下雨时，他带着他的推销箱子出去了好几次。”杰弗里想了一夜，也没想通推销员如此奇怪的表现。

“他本来就是个推销员，不是吗？”

“凌晨2点出去推销什么？”

“手电筒、夜光表、能发光的门牌号码。”斯泰拉列举着。

“我看不像，我看他是在往外搬东西。”杰弗里猜测着。

“那是他自己的事。他想抛弃她，这个懦夫。”斯泰拉其实也在猜测。

“走为上策。”

“没种的男人才那样做。今天早上怎么样？有什么进展吗？”斯泰拉扶杰弗里坐回轮椅上。

“没有，百叶窗一直拉着。”

“这么热的天气？”

“是的。”

“现在打开了。”斯泰拉看了一眼，说。

杰弗里一惊，立刻回头看。的确，厨房和客厅的窗帘打开了，卧室的窗帘依然拉着。此时，推销员正站在客厅的窗边往外看。

“退后！退后！”杰弗里摇着轮椅。

“去哪儿？”

“别让他看见。”杰弗里躲进房间的阴影，和光线好的窗边拉开距离。

“怎么了？”

“那家伙在看窗外，你瞧。退后，他会看见你的。”杰弗里拉着斯泰拉。

“我又不会害羞，我经常被人看。”斯泰拉不理解地说。

“他的表情很怪，”——推销员伸头观察着窗外，——“只有当担心别人发现自己的秘密时，才会有这种表情。”杰弗里分析着。

推销员好像发现了什么，离窗边更近地往下看。三楼的小狗正在推销员种的花旁边刨着什么。一楼的胖太太隔着栅栏赶小狗：“走开，快回去，他会来抓你的！”显然是在发泄上次的不满。小狗跑开了。

“再见，杰弗里先生，明天见。”斯泰拉说。

“嗯。”

“别再睡在轮椅上了。”

“嗯。”

推销员正在用抹布擦拭着他的推销箱的内部，杰弗里突然脸色一变。

“‘嗯’，‘嗯’，就知道‘嗯’。”斯泰拉抱怨。

“斯泰拉，把望远镜拿给我好吗？”

“麻烦。我知道了。真希望你早点儿拆石膏，我就再不用来了。”斯泰拉一副受不了的表情。

“嗯。”

望远镜里，推销员正把他的人造珠宝挂回推销箱，然后再次观察窗外。杰弗里小心地调整着自己的位置，待在光线暗的地方，尽量不让推销员看到。望远镜显然看得不够清楚，于是杰弗里拿出他的长焦镜头安到相机上，以自己没有受伤的腿作为支点，这次终于可以看清楚了。推销员从厨房的橱柜中拿出一把长刀和一把锯，用报纸包好，不知放在了什么地方，接着放松地伸了一个懒腰，躺在窗边的沙发上休息了。

杰弗里皱紧了眉头。

夜幕降临。

作曲家穿着大短裤打扫卫生，一边拖地，一边时不时地弹几个音阶。四楼的父亲为女儿换上了睡衣。推销员家的灯亮了，卧室的百叶窗依然没有拉开。三楼的妻子吹着口哨呼唤她的小狗，小狗欢叫着回到它的篮子里，又像坐电梯一样回了家。单身女士踩着缝纫机。芭蕾舞演员在窗边梳理着头发。胖太太正擦拭着她的雕塑作品。

杰弗里和丽莎紧紧拥抱着。房间里光线幽暗。

“一个女孩要怎样做，才能让你动心？”杰弗里怀中的丽莎闭着眼睛问。

“只要她够漂亮，什么都不用做。”杰弗里温和地笑着，“只要她够漂亮。”

“我不够漂亮吗？关注一下我吧。”丽莎亲吻着杰弗里。

“这样还不够关注吗？”杰弗里回吻她。

“我还要你的心，我要你的全部。”丽莎在杰弗里耳边轻声说。

“你从来都没有烦恼吗？”

“现在有一个。”丽莎搂紧了杰弗里的脖子。

“我也是。”

“说说看。”丽莎以为杰弗里的烦恼和自己的一样，那就是他们之间依然不能达成一致的问题。

“为什么……为什么一个男人在雨夜提着箱子离开家三次，又回来三次？”此时，杰弗里的思绪和注意力显然已经转移了。

“他喜欢享受妻子欢迎他回家的感觉。”丽莎还没有反应过来，依然沉浸在二人世界里。

“不，不，推销员的妻子可不会。”杰弗里一直在思考着，“为什么他今天不去工作？”

“做家务吧，很有趣的。”丽莎还是没有进入杰弗里的状态。

“那把杀猪刀怎么解释？还有一把锯，用报纸包着。”

“但愿没什么。”丽莎竟然没有害怕。

“为什么他一整天都不进妻子的房间？”杰弗里的问题一个接着一个，显然他始终被这些问题困扰着。

“我不敢回答。”丽莎依然与杰弗里缠绵着。

“我来回答：一定是发生了什么可怕的事。”杰弗里说。

“恐怕是发生在我身上了。”丽莎终于忍无可忍，睁开了眼睛，离开杰弗里的怀抱。杰弗里的心不在焉让她很难过。

“你怎么想？”杰弗里还没有注意到丽莎的心情，或者说这不是此时他关心的。

“我不想谈论恐怖的事。”丽莎整理着头发，然后点燃一支烟。

芭蕾舞演员趴在床上，一边吃东西，一边看杂志。

“他在几分钟前穿着汗衫出去了，”杰弗里皱着眉头，“到现在还没回来。那可不是件容易处理的事。如果你要分尸，你会从哪里下手？”

“杰夫，”丽莎睁大了眼睛，立刻伸手去开身边的吊灯，“坦白说，你吓着我了。”杰弗里并不在意，依然看着窗外，“杰夫，你听见了吗？你吓到我了！”丽莎不满地喊他。

“嘘！嘘！他回来了！”

穿着汗衫的推销员拿着一捆很粗的麻绳回到家里，直接走进了卧室。卧室的百叶窗依旧拉着。杰弗里拿起望远镜，但是，除了能看到卧室的灯亮起来和推销员晃动的人影外，别的什么都看不到。

“杰夫，管好你自己吧！”丽莎忍无可忍，用力地将杰弗里的轮椅转过来。

“怎么了？”

“看窗外消磨时间是一回事，但是像你这样用望远镜偷窥，而且满脑子胡思乱想，简直是变态！变态！”丽莎指责道，收起了望远镜。

“你以为我是在消遣吗？”

“我不管你叫它什么，如果你不停下来，我就马上走。你到底在看什么？”

“我只是想知道推销员的妻子怎么了。这有什么错？”杰弗里反驳道。

“你怎么知道她出事了？”

“太不正常了。她有病，需要有人贴身照顾，可是一整天都没有人去过她的房间，这是为什么？”

“也许是她病故了。”丽莎猜测着走开了。

“那怎么没有医生或者殡仪馆的人呢？”杰弗里摇着轮椅跟了过来。

“她可能服了镇静剂，睡着了。他回来了。”杰弗里立刻要到窗边去看，丽莎拉住他，“没什么可看的。”

“有，我从窗口都看见了。我看到他们争吵，丈夫凌晨外出，还有长刀、锯和绳子，而妻子从那时起就不见了踪影。你说她在哪儿？”

“我不知道。”丽莎无法回答。

“她在干吗？她在哪儿？”

“也许他们分居了。我不知道，我可不管。很多人家里有长刀、锯和绳子，而且很多丈夫整天都不和妻子讲话。很多妻子一唠叨，丈夫就心烦，所以吵架，但没人会因此杀人，别胡思乱想了。”

“你也想到谋杀了，不是吗？”杰弗里直接问。

“你看到他做这一切了吗？”丽莎反问道，这是最有效的回击武器。

“当然……”这次杰弗里回答不了。

“你看到了，因为窗帘是拉开的，你也看到了他在走廊、后院和街上的活动。杰夫，你觉得凶手会让你看到这些吗？难道他不知道拉上窗帘，掩人耳目？”

“这正是他聪明的地方。他装作若无其事。”杰弗里坚持自己的判断。

“这正是你糊涂的地方，凶手绝不会拉开窗帘炫耀犯罪过程的。”

“为什么不可以？”

“按照你的说法，那扇窗子里也有人在犯罪。”丽莎顺手指着窗外。

“哪儿？”杰弗里向外看去，然后才反应过来这只是丽莎的辩论手段，于是笑了，“哦，我不知道。”

忽然，丽莎紧盯着窗外，慢慢地站起身来。杰弗里拿起了望远镜。他们看到，推销员家卧室的百叶窗终于拉开了，床上是打成捆的行李和麻绳绑着的大箱子。推销员满头大汗，显然是刚刚做完这些。

“再从头说一遍，杰夫，告诉我关于你看到的一切和你对整件事的看法。”丽莎的眉头也皱了起来。

杰弗里的手一直放在听筒上，他在紧张地等待着。推销员家已经关了灯，但是能看到推销员坐在沙发上抽烟，那里有一明一暗的火光。

电话铃只响了半声，杰弗里就迅速地接起电话。

“喂？”

“二楼邮箱的名字是拉兹先生和太太，拉兹·索沃德。”是丽莎的声音。

“门牌号码是多少？”

“西九大街125号。”

“谢谢，亲爱的。”

“好的，长官，下一个任务是什么？”

“回家去。”

“好的，他现在在做什么？”

“他坐在黑暗的客厅里，还没靠近卧室。你回去休息吧，晚安。”

“晚安。”

第二天，杰弗里给他的朋友打电话，斯泰拉在为他准备早餐。

“什么事，杰夫？”

“多尤，这事不能在电话里谈，你得亲自过来看看。”

“很重要吗？”

“可能是起谋杀案。”

“你是说谋杀？”

“对，我说的是谋杀。”

“哦，别逗了。”对方显然不相信。

“我只是想帮你。我认为，一个称职的侦探不会放过任何机会。”

“我不上班。”

“什么？”

“我今天休息。”

“我最好的照片都是休息时拍的。”

“好吧，我会来的。”

“好的，多尤，快点儿！”

斯泰拉拿来三明治，又帮杰弗里倒上咖啡。“太谢谢你了，斯泰拉。”杰弗里迫不及待地铺好餐巾，看起来饿极了，“真是太棒了，难怪你丈夫还爱你。”

不过，斯泰拉今天的话尤其少。

“你给警察打电话了？”斯泰拉有点儿紧张。

“不算正式报警，他是我的朋友——一个普通的老朋友。”杰弗里回答。

“你认为他会在哪儿分尸？”斯泰拉一边看着对面，一边认真地问。正把咸肉往嘴里送的杰弗里停在了半路。

斯泰拉自顾自地说下去：“当然是在浴缸里。只有在那儿，他才能洗去血迹。”杰弗里看着咸肉，再也无法吃下去了。他刚喝了一口咖啡，听到“他最好在血流出来之前把那箱子弄走”，差点儿把咖啡吐了出来。顿时，他食欲全无，一脸的愁苦。

推销员躺在窗边的沙发上吞云吐雾。芭蕾舞演员穿着文胸和短裤到阳台上晾内衣，一边干活儿，一边扭动身体。杰弗里终于又笑了。新婚夫妇的窗帘终于拉开了，高大英俊的丈夫穿着背心和短裤在窗前透气。只是还没到一分钟，里面就传来了妻子的叫声，丈夫不耐烦地回去了。

“快看！杰弗里先生。”斯泰拉说。

推销员领着邮局工人来家里抬箱子。杰弗里急忙拿起望远镜，这时候推销员已经在单据上签了字，把箱子抬走了。

“如果早知道多尤赶不过来，我就会报警的。现在全完了！”杰弗里很后悔。

“别急。”斯泰拉说完，拔腿就跑。

“别做傻事！”杰弗里喊住她。

“我去看看搬运车的车牌。”斯泰拉说。

“我会盯着巷子。”杰弗里说完，拿起了望远镜。

箱子抬走后，推销员坐在客厅里打电话。杰弗里看出他拨通的是长途电话。斯泰拉刚跑到巷子口，但邮局的车刚好开走。斯泰拉冲着杰弗里的窗口遗憾地摊摊手，杰弗里快气死了。

终于，警官多尤来了，拿着杰弗里的望远镜看了半天。

“你没看到杀人或尸体，怎么知道是谋杀？”多尤问。

“因为他形迹可疑。雨夜外出，还有长刀、锯和用麻绳绑着的大箱子，现在妻子又不见了。”杰弗里的语气显然非常不满。

“我得承认是有点儿可疑，但是有很多种可能性，不一定是谋杀。”多尤不紧不慢地说道。

“多尤，你别告诉我他是个失业的魔术师，在用他的技巧取悦邻居，我才不信呢。”

“这样杀人太明目张胆了——在五十个窗口的注视下，然后坐下来抽雪茄，等警察来抓他？”多尤还是不相信。

“好吧，警官，就尽你的职责去抓他吧。”

“杰夫，你太不了解杀人犯了。”多尤收起望远镜，“为了抓住杀人犯莫伦，我们动用了超过一百个训练有素的警察。那个推销员是不会在晚饭后打昏妻子，然后把她扔进箱子藏起来的。”

“我打赌他已经这么做了。”杰弗里依然相信自己。

“所有凶手作案后都会惊慌失措，例外的概率只有千分之一。可是，你看，他还坐在那儿，一点儿也不慌张。”多尤耐心地解释着。

“你觉得，这都是我编的吗？”

“我觉得，你所看到的一切很容易解释。”

“比如说？”

“妻子去旅行了。”多尤来了一个随意的猜测。

“他妻子卧病在床。”

“对，你说过这个。”多尤看了看手表，显然不想在这里浪费时间，“杰夫，我得走了。我不会向上面报告的，我会私下调查一下，免得你又要写一些荒唐的报道。”

“多谢。”一个礼貌地点头，一个礼貌地讽刺。

“他妻子不见了，看看能不能找到她。”接着，多尤说，但是不像会有什么行动的样子。

“一定要找。”杰弗里用肯定的语气说。

“你最近头痛吗？”

“见到你之后才头痛。”

“会好的，等你的幻觉消失之后。”多尤微笑。

“再见。”杰弗里深深地感到无奈。

窗外，小狗在推销员种的花旁乐此不疲地刨着什么。正在这时，推销员走了出来，准备浇花。他走到小狗身边，摸了一下它的背，温和地赶走了它。杰弗里观察着，但是也看不出什么。

多尤再次来到杰弗里的公寓。

“他的公寓租期六个月，已经住了五个半月。不太健谈，喝酒但从不喝醉，准时付账，靠推销和批发人造珠宝为生。不太爱交际，邻居与他和他妻子都接触不多。”多尤一边喝酒，一边说。

“我想，我们再也没有机会和她接触了。”杰弗里打断他。

“她很少离家，但是昨天早上离开了。”

“她在哪儿？什么时间？”杰弗里问。

“早上6点。”

“早上6点，我猜，当时我正好睡着了。”杰弗里无比懊恼。

“太糟了。当时索沃德夫妇正离开。你是不是觉得自己有点儿傻？”多尤问。

“不，没有。”

忽然，多尤扭头看着窗外，眼睛发亮，唇角上扬。杰弗里看见他的表情，立刻回过头来。原来是芭蕾舞演员又在穿着文胸和短裤跳舞了。多尤是那种看到美女就走不动路的男人，还好只是喜欢而没有过分的举动。杰弗里当然了解他朋友的这种脾性。此时，多尤的眼睛都直了。

“你妻子还好吗？”杰弗里这样问。

“哦，她很好。”多尤如梦初醒，赶紧转过身来。

“谁说他们在那个时间离开的？”杰弗里问。

“谁？离开哪儿？”多尤显然还没有将美女从记忆里彻底清除。

“索沃德夫妇，早上6点。”

“大厦管理员和两个房客，而且是脱口而出，说法完全一致。他们去了火车站。”多尤回答。

“汤姆，人们怎么会那样猜想？难道他们的行李上写着去火车站吗？”杰弗里分析道。

“在他回来时，管理员遇见了他，他说，妻子去了乡下。”多尤又倒了一杯酒。

“我明白了，这个管理员可真容易被利用，查过他最近的银行账户吗？”

“什么？”多尤问。

“这些消息有什么用？”杰弗里快发火了，“都是凶手编造出来的对自己有利的二手信息。有人看到他妻子上火车了吗？”

“我提醒你，你说她被害了，但是有谁，包括你自己在内，看到她被害了吗？”多尤依旧不温不火地说。

“你在做什么？你到底是想破这起案子，还是嘲笑我？”

“可能二者兼而有之。”多尤的微笑简直有点儿戏弄的意味了。

“那么动手吧，去搜搜他的公寓，肯定会有确凿的证据。”杰弗里生气地挥舞着痒痒挠。

“我做不到。”

“我不是说现在，是指他出去喝酒或者买报纸的时候，也不会妨碍他。”

“他不在时也不行。”

“难道他有警察局的优惠券吗？”杰弗里又气又急地问。

“你简直快让我发疯了。”多尤的表情终于严肃起来了，“即便是探长，也不能随便搜查别人的公寓。如果我被人发现了，十分钟内就会被撤职。”

“那就别让人发现。如果找到证据，你就抓到了一个凶手，他们才不会在乎搜查的事呢。如果没找到，那人就是清白的。”杰弗里继续鼓动着。

“虽然很乏味，但我还是要提醒你，宪法规定，只有法官有权派发搜查令，而且前提是必须有证据。”事关工作与前途，多尤才不肯为了自己认为不可靠的事情冒险。

“那就给他证据。”杰弗里大方地说。

“像这样？‘法官大人，我有个朋友是业余侦探，有一天晚饭吃多了，他说纽约州的刑法是狗屁。’”多尤有点儿忍无可忍。

“你知道，到明天早上，可能什么证据都不剩了。你明白的！”杰弗里心急如焚。

“那会是侦探的噩梦。”多尤承认。

“到底要怎么样，你才肯去搜查？告诉我，要怎么样？一定要鲜血四溅吗？”杰弗里做着最后的努力。

“我不想被质问，是你打电话要我帮忙的，现在却苛刻得像个纳税人。”多尤不悦地说，“战争期间，我们是怎样在那架飞机上彼此忍受三年的？”

说起这个，两人的火气全消了。“我还是去火车站看看吧。”多尤看看表。

“算了吧，去找那箱子，索沃德太太在里面。”杰弗里建议。

“差点儿忘了，他家的信箱中有张明信片，是昨天下午3点半从梅里斯维尔寄来的，离这儿八十英里，上面说：‘安全到达，觉得好多了。爱你的安娜。’”

“安娜，就是……”

“索沃德太太。你还需要什么吗，杰夫？”多尤临走问。

“你最好让个好探长来。”杰弗里说。多尤笑了，不再理他。

忽然，杰弗里左脚的大拇趾痒了起来。因为上着石膏，腿无法弯曲，他费力地用痒痒挠够到这根遥远的大拇指，终于放松下来。

傍晚时分，杰弗里坐在轮椅上看着窗外，一个简单的三明治、一杯牛奶和长焦镜头相机一起放在桌上。

楼上的小狗又被篮子送到院子里，撒欢儿玩耍。一楼的单身女士坐在镜子前梳妆打扮。杰弗里一边吃着三明治，一边饶有兴致地拿起相机。镜头里，单身女士喝了一杯酒后，拿上手包准备出门。好像是为了鼓起勇气，她临出门前又倒了一点儿酒，一口喝了下去。

作曲家今晚西装革履，正在弹琴。他家今晚办聚会，来的都是年轻漂亮的女士。芭蕾舞演员正在与舞伴练习，老师坐在一旁的沙发上指导。

单身女士犹豫着走进街对面的酒吧，找了个靠窗的位置坐了下来——恰好对着巷子口，所以杰弗里能从窗口看到她。镜头里，推销员回来了。杰弗里调整了自己的位置。推销员手上拿着一只纸盒，回到家后直接进了卧室。纸盒打开后，里面是几件新衬衫和一些小物品。然后，他开始收拾东西。杰弗里赶紧拿起了电话拨号。

“你好，是多尤太太吗？”杰弗里压低声音。

“是的。”

“还是我。杰夫，汤姆回来了吗？”

“还没有，杰夫。”

“也没有打电话回来吗？”

“没有。有什么重要的事吗，杰夫？”

“是的，苔丝。”

“我一联系上他，就让他立刻给你回电话。”

“不必了，让他尽快来我这儿。看样子，索沃德打算今晚逃走。”

“索沃德是谁？”

“汤姆知道。苔丝，别担心。”

“晚安，你这傻瓜。”

“晚安。”

杰弗里密切观察着。索沃德从抽屉拿出一只女士手提包，去客厅里打电话——又是长途。他一边说话，一边从手提包里拿出一件件首饰，放在旁边的桌子上。

作曲家重重地弹了几个音阶表示欢迎。他家又来了一群人，热闹极了。嘈杂的声音打扰了杰弗里，他又开始观察的时候，推销员已经拿着手提包回到卧室，把它暂时藏在床上的西装底下。

门锁响动，丽莎来了。

“你好。”

“你头发怎么了？”

“我——”丽莎今天盘起了头发，一顶白色的小圆帽别在上面，还戴了面纱，和她穿的一身绿色套装以及耳环、手链非常搭配。

“看索沃德先生，他正准备逃走呢。”没等丽莎回答，杰弗里就快速地说。

“他好像不太着急。”

索沃德先生正在喝酒。

“他已经把东西都放在床上了，衬衫、西装、外套、袜子，还有他妻子留在床头的鳄鱼皮手提包。”

“手提包在哪儿？”丽莎对这个感兴趣。

“他藏在梳妆台抽屉里，之前一直在那儿，但是刚才他拿了出来，还打了个长途电话。包里有他妻子的首饰，看起来他似乎有些担心，正打电话找人商量。”

“那人肯定不是他的妻子。”丽莎肯定地说。

“对，我从未见过他找妻子商量什么事，她倒是很主动地找他。”

索沃德先生戴上帽子，关了灯，准备出门。

“他会去哪儿？”丽莎问。

“不知道。”

“万一他不回来呢？”丽莎担忧道。

“不会的，他的东西还在。”

“我想，现在可以开灯了。”丽莎提议。

“不，等一会儿。”杰弗里制止了她，拿着相机继续观察，“好的，开吧，他往右边去了。”

“我一整天都没有办法集中精力工作。”丽莎打开了所有的灯。

“想着索沃德的事？”

“还有你和你的朋友多尤。有他的消息吗？”

“没有。他去查火车站和箱子了，大概还没有忙完。你在想什么？”

“这很不对劲儿。”丽莎思考着。

“什么？”

“女人不会这么粗心的。”

“我不明白你的意思。”

“女人通常很喜欢自己的手提包，总是带在身边。”丽莎耐心地解释，“有一天她要出远门却没有带，为什么？”

“因为她不知道自己要出远门，或者她要去的地方不需要带包。”杰弗里分析。

“对，可是她丈夫知道。还有首饰，女人可不会把首饰胡乱地放在包里。”丽莎继续解释道。

“放在丈夫的衣服里？”杰弗里这次是瞎说。

“不会。她们也不会把首饰都放在家里。除了去医院，女人都要化妆、喷香水、戴首饰。”

“放在那里？”杰弗里将相机递给丽莎，“这是你们的秘密？”

“这是基本需求，女人绝不会将首饰放在手提包里，或者留在丈夫的衣服里。”丽莎解下面纱，拆下别着帽子的小卡子，然后摘下帽子。

“我也很怀疑，亲爱的。但多尤说，索沃德太太是昨天早上和她丈夫一起离开的。目击者说的。”

“那肯定不是索沃德太太。”丽莎非常肯定。

“真的？那怎么解释目击者看到的呢？”杰弗里问。

“他们确实见到了一个女人，但那不是索沃德太太，因为不是她本人。”丽莎说。

“是吗？”丽莎的分析和杰弗里的不谋而合，他没想到丽莎这么有思想，于是非常开心地说，“过来。”丽莎坐到杰弗里怀里。杰弗里抱着她，丽莎搂着杰弗里的脖子，这是他们熟悉并喜欢的姿势。

“真想看看你的朋友听到这些之后的表情。他可不太像个探长。”丽莎说。

“别难为他，他是个老实的公务员。”丽莎给了他一个甜蜜的吻，“真希望他快点儿到。”

丽莎更多的吻落在杰弗里唇边。“别着急，我们有一整晚的时间。”丽莎在杰弗里耳边呢喃着。

“有什么？”杰弗里立刻清醒过来。

“一整晚。我会留下来陪你。”

“那你得和我的房东说清楚。”

“我整个周末都不用上班。”丽莎依旧闭着眼睛。

“很好，可我只有一张床。”杰弗里显然不太同意。

“你再说话，明晚我也在这儿。”丽莎威胁道。

“我没有多余的……睡衣给你。”杰弗里继续找着借口。丽莎微笑着离开他，杰弗里以为这句话起到了作用，忍不住偷笑了。

丽莎给他看今天带来的小手提箱，比一只普通的手提包大不了多少。

“你说过，野外生存只能带一只箱子。我打赌，你的肯定比这个大。”

“这是只衣箱？”

“‘马克·克洛斯’牌短途旅行箱，小巧紧凑但足够用。”丽莎将箱子轻轻地打开，里面竟然装着一整套丝绸薄纱睡衣和一双同样质地的拖鞋。

“你好像收拾得很匆忙，这个很有意思。”

“为了奖励我的女性直觉，留我过夜怎么样？”丽莎请求道。

“我同意。”

丽莎开心地笑了。

窗外传来钢琴声，立刻吸引了丽莎的注意力。“又是那首曲子。他从哪儿来的灵感，能写出这样的曲子？”丽莎一脸沉醉。

“每个月从房东太太那儿得到的。”杰弗里泼冷水。

丽莎不为所动，斜卧下来静静地欣赏：“真是太美了。真希望我也有创作才能。”

“哦，亲爱的，你有，你……你在创作麻烦方面很有天赋。”杰弗里调侃了一句。

“是吗？”丽莎笑道。

“当然。不请自来，还擅自留下来过夜。”

“出其不意，攻其不备。”丽莎知道杰弗里不满，但她当真是有备而来，自然不会为这几句话而改变主意，“你没读过那本私家侦探小说吗？当他们有麻烦时，总是女助手帮助他们摆脱困境。”

“也是她把他从艳舞女郎和富翁女儿的魔爪下救出来的。”杰弗里也读过。

“就是那一部。”

“就是那一部？很有趣，可是他们俩从未结婚，是不是？”

又回到了这个老话题，丽莎的神色有点儿黯然。

“真奇怪。”杰弗里说。

“奇怪？”丽莎的好心情似乎被破坏了，起身脱下外套，“我为什么不待在更舒服的地方呢？”

“请便。”

“比如，去厨房煮点儿咖啡。”丽莎很快调整好了自己的状态。

“还有白兰地。”

丽莎去了厨房。

二楼新婚的丈夫刚点燃一支烟，将头伸出窗外，里面就立刻传来妻子的喊声。

多尤进了门，好像很累。

“杰夫。”

“嘿！”

丽莎在厨房一边煮着咖啡，一边哼着歌，多尤只看到她映在墙上的影子。多尤去找烟，恰好看到丽莎放在那里没有收起的旅行箱以及放在外面的睡衣和拖鞋。多尤没说什么，杰弗里也不解释。

多尤点燃了一支烟，看着对面作曲家家里喧闹的聚会人群。索沃德先生家开着窗，黑着灯。多尤似乎在思考，杰弗里看着他。

“你对这个索沃德还知道些什么？”多尤终于开了腔。

“很多，你再不来，他就跑了。”

“他要离开？”

“他已经开始收拾行李了。”

丽莎摇着两杯白兰地走出了厨房。多尤的眼睛立刻直了，丽莎的美貌是他始料未及的。

“我正在弄白兰地。我猜，这位就是多尤先生。”丽莎态度友好，递给多尤一杯白兰地。

“汤姆，这位是丽莎·弗里蒙特小姐。”杰弗里介绍。

“你好。”多尤的目光一直没有离开丽莎。

“我们认为，索沃德有罪。”丽莎开门见山道。

多尤又看了一眼睡衣。“别瞎猜，汤姆。”杰弗里实在忍不住了。

电话铃响了起来。

“你好。”

“多尤中尉在吗？”

“在。找你。”

“你说吧。好的，我知道了。多谢。再见。”

“咖啡很快就好。”丽莎说，“杰夫，为什么不说说首饰的事？”

“首饰？”多尤非常关心新情况。

“他把妻子的首饰藏在卧室的西装下面。”杰弗里说。

“你确定是他妻子的？”多尤问。

“在她最喜欢的手提包里。”丽莎抢着说，“多尤先生，这只能得出一个结论。”

“什么？”多尤显然对丽莎更感兴趣。

“昨天早上离开的不是索沃德太太。”杰弗里说。

“你怎么知道？”

“很简单，女人不会不带首饰去旅行的。”丽莎说。

“哦，汤姆，你早就知道了，对不对？”杰弗里问。

多尤卖着关子，并不马上回答，他将酒杯放在丽莎的睡衣旁。“没错。”多尤看着窗外，“拉兹·索沃德不是杀人犯。”这次，他的表情很严肃。

听到这话，杰弗里和丽莎都很惊讶。

“你能解释这里发生的一切吗？”杰弗里问。

“不能，但是你也不能。你看到的是别人的私生活，人们的隐私很难在公开场合下解释。”

“例如谋杀妻子？”丽莎打断他。

“忘掉这些想法吧，那样只会引出错误的结论。”

“怎么解释长刀和锯呢？”杰弗里继续问道。

“你自己有锯吗？”多尤反问道。

“有，在车库里，我有——”

“你用它杀了多少人？”杰弗里无语，“你这辈子用过多少刀？不能仅凭这些就下判断。”多尤说。

“可是他妻子失踪了。还有箱子和首饰，怎么解释？”丽莎问。

“我查过火车站。他买了张票，10点钟后，送妻子上了火车，目的地是梅里斯维尔。目击者堆成了山。”

“那可能是另一个女人，而不是索沃德太太。”丽莎坚持自己的想法，“那些首饰——”

“弗里蒙特小姐，靠女性直觉破案的故事是能提高杂志销量，可在现实生活里行不通，”多尤的这句话并不客气，“我不记得浪费了多少时间去追查靠女性直觉提供的线索——”

“够了，”杰弗里生气地打断他，“我知道你没找到箱子，就别背诵你在警察局用过的发言稿了。”

“离开火车站一个半小时后，我找到了箱子。”多尤总是不紧不慢。

“难道用麻绳绑箱子正常吗？”丽莎问。

“如果锁坏了就正常。”多尤回答。

“你在箱子里找到了什么？”杰弗里问。

“索沃德太太的衣服。干净、整齐、不太时髦，但还拿得出手。”

“你没送去实验室化验？”丽莎问。

“我送去了。”

“为什么一个短途旅行的女人要带上所有的东西？”杰弗里摇着轮椅上前。

“这个问题，还是留给女性心理分析专家来解释吧。”多尤说。

“也许她不打算回来了。”丽莎分析道。

“这就是所谓的家庭纠纷。”多尤说。

“如果她不回来了，为什么他不告诉房东？我来告诉你为什么吧，因为他隐瞒了某些事情。”杰弗里情绪有些激动。

“你什么事都会告诉房东吗？”多尤问，瞥了一眼丽莎的睡衣和拖鞋。

“我说过小心些，别瞎猜，汤姆。”杰弗里简直忍无可忍。

“如果那次作战时你小心些开飞机，你就不会碰巧拍到获奖照片，找到好工作，名利双收。”杰弗里背过身去，不再理他，“不如我们坐下来好好喝两杯，忘了这一切吧。我们可以顺便聊聊当兵时的好时光。”

“您对这案子了如指掌吗？”丽莎的表情不再友好。

“根本就没有什么案子，弗里蒙特小姐，再来一杯。”

丽莎走到杰弗里身边，不再理他，这等于下了逐客令。

“好吧，我想，我该回家睡觉了。干杯。”多尤这一口喝得太猛，酒洒在了他的西装上衣上，“我有点儿不胜酒力。”多尤给自己找台阶下，杰弗里和丽莎冷冷地看着他，“哦，杰夫，如果需要帮助，就查黄页本吧。”

“我喜欢滑稽的退场词。”丽莎说。

“那箱子是寄给谁的？”杰弗里问。

“安娜·索沃德太太。”

“那需要查查是谁领取的。”杰弗里还在努力。

“刚才的那个电话，”多尤好像刚刚想起，“我把你们的电话号码留给了他们，希望你不会介意。”

“得看他们是谁。”

“梅里斯维尔的警察。他们说，箱子刚被安娜·索沃德太太领走了。别熬得太晚。”最后，多尤调侃了一句，但是只有杰弗里听得懂其中的含义。

作曲家家里依然喧闹。芭蕾舞演员在床上做着腿部运动。

“快看！”丽莎说。

一楼的单身女士竟然带着二楼的新婚丈夫走进了家门。那位英俊的男士身着西装，却有点儿吊儿郎当地嚼着口香糖。单身女士拿酒招待他，两人碰杯。

“他很年轻，不是吗？”杰弗里说。

男士忽然搂住单身女士要吻她，单身女士躲闪了一下，这个吻落在她的脸上。杰弗里惊讶地看着。单身女士示意窗子是开着的，男士便放开她去拉百叶窗。男士转过身来，立刻将单身女士压倒在沙发上。单身女士用力地推开他，站了起来。男士并不退缩，一把搂住单身女士亲吻着。单身女士竟然打了他一个耳光。男士惊愕地后退，单身女士也被自己的行为吓呆了，不知道该怎么解释。她想求他留下来，而他当然是不明所以地走了，留下单身女士一个人扑在沙发上痛哭。

“你知道，我不是不愿意相信多尤的话。”杰弗里先开口，“他说这只是别人的隐私，确实有些道理。我怀疑，用望远镜观察别人是否道德，”丽莎也在沉思，“仅仅因为证明他是清白的，这样做就情有可原吗？”杰弗里像是在问丽莎，更是在问自己。

“我不知道。”丽莎坦白地回答。

“当然，他们也可以观察我，就像看玻璃片下面的小虫子一样。”

“杰夫，如果有人进来，他们不会相信看到的一切。”

“看到什么？”

“我们拉长了脸，满脸沮丧，因为我们最终发现一个男人并没有杀害他的妻子。我们真是冷血动物。”丽莎反思着，“那可怜的女人还活着，我们应该高兴点儿。那句古老的忠告怎说的？‘爱你的邻居。’”丽莎将头埋进杰弗里颈间，杰弗里温柔地摸着她的头发。

“我明天就去实践这句话。对，先从特索小姐开始。”杰弗里说，丽莎立刻拉上了窗帘。

“那我也搬到对面去，每天跳肚皮舞。今晚的演出结束了，先把你的心收回来。”丽莎拿着她的小箱子走进了浴室，“多尤先生怀疑这箱子是我偷来的吗？”她也注意到多尤总是瞟这只箱子。

“不，丽莎，他没有。”杰弗里费力地解释着。

杰弗里正在喝白兰地，丽莎打开了浴室的门，这次是杰弗里的眼睛直了。贴身的丝绸睡衣勾勒出她完美的身段，像是罩了一层轻纱，简直如梦如幻。

“你觉得怎么样？”丽莎问。

“哦……”向来能说会道的杰弗里这次也找不到合适的词语了。

“那我换个问法。”丽莎走过来，宛若仙子。

“谢谢。”

“你喜欢吗？”丽莎变换着角度。

“是的，我喜欢。”

窗外的一声尖叫打破了所有的气氛。

丽莎赶紧拉开窗帘。此时，三楼的妻子正站在阳台上痛哭。她的丈夫听见声音，赶紧过来问怎么了。妻子指着下面，依旧哭个不停。原来是她的小狗死在院子里了，就在推销员索沃德先生种的花旁边。所有的灯都亮了，所有的人都到窗口、阳台或者院子里看发生了什么事。

“已经死了，是被掐死的。脖子都断了。”一楼的单身女士检查了一下小狗，对它三楼的主人说。

“是谁干的？是谁害死了我的狗？难道你们不知道邻居之间应该互敬互爱、互相关心？你们没有这样做！想不到你们会杀死一只友善无辜的小狗，只有它才喜欢这儿所有的人！”伤心的女人大声控诉着。

单身女士将小狗小心地放进篮子里。三楼的丈夫将篮子拉上去。伤心的妻子别过头去：“杀死它，就因为它喜欢你？”

她的丈夫陪着她回房间去了。

人们各自散去。“只是一只狗……”没有人有多余的同情心。

“你知道，刚才汤姆·多尤差点儿就让我以为自己错了。”杰弗里说。

“你没有错吗？”丽莎问。

“看，”杰弗里握住丽莎的手，“整个院子里只有一个人没有走到窗边。看。”

索沃德先生的家黑着灯，但是能看到沙发那里有一明一暗的火光，显然他正坐在那里抽烟。

“索沃德为什么要杀死一只小狗？”丽莎问，“因为它知道得太多？”

杰弗里没有回答。

“你们觉得，这值得等一整天吗？”杰弗里腿上放着相机，问。

“他在清扫房间吗？”丽莎问。

“他在清洗洗手间的墙壁。”杰弗里回答。

“嗯，血一定溅得到处都是。”斯泰拉说。丽莎难以置信地看了她一眼。

“怎么了？我们不就是这么想的吗？他在那儿杀了她，离开前要清理现场。”

“哦，斯泰拉，你说得真吓人。”丽莎很害怕。

“杀人还能有什么好听的说法？”斯泰拉反问道。

杰弗里盯着院子里索沃德先生种的花：“丽莎，后面架子上有一只黄色小盒子，看见了吗？”

“最上边？”

“右上边，对。把看片器给我。这些是两个星期前拍的。希望我拍的有用。哪一张呢……”

“你在找什么？”丽莎问。

两个女人都不知道杰弗里在找什么。

“如果我猜得不错，我想，我能找出凶手。”杰弗里说。

“杀人凶手？”斯泰拉问。

“不，是杀狗凶手。”杰弗里用看片器比较着，“我明白他为什么要杀狗了。你看，告诉我你看到了什么。”杰弗里将看片器交给丽莎。

“只是后院的照片。”丽莎说。

“有一个重要的变化，是花坛里的花。”杰弗里解释。

“你是指狗在花坛中刨什么吗？”斯泰拉问。

“狗一直在那里刨什么。看那些花。”杰弗里将看片器递给斯泰拉，“看那两朵黄色的百日菊——边儿上的，没以前高了。什么时候开始越长越矮了呢？”

“下面埋着东西。”斯泰拉说。

“索沃德太太。”丽莎说。

“你很少去扫墓吧？”斯泰拉问丽莎，“他绝不可能把太太埋在一英尺见方的地方，除非竖着，如果是那样，他就不需要长刀和锯了。不，我看她已经被扔得满城都是了，腿在东河里——”

“哦，斯泰拉，够了。”丽莎打断了她，斯泰拉的话令人毛骨悚然。

“是有东西在那儿，花被挖了出来又栽回去。”杰弗里说。

“可能是长刀和锯。”丽莎说。

“也许。”

“通知多尤中尉吧。”斯泰拉提议。

“不，等一下，等天再黑一点儿，我去挖。”丽莎忽然胆大了起来。

“你去？你还没开始挖，脖子就断了。”杰弗里坚决反对，“不，我不会通知多尤的，除非找到尸体。我们要做的是到索沃德公寓里——”

“他在收拾东西。”斯泰拉打断了他。

索沃德先生已经在装箱子了。

“拿着，给我一支笔，”杰弗里将相机递给丽莎，“斯泰拉拿张信纸……在那上面……好的。”

杰弗里写了张字条：“拉兹·索沃德，你对她做了什么？”情急之下，他实在想不出别的办法了。

由丽莎去送字条，杰弗里和斯泰拉在窗口观望。丽莎走到大门口，冲窗口挥了挥手，然后上楼去了。她轻轻地走到门口。索沃德先生正在客厅里吸烟。她刚把字条从底下的门缝塞进去，索沃德先生就察觉出了动静。丽莎蹑手蹑脚地走到楼梯口，才开始跑。索沃德先生捡起字条立刻出门查看，门口没有人。他打开字条，看过之后脸色变了。

“是你干的，索沃德，是你干的。”看到索沃德的表情，杰弗里肯定了自己的推测。

“当心，丽莎，他来了。”只见索沃德先生向楼梯口冲去。

“你不该让她去的。”斯泰拉说。

楼梯口没人。索沃德返回门口。只见丽莎没有按原路回去，却躲到院子这边的门口处。杰弗里和斯泰拉的心都提到了嗓子眼儿。索沃德先生到楼梯处的阳台向上观望着，他怀疑来人直接从阳台上的楼梯上楼去了。机灵的丽莎趁此时机跑走了。等索沃德先生往下看的时候，丽莎已经到了巷子口。

“感谢老天，总算结束了。”两人都长舒一口气。

“可以喝一杯吗？”斯泰拉问。

“当然，请便。”

索沃德先生回到房间里，又看了一遍字条，然后又开始收拾东西。

“毫无疑问，他想逃跑，只是时间问题。”

“我可以看一下那个‘移动钥匙孔’吗？”斯泰拉对相机感兴趣起来，她也想清楚地看看索沃德在做什么。

“给你，告诉我看到了什么。”

斯泰拉看到一楼的单身女士将药瓶中的红色药丸都倒了出来：“奇怪。”

“奇怪什么？”杰弗里问。

“单身女士好像要吃安眠药。”单身女士在厨房接水。

“你看清楚了吗？”杰弗里问。

“我吃过那种药，她倒出来的药可以让人睡上一个冬天。她有足够的量，让我再看看……”

丽莎跑了回来，一边喘气，一边问：“很危险吧？他有什么反应，看了字条之后？”

“反正不是从银行得到贷款的表情。”斯泰拉回答。

杰弗里用赞赏的眼光看着她。

“杰夫，那只手提包！”丽莎走到窗边。杰弗里赶紧架起相机。

索沃德先生将手提包装进了箱子。

“假如索沃德太太的结婚戒指在手提包里——他打电话时拿出了三枚戒指，一枚是钻石的，一枚是宝石的，还有一枚是金的。”杰弗里说。

“她绝不会把结婚戒指留在家里。斯泰拉，你会把结婚戒指忘在家里吗？”

“除非有人切断我的手指。”斯泰拉回答。

“我们去看看花坛里埋的是什么吧。”斯泰拉提议。

“为什么不呢？我一直想见见索沃德太太。”丽莎的胆子越来越大了。

“你们俩在说什么？”杰弗里问。

“有铁锹吗？”斯泰拉根本不理他。

“当然没有。”杰弗里试图阻止。

“地下室可能有。”斯泰拉说。

“如果你觉得恶心，就别看。”丽莎临走的时候叮嘱道。

“我才不怕！我只是不想看到你们俩落得和小狗一样的下场。”

“那里一定有东西。”斯泰拉犹豫着。

“先等等。拿着，不值得为这事冒险。把电话簿给我。”

“你要做什么呢？”丽莎问。

“也许我可以让他出去一会儿。”杰弗里回答。

“我们只需要几分钟。”斯泰拉说。

“最好能有一刻钟。索沃德，切尔西27009。也许我们可以再吓他一次。”杰弗里看着两个女人，“也许说‘我们’并不恰当，一切都看你们的了。”杰弗里深恨自己有条打着石膏的腿。

“要让他加入吗，斯泰拉？”丽莎问。

“全票通过。”斯泰拉回答。

单身女士拉上了百叶窗。

“切尔西27009，小心点儿。”杰弗里退到阴暗处，拨通了电话。

电话铃响了起来，索沃德先生已经穿好衣服准备离开了。他在电话边犹豫着接不接。

“快点儿接电话，索沃德。嗯，你很好奇。也许是你的女朋友打来的，你为她杀了人。快接电话。”

索沃德真的接起了电话。

“喂？”

“收到我的信了吗？你收到了吗，索沃德？”

“你是谁？”

“我会让你知道的。到阿尔伯特饭店的酒吧等我，现在就去。”

“为什么？”

“有点儿事要谈，关于如何处理你已故妻子的遗产的事。”

“我不懂你的意思。”

“别装了，索沃德，否则我立刻报警。”

“我只有一百多美元。”

“那只是个开始。我已经到了。我会等你的。”

索沃德先生戴上帽子，走出了门。

“来吧，斯泰拉，我们动手。”丽莎跑着出发。

“注意看我的窗户，如果他回来，我会用闪光灯发信号。”杰弗里叮嘱着。两人点点头。

镜头里，索沃德先生出门往阿尔伯特饭店的方向去了。杰弗里找出闪光灯，装好灯泡。丽莎和斯泰拉已经到了院子里。两人走上台阶，翻过栏杆，来到花丛边。

杰弗里拨电话找多尤。

“这里是多尤家。”

“你好，我是杰弗里，多尤先生的朋友，你是哪位？”

“我是保姆。”

“他们什么时候回来？”杰弗里一边打电话，一边注意着外面的动静。

“我一点钟回的家。他们去吃晚餐了，也许在夜总会。”

“知道了。如果他打电话回来，让他立刻给杰弗里回电话。我有个惊喜给他。”

“我们有您的号码吗？”保姆问。

“有。晚安。”

“晚安。”

这次作曲家家里在开演奏会，不同的人演奏着不同的乐器。杰弗里听得心烦意乱。丽莎向杰弗里摆手，杰弗里也挥了一下手。单身女士拿出信纸开始写东西。“斯泰拉误会单身女士了。”杰弗里觉得，单身女士不像自杀的样子。

斯泰拉已经挖了很深，却什么也没有挖到，显然曾经埋在这里的东西已经转移了。丽莎示意杰弗里，她要到索沃德先生的公寓去，然后就顺着铁架向上攀爬。

“丽莎，你干什么？不要……丽莎，你干什么？别去……快，快，离开那里！”杰弗里快急死了。斯泰拉示意，她也没办法阻止。

“丽莎，不要去！”杰弗里恨不得把丽莎拉回来。

丽莎很快爬上了二楼阳台，又翻过阳台的栏杆跳到索沃德先生家的窗台上，从客厅的窗户进到他的房间里。杰弗里彻底无可奈何了。丽莎直接到卧室床上的箱子里去找索沃德太太的手提包。然后，她示意杰弗里，箱子里面有手提包。

“快！快！赶紧离开那里！”杰弗里心急如焚。

丽莎继续到抽屉里翻找。斯泰拉回来了。

“她说，你看见索沃德回来，就打他家电话。”斯泰拉跑得气喘吁吁。

“我现在就打。”

“给她点儿时间。”斯泰拉说。

斯泰拉用望远镜看到一楼的单身女士要吃药：“哦，快叫警察！”

“接线员。”

“接警察局——第六分局。”杰弗里拨通了电话。

“好的。”

“音乐让她停了下来。”斯泰拉说。

单身女士听到了作曲家家里传出的音乐声，便慢慢地走到窗边。杰弗里和斯泰拉只顾着关注单身女士，竟然没看到索沃德先生已经上楼了。等他们终于想起丽莎时，丽莎正开心地展示她找到的首饰。此时，索沃德先生已经走到了家门口。

“丽莎，丽莎！”打电话已经来不及了，杰弗里紧张地低喊着。

丽莎想从门口出去，但刚走到门口就听到索沃德先生开锁的声音，于是她跑回卧室，躲在门后。索沃德先生进门了。

分局接通了：“第六分局，我是警长。”

“有个男人正在西九大街125号行凶，二楼，背街的一面，快点儿！”情急之下，杰弗里选择了报警。

“你的名字。”

“L.B.杰弗里。”

“电话？”

“切尔西25598。”

索沃德先生走进卧室，看到被拿出来的手提包，转身又看到了丽莎，吓了一大跳。丽莎试图解释，但索沃德先生根本不可能相信她。丽莎想走，索沃德先生便拉住她的胳膊，将她摔倒在沙发上。杰弗里急坏了。索沃德先生让丽莎交出首饰。丽莎不肯，后来被迫将首饰交到他手上之后想离开，但被他立刻制止了。两人扭打着。丽莎显然不可能是对手，她冲着窗外大喊“杰夫”。索沃德先生顺着窗口往外看，似乎意识到了什么。

杰弗里只能眼睁睁地看着，却一点儿办法也没有。

两人不停地扭打，丽莎大声喊着，索沃德把灯弄灭了。“丽莎！”杰弗里急得眼泪都快出来了。“斯泰拉，我们该怎么办？”

还好，邻居带着警察来了。门铃响了起来，索沃德打开灯，放开丽莎。索沃德打开门，没想到门外是警察。于是，他向警察解释着刚才发生的一切——丽莎擅自闯入他的家。警察进门询问，索沃德和丽莎各执一词。

“她想干什么？为什么不告发他？”斯泰拉拿着望远镜看。

“她是个聪明的女孩。”杰弗里说。

“聪明的女孩？她会被抓起来的。”

“如果是那样，她就可以脱身了。看！结婚戒指！”警察要带走丽莎，丽莎背着手冲杰弗里展示她留在手上的戒指。不幸的是，站在她侧面的索沃德看到了这一幕，他很快辨认出她示意的是对面的哪个窗口。

“快关灯，他看到我们了！”杰弗里匆忙地往后退。

丽莎被带走了。“你觉得，他还会待多久？”杰弗里问。

“除非他比我想得还笨，他可不会待在那里被抓的。”斯泰拉回答。

“把抽屉里的钱包给我。”

“你要钱干什么？”斯泰拉问。

“保释丽莎。”

“你可以让她待到下星期二，这样你就可以按计划悄悄地跑掉了。”斯泰拉这个时候还不忘讽刺他。

杰弗里顾不上回敬她：“让我看看，127美元。”

“需要多少？”

“这是第一次行窃，大约250美元。”

“丽莎的手提包。”斯泰拉觉得丽莎的包里应该有很多钱。

“有多少？”杰弗里也充满希望。

“50美分。”两人大失所望。“我包里还有20美元左右。”斯泰拉说。

“剩下的怎么办？”杰弗里问。

“警察看到丽莎，也会捐助一点儿的。”斯泰拉幽默地说道。

“快去。”

两人忙乱着，都忘了索沃德先生——他看了看对面的窗口，出门了。

电话铃响了起来，杰弗里接起电话。

“杰弗里。”

“又怎么了？”多尤的声音听起来喝多了。

“多尤，有重大发现。”杰弗里压低声音。

“为什么要我回电话？别告诉我又有什么凶手。”

“听我说，听我说，丽莎被警察带走了。”

“你的丽莎？”

“是的。你真该亲眼看看，她刚才偷偷地溜进索沃德的公寓，但是他突然回来了，我只能叫警察过来。”

“我告诉过你——”多尤立刻发火了。

“我知道，她是去找证据，而且找到了。”

“比如？”

“比如索沃德太太的结婚戒指。如果她还活着，应该戴着它，不是吗？”

“可能吧。”

“可能？这是事实。他昨晚杀死了一只狗，因为狗在花坛里刨东西。你知道为什么？他在花坛里埋了东西，狗闻到了。”

“比如说一块火腿？”

“我不知道狗找到了什么，但我可以告诉你，他雨夜出门，箱子里装的绝不是推销样品，因为那些东西还在公寓里。”

“也许是火腿？”

“是的，切成碎块的。还有，他打的电话都是长途，如果他妻子到达梅里斯维尔的当天和他通了电话，她为什么还寄明信片报平安？为什么呢？”

“他们带丽莎去哪儿了？”

“第六分局。我已经让人去保释她了。”

“不必了，我会处理好的。”

“好的。快点儿！那家伙已经知道我在监视他，不会坐以待毙的，快点儿！”

“如果长途电话属实，我们会逮捕他的。再见。”多尤终于有点儿相信了。

“再见。”

挂上电话，杰弗里才发现索沃德先生家的灯已经灭了，他出门了。这时，电话铃又响了起来，杰弗里以为还是多尤，就接起来急切地说：“喂？汤姆，我想，索沃德已经跑了，我没有看见他。”但是，他马上觉得不对劲儿，“喂？”电话里再也没了声音。

杰弗里挂上电话，预感到了什么，额头上渗出了汗珠。

楼道里传来了声响，杰弗里紧张地注视着门口。门底下的缝隙透进来明亮的灯光。一时间，杰弗里想不到用什么东西防御，也不知道房间里哪个位置更好些，他试图站起来，但是很快又放弃了。

门外的灯被关掉了，杰弗里退回刚才的位置，想起了准备好的闪光灯。他拿出剩余的灯泡，退到窗边。终于，来人打开门走了进来，露出一双凶狠的眼睛，正是索沃德先生。

“你想怎么样？”推销员问道。

杰弗里不回答。

“你的朋友——那个女孩，本来可以告发我，为什么没有说？”

杰弗里还是不回答。

“你想要什么？要钱吗？我没钱。说话呀！说话，你想要什么？”

杰弗里始终一言不发。

“能把戒指还给我吗？”

“不！”杰弗里终于说了一个字。

“让她拿回来。”

“不行，戒指在警察那里。”

索沃德慢慢地走了过来。杰弗里捂住自己的眼睛，打开了闪光灯，刺眼的光亮逼得索沃德来了个趔趄。杰弗里迅速地换了一只灯泡。索沃德又往前走，杰弗里又开了一次。紧接着又是两次，索沃德撞翻了椅子。换到第五只灯泡的时候，杰弗里看到，多尤和丽莎带着警察来到了索沃德家门口。

“丽莎！多尤！”杰弗里大喊。

索沃德已经扑上来扼住了他的脖子，杰弗里奋力挣扎着。丽莎和多尤听到喊声，看到这边的一切，立刻往这边跑。打着石膏的杰弗里自然不是索沃德的对手，很快就被他摔倒在床上。索沃德抬起杰弗里的腿，想把他从窗口扔下去。巨大的声响惊扰了邻居们，他们走到窗口、阳台上或者院子里，观看发生了什么事。

杰弗里已经被扔出窗外，他正用力扒着窗台以免掉下去，索沃德则用力地往下推他。警察们已经来到院子里。

“多尤！”杰弗里大喊。

“克里尔，把枪给我！”多尤刚要瞄准，已经有警察冲上去，拉开了索沃德。

杰弗里再也撑不住了。他从楼上掉了下来，还好中途被两个警察接了一下，落在地上。

“对不起，杰夫，我来晚了。”多尤第一个跑过来，后面紧跟着斯泰拉和丽莎。

“别碰他，把楼上我的药箱拿来。”斯泰拉冷静地说。

丽莎将杰弗里的头迅速而温柔地抱进自己怀里。

“丽莎，亲爱的，如果你出了什么事——”杰弗里急切地表白着。

“哦，别说了，我没事。”

“我以你为傲！”杰弗里望着丽莎，整个人、整张脸，尤其是一双眼睛都放着光。

“现在可以下搜查令了吧？”杰弗里忍着疼痛问多尤。

“当然。”多尤回答。

楼上有警官问杰弗里的情况。“他还活着。”多尤回答。

“多尤中尉，索沃德要带我们去游东河了。”楼上的警官说。

多尤开始还不明白是什么意思，斯泰拉便在他耳边说了几句。

“他说在花坛里埋了什么吗？”多尤问。

“说了。他说小狗太好奇，所以只能挖出来了。现在就在他公寓的帽盒里。”楼上的警官说。

“想看吗？”多尤问斯泰拉。

“不，谢谢。”斯泰拉赶紧拒绝，“一块也不想看。”说完，又是一惊。

天气晴朗，已经没那么热了。

单身女士拜访作曲家，作曲家给她展示自己的唱片。作曲家说：“是第一版，希望会成功。”

“我很想听。这曲子对我来说太重要了。”单身女士笑了。

音乐响起来。

有工人正在粉刷索沃德先生住过的公寓。

三楼的妻子有了一只新的小狗，她正在训练小狗乘篮子上下楼。

芭蕾舞演员在跳舞，门铃响了起来。她打开门，她的小个子男友穿着军装、背着背包站在门口，芭蕾舞演员开心地上前拥抱他。

“斯坦利，你还真有军人的样子。”芭蕾舞演员说。

“我饿了。冰箱里有什么吃的？天哪，回家真好！”小个子男友回答。

一楼的胖太太还是睡在院子里。

二楼的新婚妻子正在抱怨：“如果你早说你要辞职，我才不会嫁给你呢。”

“哦，宝贝儿，别说了。”丈夫央求道。

杰弗里还是在轮椅上睡着了，与以往不同的是，他一脸的幸福与惬意。还有一点不同，这次，他的两条腿都打上了石膏。

穿着红色衬衫的丽莎靠着旁边的床头悠闲地看书——《征服喜马拉雅》，翻了几页，她就将书换成了《时尚芭莎》，这才是她喜欢的。

精神病患者

故事发生在亚利桑那州的凤凰城。虽然已经到了12月，但是天气依然很暖和，相对于这个季节来说，实在太热了。这是一个星期五，一星期之内的最后一个工作日，在办公室里囚禁了五天的人们正心情愉快地期待着周末假日的来临。下午2点43分，在一家小旅馆陈设简单的房间里，拉得低低的百叶窗挡住了午后强烈的阳光。一个看上去已经不算太稚嫩的女孩只穿着内衣躺在床上，静静地看着站在床边的男人。

这是一个身材高大、长相英俊的男人，他光着上身，正用毛巾擦着身上的汗。他看了一眼放在床头柜上的午餐——还没有动过，就问躺在床上的女孩："你向来都不吃午餐吗？"

女孩从床上坐起来，说："我得赶紧回办公室了，中午吃饭花了这么长时间，老板会发火的。"

"你干吗不干脆给老板打个电话，说下午你要休息一下？"男人把毛巾扔到一边，坐到床上，抬起女孩的下巴亲吻着她，"今天都已经是星期五了，天气又这么热。"

"那我下午做什么，和你一起到机场去？"

男人顺势把女孩拉倒在床上，搂着她说："我们也可以在这里多赖上一会儿。"

"退房时间是下午3点。你对什么时候来旅馆不感兴趣，可一旦到了该退房的时候——"女孩用胳膊支起身子，看着男人的脸，说，"唉，山姆，我讨厌和你一起待在这样的地方。"

山姆抚摩着女孩裸露的肩头，满不在乎地说："我听说，有的已婚夫妻还会特意来这种便宜旅馆，找找一夜情的感觉。"

"如果你结了婚，你自然可以随心所欲地做很多事。"女孩的话里带着一丝怨气。

"听你说话的语气，好像你结过婚似的。"

女孩重重地叹了一口气，又躺回床上，说："山姆，这是最后一次了。"

"什么最后一次？"

“和你秘密约会，偷偷摸摸的，生怕被人知道。你出差到这里，我们只能利用午餐时间偷偷地约会。我真希望，从来没有遇见过你。”这段地下情让女孩受了莫大的委屈。

“好吧，那我们该怎么办呢？靠写情书来联络感情？”看起来，山姆根本没准备为这段感情做更多的打算。

女孩一把推开男人，从床上坐起来，走到一边去穿衣服。“我得走了！山姆。”

山姆翻了个身，视线一直追着女孩，试探着说：“我下星期还会来。”

“不要。”女孩在梳妆镜前，边穿衣服边说。

山姆趴在床上，抬起头恳求女孩说：“只是见见你，还不行吗？一起在公共场合吃顿午饭。”

“我们可以见面，甚至可以一起吃晚餐，但是要彼此尊重。而且是在我家里，我妈妈的照片摆在壁炉架上，我姐姐帮着我一起烤一大份够三个人吃的牛排。”女孩系着衬衫纽扣，一字一句地说。

山姆从床上起了身，拿起放在椅子上的衬衫，坐在椅子上，没一点儿正经地接过女孩的话说：“吃完牛排后，我们打发你姐姐去电影院，把你妈妈的照片冲墙摆着？”

“山姆！”女孩显然被男人这种玩世不恭的态度激怒了，她皱着眉头从镜子里瞪着身后的男人。

“那好吧！”山姆妥协地摊开双手。女孩朝他转过身来，山姆边穿衬衫边朝女孩走过来，微微低下头，深情地看着她的眼睛，说：“玛丽安，无论什么时候，我都想见到你，不管是在什么样的情形下，即使是彼此尊重。”

女孩有些不相信他说的话，转过身去，嘴里嗔怪道：“你说的尊重，听上去就不太尊重。”

“不，不，我是认真的。这需要耐心、节制，需要为之付出努力。虽然这些都很难做到，但是只要我能见到你、抚摩到你，仅仅这些，我也就心满意足了。”山姆从背后搂住了女孩，温柔地吻着她的脖子。玛丽安朝一边微微地侧着头，享受着片刻的温存。

突然，山姆想起了什么，情绪变得焦躁起来。他在狭小的房间里大步地走来走去，愤愤地说：“我厌恶透了为那些不在我身边的人流汗，我为偿还父亲的债务流汗，而他舒舒服服地躺在坟墓里；我还要为付前妻的赡养费流汗，而她住在世界另一头的不知哪个地方！”

他走到窗边，猛地拉开百叶窗，屋子里马上明亮起来。

“我也要付出。那些在旅馆房间里约会的人也要付出。”玛丽安在梳妆镜前坐下来，平静地劝慰山姆。

“再过几年，我的债就还完了。如果前妻再婚，我也不用出她的生活费了。”山姆手里搓着窗帘拉绳，低着头喃喃地说，不知是在说给玛丽安听，还是在安慰自己。

“结婚”两个字又触动了玛丽安的伤心事。她站起来，低着头幽幽地说：“我还一次婚都没结过呢。”

山姆以过来人的身份告诫女孩：“等你结了婚，你就知道在婚姻中备受煎熬的滋味了。”

但玛丽安并不这么想，婚姻正是她现在最盼望得到的——正式、公开、稳定的婚姻能给一个女孩带来更多的安全感。她猛地扑向男人，搂着他的脖子，满怀期待地说：“山姆，我们结婚吧！”

可是，有过一次失败婚姻经历的男人并不想这么快又陷入一段婚姻，再说，以他目前的经济能力，难以建立起一个幸福美满的家庭。“结婚？和我一起住在费维尔一家五金商店后面的仓库里？我们的生活一定会充满欢声笑语，让我来告诉你为什么——当我给前妻寄生活费时，你可以在旁边帮我贴邮票。”山姆诉说着现实的残酷。

“我愿意帮你贴邮票。”玛丽安坚定而固执地说。

山姆推开女孩，走到窗边，靠着窗子想了一会儿，开口问道：“玛丽安，你是想了断我们之间的关系，再去找个合适的对象结婚吗？”

玛丽安无比失望地看着这个自己爱着的男人，冷冷地说：“我是在考虑这个问题。”

“你为什么要考虑这样的问题呢？”山姆勉强露出一丝微笑，试图缓解两人之间的紧张气氛。玛丽安明白，这个男人不会给自己任何承诺了，于是，她拿起包径直朝房门口走去，提醒男人说：“别误了你的航班。”

山姆拦住她，说：“我们可以一起走，不是吗？”

玛丽安低头看了一眼，说：“我要迟到了，你连靴子都没穿呢。”说完，便急匆匆地离开了房间。

玛丽安回到了办公室。谢天谢地，老板和一个客户在外面吃午餐，还没有回来，办公室里只有另一个女秘书卡罗琳在。得知老板还没回来，玛丽安长舒了一口气。中午没吃饭、天气又热、心情又不好，再加上急匆匆地赶路，她只觉得头痛得厉害，便抬起手按了按额头。

卡罗琳关切地问：“怎么，你头痛吗？”

“没事，不用管它，头痛就像决心，等它过去了，你就把它忘了。”玛丽安走到自己的办公桌后坐下，拿出小镜子补补脸上的妆。卡罗琳刚结婚没多久，和她聊天张口闭口是自己的丈夫，这让玛丽安的心情变得更加落寞。她打断卡罗琳的话，问道：“有我的电话吗？”

“哦，有，你姐姐说她要去图森买些东西，整个周末都不在家，还有——”

这时，老板推开门走了进来，后面跟着一个看上去五六十岁的男人。

“这天气可真热。你们女孩应该让老板给你们装台空调，今天他可负担得起。”那个男人一进屋就大大咧咧地说，眼睛在办公室两个女孩的身上不安分地扫来扫去。

“玛丽安，你能为卡西迪先生把那些地契的副本准备好吗？”老板问。

“好的。”玛丽安从抽屉里拿出一沓文件。

“就在明天，我可爱的小姑娘——”卡西迪先生大声说道，玛丽安惊讶地抬起头看了他一眼，他冲她摇着手说，“哦，我说的不是你，是我的女儿，我的小宝贝儿。”卡西迪先生走到玛丽安的办公桌边，顺势一屁股坐到了办公桌上，凑到她跟前。这让玛丽安有些不悦，但又不好说什么，只好假装在看手中的文件。

“她明天就要结婚了，离开我，去过她自己的幸福生活了。我给你看看我的小宝贝儿。”卡西迪先生的话又多又密。他从怀里掏出钱包，拿出一张照片递给玛丽安：“她十八岁。过去的那些年，她就没过过一天不快乐的日子。”

玛丽安接过照片看了看，然后还给了他，脸上带着职业化的微笑。

老板站在里间门口前招呼客人：“来吧，我的办公室里有空调。”他可不希望这家伙对自己的秘书干出什么不合适的事来。

卡西迪先生丝毫不理会老板的招呼，他只顾盯着玛丽安，嘴里还在喋喋不休：“你知道我怎么对付不快乐吗？我会花钱避开不快乐。你不快乐吗？”

“还行吧！”玛丽安只希望这个讨厌的家伙赶紧从自己眼前消失，不过脸上一点儿也没表现出来。作为一个普通的办公室职员，面对客户时，她不得不如此。

“我买下这所房子，送给她做结婚礼物的。四万美元现金，这可不是在花钱买快乐，而是在花钱避开不快乐。”卡西迪先生掏出厚厚的两沓钱，带着点儿挑逗的意味，在玛丽安面前晃着，似乎在炫耀自己如何富有，“我从来不带我丢不起的钱。点点吧。”他把钱拍在桌上。旁边的卡罗琳看到这么多现金，惊讶得睁大了眼睛。

“我从来不带。这就是我能保住我的钱的原因。”卡西迪先生色眯眯地看着玛丽安，强调说。

老板皱皱眉头，很是担心地说：“汤姆，这么大笔的现金交易可不合常规。”大量的现金出现在办公室里，的确令人不安。

“那又怎么样？这是我自己的钱，现在是你的了。”卡西迪先生满不在乎地说。

“我想，我们可以把钱放入保险箱，等到星期一早上你感觉好一些——”

卡西迪先生的双眼仍紧盯着玛丽安。他挥手打断了老板的话：“说到感觉好，你跟我说过的你办公桌里的那瓶酒呢？”

老板尴尬地看看办公室里的下属，卡西迪先生这才发现自己失言了。他拍了拍嘴，跟玛丽安开玩笑说：“你要知道，我经常管不住自己这张嘴。”终于，他离开了玛丽安的办公桌，拍拍老板的肩膀，进了里间办公室。

进里间之前，老板嘱咐玛丽安：“我甚至不想让这些钱在办公室里度过周末，你去把钱存进银行的保险箱里，我们让他星期一给我们支票。”

老板和卡西迪先生一进里间，卡罗琳就急不可耐地跑到玛丽安的办公桌旁边，羡慕地拿起桌上的一沓钞票，体验一下手握巨款的感觉。“他在挑逗你。我猜，他肯定看到我的结婚戒指了。”卡罗琳说。玛丽安不置可否地笑了笑，从她手里拿过钞票，和另一沓一起装在一只纸袋里，塞进了自己的手提包。

她敲开里间的门，把那些文件交给老板，说：“劳瑞先生，如果您不介意的话，去银行后我想直接回家，我有一点儿——”

卡西迪先生插嘴说：“回去吧，待会儿我要和你的老板好好地喝两杯，对不对？”

“当然了。你不舒服吗？”老板问。

“只是有点儿头疼。”

“你应该到全世界的娱乐中心拉斯维加斯度周末。”卡西迪先生开玩笑地说。

“我得待在床上度周末了。谢谢！”

玛丽安出了里间，和卡罗琳道过别后，就拿起手提包离开了公司。

但是，玛丽安没有去银行，而是直接带着钱回了家。钱，一大笔钱，一个父亲用它来买下一处房产送给女儿做陪嫁的。凭什么别的女孩就能摊上这么有钱的父亲，而她辛辛苦苦工作了这么多年，也没能给自己攒下一份嫁妆？她和山姆彼此相爱却结不了婚，缺的不就是钱吗？而现在一大笔钱就静静地躺在她房间里的床上。要在公司干多少年，她才能攒下这么一笔钱？但是玛丽安也清楚地知道拿走这笔钱意味着什么。她在房间里走来走去，一次又一次地看着床上装钱的纸袋，它像一块烫手的火炭，又像一种致命的诱惑。时间紧迫，得马上做出决定。玛丽现在只有一个念头，只要能和山姆在一起，就什么都顾不上了。她迅速地收拾好自己的换洗衣物，下定了决心，把那只纸袋塞进手提包里，提起皮箱，拿上大衣出了门。

玛丽安开着车，直奔山姆所在的城市而去。有了钱，就再也没有什么麻烦可以阻挡他们俩在一起。她甚至想象得到，山姆看到她带着这么一大笔钱来找他时开心的样子。街道上车来人往，红灯亮了。玛丽安在停止线前停下车，把胳膊支在车窗边，托着下巴，脑子里还在情不自禁地想象着她和山姆见面时的情景。这时，老板和卡西迪先生正好从车前的斑马线上走过。老板看到车里的玛丽安，微笑着，跟她打了个招呼。玛丽安也下意识地朝老板微笑了一下。老板明明都已经走过去了，可是他突然想起了什么，很疑惑地回过头来看着她。玛丽安这才想起来，自己是跟老板说身体不适直接回家，还自称要在床上待着度过整个周末。天哪，她怎么把这事忘了！怎么办，老板会不会起疑心？天哪，他一定开始怀疑她了。

玛丽安开着车一路狂奔，她得赶紧逃跑，离这座城市越远越好。天渐渐黑了下来，玛丽安也不敢找个旅馆住一晚，她脑中只有一个念头——往前，继续往前。到了深夜，要命的困意一阵又一阵地袭来，玛丽安只有拼命地眨着眼睛，强行命令自己别睡过去。到了后来，她实在挨不住了，只得把车停在路边，侧身半躺在前排的座椅上，准备打个盹儿再走。

没想到，这一觉就睡到了天亮。等到她被突然叫醒时，车窗边出现的是一张戴着警帽和墨镜的冷峻面孔。警察！她蓦地坐起身来，第一反应就是发动引擎，赶紧逃跑。

不料，警察伸出手按着车窗边，说："等一下！"玛丽安的脑子这才清醒了些——事情不至于这么快就败露。她定了定神，摇下了车窗玻璃。

"您很着急吗？"警察俯下身问道。

"是啊，我本来没打算睡这么久的。昨晚我因为太困差点儿撞车，所以就决定把车停在路边了。"玛丽安尽量镇定地对警察说。

"这么说，您在这里睡了一整晚？"

"是的，我刚才都说了，我困得眼睛都睁不开了。"

"这附近有很多汽车旅馆，您应该——我的意思是，出于安全的考虑。"

"我本来没打算睡一整晚的，就把车靠边儿停下打盹了。我犯法了吗？"玛丽安咄咄逼人地反问道。

"没有，女士。"

"那我可以走了吗？"玛丽安说着，就要发动引擎。但警察突然冒出了一句："有什么事不对头吗？"

"当然没有，我看上去有什么事不对头吗？"

警察嘴边挤出一丝不易察觉的微笑，点着头说："老实说，是的。"

"拜托，我得赶路了。我都跟您说过了，我得赶路，而您在耽误我的时间。"玛丽安态度生硬地说完，发动了引擎，准备离开。

她的急于离开越发引起了警察的猜疑，于是，那张冷峻的面孔用更严肃且不容拒绝的口气说："只耽误您一会儿，请关掉引擎！我可以看下您的驾照吗？"

玛丽安看了一眼旁边座位上的手提包，那笔巨款就放在里面，驾照也在里面，如果可以避免让警察发现那笔巨款，当然最好不要当着警察的面拿出驾照。她问道："为什么？"

"请出示驾照！"警察只是重复自己的要求，根本不去回答她的问题。

看来是无法避免了，玛丽安只好背过身去，尽量挡住警察的视线，从旁边座位上的包里先拿出了装现金的纸袋，因为装驾照的钱包放在下面。趁着这会儿工夫，警察打量着车后座，凭借一个警察的直觉，他认为这个女孩是有什么地方不对劲儿。

玛丽安把驾照递给警察。警察看了看驾照，又走到车前看了一眼车牌号，就走回来把驾照交还给她，径直回到后面自己的车上去了。玛丽安舒了一口气，赶忙开车离开。

然而，麻烦好像没有彻底解决，玛丽安从后视镜里看到那个警察也开车跟在自己后面。前面出现了一条岔路，玛丽安转弯驶上了右边那条路，往后视镜里一看，那辆警车竟然还跟在她后面！她拿不准警察是跟着自己，还是他正好也要走这条路。她紧张不安地握着方向盘，不知道警察到底有什么打算。而警车不紧不慢地跟在后面，既不超车，也不落得太远，一直和玛丽安的车保持着一定的距离。终于，在下一个路口，警车拐上了另一条岔路，玛丽安这才放下了一直悬着的心。

路过一座小镇时，玛丽安把车开到了一家二手车店前。既然这辆车已经被警察查过了，当务之急是得换辆车，而且，换个外地车牌会更安全些。玛丽安把车停下，拿着手提包从车上下来。车店老板从屋子里探出头来跟她打了个招呼，请她稍等一会儿。玛丽安点点头，走到车场上去看车，这里的车基本上都是加利福尼亚州的牌照。这时，她看到车场边有一座自动售报机，就马上过去买了一份报纸。如果她的事情败露，说不定已经上了今天的新闻。玛丽安取了报纸后，先从头版头条看起，没有；社会新闻版面，没有。她提心吊胆地把报纸一页页地翻了过去，没注意到那辆警车正好经过这里。警察一眼就认出了这个早上见过的女孩，他把车掉了个头，停在街对面。

在翻报纸的时候，玛丽安不经意地抬了一下头，正好看到了停在街对面的警车，她的心猛地一沉。这时，警察已经从车上下来，背靠着车身站着，两只胳膊撑在身后的车上，毫不掩饰地看着街对面的女孩。玛丽安心想，这个讨厌的警察真是阴魂不散，那换车还有什么意义呢？可自己既然已经在二手车店，用意就已经很明白了，不换反倒会引起那个警察的怀疑。没容玛丽安多想，只见车店老板从屋子里出来了，朝她这边走过来。玛丽安拿着报纸迎了上去。只听车店老板没头没脑地说了一句："我可不想找麻烦。"

"什么？"玛丽安吃了一惊，她现在都有些神经过敏了。

"俗话说，'每天的第一位客人总是最麻烦的一个'。我说'总是'，我可不想找自己的麻烦，所以我绝对会和您公平交易，使您不会有任何理由——"

玛丽安急切地打断了老板的开场白，问道："我能换辆车吗？"

"当然可以，女人总是喜欢换车。"车店老板转身看了一眼停在旁边的车，问道，"那是您的车吗？"

"是的，这车什么毛病都没有，我只是——"玛丽安还在想着该找个什么理由时，车店老板已经帮她说了："看腻了。"他抬手指着车棚里和车场上停着的几十辆车，说道："您可以先在这儿看看，看什么车能让您眼前一亮，趁这工夫，我也让技工好好地检查一下您的车。要来杯咖啡吗？"

"不。我赶时间。我只是想换辆车。"玛丽安看了一眼街对面，那个警察还站在那里，连姿势都没有变一下。

"买二手车不应该太匆忙。不过，今天是个好日子，不该讨价还价，我就直接把您的车开进车库吧。"车店老板说完，就过去把她的车开走了。

玛丽安看看街对面，那个警察还站在那里，而她唯一能做的就是让自己看上去尽量坦然一些。她把报纸塞进包里，装作挑车的样子缓步走到一辆车旁边。这时，车店老板转回来了，拍拍那辆车，向玛丽安推荐道："如果让我选，我会挑这辆车。"

玛丽安马上接受了老板的推荐，直接问价：“多少钱？”

“上去开一圈，试试车吧。”老板说道。通常，人们买二手车都得试试车的性能才行。可玛丽安根本不关心这个，她现在没心情挑挑拣拣，甚至也没时间试车，只想换了车赶紧走。她着急地问道：“用我的车换，还要补多少差价？”

车店老板还从来没见过这么心急的买主，不禁有些诧异地问道：“您不再花点儿时间好好考虑考虑吗？看来您真的很急，有人在追您吗？”

“当然没有，别开玩笑了。”玛丽安说道。

“好吧，我这个卖家还是第一次被顾客催着要快点儿完成交易呢。”车店老板笑着说道。他低下头，稍稍想了想，又说道：“我想，大概要再加上七百美元。”

“七百美元？”玛丽安想确定一下。

“您总有时间讨价还价吧？”车店老板说道。

“成交。”玛丽安更着急了。

自己明明暗示对方价钱还可以商量，没想到对方一口便答应了，这也太出乎车店老板的意料了。他的脸色变得严肃起来，说道：“我希望您能证明车是您的。我是说——驾照之类的各种证件。”

“我当然带齐了各种证件。这里有洗手间吗？”

“屋子里有，在那边。”车店老板领着玛丽安朝屋子那边走去，给她指了指洗手间的位置。玛丽安进了洗手间，从手提包里拿出报纸和装证件的钱包。她把机动车驾照拿了出来，又从纸袋里取出一沓钱，将一百美元一张的纸币数出来七张，再把掏出来的东西一一放回包里。

玛丽安从洗手间一出来，车店老板就对她说：“我想，您最好试一下车，我可不想听到人们说加州查理什么坏话。”

“我真的觉得没必要。我们不能就这样定下来吗？”

“坦白跟您说吧，女士，不是我不信任您，但……”老板总觉得这笔生意有点儿古怪，他把手放在车前的引擎盖上，手指在犹豫不决地敲着。

“但什么？难道为了赶时间而快速做决定是一件非常不对的事吗？您怀疑我的车是偷来的？”

“不，女士。那么，我们到屋子里去吧。”相关证件都齐全，车店老板也的确没理由拒绝这笔交易。

玛丽安交了钱，和车店老板办好相关手续，从屋子里出来，看到警察已经把警车停进了二手车车场，并且下了车，在车边转悠着。玛丽安急忙拉开车门上了车。车刚开出几米，就听到后面有人大喊一声：“嘿！”玛丽安只得停了下来，从窗口探出头来。只见后面刚刚开过来停下的是她原先那辆车，车店里的技工拿着她的皮箱和大衣下了车，走了过来。车店老板奇怪地看着玛丽安，那个警察也缓步朝这边走来。奇怪的是，玛丽安连车都没下，只是转身从车里打开后面的车门，让技工把这些东西放在后车座上，然后使劲儿一踩油门，逃出了二手车车场。

现在，二手车车场只剩下了摸不着头脑的车店老板和那个疑虑重重的警察。

“这是我第一次碰上顾客比卖家还心急的，难道有人在追她吗？”车店老板问那个警察。

“我们最好再仔细看看那些证件，查理。”那个警察提醒车店老板。

“你觉得她像个坏人吗？”车店老板有点儿不相信。

“她的行为古怪，确实像。”那个警察肯定地回答。

“她一下子付了我七百美元现金！”车店老板还是觉得难以置信。

玛丽安驾着车在高速公路上狂奔。她当然明白，最迟到星期一上午，一切都会败露，她必须在被抓到之前赶到山姆那里，然后一起去一个安全的地方躲起来。所以，她不敢休息，更不敢在旅店投宿。可是，昨天在车里睡了一晚、今天一整天的连续驾车已经让她疲惫不堪，很难再向前赶路了。

又一个夜晚降临了，玛丽安勉强睁大了眼睛，抵抗着一波又一波袭来的困意。就在这时，几滴硕大的水珠啪啪地落在风挡玻璃上，下雨了！紧接着，更多的雨滴敲打在风挡玻璃上。玛丽安没想到雨越下越大，她猛然一惊，顾不上自己的睡意了。很快，风挡玻璃上就已经一片模糊，对面来车的灯光化成一团团炫目的白光。玛丽安打开了雨刮器，可是雨下得太大了，雨刮器根本起不了什么作用。对面来车的灯光晃得她眼睛都睁不开，而自己的车头灯只能照亮车前几米的路面，前面几乎是漆黑一片，到后来连路都看不见了，太危险了！夜色和雨帘交织成一张无边无际的网，让她几乎无处可逃，只能溜着路边小心翼翼地前行。

前面的路似乎没有尽头。突然，玛丽安看到雨幕中渐渐显露出路边一家旅馆的霓虹灯招牌——贝兹旅馆。她咬了咬牙，没办法，只能找旅馆了。于是，她把车开进了那家汽车旅馆。

一长排小木屋走廊里的灯都亮着，最顶头的一间屋子是值班室，屋里亮着灯。玛丽安把车开到值班室前面停下，冒着大雨朝屋门口跑去。她兴冲冲地推开值班室的门，走了进去。屋子里却一个人都没有。她走出门四处张望，看到旅馆后面几十米处还有一栋小楼，二楼一个房间里的灯亮着。她正好看到一个女人的身影从窗前走过，看来旅馆主人住在那栋楼里。玛丽安只好又回到车上，按了好一阵喇叭，才有一个身影出现在那栋小楼的大门口，顺着楼前的台阶下来，很快就走到了值班室前。是一个小伙子。他刚要撑开伞把玛丽安从车里接下来，但玛丽安已经下车跑到了走廊上。

“抱歉！雨声太大，我没听到您来。请进！”年轻人收了雨伞，把玛丽安彬彬有礼地让进了屋，然后跟在她身后进去，几步就迈到她前面，绕进服务台后面，把雨伞靠墙放好，再回过身来笑容满面地和她打招呼：“真是个糟糕的夜晚。”

小伙子二十来岁，长得很清秀，有一双清澈明亮的眼睛，看上去有些孩子气。虽然他带了伞，但似乎是特意为客人准备的，刚才自己并没有撑开伞，弄得头发上、脸上都是水珠。

玛丽安急切地问道："有空房间吗？"

小伙子拿出登记簿，笑着说："哦，我们这里总共十二个房间，十二个房间都是空着的。他们把高速公路挪走了。"

"哦，我想，我已经偏离了主干道。"听年轻人这么说，玛丽安才意识到自己在雨里不知不觉地驶离了大路。

"我猜也是。除了像您这样走错路的人，再也没有客人来这儿住店了。"小伙子把登记簿翻开摆在玛丽安面前，拿出一支笔递给她，"不过，总想着损失没有任何意义，我们仍然会在晚上亮灯照常营业。"

玛丽安在登记簿上写了一个假名字：玛丽·山穆斯。写到地址这一栏时，她有些迟疑。"哦，您的家庭住址只要写上城市名就行了。"小伙子说完，转身去拿房间钥匙。玛丽安看了一眼早上买的报纸，正好看到"洛杉矶"，就用了这个城市名。只见年轻人在取房牌时停顿了一下，十二个房牌都挂在这里，最后他把一号房牌取下来交给玛丽安，说道："您住一号客房吧，就在值班室隔壁。这样，您有什么需要的话，我也比较方便服务。"

"我现在只想睡觉，也许还需要一些吃的。"玛丽安拿起放在服务台上的手提包，把它抱在怀里。

"十英里外有家大餐馆，就在费维尔城外。"

"我快到费维尔了吗？"玛丽安欣喜地问道，没想到已经离山姆所在的城市这么近了。

"还有十五英里。我来帮您提行李。"小伙子从车上取出玛丽安的皮箱和大衣，用钥匙打开一号客房的门，开了灯。

"屋子里太闷了。"小伙子把窗户打开，回过身来按按床铺，说道，"不过，床很软和。衣橱里有衣架。要是您想让待在家里的朋友们羡慕您，我们这里还备有印着'贝兹旅馆'字样的信纸。还有，这里。"小伙子打开里间的灯，那是一间浴室。

"好了，如果您需要什么东西，那就敲敲墙，我会待在值班室里的。"最后，小伙子说道。

"谢谢您，贝兹先生。"在这么糟糕的雨夜里误打误撞来到这么一家小旅馆，遇上这么一位热情好客、服务周到的老板，玛丽安觉得很舒心。

"诺曼·贝兹。"旅馆老板自我介绍道，又问了一句，"您不会真的还想开车出去吃饭吧？"

"不会。"玛丽安摇摇头。她已经很累了，何况天气这么恶劣，她也不想再冒险雨中开车了。

“那太好了。不知道我能否有这个荣幸和您一起吃晚饭？我正要吃饭。也没什么特别的，只有三明治和牛奶。如果您能和我一起去我家里，我会非常高兴的。我没有布置漂亮的餐桌，但厨房很有家庭气息。”小伙子语气诚恳地说。

“我非常愿意。”玛丽安很高兴地同意了。

“那就好，您自己先收拾一下，把湿鞋子换下来。等我做好后，就过来叫您。”玛丽安点点头。旅馆老板把房间钥匙交给她，带上房门走了。

玛丽安打开皮箱，拿出睡衣准备换上。她想了想，觉得还是应该先找个稳妥的地方把那笔巨款放好。她把装钱的纸袋从手提包里拿了出来，环顾小小的客房，拉开梳妆桌的抽屉看了看，觉得梳妆桌正对着房门，位置太显眼了。她又走到窗边的立柜前，又拉开床头柜的抽屉，但是，她总觉得放在哪儿都不放心，都太容易被找到。最后，她展开那份报纸，把两沓钞票并排摆放在报纸上，又把报纸包了起来。

玛丽安刚把包着钱的报纸放在床头柜上，就听到后面小楼里传出一个女人苍老的声音：“不行，我告诉你不行！我不许你带陌生女孩来家里吃晚饭！”玛丽安闻声走到窗边，撩起窗帘看着后面那栋小楼。

那个女人的声音还在继续：“想想看，在烛光下吃晚餐，这种廉价的、撩人的场景会让年轻人生出低劣的、色情的念头。”

接着，是诺曼的声音：“母亲，求您别这样说！”

“然后又会怎样，吃过晚饭之后？音乐？甜言蜜语？”那个女人一定是贝兹夫人。

玛丽安在窗边听到贝兹夫人的话，有些不安，没想到自己的到来引发了他们母子的争执。

“母亲，她只是一个陌生的女孩，她很饿，而外面正下着大雨。”诺曼的声音很低，但很清晰。

“‘母亲，她只是一个陌生的女孩。’”贝兹夫人讽刺地重复着儿子的话，“好像男人不会打陌生女孩的主意，好像……我拒绝再说这种令人恶心的事，因为它让我恶心。你明白吗，孩子？去，去告诉她，她那丑恶可怕的胃口休想从我做的食物或我儿子这里得到满足！还是要我去告诉她，因为你没有勇气？怎么样，孩子？你有没有勇气，孩子？”贝兹夫人说这些话时，愤怒得声音都在发抖，说出来的话也越来越不堪入耳。

玛丽安听着，叹了口气。真是一位不可理喻的老妇人。

“闭嘴！闭嘴！”诺曼控制不住地大喊起来。接着，争吵声就平息了。玛丽安听到了楼下大门打开的声音，只见诺曼端着一只托盘正顺着台阶走下来。玛丽安赶紧换了鞋，走出房间，在门口等着他。

很快，诺曼便在拐角处出现了。见到玛丽安站在门前，他有些犹豫地停下了步子，脸上带着尴尬的神色，不过最终走了过来。

玛丽安神情冷淡地说："我给您惹麻烦了。"

"母亲……我母亲……我想说什么来着？她今天心情不太好。"年轻的旅馆老板神色很不自然，连说起话来都有些语无伦次。

"不必麻烦您了，我真的没那么大的胃口。"玛丽安一语双关地说，暗示刚才他们的对话自己都听到了。

诺曼垂下眼睛，很愧疚地说："对不起！我希望我能替母亲向您道歉。"

诺曼的真诚让玛丽安的气消了很多。她转念一想，也犯不着和一个老人家生气，再说自己是真的饿了，就说道："没关系。既然您已经做好了晚餐，那我们还是吃吧。"玛丽安说着，退到自己敞着的房门前。诺曼已经往前迈了一步，但又退了回去，似乎有什么顾虑，又像是在暗暗地做着心理斗争。最后，他低下头想了想，说道："我们去值班室吃吧，那边比较暖和。"

说完，他不等玛丽安答话，便端着托盘转身去了值班室，还不放心地回过头看了看。玛丽安会心地一笑，心想，这个小伙子还真是个听妈妈话的孝顺孩子。于是，她关上自己的房门，跟了过去。她注意到，这时，外面的雨已经停了。

诺曼端着托盘站在值班室里等着她，说道："我觉得在服务台上吃饭太正式了，这后面还有一间小客厅。"说着，他进了里间，把盘子放在茶几上，打开了桌上的台灯。

玛丽安站在门口打量着屋子，靠近屋角的墙壁上挂着一只硕大的猫头鹰标本，两眼发亮，双翼展开，似乎正从屋角俯冲下来；挂钟旁边挂着一只浑身乌黑的乌鸦标本，壁桌上、写字台上，到处摆着大大小小各种各样的鸟类标本。这是个很奇怪的房间。

"请坐！"诺曼热情地招呼着。

"谢谢！"玛丽安在沙发上坐下来。诺曼有点儿拘谨地坐到对面的椅子上。

"您很亲切。"玛丽安夸赞了热情的主人一句。她饿坏了，也顾不上客气，就拿起了托盘里的餐具。

"这些都是您的，我不饿，您尽管吃。"诺曼搓着双手对她说，见女孩切下一小片火腿用叉子送进嘴里，又说道，"您……您吃得就像鸟一样少。"

"您当然很了解它们。"玛丽安看着屋子里的标本。

主人也顺着客人的目光看了看自己的作品，然后说："不，不是太了解。不过，人们常说'吃得像鸟一样少'，这种说法并不……不准确，因为鸟的食量其实很大。不过，我对鸟类的习性所知甚少。我的爱好是填充东西，也就是制作标本。我喜欢制作鸟类标本，因为我讨厌野兽做成标本的样子，比如说狐狸和黑猩猩。有的人甚至会把狗和猫做成标本，我可做不了那些。我觉得，只有鸟类标本比较好看，因为它们比较温驯。"

玛丽安往面包片上抹着黄油，说道："这是个古怪的爱好，很古怪。"

“也很不寻常。”诺曼补充说，“但这种爱好没有您想的那么贵，它很便宜，真的。您看，只要针、线和锯木屑。化学药品是唯一需要花些钱买的东西。”

“人应该有自己的爱好。”玛丽安赞同诺曼有自己的爱好。

“这不仅仅是一种爱好。”诺曼伸出手摸着放在壁桌上一只鸟标本的羽毛，说，“爱好是用来消磨时间的，而不是用来充实自己的。”

“那您感到空虚吗？”

“不，我经营这家旅馆，打扫房间和车场，还要帮母亲做些事——那些她认为我可以做的事。”

“您经常和朋友出去玩吗？”

这个问题似乎让诺曼有些难以回答，他想了一会儿，才无奈地说：“一个男孩最好的朋友，就是他的母亲。”

见女孩像是能体会自己的苦衷似的点了点头，诺曼就问道：“您一生中还没有过空虚的时候吧？”

这个问题触到了玛丽安的心事，她沉吟了一会儿，说道：“只有自己一个人的时候，我会这么觉得。”

“您要去哪儿？”诺曼随口问道，见女孩似乎不想回答，就又补上一句，“我不是想探听您的隐私。”

“我在寻找一片自己的净土。”玛丽安咬了一口面包，慢慢地嚼着，有些茫然地说。

“您在逃避什么事情呢？”诺曼的身子朝前探了探，语气真诚地问。

这个问题让玛丽安有些警惕，于是反问道：“您为什么问这个？”

“我不知道。人们似乎总也逃不过一些事情。”诺曼放在膝头的手交握在一起，手指绞来绞去。

见女孩沉默不语，他就看看窗外，说道：“雨好像停了很久了，是不是？……您知道我是怎么想的吗？我觉得，我们所有的人都掉在自己挖的陷阱里，被它牢牢地困住了，谁也无法爬出来。我们拼命想要抓住什么东西，想要爬出来，可抓到的只有空气。我们用尽力气，也没办法改变一丝一毫。”

玛丽安很有同感地说了一句：“有时候，我们故意掉进自己设的陷阱。”

“我生下来就在陷阱里，但是我已经不在乎了。”诺曼好像很悲观地说道。

“可是，您应该……您应该在乎的。”玛丽安很认真地说道，她真不希望眼前这个热情和善的小伙子就这样默默地承受着命运的捉弄。

玛丽安的话让诺曼心里很温暖，他的脸上又露出了孩子般的笑容。他有点儿调皮地耸耸肩，说道：“其实，我很在乎，只是嘴上说不在乎。”

“您要知道，如果有人用像她对您的那种说话方式对我说话……”玛丽安说着，朝窗外小楼的方向看去。

“有时候她那样对我说话，我真想上楼去咒骂她，然后永远地离开她，至少可以反抗她，但我知道我不能这样。她有病。”诺曼叹了口气。

“不过，她的声音听上去很精神呢。”玛丽安有些不解。

“不，我不是说普通的病。自从父亲死后，她独自抚养我长大。父亲死时，我才五岁，那对她一定是个巨大的打击。我指的并不是生活上的负担，父亲留下了一点儿钱，她不必出去工作或者做什么事情养家。但是几年前，母亲认识了一个男人，那人劝她开了这家旅馆，他能说服她做任何事。后来他也死了，这对母亲又是一个沉重的打击。而那人死的方式……”说到这儿，诺曼带着歉意笑了笑，说道，“我不该在您吃饭时说这些。总之，那对她真是个太大的打击，她失去了一切。”

“除了您。”玛丽安一边吃着面包，一边很认真地倾听。

诺曼回答：“是啊，可儿子是没法儿替代爱人的。”

“那您为什么不离开她呢？”玛丽安想知道他的想法。

诺曼反问了一句：“像您一样，跑到一片属于自己的净土去吗？”

玛丽安叹了口气，把吃不完的一小块面包扔回盘子里。她想想自己现在的处境，摇了摇头，很肯定地说：“不，不是像我。”

“我不能那样做，我走了，谁来照顾她呢？她一个人会寂寞，壁炉里的火会熄灭，这里会变得像坟墓一样阴冷潮湿。如果您爱某些人，就肯定不会那样对他们，即使您恨他们，您也不会那么做。您肯定相信，我并不恨她，但我恨她怎么会变成这样，我恨这种病。”诺曼非常无奈地说道。

玛丽安吞吞吐吐地问道：“如果您把她送去某个地方……会不会更好一些？”她同情这个小伙子，但她也知道，人们通常都不大能接受把亲人送去那种地方，尽管这确实是无奈之下一种相对较好的选择。

果然，诺曼瞪大了眼睛，身子向前，离女孩更近一些，盯着女孩问：“您指的是，收容院？疯人院？人们总是把疯人院说成‘某个地方’，是不是？把她送去某个地方。”

“我很抱歉，我并不想说得我好像漠不关心一样。”

诺曼从鼻子里哼了一声，说：“您对‘关心’的了解又有多少呢？您到过任意一个那种地方去看过吗？他们又是哭又是笑，用冷酷的眼神观察着您。让我母亲去那种地方？她可不会伤害人，就像那些鸟标本一样。”

诺曼的指责让玛丽安有些愧疚，她后悔自己不该说出这么唐突的话：“对不起。我只是觉得，她看上去在伤害您。我的本意是好的。”

“是啊，人们常说自己的本意是好的，他们斟酌着言辞，巧妙地提出建议。”诺曼咬牙切齿地说，脸上的表情也变得有些可怕。不过他很快意识到了这一点，就又靠回椅背上，情绪也平复了一些，“当然了，我也对自己提过这种建议，但我讨厌这种建议。她需要我。她并不是疯子，不是胡言乱语、说疯话的人，只是有时候会变得有些不正常，我们所有人有时候也会变得有点儿不正常。您会不会呢？”

“会，不过，一次就够了。谢谢您！”

“谢谢您，‘诺曼’。”诺曼嘿嘿笑着，像小孩子一样补上了自己的名字。

“诺曼。”玛丽安很认真地重复道。与诺曼的这番谈话让玛丽安受益匪浅，她似乎猛地醒悟过来了。没错，正常人有时候也会发疯，干出荒唐事——为了追求自己的幸福生活而不管不顾，不惜伤害他人，犯下大错。

还来得及，要挽回这一切还来得及。

见玛丽安站起身来，诺曼问道：“您是要回房间去吗？”

“我很累了，明天还要赶很远的路，回凤凰城。”

“真的？”

“我在那里掉进了一个自己设下的陷阱，我得赶回去处理，尽量把自己救出来，趁现在还来得及。”玛丽安坦诚地说了自己的事，因为她觉得这个小伙子值得信任。而且这个晚上，正是他教会了自己一些人生道理。

诺曼脸上露出赞许的笑容，问道：“您确定，真的不想再多待一会儿了？只是聊聊天？”

“我很想，但是——”

诺曼理解地点点头，伸出手让玛丽安不用再说下去：“好吧，那就明天早上再见。我会给您带早餐过来，好吗？您要什么时候起床？”

“很早，天一亮就走。”

“好的，女士。”

“克莱。”玛丽安说了自己的真姓，就像诺曼重复自己的名字那样。

“好的，克莱小姐。”诺曼会意地点点头。

“晚安。”玛丽安回自己的房间去了。

诺曼看着女孩的背影，拿过入住登记簿，才发现女孩先前登记的名字和地址都是假的。他放下登记簿，进了里屋，关上门，侧耳倾听着隔壁房间里的动静。这个晚上的交谈让诺曼觉得自己和女孩的心拉近了，她欣赏他、同情他，更重要的是能理解他。他发现自己已经爱上这个女孩了，顿时心神不定起来。他在封闭的小客厅里茫然地四下张望着，不由自主地咽着唾沫，呼吸也变得越来越重。终于，他忍不住摘下了挂在墙上的一个画框，露出墙上的一个小孔，把眼睛慢慢地贴了上去，偷窥着女孩脱去身上的衣服、换上了睡衣的情景。

然后，诺曼把画框挂回墙上，走出值班室回小楼去了。他神色凝重，似乎是想上楼去和母亲说点儿什么，可走到楼梯前又丧失了勇气，朝后面的餐厅走过去了。他坐在餐桌边沉思着，像是要做什么重大的决定，却又迟迟定不下来。

客房里，玛丽安翻开自己的银行存折，在笔记本上计算着支出款项，写上四万，减去七百……写完之后，又把这一页撕下来，几下就撕成了碎片。正要把碎纸片扔进纸篓里时，她想了想，还是扔进了马桶，并盖上马桶盖，冲走了。她脱掉睡衣迈进浴缸，拉上浴帘，打开淋浴头，一股热水喷了出来，满身的疲惫和满脑子的不快似乎都被这温暖的水流冲走了。

可是她隔着浴帘，不知道致命的危险正在逼近。正在这时，浴室的门打开了，浴帘上映出了一位老妇人的身影。只见那位老妇人一步步朝浴帘走过来，但是女孩没有听见任何动静，依旧享受着热水澡。突然，浴帘猛地掀开了。老妇人的手举了起来，她手中有刀！可怜的玛丽安这时也听到了声响，她回过身来，顿时吓得高声尖叫："不！"

可是，为时已晚，玛丽安躲不开厄运了，她徒劳地躲避着。老妇人使出全身的力气，举着刀往女孩身上狠狠地扎了下去。一刀又一刀，流进浴缸里的水变成了红色。玛丽安徒劳地抓住浴帘的一角，瘫倒在浴缸里，带着整幅浴帘都掉了下来。玛丽安一直圆睁着双眼，她怎么也没有想到，自己会这么不明不白地死在这家家庭旅馆里。而她用报纸包着的那些钞票还原封不动地放在床头柜上。

杀人事件刚结束，就听到小楼里传来诺曼惊慌失措的叫喊声："母亲！天哪，母亲！"

诺曼冲出了屋子，连滚带爬地下了屋前的台阶，朝客房跑过来。他推开门冲进了玛丽安的一号客房。只见浴室里的淋浴头仍然开着，冲着已经死去却圆睁双眼的玛丽安，眼前的情形令人触目惊心。诺曼无法接受，刚才那个善解人意的女孩顷刻间变成了一具冰冷的尸体！

诺曼不由得转过身，捂住了嘴，拼命克制着自己内心的悲伤和恐惧。他的肩膀剧烈地抖动着，牙齿咬得咯咯直响。等平静一些后，他先走过去把窗户关上，又关了客房里的灯，浑身打战地出了房间。他靠着走廊上的木柱，手神经质地往衬衫上擦着，但他的手上并没有沾上血迹。诺曼万分恐惧地朝一号客房的门望过去。

过了一会儿，他进了值班室，先把灯关了，摸黑拿了拖把和水桶走出门，又进了一号客房。他站在浴室门口瑟缩着，终于鼓足勇气走了进去，关了淋浴头，强忍着心头的恐惧和恶心，把浴帘从女孩的胳膊下一点点地拉出来，扔在外面房间的地毯上；再把女孩的尸体拖出浴缸，放在浴帘上，在洗脸盆里洗去了双手上沾的血；然后把洗脸盆冲洗干净，打开淋浴头，用拖把擦掉浴缸周围沾上的血迹，还有浴室墙上、地板上的血迹。擦完以后，再用毛巾把这些地方细细地擦了一遍，都擦完后，他把毛巾扔进水桶里。不一会儿，浴室便被他擦得干干净净，找不出来凶杀留下的痕迹了。

诺曼的步子也稳下来了。他走出浴室，低头看看房间地毯上的尸体，然后出了门。他把玛丽安开来的那辆车掉了头，车尾冲着房门口。然后，他把后备厢打开，又进了房间，轻手轻脚地用浴帘裹住了尸体。在裹尸体的同时，他不时地看看女孩的脸，似乎生怕她会突然活过来。他横抱起尸体，走出房门，慢慢地放进后备厢，关上了厢盖。他警惕地看了看四周，四下里一片寂静。于是，他又进了一号客房，打开了灯，拾起掉落在地上的钥匙，放进了自己的口袋，接着取下挂在衣橱里女孩的大衣，塞进她的皮箱里，把梳妆台上的手提包也塞了进去。他又拉开梳妆台的每个抽屉仔细地查看，把写字台上的笔记本和存折、女孩的高跟鞋、散放在各处的衣物全都塞进皮箱里。经过这么一番收拾，他还不放心，又去浴室里查看了一番，看看那里有没有女孩的化妆品和洗漱用品，又把放在里面的拖把和水桶拎了出来。他把皮箱、拖把和水桶全都放进了后备厢，再一次进房间查看。这次，诺曼看到了床头柜上的报纸，赶紧拿了起来，关了房间里的灯，锁上门，把报纸啪地一下扔进了后备厢。

诺曼开着车，在偏僻的路上急驶，到了一片沼泽地。他从车上跳下来，费了很大的劲儿，一点儿一点儿地把车推进了一片大沼泽。做完这些，他往嘴里塞了一块糖，嘎巴嘎巴地嚼着，在旁边看着车慢慢地沉了下去。沼泽里发生汩汩的声响，一点点地吞没着车。但是，车沉到一半就停住了，好像是因为太轻无法一沉到底。这下诺曼有点儿发慌，他四处张望，想找个什么重物把车压下去。不过，没等他找到重物，突然，车又歪歪斜斜地往下沉了。很快，白色的车顶最终消失在沼泽里。最后一个水泡消失了，沼泽地恢复了平静，仿佛什么事都没有发生过。直到此时，诺曼的脸上才浮现出一丝诡异的微笑。

星期一上午，在凤凰城玛丽安的办公室里，玛丽安的迟迟未到让老板劳瑞先生十分不安。他急得转来转去，电话一个接一个地打到办公室。只听老板连声问道："卡罗琳，玛丽安还没来吗？"

"没有，劳瑞先生，不过，玛丽安星期一经常会到得晚一点儿。"

"她一来就通知我！"老板的嗓门儿提高了八度。

没过一会儿，老板的电话又来了："你给她姐姐打电话！她家里没人吗？"

"刚才我给她姐姐打过电话了，就打到她姐姐上班的地方——音乐制造者唱片店，您知道的。不过，她姐姐也不知道玛丽安去了哪里。"

老板的语气越来越着急："你最好到她家里去看看，她有可能没法儿接听电话。"

"她姐姐正准备回去找她，她跟我们一样着急。"卡罗琳不由得也着急起来。

玛丽安的姐姐也觉得奇怪，这两天她在图森买东西，并没有回家，所以也不知道妹妹的行踪。接到妹妹的老板的电话，她急忙赶回家，到家后，才知道妹妹并不在家。于是，她在妹妹的房间里查看了一圈，发现妹妹的皮箱不见了，衣柜里的衣服也少了一些，可是玛丽安并没有留下任何字条说明自己的去向。玛丽安会去哪儿呢？玛丽安的姐姐赶紧给劳瑞先生打电话。不管怎样，上星期五玛丽安还在办公室里上班呢。

“不，我一点儿头绪都没有。刚才我说过，最后看到你妹妹是星期五她离开办公室时，她说她身体不舒服想早点儿回家，我说可以。那就是我最后看到——”说到这里，劳瑞先生突然想了起来，“哦，等等，后来我又看到了她，她正开着车……我觉得，你最好到我的办公室来，快一点儿！”

劳瑞先生想到了一种极为可怕的可能性，他当然希望事实不会如此，可现在看来，事实可能就是这样。

劳瑞叫卡罗琳给他接通卡西迪先生的电话：“这下完了，卡西迪，我早就告诉过你，那是一大笔现金！”

“我可不担什么责任！”卡西迪先生吼了一声。

“哦，老天！”劳瑞先生哀叹一声。卡西迪先生不愿意担责任，这是自然的，毕竟卡西迪先生是当着自己的面，在自己的办公室里把钱交给了自己的秘书，也是自己让秘书把这些钱拿去银行存进保险箱里的。然而，话说回来，如果他拿的不是现金，不就没有这么多麻烦了吗？

“一个为我工作了十年的女孩，我当然会信任她。算了，不说了，你最好快点儿过来。”劳瑞先生觉得再说什么也没用了。

“我可不会白白地扔掉这四万美元，我一定要把这些钱找回来。如果少了，我会让她用身体来抵！毫无疑问，我会派人去追踪她的！”卡西迪先生恶狠狠地说。

“等一下，卡西迪，我还是不敢相信，这真让人想不明白，我不能——”劳瑞先生还是想弄清楚一切再说。

“你有没有去银行查过？没有吗？有没有其他人看到她，没有吗？你居然还相信她？简直是头畜生！我把钱掏出来的时候，她就坐在那里，几乎没用正眼看过钱，却在心里暗暗地谋划，甚至还跟我调情！”卡西迪先生气急败坏，在电话那头怒吼着。

在费维尔的山姆·卢米斯五金商店后面的房子里，山姆正在给玛丽安写信。外面柜台前，一个顾客正在挑选杀虫剂，一直唠叨个不停，让柜台里的伙计不胜其烦。这时，一个女人在店门口下了出租车，走了进来，有点儿犹疑地问站在收银机后面的伙计：“您是山姆吗？”

“山姆！有位女士找你。”伙计朝后面的房子喊道。

山姆闻声走了出来，面带微笑地问道：“小姐，您有什么事？”

“我是玛丽安的姐姐。”那个女人回答。

“哦，那您就是莱拉了。”虽说莱拉的到来让山姆有些意外，但他还是热情地和她打着招呼。

不过，莱拉显然不是来串门的，她看着山姆，严肃地质问道：“玛丽安在这儿吗？”

山姆脸上的笑容立即消失了，他也严肃地回答：“当然没有。出什么事了吗？”

此时，一个男人出现在五金商店的玻璃门前，静静地听着商店里的对话。

“她星期五就离家出走了，我周末待在图森，直到现在也没有再见到她，甚至连个电话也没接到。如果你们两个在一起，我不会管，这不关我的事。可我要和玛丽安谈谈，我要她亲口告诉我，说这不关我的事，然后我就走。”莱拉语速很快，又气又急而且带着哭腔和颤音。

见莱拉情绪如此激动，山姆连忙回过头支走了柜台后面的伙计，想弄清楚究竟发生了什么事。这个时候，门外的男人推门走了进来，但山姆和莱拉都没怎么留意。

山姆急切地问道：“那现在，我们能一起做些什么？”

莱拉转过身去，擦着眼角的泪水说：“对不起，我不该在您面前哭的。”

“玛丽安遇到什么麻烦了吗？这是怎么回事？”山姆焦急地问。

“我们一起来谈谈玛丽安吧，好不好？”一个声音突然插进来。是那个刚进来的陌生男人。

“您是谁，老兄？”山姆对这个不请自来的陌生人自然怀着戒心。

“我叫阿伯盖斯，老兄。我是个私家侦探。”说着，那个陌生男人从怀里掏出证件给两人看了一眼，又转向莱拉问道：“她在哪里，克莱小姐？”

“我不认识您。”尽管这个陌生男人有私家侦探的证件，但莱拉还是没法儿相信他。

“我知道您不认识我。因为如果您认识我，我就没法儿跟踪您了。”那位私家侦探气定神闲地回答。

“为什么您要管这件事？”山姆想知道这件事的由来。

阿伯盖斯斜靠在柜台边，语气淡淡地说：“为了四万美元。”

“四万美元？”山姆怎么也没法儿把玛丽安和这么一大笔钱联系起来。

不料，阿伯盖斯点着头说：“正是。”

山姆探询的目光朝莱拉看看，又看看侦探，焦躁不安地说：“你们两个最好快点儿告诉我发生了什么事，我可没什么耐心……”

阿伯盖斯慢悠悠地说：“别激动，老兄。事情是——您的女朋友偷走了四万美元。”

“你胡说什么？”山姆觉得这简直是栽赃，于是怒不可遏地冲阿伯盖斯吼道，又转过头问莱拉：“这到底是怎么回事？”

“星期五她被老板派去银行存钱，但她没有把钱存进银行。从那以后，就再也没人见过她。”莱拉看着山姆，似乎想从他的眼睛里看出点儿什么。

阿伯盖斯话里有话：“可是，总会有人见过她。一个带着四万美元现金的女孩，总会有人注意的。”

莱拉语带恳求：“山姆，他们不想提起诉讼，只是想把钱要回来。山姆，如果她在这里——”

山姆伸出手，制止她再说下去："没有，她不在这里。"

阿伯盖斯插嘴道："克莱小姐，我能问您一个问题吗？您来这里只是凭着直觉，而没有别的原因吗？"

"甚至都不是直觉，我只是希望她在这里。"莱拉失神地摇着头说。

"好吧，我们要做点儿调查，才能知道可不可以相信您。"阿伯盖斯还是那么平静地说。

很明显，莱拉被阿伯盖斯的话激怒了，她怒气冲冲地提高了嗓门儿："我可不在乎你们是不是相信我，我只想在玛丽安陷得太深之前找到她！"

"您有没有去凤凰城的医院找过？也许她出了车祸，也许被人抢劫了。"山姆提醒莱拉。

阿伯盖斯摇着头否认道："不会的。我可以告诉您，有人看见她开车离开了市区。是她的老板看见的。"

"可是我不相信，您相信吗？"山姆问莱拉，但莱拉对此不置可否。

"要知道，我们总是最先怀疑名声不好的人。"阿伯盖斯往前走了几步，在莱拉面前站定，非常肯定地说，"我认为，她就在这里，克莱小姐，因为这里有她的男朋友。当然，她不会和螺丝钉、螺丝帽一起待在后面的仓库里，但她应该就在这里，在这座城市的某个地方。我会找到她，我也会再见到您的。"私家侦探说完，朝莱拉点点头，便大步离开了五金商店。

私家侦探离开了，只留下不知所措的山姆和莱拉。他们一时没有主意，只能等阿伯盖斯回来，看看他是否能带回来玛丽安的消息。

接下来的两天里，费维尔城内大大小小的旅馆，阿伯盖斯都挨家打听过了，但是一无所获。于是，他决定沿着往凤凰城方向的路继续进行地毯式搜查。这天傍晚时分，他来到了老高速公路边的贝兹旅馆。只见年轻的旅馆主人诺曼正坐在值班室门口吃着糖，翻看着一本杂志。

"晚上好！"私家侦探和旅馆主人打着招呼，"我刚才差点儿开过去了。"

诺曼起身迎接客人："我总是忘了把招牌的灯打开，不过，我们这里真的有空房间。事实上，有十二间房都空着。要吃糖吗？"

"不了，谢谢。这两天我已经看了很多家旅馆，看招牌看得眼睛都花了。您这里真是个远离尘嚣的地方。"私家侦探和旅馆主人寒暄着。

"实话实说，不是我忘了打开招牌的灯，就是开了，好像也没什么用。您看，那条路曾经是高速公路主干道。"私家侦探点点头，似乎想到了什么。

旅馆主人把客人往屋里让，连声说道："我们进去登记吧。"

私家侦探并不想住店，于是拦住热情的旅馆主人，说道："不，不用，您坐下。我不是想麻烦您，只是想问您几个问题。"

“不麻烦，我今天正好要把床单换洗了。不管有没有人住，我总是每星期换洗一次床单，因为我讨厌潮湿的味道。来吧，进来吧。”旅馆主人诚恳地发出邀请。

就这样，私家侦探跟着旅馆主人进了值班室。这个时候，房间里光线已经很暗了。诺曼进屋先打开了桌上的台灯，问私家侦探：“您是想买一家旅馆吗？”

“不是。”私家侦探还在顺着刚才的思路想着。

旅馆主人笑着说：“刚才您说这两天看了很多家旅馆，我还以为……您要问什么？”说着，他打开旁边的柜子，拿出一摞整齐干净的床单。

“我在找一个失踪的人。我叫阿伯盖斯，是个私家侦探。”阿伯盖斯向旅馆主人出示了自己的证件，说道，“我在打听一个女孩的下落，她从凤凰城来，已经失踪了一个星期。这是私人纠纷，家人们愿意原谅她，她不会有任何麻烦的。”

“我想，警察不会找没有惹麻烦的人吧。”旅馆主人看上去有点儿紧张。

“我不是警察。”阿伯盖斯强调。

“哦，对。”旅馆主人忙着肯定了一声。

阿伯盖斯从钱包里抽出玛丽安的照片递给旅馆主人，说道：“我们有理由相信她会走这条路，应该在附近停留过。请问，这个女孩来过吗？”

可是，旅馆主人并没有去接照片，甚至都没有看一眼就说：“我们这儿已经有好几个星期没来过客人了。”

阿伯盖斯晃着手中的照片，说：“您在确认之前能不能先看看照片呢？”

旅馆主人笑着说：“确认？您这样说话，口气真像警察。”

“看看吧。”阿伯盖斯坚持道。旅馆主人只得接过照片看了看，摇摇头，把它还给了阿伯盖斯。

“您确定，没有见过吗？”

“我确定。”

阿伯盖斯把照片放回钱包，慢悠悠地补充说：“她有可能用假名。她的真名叫玛丽安·克莱，但她可能会用另一个名字登记。”

“我现在都懒得登记顾客姓名了，您知道的，旅馆生意成了这样，渐渐地，就会放弃常规，我甚至都不想换床单了，只是积习难改。这倒提醒了我。”旅馆主人说着，打开了墙上的电灯开关。

“那是什么？”

“灯，招牌的灯。上个星期来过一对夫妻，他们说，如果不开灯，他们都以为这家旅馆早就关张了。”

“您看，我就是这个意思。”阿伯盖斯马上听出了自相矛盾之处，他抓住破绽追问道，“您刚才说有好几个星期没来过客人，却有一对夫妻上个星期来过，不知道您这儿还营业？”

诺曼自知失言，但只是“嗯”了一声，尽量不露声色。

阿伯盖斯敏锐地说道：“就像您说的那样，积习难改，是吧？那个女孩可能用别的名字登记过。我可以看看您的登记簿吗？”

“可以。”诺曼拿过登记簿放在服务台上，并且往嘴里塞了一块糖嚼着。

阿伯盖斯一页页翻着登记簿：“毫无疑问，我会找到日期的。”

“我说了吧，没有这个人。”

“让我们看看，我这里带了一份她的笔迹样本。”阿伯盖斯又从钱包里拿出一张纸，比对着登记簿上面的笔迹，“哦，对了，就是这个，玛丽·山穆斯，一个很有趣的化名。”

诺曼嘴里嚼着糖，缓解着内心极度紧张的情绪，凑过去看登记簿，问道：“这是她吗？”

“我想是的。玛丽，玛丽安；山穆斯，她的男朋友叫山姆。她乔装打扮了吗？要不要再看看照片呢？”私家侦探的语气里似乎多了一些质问的意味，他再度拿出了玛丽安的照片，要递给诺曼。

诺曼为自己辩解道：“我可没对您撒谎，先生。”

“我知道，我知道您是不会撒谎的。”阿伯盖斯点点头。

“只是时间太长，我忘记了。”

“我知道，我知道。”阿伯盖斯频频点头。

诺曼接过照片，似乎这次一下子就想起来了：“哦，没错。那天下着雨，她的头发都湿透了。不过，这张照片真的不太像她。”

阿伯盖斯双眼紧盯着旅馆主人，想捕捉到他脸上最细微的表情。

“我猜也是。和我详细谈谈吧，说说她怎么样了。”

“这个嘛，那天晚上，她到这儿时已经很晚了，然后……她直接就去睡觉，第二天早上就走了。”

“有多早？”

诺曼含糊地回答说：“非常早。”

“是哪天早上？”私家侦探的问话一句紧追一句。

“是……第二天早上，星期天。”旅馆主人似乎变得越来越紧张，说话时嘴唇都有些哆嗦。

“我知道了，她在这儿跟什么人会过面吗？”

“没有。”

“她是和什么人一起来的吗？”

看来自己并没有成为怀疑对象，诺曼轻松了一点儿，装作仔细回忆当时情景的样子想了想，然后回答说：“没有。”

“她有没有给谁打过电话？”

“没有。”

“打过本地电话吗？”

“没有。”

诺曼只顾否认私家侦探提出的每一个问题，连连摇头，一不小心又露出了破绽。

“您那天晚上和她在一起吗？”阿伯盖斯突然发问。

诺曼收起了脸上的笑容，不知道侦探为什么会这么问，于是摇摇头，说：“没有。”

阿伯盖斯笑着说：“哈哈，那您怎么知道她没有打过电话？”

原来破绽出在这里，诺曼一时不知道该怎么回答，只能结结巴巴地说：“她……她很累了，而且……瞧，我现在正试着把我的记忆联结起来，您知道的，有时候会忘记某些细节。”他下意识地抬起手摸摸额头，并用手指敲打着。私家侦探看出来，他内心很不安。

“没错，这就对了，别着急，您好好想想。”私家侦探点着头，鼓励诺曼慢慢地说下去。

“她……她坐在那里，不……不，她是站在那里，手里拿着三明治，她说，她得早点儿睡，因为要开车走很远的路。”

“哪里？”

“她去的地方。”诺曼误以为私家侦探问他女孩开车是要去哪里。

“不，我是问你她站在哪里，您说她站着。”

“是的，在我的会客室里。她很饿，于是我给她做了份三明治。然后她说她很累，直接去睡觉了。”

“明白了。她怎么付的账，现金还是支票？”

这次诺曼不假思索地给出了回答：“现金。”

“现金？她离开后就没有再回来？”

“是啊，她为什么还要回来？”诺曼说这话时，笑着耸耸肩，想让自己显得轻松一些，眼前这家伙咄咄逼人的追问已经让他难以招架了。他清了清嗓子，直接下了逐客令：“好了，阿伯盖斯先生，我想，也就这些了。如果您不介意的话，我还有事要做。”

私家侦探可没那么容易被打发走，他毫不客气地说：“说实话，我介意。您看，您提供的这些信息拼在一起，得不出一个完满的结果，无论如何都说不通，好像还缺了点儿什么。”

“可我不明白，您还能指望我知道些什么。您也知道，这里是旅馆，人们来到这里，然后又离开。”

“没错，她已经不在这里了，是吗？”

“是啊。”旅馆主人笑了起来，但那笑声像是刻意发出来的，非常生硬。

“如果我想检查一下房间——这里的全部十二个房间，我需要拿来警察局的许可证吗？”

“如果您不相信我，那就跟我一起来吧，可以帮我一起换床单。”旅馆主人抬抬胳膊上的床单，说。

“好啊。”阿伯盖斯跟着旅馆主人出了值班室。

诺曼拿着床单走在前面，习惯性地准备从一号客房开始换起。但走到门前正要去开门时，他突然改变了主意，跳过这间客房，朝二号客房走去。

阿伯盖斯注意到了这个不太寻常的细节。他走到值班室里的旁边，看到了后面的小楼，二楼的窗口亮着灯，一个女人正站在窗子边，好像在往下看着什么。诺曼见私家侦探没有跟上来，就招呼他说：“怎么，您改变主意了吗？”阿伯盖斯转过身来，旅馆主人大步走回来，自嘲地说：“我想，我一定是长了一张不太容易让人相信的脸。”

阿伯盖斯问：“您家里有什么人吗？”

“没有。”

“可我明明看到有人在窗户边。”私家侦探很奇怪，这么显而易见的事实，旅馆主人为什么要否认呢？

“不，不，没有。”

“真的有，不信您去看一眼。”

“那肯定是我母亲。她是个病人，一个病人，好像一直活在自己的世界里。”

“我明白了。”阿伯盖斯点点头，然后直截了当地说出了自己的怀疑，“如果这个女孩——玛丽安·克莱，在这里，您不会把她藏起来吧？”

“不会。”

“即使她给您很多钱，您也不会？”

“不会。”

“让我们做个假设，如果她要您勇敢地保护她，您要知道，您是被她利用了，您不会这么傻吧？”

“我又不是傻瓜。我不会被人当成傻瓜耍的，女人也不行！”年轻的旅馆主人说这话时带着几分怒气，像是生怕被人看成年轻不懂事的小孩子一样。

私家侦探赶紧解释说：“我不是怀疑您的男子气概。”

旅馆主人来了句：“那我这么说吧，即便她能骗得了我，也骗不了我的母亲。”

“这么说，您母亲见过她，我可以和您母亲谈谈吗？”

不料，阿伯盖斯的请求被旅馆主人一口回绝了，他冷冷地说：“不行，我已经告诉过您了，她需要和外界隔离。”

阿伯盖斯坚持请求道：“我只要几分钟就够了，也许会有些您没留意到的线索，要知道，病中的老人通常很敏感。只需要一小会儿，我不会打扰到她的。”

“阿伯盖斯先生，我想……我想，我已经对您说了我要说的。我想，您最好现在就离开这里，谢谢！”

见对方态度如此坚决，甚至已经带有明显的敌意，私家侦探也没什么办法，只得无奈地说：“好吧，如果您让我跟她谈谈，就会帮我省去很多工作。我需要拿个许可证再来吗？”

“当然。”

“好吧，不管怎样，还是谢谢您。”阿伯盖斯说完，便上了车。诺曼靠着廊柱站着，冷冷地看着侦探的车离开。

阿伯盖斯在一个电话亭旁边停了下来，给山姆打了个电话：“您好，卢米斯，我是阿伯盖斯，莱拉在吗？您让她接一下电话……听我说，玛丽安来过这里。是的，星期六晚上，她在一家叫贝兹旅馆的汽车旅馆过夜，就在城外老高速公路旁边。我甚至知道她住的是哪个房间，就是一号客房。那个经营旅馆的小伙子说，她待了一晚，第二天就离开了，就这些……不，不完全是这样。我问过他了，相信我，我想从他那里能得到的信息我都得到了。我正准备以这些信息为基础做深入调查，但我并不满意现在的结果。这个小伙子有个生病的老母亲，我认为她见过玛丽安，而且和她说过话……没有，他不愿意让我和她谈。我想再去那家旅馆一趟……不，您就和卢米斯一起待在那里，我一个小时后回来，也许用不了一个小时……好，听着，您会很高兴知道我现在是怎么想的。我想，我们的朋友山姆·卢米斯并不知道她来过这里……没错，好的，一个小时后见。”

挂了电话，阿伯盖斯又开车回到贝兹旅馆。这时，诺曼还在忙着一个房间一个房间地换床单。听到汽车声音，他闪身躲进了黑暗中。阿伯盖斯径直朝亮着灯的值班室走去，但旅馆主人并不在那里。“贝兹？”阿伯盖斯叫道，走到里面小客厅的门口，首先看到的是那些摆在桌上、挂在墙上的鸟类标本，不禁有点儿吃惊。然后，他进了里间，见靠墙摆放着一只小保险箱。他蹲下，打开看了看，又大致查看了一下屋子，都没有什么特别之处。阿伯盖斯出了值班室，朝小楼的方向看去。二楼窗子的灯还亮着，但窗帘已经拉上了。他想了想，决定去小楼里找旅馆主人的母亲。到了大门口，阿伯盖斯不放心地朝四处看了看，仍然看不见那个小伙子。他推开门，一楼客厅里没有人，正对着门口的就是通往楼上的楼梯，于是他轻手轻脚地上了楼梯。

就在这时，二楼那个房间的门悄无声息地打开了。一位老妇人拿着刀猛冲出来，挥刀就朝阿伯盖斯的脸上砍去。阿伯盖斯猝不及防，被刀砍中受了伤，滚下了楼梯。没等他爬起来，那位老妇人又扑了过来，恶狠狠地补上了几刀。

在城内山姆的五金商店里，山姆和莱拉正在等待阿伯盖斯回来。两个人一人坐着，一人站着，彼此没有任何交流。气氛很沉默，这让山姆觉得有些不自在，他开口打破了屋子里的寂静："有时候，星期六的晚上反倒更安静。您有没有注意到，莱拉？"

莱拉心神不宁地转动着座椅。已经过了很长时间，阿伯盖斯还没回来。"山姆，他说过，不超过一个小时就会回来的。"

山姆看了看表，说："是啊！已经三个小时了。"

"难道我们就在这里一直等下去吗？"

山姆在屋子里踱着步，虽然他的心里也非常不安，但还是安慰莱拉说："他会回来的。我们就在这里安安静静地等他回来，好吗？"

可莱拉不想再这么消极地等待了，她霍地站起身，问山姆："那条老高速公路离这儿有多远？"

"您想去那儿吗？直接闯到那儿去，然后——"

"是的。"

"让他们大吃一惊？"

"是的，是的。"莱拉情绪激动地说。

山姆希望莱拉能理智一些，说："这可不是明智的做法。"

莱拉固执地说："耐心等待不是我家的传统，山姆，我要去那里。"

"可他已经说了——"

"他说他一个小时后回来，甚至都不用一个小时。"莱拉强调。她觉得私家侦探迟迟不回，肯定是出了什么问题。

山姆想了想，觉得莱拉的担心也不无道理，就走到电话机旁准备给某个人打个电话。这时，莱拉拿起自己的包，怒气冲冲地说："我这就去！"

见她态度这么坚决，山姆只好拿了自己的外套，说："您一个人是找不到那个地方的。"他边穿外套边走出屋子。莱拉紧跟着跑了出来，山姆却对她说："您就留在这里。"

"我为什么不能跟您一起去？"

山姆拉上外套拉链，说："我不知道，但我们俩总得有一个留在这里，方便和他联络。"

"那我留下来做什么？坐着干等吗？"

"是的，您就待在这里等着吧。"

而这时，诺曼已经把这起案件中的第二位牺牲者连人带车推进了沼泽，仍旧站在一旁，静静地看着车沉下去。

山姆开车赶到了贝兹旅馆，但这里黑漆漆的一片，一个人都没有。私人侦探不在，旅馆主人也不在。他大声喊着阿伯盖斯的名字，但没有人应答。呼唤的声音传到附近的沼泽地。诺曼朝声音传来的方向转过头，脸上露出了厌恶的表情——又有人找上门来了。他咬住了嘴唇。

山姆围着旅馆转了一圈，看到了旁边旅馆主人的小楼，二楼窗口边有一位老妇人的身影。于是他跑到楼下敲了敲门，但没有应答。这样一想，私人侦探或许已经回去了。山姆就上了车，掉头离开了。

等他回到五金商店时，等得坐立不安的莱拉急匆匆地迎了上来。

“他还没回来吗？”山姆问道。事实显然如此。

莱拉满怀期待地看着山姆，希望他能带回有用的信息，可是结果让她很失望：“阿伯盖斯不在那里，也没看到什么贝兹先生，只有那位老太太在家。可是，生病的老人家没法儿下楼来开门，或许是不愿意。”

莱拉更加忧心了，她着急地问道：“那么，私家侦探能去哪里呢？”

山姆猜测说：“可能去查线索了吧，也可能已经在回来的路上了。”

“不管怎样，他也应该给我打个电话啊！”莱拉觉得山姆的猜测根本站不住脚。

“可能是太匆忙了，来不及吧。”

“但是之前他还没找到太多线索就给我们打来了电话。难道您不觉得要是他真的发现了什么，早就会打电话过来了吗？”莱拉跺着脚说道。

莱拉的分析确实有道理，山姆无话可说。过了一会儿，他才说：“没错，他是该给我们打电话。我们还是去找钱伯斯吧，他是我们这儿的副警长。”

深夜的街道上已经没有什么行人，过往的车辆也很少。心急如焚的莱拉和山姆坐车一路飞驰，转眼到了副警长的家门口。他们急忙按着门铃。钱伯斯夫妇都已经睡下了，听到这么急切的门铃声，都惊醒过来，开了门。副警长夫妇已经上了年纪，人很好，尽管客人深夜打扰，他们还是不计较，很热情地接待了山姆和莱拉。

山姆小心地选择着用词，尽量简短地把整个事情说明白，最好是能掩盖一些不方便透露的细节。“我不知该从何说起，还是从头开始说吧。这位是从凤凰城来的莱拉·克莱。”山姆指指身边的女士，把她介绍给钱伯斯警长，“她来这儿找她的妹妹，还有一位私家侦探也在帮着找。不久前，我们接到私家侦探打来的电话，说他已经找到了老高速公路旁的汽车旅馆。”

“那肯定是贝兹旅馆。”钱伯斯夫人对丈夫说，看来夫妇俩对这家旅馆并不陌生。

山姆接着说下去：“他在电话里说，他要去找贝兹太太谈一谈。”

听到这里，钱伯斯夫人很惊讶地问道：“诺曼结婚了吗？”

“不，我认为不是，是位老太太，是他的母亲。而且，这已经是今天晚上早些时候的事。从那以后，我们就再也没见到私家侦探，也没接到他的电话。”

听山姆这么说，钱伯斯夫妇疑惑地对望了一眼。

钱伯斯警长问莱拉：“您的妹妹失踪多久了？”

“她离开凤凰城已经一个星期了，一直没有任何消息。”

“您和那位私家侦探怎么会找到费维尔来呢？”

对钱伯斯警长的这个问题，莱拉正不知该如何作答时，山姆就直接替她回答道：“他们以为她会来找我。”

钱伯斯警长目光极其敏锐，一眼就看出内有隐情，于是盯着莱拉说：“她一个人离开凤凰城的吗？……这么说，她不是失踪，而是自己跑掉的。”

都到这种时候，不说实话也不行了。山姆低声回应着：“是的。”

“她为什么要跑？”

莱拉舔舔嘴唇，只觉得喉咙发干，要承认警长的推测并亲口说出事实，真的很艰难：“她偷了一笔钱。”

“很多吗？”

“四万美元。”

涉及这么大一笔钱，竟然是当事人的家属来找当事人，这让钱伯斯警长感到有些奇怪，他问道：“难道，警察没有——”

山姆解释说：“大家都只想找到她，把钱找回来，就没有选择报警。”

“所以他们就找了私家侦探，这个私家侦探追踪她，一直找到了贝兹旅馆。”钱伯斯警长总结道。见对面两人点着头，他接着问：“他在电话中具体都说了些什么？”

莱拉说：“他说，玛丽安在那里住过一晚，然后就离开了。”

“带着那四万美元？”

“他压根儿没提钱的事。”莱拉摇摇头，她对钱伯斯警长还在追问这些细节有些不满，“他在电话里说了什么并不重要，对不对？他在和那位老太太谈过之后应该回来和我们见面，但他没回来。所以我需要您做点儿什么。”

她几乎是一口气说完了这些话，语速又急又快。

可是，钱伯斯警长依然很平静地问道：“比如说？”

莱拉这才意识到自己有些失礼，有点儿不好意思地说道：“对不起，我太着急了。但我觉得，肯定有什么事情不对头，我一定要知道是什么事情。”

钱伯斯警长挠挠后脑勺，慢条斯理地说道：“我也觉得有些事情不对头，小姐，但我跟您想的不一样。我觉得，可能是您的私家侦探出了什么问题。我想，他找到了一条有关您妹妹去向的重要线索，可能是从诺曼·贝兹那里得到的，于是他给您打电话让您留在原地，而他自己好去追您妹妹和那笔钱。”

莱拉马上否认了钱伯斯警长的猜测：“不，这不可能，他说他对了解到的信息并不满意，他还要回那儿去。”

“您为什么不给诺曼打个电话，问问他到底发生了什么事呢？”钱伯斯夫人向丈夫建议。

时间太晚了，钱伯斯警长觉得这时候去打扰旅馆主人不太合适。但山姆说：“我刚才去找他时，他不在，如果他回来了，那么现在应该还没睡。”

钱伯斯警长似乎对诺曼很了解，他摇着头说：“他不是不在家，只是像一些人通常会做的那样，不愿意在深夜应门。这家伙过着隐士般的生活，你应该还记得十年前发生的那起惨剧——”

听钱伯斯警长又把话题扯远了，莱拉打断他，哀求道：“求求您，给他打个电话吧！”

副警长终于朝妻子点了点头，答应了。钱伯斯夫人拿过电话，帮他接通了贝兹旅馆，着急地把听筒递给丈夫。

“您好，是诺曼吧？我是钱伯斯警长。……我很好，谢谢。我们这里有点儿小麻烦。今天晚上有没有人去找过您？……不是投宿的客人，他是一个私家侦探，名叫……”钱伯斯警长看看莱拉，莱拉赶紧说出了私家侦探的名字，“阿伯盖斯。……他走之后呢？……不，没事了。”

钱伯斯警长挂了电话，对莱拉和山姆说：“私家侦探是去过他那里，诺曼跟他说了关于那个女孩的事，私家侦探谢过他之后就走了。”

莱拉对这样的回答并不满意，她还是不太相信地问道：“私家侦探没有再回去吗？没有见到旅馆主人的母亲吗？”

“您那位私家侦探跟您说他不能马上回来，因为他要去问问诺曼·贝兹的母亲，是吗？”钱伯斯警长问莱拉。

“是的。”

紧接着，钱伯斯警长说出了一个惊人的事实：“诺曼·贝兹的母亲已经死了十年，就埋在青草地公墓。”

山姆和莱拉听后都万分惊讶。钱伯斯夫人补克说：“是我帮诺曼挑选了她入殓时的衣服，海螺蓝色的。”

“这在当时是很轰动的新闻，这也是费维尔历史上唯一包含了他杀与自杀的案件。贝兹太太发现她的情人是有妇之夫，就把他毒死了，然后自己也服毒自杀，用的是士的宁，死得很惨。”钱伯斯警长说完，钱伯斯夫人又补充说：“是诺曼发现他们两个死在一起的——在床上。”

山姆并不知道这起案子，但他的确看到了那栋楼里有老太太的身影。他问钱伯斯警长：“这么说，我看到的那位坐在窗前的老太太不是贝兹的母亲？”

“等等，山姆，你确定，你在他家里看到了一个老太太？”钱伯斯警长问道。因为他相信，一般来说，像诺曼那种不愿和外人结交的人，家里应该不会有别人。

山姆斩钉截铁地说：“是的，就在旅馆后面的那栋小楼里！我在下面大声叫门，也敲了门，但她就是不理不睬！”

钱伯斯警长简直无法相信山姆的话，于是慢吞吞地说：“你是跟我说，你看到的是诺曼·贝兹的母亲？”

莱拉连忙证明这不会是山姆自己的幻觉，她说道：“这应该是真的，因为阿伯盖斯也这么说！但是那个年轻人不让他见她，因为她太虚弱了。”

这下轮到钱伯斯警长疑惑了，他自言自语道：“如果那楼上的女人是贝兹太太，那么躺在青草地公墓下的女人又是谁呢？”

在贝兹旅馆的值班室里，诺曼放下了钱伯斯警长的电话，陷入沉思。他发现，事情变得越来越棘手了，如今连警察都已经参与其中，说不定明天他们就会过来搜查整个旅馆。想到这里，诺曼坐不住了，出了值班室，朝后面的小楼跑去。等进了屋走上楼梯后，他的脚步又变得迟疑起来。他轻轻地推开门，进了母亲的房间。

“现在，母亲，我要带您去……”诺曼结结巴巴地低声说道，像是生怕惹恼了母亲。

只听他母亲哈哈大笑起来，笑声里带着嘲讽：“抱歉，孩子，可是你给我下命令时，听上去实在滑稽。”

“求您了，母亲。”诺曼提高了嗓门儿，坚持说道。

不过，他母亲的声音比他的大，几乎是在喊叫：“不！我才不要躲在储藏室里。哈，你以为我疯了，是吗？我就要待在这里，这是我的房间！谁也别想把我赶走，连我强壮大胆的儿子也不行！”

“他们很快就会来的，母亲。那个私家侦探来找那个女孩，现在别人又来找他。母亲，求您了，只躲几天就行。只要躲上几天，他们就找不到您了。”诺曼又是威胁又是请求，软硬兼施。

可他母亲根本不吃这一套，仍然固执地说：“只要几天？待在那阴冷黑暗的储藏室里？不！儿子，你以前就把我藏在那里，你不能再那样做了，永远不能！现在就给我滚出去！我让你出去，儿子！”

“我来抱您，母亲。”诺曼不顾母亲的反对，就去抱她。

他母亲气急败坏地大喊起来：“诺曼，你知不知道你在做什么？别碰我，不要，诺曼！”

诺曼抱着母亲出了房间，朝楼下的地下储藏室走去。一路上他母亲还在大叫：“把我放下！把我放下！我自己能走！”

第二天早上，在费维尔教堂门口，山姆和莱拉等着刚做完礼拜出来的钱伯斯夫妇。山姆对副警长说：“如果您不介意，我们想和您一起去旅馆。”钱伯斯警长回答，在做礼拜之前，他就去过旅馆了，但什么也没有发现。

做完礼拜的人陆陆续续地从教堂里出来，不时地撞到他们，还有人聚在门边聊天，周围一片嘈杂。

钱伯斯警长带着他们几个走到旁边安静点儿的地方。

“关于我妹妹，那个旅馆主人都说了些什么？”莱拉跟在副警长身旁焦急地问。

“和他跟私家侦探说的一样。她用了个假名字，我亲眼看了登记簿，还查看了整个地方，那个年轻的旅馆主人就一个人住在那里。”

听钱伯斯警长的描述，那家旅馆似乎没有任何特别之处，那个老太太也离奇地凭空消失了。山姆还是觉得很蹊跷，问道：“没有看见他母亲吗？”

钱伯斯警长看看山姆，用平和的语气说：“你一定是看走眼了，山姆，我知道你应该不会是那种容易产生幻觉的人，但那里确实没有女人，而我也从来不相信有鬼魂。所以，只能是这样。”

“我还是觉得，有些事情——”莱拉刚要说点儿什么，却被钱伯斯警长打断了，他爱莫能助地说：“我也很遗憾，没能帮上您什么忙。这样吧，下午到我的办公室来，报告失踪案和盗窃案。您越早把这件事诉诸法律，您妹妹被解救的机会就越大。怎么样？”

莱拉还是拿不定主意。她凭直觉认为问题就在那家旅馆里。怎么可能什么都看不出来呢？

“今天是星期天，晚上可以来我家写报告，然后在我家用餐，那样感觉会好一点儿。”热情的钱伯斯夫人对莱拉说，又转头招呼山姆：“你也一起来，山姆。”

送走钱伯斯夫妇后，山姆也开始对自己产生了怀疑，没想到钱伯斯警长去看了一遍仍是一无所获。他沮丧地说：“也许是我产生幻觉了。”但莱拉越来越觉得，那并不是幻觉，一定是什么地方出了问题，而那个旅馆主人一定有什么问题。

山姆情绪很低落，过了好一会儿，他才想起来问道：“要不要我送您回酒店，还是——”

莱拉并没有打算就此罢手：“山姆，我要亲自去一趟，否则我不甘心。”

“我也是。走吧。”山姆咬咬牙，说道。他们上了车，直奔贝兹旅馆。两人在路上商量好，假扮成一对夫妻前去投宿，然后一定要找机会把里里外外的每寸地方都搜一遍，不找出问题，绝不罢休。

汽车驶进了贝兹旅馆，待在二楼房间的诺曼听到了声音，撩开窗帘往外看去，也不知道这次来的又是什么人。他想，多半是麻烦事。他极其厌恶地看着那辆车和从车上下来的人，这件事怎么没完没了？

山姆下了车，直接进了值班室。莱拉往旅馆后的小楼看去，正好看到二楼窗口的窗帘在动。值班室里没有人，山姆走出来，说道：“不知道诺曼·贝兹到底住在哪里？”

“二楼窗户边儿有人，我刚才看见窗帘动了。”莱拉说。

两人正准备往小楼里去，诺曼已经迈着轻快的步子从小楼前的台阶上下来，隔着一段距离就和来客打着招呼：“有什么事吗？”

山姆掩饰着要侦查的行迹，说道："刚才正要按铃叫您来着。"

诺曼双手插在裤兜里，显出一副轻松自在的样子，满面笑容地说："想要个房间，是吗？"

山姆抓住莱拉的胳膊，把她拉到身边，对旅馆主人说："我们本想直接去洛杉矶的，但天气似乎不太好，好像要变天了，是吗？所以……"

"跟我来吧。"诺曼三步并作两步进了值班室，山姆和莱拉随后跟了进去。诺曼取下一个房牌，对他们俩说："我带你们去十号客房。"

山姆说："我们最好登记一下。"

"不，不必登记了。"上次那个私家侦探就是在登记簿上发现了问题。现在，不管来客到底是什么人，诺曼都觉得多一事不如少一事，省得麻烦。可山姆坚持要登记，他说，这趟旅行是老板出的钱，主要是为公事，得要个收据回去报销，最好是登记入住。山姆编造的这个理由让旅馆主人诺曼无法拒绝，只好从服务台下面拿出了登记簿。山姆在上面随便写了个姓名地址，莱拉也顺势凑过去看了一眼，因为妹妹失踪后被人们发现的最后一点儿信息就留在这本簿子里。等山姆写完，诺曼收好登记簿，说道："我去帮您提行李。"

"哦，我们没有行李。"山姆说。他们临时决定来贝兹旅馆，没来得及也没想到要带上这样的道具。诺曼感到很奇怪，一丝怀疑的神色从脸上一闪而过，不过他马上换了一副笑脸："那我带你们去房间吧。"

山姆仍然镇定自若地说："我也是头一次碰到这种情况。要是在其他某些地方，不带行李入住就得预付房费呢。"

"那好吧，十美元。"旅馆主人说道。山姆拿出一张十美元的钞票给旅馆主人。诺曼收了钱准备带他们去房间，山姆却提醒他说："我的收据。"在山姆和旅馆主人交谈时，莱拉一直在旁边暗暗地打量着值班室内的情形，观察着旅馆主人的神色。趁着诺曼开收据，她抓起服务台上的房牌钥匙说道："那我先过去吧。"

莱拉走出值班室的房门，经过旁边的一号客房时，试着转了转门把手，门没锁。她刚把门推开，就听到山姆和旅馆主人说着话出了值班室，于是立刻把门关上，然后不动声色地继续朝前走去。

"不麻烦您了，我们自己能找到。"山姆对旅馆主人说道。他几步就追上了莱拉，朝十号客房走去。在他们身后，诺曼站在值班室门边，手扶着门框，眉头紧锁、神色阴郁地看着他们。

刚进屋，莱拉就说："我们得去搜查一号客房，哪怕我们会找到什么让我们害怕的东西，或者我们可能会受到多大的伤害。"

"我知道。如果玛丽安真的出了事，您认为，事情就发生在那间屋子里，是吗？"山姆问。

“我不知道。但如果您有一份不赚钱的产业，比如说这家旅馆，您会不会考虑把它卖了，再到别的地方置下一份新的产业呢，用那四万美元？”

旅馆主人见财起意、图财害命，莱拉的推测似乎很有道理。于是，山姆问道：“如果他一年后才在新高速公路边开了旅馆……我们怎么能证明……”

这样的证据未免太不充分了，何况需要漫长的等待。然而，莱拉坚信证据就在这家旅馆里。她说道：“一定有证据存在。一定会有证据证明他从玛丽安那里拿了钱。”

“您怎么这么肯定？”

“因为阿伯盖斯，他不再敌视我了。而最开始他是怀疑我们的！山姆，我能在和他的最后一次通话中感觉到，他对我抱有歉意，对您也是一样。他不会不告诉我们就去什么地方做什么事情的，除非他遇到了阻碍。他没告诉我们他遇到了阻碍，这就说明，他一定是发现了什么问题。”

听了莱拉的分析，山姆也下定了决心。他从床上起身站住，说道：“我们就从一号客房开始查吧。”

在打开房门前，山姆提醒莱拉说：“如果旅馆主人看见我们，就说我们要出来散散步。”

外面一片寂静，他们沿着木屋的走廊走到一号客房门口。山姆先去了值班室，发现旅馆主人并不在那里。他们俩进了一号客房。莱拉仔细地察看衣橱，连衣橱边都没放过。他们把抽屉一一拉开，仍是一无所获，旅馆主人早已把玛丽安所有的东西都收走了。莱拉进了浴室，当然，里面的血迹在当天晚上就被擦洗得干干净净了。山姆也跟了进来，他注意到，浴缸旁的浴帘杆上只有挂环，但没有浴帘。

这时，莱拉在马桶里有了重大发现，这正是她妹妹那天晚上撕碎的纸片中的一小块。她拈起纸片递给山姆：“您看，这上面有一些数字，它没有被冲走。您看啊，是四万加上或减去一些数字，这证明玛丽安在这里待过。我想，这绝对不是巧合。”

山姆掏出钱包，把那块纸片小心翼翼地夹进里面。他提醒莱拉：“可是，贝兹并没有否认玛丽安在这里待过。”

“这是不是能证明他知道钱的事呢？”

山姆把钱包放回口袋，问道：“我们要不要直接问他把钱藏在哪里了？”

“不行。不管那位老太太到底是谁，她应该告诉了阿伯盖斯一些事，我要让她告诉我那些事。”莱拉说完，就要去找那位老太太，却被山姆拉住了：“您不能去那儿！”

“为什么？”

“因为贝兹。”

莱拉提议说：“那好，先找到他，我们俩中的一个缠住他，另一个就去找那位老太太。”

可山姆不放心，觉得这个主意有点儿冒险，他说道："如果他不愿意被缠住，我们就肯定拿他没办法。我可不想让您一个人去那栋小楼。"

"一位生病的老太太，我能对付得了。"莱拉很自信地说。

山姆想了想，觉得眼下也没有更好的方法。"那好吧，我去找贝兹，然后缠住他。"他关了浴室的灯，和莱拉走到房间里，压低声音问道，"如果您从那位母亲那里得到什么线索，能自己找到回城的路吗？"

"能，当然可以。"

"如果您知道了什么，不用等着告诉我。"山姆意识到了这一行动的危险性。他觉得，到了紧要关头，先把信息送出去是最重要的。

两人轻手轻脚地出了房间，分头朝两个方向走。山姆刚走到值班室门口，突然听到旅馆主人问他："您要找我吗？"不知什么时候，诺曼已经回到了值班室。

山姆一边说着"是啊，真是太好了"，一边往值班室里走，正好把想要出门的诺曼堵在门口："我妻子睡觉了，嫌我太吵，所以我想，也许我可以找您聊聊。"

"可以啊，你们对房间还满意吗？"

"非常好。"旅馆主人只好转身回到值班室里，趁这工夫，山姆一只手伸出门外，给莱拉打了个手势。

莱拉马上从长排木屋的另一头绕到屋后。那栋小楼就在眼前，坐落在荒草丛生的土坡上，一条曲曲折折的石板阶梯通到楼前。莱拉没走阶梯，而是直接穿过草丛爬上土坡。越接近那栋小楼，她心里莫名的恐惧越深。终于站在门口，她轻轻地拧动门把手。门开了，正对着门的是通往楼上的楼梯，楼梯旁的通道通往后面的餐厅。大厅里没有人，餐厅里也没人。她返身走回门口，看了看外面的动静，关上了大门。

值班室里，山姆和旅馆主人的谈话正在极其无聊地进行着。山姆斜倚着服务台站着，手指随意地拨弄着服务台上的物品，说道："好像一直都是我在说，不是吗？我还以为一个长期独处的人有机会和人聊聊时，会有很多话说呢，现在却一直是——我在说，您在听。"

诺曼双手插兜站在服务台后面，根本无心聊天，听到山姆这么说，他只是笑笑，仍不想开口。

"您一个人住在这里，是吗？"见诺曼点点头，山姆说，"要是换了我，我会发疯的。"

诺曼对"发疯"这个词似乎有些敏感，他有些激动地说道："我想，那是一种太过极端的反应，您觉得呢？"

"只是一种习惯说法而已。我的意思是，换作我，我会想办法离开，难道您不会吗？"山姆旁敲侧击，希望能得到点儿有用的信息。

"我不会的。"

莱拉上了二楼，轻轻地敲了敲门，她刚来这里时看到窗帘在动，应该就是这个房间。“贝兹太太？”无人应答，她便推开门走了进去。环顾室内，这里应该是一位太太的卧室：老式雕花的木架床，床头挂着一幅女性肖像，可能是贝兹母亲年轻时的画像。靠窗那边摆着梳妆台，梳妆凳前面，正挨着窗口的地方有一把靠背椅。靠近门口的地方有一个洗面盆、青铜水龙头，连放肥皂的架子都非常精致。壁炉装饰精美，尽管天气这样暖和，壁炉里还有不久前刚烧完的木柴灰烬。壁炉台上面摆了两幅小照片，应该是贝兹的父母。莱拉打开衣柜看了看，里面挂的都是女人的衣服。她走近梳妆台，才看到桌上放了一个很奇怪的摆件，是青铜浇铸的搭在一起的一双手。她慢慢地凑过去，这时，她从梳妆台镜子里看到身后有一个人影，不禁吓得低呼一声，猛地转过身去，才发现是对面穿衣镜里映出的自己的影子，真是虚惊一场。她抚着胸口转过身，又注意到床上有一个侧躺着的人形凹坑，像是长年卧病在床的人压出来的形状。

值班室里的对话渐渐变得剑拔弩张。山姆已经在服务台前站直了身子，施加给诺曼一种无形的压力。他毫不客气地说道：“我不是说您应该不满足于待在这里，我只是怀疑您是否安于现状。我想，如果您有机会离开，您会抛弃这地方的。”

诺曼对这话的反应很激烈，他的呼吸粗重起来，说道：“这地方？这地方碰巧是我唯一的世界。我在那房子里长大，我有过非常快乐的童年，我和我母亲曾经非常幸福。”

莱拉上到了顶层，推开一扇房门。这里像是一个小男孩的房间，墙上挂着绘有帆船的油画，柜子上堆放着玩具汽车、士兵人偶和城堡模型。屋角摆着一张非常简陋的单人床，床尾放着一个很旧的毛绒兔子玩具，床上的被子和枕头皱巴巴的，像是一直有人睡在这里。屋子里的小桌子和床头柜上还摆放着唱片、书籍、地球仪之类的东西。

这时，山姆盯着旅馆主人说道：“您看上去是吓到了，难道我在说什么很可怕的事吗？”

诺曼双手撑在服务台上，手指不停地敲击着桌面，却装出若无其事的样子回答道：“我不知道您在说什么。”

“我在谈论您的母亲，还有您的旅馆。您想怎么做呢？”

“做什么？”诺曼的神色变得越来越紧张。

“去一座新城镇买一家新旅馆，在那里，您就用不着把您母亲藏起来了。”山姆竟然直接说出了诺曼的秘密，尽管他其实并不知道这到底是一个什么样的秘密。

“您干吗不开您的车离开这里呢？”听到这话，诺曼毫不客气地下了逐客令，就像当初对私家侦探所做的那样。由于情绪激动，他的嘴角不由自主地抽搐着。

山姆见对方越来越慌乱，反而毫不相让，更步步紧逼：“您是从哪里弄到钱买旅馆的，贝兹？还是您已经弄到钱，存起来了？”

“闭嘴！”诺曼失去了控制，冲山姆吼道。

“一大笔钱，四万美元。”

诺曼不想再继续了，转身进了后面的里屋。但山姆跟了进来，不依不饶地说道：“我敢说，您母亲知道钱藏在哪里，还有您是怎么弄到这笔钱的。我想，她会告诉我们的。”

听到这话，诺曼猛然醒悟过来：“和您一起来的女孩在哪里？她在哪里？”

他掀开窗帘，朝后面的小楼看了看，便要冲出去。山姆抢先一步，拦住了他。两人扭打在一起。诺曼拿起桌上的糖罐朝山姆头上砸去，山姆倒在了地上。诺曼冲出值班室，朝小楼跑去。这时，莱拉正从楼梯上下来，透过窗户看到诺曼一个人疯了似的朝这边跑来，马上就要到大门口了，情急之下，她躲到了楼梯下面。

诺曼进了屋，四下看了看，没发现什么异样，便直奔楼上。莱拉本来想趁这个机会跑掉，但当她站起身时，意外地发现旁边就是通往地下室的门。这栋小楼里的每个房间莱拉都看过了，只剩下这个之前还不知道的隐秘地方。她明知这样做非常危险，但有一股巨大的力量鼓动着她推开了这扇门。显然，这里是这栋小楼的储藏室，堆着不少杂物，还有一个里间。莱拉打开里间的门，在灯光下，看到一位头发花白、披着毛织披肩的老太太背对着门口，坐在一把转椅上。

莱拉叫着“贝兹太太”，走了过去。但老太太并不出声，连一点儿反应都没有。莱拉走到她背后，伸出手拍拍她的肩，转椅缓缓地转了过来——竟然是一具裹着衣服、戴着发套的干尸！莱拉吓得连连惊叫，惊恐的叫声响彻了整栋楼。

这时，更可怕的事情发生了。一个穿着女式睡衣、戴着发套的人举着刀冲进了地下室，向莱拉挥舞着刀。莱拉吓得连连后退，但在狭小封闭的地下室里根本无处可躲、无路可逃。就在这千钧一发之际，眼看尖刀就要刺进莱拉的身体里，山姆赶到了。他一只手勒住那人的脖子，另一只手死死地握住那人拿刀的手腕，让那人一时动弹不得。此时此刻，莱拉万分惊讶地发现，那人正是诺曼·贝兹！

诺曼疯了一般拼命地挣扎着，很快，他的发套从头上掉了下来，睡衣也挣得裂开了，他的脸因为极度的疯狂而扭曲变形，全身都在不停地抽搐。终于，山姆夺下他手中的刀，制伏了他。

尽管已是晚上，但费维尔市立法院里内灯火通明。许多人聚集在法院门口议论纷纷，大家谈论的都是这起恐怖离奇的案件。法院里也是人来人往，走廊里站了很多警察。他们神色严峻，不时地低声交谈几句。

莱拉和山姆在法院办公室里等候着，钱伯斯警长坐在他们对面，办公室里还有两三个法院和警察局的人。莱拉身心俱疲，无力地瘫坐在沙发上。她惊吓过度，只觉得浑身一阵阵发冷。更让她揪心的是，遇上这么离奇可怕的事情、这么疯狂恐怖的人，她心里明白，妹妹肯定是凶多吉少了。

“如果能有人从他嘴里问出答案，那么只能是精神病医生。连我都无法同诺曼交流，他还认识我呢。”见莱拉紧了紧身上的大衣，钱伯斯警长关切地问了一句，“小姐，您觉得暖和点儿了吗？”

“好多了。”

这时，办公室的门开了，精神病医生走了进来。屋子里站着的人都坐回去，莱拉和山姆也坐直了身子，等着精神病医生的问讯结果。

“他跟您说话了吗？”山姆问。

“没有。我已经了解了整件事，但不是从诺曼那里，而是从那位‘母亲’那里。诺曼·贝兹已经不复存在。刚开始，他就只占有自己头脑的一半，而现在，另一半已经占有了他的全部头脑，可能以后一直都会如此。”精神病医生站在会议桌前，一开口便讲了一大串大家都听不太懂的话。

莱拉紧张地问：“是不是他杀了我妹妹？”

“是的，但又不是。”精神病医生的话听上去像是故弄玄虚。

旁边有人插话道：“听着，如果您想提一些精神病学原理，那家伙会自己辩解的……”

精神病医生笑着说：“精神病医生不提原理，只是试着解释它们。”

“但是，我的妹妹……”莱拉的话只说了一半。她还是不敢相信这个显而易见的结果。

精神病医生朝莱拉走近几步，压低声音说道：“是的，我很抱歉。”

莱拉痛苦地闭上了眼睛。

“那个私家侦探也是相同的遭遇。如果你们去旅馆附近的沼泽地打捞，你们就会发现……”说到这里，精神病医生想起来，问坐在会议桌对面的本区警长，“您那里是不是还有悬而未决的失踪案件？”

“是的，有两起。”警长肯定了这一点。

精神病医生追问道：“有女孩吗？”

“他是不是承认……”警长探身向前。如果真是这样，那两起悬案也可以告结了。

“如我刚才所说，我是从‘母亲’那里得知的，也就是说，从诺曼头脑的那另一半——‘母亲’那里得知的。就在十年前，诺曼杀了他的母亲和她的情人。”

听到这里，办公室里的人都吃了一惊，此前他们都以为这是一起情杀和自杀案。

“自从他父亲死后，他的精神就出现了严重的问题，只是没有人察觉。而他的母亲是一个严厉又苛求的女人，诺曼的一举一动都要在她的控制之下，都要听凭她的意愿行事。他们母子俩多年来相依为命，对诺曼来说，他的世界似乎再也没有别人。但是，有一天，诺曼的母亲遇到了一个男人，要再婚。这在诺曼看来，像天塌了一样。

诺曼觉得，他的母亲因为这个男人而抛弃了自己，于是，他被推到了疯狂的边缘，把母亲和她的情人都杀了。

“弑母，可能是所有罪行中最让人无法接受的一种，对弑母的儿子来说更是如此。所以他必须消除这种罪恶感，至少在他的头脑中要消除得一干二净。于是他偷走了母亲的尸体，而当时下葬的只是加重了分量的棺材。他把尸体藏在地下室里，并对尸体做了化学处理，以便尽可能地完好地保存。他母亲存在那里，但只是一具尸体，这样还不够，他便开始替她思考和说话，好比把自己的生命分一半给她。有时，他的双重人格之间还能对话；有时，‘母亲’的那一半则完全占据着他的头脑。他从来不是完整的诺曼，他经常只是‘母亲’。由于他对母亲怀着病态的妒忌，就假设‘母亲’同样也妒忌他。因此，一旦他感觉到来自其他任何女性强烈的吸引力，他身上‘母亲’的那一半就会变得疯狂。”

精神病医生说着，走到莱拉面前，说道：“当他遇见您的妹妹时，他被打动了，激起了爱欲，这当然激怒了妒忌的‘母亲’，于是‘母亲’杀死了那个女孩。谋杀过后，诺曼像是从沉睡中醒来，而且，像个孝顺孩子一样，为了替母亲掩盖罪行，他消灭了所有的犯罪痕迹。他深信，是他母亲杀了那个女孩。”

“他为什么要穿戴成那样呢？”山姆问。

“他是异装癖者。”旁边有人说。

“不完全是。如果一个男人穿女人的衣服，为了达到性别转换的目的或者得到性满足，这是异装癖。但诺曼的特例说明，他做每件事，只是为了尽可能地保持母亲还活着的幻觉。当真相逼近时，当危险和欲望对这种幻觉构成威胁时，他就会换装，甚至戴上他买来的廉价假发套，走进‘母亲’的房子，坐在她的转椅上，用她的嗓音说话，试着变成自己的母亲。而现在，他已经变成了他母亲。所以我说，我是从‘母亲’那里了解到这些事的。要知道，当一个人头脑中存在着两种人格时，常常会有冲突、有争斗。而这个诺曼的特例说明，这场争斗已经结束了，占优势的‘母亲’人格获得了胜利。”

精神病医生这番详细解释，虽然听上去是那么复杂怪异，这样的精神病患者简直令人难以想象，但整个事件一目了然。不过，钱伯斯警长还是提了一个问题：“那四万美元呢？谁拿了？”

“在沼泽里。诺曼属于情绪型犯罪，并不是为了利益。”精神病医生很肯定地说。

这时，一名警察拿着一条毯子敲门进来，问道：“他觉得有点儿冷，我可以把这条毯子给他吗？”

精神病医生冲警长点点头，于是警长说道：“当然可以。”

在一间空荡荡的牢房里，诺曼被单独关押着，门口有警卫看守。正如精神病医生所说，此时的他，已经变成了“母亲”。他以一个老太太的姿态端庄地坐在椅子上，双脚在脚踝处交叉，两手交叠搭在一边的腿上，眼睛也有些混浊呆滞，直直地盯着前方。

当警察把毯子给他时，他一动不动，用贝兹太太的嗓音说道："谢谢您！"

警察走了，诺曼还是以一位老太太所做的那样，颤抖着双手，裹了裹身上的毯子，心里默默地想着："一个母亲不得不说出对他儿子不利的话，真是一种悲哀。但我不会让他们相信我会犯谋杀罪的。现在，他们会把他关进监狱，就像多年前我就该做的那样。诺曼这个孩子一直很坏，到最后还跟他们说，是我杀了那个女孩和那个男人，好像我除了像只标本鸟一样坐在这里，还能做其他任何事似的。他们明明知道我连动动手指都困难。我不会动的，我只能安安静静地坐在这里，以免他们真的怀疑我。他们可能在监视我，那好吧，让他们看好了，让他们看看我是一个怎样的人。"

这时，一只苍蝇落到他的手背上，但他仍然一动不动，任由苍蝇在手背上爬着。

"母亲"心里这样想："我甚至不去打那只苍蝇。我希望他们正看着我，他们会看见，他们也会知道，然后他们会说：'她连只苍蝇都不会去伤害。'"

渐渐的，太阳落山了，那间单独的牢房陷入了黑暗。

电话谋杀案

一栋临街的洋房里，一对年轻的夫妻正在吃早餐。看似甜蜜的亲吻过后，丈夫托尼坐在桌前拆开当天收到的信件，妻子玛戈则翻看着当天的报纸。当一个硕大的标题出现在玛戈眼前时，她稍稍一顿，像是吃了一惊，不自在地偷偷瞟了一眼坐在对面的丈夫，见丈夫的表情并没有什么异样，这才又仔细地继续看报道：

“玛丽皇后”号今天抵达，乘客中有美国作家马克·哈利戴等多位名人……

码头上，一艘巨大的豪华游轮靠了岸，一位身着西装、戴着礼帽、手拿风衣的绅士走下游轮。那轮廓分明的脸庞，配上独具魅力的笑容，令任何女士都会为之着迷。一个美丽的女人高兴地上前拥抱了他，那个女人，就是已婚的玛戈。

玛戈的丈夫并不在家，她将马克接到了自己家里。一进门，他们就拥吻在一起。这次拥吻的时间有些长，长到足以化解相思之情。他们拥吻的场景就像油画一样美丽动人：一位穿着红色纱裙的美丽少妇同一位风流倜傥的英俊绅士，倘若可以抛开世俗的眼光，简直是可以满足所有关于爱情遐想的完美画面。只可惜，让拥有社会属性的人类抛开世俗的束缚，是绝对不可能的，所以，美丽的少妇不得已挣脱了马克的怀抱，将脸转到一边，心事重重地说：“我再去给你倒杯酒吧。”

她一边向背离作家的方向款款地走去，一边说：“马克，在托尼回来之前，我有……有一件事情要对你说。”

马克顺势坐在旁边的沙发上，等着她要说的话。

“马克，我还没有把我们之间的事情告诉他。”玛戈说这话时，很明显地感到不安，但马克理解地笑笑说：“这不奇怪，这件事的确不好开口。”

“早上你打来电话的时候，我只是告诉他，你是一位专门写侦探小说的著名作家。而且……我和你只有一面之缘。”

听到这里，马克不由得笑出了声，嘴角深陷的酒窝让他更有魅力了。接着，他点燃一支烟，说道：“哦，听起来很有罪恶感。这种桥段，我还没写进过我的小说呢。”

“马克，我知道你一定觉得我很傻。可是，一会儿等你见到托尼，你就会明白我为什么这么说了。”

“亲爱的，我现在就明白，不过我依然爱你。”

马克的话并没有让玛戈的脸上露出笑容，她依旧心事重重地说：“事情并不像你想得那么简单。”她缓步走到了马克身边，将倒好的酒递给他，说出了一直隐藏在她心里的焦虑，“托尼改变了。现在，他和我之间，和我之前同你说的已经完全不同了。”

“是吗？那他是从什么时候开始变的呢？”

玛戈坐在马克旁边的椅子上，双手搭在膝盖上，回答道：“就在我和你道别的那天晚上。那天我从你住的地方回来后，坐在房间里痛快地哭了一场，哭累了就睡着了。当我醒来的时候，托尼就站在旁边，手里拿着他所有的球拍袋子。他告诉我，他决定不再打网球了，他要安定下来，找一份稳定的工作。”

“只是这样吗？”

“就是这样。”玛戈整理了一下衣领，说道，“起初我还不大相信他的话，可后来发现他是认真的。就是从那个时候开始，他表现得非常好。”

马克摇晃着手里的酒杯，说：“我猜，也就是从那时开始，你不再给我写信了，对吗，玛戈？”

玛戈将脸转到一边，没有直接回答他的问题，而是问道：“你还记得你给我写过的那些信吗？”

“当然，我当然记得。”

“那些信，我都是看完后就立刻烧掉了。我觉得那样做最好，但是，除了其中一封信……我想，你大概知道我说的是哪一封。”

马克含情脉脉地看着她，说道：“是的，我想，我知道。”他嘴角又一次上扬，问道：“那么，现在那封信呢？”

玛戈的答案出乎马克的意料。

“它被偷了。”玛戈说，“有一天，我和托尼去乡下和朋友一起过周末。当我们在站台等车的时候，我突然发现自己的手提包不见了，而那封信就在包里面。”

“哪儿的站台？”

“维多利亚火车站。”玛戈继续说，“原本我以为手提包是我落在餐厅了，就返回去找，但还是没找到。”

马克问道：“你的意思是说，你的手提包从此消失不见，再也没出现过？”

“大概两个星期之后，我在失物招领部门拿回了它，那封信却不见了……又过了大概一个星期，我收到一封信。上面写得很清楚，我怎样做才可以拿到那封信。”

听到这里，马克来了兴致，或许是出于一位侦探作家的本能反应，他连忙说道：“很好，继续说下去。”

“我需要从银行里提出五十英镑，并且钞票的面额统一是五英镑，再将它们换成一英镑的旧钞。那封信上说，如果我去报警，或者把这件事告诉其他任何人，他就会把信交给我的丈夫。”

“你现在还留着那封信吗？”

玛戈站起身，走到卧室，从床头柜的抽屉里取了出来，递给了马克。马克仔细地研究了那封信。信的内容不是手写的，而是印刷体，并且字母都是大写，这就是说，任何人都有可能做这件事。

玛戈又将另一封信递给了马克：“两天后，我又收到了这个。”

这两封信都是从布瑞克士邮寄过来的，而另外一封信的内容是：

把钱装在包裹里，邮寄到埠镇新港街23号，约翰·吉姆收。收到钱后会把信寄还给你。

玛戈对马克说：“包裹的接收地点是一家小店。”

“你不会真的寄钱过去了吧？”

“寄了。”

“玛戈……”

“但是他没有把那封信寄还给我。”玛戈低着头说，“我等了两个星期，见没动静，便自己去了那里。那里的人从未听说过‘约翰·吉姆’这个名字，那个包裹就在那里，也没有打开过。”

“这里面一定有蹊跷。”马克问道，“我可以保管这两封信吗？”

“可以，如果你想要的话……”

马克一边把信塞进自己的怀里，一边问道：“我不明白，你为什么不早点儿把这件事告诉我？”

“告诉你了又能怎样？你可能会让我去报警，或者把这件事告诉托尼。五十英镑而已，如果能用钱解决，那我不可想惊动太多人。”

马克的表情变得严肃起来，他对玛戈说：“今天晚上，我就要把我们的事告诉托尼。”

“不行，绝对不行，马克。”玛戈拉着马克的双手，恳求道，“你不知道，托尼真的改变了，求你了。”

听到玛戈的话，马克的神情有些落寞，他将身体重重地靠在椅背上，说道：“我真的希望，现在就是一年前你和我道别的那天晚上。我们就站在厨房里，我几乎马上就可以说出我们别再这样下去了，我们一起去找托尼，告诉他关于我们的事，而我也相信后来你告诉他了。”

马克没想到，玛戈至今都没有勇气说出来事实，只得叹了口气，感慨道：“看来，今天晚上是一个难挨的夜晚了。我们就彼此说些好听的话吧……听我说，我还想弄明白一件事，你为什么没把那封信也烧掉呢？”

这个问题刺痛了玛戈的心，她扑进了马克的怀里，只有她的亲吻才能给出答案，也只有给爱人的亲吻才能缓解那阵阵心悸。就在这时，楼下大门的声响让两个人吃了一惊。情意绵绵的两个人迅速分开，两个人映在白色大门上的影子也随即分离。

从那道白色大门外走进来一位男士——托尼。

“你可算回来了，事情办得怎么样？我们还以为你不回来了呢。”此刻，玛戈不再是柔情似水的情人，转而变成温良贤惠的妻子。她热情地迎接丈夫进门，对他嘘寒问暖，关怀备至。

“哦，真抱歉，亲爱的。我正要走的时候，老板帕吉斯老爷子进来了。”托尼解释说。他在妻子的脸上亲吻了一下，然后走到马克面前。

玛戈介绍说：“托尼，这位是马克·哈利戴。”

“您好，马克。”

“您好，托尼。”

两个人热情地握过手后，托尼很抱歉地说：“实在抱歉，我回来得这么晚。马克，怎么样，在这里还自在吧？”

“哦，很好。”

“您是头一次来伦敦吗？”

“不是，一年前我来这里度过假。”

托尼给自己倒了一杯酒，说：“哦，是啊，玛戈告诉过我了。您……哦，你是广播电台的编剧，对吧？”

“不是，是电视台，写我犯的罪。”马克开玩笑说。

两个人相视一笑。玛戈问托尼：“亲爱的，你预订到位置了吗？”

“是的，订在7点。”

“哦，那我们得快点儿走了。”

“哦，不过，亲爱的，计划有了一点儿小变化。”托尼说。

玛戈有点儿不高兴，反问道：“你可千万别说你不能去了。”

“恐怕就是这样，帕吉斯老爷子星期天要搭飞机到布鲁塞尔去，所以，我要在明天前完成我的月报表。”

“等我们回来再做不行吗？”

托尼笑着摇摇头，说：“恐怕不行，亲爱的，我得花很长时间来做这个。有一半的报表……我得做些文章。”

“那……散场之后，你会来找我们吗？我们还可以去别的地方。”玛戈不太甘心地问道。

“那就等到中场的时候，你再打电话问我，好吗？或许我能赶过去。”

“你真的会赶过来吗？”

托尼点点头说："会的。"

马克实在不想再看他们夫妻之间的恩爱了，就早早地走到了门口，背对着他们等着。看到他这样，玛戈有些着急，对他说："马克，你等我一下，我去拿包。"

玛戈去卧室拿手提包的时候，客厅里的托尼将戏票交给马克，很抱歉地说："我这样做是有些失礼。"

马克淡淡地说："哦，一点儿也不，只是有些遗憾。"

"那么，找个机会，您再过来和我们一起吃晚饭吧。"

"谢谢，我非常乐意接受邀请。"

"对了，请问您明天晚上做什么呢？"托尼问道。

"星期六？"马克摇摇头说，"我想，我没什么安排。"

"您对男性聚会有兴趣吗？"

"只有男性参加的聚会？"

"是的。有一些美国男孩来参加网球比赛。我们给他们办了一场欢送会。"托尼解释道。

"明白了，可我不是网球队员啊。"

"这倒没关系，您了解纽约和这方面的事情，肯定有很多可谈的。"

两个人正聊着，玛戈已穿戴好走了出来。她在红色纱裙外面披了一件驼色披肩，看起来高贵庄重，又不失少妇的活泼气质。从两个男人欣赏的目光里，可以看出玛戈是多么美丽。

托尼告诉玛戈，他邀请马克第二天晚上去参加一个聚会。玛戈很高兴看见他们相处得这么融洽，于是笑着说："好啊。"她将头转向马克，笑着说："不过，您最好先到这里来喝一杯。"

"这个主意不错。"马克说道。

"好。"托尼说道。

三个人约定好第二天的行程，玛戈便和马克出发了。当马克走出门时，托尼还开玩笑地叫住他，说道："您可以把多出来的那张票卖掉，拿钱来喝几杯。"

"好的，托尼，这是个好主意。"

托尼一直站在门口，直到看见他们出了楼梯口，才缓缓地将房门关上。他站在门口定了定神，又走到客厅的落地窗前，将厚重的窗帘拉好，然后才在客厅的大桌子后面坐好。托尼家的大桌子背对着落地窗摆放，所以当他坐好后，身体背对着后面的窗户。只见他打开台灯，从衣兜里拿出一张字条，并按照字条上面的电话号码拨了过去。

"您好，汉普顿7899号吗？是的……里斯盖特上尉在吗？"

"我就是。"

托尼说："晚上好，先生。您不认识我，我姓费歇特。我听说，您有一辆车要卖。"

“是的，一辆美国车。”

“是的，我是在汽车修理厂看到的，请问您打算卖多少钱？”

“一千一百英镑。”

“一千一百英镑，我知道了。车子是很好，只是要价有些高。”

“我买的时候，也是不怎么喜欢这一点。”

听到这句幽默的话，托尼笑了笑，说：“那我们什么时候可以见面聊一下？”

“明天，明天下午可以吗？”

“哦，恐怕不行，明天下午我没有时间。”

“可是我这个星期天要去利物浦。”

“其实，我是希望……今天晚上您可以来我家吗？”

“您家在什么地方？”

“不太远。原本我应该去拜会您的，可是我的膝盖扭伤了，行动不大方便。”

“很遗憾。告诉我您的地址。”

“嘉伦顿公园路61A。”

“柴瑞顿？”

“哦，不，是嘉伦顿。在地下通道向左转。”

“我大概需要一个小时。”

“好的，先生。那真是太好了。对了……您能把车子开过来吗？”

“这恐怕不行。”

托尼对这一点其实并没有很在意，好像只是确认一下，于是说：“没关系，反正我已经仔细地检查过它了。那您可以把原始销售单据都带过来吧？”

“这个当然没问题。”

“如果您再把价钱稍稍降些，我想，我们可以马上在我家达成交易。”

“这个不行，我想，这不可能。”

“哦，不管怎样，我们可以先喝一杯再说。”

两个人笑着挂断了电话。对买卖双方来说，如果能达成完美的交易，就是一件双赢的事。目前来看，双方都认为这将是一次不错的交易。

托尼在等待里斯盖特上尉来的时间里，先从外套的口袋里拿出一只纸袋，里面装的是一副很普通的白手套。他把手套搭在沙发背上。随后，他拿起一根拐杖，在地上比画了一下，尝试着腿脚不便的走路动作。一切都准备好后，楼下的大门铃响了。

托尼意识到客人已经到了，于是急忙拄着拐杖，等门铃响过后，给客人开了门。

“费歇特先生吗？”

“里斯盖特上尉？”

“是的。”

“快请进。”托尼点点头，连忙让客人进来。

“谢谢。”

等里斯盖特上尉走进屋子后，托尼拄着拐杖，一瘸一拐地帮他把大衣放在门口的椅子上，然后寒暄道：“我这里不难找吧？”

“不难，很好找。”

“请坐吧，要不要先喝一杯？”托尼说到这里，仔细地打量了一下面前的人，问道，“看您的样子，我总觉得好像在哪里见过您。”

“您在开玩笑吧。”

“就在我打开门看到您的一瞬间……等一下，”托尼做出回忆的神情，重复着里斯盖特上尉的名字，“里斯盖特……您不叫里斯盖特。斯万普，或者C.A.？”

“C.A.？”里斯盖特诧异地说，“哦，费歇特，您的记性比我好太多了。我们在什么地方见过吗？”

“您一定也读过剑桥大学，对吧？”

“是的。”

“有二十多年了，您不记得我了吗？我是在您还有一年就要毕业离校的时候才去的。”托尼说。

“是吗，太巧了！”

“对，没错。这可真是值得喝一杯的事。”托尼转身走向门口的酒柜，“我还想着拿假酒来招待您呢！”他在陈列的酒瓶前认真地挑选着。

“喝这瓶怎么样？”他举起一瓶白兰地，问道。

“太好了……”里斯盖特上尉转过身来，有些疑惑但又故作镇定地问道，“对了，您怎么知道我要卖车呢？”

“是您去修车的修车厂告诉我的。”

“但是，我想，我没和他们提过这件事。”

“我从那里路过时，和他们说我想买一辆美国车，然后他们就把您的电话给我了。您的车是要卖吧？”托尼转过头来问道。

“是的。”

“那好，不过您得先喝三杯。”

托尼将酒杯递给里斯盖特上尉。里斯盖特上尉在接过酒杯的时候，还是一脸精明地说：“不过，我得先提醒您，不管我是醉了还是清醒的，我都拒绝讨价还价。”

“我很会讨价还价的。”

“我也是。”

两个人面对面坐在客厅的沙发上。里斯盖特上尉跷起二郎腿，看着托尼，问道：“在我们离开剑桥大学之后，我一定在其他地方见过您。”

“您去过温布尔登吗？”

“对了，温迪斯，托尼·温迪斯。”里斯盖特上尉问道，“费歇特又是怎么回事？”

托尼用反问代替了回答：“里斯盖特又是怎么回事？”

这句问话顿时让里斯盖特上尉脸色大变，他吃惊地看着托尼，瞪圆了眼睛。托尼又若无其事地问道：“来根雪茄怎么样？”

“不用了，谢谢，我还是抽我的烟斗吧。”

“哦，您改掉抽雪茄的习惯了。我记得，您当时总是抽很贵的雪茄……等等，我想，我这里有您的照片。”托尼转过身，拄着拐杖，一瘸一拐地走到门口旁的墙边，将上面挂着的一张照片拿了下来。

“对了，就是这张。”他把照片递给里斯盖特上尉看。

那是一张同学聚会时所拍的照片，许多同学围坐在桌旁。照片中的里斯盖特上尉在一个很显眼的位置上，嘴里叼着一支大雪茄。

里斯盖特上尉说：“这是我参加的唯一一次同学聚会，从这张照片看，我当时还真像一个冷血的刺客。”

“是的，非常像。”托尼将照片重新挂回墙上，“我是因为大学舞会的事情，所以一直记得您。您是当时的总务股长，对吧？”

“是荣誉总务股长，就是在平时安排这些活动。”

“对，有几次活动收上来的票钱还被偷了，对吧？”

“嗯，差不多有一百英镑呢。我记得当时把钱放在我书房的现金箱里了，第二天早上却发现钱不见了。”

“肯定是门房的人干的。”

“是的，绝对是。可怜的老阿弗雷德，他永远也做不好一件事。”里斯盖特上尉继续说，“他们是在他家后院找到现金箱的。”

托尼说道：“但没能找到那些钱。”

里斯盖特上尉只是摇摇头，笑着说道：“那都是二十年前的事了。”

接着，托尼转移了话题，问道：“您最近在做什么？”

里斯盖特上尉回答说：“我最近在做房地产，已经不太关注网球了。您还打网球吗？”

“不打了，我已经放弃了，或者说是网球放弃了我。日子总得过下去啊。至少，我把我的钱管理得还不错，已经环球旅行三次了。”

里斯盖特上尉点燃了自己的烟斗，吸了一口，问道：“您现在做什么？”

“卖运动器材。虽然利润不很高，但是有许多空闲的时间。”

“我看您家里布置得不错，很舒服。”

托尼说：“我太太自己也有些钱。不然，我也不会愿意花一千英镑买您的车了。”

听到这里，敏感的里斯盖特上尉提醒道："是一千一百英镑。有钱人啊，总是不知道自己到底有多幸运。我赚的钱过日子都还不够呢。"

"但您总可以为了钱结婚啊。"

"是的，我想，有人正是这样做的。"

"我自己就是这样。"托尼装作委屈的样子说。

里斯盖特上尉问道："她为什么嫁给您？"

"因为当时我是网球明星。"

"可是您现在放弃了网球，她并没有因此离开您吧？"

托尼用拐杖支着自己的下巴，很诚恳地给里斯盖特上尉讲了一个很长的故事。他说："她快要离开我了。在我们结婚以后，我想带她一起去参加网球大赛，可是玛戈不喜欢。她想让我放弃网球，只做一个体贴的好丈夫。最后我们都做了让步。那个赛季，我一个人去了美国，并且拿了几个冠军回来。可是，就在我不在她身边的那段时间里，发生了很多事，其中一件就是她不再爱我了——如果我因为某些事突然走进屋子，正在打电话的她就会立刻挂断电话。她总有一位老校友时常来拜访我们。

"有一天，我们吵了一架，还是因为网球。那天我要去参加比赛，可她不想让我去。就在我们争执的时候，卧室里的电话响了。她接电话时的语气很急切。挂断电话后，她的态度立刻变了，她很热心地让我去参加比赛。我顺从地把球具都装上车，开车离开了。但我把车开出两个街区后，又原路步行回来了。十分钟后，我看见她出了门，上了一辆出租车，我也跟着上了另一辆。我一直跟踪她。她那位老校友住在柴西区一间工作室里。当我从工作室的后窗望见他们的时候，他正在煤气炉上煮通心粉。他们之间言语不多，却很自然。我能看得出，他们在恋爱，这真是一件很有趣的事。

"后来，我就去散步了。我不知道如果她离开我，她会怎么样，但我就得自己赚钱过日子了。也就在那个时候，我才意识到我有多么依赖她。我现在所拥有的一切、我所享受到的高品位生活，都来自她。如果我与我的网球绝缘，就更得依赖她了。直到现在，我还记得当时自己那种害怕的心情。

"后来，我进了一家酒吧，喝了几杯。我就呆呆地坐在那里，想象着可能发生的各种各样的事。我甚至想过要杀了她，而且想了三种杀死她情人的方法。我觉得，这是最好的解决办法。就在我已经决定这么做的时候，我突然看见了一件事，也正是这件事让我改了主意。总之，我没有去参加比赛。当我回到家时，她就坐在您现在坐的位置上。我告诉她，我决定放弃网球了，从今以后会好好地照顾她。"

"然后呢？"里斯盖特上尉一边喝酒，一边听托尼讲述着这个生动的家庭故事。

"然后……然后，我根本不需要做什么，因为他们那个煮通心粉之夜显然是一次道别。她那位男友被召回纽约了，他是一个美国人，没错。随后，总有长信从那边寄过来，一般都是星期四到。她收到信后，会把它们烧掉，除了其中一封。她一直把那封信放在贴身的手提包里，随身带着。那封信也就成了我的致命伤。我告诉自己，一定要知道那封信到底说了什么。后来，我真的看到了。那封信的确写得有点儿意思。”

“您是说，您偷了那封信？”

“是的。我甚至写了两封匿名信给她，告诉她，我愿意把那封信还给她。”

“为什么这么做？”

“我只是希望这样可以逼得她把一切都告诉我，可是她并没有说。所以，我至今还保留着那封信。”托尼一边说着，一边从西服的里兜掏出一个黑色的笔记本。他将笔记本打开，一封信从里面掉了出来。

托尼脸上露出很为难的样子，因为他的腿脚不方便，所以他不方便把那封信捡起来。坐在他对面的里斯盖特上尉见此情形，只得帮他把那封信捡了起来。捡起后，上尉不禁将信在手里把玩着，仔细地看了看信封，问道：“您为什么要告诉我这些？”

“因为，您是我唯一可以信任的人。”

里斯盖特上尉很疑惑托尼会这么说，但也不好再说什么，于是把信还给了托尼。没想到，托尼并没有用手去接那封信，而是让里斯盖特上尉直接把信夹回那个黑色笔记本里。

托尼说道：“总之，我认为，这件事还是起了一定作用。从那以后，或许是出于对上帝的敬畏，他们之间的通信中断了，而我们也过了一段快乐的日子。这真的有意思。就在一年前，我还坐在酒吧里想着如何杀死她呢。要是我没看见那件事，我就不会改变主意，可能真的会杀死她。”

里斯盖特上尉将手里的烟斗朝身后的烟灰缸里磕了磕，问道：“那么，您到底看见什么了？”

“我看见了您。”

里斯盖特上尉听到这个答案，身体瞬间僵住了。他慢慢地转过头来，大惑不解地问道：“这是什么意思？”

托尼面带微笑地说：“这只是一个巧合。您听我说，就在那时候一个星期前，我去参加一场同学聚会。当时人们都在谈论您，说您在战争期间被军事法庭审判，坐了一年牢，这应该算是一个新闻。您留神听好了。在上大学那会儿，我们就总说斯万普肯定会坐牢的，只是时间问题。我想，是因为那只现金箱。”

“现金箱又怎么了？”

“哦，我亲爱的朋友，我想，每个人都知道那些钱是您拿走的。哦，可怜的老阿弗雷德。”

里斯盖特上尉不喜欢这段对话，他沉默地将面前的酒一饮而尽，起身打算告辞。他说：“多谢您的酒，您婚姻中发生的小插曲也很有趣。只是我觉得，您并不想要那辆车。”

当他已经走到门口时，托尼坐在沙发上一动不动，一字一顿地说道："难道您就不想知道，我为什么要约您到这儿来吗？"

里斯盖特上尉放在门把儿上的手垂了下来，他把大衣扔回沙发上，转过身说道："想啊。您还是直接说出来吧。"

托尼站起身来，不再伪装成腿脚不便的样子，而是将拐杖直接扔到了沙发上。在说下面一段话的同时，他开始用抹布擦拭里斯盖特上尉刚才触碰过的所有东西。他说道："当我在餐厅里看见您的时候，我就有这样的念头了。突然，我的头脑异常清醒。就在几个月前，我和玛戈都各自设立了遗嘱。倘若发生意外，属于我们个人的财产就都会留给对方。这相当有必要。她的财产可是超过了九万英镑，大部分是投资，要弄到手实在太容易了。但是如果别人怀疑我，我就危险了。我需要一个不在场的证明，一个很好的不在场证明。于是，我看见了您。

"我时常在想，人们出狱后会怎么生活——我是说，像您这样的人。他们可以找到工作吗？原来的那些朋友会伸出援手吗？或者假设他们根本就没有什么朋友。我变得非常好奇，很想知道答案。就在那一天，我整晚都在跟踪您，然后……"

托尼擦过酒瓶之后，要里斯盖特上尉把用过的酒杯也递给他。虽然里斯盖特此时满脸疑惑，但还是顺从地照做了。

托尼继续说着："从那天开始，我就一直跟踪您。"

"为什么？"

"我很笃定，我一定会发现您的把柄，而那样的话，我就可以——"

"勒索我？"里斯盖特说。

托尼微笑地回答："不，是影响您。几个星期后，我总结出了您的习惯，所以跟踪起来也轻松不少。"

"很乏味的工作。"

"刚开始的确是。您知道吗，后来这却成了我的爱好。知道得越多，就越觉得有趣。对我来说，您变得相当有趣了。事实上，有时候，我甚至觉得，您……您是属于我的。"

"那一定很有趣。"

"通常，在星期一、星期四，您会去赛狗场。为了接近您，我也会去。您还把您的姓改成了亚当斯。"

"对，我对斯万普这个姓厌烦了。可是，我触犯什么法律了吗？"

托尼已经擦拭好所有的东西，倚靠在大桌子前继续说道："没有，事实上您做的所有事都是合法的，这让我有些气馁。不过，有一天您从出租屋里失踪了。我只好打电话给您的女房东。我告诉她，亚当斯先生欠了我五英镑。显然，这不算什么，因为亚当斯先生已经欠她六个星期的租金了。她最好的房客欠了她五十五英镑，而最让她气愤的是，亚当斯先生是一位对她那么好的绅士。”

“是啊，这是最让她们生气的。”里斯盖特上尉心想，下面的对话恐怕不会短了，于是打算再喝一杯。就在他刚要拿起酒瓶的瞬间，托尼说道：“老兄，如果您想再来一杯的话，不介意戴上这双手套吧？”

他示意里斯盖特上尉将刚才搭在沙发上的白手套戴上，然后继续说道：“咱们说到哪儿了？哦，对。我把您跟丢了。后来的某一天，我在赛狗场找到了您，一路跟踪到了贝尔赛公园路，那是您新租的房子。而在那里，亚当斯先生变成了威尔逊先生。后来，威尔逊先生离开贝尔赛公园路，又欠下了十六个星期的租金。后来，您与一位华莉丝小姐交往。在这短暂的交往期间，您变得阔气了一些。通常，您会在星期三约她。她肯定爱上您了，对吗？我想，您留着这英俊的胡子，也是为了讨好她吧？可怜的华莉丝小姐。”

里斯盖特上尉听到托尼对他所做过的事了如指掌，不禁有些心虚，但依旧假装镇定地说道：“有点儿意思，请说下去吧。”

托尼继续说道：“7月、8月、9月……在卡莱尔大厦第127号公寓里，住着一位凡登太太。过世的丈夫留给她两家旅馆和一座公寓大厦，并且房屋内家具齐全。里斯盖特上尉要从哪里下手呢？唯一的突破口是，她喜欢被人追求。但是，跟她在一起，花钱就像流水一样。也许这就是您要在这一个月内卖掉她的车子的原因。”

里斯盖特上尉辩解道：“不，是凡登太太要我替她卖车子的。”

“我知道。不过在给您打电话之前，我和她通过话，她只要八百英镑。”

里斯盖特上尉在屋子里踱了几步，想转守为攻。于是，他问道：“最近的警察局在哪里？”

托尼无所顾忌地告诉他：“教堂对面，步行两分钟。”

“要是我现在就走到那里呢？”

托尼问道：“您会告诉他们什么呢？”

“一切。”

托尼反问道：“一切？所有关于亚当斯先生和威尔逊先生的事？”

里斯盖特上尉想了想，说：“我只要简单地告诉他们，您想勒索我去——”

“什么？”

“谋杀您的妻子。”

托尼笑着说道：“我倒是很希望您去告我。这样的话，她听了以后，我们之间就会有这辈子最大的笑料了。”

里斯盖特上尉说道：“您好像忘了什么吧？”

“有吗？”

“今天晚上，您可告诉了我不少事。”

“是什么呢？”

“要是我告诉他们，您是如何跟踪她到柴西区的工作室，又看到他们煮通心粉，等等，这些事情，我觉得，他们是会相信的吧？”

“当然。他们会认为是您自己在跟踪她。”

“我为什么要跟踪她？”

托尼说道：“您为什么要偷她的手提包？为什么要写那些勒索信？您能证明您没有那么做吗？您当然不能证明那是我干的。那就选成我们的证词完全不一样。”

“这样会让他们困惑。可您能说些什么呢？”

托尼说道：“我只要简单地说，您今晚喝醉了。我们是大学校友，您是来我这里借钱的。当我拒绝您时，您和我提到了一封属于我妻子的信。您打算把它卖给我，但我得把所有的钱都给您，您才会把信给我。信上有您的指纹，还记得吗？”

托尼又将那封信出示给里斯盖特上尉看，里斯盖特上尉的表情变得非常惊恐了。托尼继续替他编造下面的故事：“然后您和我说，如果我去报警，您就告诉他们，是我要谋杀自己的妻子。这个故事太疯狂了。如果您想要再次申辩，那么，老兄，您要考虑到另一个问题。您应该知道，我是名人，如果报纸报道了这条消息，您的照片也会出现在报纸上。到那时，您的女房东和房客的代表们一定会出庭为您的言行做证。我想，一定会有人见过您和华莉丝小姐在一起。我在跟踪您的时候发现，你们每次见面时，您都很小心，不希望别人看到。您总是和她到远离人群的地方，只有在那里，您才不会被认出来，比如宾里可的那家小茶坊。”

“那是她的主意，不是我建议的。”

“那地方有点儿寒酸，对吧？好像不是适合带凡登太太去的地方。还有，凡登太太知不知道关于亚当斯先生、威尔逊先生以及华莉丝小姐的事呢？您应该是想和凡登太太结婚吧？”

里斯盖特上尉听到这里，咬牙切齿地说：“我承认您很聪明，这样总可以了吧？

“不，这并不是我的用意。我只是把我自己放在您的处境中，这样才能知道您会同意的。”

“是什么理由，让您觉得我会同意呢？”

“这就和赶驴的道理一样，后面是棍子，前面是胡萝卜，它只会选择往前走，绝不会退后。”

“告诉我，胡萝卜是什么？”

“现金一千英镑。干一起谋杀案只需要几分钟而已，我还可以保证您不用冒险。这该会对您有吸引力吧？要知道，您现在可是穷途末路。”

“穷途末路”，里斯盖特上尉倒吸了一口凉气，但他依旧嘴硬地说：“我不知道您在说什么。”

“您应该知道的。所有的报纸几乎都报道过一位中年妇女的死亡是由于用药过量之类的文章。显然她用那种药有一段时日了，但没有人知道那种药的来源。可是我们知道，对不对？可怜的华莉丝小姐。”

托尼见里斯盖特上尉的神色有些松动，便说道：“这一千英镑……”

“在哪里呢？”

“在一个寄物处，有一只小手提箱，我会把钱放在里面。”

“哪里？”

“在伦敦的一个地方。当然，我们以后也就不用再见面了。等您完成了您的工作，我就会把存根和箱子的钥匙一起寄给您。”托尼从大桌子的抽屉里拿出了一沓钱，扔给里斯盖特上尉，说道，“这一百英镑就当行动资金。”

“警察有可能从这些钞票上查出您和我有关，然后将我们一起查办吗？”

“他们不会查出来的。在今年一整年里，我每星期都会多取二十英镑，而且都是面额为五英镑的钞票。等有空的时候，再将它们换成旧钞。”

里斯盖特上尉走到托尼的大桌子前，要求看看他的银行账目。托尼答应了他的要求，但不让他触碰账簿，由自己来替他翻页。

查看后，里斯盖特上尉说道：“一年来，您的余额少了一千英镑。如果警察向您问起这件事呢？”

“我每星期会去赌两次赛狗。”

“可他们会去查您的赌注。”

“和您一样，我每次下注都会找通风报信的人。现在，您满意了吗？”

里斯盖特上尉想了想，问道：“那您要我什么时候动手呢？”

“明天夜里。”

“明天夜里？这绝对不可能。”他的嗓门儿立刻变大了。托尼紧张地用手势暗示他小声些，于是里斯盖特上尉压低音量说道：“我得再仔细考虑一下这件事。”

“必须在明天动手。所有的事情我都安排好了。”

“在那里动手？”

“应该就在您现在站着的地方吧。”

此时，里斯盖特上尉正背对着落地窗，站在大桌子后面，他的前方便是大桌子。他问道：“我要怎么做？”

“明天晚上，我要带她那位美国男友去参加一场男性聚会，而她会一个人待在家里，并且会很早上床睡觉。她会在星期六收听戏院的无线电转播，平时都是这样。而您呢，就在差三分11点的时候从大门进入房间。您会找到开门的钥匙，就在这里楼梯的地毯下面。”托尼把房间的门打开，正对着门口的是通往二楼的楼梯。他示意里斯盖特上尉不要出门，以防被别人看见，只需要在屋子里看好藏钥匙的位置——在第五级楼梯的地毯下面。

解决好藏钥匙的问题后，托尼将房间门关好，又回到客厅内的落地窗前，继续说道："然后，您径直走到窗口，藏在窗帘后面。11点，我会在饭店打电话给我的老板，可我会错拨号码到这里。这就是我所有需要做的。您等到电话铃响后，会看到卧房里的灯亮起来，当她打开门走过来时，客厅也会被照亮。

"在她接电话前，您什么都不要做，发出来的声音越小越好。等一切都完成后，您就把电话听筒拿起来，对着里面轻轻地吹一声口哨，然后把电话挂断。不管您做了什么，都不要说话，我也什么都不问。等我听到您吹的口哨声后，我会挂上电话，然后再拨电话给我的老板，就像什么事都没发生一样和我的老板谈话。然后，我就若无其事地回去参加聚会。"

"然后呢？继续说下去。"

"您会看到放在这里的一只行李箱，"托尼拿起位于门与落地窗中间的皮箱，把它拎到壁炉前面，"里面装着我和清洁工的衣服。您把它打开，把里面的衣服倒在地上，然后把香烟盒和这些杯子装进去，再把箱子盖上，不要锁。就像这样，把这只箱子留在现场。"

"让现场看起来像是我很匆忙地离开的。"

"没错。之后就是窗户了。如果您发现这扇落地窗的窗户是锁着的，那就把它打开，并把它推开。然后，您就可以原路离开这里了。"

"从门口出去吗？"

"没错。还有一件最重要的事，当您离开时，一定要记得把钥匙放回原处。"

"放在楼梯的地毯下面。"

"是的。"

"这样看起来，是发生了什么事吗？"

托尼解释说："他们会认为您是从窗户进来的，以为这间房里没有人，所以您拿了行李箱去装东西，但是她听到了外面的动静，就打开灯出来看。您发现了卧室的灯亮，于是躲到窗帘后面。这样当她来到客厅时，您就能在她叫喊前攻击她了。当您发觉真的杀死了她后，很慌张地从窗户离开了，连东西都没有拿。"

"等一等。我该从这扇窗户进来。要是窗户锁上了呢？"

"这都无所谓。我会这样和警察说，她经常会在上床前在院子里散步，而回来时又总是忘记锁窗户。"

"是的，但她可能会说……"里斯盖特上尉说到这里，又不说了。

托尼说道："她已经什么都说不了了，对吗？"

"好吧，我走出这栋公寓，然后把钥匙放回第五级楼梯的地毯下面，再从大门走出去。可……要是大门锁上了呢？我该怎么走？"

"大门从来都不锁。"

“那您什么时候回来？”

“大约12点。我会带她的美国男友马克一起回来，所以我们会一起发现她。从我们离开她到回来，我们会一直在一起。这就是我最好的不在场证明。”

里斯盖特上尉回想着刚才的种种做法，将门打开又关上，说道：“可是，您忘了一件事。”

“什么？”

“当您和他一起回来的时候，你们怎么进来呢？”

“我自己开门进来啊。”

“可是您的钥匙正在楼梯的地毯下面。如果他看见您拿钥匙，事情就有可能败露。”

“不会的。地毯下面的不是我的钥匙，是她的。我会从她的手提包里摸出来钥匙，在我离开前把钥匙藏在那里。她又不出门，一定不会发现的。所以当我们回来时，我会用自己的钥匙开门进来。然后，当她那个男友到院子里去找什么的时候，我就把钥匙放回她的手提包里。这一切都会发生在警察来之前。”托尼一边解释，一边擦拭着里斯盖特上尉刚刚用手触碰过的地方。

“这门有几把钥匙？”

“只有她和我的两把。”

正当两人说话的时候，电话铃突然响了。托尼想了想，便走到大桌子旁边接起电话：“梅维区499号。”

“托尼，是我。”

“你还好吗，亲爱的，节目怎么样？”

“棒极了，非常感人，我们都很喜欢。”

“我很难过，哦，我是说，我很高兴。”

“你会来跟我们会合吧？”

“我想可能不行，我还没开始工作呢。亲爱的，等一下。”

托尼看到里斯盖特上尉戴上手套想走进卧室去，便立刻将听筒捂住，提醒道：“我想，门口有人，卧室窗外会有人看见您的。”

然后，他又继续和妻子通电话：“抱歉，亲爱的，叫错门了。你为什么不带马克到杰利俱乐部去呢？”

“我们怎么进去？”

“只要说我的姓名就行了。我不知道乐队怎么样，不过那里的东西很好吃。还有，你出门后莫里打来过电话，他邀请我们星期三去吃晚饭。可是你的记事本上星期三写着字，我看不大明白是什么，看起来像是阿尔·本多，他是谁？你的另一个男性朋友吗？”

“阿伯特大厅，笨蛋。”

“阿伯特大厅，哦，当然。我非常高兴咱们不用去莫里家了。那里真的有个很差劲儿的厨房。”

“我得走了。”

“好的，亲爱的，玩得开心点儿！”

电话挂断了。就在托尼通话的时候，里斯盖特上尉了解了一下房间的大致构造，并且将房间里所有的灯和开关都试用了一下。最后他摘下手套，将托尼刚刚丢给他的钱揣进了西服口袋。

第二天傍晚，在等待出发的空闲时间里，马克正在看书，玛戈则一心扑在剪报上，而托尼做着每一件事时一直若有所思。

“那个印度王子的照片在哪儿？”玛戈在一堆剪报里翻找着。

托尼关切地问：“亲爱的，你什么时候才能把这些剪报贴好？”

“总有一天吧，就是这里。”她将一张剪报递给马克，“他就是印度王子，很迷人吧？”

托尼在他们身后介绍说：“他有四辆劳斯莱斯和数不清的珠宝，但他真正想做的事情是打温布尔登比赛。”

玛戈笑着说：“那个可怜虫，近视得连球拍都看不见。”

马克说：“你知道，应该把这一切写成一本书。”

玛戈立刻建议道：“你们两个为什么不合写一本关于网球比赛的侦探小说呢？”

托尼对马克说：“怎么样，马克？你能给我提供一起完美的谋杀案吗？没有任何事比这个更让我爱的了。你是怎么写侦探小说的？”

马克说：“你得忘记侦探的角色，把全部精力集中在犯罪上，犯罪才是重点。再去想该怎么实施偷盗或者谋杀。”

“是这样吗？真的很有意思。”

“对，我总是把自己当成罪犯，然后不停地问自己下一步该怎么做。”

玛戈笑着问：“你真的相信有完美的谋杀案吗？”这个问题也是托尼所关注的，因为他正有这个打算。他虽然背对着他们，但依旧竖起耳朵仔细地听着答案。

马克说：“相信。如果是纸上谈兵，那么我完全相信，而且我觉得我能比大多数人计划得好，只是我很怀疑将计划付诸实施的具体过程。”

听到这里，托尼转过身来，兴致盎然地问道：“哦？为什么？”

“因为故事是按照作者的设想一步步地发展下去的，但真实的生活就不一样了，并且总是这样。我怕我的谋杀案会像我打桥牌一样，已经犯了很多愚蠢的错误，却不知道大家都在看着我出丑。”

三个人喝了一杯酒后，玛戈问道：“你明天要做什么？”

“没什么事情做。”马克说道。

“那就和我们一起开车去温莎吃午餐，怎么样？”

托尼赞许地说：“这个主意听起来不错。明天早点儿过来，不过也别太早了。我们可以喝一夜呢。”

马克说：“就定在11点，可以吗？”

“行。”

就在出发前，托尼看到门锁，想起了钥匙。他问妻子：“亲爱的，你看见我的钥匙了吗？我的钥匙找不到了。”

“我不知道，或许两把钥匙都在我的包里。我去看看就知道了。”说着，玛戈走向卧室，去拿手提包。而马克在背对着托尼穿外套。借着这个机会，托尼在确保落地窗没有锁上之后，连忙把窗帘拉好。

玛戈从卧室里出来，拿着自己的手提包，说道：“没有，我这里只有一把钥匙。你确定，你的钥匙没在你的大衣兜里吗？”

“不在，我已经找过了。把你的钥匙借给我好吗？”

“这可不大方便。”

“为什么？”

“我可能要出门。”

“今晚吗？”

“是啊，或许我要出门看场电影什么的。”

“你为什么不听星期六晚间转播的戏院广播剧呢？”

“不听，这期是一出恐怖剧。我可不喜欢一个人在家里听恐怖剧。”

“我知道了。”

“总之，我会比你们先到家，我会给你开门的。”

“可是我们要到午夜过后才回来，那个时候你已经睡着了。或者，你可以把钥匙放在鞋垫下面。”托尼见事情没有符合自己的预料，便改变了策略，将自己的钥匙从手套里拿了出来，假装惊讶地说，“哦，没事了，原来钥匙在我的手套里。”

玛戈笑笑说：“那就好，问题解决了。”

托尼在心里盘算着，该如何让玛戈待在家里不出门，否则计划就泡汤了，于是问道：“你要去看哪场电影？”

“我希望看一部经典影片。”

“你进得了场吗？今天可是星期六。”

“我可以试试的。”

“可是……”

玛戈有些生气地坐在沙发上：“哦，亲爱的，别让我待在家里，我可不喜欢无聊到发呆。”

托尼反驳道：“没事可做吗？你有上百件事可以做。你可以给佩姬写信，谢谢她周末的热情招待。还有这些剪报，现在正是整理它们的好机会。”他的态度有些强硬，这让站在一旁的马克有些不大理解，不过这毕竟是夫妻的家务事，他也不好说什么，只得冷眼旁观。

玛戈说：“是的，但你们去外面找乐子，而我在家里弄这些乏味的剪报——”

“那好吧，我们不去了。”托尼说着，转身把手里的皮包和手套放下。马克有些吃惊，不过依旧保持着沉默。

玛戈也觉得托尼有些无理取闹，于是瞪大了眼睛，问道：“你这是什么意思？”

托尼理直气壮地说：“很明显，如果你不想我们今晚出去，那我们就留下来陪你。我们可以玩牌啊。”

“托尼，亲爱的——”

托尼又走到大桌子旁，打算拿起电话：“我想，我最好先给他们打个电话，告诉他们一声我们不去了。”

“托尼，拜托，你别这么孩子气。”

托尼见玛戈不让步，就装作很笃定的样子拨了电话号码。玛戈见他这么坚决，只得无奈地说：“好啦，好啦，我在家整理剪报，这总行了吧？”

托尼放下电话，说：“如果你不想，你可以不整理它们。”

“可是，我现在想整理了。”

马克感觉到家里的气氛有些僵，就转身开门，说道：“我想，我可以先去叫出租车。”

玛戈把一堆剪报搬到了大桌子上，准备好了糨糊，托尼帮忙把放在针线盒里的剪刀递给她。

现在，对托尼来说，还有一件很重要的事没有做，那就是——钥匙。他得顺利地拿到玛戈的钥匙。他看了看手提包，终于想到了一个借口。于是，他径直走过去，说道：“亲爱的，借我一些零钱，我需要支付出租车费。”

玛戈似乎不想让托尼碰她的手提包。这不难理解，因为她的手提包里总是会放她最宝贵的东西，比如那封丢失的信。如今那封信已经不在了，但她的习惯还是如此。她紧张地走了过去，问道：“嘿，我的手提包！你要多少？”

托尼把玛戈的手提包背在身后，一边和玛戈闲聊，一边在身后搞小动作——偷钥匙。

“我们看看你有多少钱。”

“放手。”

“反正你还欠我十先令呢。”

“做什么用的？”

“我给佩姬礼盒的钱，谢谢她帮我们整理家务。”

“我来拿。现在把你的手拿开。”

托尼拿到了钥匙，将手提包还给玛戈。拿到手提包后，玛戈安心了许多，便问道：“说吧，你要多少？”

“哦，原来我有三、五、七和六便士。够付来回的车钱了。”

玛戈又拿了一些钱递给托尼：“你还是带些钱去吧，晚餐需要多少钱？”

“已经给了，包括小费。如果我的钱不够，马克可以付。”

托尼要借零钱，但最终没有要玛戈一分钱。他只是笑了笑，就拿起衣服准备出门。正当他想要按照计划将玛戈的钥匙放到房门对面的楼梯地毯下面时，马克突然出现在他的面前。马克将楼梯挡得严严实实的，对托尼说道：“出租车来了。”

托尼瞬间呆住了，这让玛戈觉得很奇怪，便问：“托尼，你还在想什么呢？”听到这话，托尼才回过神来，说道：“没什么，亲爱的，没什么。”于是走出了屋子。

玛戈和马克道别后，玛戈站在门口问托尼大概几点回来。托尼说：“我想，大概12点吧。我会带马克回来喝一杯的。你还醒着吗？”

“那个时候我一定睡着了，我可不想被你们吵醒。”

“我们会像老鼠一样安静的。”

“再见。”

托尼和马克双双往大门走去。就在这区区几步路的时间里，托尼的脑子在飞速地旋转着，要找到一个走回去放钥匙的借口。于是，在玛戈将房门关上的一刹那，他停住了，好像忘记了什么事情一样，立刻转身回去。

“玛戈。”他在门外喊道。

“怎么了？”玛戈再次将门打开。托尼则用手扶着第五级楼梯，和玛戈说着话。虽然对话的内容已经不重要，因为他已经神不知鬼不觉地放好了钥匙，但对话还要进行下去。他说道：“我担心帕吉斯老爷子会打来电话，如果他真的打过来，你就告诉他我们在得伦顿饭店。如果有重要的事情找我，电话号码就写在大桌子上的本子里。”

“好的。”

托尼刚要离开，却又依依不舍地吻了吻妻子。他轻轻地拍了拍妻子俊俏的脸蛋，意味深长地说了句：“再见，亲爱的。”

玛戈不解地看着托尼，他的这种温柔好像太突然了。但她很快就将他这种令人诧异的行为忘了，关上了门。

将近午夜的时候，里斯盖特上尉穿着一件长风衣、戴着一顶黑色的帽子出现在托尼家的楼下。他看了一眼自己的手表，此时已经是10点53分，离11点还有七分钟。他轻轻地推开楼下的大门，顺利地从楼梯的地毯下面取出钥匙，打开了门锁。

玛戈已经睡熟了，她丝毫没有感觉到已经有陌生人从外面进来，并且在观察屋子里的情况。

里斯盖特上尉走到大桌子前，看了看电话，又看了看卧室的方向，然后按照计划躲在窗帘后面。此时已经是差三分钟11点。他把用来谋杀玛戈的丝袜在手里扯了扯，只等着电话铃声响起。

而在另一个地方，托尼正和马克等人围坐在宴会厅的桌子旁，谈论着各自的话题。总之，一片嘈杂。托尼不自觉地一遍遍看着手表，他看了几次，每次都是10点40分，终于忍不住问道："容我插句话，谁知道现在是几点钟了？"

"我知道，已经11点过七分了。"

"我的表刚过11点。"

"哦，我的表停了。我想，一定是上得太紧了。"托尼说着，站起身，"抱歉，伙计们，我得去给我的老板打个电话。"

与此同时，一直在等电话的里斯盖特上尉有些着急了，他不明白为什么电话没有按照约定的时间响起。他从窗帘后面走出来，站在客厅里犹豫了片刻，便将丝袜收了起来，打算离开。

托尼连忙赶到酒店大堂的公共电话处，但此时正有一位老人家在使用电话。无奈之下，他只好在外面踱步。幸好那位老先生的电话没有打得太久，等老先生离开，托尼就立刻拨通了家里的电话。

原本已经一脚在门外的里斯盖特上尉听到电话铃响，立刻悄悄地关上门，重新站到窗帘后面。

电话把玛戈吵醒了，她打开了卧室门，卧室的灯光照亮了客厅。她站在大桌子后面接起电话，问了几遍"你好"，但对方始终不应答。这时，里斯盖特上尉已经站到她身后。他的动作有些迟疑，毕竟他不是职业杀手。而在电话的另一端，托尼正皱着眉头仔细地听着动静。

终于，里斯盖特上尉动手了。他用丝袜勒着玛戈的脖子，用尽全气想把她勒死。可是，面对死亡的威胁，玛戈似乎比以前更有力气，甚至可以和他撕打一会儿。毕竟女人的力气不如男人，很快，她就被里斯盖特上尉按倒在大桌子上，双脚离了地。她拼命地挣扎着，想要大叫，但被勒紧的喉咙只能发出微弱的嗞嗞声。

眼看自己就要死于这个风衣男子之手，玛戈被激起了强烈的求生欲望，她拼命地寻找办法，手不自觉地在桌面上摸索着任何可以帮助的东西。突然，她的手摸到了一把剪刀，于是她用尽最后一丝力气，将锋利的剪刀插进了里斯盖特上尉的后背。

只听里斯盖特上尉痛苦地大叫一声，剧烈的疼痛使他瞬间失去了力气，倒在玛戈的身上。玛戈用力地挣扎着。慢慢的，里斯盖特上尉恢复了一丝神志，站起身来，强忍着疼痛看着她。而她惧怕他的脸，便将头转到一边。

里斯盖特上尉想将背后的利器拔出来，但高度的紧张加上剧烈的疼痛使他站都站不稳，只见他一个踉跄，仰面倒在了地上。剪刀的一头碰到地板，另外一头则更深地插进了他的身体。他再也发不出任何声音了。

电话那头的托尼不知道究竟发生了什么事情，只能死死地抓着听筒，等待一声口哨暗号，或者其他什么声音。

虚弱的玛戈强撑着身体，拿起了电话，带着哭腔冲对方说："拜托您，快去报警，快点儿。"

听到了玛戈的声音，托尼很是意外，但他的第一反应就是要占着电话，不能让她去报警。于是，他对着听筒，用疑问而平静的声音问道："玛戈？"

"你是谁？"玛戈已经听不出丈夫的声音了。

托尼继续说道："亲爱的，是我。"

"托尼，托尼，感谢上帝。你快点儿回来！"

"发生什么事了？"

"我现在没有办法说清楚，你快点儿回来吧！"

"亲爱的，别着急，到底发生什么事了？"

"有个男人攻击我，他想勒死我！"处于崩溃边缘的玛戈一边哭一边说。

"现在呢，他逃走了吗？"

"没有……他已经死了。"

听到这里，托尼的脑袋里又开始飞快地转动，他需要第一时间做出有利于自己的决定。

玛戈见托尼一直不说话，便问道："托尼，你还在听吗？"

"玛戈。"

"什么？"

"现在，你仔细地听我说。"

"好，我正在听。"

"别碰任何东西，我马上就回去。"

"好的，我不会碰任何东西的。"

托尼再次强调说："别碰任何东西，也别和任何人说什么，一切都等我回去再说。"

"好的，我不碰任何东西。"

托尼再三确认，玛戈也再三保证后，托尼才挂上电话回到了餐厅。

此时，玛戈太需要冷静一下。她推开落地窗走到外面的阳台上，脖子上的丝袜被风吹落下来。她痛苦地哭泣着，努力地呼吸着新鲜空气。当她转身看向客厅的时候，那具尸体让她直想呕吐。她躲回卧室里，只想远离这一切。

托尼急急忙忙地和大家辞行，说自己的妻子不太舒服。马克关切地问道："严重吗？”

“不是很严重，您留下吧。”

“我跟您回去吧。”

“不用，没关系的。”

托尼离开了众人，一个人匆匆地开车回了家。他推开门的一瞬间，玛戈就从卧室里跑了出来。“托尼……”她哭喊着，扑进丈夫的怀里。

托尼安慰道：“别怕，亲爱的，别怕。到底发生什么事了？”

“他绕了一个什么东西在我的脖子上，想勒死我。我感觉像是丝袜。”

“真的吗？让我看看。”

他仔细看了看玛戈脖子上的伤。玛戈又扑回托尼怀里，继续说：“我起来接电话，他从窗帘后面走了出来，想勒死我。我……我几乎要晕死过去了，可我……我的手摸到了剪刀。我就把剪刀向他的身上刺去……然后，他松开了我，倒在地板上了。”

托尼走到尸体旁边，搬弄着尸体，翻了他的上衣口袋和西服里兜，但什么都没有找到。

“他没流多少血。当他倒下时，一定——”托尼说着，转过头，突然看到玛戈正在翻弄着自己的手提包，好像在找什么。他吓得连忙问：“你在干什么？”他想，如果玛戈发现自己的钥匙不见了，事情就不好办了。

但玛戈的回答让托尼放宽了心。她说：“找我的……哦，找到了，我的阿斯匹林。现在我头痛得要命。”

托尼在玛戈回到卧室接水吃药的工夫，连忙搜索死者身上的钥匙。他从死者的裤兜里翻找出来一把钥匙，然后一眨眼的工夫，他身手敏捷地将钥匙放到玛戈的手提包里。

玛戈走出卧室，恰巧看到托尼有些慌乱地站在卧室门口，便问：“怎么了？”

“我最好去拿条毯子。”

他从卧室里拿出一条毯子，盖住了尸体。

午夜的风很冷，穿着吊带睡裙的玛戈身体一阵阵打冷战。她抱着自己的胳膊，声音直发颤：“把窗户关上吧。”

托尼看了看被风吹得晃动的窗帘，说：“不行，在警察来之前，我们什么都不能碰。他是偷偷进来的，我不知道他来干什么。我怀疑是为了那些奖杯。”

玛戈问道：“警察什么时候来？”

“你已经通知他们了吗？”

“没有。你告诉过我不要和任何人说话。你最好现在给他们打电话。”

“是的。”托尼转身向电话走去。

玛戈问道："马克呢？"

"我让他直接回家了。"

电话接通了。托尼说："你好，接线生，请快点儿接梅维区警察分局。"

玛戈觉得托尼的反应有些奇怪，便追问道："你告诉马克了吗？"

"没有，我不知道到底发生了什么事，所以只是和他说你不舒服。"

"梅维区警察分局。"

托尼对着电话说："有件恐怖的意外。"

"是的，先生。"

"有人被杀死了。"

"贵姓，先生？"

"温迪斯。"

"是两个s吗？"

"不，是dice。"

"您的地址？"

"嘉伦顿公园路61A，一楼公寓。"

"是意外事件吗？"

"我也不知道。"

"先生，您说不知道，是什么意思？您觉得，他是被什么人杀死的？"

"我不知道。"

"您知道是谁干的吗？"

托尼已经在心里谋划好了这件事的处理办法，就是将一切伪造成玛戈杀人，所以他都回答不知道。但是他又不能说太多不利于自己妻子的话，因为玛戈正在看着他。沉默了一会儿后，他说道："等你们来了再说吧，大概需要多久？"

"两分钟左右。"

"两分钟。"

"还有，保护现场，什么都别碰。"

"好，我们什么都不会碰的，再见。"

电话挂断了。玛戈转身说道："我去穿件衣服。"

"为什么？"

"他们要看我的。"

"不会的，他们不会去打扰你。"

"但是他们一定会有问题要问我。"

"等明天吧，我会告诉他们想知道的一切。"

托尼将玛戈安抚进了卧室。就在进门的时候，玛戈说道："托尼。"

“什么？”

“你为什么要给我打电话？”

“什么？抱歉，亲爱的，这件事情晚一点儿再和你说。”托尼一时想不到用什么借口来应付这个问题，就转移了话题，“我刚才想到了一些，你说，他是用丝袜……”

“好像是丝袜，或者是条围巾。没有在那边吗？”

“没有。”

“我想，他们会找到的。好了，你现在到床上去。”托尼又说道。

托尼在妻子的脸上亲吻了一下，将她送进了卧室。接下来，他需要在不到两分钟的时间里伪造出另一起谋杀案的现场。首先，他需要找到凶器——丝袜。他在屋子里到处看了好久，甚至连大桌子下面也看了，都没有找到。正当他疑惑不解的时候，他看到了打开的落地窗，就走了出去，清凉的风让他的头脑清醒了不少。就在他低下头的瞬间，他看到那件凶器正静静地躺在那里。

托尼弯下腰，将它拾起，又看了看针线盒里面的丝袜，心生一计。此时壁炉里的火已经不旺了，但依旧有微弱的火苗，他便将打火机油淋在丝袜上，将丝袜扔进了壁炉里。为了让它烧得彻底，他又往火堆里倒了更多的打火机油。随后，他将针线盒里玛戈的一双丝袜拿出来，将其中一只打了一个结，扔在刚刚拾到凶器的地方，又将另一只藏在大桌子的隔板下面。

如果想嫁祸一个人犯了谋杀罪，还需要找个动机，于是托尼将盖住里斯盖特上尉尸体的毯子掀开，用手绢垫着手，将自己西服里兜的那封信放进里斯盖特上尉尸体的衬衫口袋里。在这样争分夺秒的时刻，他居然还能想到不在信上留下指纹。随后，他又将尸体盖好，走到壁炉前，将丝袜燃烧后的灰烬捣碎，埋在炭火下面。

一切都做好后，他才安静地坐在客厅的沙发上，点燃一支烟。

第二天早上，太阳已经升起来了。在托尼家，警察们依旧敬业地搜寻着线索。托尼很友善地为大家泡茶。他端着一只上面摆满精致茶杯的托盘，从厨房里出来。“各位，茶泡好了。”他将托盘放在大桌子上，挪动了隔板，这样可以让警察看到藏在下面的丝袜。

当他听到有警察说“警长，看，另一只丝袜”时，满意地离开了客厅。

这起谋杀案引发了社会各界人士的关注，有不少好事者走到托尼家的大门前想一睹究竟。站在门外的警卫人员不停地劝说着大家离开。这时，在托尼的家里，所有的警察都撤走了，只留下他们夫妻二人。

托尼在房间里想着是否还有什么漏洞。突然，他注意到了用光油的打火机。他刚想把它拿走，看到妻子从卧室里走出来，便很自然地说：“几乎空了，等有空的时候，你提醒我去多买些来。每次都是要用的时候，才知道它没有了。”接着，他将两只手插在裤兜里，对玛戈说道，“听我说，在我忘记之前，我想提醒你，如果警察要知道你为什么没有立刻报警——"

"我没办法报警，是因为你在电话那头啊。"

"我知道。"

"而且是你明确地告诉我，在你回来之前，不让我和任何人说话。"

"亲爱的，我知道。但我和他们说的不一样。"

"为什么？"

"我说，你没有立刻打电话报警，是因为你打电话到饭店找我了。"

"为什么要这么说？"

"因为这个说法很合理，而且他们接受了。倘若他们认为我们拖延报案，可能会追问非常多的问题。"

"所以，你想让我按你说的去说吗？"

"亲爱的，我想是的，如果再被问到这个问题的话——"

这个时候，门铃响了，托尼说："一定是马克，你去给他开门吧。"

来人并不是马克，而是探长。他来的目的当然很明显——调查案情。

探长说："我是哈珀探长，专门负责调查刑事案件。"

托尼说："我想，我们已经为警察局提供了整个案情的详细情况。"

"当然，我也看了他们的报告。只是还有几件事，我想问清楚。"哈珀探长绕过托尼，走向玛戈，问道："温迪斯太太，我知道，当时调查的警察只是去看了您一眼，对吧？"

"是的，我——"

托尼连忙在一旁做出帮忙的样子，说："我太太当时吓得太厉害了。"

"是啊，这一定是你所经历的事里最糟糕的一件。"哈珀探长又提议，"您不介意我四处看看吧？"

托尼回答说："没问题，您随意。卧室和浴室在这边。"他带着探长仔细地观察了一下屋子里的环境。卧室里有一个浴室，是全封闭的。厨房的窗户也都有护栏。一一观察完后，托尼说："如果让我们做假设，那么他必定是从客厅的窗口进来的。"

哈珀探长没有直接回应，而是说："我了解到，案件发生时，您不在家。"

"是的，当时我在得伦顿饭店参加晚宴。或许是机缘巧合，事实上，当我太太受到攻击时，我正在和她通话。"

"我知道。您记得当时是几点吗？"

"不，我不知道。我很确切地记得，我的手表当时已经停了。"

哈珀探长又问玛戈："温迪斯太太，您注意到时间了吗？"

"没有，我不知道。"

托尼请探长坐下，玛戈坐在他的对面。

玛戈问道："您知道凶手是什么人吗？"

"知道，至少我们已经找到了他的住处，只是还没弄清楚他的真实姓名。他有好几个名字。您以前见过他吗？"

"没有，我没见过。"

哈珀探长将死者的照片递给玛戈。玛戈仔细地看了看，说："对，就是这个人。"

"没错。您不认识他吗？"

"不认识，我没见过他。"

"您看过他的脸吗？"

"没有，他是从我背后袭击我的，当时光线又很暗，我没办法看清楚他。"

哈珀探长听到玛戈的回答，笑了笑，说："是的。在我给您看这些照片之前，您说您没见过他。但是，如果昨天晚上您没看过他的脸，您怎么知道照片里的人就是凶手呢？"

"我不明白您的意思。"玛戈疑惑地说。

托尼也过来帮腔："探长，我太太的意思只是想说，在此之前，她没见过他。"

哈珀探长问玛戈："您是这个意思吗？"

"是的。"

哈珀探长又问托尼："那您呢，先生？您以前见过他吗？"

"没有。"

哈珀探长又递给他一张照片。托尼仔细地看了看，说："没有。至少……"

"怎样？"

"他看起来有点儿像我的大学校友，但胡子的部分又不太像。"

"他姓什么？"

"我不记得了，那都是二十年前的事情了。"

哈珀探长拿出一个小本子，按照上面登记的各种姓氏问道："是里斯盖特吗？"

"不是。"

"威尔逊？"

"不是。"

"斯万普？"

"不……等一下，"托尼装作突然想起来的样子，说，"斯万普，斯万普，对了，是他。"

托尼将照片还给哈珀探长，又奔向了那面照片墙。他又将当初给里斯盖特看的照片拿了下来，递给哈珀探长："这是在我们大学校友聚会时拍的老照片。我和他读同一所大学。"

"哦，他就在里面，真是太不可思议了。您跟他熟吗？"

“不熟。他是我的学长。”

“后来您见过他吗？”

“没有，至少……对了，我最近看到过他，但是没说过话。”

“什么时候？”

“大约六个月前，我在维多利亚火车站见过他。当时我觉得他没什么变化。”

“先生，他那时留胡子了吗？”

“没有。”

哈珀探长将他的话做了笔录后，又问玛戈：“温迪斯太太，您能给我讲一下昨天夜里发生的一切吗？”

“托尼，我一定要说吗？”玛戈无助地拉着丈夫的手问道。

托尼则握着她的手说：“哦，亲爱的，我想是的。”

玛戈站起身，模拟着当时的情景。她指着卧室的方向说：“昨天晚上当电话响起来的时候，我正在床上睡觉。电话把我吵醒了，我就到这里来了。”

“您开客厅的灯了吗？”

“没有。”

“告诉我您被袭击时的准确位置。”

玛戈走到大桌子后面，说：“我就站在这里，拿起了听筒。”

“等一下，您确定是这里吗？您是像这样背对着窗户吗？”

“我确定。”

“为什么？”

“什么为什么？”

“我是说，为什么要走到大桌子后面，如果是我，我会在对面接起电话。”

“我总是在这里接电话的。”

“这是为什么？”

玛戈很自然地回答说：“如果有什么事情需要用笔记下来的话，我就可以用左手拿着听筒。”

“好的，明白了。很抱歉，继续吧。”

“当我拿起听筒后，他就从那幅窗帘后面钻出来袭击了我，在我的脖子上缠上了一个东西。”

哈珀探长再一次打断了玛戈的描述，问道：“东西？您说‘东西’是什么意思？”

“我想，可能是一只丝袜。”

“好，然后呢？”

“然后他把我推倒在大桌子上，我很清楚地记得，我的手在桌子上摸到了那把剪刀。”

“平时剪刀是放在哪里的？”

“那边的针线盒里，不过那天我忘记把它放回去了。”

“是什么原因让您确定他是从后面的窗帘里钻出来的？”

“不然是从哪儿出来的呢？”

“窗帘是拉上的？”

“是的。”

“是您自己拉的？”

“不是，探长。”托尼插话说，“是我在出门前拉上的。”

“您也把窗户锁上了吗？”

“是的。”

“您确定吗？”

“非常确定。我在拉窗帘时，总是先检查一下窗户是否锁好了。”

“那他是怎么进来的？”哈珀探长说，“我想，可能是破门而入，但是门并没有被破坏的痕迹。我们的报告显示，锁没有被破坏。”

“温迪斯太太，”哈珀探长又一次问玛戈，“在这件事情发生后，您为什么没有立刻报警呢？”

玛戈看了一眼自己的丈夫，托尼也在用犀利的眼神提醒她要按照他事先交代的说。可玛戈想了想，还是决定说实话：“我正想打电话给警方，但我发现电话那头是我的丈夫。我就很自然地认为，他会在饭店里帮我打电话报警。”

“您想过找医生来吗？”

“没有。”

“为什么不找医生？”

“他已经死了。”

“可是，您怎么确定他已经死了呢？”

“我……这很明显。”

“您按过他的脉搏？”

“我当然没有，换作任何人都会知道他已经死了，只要看到那双圆睁的眼睛就知道。”玛戈被问得有些抓狂。但哈珀探长依然不肯放过她那脆弱的神经，继续问道：“只要看到那双圆睁的眼睛，就知道……所以，您看过他的脸？”

“我的确看到过他的眼睛，但不记得他的长相！”玛戈几乎是在嘶吼了。

“探长，显然我太太没见过这个人。”此时托尼还需要妻子的信任，所以就在无关紧要的事情上说了句无关紧要的话，接着他问道，“那个人不是从窗户那里进来的，那他是怎么进来的？”

哈珀探长回答：“事实上，我们已经十分确定，他是从这扇门进来的。”

“可门是锁着的啊。”玛戈哭泣着说。

托尼像在引导警方一样，严肃地问玛戈：“玛戈，在我们走后，你开过门吗？”

“没有。”

哈珀探长问道：“你们家一共有几把钥匙？”

玛戈抢先回答道：“只有两把，我的在我的手提包里，他的他带着呢。”

托尼应和道：“是这样的。”

“管理员有钥匙吗？”

“没有。”

“你们雇清洁工了吗？”

“有，但她也没有钥匙。每次她来，我们总是在家。”

托尼似乎不想让哈珀探长问玛戈太多，就立刻转移了话题：“你们为什么确定他是从门进来的？”

“他的鞋。”

“他的鞋？”

“昨天夜里地面很潮湿，如果他真的是从院子里进来的，他就一定会在地毯上留下鞋印。实际上，现在一点儿泥土的痕迹都没有。他应该是在门前的垫子上擦过鞋底。”

“您是怎么知道的？”

“那块门垫很新，所以有些纤维还留在他的鞋底上。而且，门垫上的确留有沥青，有些纤维看得出来，这毫无疑问。”

托尼假装沉思了一秒钟，随后说：“等一下，我想，我明白了。”他又问玛戈，但显然是替探长问的：“你还记得你的手提包被偷过吗？”

“记得。”

“当时钥匙是在手提包里吗？”

“在，我找到手提包之后，钥匙也在里面。”

托尼的猜测没错，哈珀探长果然对这件事很感兴趣。探长问道：“等等，我对这件事情倒是很感兴趣。是什么样的手提包？”

“是一只女士手提包，探长。”托尼殷勤地回答说，“我太太在维多利亚火车站把手提包弄丢了。”

玛戈不是很想谈这件事情，便说：“不过，两个星期后，我们在失物招领处把它找回来了。”

“有什么东西不见了吗？”

“所有的钱都不见了。”玛戈神色有些恍惚地说。

“其他东西呢？”

“没有了。”

听到这个回答，托尼不自觉地看了一眼自己的妻子。但他不能说什么，因为所有的人都认为他不知道这件事，他也就装作不知道，这样更好，对他是一种保护。

哈珀探长继续追问道：“我是说，比如文件或者书信之类的东西。”

玛戈一口咬定：“没有。”

“您确定吗？”

“确定。”

“您的手提包遗失时，钥匙在手提包里，是吗？”

“是的，但找到手提包后钥匙还在。”

“用那些偷的钱足以配一把了。”托尼在一旁搭腔。

哈珀探长继续问道：“最后手提包是在哪里找到的呢？”

“在维多利亚火车站。”

哈珀探长立刻想起刚才的对话，于是问托尼：“先生，您说，您曾经在那里看到过这个人。那您妻子是什么时候丢的手提包？”

“是不是我们去看佩姬的那个周末？”托尼装作在回忆的样子，“没错，我想起来了，他就坐在餐厅里。你的手提包就是在餐厅弄丢的。没错。我当时还和你提到过一个大学校友，你还记得吗？”

“我不记得了。”玛戈如实地说。

“看来，他就是这么进来的。他配了一把钥匙，又把钥匙放回手提包里。”

“在您继续说下去之前，我想问，他到底是怎么进大门的？”哈珀探长问道。

托尼回答说：“我们这栋楼的大门从来都不上锁。”

“我明白了。”哈珀探长说，“他可能配了您妻子的钥匙，然后很可能就用那把钥匙把门打开了。”他迟疑了一下，继续说道，“但是很明显，他没有用那把钥匙。”

“为什么？”

“如果他用了，那么钥匙现在一定在他身上。可是我们翻遍了他身上的口袋，并没有找到。”

托尼瞥了一眼玛戈的手提包，笑着说：“看来咱们又回到原点了，是吧？”

“也不一定。”

“那他是怎么进来的呢？”

哈珀探长说：“咱们最好把这些情况都写在纸上，我要两位在审讯前做一下正式的笔录。从这里到我的办公室只有几分钟的距离，或许你们现在可以一起过去。”

正当他们要出门的时候，门铃又响了。这回进来的是马克。

托尼在给马克和探长之间做过介绍后，托尼说：“探长，这位是马克·哈利戴。

昨天晚上我和他在一起。”

“探长，您好。”

哈珀探长将刚刚拿起来的礼帽又扔到沙发上，对马克说道：“既然昨天夜里您一直和温迪斯先生在一起，或许可以帮上点儿忙。您记得，他去打电话时是几点吗？”

“记得，11点过七分。”

“您怎么记得这么清楚？”

“因为温迪斯先生的手表停了，我们在座的有些人就对了下时间。”

“谢谢，您或许知道了，就在电话打过来的时候，温迪斯太太受到了攻击。”

马克听到这里，为了确定明确的时间，就转身问托尼：“您给玛戈打电话的时候，是在给您的老板打电话之前还是之后？”

玛戈听马克这样问，也不禁问托尼：“托尼，我一直都想问你，昨天晚上你为什么要给我打电话？”

哈珀探长在一旁听到了这条线索，不由得皱了下眉头：“等等，别让我忘了这条线索，11点过七分，你从酒店大堂给您的老板打了电话。”

“是的，是用大堂里的公共电话打的。”

“你们谈了多久？是在给您的妻子打电话之前吗？”

托尼说：“事实上，我根本没跟他讲话，我刚要打给他的时候，却发现自己忘了他在乡下的电话号码，所以我就打电话过来问我的妻子。”

玛戈在一旁不解地问：“你就是为了要问他的电话才把我吵醒的？”

托尼镇定地回答说：“亲爱的，我必须这样做。我的老板今天早上就飞到了布鲁塞尔，而我需要提醒他一件非常重要的事。”

哈珀探长问道：“饭店里没有电话簿吗？”

“有，但没有登记他乡下的电话号码。”

“那么，后来您给他打电话了吗？”

“没有。这是很自然的事。当我听说家里发生的事情，我就把给他打电话的事情忘了。”

“是啊，”哈珀探长接受了这个解释，于是对托尼等人说：“温迪斯先生、太太，你们现在跟我去我的办公室做下笔录吧。哈利戴先生，您能把您的地址也给我吗？以便我再和您联络。”

“当然。”

玛戈去卧室拿大衣，而托尼也和他们隔了一段距离，但是他一直竖着耳朵偷听。

马克对哈珀探长说：“我住在卡菲饭店。”

“您可以写在这上面吗？”探长把自己的本子递给他，“还有您的电话号码，也麻烦写一下。”

哈珀探长看着他的字迹，心生疑虑，便问："先生，您之前来过这儿吗？"

"来过，大概是一年前。"马克说，"写好了。"

"谢谢您。"

哈珀探长接过本子，走到托尼面前，对他说："温迪斯先生，现在房子的正前方有一群人想进来，我建议，我们最好从后面的院子离开这里。门在另一头，对吧？"

"没错。"

"恐怕锁上了。您去看看，好吗？"

"没问题。"

哈珀探长顺利地将托尼支开后，便直接问马克："他对您和温迪斯太太的事知道多少？"

马克的表情瞬间呆住了，他只能用反问的方式让自己有时间想想怎么回答："您在说什么？"

哈珀探长直截了当地说："您从纽约写给温迪斯太太的那封信，我们在死者口袋里发现了。刚才我没提起这件事，是因为我不能确定温迪斯先生对这件事知道多少。您知道信为什么会在死者的口袋里吗？"

"不知道。"

这时，玛戈已经穿好大衣从卧室里出来了。她见托尼不在，便问道："托尼呢？"

"他在院子里。"

哈珀探长问道："温迪斯太太，当您的手提包丢了时，是不是也丢了一封信？"

"没有。"

马克提醒她说："玛戈，那封信在死者口袋里找到了。"

于是，哈珀探长又问了一遍："您丢了那封信，对吗？"

"是的，我丢了信。"

"我之前问过您，对吗？"

"是的，但我丈夫不知道这件事。"

"这个人一直在勒索您吗？"

马克对玛戈说："玛戈，托尼得知道这件事。"

玛戈立刻大声说："不要。"

马克说："这是我们现在唯一能做的事了。"于是，他从自己的钱包里拿出几张字条，递给了哈珀探长，"温迪斯太太丢了我的信后，还收到了这两封信。"

"是去年10月寄来的……"哈珀探长看过信后问道，"温迪斯太太，您见过这个人几次？"

此时，托尼已经从后院回到了屋子里，但是并没有打扰他们的对话，而是一个人躲在窗帘的后面偷听。

玛戈说："我从来就没见过他。"

"哈利戴先生，我要您跟我们来。"

"好的，当然。"

哈珀探长说："温迪斯太太，您来做笔录的时候，也许还有别的警官在场。我要事先提醒您，无论您说过什么，都会被记录下来，成为呈堂证供。您可以不用管之前已经和我说过什么，都可以暂时忘掉。但从现在起，您要告诉我们，您对死去的人了解多少，还有，昨天晚上到底发生了什么事。如果您想隐瞒任何事，那会对您非常不利的。"

"我希望，您能说明一下这些话的意思。"马克在一旁感觉到了危险信号。

"我会的。"哈珀探长继续对玛戈说，"那么，现在您已经承认是您杀了他，但完全是出于正当防卫，是吧？很不幸，没有证人可以证明这一点。这一切都只是您一个人的说辞而已。"

听到这里，托尼走了出来，对探长说："可是探长，我在电话里都听到了。"

"温迪斯先生，您在电话里听到了什么？"

"我听到了断断续续的叫喊声。"

"那您有没有听到很明显的挣扎声呢？"

"我听到的都是我太太告诉我的。"

"所以，您真正知道的也都是你太太讲给您听的，对吗？而且，您觉得这个人是来您家偷东西的，可是没有证据。然而，他的勒索行为有证据可以证明。"

"勒索？"托尼装作一无所知的样子，吃惊地重复道。

"托尼先生，恐怕这是事实。"哈珀探长说，"您认为他是从窗户进来的，但据我们所调查的结果显示，他是从门口进来的。"

玛戈反驳说："这不可能，门是锁上了的，而且只有两把钥匙，我丈夫的在他那儿，我的在包里。"玛戈从手提包里拿出那把钥匙，说，"您看，就在这里。"玛戈翻出了钥匙，出示给探长。

探长说："是的，但您可以开门让他进来啊。"

托尼疑惑地问："您认为，是她让他进来的？"

"据目前看来，这是唯一的解释。"

"难道您不相信我被攻击了吗？否则我的身上怎么会有这些伤？"玛戈反驳道。

"您可以自己弄伤自己。"哈珀探长说，"我们在窗户外面发现了一只丝袜，上面还有两个结。对于这件事，您有什么要说明的吗？"

"我想，那就是他用的丝袜。"

探长接着说："我们还找到了另一只，就藏在这块垫板下面。您可以给我解释一下，攻击您的人为什么要这么做吗？"

"不能。"

“那双丝袜是您的吧？”

“不是。”

“但据我们所知，那是您的。有一只的跟部用丝补过，所用的丝和原来的不同。我们在您的针线盒里找到了那种丝。”

这一连串的诡异事件让玛戈难以理解，她连忙打开自己的针线盒，里面的确没有她的丝袜。她转过头问托尼：“托尼，这里原来是有一双丝袜的吧？”

托尼看着玛戈，而玛戈也看着他。她想得到确定的神情，但托尼没有回答这个问题，而是一边往电话旁边走，一边说：“我听说过警察故意放置线索，就是为了可以早点儿破案定罪。”

玛戈真的以为托尼在帮她，于是也附和道：“他的手下在这里待了好几个小时，有足够的时间随便处理这双丝袜。”

“当然，还可能用它在门垫上擦鞋呢。”托尼接通了电话：“喂，你好，罗杰。感谢上帝有你在。我是托尼·温迪斯。我们家昨天夜里来了小偷。他还袭击了玛戈。”

“玛戈？她受伤了吗？”

“她现在没事了。但是袭击她的那个人被杀死了，警察正在这里呢。”托尼听到了电话那边的笑声，接着说，“你别笑，他们觉得是玛戈故意杀了他。”

“先生，我可没这么说。”哈珀探长在一旁插话说。

“这可真妙。”电话那头的人听到这里，感觉莫名其妙。

托尼也说：“这很可笑，对吧？罗杰，你能去一趟梅维区警察分局吗？”

“可以，我马上就过去。”

“多谢，老兄，再见。”

托尼挂断了电话，握住玛戈的双手，说：“亲爱的，不会有事的，罗杰会到分局的。”

“先生，我要给你们忠告——”哈珀探长本想提醒他们，却被托尼制止了，他说：“我们的律师会给我们忠告的，谢谢您。”

当他们三人要出门的时候，马克在后面叫住玛戈，将她的手提包递给了她。

几天后，玛戈坐到了审判庭上。法官控诉她在9月26日蓄意谋杀了查尔斯·亚历山大·斯万普。庭审最后判定玛戈有罪，将她送回她的户籍所在地，依法执行死刑。

这一切似乎都满足了托尼的设想，即便里斯盖特没能杀死玛戈，她现在也马上要死了。这样更好，他还省掉了原本打算付给杀手的钱。就在玛戈即将被执行死刑的前一天，他取回了一只手提箱——那只原本要给里斯盖特的手提箱。

家里的摆设发生了一点儿小变化。托尼将一张单人床搬到客厅里，或许是因为对妻子有愧疚，或许是因为他害怕睡在卧室里，总之，他已经睡了几天的客厅了。回到家后，他刚刚把手提箱拎到卧室里，就听到了门铃声。于是，他急忙将手提箱放在床上，并且用旁边的大衣将它盖住。

他忐忑不安地走到门口，将门打开之后，看到的是马克。

“你好，马克。”

“托尼。我……”马克注意到了客厅里的那张单人床，觉得有点儿不对劲，但一时又说不出是哪里不对劲儿。他沉默了几秒，看了看四周，才说：“您有来自内政部长的消息吗？”

托尼没回答，他将兜里的判决书递给了马克。马克看了一眼，说：“那就是明天了？”托尼点了点头。

马克说：“托尼，我知道，只要能救她的命，您肯做任何事。”

“我们已经做了能做的一切。”

“没有，托尼。我们没有尽全力。这几个星期，我一直在想办法。现在有一个法子，我想，这是我们可以救她的唯一办法了。”

“说来听听。”

“玛戈之所以被定罪，就是因为没有人相信她。检察院认定她在说谎，一个谎言接着一个谎言。而陪审团也相信检察院的说法。关于这起案子的证据，只有三样东西：我写给她的信、丝袜，还有一直没有在斯万普身上找到的那把钥匙。”

托尼说：“是她自己让他进来的。”

“别想告诉我——等等，托尼。”马克激动地说，“您可以进，也可以从这里出去。听我说，把您的故事告诉他们——告诉他们玛戈没有说谎。”

“警察不会相信我的。”

马克说：“托尼，我已经写了很多年的侦探小说，我想出一个办法，让您去告诉他们。现在我已经把一个个环节连上了。玛戈说她从来就没见过斯万普，也没给他开过门。好，但他的确把门打开了。所以，如果您告诉警方，是您把钥匙留在门外的某个地方，那么斯万普就可以自己开门进来了。”马克一边说，一边在门框上搜寻着可以放置钥匙的地方。

托尼问道：“可他怎么知道钥匙藏在哪里呢？”

“是您告诉他的。”

“但是我已经有很多年没见过他了。”

“托尼，斯万普已经死了。我们得善于利用这一点。您可以讲你和他之间的任何故事，您甚至可以说你们两个见过面，并且一起谋划了这一切。”

“谋划什么？您认为是我让斯万普来勒索她的？”

“不是，是来杀她。”

“来杀玛戈？”

“就是这样。”

“可是为什么呢？”

“因为玛戈是这样说的啊。她说，他躲在窗帘后面，然后走出来想把她勒死。这就是他所要做的，而您支持她的全部说法就行。这就是我的构想。”

“那么您的信呢？任何人都不会想杀死他们正在勒索的人的。这一点讲不通。”

“我知道，所以对这一点我也担心过。但我想出了解决办法。您可以告诉他们，是您偷了她的手提包。”

托尼有些吃惊于马克编的故事如此接近现实，不由得继续问了下去：“可是，我为什么要这么做呢？”

马克说：“因为您想要了解信里的内容。而在看过信后，您大发雷霆，决定给她一个教训，所以写了那些勒索的信。您放心，谁都不能证明您没有写它们。您也可以说，其实您根本就没有在火车站看见过斯万普，这都是您编出来的，为的就是让他和我的信扯上关系。您看不出来这其中的关联吗？”

托尼又提出一个疑点：“可您的信是在死者的口袋里找到的。”

“你可以说是您放进去的。”

“什么时候放的？”

“就在警察来到这里之前的那段时间。您也可以同时把那只丝袜放好。”

“马克，我为什么要找人来杀玛戈呢？”

“我知道，托尼。我知道我们两个人都很爱玛戈，这是一件很难让人正视的事。但我们必须需要一个理由，所以只能拿出一个很俗但很管用的动机。玛戈立过遗嘱吗？”

“有。我相信她立了。”

“谁是受益人？”

“我想，应该是我吧……”

马克兴奋地说：“对，就是这个理由！”

“这就是您所说的理由？成千上万对夫妻都会立遗嘱把财产留给对方，可没听说都要谋杀啊。一个拼命想救自己妻子的男人因为这样的理由杀妻，警方一个字都不会相信的。”

“但总是可以试一试的。”马克说，“他们不会因为您谋杀未遂而处死您，顶多让您在监狱里待上几年。托尼，您可以用这个小小的代价来挽救她的生命。”

托尼生气地说：“马克，这话您也说得出口？就是因为她和您的关系，她才失去了陪审团的同情心……不过，你也别误会，马克。只要有一点儿机会，我都会去做的。但是，那一定要有说服力才行。比如，我怎么能说动斯万普来做这件事呢？”

马克想了想，说：“您如果答应给他钱，或者其他什么……”

托尼觉得可笑，他说：“什么钱？我没有钱啊。”

“您有，玛戈的钱。”

“那要好久才能拿到手。没有人会同意让您欠钱去干一起谋杀案的，绝对不会的。我认为，您得再找一个比这个更好的说辞。我知道您想要帮忙，但您能想象到会有人相信这个故事吗？”

“能，我能，如果您让他们相信。”

托尼说：“可是我不知道该怎么说，您得跟我去。”

“托尼，这才真是个错误。他们知道我是写小说的，那就更没机会了。”

突然，楼下的大门发出了响动，随后托尼家的门铃响了。马克躲在托尼背后，想知道来者是谁。当他得知来人是探长的时候，立刻快步躲进了卧室，并将卧室的门关了起来。

“探长，您好。是为我太太的事来的吗？”托尼挡在门前寒暄着，给马克争取多一点儿藏起来的时间。

“先生，不是。我想，不是这样。”

当探长看到客厅里的单人床时，也感到很疑惑。

托尼问：“那是为了什么事呢？”

探长已经走进屋里，将外套搭在床头，说：“我正在调查一件和三个星期前发生的枪击案有关的事情。”

“您能等几天再调查吗？”

“当然可以，先生，我……我非常理解您现在的处境。如果允许我说出来，我想说，我非常难过。”

“哦，探长，我能为您做些什么呢？”

“里伯利街工厂的一名出纳在他的办公室里被袭击了。袭击他的是两位男士，他们抢走了几百英镑，而多数是一英镑面额的钞票。”

“这件事和我有什么关系呢？”

“遇到这种案件，各个分局的警察都会全力地搜捕罪犯，所以花大把钱的人——”

“我明白了。关于这件事，我什么都不知道。”

“您最近有没有用现金买过什么东西？”

“为什么这么问？”

探长说：“我的一个手下有一天在威尔斯修车厂做调查，查出您最近在那里有一笔数额超过六十英镑的现金交易。”

“那时候我身上有现金，所以我就用现金支付了。”

“我明白了。您是否刚从银行提了钱？”

“您去过我的银行吗，探长？”

“事实上，我去过，但他们不肯帮助我。银行账目都被严密地看管着。”

“哦，我要责怪的是您没有先来找我。”

“反正只是例行公事，就没想过来打扰您。您的那些现金是从哪儿来的，先生？”

“你们需要知道吗？”

“如果钱是偷来的，那就是我们的事了。您不介意我抽烟吧？”

“请便。”托尼说，“您真的认为，我可能持有赃款？”

“除非您告诉我钱是从哪儿来的，我就不会自认为是这样了，对吧？如果您这些钱来自某一个陌生人，那么他可能就是我们要找的人。”

探长一边说着，一边趁托尼不注意时弯下腰，“捡”起了一把原本就握在他手上的钥匙，然后说：“喂，先生，这是您的吗？”

“什么东西？”

“不知道是谁的钥匙掉到地板上了。”

托尼站起身，走到自己的风衣旁，把钥匙从风衣口袋里拿了出来，说：“不是我的，我的在这里。”随后又将钥匙放到风衣口袋里。

哈珀探长则拿着钥匙试图去打开托尼家的门锁。转了两下，打不开门，于是他说：“哦，这把不是您的，可能是我的吧。”他又检查了一下自己的风衣口袋，“没错，就是我的。一定是从口袋的小洞里掉出来的。这就是这些钥匙的问题，它们长得完全一样。”

“先生，抱歉，您是说——”

“我想，我没说什么，是吗？”哈珀探长将钥匙放到自己的西服马甲口袋里，“对了，关于钱的事，如果您告诉我它们的来源，我想我会很感激您的。不管怎样，一百英镑现金可不是一个小数目。”

“刚才您说的是六十英镑。”

“我说了吗？对了，我的手下决定在他写报告前再深入调查一番。他们说，您还支付给您的裁缝制衣费，以及淡酒和烈酒等等账单。”

“很抱歉为这些小事让您跑来一趟，我一下子就可以说明白。我只是赢了一场赛狗而已。”

“超过一百英镑？”

“对，超过一百英镑，以前也赢过。”

“当然，那您刚才为什么不说呢？”

“赛狗毕竟不是太光彩的事。我没好意思说，尤其是在我太太被判了死刑的时候。”

“我知道。这样或许会让您忘掉一些烦恼。一说就都清楚了，对吧？我很抱歉为了这事来打扰您。”

“没关系的，探长。”

当哈珀探长马上就离开托尼家的时候，他又转过身来，说：“还有一件事，先生，您是不是有一只蓝色的小手提箱？”

“别说你们已经找到了。”

“您弄丢了吗？”

托尼说：“是的，我正想下午去报案呢。我猜，我可能把它落在出租车上了。”

“我明白了。”哈珀探长又回到托尼的家里，“我们得设法把它找回来。您是在哪儿搭出租车的？”

“海德公园的街角，大概半小时前。”

“里面有值钱的东西吗？”

“没有，只是几本书而已。”

“里面有钱吗？”

“我想应该有两三英镑吧。”

“不是两三百英镑吧？”

“不，不是的。”

“那就无所谓了。”

“探长，您是怎么知道手提箱的？”

“您去付账的酒店提到了这只手提箱。我的手下在问过您的修车厂和裁缝后，他们也都记得这只箱子。”

“我一直用这只手提箱代替公文包。”

“这些出租车司机在归还失物方面一直都表现得很好。我想，我们会为您找到的。”

哈珀探长又拿起自己的衣服和公文包，打算离开了。与此同时，待在卧室里的马克将他们之间的对话听得一清二楚。其实他老早就发现了那只手提箱，直到探长提到了箱子的颜色和式样时，他才将注意力集中在它上面。他轻手轻脚地将手提箱撬开。在打开箱子的一刹那，他看见里面放的并不是两三本书，而是好几沓钱。

他连忙从卧室里跑出来，大声说：“探长，在您走之前，我想，温迪斯先生有件事想要告诉您。”

“他有吗？”

“这里有样东西需要给您看一下。”

这已经是哈珀探长第二次走出门又回来了。马克将哈珀探长引进卧室，卧室的床上正放着一只打开的手提箱。

“怪不得您受不了睡在卧室里，这一定超过了五百英镑，先生。您是从哪儿弄来这些钱的？”哈珀探长问道。

马克抢在托尼前面回答了问题，他说：“我可以告诉您他为什么有这么多钱。这些钱是用来付给一个姓斯万普的人的——在他谋杀了温迪斯太太之后。但是，您知道的，事情出了点儿意外，所以他不用给斯万普钱了。总之，他不能马上存这些钱，否则会被警察怀疑传去问话，于是他决定花掉它们。他从9月27日开始就花它们了。”

“温迪斯先生，您怎么说？”

托尼不慌不忙地说：“探长，在您来之前，他想说服我到警察局讲一个精彩的故事。显然，是我雇了斯万普，让他来谋杀我的太太，所以……马克，如果我说错了，请纠正我……这样我就可以继承她所有的钱。不只这样，”说着，托尼坐在床上，后背靠着床头。他选了一个最舒服的姿势继续说道：“您还记得哈利戴先生的信吗？事实上，不是斯万普偷的，而是我偷的。我还写了两封匿名信勒索她。我一直保留着那封信，然后把它放在了死者身上。”

“还有丝袜。”马克补充道。

托尼说：“对了，丝袜……还是由我来说吧，马克，这样听起来才像是招供。我换了这个字眼，正确吗？是的，我用我太太的丝袜替换了那条……您明白了吧？还有什么来着，马克？”

马克快步走出卧室，走到客厅之后将房门打开，他又努力在门框上寻找了一番，说：“他告诉斯万普，他把钥匙藏在这附近，也许就藏在门框上面。斯万普自己开门进来后，就藏在窗帘后面。然后，他按照约定从饭店打电话过来。这就使她——”

“等一下。”哈珀探长打断了马克的话，问道，“如果斯万普用了温迪斯先生的钥匙，那么应该在死者身上找到那把钥匙才对。而且，当温迪斯先生回家时，他是怎么开门进来的呢？”

“不管怎样，她都可以开门让他进来。而且在警察来之前，他可以把钥匙从斯万普的口袋里拿出来。”马克说。

“我是用自己的钥匙开门进来的，这是在审判庭上说的，您还记得吗，马克？”

马克不肯认输地说：“如果是这样，斯万普可以把门打开之后，再把钥匙放回原处。那样他就可以开门进来了。”

哈珀探长笑了笑，说：“好啦，哈利戴先生，这个推论很有意思，但并不是我来此所要寻找的东西。”

马克激动地说：“可这是攸关生死的问题。还有什么事情比这个重要呢？”

哈珀探长说：“对我来说，温迪斯先生的钱的来源是我想要知道的。”他走到大桌子后面，拉开抽屉，把托尼的账本拿了出来。马克显然比哈珀探长更关心此事，于是，他不自觉地开始和探长争抢账本。哈珀探长只得无奈地说：“请等一下，先生。”

哈珀探长在翻看账本的时候，马克也在一旁目不转睛地盯着。突然，他从探长的手里将账本抢走，说道：“探长，等等，看看这个。他最后一次签的支票是9月26日。那就是这一切发生的那天。我告诉过您，从那天以后，他就花现金了。”

探长将账本拿回自己手上，马克又激动地想要把账本抢走先看。探长无奈地看了他一眼，马克这才意识到自己的行为太过激动，于是说："很抱歉。"

探长坐下来，仔细地研究了一会儿账本，说："他没有从银行提领超过五十二英镑以上的大笔现款。"

"可是，探长，您看。事实上，他每星期都提三十五英镑、四十英镑、四十五英镑。"

"当然，我可以用很多年来谋划这件事。"托尼坐在一旁冷言冷语。

马克质问他："那么，您那些钱是从哪儿弄来的？"

"您真的想知道吗？我警告您，您不会喜欢听的，马克。"

"说啊。"

"好吧，这是您自找的。当她那天晚上把我从宴会中叫回来的时候，我就发现她跪在斯万普的尸体边，并且在翻弄他的口袋。她不停地说，他有属于她的东西，但是没有找到。她的精神几乎要崩溃了，所以我才没有让警方讯问她。在那种情况下，她还是满嘴谎言。第二天一早，她把钱拿给我看，就是这些，全是一英镑的钞票。她说，如果有任何事发生在她身上，千万别让你们发现这些钱。总之，在她被捕以后，我就把手提箱里的钱原封不动地拿到火车站去，存放在寄物处。只有我需要钱的时候，我才去拿，然后再存入另一个寄物处。我知道，如果你们发现这些钱，她就完了。她本来是要把那些钱给他的，但是她把他杀了。"

马克诧异地看着他，咬牙切齿地说："您不会盼望有谁会相信这些吧？"

"我实在不知道，探长，您认为呢？"

哈珀探长先是疑惑了一下，然后说："我得承认，其实我怀疑过类似的情形。"

马克问道："您不会是说，您不打算再查这件事了吧？她明天就要被吊死了。"

哈珀探长回答说："现在，所有的事情已经不由我来管了。这段时间，审判、上诉……"

马克说："当然，对于这些事，您觉得无所谓，对吧？不过，您得承认，您抓错人了。"

托尼转过身，默默地说："我想，您还是走吧。"

"您说对了，我会走的。但您犯了一个错误。如果玛戈听说这件事，她会怎么做？"

"当然，她一定会否认的。"

马克威胁说："也许，她还会改遗嘱。托尼，你会白忙一场的。"

马克离开后，托尼对哈珀探长说："如果我告诉您他所编的故事，有谁会相信我吗？"

"没有，不可能的。"哈珀探长笑着摇摇头，说，"每一次执行死刑前，总会有人来这一套。今天这样一来，您一定很不好受。您想见她吗？”

“我现在不想再去烦她了。”

“跟您的律师谈谈，他可以阻止的。”哈珀探长拍了一下他的手臂，说道，“在有人动那些钱的脑筋前，您还是存进银行吧。”

“谢谢您，我会去的。”

哈珀探长将门开了一道缝，说：“我希望，哈利戴先生没在外面等我。您不介意帮我去看看他是否已经走了吧？”

托尼走向自己的卧室，因为从那里的窗口可以看到外面，而哈珀探长用最快的速度将自己的风衣与托尼的对调了。

“他已经走了。”

“那就好。”哈珀探长拿着托尼的风衣，戴上礼帽，拿起公文包，说，“还有，先生，他们要我告诉您，有些属于温迪斯太太的东西还在分局。”

“是什么东西？”

“有一些书，还有她的手提包。我相信，他们希望您找个时间去拿。”

“您是说明天以后？”

“对，如果您愿意的话，今天也行。向值班的警察索要就可以了，他知道的。”

“好的。”

“再见，温迪斯先生。我想，我们不会再见面了。”

“再见，谢谢您，探长。”

这是哈珀探长今天第三次走出这扇门了，这次托尼总算顺利地送走了探长。他站在门口，终于舒了一口气，然后给自己倒了一杯酒，一饮而尽，或许这样有利于平复他不太平静的心情。随后，他看了一下时间，将原来放在手提箱里的现金都带在身上后，拿起风衣，关掉客厅的灯，离开了家。

注视他离开的不仅有站在楼房外面的马克，还有一位一直在上面楼梯等候的警员和哈珀探长。在确认托尼离开之后，哈珀探长立刻从楼梯上下来，用托尼放在风衣里的钥匙打开了门。哈珀探长进入屋子里后，并没有开灯，而是用准备好的手电筒照明，拨打了警察局的电话。

“梅维区分局。”

“我是探长。快给我接欧布兰警官。”

“欧布兰。”

“哈珀。欧布兰，我又进来了。开始按计划进行吧。”

“立刻办，长官。”

刚刚挂断电话，就有人敲门，哈珀探长悄悄地走到门口，只听外面的人又敲了几下门，按响了门铃。哈珀探长不敢出声，生怕是托尼回来了。

门外却响起了马克的声音：“哈珀探长，是我，马克·哈利戴。”

哈珀探长不得已，给马克开了门，让他进来，问道：“您想要怎样？”

“有什么办法吗？”

“您在这儿干吗？这件事您别管了。”

“我不知道您为什么要来这里。”

“您还是快走吧。”

“探长……”

“闭嘴。如果您想要救温迪斯太太的话，现在就别说话，让我来处理这件事。”哈珀探长示意马克一个保持安静的手势，因为外面传来一阵车辆驶过的声响。

哈珀探长悄悄地走进卧室，透过卧室的窗户看着街道上的情景。此时警察局的车已经把玛戈安全地送到了她家门口。玛戈一边往楼门口走，一边从她的手提包里翻找着钥匙。哈珀探长又回到了房门前，用手电筒照着门锁的位置。

他听到玛戈在用钥匙开门，但门锁并没有转动，门也没有打开。于是她按响了门铃。当然，哈珀探长并没有给她开门。她以为家里没人，便又跑了出去，找到送她来的警察说明情况。

在一旁看着哈珀探长的马克一头雾水，问道：“这是怎么回事？”

“他们说我们是出其不意的警察，愿圣人保佑我们来对抗一个业余高手。您最好做好心理准备，来接受一个惊奇，哈利戴先生。”

当哈珀探长将后院的落地窗打开后，玛戈出现在他面前。可是，当玛戈第一眼看到哈珀探长时，显然并不高兴，转身就要走。哈珀探长叫住她，马克随之出现了。

“马克！”玛戈走回到屋子里。

“托尼呢？”玛戈问道。

“他……”马克刚想说些什么，又看了一眼哈珀探长，就把要说的话咽了回去，只是说，“他出去了。”

“他什么时候回来？”

“我们不知道。”探长说，“刚才是您按门铃吗？”

“是的。”玛戈反问道，“你们为什么不给我开门呢？”

哈珀探长说：“您有钥匙，为什么不用呢？”

“我用了，可是打不开锁。”

“您知道是为什么吗？”

“不，我不知道。换锁了，是吗？”

“把您的手提包给我看一下。”哈珀探长拿过玛戈的手提包，从里面翻找出一把钥匙，问道，“这把钥匙是谁的？”

“应该是我的吧。我不知道。”

马克站到了玛戈身边，问哈珀探长：“这到底是怎么回事？”

哈珀探长走进卧室，将空的手提箱拿给玛戈看，说：“您的丈夫已经说明了这只手提箱的情况。要知道，您现在可以告诉我们全部了。”

玛戈看着这只陌生的手提箱，很不解地说：“那是什么？我不明白。”

哈珀探长微笑着说：“对，我相信您不明白。”

“皮尔逊。”哈珀探长将钥匙放回玛戈的手提包里，对那位送她过来的便衣警员说，“把这只手提包送回分局，把门口停着的那辆车开走。”

“是的，长官。”说着，警员拎着手提包打算离开。

哈珀探长无奈地叫住他：“等等，你这个呆子，这样上街你会被逮捕的。把手提包放进这里。”他将自己的公文包借给了警员。

一旁的马克则关切地问道：“玛戈，你是怎么到这儿来的？”

“我不知道。大约一个小时前，狱长来看我，他说我会被带回家，然后两个警员就把我送到这里来了。他们说我可以走了，但是我打不开家门。托尼到哪儿去了？他今天早上该来看我的，但是他们说他不能来了。他发生了什么事？”

“没有，没事。”马克安慰她。

哈珀探长又将落地窗拉好，厚实的窗帘也拉得严严实实的，刚才还通亮的房间又一片黑暗。马克忍不住问道：“探长，我不是想要干涉您，但是您能告诉我们，你们到底在做什么吗？”

哈珀探长打开灯，说道：“温迪斯太太，我接下来要告诉您的事可能会吓到您。”

“是什么事？”

哈珀探长说：“我们非常怀疑您的丈夫，他计划要谋杀您。”

玛戈听到这里，只是感到身上没了力气，缓缓地跌在身边的椅子上。马克也说：“托尼安排了斯万普那晚来这儿杀你。”

玛戈面无表情地问道：“你知道这件事多久了？”

马克问她：“你自己就没有怀疑过吗？”

玛戈立刻回答说：“不，从来没有怀疑过。只是……”玛戈的声音很虚弱，“马克，我是怎么了？我好像对什么都没有感觉了。我是不是该崩溃或者有什么其他反应？”

马克立刻过去安慰道：“这只是行动迟缓。几天后，你才会有崩溃的感觉。”

马克抬起头，问哈珀探长：“您是什么时候发现的，先生？”

哈珀探长说：“头一个线索来得相当意外，我们发现您的丈夫在所有的地方所花的大量现金都是一英镑面额的纸钞，总数竟然超过了三百英镑。而最开始的时间大约就是从您被捕开始的。我得知道他的那些钱是从哪儿来的，以及是怎么弄来的。然后，我想起在您被捕之后，我们搜过这间屋子。我曾在这张大桌子上见过他的银行账目。所以昨天下午我到监狱去，要求查看您的手提包。我之所以这么做，只是为了摸走您的钥匙。这样很不合规定。但是，我有着不服输的个性。在今天早上您的丈夫外出时，我回到这里，想查看他的账目。但是我没能进来，因为我打不开门。您看，我从您的手提包里拿来的钥匙打不开这扇门——"

就在这时，门外响起了奇怪的声响，好像有人在用力地跺地板。哈珀探长将屋子里的灯关掉，打开门，看向楼梯间的上面，压低声音叫道："威廉斯。"

站在楼上、穿着棕色风衣的警员回答说："温迪斯。"

哈珀探长点了点头，连忙回到屋子里，走进了卧室，透过窗子看外面。托尼已经回来了，他正在楼门口翻找风衣里的钥匙，但怎么找都找不到。这时，他才注意到风衣的样式，终于知道他和哈珀探长两个人的风衣拿错了，便转身离开了。

哈珀探长回到客厅里，对安静地坐在客厅里的两个人说："真的很险。"他又拨电话到梅维区分局："听我说，欧布兰。他已经发现风衣的事情了。他刚才回来了，可是进不来。我想，他现在正在赶往分局的路上。皮尔逊把手提包送到了吗？"

"送到了，长官。"

"很好。把那些书和公文包给温迪斯，确定让他看到那把钥匙。最好叫他查看公文包里的东西，并且让他一一签收。如果他要他自己的钥匙和大衣，你就告诉他，我到格拉斯哥去了。"

"知道了。"

"还有其他问题吗？"

"没有了。"

"那好。他一离开分局，你就打电话给我。"

"好的，长官。"

马克听完哈珀探长的电话内容后，发觉自己当初的猜测是正确的。于是他打开门，开始在门框上寻找钥匙。

哈珀探长挂断电话，看着马克说："怎么样，哈利戴先生，找到没有？"

"没有找到，温迪斯太太的钥匙呢？"

哈珀探长当着两个人的面，从门口对面第五级楼梯的地毯下面拿出了钥匙："我用了正好半个小时的时间，才找到这把钥匙。"随后，他又将钥匙放回原处。

马克问道："但是，如果钥匙在那里，刚才温迪斯自己为什么不用呢？"

"他没用，是因为他不知道钥匙在那儿。他仍然以为钥匙在他太太的手提包里。"哈珀探长说，"您几乎接近正确答案了。他告诉斯万普，他会把您的钥匙放在楼梯的地毯下面，温迪斯太太。然后告诉他，当他离开的时候，再将钥匙放回原处。

但当斯万普被杀之后，我们就会很自然地认为您的钥匙还在斯万普的口袋里。这是一个想当然的错误，因为斯万普所做的正是马克先生您猜测的那样。他把门打开后，或许在进门之前就把钥匙放回原处了。从那个时候开始，钥匙就一直在那里。”

马克推论道：“而温迪斯从斯万普口袋里拿出来的钥匙，又放到她的手提包里的……”

“其实是斯万普自己的钥匙。”哈珀探长确定了他的猜测，“您的推测是什么？反正刚开始，我没想明白为什么在斯万普的尸体上没有找到钥匙。这是一直困扰我的难题。您得知道，我们大多数人都会随身带着钥匙。然后，我突然有了灵感，我就把从温迪斯太太手提包里拿到的钥匙带到斯万普的女友凡登太太家去，果然把她家的大门打开了。随后，我借用了她的电话，打电话给苏格兰场……”

玛戈问道：“您为什么要把我带到这里来呢？”

“因为您是唯一可能把钥匙放在外面的另一个人。我必须知道您是否知道钥匙在那里。”

“如果我知道呢？”

“事实证明，您并不知道。”

“马克。”玛戈感到虚弱无力。

马克立刻抱住了她，“怎么了，亲爱的？”

“我想，我就要崩溃了。”

突然，电话响了。哈珀探长接起了电话。

“哈珀探长。”

“欧布兰？”

“是，他刚刚离开了分局。”

“好的。”

哈珀探长挂断了电话，走到马克和玛戈身边，看着痛苦的玛戈，说：“努力再支撑一会儿。”紧接着，他打开了门，对楼上喊道：“威廉斯，他刚刚离开分局了。他往这儿走时，你打个暗号给我。”

房间的门又一次关上了。玛戈向马克借了手绢，她需要振作起来，首先要擦干眼泪。

马克问哈珀探长：“现在怎么样了？”

“他迟早会回到这里的。我拿走了他的钥匙，他就一定要用手提包里那一把。在他打不开门的那一刻，他就知道自己犯下的错误了。如果他用心想想，就会到楼梯的地毯下面找钥匙。”

马克接着说：“如果他不去找，那么我们现在所做的一切都只能是猜测了。我们什么都证明不了？”

“是的。”哈珀探长继续说，“但是，如果他打开了这扇门，一切也就真相大白了。然后，我要亲自打电话给内政部长，他现在正等电话呢。”

“那温迪斯太太呢？”

“就没有什么好怕的了。”

此时，楼上传来了用力跺脚的声音。马克安抚着玛戈说：“你还好吗，玛戈？”

“是的，我还好。”

哈珀探长将耳朵贴在门上，小声说：“现在你们两个都不要说话。”

托尼从大门走了进来，他用胳膊夹着几本书，然后从玛戈的手提包里拿出一把钥匙。当他用那把钥匙打不开门的时候，他离开了。哈珀探长连忙走进卧室，看看外面的情况。

马克在屋子里悄悄地问：“他在干吗？”

“他在想，为什么那把钥匙打不开门。他往后面入口去了。他又停下了。他在看她的手提包。他好像在回忆自己是什么时候把钥匙放回去的……他现在放弃了。恐怕这回我们没有法子了，他已经往街那头走了……等等，他又停下来了。他转过身来了。他盯着那把钥匙。当然，那是斯万普的钥匙。现在他想明白了，他很快往回走，他全想起来了。”

托尼又走进了大门，毫不犹豫地从楼梯的地毯下面找到了钥匙。他看了看手里的钥匙，又站在原地思考了一会儿，便将钥匙插进门锁，顺利地打开了门。

他走进屋里，里面一片漆黑，可就在他关上房门、打开灯的刹那，他注意到了屋子里的人。他看到马克正扶着玛戈站在客厅中央，而站在大桌子后面的哈珀探长也在盯着他。他连忙开门，想逃走，但门口已经站了一名警员。

他回到屋子里，将门关好。此时玛戈已经满脸泪水，不忍心再看下去了。托尼耸了耸肩，说：“马克，正如您所说的，纸上谈兵是可能成功的。但是……探长，恭喜您。还有……”他将开门的钥匙放在大桌子上，又给自己倒了杯酒，问道：“玛戈，你知道了？”

“是的，我可以做一件事。”

“马克？”托尼又问。

马克回答：“我也可以。”

托尼又看向哈珀探长：“探长，我想，您还在值班吧？”

此时，哈珀探长已经拨通了电话，在等待的时间里，他从兜里掏出一把小梳子，梳起了自己上翘的八字胡。

迷魂记

暗夜，两名警察正在追捕一名逃犯。

逃犯爬上一栋公寓的楼顶，两名警察穷追不舍。在追逐中，逃犯从这栋公寓的楼顶跳到另一栋公寓的阁楼顶，翻过屋脊逃走了。第一个警察跳过去，滑了一下，还是控制住了身形。第二个警察就没有这样好的运气了，因为阁楼的屋顶是倾斜的瓦面，他一直往下滑，最后他扒住屋檐，悬在空中。他往下看了一眼，与地面有十几米的距离，他恐惧极了。

第一个警察回过头来救他，想拉他上来。就在第二个警察试图将一只手递过去时，第一个警察却滑下了倾斜的瓦面，摔落到地上。

在伍德小姐的工作室里，伍德小姐正在工作。对面的沙发上，费格森先生在把玩着自己的拐杖。忽然，他在身体前倾时不小心用力过猛，吃痛地叫了一声。

“我想，你已经说过不痛了。”伍德小姐慢悠悠地说。

“不，是该死的紧身衣，很紧。”费格森先生解释。

“没有三维弹性的吗？真不时髦。”伍德小姐一边在画板上继续她的文胸图样创作，一边说。

“你知道的，警局的那些医生永远跟不上潮流。不管怎样，明天就好了。”

“为什么？明天怎么了？”

“明天，明天就不用穿紧身衣了，明天我就能跟其他人一样，自己挠痒痒了。”费格森先生一脸神往，“我要将这可悲的东西从窗口扔出去。”他举着拐杖，一脸的深恶痛绝，“做个自由的人。米吉，你认为，会有很多男人穿紧身衣吗？”

“比你想象的多。”

“真的？这是根据你个人的经验，还是——”

“拜托！”伍德小姐打断了费格森先生的无聊猜测，“明天以后会怎样？”

“什么意思？”

“一旦辞职不做警察了，你打算做什么？”

“你好像不太赞成我辞职，米吉。”费格森先生很快坐直了。

“不，那是你的生活。你曾是个年轻睿智的律师，后来有一天决定要成为警察局长。”伍德小姐的眼睛始终没有离开她的设计图。

“我必须辞职。”

“为什么？”

“因为恐高症。我会在夜里惊醒，看到那人从屋顶上掉下来。我想去救他——”

“这不是你的错。”伍德小姐终于停了下来，望着费格森先生。

“我知道，大家都这么说。”费格森先生的声音越来越低。

“约翰尼，医生跟你解释过了。”伍德小姐温柔地强调道。

“我知道，我知道。我有恐高症，我会头晕。天哪，天哪，发现的真不是时候。”费格森先生依然懊恼。

“只要有了症状，就再也去除不了。没有人责备你，可是，为什么非要辞职呢？”

“你是说，让我坐在书桌前抄抄写写吗？”费格森先生一脸的无法忍受。

“为什么不可以呢？”伍德小姐反问。

“那我的恐高症怎么办？假设我坐在这把椅子上，就在桌子后面，”费格森先生比画着，用拐杖假设桌子的高度，“铅笔从桌上掉到地上，我要弯腰去捡铅笔，瞧，我的恐高症要犯了。”

“哦，约翰尼。”伍德小姐笑了，“那你打算做什么？”

“我暂时什么也不做。别忘了，我可是个独立的男人，正如俗语所说，相当独立。”费格森先生挥舞着拐杖。

“你为什么不离开一段时间呢？”

“你是说让我遗忘？哦，不，米吉，别这么婆婆妈妈的。我不会崩溃的。”费格森先生紧皱着眉头。

“你这星期头晕过吗？”

“我现在就头晕。”听到这话，伍德小姐立刻紧张了，费格森先生说道，“米吉，这个音乐，你不觉得有点儿……”

“哦。”伍德小姐立刻关掉了留声机。

“这是什么玩意儿？”费格森先生指着展示架上一只形状有些怪异的文胸，问。

“文胸啊，你应该知道的，你可是大人了。”伍德小姐备感惊讶。

“我从来没有见过这样的。”

“这是新款。革命性的改良。没有肩带，没有后带，但是具备文胸所有的功能，就像悬臂桥一样。”伍德小姐耐心地解释道。

“是吗？”费格森先生觉得不可思议。

“半岛的一名飞机设计师设计的——利用业余时间设计的。”

“也是种爱好——一个自助作品。你的爱情生活怎么样，米吉？”费格森先生对文胸的兴趣显然很有限。

“按照一系列的想法发展。”伍德小姐坐回画板前。

“那么……”

“正常。”

“你从未结过婚？”

“你知道，这个世界上只有一个人是我想结婚的对象，约翰尼。”

“你是在说我。我们订过婚，对不对？”虽然说到了这个话题，但费格森先生依然语气轻松。

“订过三个星期整。”伍德小姐不动声色地瞥了费格森先生一眼，可是费格森先生并不在意。

“美好的大学生活！但是你取消了婚约，记得吗？”费格森先生用拐杖指着伍德小姐，不过伍德小姐依然没有抬头，“我现在仍然单身，是等待结婚的费格森。哦，米吉，你记得一个叫加文·埃尔斯特的同学吗？”

费格森先生再次转移了话题，显然刚才他只是随便地提起关于订婚的话题，他无从知道伍德小姐的内心想法，或者无意知道。

“加文·埃尔斯特？”

“是的，有趣的名字。”

“你认为我记得吗？可我不记得了。”伍德小姐回答。

“我今天接到加文的电话，很有趣。我们战时失去了联络，有人说他去了东岸。可他现在回来了，是教会区的电话号码。”

“那是个贫民区吧？”

“可能是。”

“他可能是在流浪，想不花钱喝杯酒。”伍德小姐猜测道。

“我过得也不怎么样。我要请他喝两杯，然后告诉他我的麻烦。但并不是今晚。这样，我们出去喝杯啤酒，怎么样？”

“抱歉，老兄，我还要工作。”

“那我还是回家吧。”费格森先生走到门口，又转过身来，“米吉，你说的‘再也去除不了’是什么意思？”

“什么？”

“恐高症。”

“我问过医生，他说，再来一次惊吓，才有可能好，不过也可能没有用。”伍德小姐解释道，“你不会真的想再去跳楼试试吧？”

“我想，我能恢复。”

“怎么做？”

“我有个想法，如果我能习惯某种高度，一次一点儿，”费格森先生用拐杖比画着，一次比一次高，“就像这样，循序渐进，明白吗？我给你展示一下。从这个开始。”

费格森先生拿了只小板凳。

“那个？”

“那你想让我从什么开始？金门大桥吗？现在，看着，我们开始了。”费格森先生试探着踩上了小板凳，“好了。现在，我朝上看，我朝下看，我朝上看……什么事都没有。”

“等一下。给。”伍德小姐拿了只不算高的梯凳给费格森先生。

“好主意，我就用这个，放在这里。好的，这是第一步。”

“好，现在第二步。”伍德小姐鼓励道。

“好的，第二步来了。”费格森先生小心翼翼地迈上第二级台阶，“好了，看到了吧？我朝上看，我朝下看，我朝上看……我要给自己买架高点儿的梯子。”

“现在，先慢慢来吧。”

“好，我们开始，没问题。”费格森先生迈上第三级台阶，“这很容易，我朝上看，我朝下看，我朝上看，我朝上看。”忽然，费格森先生看到了窗外——和那天晚上类似的场景：两栋楼挨得很近，有五六楼层高，从窗口可以看到地面。费格森先生受不了刺激，再次头晕了。很不幸，他从梯凳上倒了下来。

“哦，约翰尼，约翰尼。”伍德小姐将他紧紧地搂在怀里，费格森先生无力地抱着她。

在加文·埃尔斯特宽敞豪华的办公室里。

“你怎么干了造船这一行，加文？”费格森先生问，他应约来拜访埃尔斯特先生。

“因为婚姻。”

“有意思的行业。”

“坦白说，我觉得很无聊。”

“你不必靠这个生活的。”

“是啊，但是我要负责的。我妻子的家人都去世了，得有人照看家族生意。她父亲的合伙人在东岸经营公司的船厂，在巴尔的摩。所以我决定，既然要做，就回来做。我一直很喜欢这里。”埃尔斯特先生解释道。

“你回来多久了？”

“快一年了。”

“还适应这里的生活吗？”

“当然，可是旧金山变了，过去吸引我的东西正在飞速地消失。”

“比如这些？”费格森先生指着墙上的一幅画，那是昔日旧金山的景象。

“是的，我那时在这里很开心。色彩，激情，权利，自由。你不坐一会儿吗？”

“不，不，我很好。”费格森先生一直走来走去。

“看到报上的报道，我很难过。你辞职不做警察了，是永久性残疾吗？”埃尔斯特先生看上去很自然地发问，也许这才是他最感兴趣的问题。

“不，并不是那样，”费格森先生矢口否认，“我只是不能爬楼梯，不能去陡或者高的地方，比如马克酒吧那样高的酒吧，好在城里也有平房酒吧。”

“现在想喝一杯吗？”

“不，不用了，现在喝酒对我来说有点儿早。我差不多都说完了，是吧？我从未结过婚，很少见同学，我是个退休的侦探，你是个经营造船生意的商人……你有什么心事吗，加文？”费格森先生终于坐了下来。

“我找你到这里来，斯考蒂，是知道你辞职不做侦探了，但我不知道你是否愿意为我重操旧业？我想让你跟踪我的妻子。”

埃尔斯特先生知道费格森先生想问什么，便摇摇头说道：“不，不是你想的那样，我们的婚姻很美满。”

“那么……”

“我怕她会受到伤害。”

“谁要害她？”

“一个死人。”费格森先生闻言一愣，“斯考蒂，你相信一个已经过世的人——一个死人，能够附在一个活人身上吗？”

“不信。”费格森先生回答得很干脆。

“如果我说，我确定这些就发生在我妻子身上，你怎么看？”

“我会建议带她去看精神病医生或心理医生，或者神经科医生……或者只是普通的家庭医生。他还要帮你也看一下。”费格森先生大声说。

“那你对我而言没什么帮助，不好意思，浪费了你的时间。谢谢你的来访，斯考蒂。”

“好吧。”费格森先生起身告辞，“我……我并不想这么粗鲁。”走到门口，他回头解释道。

“不必，这听起来很愚蠢，我知道。你还是那个很现实的苏格兰人。”

“一直都是。”

“你以为我在编故事吗？”

“不。”

“我没有编故事，我也不知道怎么编。她正在跟我说话的时候，突然声音变弱、消失了，眼里蒙上了阴云，一片茫然。她离开我，去了别的地方，像一个我不认识的人。我喊她，她甚至听不见。没过多久，她深深地呼一口气，就又回过神来了，开心地望着我，根本不知道自己离开过，也不能说出时间和地点。”

“多久发生一次？”费格森先生又坐了下来。

“过去几个星期越来越频繁了。她还会像梦游一样闲逛，天知道她都去了哪里。有一天我跟踪她，看着她出了公寓，像一个我不认识的人，连走路的姿势也变了。她驾车去了五英里外的金门公园，坐在湖边，越过水面盯着远处的柱子，就是那座‘昔日之门’。她就一直坐在那里，一动不动，我只好离开，回到了办公室。那天晚上回家，我问她一天里都做了什么。她说，她开车去了金门公园，坐在湖边，就这些。”

“然后呢？”

“车上的里程表显示她开了九十四英里，她去了什么地方？我得知道她去了哪儿，斯考蒂，她都做了什么，然后才能找医生治疗。”

“那么，你找医生谈过吗，关于这件事？”

“是的，我私下找过。在她接受治疗之前，我要了解得尽可能多一些。那么，斯考蒂……”

“好，我找个私人侦探帮你跟踪她。他们都很可靠。”

“可我希望是你。”

“我已经辞职了。”

“斯考蒂，我需要一个朋友，一个我能信赖的人，因为我很恐慌。”

“我已经退下来了，我可不想卷入这该死的事。”

“我们今晚去剧院看首演，之前会去厄尼氏餐厅吃饭，你在那里可以见到她。”埃尔斯特先生好像知道，只要见到她，费格森先生就不会拒绝这件事的。

“厄尼氏。”费格森先生皱紧了眉头。

晚上，在厄尼氏餐厅里。

费格森先生坐在吧台的位置，埃尔斯特夫妇离他很远，他只能看到埃尔斯特太太的背影。那是一个金发女人，盘发的发式很特别，墨绿色的晚礼服衬得皮肤尤其白皙，她的坐姿非常优雅。

很快，他们用餐完毕，埃尔斯特太太与先生一起向门口走去，因为途经吧台，费格森先生不便一直盯着她看，但还是近距离地看到了她。她真的是一个丰腴而美丽的女人，很年轻，眼神充满了梦幻。

有人和埃尔斯特先生打招呼，所以他们在吧台边稍稍停留，然后走出了门。

埃尔斯特太太如同有一种不可抗拒的魔力，把费格森先生深深地吸引住了。于是，他接受了这项工作。

第二天一早，他就开着车在埃尔斯特家的公寓外面等。这是一栋高档公寓，出入的都是体面人士。

终于，埃尔斯特太太出门了。她穿着一套灰色的套装，简约大方，还是梳着那么别致的盘发，优雅地走向自己的绿色轿车。

费格森先生以适当的距离跟在绿色轿车的后面。轿车开过繁华的街道，忽然拐进了一条小巷子，在一扇破旧的小门前停了下来。埃尔斯特太太下车，走了进去。费格森先生稍后也跟了进去。门里面是一条狭长昏暗的甬道，堆放着很多杂乱的东西，尽头是另一扇破旧的小门。费格森先生小心翼翼地将门打开一道缝，原来是一家花店，望出去是另一条街道的人流。埃尔斯特太太买了一束小小的捧花，费格森先生在她正在付钱还没有出来的时候，迅速地退了出去。

绿色轿车开走了。这一次，埃尔斯特太太来到了一座古老的天主教堂前。墙壁是灰白色的，门小小的，礼拜堂里空无一人。埃尔斯特太太从前面的一扇小门出去了。费格森先生跟了出去。外面是教堂的墓地，一座座墓碑安静地竖在那里，周围有很多葱绿的树木，黄色的美人蕉分外娇艳。

顺着弯弯曲曲的小路，埃尔斯特太太在一座墓碑前停了下来。费格森先生远远地观察着她。埃尔斯特太太就那样默默地站了很久，费格森先生始终与她保持着一段距离。终于，埃尔斯特太太离开了。费格森先生走过去看那座墓碑，只见上面写着"卡洛特·瓦尔德斯，1831年12月3日—1857年3月5日。"

接下来，埃尔斯特太太去了旧金山荣勋宫。她进了美术馆，一直坐在一幅油画前，出神地望着。费格森先生假装欣赏作品，慢慢地绕到埃尔斯特太太背后。油画上面是一个年轻的女人，有着美丽的脸庞，手上捧的花和埃尔斯特太太买的一模一样，盘发的方式也相同，只是身上的衣饰不属于这个时代。埃尔斯特太太就那样呆呆地坐着，很久也没有动一下。

费格森先生去问美术馆的工作人员："您能告诉我一些关于那位女士的事吗？她看的那幅油画上的女人是谁？"

"哦，是卡洛特，你会在目录中找到的。卡洛特画像。"工作人员递给费格森先生一本小册子。

"这个能给我吗？"

"可以。"

"谢谢。"

离开荣勋宫，埃尔斯特太太来到麦奇崔克酒店。费格森先生看着她走进去了，便下车走到楼下，正好看到她拉开二楼一个房间的窗帘。

费格森先生走进酒店大堂，里面的陈设非常豪华。他正观察着，“您好。有什么需要帮忙的吗？”吧台后面一位有些年纪的女士站起来问。

“您经营这家酒店吗？”

“是的。”

“能告诉我住在二楼拐角房间里的是谁吗？”

“恐怕我不能随便告诉您这类信息。我们的客人有隐私权。我想，这也不符合法律规定。当然，他们不一定会介意，但是我——”费格森先生将证件给她看，女士担心地问，“天哪，她做了什么坏事吗？”

“请回答我的问题。”

“我想象不出那个可爱的姑娘——”

“她叫什么名字？”

“瓦尔德斯，瓦尔德斯小姐，西班牙人。”

“卡洛特·瓦尔德斯？”

“是的，就是这个名字。可爱的名字，对吧？外国名字，可是很好听。”

“她在这个房间住了多久？”

“两个星期，她的房租明天到期。”

“她在这里过夜吗？”

“不，她只是每星期来这里住两三次。只要客人行为规矩，我就不问他们问题。但是我要说——”

“她下来时，别说我来过。”

“可是她今天没有来啊。”

“我五分钟前看到她进来了。”

“不，她根本没来。”那位女士肯定地说，“如果她来了，我会看到的。我一直在这里给我的塑料植物涂橄榄油。还有，您看，她的钥匙还在架子上。”那位女士指给费格森先生看。

“那能请您上去看看吗？”

“去她的房间？”

“是的。”

“如果您要我去的话，当然可以。但是这样做看起来很傻。”

“谢谢。”

“侦探先生，您要上来看一下吗？”那位女士在楼上喊。

费格森先生走上二楼。那位女士为他打开房门，里面空空如也。费格森先生走进去，里面没有人来过的痕迹。费格森先生走到窗边望下去，发现停在路边的绿色轿车不见了。

费格森先生回到了埃尔斯特先生的公寓，只见绿色轿车停在它原来的位置，好像从未离开过，只是那束小小的捧花还在，说明这一天发生的事都是真的。

费格森先生来到伍德小姐的工作室，进门后扔下帽子，直奔小厨房。

"米吉，你认识旧金山历史方面的权威吗？"

"这可真是女孩子喜欢的打招呼方式。"伍德小姐坐在飘窗上忙着，不忘批评道，"没有'你看起来很美'之类的话，直截了当地说'你认识旧金山历史方面的权威吗'……"

"想喝一杯吗？"费格森先生丝毫不在意，他的注意力不在这上面。

"不，谢谢。"

"那么，你认识谁？"

"伯克利大学的桑德斯教授。"

"不，不，我不是指那类历史，我是指稗官野史——人们从未听说过的。"

"哦，你指的是'快乐旧金山的放荡日子'——刺激的故事，比如1879年8月谁在安巴卡德罗被杀了。"

"对，就是这些。"

"雷柏大叔。"

"谁？"

"雷柏大叔。他有家'大商船书店'。怎么了，你究竟想知道什么？"

"我想知道1879年8月谁在安巴卡德罗被杀了。"

"嘿，等一下，你不再是侦探了，怎么回事？"伍德小姐感兴趣地问道。

"你非常了解他吗？"费格森先生终于给自己倒了杯酒。

"谁啊？"

"雷柏大叔。"

"当然。"

"那么，走吧，我希望你把我介绍给他。戴上你的帽子。"

"我不需要帽子。"伍德小姐边说边跑去拿风衣，很快走出了门，"约翰尼，到底是怎么回事？"

"嘿，等一下。"

伍德小姐已经不见了踪影。费格森先生只得赶紧喝了口酒，追了出去。

他们很快来到雷柏大叔的书店。

"是的，我想起来了，卡洛特，美丽的卡洛特，悲伤的卡洛特。"雷柏大叔是一个可爱的人。

“埃迪和高夫街角的老房子，跟卡洛特·瓦尔德斯有什么关系？”费格森先生问。

“那是她的房子，很多年前为她建造的。”

“谁建的？”

“是……是……”雷柏大叔摸着下巴，“我记不起他的名字了，是一个有钱有势的人。抽烟吗？”

“不，谢谢。”

“抽烟吗，小姐？”

“不，谢谢。”

“这是很平常的故事。她来自城南的一个小地方，有人说是从传教村来的。”雷柏大叔点燃一支烟，慢悠悠地说着，“她很年轻，是的，非常年轻。她在卡巴莱跳舞唱歌，被那个男人发现了。他带走了她，为她建了一所大房子，就在西增建区。还有……一个孩子，是的，一个孩子。”故事慢慢地吸引了伍德小姐的注意力，而费格森先生一直在认真地听着，“我无法告诉你们确切的时间，或者他们到底幸福甜蜜了多久。后来，他抛弃了她。他没有别的孩子，他的妻子无法生育，所以他带走了孩子，抛弃了她。你知道，那个时代的男人可以那样做，他们有权有势，还有自由。而她变成了悲伤的卡洛特，穿着破旧不堪的衣服，独自住在那所大房子里，独自走在大街上，简直是疯疯癫癫了。她拦住路人就问：‘我的孩子在哪儿？’‘有谁见过我的孩子吗？’”

“可怜的女人。”伍德小姐说。

“后来，她死了？”费格森先生说。

“她死了。”雷柏大叔说。

“怎么死的？”费格森先生问。

“自杀。在那个时代，这样的故事屡见不鲜。”

“非常感谢您。”费格森先生与雷柏大叔握手。

“不客气。”

“不胜感激，再见。”费格森先生一个人走出门去，似乎忘记了伍德小姐的存在。

“再见。”

“嘿，等等我。再见，大叔，非常感谢。”伍德小姐与雷柏大叔告别后，追了出去：“嘿，约翰尼，报答我的时候到了。”

“为什么呢？”费格森先生觉得难以置信。

“为了我带你来这儿啊。快，告诉我吧。”

“没什么可说的。”费格森先生笑了。

“要么告诉我，要么再穿回紧身衣。约翰尼，求你了。”

“走吧，我送你回家。”

很快，他们到了伍德小姐的家。

“你还没告诉我，到底是怎么回事呢。”伍德小姐有些不高兴。

“我已经说得够多了。”

“那个男人是谁，还有他的妻子？”

“下车，我还有事要做。”费格森先生替伍德小姐打开车门。

“我知道了，是和你通电话的那个老校友——埃尔斯特。”伍德小姐猜到了。

“米吉，求你了，下车。”

“重点是那个漂亮的、疯疯癫癫的卡洛特死而复生，并附在埃尔斯特的妻子身上。”伍德小姐自顾自地说着，“哈哈，约翰尼，快告诉我吧，快点儿！”

“我不会告诉你我是怎么想的，我只会告诉你他是怎么想的。”费格森先生既不耐烦，又无可奈何。

“那你是怎么想的？”

“我……”

“她漂亮吗？”这是任何一个女人都会关注的重点。

“卡洛特？”

“不，不是卡洛特，我是说埃尔斯特的妻子。”

“是的，我猜，你会觉得她——”费格森先生想了想，说。

“我想，我会去看看那幅画像的。”伍德小姐打断了他，“再见。”

“米吉！”

“再见！”

“米吉，你……”

伍德小姐走了，留下费格森先生一个人在车里。他拿起了荣勋宫的赠册，很快就翻到卡洛特的油画那一页，眼前浮现出埃尔斯特太太聚精会神的侧脸。

咖啡馆里，费格森先生将荣勋宫的赠册递给埃尔斯特先生看。

“斯考蒂，你做得很好，很胜任这份工作。”埃尔斯特先生说。

“那是卡洛特·瓦尔德斯？”费格森先生指着油画问。

“是的。”

“有些事你并没告诉我。”

“我没想到她会带你去那里。”

费格森先生点点头，说道：“但是你知道。”

“是的。你注意到她盘发的方式了吗？”埃尔斯特先生指着油画中的人，“还有别的方面。我的太太玛德琳有几件属于卡洛特的珠宝，那是她继承的财产，从未戴过，都太过时了。直到现在，当她一个人的时候，她都会拿出来看，好奇地、小心翼翼地触摸它们，将它们戴上，并凝视着镜中的自己，那时她就进入了另一个世界，变成了另一个人。”

“那么，卡洛特·瓦尔德斯是谁？你太太的祖母吗？”费格森先生问。

“曾祖母。那个被带走的孩子——那个使卡洛特疯掉并自杀的孩子，是玛德琳的祖母。另外，麦奇崔克酒店是老瓦尔德斯家的。”埃尔斯特先生回答。

“我想，那就可以说明白了，任何人都会沉迷于那样的过去。”

“可她从未听过卡洛特·瓦尔德斯的故事。”埃尔斯特先生说。

“她对多罗瑞天主教堂外的坟墓或者埃迪大街上的老房子都一无所知？还有，旧金山荣勋宫的画像……都不知道？”费格森先生不太相信地问道。

“不知道。”埃尔斯特先生肯定地回答。

“那么，当她去这些地方的时候……”

“她就不再是我的妻子了。”

“她都不知道的事，你怎么会知道？”

“她母亲临终前告诉我一些，其他的是我自己发现的。”

“她母亲为什么不告诉自己的女儿？”

“出于本能的恐惧。她的曾祖母患精神病自杀了，而玛德琳的身体里流着她的血。”

“老兄，我需要喝一杯。”这些信息让费格森先生一时很难消化。

又一天，费格森先生再次跟着埃尔斯特太太来到荣勋宫，她又坐在那里看了那幅油画很久。终于，她离开了，然后驾车来到旧金山海湾。她在岸边站了良久。费格森先生一直跟着她，看着她慢慢地将手上的捧花扯碎，一点点地丢进了水中，随后竟然纵身一跃跳进了海里。

费格森先生吓了一大跳，也跟着跳了下去，还好很快就拉住了她，将她救上岸。

费格森先生把埃尔斯特太太放到她自己的车里，紧张地喊着：“玛德琳！玛德琳！”只见埃尔斯特太太轻轻地睁了一下眼睛，一直默不作声，不过看起来没有生命危险了。

在费格森先生家里，他换了衣服，又往壁炉里加了些木柴。埃尔斯特太太的裙子晾在厨房里，埃尔斯特太太睡在卧室的床上。费格森先生静静地喝着咖啡。

忽然，电话铃响起。费格森先生急忙走到卧室接电话。这时，埃尔斯特太太已经被电话铃声惊醒，惊讶地盯着费格森先生。

费格森先生匆匆地挂了电话，微笑着，温和地问道：“您没事吧？”这时，埃尔斯特太太感觉到自己没穿衣服，有点儿惊慌失措。“哦，您的……您先穿这个吧。”费格森先生将一件睡袍递给她，然后退了出去，并带上了房门。

他去厨房拿了只咖啡杯出来。埃尔斯特太太已经穿好衣服，走出了卧室。

“您最好到壁炉边烤烤火。”费格森先生的笑容温和无害。

埃尔斯特太太迟疑着慢慢地走过来：“我怎么会在这儿？发生了什么事？”

“您掉进了旧金山海湾。我已经尽量弄干您的头发了。您的衣服都在厨房里，过会儿就会干。过来烤火吧，我给您拿些坐垫。坐吧。”费格森先生将两个垫子放在地毯上，埃尔斯特太太坐了下来。“想喝点儿咖啡吗？”

埃尔斯特太太摇了摇头。

“您最好喝点儿什么，或许，您想喝杯酒？”

“我掉进了海湾，是您救我上来的吗？”埃尔斯特太太的神色恍如在梦中。

“是的。”

“谢谢您。”

“您不记得了吗？”

“不记得了，我……”埃尔斯特太太的声音很轻。

“您还记得去过什么地方吗？”

“为什么这样问？”埃尔斯特太太抬起头，“记得，我当然记得。不过，我肯定是因为头晕昏过去了。”

“那么，您去过哪儿？”

“普西迪的古堡。我当然记得，我经常去那里。”

“为什么？为什么您要去那里？”

“因为我喜欢。那里很美，尤其是日落时分。谢谢您的炉火。”

“之前您去哪儿了？”

“什么时候？”

“我是说今天下午。”

“到处闲逛。”

“我知道，具体去了哪儿？”

“商业区，购物。”

“您最好喝点儿咖啡，我想还是热的。”

“您的问题很直接。”

“对不起，我不是故意这样不礼貌的。”

“没有，只是太直接了。”埃尔斯特太太盯着费格森先生，开始提问，“您在古堡那里做什么？”

“哦，到处闲逛。”

“您也喜欢闲逛？”

“是啊。”

“之前您去过哪儿？”

“旧金山荣勋宫，美术馆。”

“哦，那是个可爱的地方，是不是？我从未进去过，但是开车经过，它看上去那么可爱。”

费格森先生观察着她。埃尔斯特太太的表情很自然，一点儿也不像说谎。她继续说道：“您到处闲逛却救了我一命，谢谢您。我给您添麻烦了。”

“不，您没有。”

“当您……”埃尔斯特太太看着四周，“我的头发上有些发卡。”

“哦，发卡，对，我去拿给您。”

“还有我的包，谢谢。”

“给您。”费格森先生去厨房拿了只小盒子出来，埃尔斯特太太的发卡都在里面。

“谢谢。您不该把我带到这儿来。”

“我不知道您住在哪儿。”

“您可以从我车里找到地址。可是，您不知道我的车停在哪儿吧？”

“不，我知道您的车是哪辆，现在就停在外面。但是我想，您一定不愿意那个样子被送回家。”

“是的，您说得对。很庆幸您没有送我回家，谢谢您。但是我不认识您，您也不认识我。我叫玛德琳·埃尔斯特。”埃尔斯特太太一边说话，一边将头发简单地盘起来。

“我叫约翰·费格森。”

“很好，响亮的名字，您的朋友叫您约翰还是杰克？”

“通常都叫我约翰。老朋友叫我约翰尼，熟悉的人叫我斯考蒂。”

“我该叫您费格森先生。”

“天哪，我不喜欢这个称呼，不喜欢。下午的事情发生过后，我想，您应该叫我斯考蒂，甚至是约翰尼。”

“我比较喜欢约翰尼。”埃尔斯特夫人终于把头发弄好了，说道，“好了，您是做什么的，约翰尼？”

“到处闲逛。”

“不错的职业。”埃尔斯特太太俯身在茶几上，和坐在沙发上的费格森先生说话，“您一个人住这儿吗？”只见费格森先生点点头，“您不该一个人住。”

“有些人就是喜欢独居。”

“您错了。我结婚了。”

“您愿意和我说些什么吗？之前发生过这种事吗？”费格森先生认真地问道。

“什么？”

“掉进旧金山海湾。”

“没有，从来没有发生过。当我还是小女孩的时候，曾经从划艇上掉进湖里，还有一次掉进河里，那时是我试着从一块石头跳到另一块石头上。但是我从来没有掉进过旧金山海湾。您以前有过吗？”

费格森先生笑了：“没有，我也是第一次。”两人都笑了。

“给您添点儿咖啡吧。”费格森先生原本要去拿咖啡杯，却握住了埃尔斯特太太的手。这时，卧室的电话正好又响了，两人对视了一眼。于是，费格森先生去接电话。他走进卧室后，关上了门。

费格森先生拿起电话，问道：“喂？”

“斯考蒂，发生什么事了？她还没有回家。”电话是埃尔斯特先生打来的。

“没事，她没事。她就在我家，我马上送她回去。”

“发生了什么事？”

“她跳进了海湾。喂？喂？”埃尔斯特先生没有说话。

“她受伤了吗？”

“没有，毫发无伤，不必担心。但是她自己并不知道，你明白了吗？她不知道发生了什么事。”

埃尔斯特先生又是半天没说话，费格森先生以为电话出了问题。

“斯考蒂，玛德琳今年二十六岁，卡洛特·瓦尔德斯就是二十六岁时自杀的。”

外面传来了关门声。“稍等一下，加文。”费格森先生放下电话，打开了卧室的门。埃尔斯特太太已经走了，她换下的睡袍就放在厨房里。

巧的是，伍德小姐开车到了这里，正好看到准备离开的埃尔斯特太太，也看到了追出门的费格森先生。

“现在，约翰尼，那还是鬼魂吗？好玩吗？”伍德小姐自言自语，也离开了。

第二天一早，费格森先生还是在埃尔斯特家的公寓外面等。没过多久，埃尔斯特太太就出来了。这一次，她开着车拐了很多弯，让费格森先生怎么也没想到的是，那辆绿色轿车停在了他自己家门口。

埃尔斯特太太下车后，走到门前，将一封信投进了费格森先生家的信箱。

“是给我的信吗？”费格森先生下车问。

“是的，您好。”

“您好。昨晚我很担心您。您不该就那样走了。”

“我突然感觉很可笑。”

“我本来想送您回家的。您还好吧？”

“是的，很好，毫发无伤。不过我现在想起来了，水很冷，是不是？”

“当然。”

“瞧，我做了多么可怕的事。您太善良了。那是一封正式的感谢信和无比的歉意。”

“您不需要道歉。”

“不，需要道歉。整件事肯定让您非常为难。”

“一点儿都没有，我很开心——”费格森先生脱口而出，但很快就意识到了不对劲儿，赶紧补充了一句，“哦，跟您聊天。”

“我也喜欢和您聊天。”两人望着彼此。

“我去拿信。”费格森先生开门进屋，“要进来喝杯咖啡吗？”

“不，不，谢谢。”埃尔斯特太太倚着栏杆，费格森先生只得走出来拆信。

埃尔斯特太太解释道：“我没办法寄出去，我不知道您的地址，但是记得地标。我记得克洛特塔，是它带我找到您家的。”

“这是我第一次如此感激克洛特塔。我也希望，我们会——”费格森先生看完信，开心地说。

“什么？”

“再次见面。”

“见到了。再见。”埃尔斯特太太很快上了车。

费格森先生追了过来：“您要去哪儿？”显然，他不想让她就这样走。

“不知道。”

“去购物吗？”

“不。”

“有特别想去的地方吗？”费格森先生将信放进了西装的内兜。

“没有，走到哪儿算哪儿。”

“那可是我的职业。”

“没错。我忘了，那是您的职业。”

“难道您不认为，我们两个志趣相投的人独自闲逛是一种浪费吗？”

“一个人才算闲逛。两个人在一起总会去什么地方。”

“那可不一定。”

“您的门还开着呢。”埃尔斯特太太提醒费格森先生。

“马上回来。”费格森先生跑回去锁门。

两人开着埃尔斯特太太的车出行，由埃尔斯特太太开车。能够和埃尔斯特太太在一起，费格森先生非常开心。

两人来到一片森林里。这里有很多参天古树，里面光线幽暗。

“有多古老？”埃尔斯特太太问。

“有些已经有两千年的树龄或者更老了。”费格森先生回答。

“是活得最久的生物。”两个人站在大树脚下。

“是啊。您从没来过这里吗？”

“没有。”

“您在想什么？”

“所有人都要经历生老病死，树却一直活着。”埃尔斯特太太幽幽地说。

“这些树本名叫作北美红杉，也叫‘长生不老’。”

“我不喜欢它们。”

“为什么？”

“因为知道我自己会死。”埃尔斯特太太说。费格森先生一愣。

两人往森林深处走去。有一截树干横在途中，旁边是一座展示亭，展示的是一段树干横截面。

“这个横截面说明某棵老树被砍掉了。”费格森先生说道。

与大树的年轮平行的地方有一圈又一圈的白线，标牌上写着：“发生各种大事的时候，白色的环就表示当时大树有多粗：1215年《大宪章》颁布，1066年黑斯廷战役，1492年发现美洲，1776年发表《独立宣言》，1930年大树被砍。”

“我出生在这个时候的某个地方，”埃尔斯特太太指着横截面上的一点，说，“然后在那时死去。转瞬即逝，您从未留意。”她的声音仍然幽幽的，整个人都仿佛置身梦境。

“玛德琳。”

但埃尔斯特太太并没有回应，一个人往更深处走去。很快，她的身影消失在一棵粗壮的大树后面。费格森先生跟了上去，只见埃尔斯特太太靠着一棵大树。

“玛德琳，玛德琳，现在您在哪儿？”费格森先生试图唤醒埃尔斯特太太。

“跟您在一起啊。”

“在哪儿？”

“大树……”

“您以前来过这里吗？”

“来过。”

“什么时候？您是什么时候出生的？”

“很久以前。”

“在什么地方？什么时候？告诉我，玛德琳，告诉我。”

“不！”埃尔斯特太太的表情看起来痛苦极了。

“玛德琳，告诉我，那是什么？您要去哪儿？是什么要带走您？”

“不，我不能告诉您。”埃尔斯特太太拒绝道。

“当您跳进海里时，您不知道自己身在何处。”

“我没跳海，我没跳海，我是掉进去的，是您说我掉进去的。”

“您为什么要跳海？为什么？”

“我不能告诉您。”

“您为什么要跳海？在您内心，是什么驱使您跳海？”

“求您别再问了……”

“什么？是什么？”

“求您别再问了……请带我离开这里。”

“带您回家吗？”

“带我到有光的地方。答应我，答应我，别再问了。求您答应我。”

费格森先生不再问了。他把她带到了光线明亮的海边。因为怕她再次跳海，费格森先生紧跟在她身旁。

“您为什么要这么做？”埃尔斯特太太看出费格森先生很紧张。

“我要对您负责。就像中国那句古话，‘帮人帮到底，送佛到西天’，所以我必须这样，我要知道您的情况。”

“我所知甚少。就好像我沿着镜子反射出来的一条长长的走廊，那面镜子的碎片还是悬挂在那儿。可是当我走到走廊的尽头，除了黑暗，别无其他。我知道，当我走进黑暗的时候，我会死掉。我从未走到尽头，总是在走到尽头之前就回头了，除了有一次。”埃尔斯特太太艰难地说着。

“昨天？”

埃尔斯特太太点点头。

“是您不知道，您不知道发生了什么事，直到发现自己跟我在一起，您才知道自己身在何处。但是，您依旧记得那些细节——那镜子的碎片。”费格森先生说。

“也许吧。”

“您还记得什么？”

“那儿有个房间，我独自坐在那儿，总是一个人。”

“还有呢？”

“一座坟墓。”

“哪里？”

“我不知道，那是一座打开的坟墓，而我……我就站在墓碑旁，看着它。那是我的坟墓。”

“您是怎么知道的？”

“我就是知道。”

“墓碑上刻着您的名字吗？”

“没有，那是一座等人下葬的新墓。”

“还有呢？”

“我想，这个部分是一场梦，那儿有一座塔、一具钟，下面还有一座花园，好像是在西班牙——西班牙的一个村庄，然后咔嚓一声，就没了。”

“画像呢？您看到一幅画像了吗？”

“没有。”

“如果我能知道重点和根源，再组合到一起，我就——”费格森先生急得要发疯。

“就能解释这一切了吗？您知道吗？有一种解释可以说得通。如果我是个疯子，就能解释一切了，不是吗？”埃尔斯特太太向海边飞快地跑去。

“玛德琳！玛德琳！”费格森先生追上了她，将她紧紧地拥进怀里。

“哦，斯考蒂！我没疯！我没疯！”埃尔斯特太太哭了，“我不想死。但是我的身体里有个人在对我说，我必须死。斯考蒂，别放开我。”

“我在这儿呢，我抱着您。”

“我太害怕了。”

费格森先生的一个吻，像救命稻草，将埃尔斯特太太暂时拉上岸。

“别离开我，留在我身边。”埃尔斯特太太的声音如同梦呓。

“永远。”费格森先生郑重地做了承诺。

在伍德小姐的工作室里，她正在作画。知道费格森先生要来，她便将一本书藏在梯凳的垫子下面。

“你好，约翰尼。”伍德小姐很开心。

“嘿。”费格森先生的情绪明显很低落。

“收到我的便条了吗？”

“收到了。”

“给你倒杯酒吧。”

“好的。你什么时候学会在男人门缝里塞便条了？”

“自从我打电话找不到他们啊。作为一个无所事事的男人，你出门倒是挺频繁。这些天你都去哪儿了？”

“闲逛而已。”

“哪儿？”

“随便走走。你到底有什么事急着找我？”

“我只是在便条上留言问‘你在哪儿’，我没觉得这听上去有多急。”

“我只是觉察出一丝心怀不满的味道而已。”

“我只是在想，如果我请你喝酒又给你做晚餐的话，你可能会感激我，带我去看场电影。”

“合情合理，那我们吃晚饭时聊些什么？”显然，对于伍德小姐有什么想法，费格森先生一清二楚。

“随便什么。”

“会聊到我最近在做什么吗？”

“如果你愿意说的话。我敢肯定，你不想说的事，你是不会提及的。”

“当然。”

“那你最近到底在做什么？”伍德小姐还是忍不住要问。

“闲逛。”很明显，费格森先生从一开始就不准备回答，“那你最近都在做什么？”皮球又踢了回来。

伍德小姐将一杯加冰的酒递给费格森先生，说道：“谢谢，亲爱的。我最近过得非常好。我又回到了最初的爱好，开始画画了。”

“那很好。我早就说过，你在内衣厂工作是浪费时间。”

“你知道，那是为了生活，但是我真的很喜欢画画。”

“画什么呢？静物？”

“不，不，不是的。你想看看吗？”

“好啊。”费格森先生端着酒杯走了过去。

“事实上，我想把这幅画送给你。”

“真的吗？”费格森先生看到画，脸色瞬间就变了。

是荣勋宫美术馆里的那幅卡洛特，一切都一模一样，只是头部换成了伍德小姐的。

“约翰尼？”伍德小姐不明所以。

“这一点儿也不好笑，米吉。”

“约翰尼！”

“不。”

“约翰尼，我只是以为——”

“不。我们下次再去看电影，好吗？”费格森先生立刻放下酒杯，戴上帽子，开门走了。

“约翰尼！米吉·伍德，你这个笨蛋！”愤怒的伍德小姐揪着自己的头发，“白痴！真笨！真笨！太笨了！”

她涂花了这幅画，又狠狠地扔掉了画笔。

深夜，费格森先生在自己家的沙发上睡着了。门铃声忽然响起来，费格森先生惊醒了。他打开门，门外竟然站着埃尔斯特太太。

“玛德琳，怎么回事，现在几点了？”费格森先生把她拉进了门。

“我该给您打电话的，但是……我想见您，想和您在一起。”

“为什么？发生什么事了？”

“我又做了那个梦，又做了那个梦……”

“不会有事的，不会有事的。我给您倒一杯白兰地压压惊。喝掉，就像喝药一样。”埃尔斯特太太顺从地喝了一口，费格森先生说道：“好了，那是个梦，您现在醒了，不会有事的。现在能告诉我了吗？”

“还是那座塔和那座钟，还有古老的西班牙村庄。”

“还有呢？”

“很清晰，第一次这样清晰——所有的东西。”

“告诉我。”

“那是一个村庄广场，有一片种着树的绿地，有一座老旧的刷成白色的西班牙教堂和一个修道院。穿过草坪，有一座很大的灰色木房子，有门廊、百叶窗、阳台，还有一座小花园，旁边是一排马厩。”埃尔斯特太太慢慢地说着。

“继续。”

“在草坪的尽头，有一座刷成白色的石头房子，角落种着可爱的胡椒树。”

“还有家加利福尼亚时期的旧木头旅馆，是吗？”费格森先生接着说了下去，“有间客厅，很阴暗，楼梯很低，还挂着煤油灯。”

“是的。”

“这些都实实在在地存在，这不是梦。你曾经去过那里，你曾经见过。”费格森先生激动地说。

“不，我从未去过。”埃尔斯特太太不敢相信地跌坐在椅子上。

“玛德琳，旧金山以南一百英里，有座古老的西班牙传教馆，名叫圣·胡安·巴蒂斯塔，是完整保存下来的，跟一百年前一模一样，现在成了博物馆。好好想想，亲爱的，好好想想。您之前去过那里。”

“不，我从未……从未去过。斯考蒂，这是怎么回事？”埃尔斯特太太不知所措。

“仔细想想，继续说您的梦境。是什么事情把您吓坏了？”

“我独自在草坪上寻找着什么，然后我走向教堂，但是黑暗逼近了。我独自站在黑暗中，我被拉进了黑暗，然后就挣扎着醒了。”

“您现在不会再有事了，玛德琳。您看，您给了我可以着手去做的事，我今天下午就带您去那座传教馆。当您看到那个地方时，您就能想起来之前什么时候到过那里了。它会终结您的梦境，梦会破灭的。我跟您保证，好吗？走吧，我先送您回家。”

“我没事。”

“您中午再过来。”

埃尔斯特太太温顺地点点头。

当天下午，两人驱车前往西班牙传教馆。

一切都是一百年前的样子，只是马厩里已经没有马。埃尔斯特太太坐在古旧的马车里。

“玛德琳，您现在在哪儿？”费格森先生问。

“跟您在一起。”

“这一切都是真的。不是一百年前，或者一年前，或者半年前。您曾经在某一刻来过这里。玛德琳，想一想，您什么时候来过这里。”

“那时没有这么多车厢，马厩里有很多马，一匹红褐色的，两匹黑色的，一匹灰色的。这里曾经是我们最喜欢的地方，但是我们不被允许在这里玩耍，特里莎修女会责骂我们。”埃尔斯特太太终于想了起来。

“看这里，这是您的灰马，不用力推的话，很难将它带出马厩。”费格森先生拍着一个灰马模型说，“尽管这样……您看到了吗？一切都解释得通。”

埃尔斯特太太没有什么反应。

“玛德琳，试一试，为了我试一试。”埃尔斯特太太慢慢地走下马车，费格森先生拥紧她，给她深深一吻，“我爱你，玛德琳。”

“我也爱你。太迟了，太迟了。”

“不，不，我们在一起了。”

“不，太迟了，有件事我必须去做。”

“不，你不必做任何事情。你不必做任何事情。没有人可以支配你，你跟我在一起是安全的。”费格森先生开始疯狂地吻着她。

“不，太迟了。”埃尔斯特太太推开费格森先生，跑了出去。费格森先生紧跟在后面，拉住了她。

“这不公平，太迟了。不应该是这样的，不应该发生这样的事。”埃尔斯特太太痛苦地说。

“这一切已经发生了，我们相爱了。这才是最要紧的。”费格森先生深情地说。

“放开我，请让我走吧！”

“听我说，听我说。”费格森先生紧紧地抱住她。

“你相信我爱你吗？”埃尔斯特太太悲伤地问。

“是的。”

“如果你失去了我，你要知道我……我爱你，我会一直爱着你。”

“我不会失去你的。”

“让我独自进教堂去。”

“但是，为什么？”

埃尔斯特太太主动吻了吻他，跑进了钟楼。

“玛德琳！玛德琳！玛德琳！”费格森先生在后面拼命地喊着，埃尔斯特太太却再也不回答。

费格森先生眼看着她跑上了楼梯，就紧跟在后面。可是恐高症制约了他，他的额头上渗出大颗的汗珠。但他努力地控制着自己，继续攀爬。

终于，只有几级了。

埃尔斯特太太推开活板门，上到了最高层。紧接着传来一声尖叫，窗口处闪过她坠落的身影。从小窗口望出去，玛德琳跌落在低层的瓦面上，已经毫无声息。修女们闻声赶来。费格森先生扶着楼梯栏杆下了楼，踉跄着离开了。

庭审现场。

“埃尔斯特先生怀疑妻子的精神状态不好，因此采取了预防措施，请费格森先生代为关注他的妻子，以免发生危险。您曾听说过埃尔斯特先生要带他的妻子去医院，在那里，她的精神问题将由资深专家进行诊疗。费格森先生作为一名退休侦探，看起来是看守和保护的理想人选。你们已经了解到了，这是个不幸的选择。然而，我想你们都同意，丈夫不应受到任何指责，他之所以未能及时将妻子送去治疗，只是需要先了解妻子行为方面的信息，这些信息正是他期望从费格森先生那里得到的。他已做了所有预防措施来保护他的妻子，他并没有预料到费格森先生的疾病——他的恐高症会在最紧急的时刻制约他的行为。至于费格森先生，我们从他的前领导——来自北部的汉森探长那里，得到了有关他人品和能力的有力证词。汉森探长非常热心。事实上，有一次在类似情况下，费格森先生致使一名警员同事坠楼身亡。汉森探长将这件事说成‘不幸的意外’。当然，费格森先生也救过那位女士一命。她在上次精神错乱时，曾经试图跳海自杀。在已知她的自杀倾向后，当第二次不幸发生时，他未能尽力。但我们在此并不是裁断费格森先生缺乏主动性——他什么都没做，以及在看到那位女士坠落后的奇怪行为，他没有留在自杀现场，而是一走了之。他声称自己当时大脑一片空白，在他几个小时后回到自己旧金山的公寓之前，什么都不记得了。你们可以接受这个解释，也可以不接受，或者你们也可以相信他受不了因为自己的软弱而再一次致人死亡的悲惨结局，于是他逃跑了。这与陪审团的裁决也没有关系，这是他与自己的良知之间的问题。根据玛德琳·埃尔斯特死前的精神状况和死亡方式，以及验尸结果所显示的真正死亡原因来看，应该轻易就可以裁决，先生们。如果你们愿意，可以离开了，先生们。”

费格森先生只是静静地听着，没有表示任何不满。已经发生的事让他陷在深深的自责之中，无法自拔。

陪审团商议之后，很快达成了判决共识。

“陪审团认定，玛德琳·埃尔斯特在精神不稳定的情况下自杀身亡，裁决将被记录在案，休庭。”

“好了，斯考蒂，我们可以走了。”费格森先生的律师提醒他。

人们陆续离开。埃尔斯特先生示意自己的律师先走。“我可以跟他说几句话吗？”他问费格森先生的律师。

“可以，请便。”

“斯考蒂。”两人走到窗边，“对不起，斯考蒂，刚才太无理了，他没有权利那样说你。这是我的责任，我不该把你牵涉进来。”

费格森先生想要说什么。

“不，你不用跟我说什么。我要离开这里了，斯考蒂，永远。我不能再待在这里了。我将了结我和她的所有事务，走得越远越好。也许去欧洲，也许再也不回来了。再见，斯考蒂。”埃尔斯特先生伸出手，费格森先生并没有与他握手。

“如果在我走之前可以帮你什么，就尽管说。他们是不可能理解的，只有你和我知道是什么杀死了玛德琳。”埃尔斯特先生说完，就走了。

“走吧，斯考蒂，我们离开这里。”律师拉着呆站在那里的费格森先生，也离开了。

不久前，费格森先生去墓地看望过玛德琳。这天夜里，他被一个梦魇住了。首先出现的是那束小小的捧花，然后是破碎的花瓣、庭审结束后他与埃尔斯特先生的对话，以及站在旁边的活的卡洛特·瓦尔德斯，装束、发型都和油画中一模一样，也戴着镶嵌红宝石的项链。然后，他来到玛德琳生前去过的那片教堂墓地，在她曾经久久站过的墓碑前，看到一个黑洞洞的空空的墓穴……最后是他自己从教堂的钟楼上坠落，就在此时，他惊醒了。

费格森先生住进了医院。

他不说话，什么都不做，就那样默默地、呆呆地坐在那里或者躺在那里。

伍德小姐来看望他，陪他说话，他也无动于衷。

“这是莫扎特的作品。”伍德小姐打开了留声机，“我今天跟那个女音乐治疗师谈了很久，约翰尼。她说，莫扎特的音乐对你有帮助，能够扫除你心中的阴霾，她就是这样说的。”

费格森先生望着她，但是眼神非常空洞。

“他们将音乐都录下来真是太好了，约翰尼。我有给嗜酒的人听的音乐，还有给忧郁症和疑难症患者听的音乐。我想知道，如果有人得了混合病症，那该怎么治疗。”伍德小姐表情悲伤，“我还带了很多其他的，你看看喜欢什么，你的病就能够自行痊愈。哦，约翰尼，约翰尼，请试一试。”

伍德小姐蹲在费格森先生旁边，搂住他的胳膊，恳求道：“试一试，约翰尼。你没有迷失，妈妈在这儿呢。”这时，护士推门示意，伍德小姐无奈地说道：“时间到了吗？好吧。我会再来看你的，约翰尼。你想让我关了音乐吗？哦，约翰尼，你根本不知道我在这儿，对吗？但是，我在这儿呢。”

伍德小姐吻了吻费格森先生的脸颊，走了。

她并没有马上离开医院，而是径直来到医生办公室。

“护士，我能见一下医生吗？”

“医生，是伍德小姐。请进。”

“什么事，伍德小姐？”

“医生，他需要多久才能痊愈？”

“不好说，至少半年，也许一年。这都取决于他自己。”医生回答。

“他不肯说话。”

“是的，他得了急性忧郁症，伴随着罪恶感。他因那个女人的不幸而产生罪恶感，而我们对过去那件事知之甚少。”

“我可以告诉您一件事——他深爱着她。”伍德小姐平静而悲伤地说。

“这确实使问题复杂化了。”

“我还可以告诉您另一件复杂的事——他现在依然爱着她。您知道吗，医生？我觉得，莫扎特根本不管用。”悲伤的伍德小姐说完，就扭头走了。

美丽的旧金山一如往昔。

费格森先生终于出院了。他来到埃尔斯特家的公寓外面，绿色的轿车依然停在那里。一位女士走了出来，一头金发，穿着白色的大衣。费格森先生觉得那是玛德琳，于是快步走了过去。当然不可能是玛德琳，那是一位中年女士。

“您是怎么得到这辆车的？”费格森先生问道。

“您说什么？”

“这辆车？”

“我从以前住在这栋楼里的一个男人那里买的，是加文·埃尔斯特先生。他搬走的时候，我从他手里买过来的。哦，您认识他和他的妻子。那个可怜的人，我不认识她，告诉我，她是不是真的——”

“对不起。”费格森先生对这位女士的好奇心无法招架，匆匆地离开了。

夜晚，费格森先生来到了厄尼氏餐厅。

“晚上好。”服务生向他问好。

“晚上好。”

费格森先生还是坐在吧台前面的位置，说道：“给我一杯威士忌加苏打水。”但是很快，他再次产生了错觉，又将一位女士错认成玛德琳。正要上前去，那位女士用完餐离开，正好经过他的身边，让他看清了模样。

又一天，费格森先生来到荣勋宫美术馆，发现就在玛德琳坐过的位置，一位女士在翻阅赠册。她也穿着灰色的套装，只是头发的颜色更深，身形也比较瘦削，不像玛德琳那样丰腴。

他又来到玛德琳曾经买小束捧花的地方，站了很久。就在他要黯然离去的时候，他看到马路边的一个人——一个像玛德琳一样身材丰腴的女孩，有着和玛德琳相同的面孔，只是装扮和气质都与玛德琳迥然不同，深棕色头发不长，只到肩膀，在脑后束起一缕，戴着硕大的圆耳环，妆也很浓。她穿着一身墨绿色的套装裙，这是玛德琳不会去尝试的颜色。她正在与同伴告别，并没有注意到费格森先生。

很快，她一个人走了。费格森先生跟在后面，看着她走进一家旅馆，三楼很快就打开了一扇窗。费格森先生忍不住走了进去，试探着去敲一个房间的门。

没想到，开门的正是那个女孩。

“有什么事吗？”她看上去并不那么友好。

“我能问您几个问题吗？”

“为什么？您是谁？”

“我叫约翰·费格森。”

“是什么民意调查吗？”

“不是，我只想问几个问题。”

“您住在这家旅馆吗？”

“不，我看见您从这里上来，我想……”

“我猜到了，您是来搭讪的。您真有胆量，居然一直跟我到旅馆。快走，赶紧离开！”

“不，求您了，我只是想和您说说话。”

“我要喊人了！”女孩有些生气地说道。

“我不会伤害您，真的，我保证。求您了，就和我说说话。”费格森先生一脸祈求的表情。

“说什么呢？”

“您。”

“为什么？”

“因为您让我想起一个人。”

“这话我以前听过。我让您想起了你曾经深爱过的人，但是她把你甩了，和别人在一起了，于是您陷入思念。然后您看到了我，就感觉到了什么。”

“跟您说的差不多。”费格森先生哑然失笑。

“这种手段对我没用，您最好离开。”女孩想立刻关门。

费格森先生拦住她，苦苦哀求道：“求您了，让我进去吧。您可以开着门。我只想和您说说话，求您了。”

“我警告您，我可以喊得很大声！”女孩向后退了一步。

“不，没这个必要。”费格森先生跟了进来，就停在进门处。

“您看起来并不像开膛手杰克[①]，您想知道什么？”

“我想知道您的名字。”

“朱迪·巴顿。”

“您是谁？”

“我只是一个在马格宁工作的女孩。”

“不是这个，您怎么住在这里？”

“这是旅馆，就这样。”

“但是，您没在这里住多久吧？”

“大概三年了。”

“那您之前住在哪里呢？”

“堪萨斯州盐湖城。您这是什么意思？您想干什么？”女孩有点儿忍无可忍。

“我只是想知道您到底是谁。”

“我全都告诉您了。我叫朱迪·巴顿，来自堪萨斯州盐湖城，我在马格宁工作，我住在这里。天哪，我必须证明给您看吗？”女孩要气疯了，连珠炮似的说道，“好吧，先生，我的堪萨斯州驾照：朱迪·巴顿，车牌X296794，住在堪萨斯州盐湖城马普大街425号。看到这上面的地址了吗？就是这里。1954年5月25日颁发的驾照。还要检查我的指纹吗？满意了吗？不管您是否满意，请赶紧离开。”

女孩再次下了逐客令，但是她从镜子里看到了费格森先生痴迷的表情，不禁惊讶道：“天哪，您陷得很深，是不是？我真的很像她吗？”费格森先生艰难地点点头。女孩说：“她……难道她死了？很抱歉，我不该对您大喊大叫。”

费格森先生去看桌上的相框，女孩连忙说道：“那是我母亲和我，这是我父亲，他去世了。我母亲再婚了，但是我不喜欢那个人，所以我来到充满阳光的加州，已经三年了——都是实话。”善良的女孩笑了。

费格森先生走到门口，又回过头来，说道：“能与我共进晚餐吗？”

“为什么？”

---

① 1888年8月7日到11月9日，在伦敦东区的白教堂一带，以残忍手法连续杀害至少五名妓女的凶手的代称，始终未能落入法网。

“我只是觉得我欠您的。”

“您什么也不欠我。”

“那您能来吗？为了我。”

“除了晚餐，还有别的吗？”

“只是晚餐。”

“就因为我让您想起了她？”

“因为我想与您共进晚餐。”

“我以前也约会过，其实，我曾经是别人的备选。好吧。”

“好的，我去开车，半小时后来接您。”

“哦，不，总要给我换衣服和化妆的时间吧。”

“一个小时？”

女孩还没有回答，费格森先生就已经关门走了。

费格森先生走后，朱迪收起了笑容，她的眼前浮现出西班牙教堂里的一幕。她跑进了钟楼，费格森先生在后面追赶，她推开活板门上到了顶层。在那里，埃尔斯特先生抱着他的妻子在窗口等着。那个女人和她长得很像，穿着同样的衣服，但是已经死了。埃尔斯特先生将妻子的尸体扔了下去，朱迪不由得发出了一声尖叫。埃尔斯特先生赶紧捂住她的嘴，然后两个人一直躲在角落里，等着人们离开……

回想起这残忍的一幕，朱迪痛苦地闭上了眼睛。她打开壁橱，拿出行李箱，将自己的衣服放了进去。壁橱里就挂着那套灰色的套装。朱迪睹物伤情。于是，她坐到桌前，拿出纸笔开始写信。

> 最亲爱的斯考蒂，你找到我了，这是我朝思暮想的一刻，不知道再次见到你时，我会做出什么事……我想再见见你，就一面。现在我走了，你可以放弃寻找了。希望你内心平静，不要再怪自己。你才是受害者，而我是工具。你是加文·埃尔斯特谋杀妻子一事的受害者，他选我来假扮他的妻子，是因为我长得像她。他将我打扮得和她一样，那样没什么危险，因为她住在乡下，很少进城。他选择你作为自杀的目击者，而卡洛特的故事半真半假，就是想让你指证玛德琳有自杀倾向。他知道你有恐高症，知道你没有办法到达楼顶。他的计划很周密，他没有出错，犯错的是我，我爱上了你，这不在计划中。我仍然爱着你，很希望你也爱着我。如果我有足够的勇气，我就会留下来，继续瞒着你，祈祷你能再次爱上我——爱上真正的我，忘记一切，忘记过去。我不知道，我是否有勇气去尝试。

朱迪很快就将这封信撕掉了，她将衣服重新挂回衣橱，将灰色套装挂到最里边，又收好了行李箱。她拿了一套藕荷色的裙装出来，准备去赴今晚的约会。

厄尼氏餐厅。

费格森先生与朱迪正在享用他们的晚餐，两人并不多说话。一位穿灰色套装、盘发的女人走了进来，费格森先生恰好看到，他的脸色立刻变了。朱迪注意到费格森先生的变化，扭过头来，也看到了这位女士，她心里当然清楚这是怎么回事。

晚餐后，费格森先生送朱迪回到旅馆。

“我来帮您，好了。”费格森先生体贴地帮朱迪打开房门。

“再次感谢，晚安。”

“我明天能见您吗？”

“明晚吗？好的……”

“不，明天上午。”

“我要上班，我得工作。”

“别去了。”

“那我怎样生活？靠得克萨斯州的油井吗？”朱迪开着玩笑。

“让我来照顾您，朱迪。”费格森先生认真地说。

“非常感谢，但是，不用了。”朱迪不再笑，转身走了进去。

“不，朱迪，你不明白。”

“我明白，从我十七岁起就明白了。下一步呢？”

“不，不是，不是。”

“不是吗？那是什么？”

“我们只是要常常见面。”

“为什么？因为我让您想起她吗？”房间里没有开灯，黑暗中朱迪的侧影让费格森先生思绪万千，“这可不算是称赞。没别的了吗？”

“没有。”

“这也不怎么好听。”

“我只是想尽力和你待在一起，朱迪。”

就在费格森先生几乎不再抱希望的时候，朱迪轻轻地说：“我想，我明天早上可以打电话到店里，找个借口。”

第二天是惬意的一天。两人漫步在公园湖边的路上，加州的阳光永远那样灿烂，鸽子优雅地飞起飞落，草地上的情侣亲密地窃窃私语……一切都是那样怡人。

晚上的舞会同样美好，两人相拥曼舞，贴得很近，只是各自想着自己的心事。

又是一天，两人漫步在街上，遇见一家花店。费格森先生停了下来，想送花给朱迪。

“我喜欢那个。”朱迪指着一朵白色的花。

“这个吗？”

“是的。”

“好的。真漂亮，”费格森先生用别针将花朵别在朱迪的衬衫领子上，说，“好了。我们就要这个，然后去给你买衣服。”

“真的吗？”朱迪问。

“兰斯赫夫就在那边——最好的店。这个多少钱？”

“五十美分。谢谢。”花店老板回答。

“斯考蒂，你不必这样。”朱迪说。

“但是我想这样。”费格森先生不由分说地拉着她向前。

两人走进兰斯赫夫。按照费格森先生的要求，店里的模特儿将衣服展示给他们看。

“不是这个，一点儿都不像。”费格森皱着眉头。

“但您说是灰色的，先生。”店员说。

“听着，我就想要简单普通的灰色套装。”费格森先生重新强调。

“不过……我喜欢这个，斯考蒂。”朱迪软弱地说。

“不，不，不是这样的。”费格森先生很坚持。

“这位先生知道他想要什么。好吧，我们会找到的。”店员说。

“斯考蒂，你在做什么？”朱迪问。

“给你买套装。”

“但是……但是我喜欢第二套啊。这套也很好看。”朱迪试图阻止费格森先生继续行动。

“不，不，没有一件是对的。”

“哦，我知道您说的是哪一套了，之前有过，让我去找找，也许还有。”店员说。

“谢谢。”

“你在给我找她穿过的衣服，你想让我扮成她的样子？”朱迪的声音虽然很低，但是质问的语气很强烈。

“朱迪，我只想让你变得好看。我知道你穿什么好看。”

“不，不，我不要。”朱迪转身就走。

店员不知道发生了什么事，有点儿不知所措。

“朱迪，朱迪，对你来说也没什么，我就是想看看……”费格森先生请求着。

“不，我不要衣服，什么都不要。我要离开这里。”

“朱迪，为了我！”费格森先生仍然没有放弃。

“是这套吗？”模特儿又换了一套出来，店员问费格森先生。

“是的，就是这套。”

“我猜到了。”店员自信地笑了。

“我不喜欢。”

朱迪的坚持丝毫不管用。“不，我们要了。”费格森先生毫不犹豫地选定了。

“合身吗？”

“是的，也许需要细微的修改，这就是她的尺寸。好的，亲爱的顾客，马上就让您试穿。”店员回答。

“修改要多久？”费格森先生问道。

“这个……”

“今晚能拿到吗？”

“如果您一定要，可以。”

“当然，还要一套晚礼服，赴晚宴用的。黑色的连衣裙，裙身短，长袖，方领。”费格森先生详细地描述着。

“斯考蒂！”朱迪有点儿忍无可忍。

“天哪，先生，您真的很清楚您要什么。我去看看有没有。”店员说。

待朱迪试穿完衣服，费格森先生又带她去试穿鞋。

“好的，就这款，有棕色的吗？”

“有。”

“好的。”

回到费格森先生家里，朱迪不再理他，只是伏在桌上伤心地哭泣。

“朱迪，喝下去，就当是药。”费格森先生给她倒了一杯白兰地。

“不要。你为什么这样做？这样做有什么好处吗？”朱迪问。

“我也不知道。也许没好处，我不知道。”费格森先生走向窗边。

“请让我一个人待会儿，我想离开这里。”朱迪痛苦极了。

“你可以走。”

“不，你不会让我走的。我也不想走。”朱迪的声音越来越小。

“哦，朱迪，朱迪，让我告诉你。过去的这几天，是我这一年来最幸福的日子。”费格森先生在朱迪背后热情地说。

“我知道，是因为……我不时地让你想起她。”朱迪哭了。

“不，不，朱迪，你也是你。”费格森先生捧起朱迪的脸，“你有些东西……”

就在这时，费格森先生却把朱迪放开了。

“你甚至都不想碰我。”朱迪悲伤地说。

“不，我想。”费格森先生转过身来。

“你就不能喜欢我吗？本来的我。”朱迪痛苦地问，“我们刚开始的时候多么美好，多么开心。然后你就开始纠结于衣服。如果你想让我穿这该死的衣服，我穿就是了。但是，你要喜欢我。”

费格森先生紧盯着朱迪：“你的发色。”他的声音像梦呓。

“哦，不要。”朱迪坚决拒绝。

“朱迪，求你，反正这对你来说无所谓。”

“如果……如果我肯让你改变我，就没事了吗？如果我按你说的做，你会爱我吗？”朱迪含着泪问道。

“是的，是的。”费格森先生将朱迪拥进怀里，吻着她的手。

“好吧，我都答应，我不会在意自己的感受了。”

费格森先生去吻朱迪的脸颊，但是终究没能更进一步。

“来吧，坐到壁炉边。”费格森先生将垫子扔到火炉边的地毯上。这似曾相识的情景让两人都心事重重。

第二天，费格森先生带朱迪去染发。

“恐怕需要几个小时。那位小姐说您最好回家等，她一做完就回去。”店员对等在休息区的费格森先生说。

“不，请告诉她，我去她的旅馆等她。你能确定我要的发色吧？”费格森先生不放心地问。

“是的，那种颜色很简单。”店员笑了。

“还有其他的……”

“是的，先生，我们知道您要什么样的。”

“谢谢。”

朱迪一边染发，一边重新化了妆，做了美甲。费格森先生在旅馆里等着，看完了报纸，再没什么可看的了。他一遍遍地去窗口观望，但朱迪没有回来。最后，他打开房门，看着走廊尽头电梯的方向。

电梯铃响，真的是朱迪回来了。灰色的套装，棕色的高跟鞋，黑色的手提包，头发也已经染成金色，只是没有盘起来，还是在脑后束起一缕。费格森先生呆呆地望着她。朱迪径自走进了房间。

“怎么样？”朱迪问。

“头发应该往后梳，盘在后面。我告诉店员了，也告诉你了。”费格森先生还是不满足。

“试过了，不太适合我。”

费格森先生去摸朱迪的头发，说道：“求你了，朱迪。”

朱迪再次妥协了。她进了浴室。费格森先生焦急地等待着。终于，盘起头发的朱迪走了出来，变成玛德琳曾经的样子。当然，她就是玛德琳。费格森先生第一次完全投入地吻了她。她就是他心中的玛德琳，他简直忘了自己身在何处。朱迪也沉醉其中，她终于再次停留在这个男人的怀抱里。

“晚餐去哪儿吃？”朱迪在浴室里问。

“你想去哪儿？”

“厄尼氏？”

“你很喜欢厄尼氏吗？”

“当然，那是属于我们的地方。亲爱的，喜欢吗？”换好晚礼服的朱迪走出来，转了一圈。费格森先生只是微笑地欣赏着。

“你不会说些好听的吗？”

“过来。”费格森先生在沙发上，跷起了二郎腿。

“哦，不，你会弄乱的。”

“我就是要那样，快过来。”

“太迟了，我还要打扮呢。我突然饿了，你想去别的地方吗？”朱迪戴上了耳环。

“不，去厄尼氏餐厅就可以。”

“我要吃……我要吃美味的牛排。我想想，开胃菜我要……帮我一下，好吗？”朱迪喊费格森先生帮她戴项链。

“我拿住了。这要怎么弄？”

“你看不到吗？”

“好了。”

“谢谢，快好了。我的口红去哪儿了？”朱迪没发现，费格森先生盯着镜子里的她愣住了，那条项链，是油画中卡洛特·瓦尔德斯戴着的项链。

“我放哪儿了？一分钟前还在我手上呢。哦，就在这儿。好了，我准备好了。但是首先，亲我一下。”朱迪主动吻了费格森先生，他虽然不热情，但是也没有拒绝。

“斯考蒂，现在我拥有你了，对吗？”朱迪动情地问。费格森先生却没有回答。

“你想去城外吃饭吗？”费格森先生吻了吻朱迪的脸颊，“我们可以沿着半岛开过去。”

“好，只要你喜欢。”朱迪温顺地回答。

天色已晚，两人在车上没有说话。

“我们走得很远了。”朱迪说道。

“我刚才特别想开车兜风，你很饿吗？”

“没有，没事。”但是，车子继续往前开，朱迪终于意识到费格森先生要去哪里了，“你要去哪儿？”

费格森先生笑了，说道："我要做最后一件事。从此，我就能摆脱过去了。"

终于，他们来到了西班牙传教馆。

"斯考蒂，我们来这里干吗？"朱迪已经非常不安。

"我告诉过你，我必须再回到过去，就一次——最后一次。"费格森先生先下了车，说得很大声。

"为什么？为什么是这里？"

"玛德琳就是在这里死的，朱迪。"

费格森先生打开车门，朱迪却不肯下车："我不想去，我宁愿在这儿待着。"

"不，我需要你。"费格森先生拉住朱迪的手臂，将她拉下了车。

"为什么？"

"我需要你暂时扮演玛德琳。结束之后，我们就都自由了。"费格森先生生硬地搂住她。

"我很害怕。"

"哦，不，我现在要和你说说玛德琳。就在那儿，我们站在那里，我最后一次吻她，她说：'斯考蒂，如果你失去了我，你要知道我爱你。'"

"斯考蒂。"朱迪有点儿承受不住了。

"'我会一直爱着你，'我说，'我不会失去你的。'但是我失去她了。然后，她转身跑进了教堂。"费格森先生强拉着朱迪往前走，"我跟着她，但为时已晚。"

"我不要进去！"朱迪快哭了。

"太迟了。"

"斯考蒂，我……"

费格森先生强拉着朱迪走进钟楼。

"我找不到她。我听到楼梯上的脚步声，她跑向楼顶，就在这儿。"

"斯考蒂……"

"看到没有？她跑上楼梯，通过楼顶的活板门。我拼命跟着她，但是没能上去，我试过了，但是做不到，不是谁都有第二次机会的。我不想再受她的折磨了。你是我的第二次机会，朱迪，你是我的第二次机会。"

"让我走！"朱迪一直想逃脱，费格森先生却一直逼着她走。

"现在你就是玛德琳，走上去。"

"不！"

"上去，上去，朱迪。我跟着。"

朱迪只能妥协了。她慢慢地走着，慢慢地接近楼顶。恐高症如影随形，但是费格森先生坚持着上楼。就快到楼顶了，费格森先生推着朱迪继续往上走。

"之前我只到这里，但是你上去了，记得吗？"贾格森先生说。朱迪回头盯着他。

“是那条项链，玛德琳，那是个疏忽。我记得那条项链。”

“放我走！”朱迪强行要向下面冲去，但是费格森先生无论如何都不放她走。

费格森先生坚持说：“不，我们到楼顶去，玛德琳。”

“你不行的，你害怕！”朱迪喊道。

“走着瞧，这是我的第二次机会。”费格森先生挟制着朱迪继续往上走。

“斯考蒂，求你了。”

“那天你知道我没办法跟着你，是不是？你上去的时候，谁在那儿？埃尔斯特和他妻子吗？”

“是的。”

“是的，死的是她——真正的妻子，而不是你。你是冒充的，对吧？”费格森先生扼住朱迪的脖子，“那时她是死是活？”

“死了，死了，他掐死了她。”朱迪费力地说。

“他掐死她，他没有任何风险，是不是？当你上去之后，他将她推了下去，但是尖叫是你发出的，你干吗尖叫？”费格森先生几乎是拖着朱迪往上走了。

“我想阻止他，斯考蒂，我是上去阻止他的，我……”朱迪哭喊着。

“如果你想阻止，你为什么将我骗到这里？干吗还尖叫？你演得很好，朱迪，他将你改造了，是不是？像我改造你一样，只不过做得更好。不只是衣服和头发，外表、仪态、语气，还有那美丽的幻境。你的确跳进海里了，对吗？我猜，其实你水性很好，是不是？是不是？”费格森先生咬牙切齿地质问道。

“是的！”

“之后他做了什么？他训练你，给你排练吗？他明确地告诉你要做什么、要说什么吗？你真聪明，不是吗？太聪明了。你们为什么选我？为什么？”

“你的事故，你的事故！”朱迪哭喊道。

“我的事故……我是计划中的，对吗？我是设定好的、理想的目击者。”两人已经上到了最高层，活板门就在头上。

“我……我做到了，我做到了。”费格森先生激动地说。

“你要做什么？”

“我们要上去，看看犯罪现场。来吧，朱迪。”费格森先生强行将朱迪拖上去，“这就是事发现场。你们俩藏在那里，等事情结束后就偷偷地回到城里，是吗？然后呢，你是他的了吗？你怎样了？你怎样了？他甩了你吗？朱迪，他有了他妻子的钱、自由和地位，他甩了你，真可惜。但是，他知道他很安全，他知道你不会说的，他给了你什么？”

“钱。”费格森先生步步紧逼，朱迪不停地后退。

“还有项链，卡洛特的项链。这就是你犯的错误，朱迪，你不该留着杀戮的纪念品，你不该……你不该那样多情。我是如此爱你，玛德琳。”

“斯考蒂，你找到我时，我很安全，你什么都不能证明。我再次见到你时，我没办法离开，我太爱你了。”朱迪试图让费格森先生相信，“我自找麻烦，让你改变我，因为我爱你，我想拥有你。哦，斯考蒂，哦，斯考蒂，求你。你爱我，就别让我受伤，求你了。”

朱迪扑进了费格森先生的怀里。

“太迟了，太迟了，她回不来了。”

“求你了。”

落下来一个吻，带着所有的爱与痛苦。

朱迪忽然听到声响，睁开了眼睛。越过费格森先生的肩头，她看到一个黑影像鬼魂一样飘上来，以为是死去的玛德琳的鬼魂来惩罚她了。

“哦，不！不！”朱迪向后退去，忽然一声惊叫，她从窗口失足跌落下去，和玛德琳 样香消玉殒了。

“我听到了声音……”原来上来的是一位年老的修女。

“上帝保佑！”修女敲响了大钟。

费格森先生望了下去。是的，一切都太迟了。

POLICE LINE

群鸟

这一天与往常并没有什么不同，旧金山依然保持着它惯常的节奏。

米兰妮走在马路上，心情很好，她要去一家专门卖鸟的宠物店。快到的时候，此起彼伏的鸟叫声吸引了她的注意，她停下来望着天空，空中黑压压的全是鸟。很多人注意到了这不寻常的景象，但是并没有深入去想。

来到宠物店，米兰妮直接上了二楼。店主是一位上了年纪的太太。

“您好，麦太太。”

“您好，丹尼斯小姐。”麦太太热情地打着招呼。

“您见过那么多海鸥吗？发生了什么事？”米兰妮一边摘下手套，一边问。

“可能海上有风暴，所以它们来了内陆。您再晚来一会儿就好了，他还没到。”麦太太有点儿不好意思。

“可您说的是3点。”米兰妮是个守时的人。

“我知道，我已经打了一早上电话。丹尼斯小姐，您要的那些鸟很难找到，我们要从印度带雏鸟回来……”麦太太开始东拉西扯，转移话题。

“我那只不会是雏鸟吧？”米兰妮打断了她。

“当然不会，是已经长大的八哥。”

“会说话吗？”

“当然！”麦太太的表情很不自然地停顿了一下，“您要教它说话。”看到米兰妮有点儿不悦，麦太太赶紧说，“我要去给他们打电话，说好的是3点。可能堵车了。您稍等一下，好不好？”说完，她就想立刻离开。

“那您还是直接给我送去吧，我给您留地址。”米兰妮说。

“哦，那好。但是我肯定他们已经在路上了。我先打个电话。”麦太太将记事本递给米兰妮。

“好。”

米兰妮写下了自己的名字。她用左手写字。正在这时，一位穿深灰色西装的男士走进了宠物店，一看就是个精明、严谨的人。他也上了二楼。

“可不可以帮我一下？”看到只有米兰妮在，他对米兰妮说。

“什么？”米兰妮一时没反应过来。

“我说，可以帮我一下吗？”来人重复了一遍。

“好的，您想要什么，先生？”米兰妮美丽的大眼睛闪着调皮的光。

“爱情鸟。”

“爱情鸟？”

“是的，我听说有很多种类，是吗？”

“是的，没错。”

“我想给我妹妹买生日礼物，她马上十一岁了。我不想要过于外向的鸟。”

“我完全明白。”米兰妮摆弄着铅笔说。

“我也不想要过于孤僻的。”

“当然不会。”

“那么，您有一对友善的吗？”

“应该有，让我看看。”米兰妮说着，在店里边走边看。

“这些是爱情鸟吗？”

“不，这些是……赤鸟。”小鸟红色的羽毛给了米兰妮灵感。

“我还以为是燕雀。”

“是啊，也可以那样叫。”

“这些就是爱情鸟了。”米兰妮完全是在胡说。

“这些应该是金丝雀。”来人显然对鸟有一定的了解，“您不觉得这样很难受吗？”

“什么让我很难受？”米兰妮不解。

“把这些可怜的生物困在笼子里。”

“我总不能让它们在店里飞吧？”米兰妮觉得这种想法不可思议。

“也是。用独立的笼子养鸟，有什么鸟类学的原因吗？”

“当然，是为了保护某些种类。”米兰妮越说越离谱。

“是啊，在蜕皮的季节尤其重要。”那位客人顺着她往下胡编。

“那是危险时期。”米兰妮似乎没有意识到有什么不对劲儿。

“它们也会蜕皮吗？”

“哦，有些是的。”

“您是怎么分辨出来的？”

“它们会有很古怪的动作。”

“这样啊。那么，爱情鸟在哪里？”

“您真的不想看看那些金丝雀吗？我们现在有非常漂亮的金丝雀。”这次，米兰妮不再胡说哪只是爱情鸟了。

“好吧。那我可以看看吗？”这位先生说着，伸出手来。米兰妮迟疑了。她没想到对方会提这个要求，但是她很快就将手中的铅笔插进了盘起的头发里，准备捉鸟。不得不说，米兰妮有一头美丽的金发。今天她盘起了头发，这种发型很适合她，再加上那身黑色套装，越发衬得她皮肤白皙。她的表情那么调皮，更显得可爱极了。

米兰妮打开了鸟笼，轻轻地捉住一只金丝雀。但是很显然，她没干过这活儿。金丝雀挣脱了她的手，一圈圈地撒欢儿飞。麦太太刚打完电话，就看到飞出笼子的金丝雀，紧张得张大了嘴巴。米兰妮和麦太太费了好大的劲儿，也没能捉住金丝雀。最后，它飞进桌上的烟灰缸里，停了下来——这个烟灰缸的形状像鸟巢。那位先生用帽子轻巧地扣住小鸟，捉住它，放回了笼子里。

“太好了。”米兰妮说。麦太太也长舒一口气。

“回到你的镀金笼子里吧，米兰妮·丹尼斯。”

“您说什么？”听对方这样说着，并喊出自己的名字，米兰妮的脸色瞬间变得非常不高兴了。

“这只是个比喻，丹尼斯小姐。”对方倒是心情很好。

“您怎么知道我的名字？”

“一只小鸟告诉我的。再见，丹尼斯小姐。”

“等等，我并不认识您。”

“但我认识您。”

“怎么认识的？”

“我们在法庭上见过面。”

“我们从来没见过面……”

“我应该说，我在法庭上见过您。”

“什么时候？”

“还记得那次您打烂窗子的恶作剧吗？”

“我没有打烂窗子。”

“那确实是您的恶作剧。法官应该让您坐牢的。”

“您是警察吗？”

“虽然我不太相信法律，但是我不喜欢搞恶作剧的人。”这位先生的表情严肃起来。

“那您就用爱情鸟来——”

“我真的想要一对爱情鸟。”

“您知道我不是在这里工作的。您故意——”

“我进来时就认出您了。我想让您知道被恶作剧捉弄是什么感觉。您现在觉得怎么样？”

“我觉得，您就像一只虱子！”米兰妮恨恨地说。

“我就是。再见，丹尼斯小姐、麦太太。”

“我很高兴您没有找到您想要的爱情鸟！”米兰妮在他背后说。

“我会找到别的。法庭上见。”

“那个人是谁？”米兰妮气呼呼地问麦太太。

“我不知道。”麦太太看米兰妮面色不对，便没再多说。

米兰妮忽然想到了什么，追下楼去。但是她显然耽搁了时间，那位先生的车已经发动了，米兰妮只看到了车牌。她回到店里记下了车牌号。

“如果您可以再来，他们保证会送到这里。”麦太太在楼上大声说。

“不了，还是送去给我吧。我可以打个电话吗？”米兰妮的心情好了很多。

“当然。”

“《每日新闻》吗？我是米兰妮·丹尼斯。帮我接本地新闻部好吗？你好，查理，我是米兰妮。我想你帮我一个忙。不，是小事。你有压力？不会吧？我会这样吗？可以帮我打电话去机动车处吗？查一下这个车牌号码的主人：WJH003。没错，是加州的。不，我会中途停留一下，我爸爸在办公室吗？不，别打扰他开会了，告诉他我迟点儿再去找他吧。谢谢你，查理。”

打完这个电话，米兰妮问麦太太：“这里有爱情鸟吗？”

“这里没有，但是我可以给您预订。”

“要多久？”

“您什么时候要呢？”

“越快越好。”

“明天早上应该会有的。这样可以吗？”

“很好。”米兰妮满意地笑了。

第二天一早，米兰妮提着鸟笼来到了一栋公寓前，笼子里是一对可爱的爱情鸟。

在走廊里，米兰妮将鸟笼放在一个房间的门口，还放了一封信。刚刚和她一起乘坐电梯的中年男士恰好就住在对面。他打量了一下米兰妮，礼貌地开口道：“小姐，这是给米契·博纳的吗？”

“是的。”

“他不在家。”

“什么时候回来？”

“下星期一。”

“星期一？”这个消息让米兰妮备感失落。

“是的。您不会把它们留在走廊里吧？”

“他去哪里了？”

“波德加湾。他每个周末都去那里。”

“那地方在哪里？”

“这里六十英里以北的海岸边。”

“六十英里……”

“走高速公路需要一个半小时，走海岸公路需要两个小时。我本来可以帮您看着小鸟的，但是我也要外出，很抱歉。”

米兰妮有了新的主意。很快，她驾车上路了。海岸公路弯弯曲曲。这个季节天气已经有些冷了，米兰妮开着敞篷车，并没有把雨篷拉起来。她裹着围巾，戴着手套，看起来心情不错。终于，波德加湾就在眼前。

这是一座小镇。米兰妮将车停在邮局门口，进去询问。

“早上好！”

“早上好！”邮局值班的是一个温和的老头儿。

“可以帮我个忙吗？”

“我尽力吧。”

“我在找一个叫米契·博纳的男人。”

“哦。”

“您认识他吗？”

“认识。”

“他住在哪里？”

“就在这里，波德加湾。”

“我知道，但是具体在哪里？”

“就在海湾对面。”

“海湾对面？”

邮局值班的老头儿出门指给她看：“看到我指的地方了吗？那里有两棵大树。”

“还有一栋白色的房子。”米兰妮说。

“博纳一家人就住在那里。”

“一家人？博纳夫妇吗？”米兰妮有些意外。

“不是，只是莉迪亚和她的两个孩子。”

“两个孩子？”米兰妮更惊讶了。

“是的，米契和他妹妹。”

“哦，”米兰妮不禁哑然失笑，“是这样。怎么去那里呢？”

“沿着海湾的路走，就可以到他家门前了。”

“有到他家后面的路吗？”

“没有，就只有一条路。”

“我想给他们一个惊喜……”米兰妮仍然不死心。

“哦。”

“我不想让他们知道我来了。”

“哦。”

“是一个惊喜。”这是一条重要的补充。

“您可以开船过去。”邮局值班的老头儿显然被她说动了。

“在哪里能找到船呢？”

“就在潮水餐厅下面。您自己开过摩托艇吗？”

“当然。”

“要我帮您找一艘吗？”

“好啊，谢谢。”米兰妮开心极了。

“您姓什么？”

“丹尼斯。”

“好的。”

邮局值班的老头儿进去打电话。米兰妮忽然想起了什么，也跟进去问：“我想知道那个女孩叫什么名字。”

“米契的妹妹？”

“是的。”

“好像是叫爱丽丝。哈利，米契的妹妹是叫爱丽丝吗？”值班的老头问着一个来取信的人。

“路易丝。”

“是爱丽丝。”老头的语气肯定极了。

“您确定吗？”

“我不是很确定。”米兰妮向他确认，他倒不敢肯定了。

“我想确认一下。”

“那我告诉您该怎么做吧。您一直开车下去，到左边那家小酒店后向右转，山顶附近有一所小学，再往上有一栋有红色邮箱的房子，小学老师安妮·海沃夫就住在那里。您可以问问她。”

“好的，谢谢。”

“应该叫爱丽丝，不用费力去问了。”邮局值班的老头儿最后幽默地说。

“请在二十分钟后安排好船吧。电话要多少钱？”米兰妮显然并不相信老头儿的话。

“哦，不用了。”

“谢谢您。”米兰妮的笑容总是带着点儿调皮。

米兰妮驱车向前，很快就找到了那栋有红色邮箱的房子。她按下门铃，只听一个声音从院子里传来：“您是谁？”

“海沃夫小姐吗？”

“是的。”一个年轻的女孩穿着工装、拿着工具从花园里走过来。

“我是米兰妮·丹尼斯，很抱歉打扰您。”

“什么事？”

“邮局的人让我来找您，说您知道米契妹妹的名字。”

“凯西吗？”

“住在海湾对面白色房子的那个女孩吗？”

“是的，就是她，凯西·博纳。”

“邮局的那个人记错了。”

“所以他经常送错邮件。”安妮快人快语，问道，“您吸烟吗？”

“谢谢。”米兰妮接过来一支。

“您是来找凯西的吗？”安妮帮米兰妮点烟。

“不是。”

“哦。”

“您是米契的朋友？”安妮看了米兰妮一眼，然后转过头去。

“不，不算是。”

“二十分钟前我就想吸烟了，我还是忍不住。这里的胡麻长得很快。”安妮转移了话题。

“这座花园很漂亮。”

“哦，谢谢，我是用来打发时间的。波德加湾空闲的时间很多。您打算在这里长住吗？”安妮问到自己最想知道的问题时，总是不看对方。

“不。”

“您见了凯西就走吗？”

“应该是的。不好意思，我不是故作神秘。”

“其实和我没什么关系。”

“我该走了，谢谢您。”米兰妮显然不想被安妮问太多问题。

“不客气。”安妮似乎还想说什么，但是没有说出口。

“您是从旧金山沿海岸公路来的吗？”安妮送米兰妮出了门。

“是的。”

“很好。”

“风景很美。”

“您是在那里认识米契的吗？”安妮还是问出来了她想问的。

“是的。”米兰妮停下了脚步。

“我想，所有的人都是在那里认识他的。”安妮幽幽地说。

“现在，您就有点儿神秘了，海沃夫小姐。”

“是吗？”安妮笑了，“我不想这样的，其实我很坦率。哦，很可爱，那是什么鸟？”

“爱情鸟。”

“哦，祝您好运，丹尼斯小姐。”安妮一语双关地说道。

“谢谢。那边可以出去吗？”

“右转就可以回到公路上了。”

“谢谢。”

米兰妮重新买了信封和卡片，写好了“致凯西”，开车来到码头。

“有给丹尼斯小姐的船吗？”米兰妮问码头工人。

“有的，小姐。就是下面这艘。”

那是一艘简陋的摩托艇。工人直摇头，他实在不懂，一个妆容精致、穿着讲究的时髦小姐竟然来坐这样破的船，还提着只鸟笼。不过，米兰妮并不介意，她提着鸟笼下到艇上，向海湾对面驶去。

离米契家的白色房子越来越近，可以清楚地看到米契送他的母亲和妹妹上了车，两个人开着小卡车走了，米契走进了车库。米兰妮关掉摩托艇的马达，用木桨划着靠了岸。

米兰妮提着鸟笼上了岸，慢慢地靠近白色的房子。房子里没有人。米兰妮顺着走廊走进客厅，将鸟笼放在桌子上，并摆好了给凯西的卡片。她撕掉了之前写给米契的信，又把碎片装回包里，然后匆匆地离开了。

米兰妮迅速地回到了摩托艇上，调整了方向，用木桨划着离开。等划出一段距离后，米兰妮就停了下来，远远地望着米契出了仓库，走进白色的房子。米兰妮耐心地等着。很快，米契就跑出了门，查看房子的四周，并向水面张望着。他发现了摩托艇。米兰妮立刻将身子伏下。米契快跑回房间拿出望远镜，清清楚楚地看到摩托艇上的人是米兰妮，于是笑了。

米兰妮开着摩托艇驶回对岸。那边，米契放下了望远镜，沿着岸边的路开车奔向小镇。这次，米兰妮笑了。

米契先到了对岸的码头。他靠在木头栏杆上，饶有兴致地看着即将靠岸的米兰妮。米兰妮也望着米契，依旧是调皮的样子。就在这时，一只海鸥突然俯冲下来，啄了一下米兰妮的额头，又立刻飞走了。

米兰妮按了一下额头，她的额头出血了，头发也被弄乱了。突发的状况吓了米契一跳。他跳了几下，跳到米兰妮的摩托艇上。

“您没事吧？”米契焦急地问。

“还好。那只鸟为什么这样做？”

“我还从来没有见过那样的事。它似乎是在故意袭击您。哦，您流血了。小心点儿。好了。快过来。”

疼痛让米兰妮有些眩晕，米契扶她走到一家餐厅前。

“怎么了，米契？”码头工人问道。

“一只海鸥袭击了她。”

“海鸥？”

“可能要打破伤风针。”米契说道。

“我去年出国时打过了。”米兰妮回答。

走进餐厅，所有的人都盯着这两个人。

“怎么了？”店主关切地走过来问道。

“你好，迪克，这位小姐受伤了。”米契回答。

“需要找医生吗？应该不算严重。海伦，拿些棉花和消毒水来。您在外面受的伤吗，小姐？”店主又问。

“别担心，迪克，她是在摩托艇上受的伤。”米契一语道出店主关心的问题。

“我只是在停车场无意绊倒了一个男人……”店主解释。

“我想，丹尼斯小姐不会无故告任何人的。”

“你做律师的最清楚。”店主说道。

“那是什么？”米兰妮问。

“双氧水。我要帮您清洗伤口。”米契回答。

“原来您是律师啊。”米兰妮又有了心情，调皮劲儿又上来了。

“没错，我经常为人辩护，但如果我是控方……”

“您在这里工作？”

“不，在旧金山。”

“什么方面的律师？”

“刑事犯罪。”

“所以，您希望所有的人都进监狱吗？”

“哦，不是所有的人。”米契小心翼翼地擦着米兰妮的伤口。

“只是那些爱搞恶作剧的人，对吗？”米兰妮对上次的事情耿耿于怀。

“是的。”

“哦！”米兰妮呼痛。

“对不起。您来这里做什么？”这是米契关心的问题，虽然他猜到了答案。

“您没有看到那对爱情鸟吗？”

“哦，您来这里，就是为了带那两只鸟给我？”

“给您妹妹的。您说她就快过生日了。反正我原本也是要来这里的。”米兰妮嘴硬道。

“为什么？”

“为了见我的一个朋友。小心点儿！”米兰妮继续嘴硬道。

“哦，对不起，您的朋友是谁？”

“安妮·海沃夫，那位小学老师。”

“安妮·海沃夫，哦，这世界真小。”米契隐隐有了笑意，只是不动声色。

“没错。”

“您是怎么认识安妮的？”

“我们上同一所大学。”米兰妮再这样下去，就不是嘴硬，而是又快变成恶作剧了。

“是吗？那您打算在这里逗留多久？”米契的笑意更深了。

“这个周末。”

“已经止住血了，您按着这里。”米契坐到米兰妮的对面，问道，“您是来这里探访安妮吗？”

“是的。”米兰妮毫不迟疑地回答。

“我还以为您是来找我呢。”

“这里这么多人，为什么我要找您？”

“我不知道，不过看来您花了不少精力，才知道我是谁、住在哪里。”米契有一种天生的自信。

“一点儿也不麻烦，我就给我爸爸的报社打了个电话。另外，我原本就打算来这里。”

“您喜欢我，对吗？”米契不再转弯抹角了，直接指出了米兰妮的心思。

“我讨厌您。您没礼貌、傲慢自负。其实，我给您写了一封信，但是后来撕了。”

“写了什么呢？”米契忍着笑，问道。

“不关您的事。我也不喜欢那些海鸥。我那么远来这里——”

“您本来就打算来这里的，还记得吗？”米契提醒她。

正在这时，一位端庄的中年女士走了进来，径直来到米契身边。

“米契，我看到你的车了，你来镇上做什么？”

“我来感谢人家给我送东西。”

“什么？”

“妈妈，这位是米兰妮·丹尼斯，这是我妈妈。”米契给两人做着介绍。

“您好！”米兰妮打着招呼。

“您好，丹尼斯小姐。要感谢什么？”博纳太太问米契。

“丹尼斯小姐从旧金山带了两只小鸟给我们，是给凯西的生日礼物。她在哪儿？”

“在布林克商店。”

“丹尼斯小姐将在这里度周末，所以我已经邀请她今晚来家里吃晚餐了。”米契自作主张安排好了，但是米兰妮欲言又止，博纳太太也沉默着。

米契对米兰妮说道：“麻烦您了。”

“没什么。”

“什么小鸟？”博纳太太问道。

“一对爱情鸟。”米契回答，然后望着米兰妮笑了。

“哦，知道了。”博纳太太若有所思。

“我们应该好好感谢您的心意，您还没见过凯西呢。您这个周末都会在这里。”米契说道。

“是的，不过——”

“就这么定了。”米契决定了一切，“什么时候吃晚餐，妈妈？”

“7点，和往常一样。”博纳太太的眼神既不友好，也不热情。

“我来接您吧，您住哪里？”

“当然是安妮家。”

“哦，7点15分来，好吗？”

“安妮和我可能有别的安排，我看看再说吧。我还得知道怎么去您家。”

“您现在能确定吗？您不会再坐摩托艇过来吧？”米契简直有些促狭地问道。

“我确定。”

“那就7点。”

“差不多吧。”米兰妮还是没那么肯定，她也明显地感到了博纳太太对她的排斥。

“我们会等您。您的头现在怎么样了？”

“好多了，谢谢。一只海鸥啄了我一下，就是这样，博纳太太。”米兰妮解释道。

米兰妮又回到安妮这里。她按响了门铃，在安妮来开门之前整了整头发。

“哦，您好，找到他了吗？”安妮没想到来人是米兰妮。

“找到了。我看到了那个，我可以在您家住一晚吗？”安妮指着“房间出租”的标志问。

“我很早就想出租一间房了。”安妮回答。

“太好了。我找遍了整个镇子，都是满员。”

安妮笑了一下，没说什么。虽然她了解镇里的情况，但是并没有揭穿对方。

“那好吧，您的行李在车上吗？”

米兰妮晃了晃手里的纸袋。

“真是简约主义。”安妮笑道。

“我刚刚在百货店买的。我并不打算常住。”米兰妮解释道。

“我知道，有什么意想不到的事吗？”

“是的。可以打个电话吗？我想打电话回家。”

“我刚煮了咖啡。”安妮请米兰妮进来。

空中传来了鸟叫声。“它们一直在迁徙吗？”安妮说道。两人一齐望着空中。

晚间，米兰妮驾车来到米契家门前，下车前又补了补妆。屋子里开着灯，米兰妮以为有人，但是按响门铃之后，才看到米契一家从外面走回来。

“嘿！”米兰妮打着招呼。

“嘿！”凯西看到米兰妮，就飞跑过来，开心地问，“丹尼斯小姐？”

“是的。”米兰妮笑了。凯西热情地拥抱了她。

“它们真可爱啊！正是我想要的。是一男一女吗？我分不出来。”是那个小孩子凯西的问题。

“应该是吧。”米兰妮回答。

博纳太太沉默地打量着米兰妮，脸上没有一丝笑容。

“您好，安妮那里没有安排吗？”米契很开心地问。

“没有。”

“很高兴您能来，饿了吗？”

“是的。”

“晚餐已经准备好了。我们本来想吃鸡的，但是那些鸡有问题。”

“鸡没有问题。”博纳太太似乎很不开心，“我马上给布林克打电话。”

“那有什么用？”米契问母亲，然后悄悄地告诉米兰妮：“那些鸡不吃东西。”

“是他卖饲料给我的，对吧？”博纳太太说道。

“货物出门，概不退换。妈妈，叫其他人注意点儿吧。”

“你到底在帮谁啊？”

“我只是在援引法律。”

“别提法律了。不会很久的……”博纳太太对米兰妮说道。

博纳太太打了电话：“布林克吗？我是莉迪亚，我没打扰你吃晚饭吧？”

“喝一杯，好吗？”米契问米兰妮。

“好的。”

“你卖给我的饲料有问题。是鸡饲料，但是鸡都不肯吃。它们总应该饿吧，我打开了一袋，但是它们一点儿也不吃。那些饲料肯定有问题。怎么会？鸡是不会挑食的。谁？他和这个有什么关系？”博纳太太看起来是个严肃的、一丝不苟的人。

“是您的爸爸吗？”米兰妮指着钢琴上方的照片问道。米契长得神似照片中人。

“是的，请坐。”米契说道。

“我不管你卖给他多少饲料，我的鸡……哦，我明白了，丹·法瑟，就是今天下午，这说明我是对的……哦，那我过去找他谈谈吧。你不觉得有些不妥吗？不，没有，不是生病了，只是不肯吃东西。我尽快去找他。好的，谢谢。”

米契和米兰妮等着博纳太太打完电话。

“丹·法瑟不久前找过布林克，说他农场里的鸡也不肯吃饲料。”博纳太太对米契说。

“妈妈，如您所说，布林克的饲料是有问题。”凯西说。

“不，凯西，布林克卖给丹·法瑟的饲料是另一个牌子。你不觉得它们也许生病了吗，米契？”博纳太太很迷惑，问题好像有点儿严重。

晚餐结束后，米契帮着母亲收拾餐具，米兰妮在弹钢琴，凯西站在旁边和她说话。

“您怎么知道我喜欢爱情鸟？”凯西想到小鸟就很开心。

“你哥哥说的。”米兰妮微笑着回答。

“您是在旧金山认识米契的吗？”博纳太太听到米兰妮的回答，问道。

“不完全是。”米兰妮回答。

“米契在旧金山认识很多人，但多数是恶棍。”凯西这样说。

“凯西！”博纳太太呵斥道。

“妈妈！是他自己承认的。”凯西不满道，“他大部分时间都在为那些恶棍做辩护。”

“凯西，在民主社会，每个人都有辩护权。你哥哥的工作——”

“哦，妈妈，拜托，我知道什么是民主，但那些人的确都是恶棍。”凯西转向米兰妮，说道，“他的一个委托人向自己的太太头上开了六枪。六枪，您能想象吗？我觉得两枪就已经很过分了，难道不是吗？”

“他为什么要杀他太太？”米兰妮问米契。

“他当时在看电视直播的球赛。”

“什么？”米兰妮不明白。

“他太太换了频道。”这就是律师的幽默。

“您明天会参加我的生日聚会吗？”凯西期待地问。

米兰妮迟疑了一下，还是说：“应该不会了。我要回旧金山。”她顾及博纳太太的态度。

“您不喜欢我们吗？”凯西感到很失落。

“哦，亲爱的，我当然喜欢。”米兰妮认真地回答。

“您不喜欢波德加湾吗？”

“我还不知道呢。”

“米契很喜欢这里，虽然他在城市里有房子，但他每个周末都回来。他说，旧金山就像一个蚂蚁窝。”

“我想，他可能对蚂蚁过敏吧？”米兰妮的调皮无处不在。

“如果您决定来，不要说是我告诉您的。”凯西开始说悄悄话了，“这应该是一个惊喜聚会，要让他们花点儿功夫才能发现。我明天下午去米歇尔那里，她妈妈会说自己不舒服，让米歇尔送我回家。当我们回到这里时，所有的小孩都会跳出来！您也来，好吗？您也参加，好吗？”凯西再次请求道。

“我应该不来了。”米兰妮不看凯西，内心在挣扎着。

厨房里，博纳太太一边洗碗，一边提起了老话题。

“她很有魅力，是吧，米契？”

“是的。”

“还很漂亮。”

“是的。”

“你认识她多久了？”

“亲爱的，我说过我们昨天才认识。”米契忍不住笑了。

“在一家专门卖鸟的宠物店？”

“是的。”

“她是卖小鸟的吗？”

“不，只是我让她以为自己是卖小鸟的，很复杂。”

“但是她亲自把爱情鸟带来了。”博纳太太觉得这种行为可不那么简单。

“妈妈。”米契转过身来。

“怎么了？”

“你在哪儿读的法律？”米契问。

“原谅我吧，”博纳太太笑了，“我只是对这种类型的女孩好奇。她很有钱，是吗？”

“应该是的，她父亲是一家大报社的合伙人。”

“她的父亲应该可以不让自己的女儿见报。但她总是有很多新闻，米契。”这才是正题。

“是的，我知道。”米契的心情有些沉重。

“她就是去年夏天在罗马跳进喷泉的那个女人吗？”

“是的。”米契不情愿地回答。

“可能那里的夏天很热吧，报纸说她当时没穿衣服。”

“是的，我知道，亲爱的。”米契有些不耐烦了。

“那不关我的事，但是，你把这样的女人带回来——”

“亲爱的……”米契打断了母亲。

“什么？”

“我想，我可以自己处理我和她之间的事。”米契请求道。

“只要你知道自己想要什么就可以，米契。”

“我很清楚自己想要什么。”米契吻了吻母亲。

米兰妮向米契一家告别。米契送她出门。

“你自己回去，可以吗？”

“哦，可以的。”

“我们会再见吗？”米契替她打开车门。

“旧金山离这里很远啊。”

“我每个星期有五天在旧金山，空闲时间也不少。”米契靠着车门，“我想见您，也许我们可以去游泳。妈妈告诉我，您喜欢游泳。”

“您的妈妈怎么知道我喜欢什么？”米兰妮有点儿不悦。

“我们都看花边新闻的。”米契想装作不在意，可是不知为什么，他的内心还是介意这些的。

“哦，是罗马那次。”米兰妮有点儿沮丧。

“我真的很喜欢游泳，一起去吧？”

“既然您感兴趣，那我就告诉您，我是被人推到喷泉里的。”米兰妮试图解释。

“不穿衣服吗？”米契也知道这样会让米兰妮不高兴，但还是忍不住不问。

“是的，写新闻的那家报社是我爸爸报社的对手。”

“您的意思是——您是可怜无知的受害者。”律师的职业病发作了。

“我不是可怜，更不是无知。事实就是……”米兰妮真的不高兴了。

“事实就是，您和一群狂野的人在一起。”

“没错，那是事实，我被人推进喷泉也是事实。”

“那您真的认识安妮·海沃夫吗？”

“不，来这里之前不认识。”米兰妮实话实说。

“你们不是同学？”

“不是。”

“您不是来这里探望她的吗？”

“不是！”米兰妮的火气被他挑了起来，但她还在努力压制着。

“您说谎了！”有些人就是这样，心里越是在乎，言语越是尖刻。米契不但故意惹怒了米兰妮，律师的职业病也让他时不时地将她逼到墙角，躲无可躲。

“是的，我说谎了！”

“您写给我的那封信也是谎言吗？”

“不，我写那封信不是谎言。”

“写了些什么？”米契其实一直想知道米兰妮的心思。

“信上说，亲爱的博纳先生，我知道您需要这些爱情鸟，希望能对您的人格有帮助，就这些。”

“但是，您把信撕了？”

“是的。”

“为什么？”

“因为那样做看上去很傻。”米契的态度和言语让米兰妮多少有些伤心。

“就像在罗马跳进喷泉一样。”

“我已经告诉过您事实是什么。”

“您希望我相信您吗？”

“哦，您相信什么，我才不在乎！”米兰妮生气了，米契却开心起来。

“我还是想再见到您。”

“为什么？”

“我想，那应该很有趣。”

“在罗马的时候应该是的，但现在绝对不会。”

“对我来说，会的。”

“但我不会。”

“那您想做什么？”

“我以为您知道。我想裸体跳进喷泉！晚安。”米兰妮彻底生气了，踩了油门，立刻冲了出去。

米契一直望着生气离去的米兰妮。过了好一会儿，头上的鸟叫声才将他的注意力拉了回来。不知道从什么时候开始，房子旁边的电线上停了好多乌鸦，栅栏上也都是。

米兰妮回到了安妮家。“是丹尼斯小姐吗？”安妮正坐在沙发上看报纸。

“是。”米兰妮看起来很累。

“怎么了？伤口不舒服？”

“不，不舒服的不是伤口。”米兰妮脱下了大衣。

“来点儿白兰地吗？”安妮穿着白色的睡袍，看上去和白天很不同。

“好啊，我喜欢。”

“我去拿，请坐。”安妮忽然想起了什么，问道，“您要穿毛衣吗？”

“不，谢谢。您叫我米兰妮吧。”

“好的。”安妮倒了一杯酒，递给米兰妮，“这里的夜晚很冷，尤其是靠近海湾的地方。今晚过得怎样？见到莉迪亚了？”看到米兰妮瞬间黯淡的神色，聪明的安妮立刻说道，“或者，您希望我换个话题？”

“我想是的。”米兰妮说完，安妮就笑了。

“那您觉得这座小镇如何？”

“我不喜欢。”米兰妮实话实说。

“我想，对那些短暂停留的旅行者来说，这里的确没有什么吸引力，要习惯这里需要些时间。”

“您从哪里来，安妮？”

“旧金山。”

“您为什么要来这里？”

“很久以前，一个朋友邀请我来这里度周末。”安妮摇了摇头，“其实也没什么不好意思的，那个人就是米契·博纳，您应该想到了。”安妮的确是个坦率的人。

“我猜到了。”米兰妮也是。

“您不必担心，我们很久以前就结束了。”

“安妮，我和米契没什么。”米兰妮的语气很郑重。

“是吗？可能不是。”安妮好像并不太相信，“也可能，米契和任何女孩都没什么。”

“您的意思是？”米兰妮不解。当然，她也很关心这个问题。

“我先喝一点儿。”提起往事，安妮内心依然不平静，“以前，我经常和他在旧金山见面。有一个周末，他邀请我去见莉迪亚。”

“那是什么时候？”

“四年前，那时他父亲刚去世不久。当然，现在已经不同了。”

“有什么不同？”米兰妮不懂。

“我是说莉迪亚。她是不是很神经过敏？”

“是的。”

“那应该没什么不同。”安妮挑了下眉毛，“我受不了她那种态度。我回旧金山后想了很久，”安妮的眉头皱了起来，说道，“想知道自己做了什么事让她不高兴。”

“那您做了什么事？”

“什么也没有。我就是我。那么，答案应该是她嫉妒，对吧？她是一个占有欲很强的妈妈？不是的，她不是。”安妮自己否定了这种猜测。

“那是为什么？”

“莉迪亚很喜欢我，才奇怪呢。而现在我已经不是什么威胁了，我和米契只是好朋友。”

“那为什么？”刚刚和博纳太太接触的米兰妮自然没有像安妮那样深入地思考过。

“因为她害怕。”

“害怕您带走米契？”

“是害怕我可以给予米契的。”

“我不明白。”

“她害怕其他女人给予米契——爱。”

“那她还不是一个嫉妒的女人？”米兰妮这样认为。

“不，我不这样认为。她不是害怕失去米契，只是害怕被冷落。”显然，安妮对这个问题反复地思考过。

“她还有一个女儿呀。”

“是啊，她还有一个女儿。”安妮摇着头，笑了。

“那米契呢？他怎么做的？”

“我明白他的处境。他失去父亲后，十分伤心，当然不想再失去她。”安妮是个善解人意的女孩，但是语气中也很失落。

“哦，是这样。”

“所以，我们就结束了，虽然不是在当时。回旧金山后，我们还见过面，但是彼此都知道，已经结束了。”安妮的表情暗淡了一下，又恢复了神采。

“那您为什么来这里居住？”

“我想离米契近一点儿。我知道我们已经结束了，但我还是想接近他，因为我还是很喜欢他，不想连朋友都做不成。”安妮直视着米兰妮。她足够坦率，倒是米兰妮一时间不知道该说些什么，只好点了一支烟。

正在这时，电话铃声响了。

安妮接起电话，说道：“您好。不，还没有睡。是的，刚回来不久。好的，稍等。”安妮挡住听筒，对米兰妮说：“是米契，找您的。”

米兰妮看了一眼安妮，接过电话，说道：“是的，我是米兰妮。很好，谢谢。不，没什么，我沿着公路回来的。您不需要道歉。我明白……不，我没有生气。”

窝在沙发上抽烟的安妮似乎陷入了某种情绪。米兰妮观察着她。

米兰妮继续说道：“不行，我要回旧金山。我不想让凯西失望，但是……我知道了。好的，我会参加。晚安，米契。”

听到米兰妮这样说，安妮闭上了眼睛。

“他希望我去参加凯西的生日聚会，我答应了。”见安妮看着自己，米兰妮就很直接地说。

“应该很好玩，我也去帮忙。”

“好像没什么意义。我想睡觉了，今天很累。”米兰妮不想再多说了，“我的行李。”米兰妮从纸袋里拿出一条很难看的睡裙，给安妮看。

“很漂亮。”安妮幽默地揶揄道，“哪里买的？布林克那儿？”

“是的，您觉得我应该去吗？”米兰妮还是有些犹豫，忍不住问安妮。

“就看您自己怎么想了。”

“不，要看莉迪亚怎么想，是不是？”这是米兰妮的心结。

“别管莉迪亚了，您想去吗？”曾经沧海，安妮早就想清楚了。

“想。”米兰妮坦白道。

“那就去吧。”安妮笑容可掬。

“谢谢您，安妮。”米兰妮真心地说。

好像有人敲门。“哦，是谁？有人在外面吗？谁在那儿？”门外无人应答，安妮打开了门，地上有一只死去的海鸥，显然是刚刚撞到门上的。

“哦，可怜的家伙，可能在黑暗中迷路了。”安妮说。

“但现在并不是很黑，安妮。”米兰妮看看外面，提醒道，“今天是满月。”

安妮看着米兰妮，什么也没说。

凯西的生日聚会在院子里的草坪上举行。天气很好，一群孩子开心地玩闹着。米契和米兰妮拿着酒瓶和酒杯到了旁边的一座小山上，在这里能看到整个海湾，景色很美。

“我不能再喝了，等会儿还要开车。”

但是米契又给米兰妮倒了一杯。

“其实我想留您吃晚饭，还有很多烤牛肉呢。”今天的米契更可爱些。

“不了，我必须回去。”

“那好吧。干杯！”

“干杯！”

“为什么非得赶回去？旧金山有什么重要的事吗？”米契盯着米兰妮问。

“明天要回去工作。”

“您有工作吗？”米契显然不相信。

“我有几份工作。”

“您是做什么的？”米契忍不住笑了。

“我每天都在做不同的事。”

“比如？”

“星期一和星期三，我在机场做旅客接待员。”

“接待旅客。”

“不，是误导他们，您了解我的性格。”米兰妮调皮地说，米契开心地笑了，“星期二，我去伯克利上普通语义学的课，发现了很多俗语，那当然不是什么工作。星期四，我有约会。”

“我想，一定是秘密约会。”

“要让您失望了。是要送一个韩国男孩上学。实际上，我们在为他募捐。”米兰妮有点儿自豪，但是忽然又想起了什么，失落地转过身去，“其实，罗马那个夏天，我什么也没做。但是……在那里，很容易迷失自我。”米兰妮直视着米契，说道，“所以我回来之后，觉得是时候去做一些有意义的事情了。”米契认真地点点头，他重新认识了这个女孩。

米兰妮说道：“所以，星期一到星期四我都很忙。”

“那么星期五呢？”

“星期五是自由的。有时候会去小鸟宠物店。”

“很高兴您那样做。那天非常令人难忘。”米契说。

“哦，是的。”两人终于冰释前嫌。

“我有一个姑妈，您也有吗？”米兰妮问道。

“没有。”

“我的姑妈很严肃。她从欧洲回来之后，我要送她一只八哥。八哥会说话，您能想象出我姑妈听到它说出我学到的那些俗语时的表情吗？”调皮的女孩问道。

“您的妈妈该好好管教您，小孩！”米契几乎是宠溺地说出了这句话。

米兰妮听了却瞬间失色。她迅速地转过身去，冷冷说道：“别提我妈妈！”

“哦，对不起。”米契不知道是怎么回事。

“您为什么说对不起？我妈妈不值得那样，她在我十一岁的时候就和一个酒店里的男人走了。您知道母亲的爱是什么吗？”尽管米兰妮努力地控制着自己的情绪，但是米契依然能够清楚地感受到她的痛苦。

“是的，我知道。”米契小心地回答。

“您是说，被抛弃了还挺不错？”

“不是，应该是被爱护。您不想见她吗？”米契也有些难过。

“我不知道她在哪里。”米兰妮委屈地哽咽了，但是她很快调整了自己，笑笑说，“也许，我该去和孩子们玩了。”好像刚才的一切从未发生过。

院子里的孩子正在玩捉迷藏。安妮将凯西的眼睛蒙住，帮他们数数，眼睛却不自觉地看着从山上走下来的两个人。博纳太太端着蛋糕走出屋子，也看到了米兰妮和米契，眼神依然很不友好。

“看哪，看哪！”一个孩子喊着。

很多海鸥飞了过来。

一只海鸥啄了凯西的头发，凯西还以为是哪个伙伴的恶作剧。“不许碰我！”凯西大声警告。

海鸥开始袭击孩子们和成人以及碰到的所有东西，用来装饰的气球被一个一个啄爆了。孩子们尖叫着乱跑，除了躲到桌子底下的，都被海鸥追逐着。

“把孩子们带进屋子里！”安妮大声说。

有些个子小、力气也小的女孩被扑倒在地，海鸥伏在孩子们身上乱啄。米契赶走了一只海鸥，救起一个女孩；米兰妮也脱下外套，赶走一个女孩身上的海鸥。安妮和博纳太太分别护着孩子们躲进屋子里。

“它们走了吗，米契？”

“应该是的。”米契在门口观望着。

“有谁受伤了吗？”

“珍妮脸上被抓伤了，不过问题不大。”大人检查着孩子们。

“是第三次了。”安妮说道。

“米契，这不是很奇怪吗？昨天上午在船上袭击我，昨晚在安妮家。”米兰妮走到米契身边。

“昨晚？您说什么？”米契问。

“一只海鸥撞死在安妮的门上。米契，到底发生了什么事？”

“我不知道，您一定要回安妮家吗？”

“不用，我的东西都在车上。”

“留下来，先别走，那样我会放心一些。”

但是米兰妮什么也没说。

到了晚餐时间，米契帮着母亲准备晚餐。

“要芥末吗？”米契问道。

“不了，谢谢。”米兰妮回答。

“安妮为什么不留下来呢？”凯西问道。

“她说要回去等她姐姐的电话。”米契回答。显然事实不是这样的。安妮一定看到了米契和米兰妮之间的互动和感情的进展，觉得还是离开比较好。

餐桌旁的爱情鸟在不停地叫着，好像很不安。“它们怎么了？”凯西问。

“所有的鸟都不正常了。”博纳太太说道，然后将一块布盖在鸟笼上。

“咖啡放在哪里？”

“就放在桌上。”

“快点儿，米契。丹尼斯小姐要赶时间呢。”博纳太太话中有话，她不希望米兰妮留下来，或者说不希望米契和米兰妮有太多接触的机会。

“我觉得，您今晚应该留下来，米兰妮。我们楼上有客房。”凯西说。

“这里晚上路不好走。”米契说。

“如果我穿过圣罗莎，应该很快就能到高速公路，是吧？”米兰妮问米契。

“是的，走高速公路快很多。”米契还没有回答，博纳太太就抢着说。

“但是她会遇上大堵车。”米契对母亲说。

“听！那对爱情鸟在叫。”凯西说道。

“米契。”米兰妮忽然看见地上有一只麻雀，她预感到了什么。

霎时间，从壁炉的烟囱里飞下来一大群麻雀，它们在房间里乱飞乱撞，带起大量的灰尘。几个人恰好坐在壁炉旁边的沙发上，首当其冲受到了袭击，晚餐当然也毁了。大家手忙脚乱地扑打着，米契大声喊道：“保护好脸和眼睛！”

米契迅速地打开窗户，扑打着麻雀，试图让它们飞出去，但是有更多的麻雀从壁炉烟囱里飞了进来。米兰妮护着凯西窝在沙发上，博纳太太躲在角落里。米契推翻了桌子，直接用桌子堵住壁炉烟囱，阻止更多的麻雀飞进来。屋子里乱成一团，几百只麻雀乱飞乱叫着。米兰妮护着凯西，拉着博纳太太，又示意米契躲进另一个房间，客厅则留给了这些麻雀。

第二天早上，房间里一片狼藉。

“是麻雀。”警官指着地上的死鸟说道。

“我们都知道，艾尔。”米契不耐烦地说。

“你们的灯光很亮吗？”警官问道。

“是的，但不足以照到烟囱那里。”米契说。

“有时候鸟会被灯光吸引。但这真是奇怪的事。”

“没错，但是总要想想办法啊！”米契有点儿急了。

“我们可以做什么呢，米契？”警官依然不慌不忙。

“那些鸟入侵了我们家……”米契说道。

“它们进了这里，还是很惊慌的样子。”

“鸟在封闭的空间里会惊慌，但它们是从烟囱闯进来的呀。”米契有些忍无可忍。

“我太太也在车后面发现过一只鸟……”

“告诉他聚会时的事吧。”博纳太太插了进来，打断了警官的话。

“我们今天下午在外面为凯西举办生日聚会……”米契说道。

“她多大了？”警官问。

“十一岁。聚会时，一群海鸥冲向了孩子们！丹尼斯小姐昨天也被一只海鸥袭击了。”米契越说嗓门儿越大。

“孩子们有没有招惹那些海鸥？如果它们被惹怒，会追你们的。”

“艾尔，孩子们在玩游戏，而海鸥来攻击他们。”博纳太太说。

“莉迪亚，‘攻击’这个词太严重了吧？鸟类不会无故攻击人类的。孩子可能吓到它们了。”

“那些鸟攻击了我们！”博纳太太有些激动，警官的言论让她受不了。

“我知道这里是搞得很混乱，你们应该在烟囱上面加风挡。要帮您收拾这里吗？”

“不需要，我自己就可以。不算很麻烦。”米契憋着气，说道。

博纳太太去看丈夫的照片，发现挂钩已经被麻雀弄坏了，伤心地叫了出来。

“我带凯西去睡觉。我想，我该留下来，是吗？”米兰妮问米契。

“您要愿意，那就最好了。”米契说。

博纳太太还想说什么，可米兰妮已经搂着凯西走了。

“我的东西在车上，您陪我去拿，好吗？”米兰妮问凯西。

“好。”

“还有什么事需要我帮忙吗？”警官问。

“没事了。”米契回答。

“晚安，莉迪亚。真是很奇怪……”

米契只好送走了警官。

第二天一早，米兰妮刚刚起床，就听见博纳太太在喊外面的米契。

“怎么了，妈妈？”

“我让凯西再睡一会儿，我要去一下法瑟的农庄。”博纳太太说道。

“好的。”博纳太太开着小卡车走了。

博纳太太很快来到法瑟的农庄，乔治正在修拖拉机。

“早啊。”乔治打着招呼。

“早，乔治，法瑟在吗？”博纳太太问道。

“我想，在吧。今天还没有见过他，他应该在里面。”

“谢谢。”博纳太太说着，向屋子走去。

没人应门。于是博纳太太推门进去。

“丹，你在家吗？”还是没人应。

博纳太太忽然看到了厨房里被破坏的餐具，心里一惊。她顺着走廊慢慢地往里走，丹·法瑟的卧室里也是一片狼藉，窗玻璃上还有一只死鸟，应该是将玻璃撞出一个洞后试图钻进来，但是没能成功，最后卡死在那里。床上也有死鸟，一切都显示着搏斗过的痕迹。博纳太太又往里走了几步，终于在床边地上看到已经是一具尸体的丹·法瑟，眼睛处是两个血洞，整个场面简直令人惨不忍睹。

博纳太太吓坏了，踉跄着奔出房间，手提包都落在走廊上。她跌跌撞撞地跑出屋子，见到乔治时只是大张着嘴，已经无法说出话来。她驾着小卡车飞速驶回自己的家。米契和米兰妮正站在栅栏边说着什么，米契从来没见母亲这样开过车。博纳太太哭着下了车，米契忙奔过去问："妈妈，发生什么事了？"博纳太太哭着推开米契和米兰妮，跑回了自己的卧室。

米兰妮在厨房里泡茶，米契穿上外套准备出门。

"艾尔刚才打来电话，让我去法瑟的农庄。圣罗莎的警探也去了。这样行吗？"米契走到米兰妮身边。

"没问题，我给你妈妈冲了茶。"米契轻轻地吻了吻米兰妮的头发。米兰妮将手放在米契的肩头，叮嘱着："你要小心。"

米契拥抱了她，搂着她走到了门口。

"你也是。"米契给了米兰妮一个吻，他们终于在患难中给予了彼此爱情。

米契走了，米兰妮的眼角湿了。她端着茶盘去看博纳太太。

"米契吗？"

"不，是我，博纳太太。我给您冲了茶。"

"哦，谢谢您。"躺在床上的博纳太太坐了起来。

"米契在哪儿？"她问道。

"艾尔喊他去了法瑟农庄。"米兰妮给博纳太太倒了一杯茶。

"为什么？艾尔不相信我说的吗？"

"他就是从农庄那里打电话来的。"

"他一定看到了。"

"他们还把圣罗莎的警探喊去了。"

"他们能做些什么呢？"博纳太太迟疑了一下，问米兰妮，"您说，凯西在学校里安全吗？"

"我肯定她会没事的。"米兰妮温和地说。

"您是不是觉得我很愚蠢？"

"哦，不。"米兰妮认真地说。

"我一直想着丹的脸。学校里也是那种大窗户，而丹的房间里的玻璃全都碎了，全都碎了。"博纳太太哽咽了，那些可怕的记忆一直困扰着她。

"不要再想那些了。"和博纳太太内心的隔阂与疏远，让米兰妮一时间不知道该说些什么。

“我也希望自己可以坚强一点儿。”博纳太太喝了一口茶，继续说，“四年前我失去了丈夫，您已经知道了。当您失去一个您一直依赖的人，突然变成孤身一人的时候，真的很可怕。”

米兰妮安静地听着。

“我有时候想放松一下，很想睡个好觉。”博纳太太闭上眼睛，又睁开了，“您说，凯西现在安全吗？”她看起来很累，但是因为心里有所牵挂，又不能安心休息。

“安妮在那里不会有事的。”米兰妮安慰着。

“我平常不是这样的，您知道吗？我不会为儿女们大惊小怪。法兰还在的时候，他很了解孩子们。他总是很有办法融入孩子们的世界，那很难得。”博纳太太很伤感。

“是啊。”

“哦，我希望……我希望自己也能做到。我很想念他。有时候我早上醒来还会对自己说，要给法兰做早餐，就起床了，因为有很好的理由起来。然后我才想起……我想念能和他谈话的时候，凯西还是个孩子，米契……”米兰妮注视着博纳太太，“他有自己的生活。还好，他今天在这里。有他在，我觉得安全很多。”

“先休息一下，好吗？”米兰妮问道，其实她并不知道怎样继续这个话题。

“不。别走。”博纳太太请求着，“看来我一点儿都不了解您，其实我很想知道您的事。”

“为什么，博纳太太？”两人直视着对方。

“因为我儿子似乎很喜欢您。我不知道自己怎么想，我还不知道自己是否喜欢您。”博纳太太说出了内心的想法。

“您是否喜欢我，很重要吗？”米兰妮问道。

“我觉得重要。米契对我很重要，我希望喜欢他喜欢的任何一个女孩。”

“如果您不喜欢呢？”米兰妮又问。

“我想，那不会影响到其他人的。”

“我觉得会影响米契。”米兰妮据实相告。

“米契一直都在做他想做的事。”博纳太太的情绪又有些失控了，“但是，我不想孤独。我忍受不了那种孤独。”她终于哭了出来，“哦，原谅我。原谅我。那些鸟的事真让人烦恼。米契不在，我不知道该怎么办。”

“博纳太太，您先睡一会儿，好吗？”米兰妮安慰着，扶博纳太太躺下。

“我希望自己坚强一点儿。您认为凯西现在安全吗？她在学校里安全吗？”

“您希望我去看看她吗？”米兰妮问道。

“哦，我不能要求您这样做。”虽然博纳太太没有直接说，其实她内心强烈地渴望着。

“我不介意。”

“真的吗？那我就放心了。”

“我马上就去。”

博纳太太长舒了一口气。米兰妮端着茶盘走了出去。

“米兰妮，谢谢您的茶。”博纳太太说了一句真心的感谢话语，终于不再那么排斥米兰妮了。

米兰妮驾车来到学校时，孩子们正在唱歌。米兰妮轻轻地打开了教室的门，对安妮示意。正在上课的孩子们发现了她，都回过头来。凯西一边唱歌，一边望着她笑。

米兰妮退出了教室，在外面的长椅上坐下，点燃了一支烟。她没有注意到，一只乌鸦飞来，停在了她的身后。

音乐课还没有结束，米兰妮等待着，乌鸦越来越多。终于，米兰妮看到了空中正在飞来的一只，当她回过头时，却惊讶地发现，刚刚还空空如也的铁架子上已经落了无数只乌鸦，附近的屋顶和栅栏上也全都是。

“好了，孩子们，把你们的音乐课本放好，站在桌子旁边。大家都准备好，去外面休息一下，但是要等所有人都安静下来，才可以出去。”音乐课终于结束了，安妮说道。

安妮打开讲台边的一扇门。“快点儿把门关好。”米兰妮径直走进教室，轻声但坚决地对安妮说道。

“什么？”安妮不明白。

“拜托！”米兰妮依然坚决地说。安妮关上了门。

“怎么了？”

“你看。”米兰妮带安妮来到窗边，“我们要把孩子们带走。”

“嘘！好了，孩子们，安静。丹尼斯小姐想看看我们消防演习的情况，你们要尽量守秩序。我们要离开学校了。”

“离开学校？”孩子们抗议道。

“你们要尽快回到家里。”安妮继续说。

“回家？”

“离这里远的同学，就尽快跑到餐厅那里，明白了吗？”

“明白了，海沃夫小姐。”

“安妮！”米兰妮看着窗外，乌鸦已经越聚越多。

“你们要尽量跑快一点儿，跑之前不要出声，然后有多快就跑多快，大家都明白了吗？”

“明白了。”

“好了，约翰，你来带头。”安妮交代完这些，孩子们陆续走出教室。

看到奔跑的孩子们，乌鸦迅速追逐着，发起了攻击。安妮和米兰妮带着孩子们飞快地跑着，乌鸦紧追不放，孩子们的扑打并不管用。乌鸦啄着孩子们的头发和身体，孩子们一边飞跑，一边尖叫着。很多女孩的头发都被抓散了，米兰妮的头发也乱了。一个高度近视的女孩摔倒了，眼镜也摔碎了，几只乌鸦落在她身上狠啄，她大声喊着凯西。凯西和米兰妮回过头去救她。

路边正好有一辆空车，米兰妮带着两个孩子躲了进去，并摇上车窗，只是苦于没有钥匙，发动不了车。乌鸦向车子直扑了过去，米兰妮按着喇叭，试图吓走乌鸦。两个孩子都在哭，米兰妮一筹莫展。渐渐的，乌鸦都飞走了，放松下来的米兰妮疲倦地伏在方向盘上。

餐厅里，米兰妮给父亲打电话，餐厅老板迪克·卡特在旁边听着。

“爸爸，它们数以百计。不，我不是歇斯底里，我现在很冷静。”整个餐厅的人都在听她说话，包括一位太太和她的两个年纪尚小的孩子。米兰妮说道，“好的，爸爸，是的，就在十五分钟前，学校那里。我不知道，等等，那所学校叫什么名字？”

“就叫波德加湾小学。”迪克说。

“波德加湾小学。不知道，有三四十个小孩。不是，那些小孩跑出学校后，它们才发动攻击。”

“宾迪太太，要点儿什么？”

一位老年女士走了进来，说道：“我要找点儿零钱，卡特先生。”

“应该是乌鸦。我不知道，爸爸，乌鸦和山鸟有什么区别？”

“区别很明显，小姐。”宾迪太太接过话。

“谢谢。”米兰妮礼貌地致谢，“不一样，爸爸。我想，那应该是乌鸦。是的，数以百计。是的，它们攻击孩子们，是攻击！那我就不清楚了。但我现在还不能离开，爸爸。好的，是的，再见。”

“它们都是栖息鸟，但是种类不同。乌鸦就是乌鸦，山鸟就是山鸟，学名是不同的。”宾迪太太在投币的柜员机那里买了香烟。

“谢谢。有法瑟农庄的电话吗？”米兰妮问道。

“就在这里，小姐。”卡特先生说道，“我看不出有什么区别，宾迪太太。乌鸦也好，山鸟也好，攻击人类就是很严重的事了。”卡特先生说出了自己的见解。

“我觉得，这两种鸟都没有足以发动攻击的智慧。它们的头盖骨并不大。”宾迪太太划火柴，想点烟。

“我刚才就在学校那里，我不懂头盖骨的事情，但是……”米兰妮说。

“我知道。鸟类学其实是我的爱好。鸟类并没有侵略性，小姐。它们给世界增加色彩，反而是人类——”宾迪太太划了两根火柴，也没能点燃香烟。

“萨姆，三份烧鸡，都要加马铃薯的。”店主太太的喊声打断了宾迪太太的话，让她很不高兴。

“您好，请问米契在吗？好的，我等着。”米兰妮拨通了法瑟农庄。

“反而是人类威胁其他生物的生存。如果没有了鸟类——”宾迪太太终于点燃了烟，再次开口。

“宾迪太太，您还不明白，这位小姐说那些鸟攻击了学校。”这次是卡特先生打断了她。

“那不可能。”宾迪太太肯定地说。

“是米契吗？找到你就好了。这里发生了很可怕的事。”米兰妮说道。

“世界末日就要到了。”吧台边一个正在喝酒的男人大声说道，不妨就喊他“末日”先生。

“迪克，两杯‘血腥玛丽’。学校那里发生什么事了？”店主太太问道。

“一大群乌鸦攻击了孩子们。”迪克回答。

“世界末日就要到了。主耶和华对大山、小冈、水沟、山谷如此说：我必使刀剑临到你们，也必毁灭你们的邱坛。《以西结书》第六章。”

店主太太不耐烦地听“末日”先生背诵着。

“祸哉！那些清早起来追求浓酒，留连到夜深，甚至因酒发烧的人。”店主太太接下去说道。

“《以赛亚书》第五章。世界末日就要到了。”“末日”先生说道。

“我觉得，一些鸟不会带来什么世界末日。”宾迪太太说。

“不只是一些鸟。”米兰妮说。

“我还从没见过这时节有那么多乌鸦聚集在这里。”迪克说。

“乌鸦是一种长期定居的鸟。其实去年圣诞，我们就记录到——”

“你们数到多少只海鸥，宾迪太太？”另一位先生插话。

“您指哪种海鸥呢，舒尔斯先生？它们有很多种类。”

“就是在我渔船上捣乱的那种。”舒尔斯先生说。

“您也碰到那些麻烦的海鸥了吗？”米兰妮问舒尔斯先生。

“上星期我的一艘船就被它们捣乱了。”舒尔斯先生一边吃饭，一边说。

“这位女士星期六被一只海鸥啄伤了。”卡特先生说道。

“迪克，我的酒呢？”店主太太催促着。

“马上就来。”

“可以让他们小声点儿吗？会吓到孩子的。”带小孩的太太请求店主太太。

“一大群海鸥差点儿把我的船弄翻了，差点儿把人的手都扯断了。”舒尔斯先生吃完了，边说边往外走。

“你把孩子都吓坏了，小声点儿。”店主太太追上去提醒他。

“我也吓坏了。”舒尔斯先生说道。

“您是说那些海鸥？不太可能，塞巴斯蒂安。”卡特先生说。

“迪克，我只是说事实。”舒尔斯先生说道。

“我们推断一下吧。那些海鸥是为了争夺您的鱼。”宾迪太太说。

“那么，学校里的那些乌鸦怎么解释呢？”米兰妮问。

“您怎么认为呢？您贵姓？”宾迪太太问米兰妮。

“丹尼斯。我觉得，它们是在追那些孩子。”米兰妮回答。

“有什么目的呢？”宾迪太太又问。

“杀了他们。”米兰妮想了一会儿，说。

“为什么？”

“我不知道为什么。”

“我不这样认为。一亿四千万年前，鸟类就已经存在了，它们何必到现在才向人类发动战争呢？”宾迪太太高谈阔论，舒尔斯先生津津有味地听着。

“那不是什么战争。”米兰妮说。

“来一杯苏格兰威士忌。”又有一位先生走进了餐厅，坐在吧台前。

“按照你们的说法，是这个意思。”宾迪太太说。

“谁说那是战争了？我只是说，那些海鸥冲向我的一艘船，它们可能是为了那些鱼。”舒尔斯先生说道。

“应该把它们都射下来。”新来的先生说道。

“什么？”大家一起看着他。

“海鸥是吃腐肉的，大多数鸟都是。拿起你们的枪，把它们都消灭吧！”

有人笑了起来。

“那是不可能的。”宾迪太太说道。她也笑了。

“为什么呢？”卡特先生问。

“因为现在世界上共有八千六百五十种鸟，卡特先生，据估计，有五千万只鸟生活在美国——”宾迪太太回答。

“把那些麻烦的家伙都杀光吧。”新来的先生说。

“大约有一万三千多亿只鸟。”宾迪太太实在很不喜欢自己说话时被人打断。

“世界末日就要到了。”“末日”先生好像只会说这一句。

“那些海鸥应该是为了那些鱼。”舒尔斯先生说道。

“当然是。”

“孩子们，快点儿吃完。”带小孩的太太催促着。

“那些鸟会把我们吃掉吗？”小儿子问道。但妈妈没有回答。

“也许我们有点儿杞人忧天。有些鸟的确是行为很古怪，但是不会——”舒尔斯先生说道。

“我一直说它们数目不小，有海鸥，有乌鸦——”米兰妮强调。

“不同种类的鸟是不会聚集在一起的。那种情形很难想象。”宾迪太太继续卖弄着学问，米兰妮有些不耐烦了，“为什么？如果真是那样，我们就没有机会了。我们怎么打得过它们呢？”

“那是不可能的，您说得对，宾迪太太。”舒尔斯先生说。

谈话始终没有停止，让带小孩的太太坐立不安。

“这里发生什么事了？”厨师萨姆走出来问。

“我们就要打仗了，萨姆。”宾迪太太抢先说道。

“和谁打仗？”萨姆不明白。

“鸟类！”舒尔斯先生说道。

“你们觉得很有趣吗？你们把孩子都吓坏了。既然那位小姐说她看到乌鸦攻击了学校，你们为什么不相信她呢？”带小孩的太太有点儿气急败坏地说。

“什么攻击了学校？”萨姆问道。

“一群乌鸦。”米兰妮说。

“你们居然还在这里争论！”带小孩的太太快哭出来了，“你们希望它们怎样？从窗口冲进来吗？”

“妈妈！”她的小女儿喊着。

“别说了，快穿衣服。”她安抚着女儿，“你们为什么不赶紧回家把门窗都关好呢？怎样才能最快地赶到旧金山？”

“高速公路，太太。”卡特先生说道。

“怎样上去？”

“我就要去那里，您可以跟我走。”新来的先生说。

“那我们现在就走吧。”带小孩的太太恨不得立刻离开这里。

“我还没喝完呢。”新来的先生倒是不慌不忙。

米契推门进来了，后面跟着艾尔警官。

“我已经尽快赶来这里了，凯西在哪儿？”米契来到米兰妮身边。

“她和安妮在一起，没事。”米兰妮回答。

“艾尔，那些乌鸦攻击学校的时候，你在哪里？”萨姆问。

“我在法瑟农庄。”

“他昨晚被一些鸟杀死了。”米契补充说。

“什么？”萨姆不敢相信地问道。

“先别那么肯定，未必是那样。”艾尔警官说。

“到底是怎样？”宾迪太太问道。

“圣罗莎的警探认为是谋杀，应该是盗贼进去把他杀了。”艾尔警官说道。

“到处都是死鸟，怎么解释呢？”米契问。

“圣罗莎的警探认为，它们是在法瑟死后进去的。”艾尔警官说道。

“圣罗莎的警探也在学校里吗？”带小孩的太太问道，转向新来的先生：“您可以走了吗？”

“别那么紧张，太太，现在一只鸟都看不到。”新来的先生回答。

“看空中的那些鸟，它们不用播种、收割，是你们喂养了它们。”“末日”先生又来劲儿了。

新来的先生一边做鬼脸，一边说：“去年在圣克鲁斯也发生过类似的事情，小镇被大群海鸥包围了。”

两个孩子躲进了妈妈的怀抱。“请您快点儿喝完吧。”带小孩的太太不耐烦地请求道。

“是的，我也想起来了，一大群海鸥在浓雾里迷了路，然后飞到了镇上有灯光的地方。”宾迪太太说道。

“它们制造了不少麻烦，撞到建筑物上。”新来的先生补充道。

“它们总会带来麻烦。”艾尔警官说。

“重要的是，没有人为此感到不安。第二天早上它们就离开了，然后一切如常。”宾迪太太说。

“我要走了，您到底走不走？”带小孩的太太已经忍无可忍。

“好了，好了。”新来的先生被催得没办法，几口喝干了杯子里的酒，“问题就留给你们解决了。”

“世界末日就要到了。”“末日”先生总结道。

“我要回工厂了，需要付您多少钱，迪克？”舒尔斯先生问道。

“塞巴斯蒂安，等等。”米契拦住他。

“什么事？”

“我不是杞人忧天，但是——”

“没人说您杞人忧天。”

“我觉得真的有大麻烦了，我不知道这为什么会发生，可是如果我们忽视它，就一定会发生不好的结果。”米契试图准确地表达出来。

“忽视什么？人鸟大战？”宾迪太太插话。

“是啊，人鸟大战！鸟类的攻击，随便叫什么。它们正在某个地方聚集着，一定会再次回来的。”

“太荒谬了。”宾迪太太不屑地说道。

“过来。如果我们不尽快想出对策，让大家行动起来——”米契把舒尔斯先生拉到一边。

“米契，就算那些鸟真的那样——”

“您不相信吗？”

“坦白说，我不相信。没有理由让我——”

“已经发生了！”

“我很喜欢这里。”

“那您就要帮我。您在这里很有影响力，如果您帮我，其他人就会参与进来的。”

米兰妮叹了一口气，虽然她理解米契的努力，但是舒尔斯先生的态度让她觉得米契是在做无用功。

“怎么帮？您想做什么？”

“宾迪太太说过在圣克鲁斯发生的事，海鸥在雾里迷路，撞到了建筑物上。”

这时，窗外传来一声鸟叫。

“这里很多年没有出现过雾了。”舒尔斯先生说道。

“那我们就制造雾啊！”

“怎么才能做到？”

“用烟雾罐。”

“看！”米兰妮喊道。

几只海鸥正在袭击马路对面的加油站工人，工人倒在了地上。

“它们又来攻击了，米兰妮，留在这里！艾尔，快来！”米契大声说。

男人们跟着米契冲了出去，带小孩的太太却拉着小孩尖叫着冲了进来。米兰妮和一群人——大部分是女人，聚在窗边看着窗外。米契和艾尔警官正在查看刚刚被袭击的加油站工人。无人操控的加油管扔在地上，汽油喷涌而出，沿着马路的坡道越流越远，很快就流到街对面的停车处。此时，一位先生恰好从一辆车里下来想抽支烟，但汽油已经流到他的脚下。

“看那些汽油！那个人在点烟！”米兰妮惊慌地说。

“小心！别扔火柴！快离开那里！快跑！”人们拉开窗子，大声提醒道。

那个人并没有听清，迟疑间，却被火柴烧了手。就在他试图抖掉火柴的时候，汽车爆炸了，他整个人瞬间被气浪吞没，在火焰里烧焦了。紧接着，地上的汽油迅速地烧成一条火龙，很多辆汽车发生了连环爆炸。附近的人们都赶去救火，消防车很快就赶来了。

越来越多的海鸥飞了过来，人们惊慌地乱跑。一位先生因为开着车窗而被海鸥攻击，无法正常开车，车滑进了燃烧的火龙，他幸好在车爆炸前就下车躲开了。因为海鸥的攻击，救火现场一片混乱。无人操控的喷水管四处喷着水，受惊的马车一路狂奔，车上的箱子掉下来，里面的蔬菜散落了一地。

米兰妮躲进一座公用电话亭。电话亭四面都是玻璃，成群的海鸥飞来，撞击着玻璃。一个被一群海鸥围攻的男人试图躲进电话亭，他满脸是血，让米兰妮不知如何是好。海鸥持续撞击着电话亭，终于，两只大海鸥将玻璃撞出了伞形的裂纹，玻璃眼看就要碎了。正在这时，米契赶来，护着米兰妮跑回了餐厅。

与外面的嘈杂不同，餐厅里一个人也没有，安静极了。米契拉着米兰妮往里走，终于在狭窄的走廊上看到躲在那里的女人们，她们都用怪异的眼神看着米兰妮，陌生而不友好，包括店主太太和之前振振有词、因为不相信而总是语带不屑的宾迪太太。

忽然，带着两个小孩的太太哭着走上前来，问道："它们为什么这样做？它们为什么这样做？"

米兰妮满脸是泪。

带着两个小孩的太太说道："他们说，你来这里之后就开始这样了！"

米契看了一眼米兰妮。

"你是什么人？你从哪里来？你就是这一切的原因，你是魔鬼！"这位太太歇斯底里起来，"魔鬼！"

米兰妮忍无可忍，扇了她一个耳光。

"哦，天哪！"这一耳光打醒了带着两个小孩的太太，她安静下来。米契将米兰妮搂进怀里。

"它们应该走了。"卡特先生跑了进来。他和米契一样，一身脏污，衣服也破了。

"我们去找凯西和安妮吧。"米契对米兰妮说。店主太太将米兰妮的包递给了她。

人们走到窗边。窗外，成群的鸟飞走了。

米契和米兰妮跑着去安妮家，只见学校附近全是乌鸦。

"又是那些乌鸦！"米兰妮说道。

"嘘！来吧。"米契搂着米兰妮，慢慢地走向安妮家。安妮家的门廊顶上也停着乌鸦。刚走到门口，米契就看到安妮小姐仰面倒在门口，一只脚还搭在进门的台阶上，已经成了一具尸体。

"哦，不！别过去。"米契将米兰妮拦在栅栏外。

"啊！"米兰妮哭喊起来，不敢往这边看了。

"凯西！凯西在哪儿？"米契也四处张望着，他立即看到了掀起窗帘的凯西，她哭成了泪人。米契迅速打开门，将凯西抱进怀里，绕过安妮的尸体，将凯西交给了米兰妮。

愤怒的米契捡起地上的石头，就要向乌鸦扔过去。"米契！不要这样！"米兰妮及时阻止了他，因为那可能引来新一轮的攻击，而他们三个人实在无力应对。米契脱下西装外套盖在安妮身上。“别把她留在这里！”米兰妮哭着请求道，于是米契将安妮抱进了屋子。

米兰妮的车还停在学校门口。“来吧。嘘！”米契护着两人向车子走去。凯西一直哭着，但又不敢大声哭。乌鸦们没有动静。终于上了车，米契拉起雨篷，固定好，凯西才敢哭出声来。

“我们刚从米歇尔家回来，听到了爆炸声，就出来看发生了什么事。突然，到处是鸟！她立刻推我进了屋，而它们把她围住了！安妮……她把我推了进去！”凯西失声痛哭。米兰妮紧紧地抱住她。

“再给我一块，亲爱的。”米契踩着梯子，用木板将阁楼的窗户钉起来。附近有成群的鸟。

“它们聚集在那里多久了？”米兰妮问。

“大约一刻钟了。很有规律，是不是？攻击，消失，然后又聚集。小镇那边有雾……不给你爸爸打电话了吗？”

“打过，电话线断了。”

“还有电吗？”

“有。”

“米契，我听到广播了。”博纳太太在房间里说道。

“来吧。”米契搂着米兰妮回到房间里。

“接收不到本地电台，应该是旧金山的。”博纳太太说。

“今天早上，波德加湾有一大群乌鸦在小孩离开学校时发起了攻击，一个女孩受了重伤，被送到圣罗莎医院，大部分孩子还是安全的。我们了解到，镇上还发生了一次攻击，但是还没有详细消息。到目前为止，还没有迹象表明会发生下一次攻击。在今天的国家风景节目中……”

“就这些了吗？”米契明显带着怒气，“我去多拿点儿木柴，不能让火熄灭。”

“阁楼的窗户都钉好了吗，米契？”博纳太太问道。

“全都钉好了。”

“你觉得，它们什么时候会来？”博纳太太恐惧不安，问题一个接着一个。

“我不知道。”米契看上去既疲倦又无奈。

“如果是些大鸟，它们就会闯进屋子里。”

“那也只能如此。”

“也许我们应该离开这里。”

“现在不行！它们正聚集在外面！”

“那什么时候可以走？”

“随机应变吧。”

“我们会去哪里？”

“我不知道，至少现在这里是安全的。我们再去找一些木柴。”

“木柴都烧完了，怎么办哪？”博纳太太带着哭腔。

“我不知道！可以烧家具！”米契的嗓门儿也提高了。

“你不知道！你不知道！”博纳太太终于爆发了，“你什么时候知道？等我们都死掉之后吗？”凯西哭了起来，挡在母亲面前，但是没能阻止母亲说出更过分的话，“如果你父亲还在……”博纳太太喊着，突然停了下来，“对不起！对不起……米契！”

“去喝点儿咖啡吧。”

大家都没有再说下去。

米契和米兰妮去拿木柴。米兰妮望着空中，说：“它们要去哪里？”

“应该是向着内陆。”米契回答。

“圣罗莎？”

“有可能。”

已是夜间，一家人都没敢回房间休息，而是聚在客厅里。博纳太太坐在钢琴旁边，身边是她已故丈夫的照片。米兰妮搂着凯西坐在壁炉边的沙发上，米契再次检查着门窗。

“米契，可以把爱情鸟放在这里吗？”凯西问。

“不可以！”还没等米契说什么，博纳太太就断然拒绝了。

“妈妈，它们在笼子里啊！”凯西争取道。

“它们也是鸟！”博纳太太坚持道。

“放厨房里吧。”米契说道。凯西不再说什么了。米契望了一眼母亲，博纳太太也望着他。

厨房的壁炉已经用柜子顶住，一对爱情鸟安静地待在笼子里。

“米契，那些鸟为什么会这样？”凯西问。

“我也不知道。”

“它们为什么要杀人？”

“我也想知道。”

博纳太太收起咖啡杯，克服了恐惧，走向厨房。大家都望着她。

几个人一直在疲倦地等待着，心中充满不安，等待是一种巨大的煎熬。突然，凯西感到不舒服：“米兰妮，我不舒服。我想……”凯西冲向了洗手间。

“我陪你去。”米兰妮跟在后面。

依然是等待。忽然，厨房里的爱情鸟叫了起来。紧接着，屋外传来大群的鸟的叫声。博纳太太恐惧地紧靠着墙壁，米契站了起来，凯西扑进博纳太太怀里。米兰妮缩在沙发一角，连脚都放到了沙发上。博纳太太搂着凯西不停地变换位置，但是显然，哪里都没有给她足够的安全感。

很快，传来一阵玻璃碎裂的声音。米契冲了过去，竭力将试图挤进来的海鸥推出去，又伸出手去想要关上挡板。海鸥则拼命地啄他的手臂。他忍着巨大的疼痛，几经努力，终于关上了挡板，并扯断台灯的电线将挡板固定好。

很多鸟在攻击入口处的木门，门上已经出现了很多裂纹和孔洞，看样子支撑不了多久。一切都被恐惧笼罩着，博纳太太和凯西躲进了书柜的角落，米契将她们扶到前面的沙发上，又安顿好米兰妮。米契将手臂简单地包扎了一下，发现了入口处的险情。他立刻将进门的穿衣镜挡在门上，又拿锤子和钉子固定死。

突然，传来了几声惨烈的鸟叫声，然后就断电了，应该是鸟破坏了电线，被电到了。米契刚找来手电，鸟的叫声已有了不同。

“它们走了。”米契有些开心。几个人终于可以稍微放松一会儿了。

寂静的深夜里，壁炉里的火烧着。博纳太太已经在椅子上睡着了，凯西睡在沙发上，米契也在打盹儿，只有米兰妮清醒着。忽然，她听到了翅膀扇动的声音。她觉得很奇怪，就轻声喊着米契，但是米契睡着了。

依然是翅膀扇动的声音。米兰妮拿起手电，只身去了厨房。爱情鸟很安静，显然不是它们。就在这时，米兰妮再次听到了翅膀扇动的声音，她感觉声音是从楼上传来的。尽管心怀恐惧，米兰妮还是爹着胆子慢慢地走上楼梯。走到二楼时，米兰妮迟疑着是否推开这扇门，翅膀扇动的声音明显就是从门里面传来的，可是恐惧让她犹豫着。

米兰妮最终推开门走了进去，映入眼帘的赫然是房顶的一个大洞，可以清楚地看到外面澄明的夜空。米兰妮倒吸了一口凉气。在手电筒的光线下，一屋子全是鸟，有海鸥，有乌鸦，房间里已一片狼藉。看到她进来，群鸟立刻扑上来围攻她。米兰妮招架不住，手电筒很快就掉在地上。她想拉开门出去，但是根本腾不出手来，围攻她的鸟太多了。群鸟啄散了她的头发，啄伤了她的手。她的头和四肢都受了伤，脸都流血了，衣服也被啄破。

“哦，米契……”没过多久，米兰妮就无力地倒了下去，浑身都是血。

“米兰妮！米兰妮！”门外传来了米契的呼唤。米兰妮已经无力应答，她晕过去了。

由于米兰妮倒下的地方正好在门边，米契一时无法推开门，不过他终于将门推开一道缝，拉着米兰妮的胳膊，将她拖出了那个房间。

米契将米兰妮抱下楼，放到沙发上。

“哦，天哪，天哪！”博纳太太忍不住惊呼道。

“快点儿拿绷带和消毒水来！快！”米契喊道。

“太可怕了！”博纳太太自言自语道。

“凯西，拿些白兰地来！”

米兰妮醒了过来，大睁着眼睛，手臂挥舞着，奋力扑打。

“不，不，不！是我！没事了，没事了！已经没事了，嘘！”米契抓住她的手臂柔声安慰着，心疼地看着她。终于，米兰妮安静下来了。米契喂她喝了一点儿白兰地。博纳太太拿来了消毒水和绷带。“凯西，拿灯来。”米契心痛而悲伤地说道。

“要送她去医院。”米契一边给米兰妮包扎，一边说。

“不行，米契，没地方可去。”博纳太太说。

“可以去旧金山。”

“出不去。”

“必须试一试，”米契坚持，“我们只要绕过小镇就可以了。我们不能留在这里，她需要治疗。”

“我害怕！非常害怕！不知道外面怎么样了。”博纳太太语声哽咽。

“我们必须在群鸟下次攻击前动身。”米契一边思考，一边说，“我们开米兰妮的车，要比货车快一些。您来照顾她好吗？”

“我尽力。”

米契起身要去车库。

“米契，用车里的收音机收听一下消息。”博纳太太提醒。

米契打开满是啄痕的门。外面已微露晨曦。地上、树上、建筑物上、电线上全是鸟，只是此时它们很安静。米契小心地走向车库。下台阶时，他不自觉地扶了下栏杆，停在栏杆上的乌鸦就大叫着啄了他的手。

终于走到了车库，米契小心地推开一丝门缝。还好，群鸟没有进入这里。米契刚要推开大门直接开车，忽然想起了母亲的叮嘱，就先打开了收音机。

鸟的攻势现在已经减弱，波德加湾似乎是攻击的中心。其他地方也出现了小规模攻击。波德加湾已经被封锁，大部分居民成功地逃脱了，还有一些住得较远的居民留了下来。接下来的具体措施仍在讨论中。已经有人建议军方介入此次事件。鸟的攻击似乎是大规模、有规律的，目前尚未查明原因。

米契小心地推开了车库大门。情况还好。他小心地将车开到门口，下车回到屋子里。博纳太太已经给米兰妮包扎好，几个人也已经穿好了大衣，而米兰妮大睁着双眼，直直地望着某个地方。

“收音机里说什么？”博纳太太问道。

“没事了，来吧。”米契扶起米兰妮。米兰妮还算配合他。

刚走到门口，他们就看到了无数只鸟。“不！不！”惊恐的米兰妮抗拒着往后退，米契和母亲强行搀扶她坐进了汽车里。

“米契！”凯西在门口喊。

“嘘！”米契制止她出声，“在那里等着。”

米契回来接凯西。凯西哭着请求道：“米契，把爱情鸟也带上，好吗？它们没有伤人。”

“好的，带上吧。”米契只得答应了。

几个人都上了车。博纳太太将米兰妮搂在怀里，米兰妮紧紧地搂着博纳太太的手臂。米契发动了汽车，米兰妮抬头望了一眼博纳太太。博纳太太将脸贴在米兰妮的额头上，给了她一个温暖的、从内心接纳的微笑。

天已经亮了。

爱德华医生

在格林玛纳斯精神病医院的病人活动室里，几个女病人正聚在一起打牌。女护士喊道："卡米凯尔小姐，请过来吧，彼特森医生在等着你。"一个女孩听后叹了口气，收起手中的牌，扔在桌上，对几位牌友说："真是可惜，刚拿了一手好牌。我得走了，祝你们好运。"她从牌桌边站起身，夸张地扭着腰，走到门边。

"哈里会带你过去。"女护士对卡米凯尔小姐说，又低声嘱咐护工哈里："小心看着这个女人，别让她离开你的视线。"哈里会意地点点头，走过去为女病人开了门。

一出门，卡米凯尔小姐就亲热地挽住了哈里的胳膊，问："今天过得好吗，哈里？"

"很好。"

女病人像抚摩情人那样抚摩着男护工强壮的胳膊，体贴地说："可你看上去脸色不太好。"

护工敷衍道："是灯光的原因吧。"

女病人双眼充满爱意地看着护工，双手仍紧紧地抱着他的胳膊："我真为你担心，亲爱的。"

哈里看了卡米凯尔小姐一眼，说："我真的很好。"

"我们这就要去彼特森医生的办公室吗？我们能不能找个地方坐下来单独聊聊——就你和我，好吗？"

"我很乐意，如果有时间。"哈里说。

"真的吗？"卡米凯尔小姐嘴里说着，手下却暗暗地使劲儿，用指甲在哈里的手背上划出了几道口子。哈里连忙掏出手绢擦着手背，毫不客气地一把拽过卡米凯尔小姐的胳膊，把她送到医生办公室门口，摁响了门铃。

"进来。"屋里的医生说道。

哈里打开门，把病人送了进来。卡米凯尔小姐一进屋，就懒洋洋地坐在门边的沙发扶手上，不耐烦地说："彼特森医生，您搅了一场很有趣的牌局，真是让人扫兴。"

康斯坦斯·彼特森医生坐在办公桌后面，忙着自己的工作。这是一位很年轻的女医生，容貌秀丽。如此漂亮的女医生出现在精神病医院，简直是一个奇迹。可惜的是，医生的美貌在治疗过程中可能起不了太大作用，尤其是对女病人。医生没搭理病人的话，只是对站在门口的护工说：“你可以走了，哈里。”

“我就在外面。”哈里不太放心地看了女病人一眼，带上门出去了。

医生拿起笔和记录本，朝病人走来，说道：“玛丽，希望你今天感觉会好些。”

“恐怕不会。”病人一点儿都不配合。

“你会的。”医生安慰她说。

“我觉得这些事都很荒唐可笑。”

“什么事？”

病人抱怨说：“什么精神分析，太无聊了！让我像个傻瓜似的躺在那里，把什么都告诉你。实际上，你并不能真的从我不幸的童年故事中分析出我的病因，就是这样。”

彼特森医生拉过椅子，在诊疗床边坐下，等着病人过来。卡米凯尔小姐很不情愿地走过来了。彼特森医生对病人开着玩笑：“在第一次谈话中，我的病人们总把我看成一个讨厌的家伙。”

“我知道，我的潜意识里有一种好斗的东西，这让我自己并不想被治好。”卡米凯尔小姐说着，在床上躺了下来。

彼特森医生和颜悦色地对女病人说：“说得没错。你是在享受生病，我的工作就是找出潜伏的病因，让你明白为什么会这样。等你明白为什么要做些对自己不利的事，还有你是从什么时候开始做这样的事时，你就能治好你自己了。”

“你的意思是说，我对你撒了谎？”

“某种程度上吧。”

卡米凯尔小姐平躺在诊疗床上，眼睛望着屋顶，说：“你说对了。我像个疯子一样说谎。我憎恨男人，我厌恶他们，如果哪个男人想碰我，我就会狠狠地咬他的手，把他咬个半死。事实上，我刚才就已经这么做了，你想知道吗？”

彼特森医生已经拿起笔准备记录了：“告诉我所有你能记起来的事吧。”

“我们在一起跳舞，他在我耳边絮絮叨叨地求我嫁给他。我假装要去吻他，然后咬住他的胡子，把它们全都扯了下来！”卡米凯尔小姐像说真事一样咬牙切齿地说道，医生有些疑惑地看着她。她侧眼看到医生的表情，猛地从床上跳起来，站到医生面前，愤怒地说：“你在嘲笑我！你那张自命不凡、冷冰冰的脸让我无法进入状态。你只是想让我把一切都告诉你，这样你就会觉得你比我优秀多了。我厌恶你！我厌恶你和你的什么破科学！我再也不想见到你这张讨厌的脸！”

见女病人突然变得如此激动，彼特森医生马上站起身往办公桌那边退去。卡米凯尔小姐越说越愤怒，就拿起床边小桌上的一本书朝医生砸了过去。彼特森医生一低头，躲了过去。她吃惊地摘下眼镜，看着眼前失控的病人。而卡米凯尔小姐还在继续发泄着怒气："我受够了！你和你的什么精神分析，真是一钱不值！"说着，抽抽搭搭地哭了起来。

这时，门开了，护工和另一位医生正好看到这一幕。彼特森医生对哈里扬扬手，哈里就过去拉住病人说："我们走吧，卡米凯尔小姐。"

"真是太蠢了，让这么一个冷血的女人给我看病，只会让我更加焦虑……"卡米凯尔小姐边说边随着护工往外走。突然，她见到门边的男医生，便立刻换上了一副情意绵绵的表情，依偎在他身上，抓住他的手摸来摸去，撒着娇："富尔洛医生，我想和您单独谈谈，我受不了那个女人。"

"我待会儿再去找你，玛丽。"富尔洛医生说完，哈里就把女病人朝门外拉。卡米凯尔小姐只得松了手，但依旧恋恋不舍地看着男医生。

富尔洛医生关上门，朝女医生走过来，说："默奇森院长肯定是疯了，竟把卡米凯尔小姐分派给您。"

"等新院长到后，您可以把您的发现报告给他。"彼特森医生重新戴上眼镜，在记录本上做着这次诊疗记录。

富尔洛医生在壁炉前的沙发上坐下来，抬起脚放在茶几上，说："没有掌握内部病因，您可对付不了卡米凯尔小姐那样的钟情妄想女病人。"

虽然被同事碰上病人失控的尴尬一幕，但彼特森医生还是很自信地说："在情感问题和恋爱障碍问题上，我是做过大量研究的。"

"那您也研究研究我的眼神吧。"富尔洛医生放下了腿，弯腰捡起刚才女病人砸向彼特森医生的那本书，朝她走了过去，"我已经观察您六个月了，您很有才华，但没什么人情味儿。我下这样的结论，可不是靠直觉，您处理一切问题都太过冷静了。"他在彼特森医生身后的窗台上坐下来。

这样的距离显然太过亲密，彼特森医生问道："您是想和我谈恋爱吗？"

"我当然想，不过我首先得扫清一点儿障碍。我试图让您明白，您缺乏人生经验和情感经历，对一个医生来说，这很糟糕，而对一个女人来说，这更是致命的。"

彼特森医生并不认可这种论调，她说："这种言论，我听很多热心的精神病医生说过，他们都想让我成为一名更优秀的医生。"

富尔洛医生站了起来，躬身对年轻美貌的女医生说道："但是我还有一个更好的理由——我非常喜欢您。"

"为什么？"

富尔洛医生突然伸出手搂住女医生的肩膀，她却几乎没有任何反应。富尔洛医生说道："我感觉更像是在搂着一本教科书。"

彼特森医生抬起头，问："那您为什么还要这么做？"

富尔洛医生看着她的眼睛，深情地说："因为您不是教科书，您内心里仍是一个甜蜜可爱、柔情似水、令人陶醉的女人，每次走近您时，我都能感觉到这一点。"

但女医生只是很平静地说："您的感觉只是您自己的欲望和冲动。我可以向您保证，我绝不是您想的那样。"

"别说了，我都快为您发疯了……"富尔洛医生说着，便吻住了她的唇。没想到，彼特森医生既不躲闪，也不做任何回应，只是睁大了眼睛看着他。富尔洛医生再也没了兴致，他感觉像是在吻某种冰冷的无生命物体，自己像小丑一样滑稽，只得讪讪地放开了她，问道："我是不是让您感到厌烦了？"

"不，您的某些观点很有趣。"彼特森医生就像什么事都没发生过一样，继续伏案工作。

"我也很想朝您扔本书解解气，不过还是算了。"富尔洛医生随手拿起她桌上的一本书，看了看书名，问道，"能借给我这本书看看吗？"

彼特森医生笑着说道："当然可以。"

富尔洛医生多少有些狼狈地朝门口大步走去，嘴里说着："请原谅我刚才对您的批评，我想，您还是好好地研究您的那些书吧。哦，还有另外一件事——"

这时，办公室的门开了，是院长默奇森医生。他说道："对不起，打扰了，我是来传播一个消息的，我的接替者很快就要来了。"彼特森医生见院长进来了，马上站起身来。

富尔洛医生对将要卸任的院长说着客套话："默奇森医生，在您手底下做事是件很愉快的事。"就开门出去了。

"我真没想到，爱德华医生这么快就来了。"彼特森医生取下眼镜，朝老院长走来，"很难想象，医院没有您会是什么样子，默奇森医生。"

默奇森医生看看周围，很感慨地说："是啊，我差不多是这医院的一部分了。"

"不仅如此，您是本院的象征。这似乎不太公平。"

"您在这一行还是太年轻了，还没学会学科里的基本规则，旧的应该给新的让路，尤其是旧的被怀疑，已经显露出一些老态之后。"从院长的话里，还是能听出他的不满。

彼特森医生也很为他打抱不平："这太荒谬了！我想，董事会应该知道您的身体已经比以前好多了。休完假后，您变成了一个全新的人。"

"董事会很公平，也很明智，像您说的一样，我现在身体是复原了，可是人上了年纪，已经倒下一次，可能还会倒下第二次。"

"那是因为您疲劳过度。"

默奇森医生感激地说："您这番话，对一匹累垮了的老马来说，真是莫大的安慰。"

"您能接受现实，乐观以对，我也会把这当成一堂课永远铭记在心的，默奇森医生。"年轻的女医生真诚地说。

“别弄得太伤感了，康斯坦斯，我还是想高兴一点儿。要向二十年的职业生涯告别，还真不是一件太容易的事。”

“是啊，我知道。”

这时，门铃响了，是护工哈里，他身后还跟着一个矮小瘦弱的男人。“您的信，彼特森医生。还有，这是贾木斯先生。”

“进来吧，贾木斯先生。”彼特森医生招呼着那个病人。哈里把信放到办公桌上后就走了。小个子男人怯生生地走了进来。

彼特森医生问老院长：“您今天不会走吧？我等会儿还能再见到您吗？”

“我会像只恋窝的老母鸡一样在这儿再转上一阵子，至少也得等到爱德华医生来。”老院长说着，走出了办公室。

彼特森医生边用裁纸刀拆信边问病人：“您今天感觉怎么样，贾木斯先生？”

“好了一点儿，医生，不过看起来还有点儿小麻烦。我可以帮您拆信吗，医生？”

“谢谢您，不用了，我自己可以弄好。请您先坐下等一会儿。”

贾木斯有些失望地默默走过去，坐在诊疗床上。

窗外传来汽车声，是新上任的院长到了。透过窗口，彼特森医生看到从车里下来一个个子很高的人。院长办公室里，其他几名医生也凑到窗口看着新院长到来。“那就是安托尼·爱德华了吧。”趴在沙发背上的富尔洛医生转过身来，坐回沙发上。

站在窗边的另一位医生说：“他看上去比我想象的要年轻一点儿。”

另一位戴着眼镜、上了年纪的医生说：“他只带了一只小皮箱，也许他不打算在这里待太长时间。”

富尔洛医生看看老医生，刻薄地说：“还是把这种白日梦留给默奇森医生去做吧。”

话音刚落，一位负责接待的医生已经领着新来的院长推门进来了。

“伙计们，这位就是我们的新院长——安托尼·爱德华医生。”那位医生为大家介绍，又把房间里的几位同事介绍给新院长认识：“这是富尔洛医生。”

爱德华医生很年轻，看上去也很和气。他握了握富尔洛医生的手：“您好！”

“我是葛拉夫。”另一位医生自我介绍说。

介绍的医生又指指那位戴眼镜的老医生：“这位是海尼医生。”

彼此认识过后，接待新院长的医生说：“还有几位医生不在这里，爱德华医生，这里就是您的办公室。”

爱德华医生打量着办公室，随意踱了几步，感叹道：“好气派的房间。”当他走近门边时，门突然打开了，一个人走了进来。有那么短短的几分钟，两个人都默默无语地彼此对望着。

“这位是爱德华医生，这是默奇森医生。”站在后面的接待医生为他们介绍说。

爱德华医生握住老院长的手，彬彬有礼地说道："您好，默奇森医生，久仰大名。"

默奇森医生看着新来的院长，双手插进裤兜，有些言不由衷地说："我才是久仰您的大名，您可真是青年才俊、年轻有为啊！"

"我还需要多多学习。"爱德华医生谦逊地回应着前任院长的夸赞。

"我老了，所以我请求把这位置让给更年轻的人。这里的藏书都留给您了，其中不乏我感兴趣的好书，包括您最新出版的《负罪感分析》。这是一部了不起的著作，许多人都从中收获良多。"

"非常感谢您。"爱德华医生说。

默奇森医生环顾曾经属于自己的办公室，从口袋里抽出双手，拉拉上衣，说道："我不想做什么正式的离任报告，爱德华医生。我只想说，这套被我霸占了二十年的房子现在是您的了。我失陪了。"说完，便离开了。

晚饭时间，医院餐厅里，同事们在餐桌上的聊天话题自然围绕着新来的院长展开。富尔洛医生抖开餐巾铺在腿上，说道："我和爱德华医生一起待了半个小时，他可真是一表人才。"

坐在他旁边的彼特森医生对这位新院长的到来充满了期待，她说："我打算好好地向他学些东西。我想，我们所有人都应该能从这个天才人物身上学到不少东西。"

"您熟悉他的作品吗？"默奇森医生问。

"是啊，我读过他所有的作品，他的观点很独到。您能有这样一位优秀的继任者，也可以略感宽慰了。"

这时，有人说："他过来了。"

一桌子的人都朝门口看去，只见爱德华医生进了餐厅，正往他们这边走来。

"这里的几位，您都已经认识了吧？"老院长问。但爱德华一眼就看到了在座的漂亮女医生，便说："不，还有一位不认识。"

"这位是彼特森医生。"

"您好，爱德华医生。"彼特森医生还是第一次见到新院长，她万万没想到，自己仰慕已久的业内偶像会是一位身材高大、英俊非凡的年轻人。

爱德华医生拉开她身旁的那把椅子，坐了下来，说："海尼医生带我参观了医院，真不错。默奇森医生，这里夏季的景色一定很漂亮。"

"我也向爱德华医生介绍了我们这里病人的户外治疗情况。"海尼医生说。

彼特森医生对爱德华医生说："默奇森医生总是说我们在这方面的研究工作做得还不够，我也这么觉得。"富尔洛医生从旁补充道："彼特森医生可是一名业余运动员。"

"富尔洛医生说得太夸张了，我只是随便玩玩罢了。"

爱德华医生说："我想，您应该非常喜欢运动。"

"是这样，我尤其喜欢冬季运动。"彼特森医生肯定了这一点，又转头问海尼医生："您带爱德华医生去过树林了吗？"

海尼医生点点头："是的，我们去过了。"

彼特森医生向新院长介绍说："我们想在那里修一座新游泳池。"

"真是太棒了，我很喜欢游泳。"爱德华医生说。

"在那片树林里，正好有一个很适合的地方。我们不要那种方形或椭圆形的，而是要建一座不规则形状的游泳池，比如说……"彼特森医生说着，拿起叉子在桌布上画出几道平行的曲线，"比如说像这样，您知道的。更衣室在这儿，淋浴室就在这儿……"

爱德华医生看着叉子在桌布上画出的线条，突然露出了厌恶的表情，怒气冲冲地抱怨道："在这样的机构，用亚麻桌布未免太奢侈了吧？"

全桌人惊奇的眼光一齐朝爱德华医生看来，他们都不明白新院长怎么会冒出这么一句没头没脑的话。彼特森医生也有些无所适从。这时，爱德华医生才意识到自己失态了，低声地说："抱歉！"

彼特森医生想尽力化解餐桌上的尴尬，她笑着说："这倒让我想起了我上学时的精神病学教授布尔洛夫医生，他不能容忍那些装调料的瓶瓶罐罐出现在餐桌上，哪怕一只盐瓶都不行，因为那些东西会让他倒尽胃口。我还记得，有一次在他的庆功宴上，他拒绝入席，原因就是桌上摆了许多番茄酱瓶。"

说这些话时，彼特森医生注意到，爱德华医生用餐刀在她刚才画出的曲线上一遍遍地涂抹着，似乎想抹平这些痕迹。她的心头闪过一丝疑惑。

第二天上午，在彼特森医生的办公室里，富尔洛医生躺在诊疗床上酸溜溜地说："昨晚餐桌上，您可真是春风满面、妩媚动人，我还从没见过呢。您在爱德华医生面前不自觉地流露出一种母性。"

彼特森医生从办公桌前抬起头，很不屑地说："您思考问题的方式和说话的口气，就像个中学生。"

"您的反应让我开始怀疑自己的理论，我一直以为您对精神病医生有免疫力。我还以为，您最终会投进某个粗俗愚蠢、留着奇怪发型的男人的怀抱。"

彼特森医生摘下眼镜，用白大褂衣领一边擦着眼镜片，一边打趣道："如果我要找这种类型的，富尔洛先生，那我老早就爱上您了。"

门铃响了，彼特森医生示意富尔洛医生赶快从诊疗床上起来。是哈里，他给彼特森医生带来一张爱德华医生的便条。

富尔洛医生顿时醋意大发："哦，情书已经送过来了，这速度可真够快的。"

彼特森医生打开便条，上面写着："您的病人贾木斯先生在我这里，请您马上过来。安托尼·爱德华。"

在院长办公室里，贾木斯先生正向爱德华医生诉说着："我一点儿也不想来这里，是我哥哥硬把我送来的。我觉得，这毫无意义。我确信我的罪行是真实的，并不是我自己的幻觉，爱德华医生，是我杀了我父亲，我希望能为此受到应有的惩罚。”

彼特森医生敲门进来了。爱德华医生见到她来，便如释重负：“谢谢您能这么快过来。我正在听贾木斯先生说话，快来帮帮我吧。”

“贾木斯先生，您怎么可以来打扰爱德华医生呢？”彼特森医生的指责让病人很不安，他焦虑地绞着自己的手指。

“没关系，我对贾木斯先生的病例很感兴趣。”

“我知道您会感兴趣。他是典型的负罪感案例，您在著作中着重论述过这种病例。”

贾木斯先生怯生生地问道：“可以告诉我，你们在谈些什么吗？”

彼特森医生告诉他：“您在这里可以看到，我们会用精神分析的方法来帮您消除心中的负罪感，贾木斯先生。”

病人依旧不安地绞着手指说：“可那并不是什么负罪感，我清楚我所知道的事，我杀了我父亲，所以我应该——”

彼特森医生果断地打断了他：“不，您没有杀你父亲，只是一种错觉控制了你。”

见爱德华医生在一旁凝神听着他们的对话，彼特森医生觉得自己有些班门弄斧，于是，她带着歉意说：“真抱歉，爱德华医生，他原本是在和您谈话的。”

爱德华突然如梦初醒，说：“不，不，请继续说下去。”

受到院长的鼓励，彼特森医生走到病人身旁，扶着他一起坐下，亲切地说：“人们常常会为一些他们并没有犯下的罪过而感到内疚，因为负罪感而导致犯罪妄想。这通常要追溯到他们的童年时代：小孩子经常希望一些可怕的事情发生在他不喜欢的人身上，而当某些事情真的发生在那人身上时，小孩子就会相信是自己导致了这些事情的发生。当小孩子长大成人后，就可能会有负罪感，以为自己真的犯下了某种罪行。其实，这不过是小孩子的一个噩梦。”

病人将信将疑地问：“这么说，我的想法是不真实的？”

“对。当然，我们还需要对您进行一系列的分析治疗，您会明白的。现在，回您的房间去，好吗，贾木斯先生？”彼特森医生搀起病人走到门口，把他交给哈里带走了。她回过头来，继续和爱德华医生讨论这个病例：“我想，我们最好给他开几天的镇静剂，他看上去很焦虑。”

爱德华医生眉头紧锁，脸上满是疑惑地说：“这个病人真奇怪啊！”

“您不是接触过很多这样的病例吗，爱德华医生？在您的书中，也有很详尽的论述和分析。”

“是啊，我是写过。”爱德华医生若有所思地走到办公桌边，在烟灰缸里摁灭了烟头，说道，“我能请您帮个忙吗？”

“当然可以。”

“我有些头痛，想下午请假，您能陪我一起出去走走吗？我知道您下午不当班。”

这个邀请来得太快了，彼特森医生的第一反应就是找个借口推托一下：“我还要去把病例记录打印出来。”

“拜托了，我需要呼吸点儿新鲜空气。我看，您也一样，这对您会有好处的。”

“是这样，我已经约好和海尼医生一起吃午饭，他那里来了一个很有意思的新病人，是个偷窃癖患者。”

“吃午饭的时候谈论偷窃癖？这会影响食欲的。”这时，电话铃响了，爱德华医生接起电话：“您好！……是的，我是爱德华医生。什么？……是的，安托尼·爱德华。您是谁？……对不起，我还不知道您是谁。……诺玛·克雷默？……克雷默小姐，我现在很忙，我也不认识您。”

爱德华接电话的时候，彼特森医生明显有些不安地在办公室里走来走去。一个精神病医生对罕见的病例并没有表现出丝毫兴趣，这让她不由得有些起疑。她看看书架上的书，其中就有爱德华医生的著作。她从口袋里拿出刚才那张便条，打开看了看，又慌忙地放回口袋。

爱德华医生挂了电话，说：“一个女孩打过来的，她声称……”他说了一半没再说下去，转而说，“我讨厌这种无聊的玩笑，您呢？人们打电话给您，然后说‘猜猜我是谁’。”

“听上去像是您以前的病人，他们总是喜欢这种恶作剧。”

“很有可能。来吧，我们一起出去走走，去看看那些心智健全的树、精神正常的草，还有那些没有任何情结的云朵。”不容彼特森医生拒绝，爱德华医生就拉了她的胳膊，一路开着玩笑出了门。

格林玛纳斯精神病医院坐落在一处风景优美的山坡谷地，山清水秀，天蓝云白，绿树环抱着村庄，湖水倒映着山坡。两位从精神病医院那片错乱之地逃出的精神病医生，融入这片自然美景之中，觉得心旷神怡。两个年轻人一路上有说有笑，有着说不完的话题。在谈到诗歌时，彼特森医生不以为然地说：“我觉得，对人类最有害的就是诗人了。”

爱德华医生很为诗人们叫屈：“大多数诗人是很无聊，可他们并不坏呀。”

“但是，他们把一些关于爱情的美妙幻想灌输到人们的头脑中，在他们的诗中，似乎爱情就是华彩乐章、天使飞翔。”

“难道不是这样吗？”

彼特森医生用一个精神分析专家的理性头脑来分析爱情：“当然不是。爱情没有那么玄妙，人们通常会以自己的父母为参照标准来挑选恋爱对象，比如说头发的颜色、说话的语气、行为习惯等等。”

爱德华医生不大认同这一点，他反驳道：“有时候，人们也会没有任何理由地爱上一个人啊！”

“那不是重点。重点是人们读到的爱情诗是一回事，而亲身去体验的爱情又是一回事。他们期望得到像抒情诗和莎士比亚戏剧中那样充满浪漫和激情的接吻和拥抱，而当他们发现事实根本不是这样时，就可能把自己弄得病恹恹的。”

爱德华笑着接过话茬儿：“然后他们就需要精神分析了，是吗？”

“是啊，常有这样的病例。”

两人边说边聊，忽然被一段有倒刺的铁丝挡住了去路。“您过不去这里吧？”爱德华医生说着，就要把彼特森医生抱起来。彼特森医生慌忙推开他的手，说：“我自己能过去，我来过这里好多次了。”她弯腰从铁丝下钻了过去，却不小心跌倒在地上。

爱德华医生连忙跟过来扶起她，担心地问：“您受伤了吗？”

“没有，一点儿事都没有。”

两人说说笑笑，继续往前走。彼特森医生说：“我经常一个人来这儿野餐。”

“一个人多没意思啊！”

“我来这儿也不是为了玩儿。”

两人来到了一片开阔地带。看着眼前春意初露的风景，彼特森医生不由得感叹道：“这里可真美啊，是不是？”

爱德华医生看着她的侧脸，出神地说：“是啊，非常美……我们来吃午餐吧，您想吃什么，火腿还是肝泥香肠？”

“肝泥香肠。”

一下午的相处，让两个年轻人都觉得彼此亲近了许多。

医院餐厅里，医生们正在吃晚餐，彼特森医生不在，爱德华医生也不在。葛拉夫医生问：“今天有谁看见我们的新院长了吗？”富尔洛医生满怀妒意地说：“他可能太累了，没出来吃饭。”

默奇森医生说：“他中午就跟彼特森医生出去了。”

海尼医生对新院长的表现很不满：“才第一天，就像个坠入情网的大学生一样，跟在彼特森医生后面跑，真是有点儿过分。”

“这对康斯坦斯来说可是件好事。这个可怜的女孩忙于科学研究，前几天我才提醒过她，她人生中最重要的一些东西正在失去。”富尔洛医生幽默地说。

这时，餐厅的门被推开了，彼特森医生慌慌张张地走进来，大衣还搭在胳膊上。男士们以为她要过来就餐，纷纷起身迎接，彼特森医生却说：“不用起来。我听说，贾木斯先生下午又发病了。”

“是的，我已经给他打了镇静剂。”一位医生说。

“非常抱歉，我当时不在。”

“这不是废话吗？看来您下午很有收获嘛。”富尔洛医生不想放过这个取笑康斯坦斯的机会，离开桌子，朝她走过来。

“收获？”彼特森医生不明白富尔洛医生这话是什么意思。

“先生们，看看她的袜子，这位女士下午爬过树。”富尔洛医生说。

“也可能是在草地上躺过。”另一位医生帮腔。

“她的头发上还沾了两片树叶。”听富尔洛医生这么说，彼特森医生慌忙去摸自己的头发。

“我来帮您弄掉，彼特森医生。”富尔洛医生从她的发间摘下树叶。

同事们的闲言碎语让彼特森医生颇感无聊，她非常生气地说：“富尔洛医生，您是不是觉得自己真的聪明绝伦、魅力非凡？”说完，扭头就走。

“别急着走，喝杯咖啡吧。”一位医生说。

彼特森医生刚转回身，富尔洛医生又开始冷嘲热讽：“彼特森医生已经吃过了，没看见她的右手食指上还沾了一点儿芥末吗？我想，您应该是在高速公路边上吃的热狗吧。”

彼特森医生反唇相讥道：“您确定吗？和往常一样，您的诊断仍然是错的，富尔洛医生。不是热狗，是肝泥香肠。非常抱歉，我得去看贾木斯先生了。”

富尔洛医生愣愣地看着彼特森医生走出餐厅，只好走回餐桌边，嘴里还在愤愤地说：“我们的新院长可真是个风流才子啊！你们有没有注意到，我们每次提到他的名字，她都会脸红。”

这天晚上，康斯坦斯躺在床上辗转难眠，满脑子都是新上任的年轻院长。他风趣幽默，体贴热情，很有绅士风度，跟医院里的那帮同事完全不一样。还有他关于爱情的观点，他觉得一个人可以没有任何理由地爱上另一个人，真是奇怪。不过，也许他是对的，要不然她怎么会有一种坠入爱河的感觉呢？这种感觉是从什么时候开始的？也许从见到他的第一眼时，她就已经不知不觉地坠入爱河了。但不知道为什么，她又觉得这位爱德华医生有什么地方不对劲儿。他不像一名精神病医生，在今天下午的谈话中，他根本没有提到过学科内的任何专业知识，还有在面对贾木斯先生的病例时，他看上去甚至对负罪感问题一无所知，而他本应是这个领域的专家。想到这里，她再也睡不着了，就翻身起了床，打开灯，穿上晨衣，对着镜子理了理头发，走出房间。

走廊里一片寂静。康斯坦斯上了楼，看到院长房间房门底下漏出来的灯光，没料到爱德华医生这么晚还没有睡。她进了图书室，在书架上找到爱德华医生写的那本《负罪感分析》。她记得这个限量珍藏版的扉页上有作者的亲笔签名，翻开封面，作者的签名赫然在目。康斯坦斯拿了书准备下楼回房间，见到爱德华医生房间里的灯还亮着，便不由自主地朝他的房间门口走去。她站在门前犹豫了一会儿，最后还是鼓起勇气推开了房门。

外间办公室里几盏台灯亮着，可是没有人。她往屋子里走了几步，见爱德华医生正坐在里间床头的沙发上打瞌睡，一本打开的书放在他的膝头。康斯坦斯不知道自己是该悄悄地离开，还是去叫醒他。正在她左右为难之际，爱德华醒了。他看到彼特森医生站在房门口，就像梦中飞临的天使一样美丽而奇幻，顿时睡意全消，脸上了露出满是爱意的笑容。

康斯坦斯有些不知所措地说："很晚了。"爱德华医生点点头，把手中的书扔到床上，起身整整衣服，朝她走近了几步。康斯坦斯自知自己深夜闯进院长的房间很失礼，她不安地摆动着手中的书，结结巴巴地说："我打算把您的新作再看一遍……想就这本书向您请教一些问题，我还从来没有和作者本人讨论过作品。当然了，上大学时，我们也会和文学教授谈论他们的作品……但那不一样。我是不是看起来很紧张？"

爱德华医生微笑着说："一点儿也不。"两个人隔着里间的门，一个在里，一个在外，一言不发地对望着，气氛变得暧昧而温馨。

康斯坦斯看了看手中的书："我想，我应该和您谈谈您的书，可我现在快被那些流言蜚语逼疯了，我现在一点儿都不想讨论了。"

"我理解。"

不知为什么，爱德华医生温暖的笑容让她觉得很舒心，让她愿意卸下所有的伪装，向他敞开心扉："当您发现一个人并不是您想象中的那样，这种感觉真是太奇怪了。我的意思是说，我一直以为很了解自己。"

"难道您现在不是吗？"

"我现在很混乱。不知道我为什么会跑到您这里来，像个心烦意乱的孩子一样，真是太蠢了。"被一种莫名其妙的情感牢牢地控制着，这让一向习惯于理智行事的女医生很焦躁。

"您非常可爱。"

"请不要这么说。您会以为我来这儿，就是为了听这样的话。"

爱德华医生朝她走过来，说道："我知道您为什么会来这儿。"

"为什么？"

"因为有某种奇妙的事在我们之间发生了。"

康斯坦斯当然明白爱德华医生指的是什么，但她还是不大相信爱情会这么毫无征兆、毫无理性地突然降临："不应该发生得这么快吧，才一天时间？"

爱德华医生看着康斯坦斯，深情地说："它可能会在任何一个瞬间突然发生，我今天下午就感觉到了，就像被一道闪电击中，这样的事极少发生。"接着，爱德华医生那张英俊的面孔朝康斯坦斯凑了过来。她幸福地闭上了眼睛，封闭了多年的心门也在这个才认识两天的年轻人面前完全打开了。

康斯坦斯投进了爱人的怀抱，两人紧紧地拥抱在一起。她喃喃地说："我不知道这是怎么发生的。"就在这时，爱德华医生看到了恋人白色晨衣上的条纹，突然感到一阵眩晕，猛地松开了她。

康斯坦斯担心地问："你怎么了？"

"不关你的事，是你晨衣上的什么东西。"

"我的晨衣？"康斯坦斯愕然地看看自己的衣服，并没有发现有什么异样，"我不明白你是什么意思。"

爱德华医生摸着自己的额头，痛苦地说："抱歉。某种东西刺激了我，刚才有一会儿我很难受，神经极度紧张。我是说，你衣服上的黑色条纹让我紧张。"

"你不会是病了吧？"

"我没事。"这时，电话铃响了，爱德华就过去接电话。

康斯坦斯看看身上的衣服，不知道爱德华医生为什么会产生这么奇怪的反应。电话是病房打过来的，贾木斯先生又发病了，他企图杀死富尔洛医生，后来又割了自己的喉咙，现在正在手术室抢救。

两人一起赶往手术室。"他失血过多，但我觉得还能救过来。""脉搏是多少？""一百四十。""会降下来的。"手术室里，抢救工作正在紧张有序地进行着。

爱德华医生走到手术台旁，看着伤者的情形。突然，他感到一阵眩晕，心口憋闷，难以呼吸。他转过身，一把把口罩扯了下来，大口大口地喘着气，与此同时，情绪也变得焦躁不安，他突然问道："走廊里的灯为什么不点亮？"

默奇森医生问："您是什么意思？"

"太黑了，所以他才会自杀。就是因为灯都关了。快把它们打开！还有门，都打开！你们不应该把病人关在狭小密闭的屋子里。"爱德华医生的情绪变得越发狂躁不安，叫喊的声音越来越大，手术室里的医生和护士们都惊讶地看着他。彼特森医生担心地喊道："爱德华医生！"想制止他再说下去。

可爱德华医生一边撕扯着衣服领口，一边说："傻子才喋喋不休地说什么负罪感。你们了解他吗？就是他干的。他告诉我，他杀了他父亲。快把灯打开，快点儿！太黑了，太黑了……"爱德华医生说着，就晕了过去。彼特森医生连忙扶住了他，另一位医生也冲过来，两个人一起把他搀到旁边的椅子上坐下。

"是不是心脏病发作了？"一名医生问。

"不是心脏的问题，可能是受了什么刺激。"另一位医生说。

彼特森医生为他掩饰说："一定是因为太累了。把他送回房间吧，我来照顾他。"

手术台旁的默奇森医生拉下了口罩，若有所思地看着被送走的爱德华医生。

彼特森医生坐在床头沙发上，看着正在床上昏睡的爱德华。她戴上眼镜，翻开那本《负罪感分析》，把白天爱德华医生交给她的便条展开，比对着上面的两个签名。显而易见，这根本不是同一个人的笔迹。这么说，这个人一定不是爱德华医生，那么他会是谁呢？他又为什么要冒充爱德华医生呢？真正的爱德华医生又在哪里？一个个问题涌入康斯坦斯的脑海。她摘下眼镜，疑惑地看着床上的人。

这时，冒牌的爱德华医生苏醒过来了。“对不起，我丑态毕露，让你见笑了。谁把我送到这里来的，是你吗？”他抬眼看着康斯坦斯，但对方只是一言不发地看着他。

“我脑子里一片混乱，在手术室里——我好像记起了一些片断。”

康斯坦斯看着他，冷冷地问道：“你到底是谁？”

那个人皱起眉头，转动着眼珠，似乎想努力回忆起这到底是怎么回事：“现在我想起来了，爱德华已经死了。我杀了他，然后冒充他来到这里。我是另一个人，但我不知道我是谁。我杀了他——爱德华。”

彼特森医生只是沉默着，她也得好好想想，这到底是一个什么样的人，到底发生了什么事。

过了一会儿，那个人感觉好一点儿了，起了床，点燃一支烟，在房间里走来走去，想尽力想起更多的事情：“我失去了记忆，就好比我朝一面镜子里看去，却看不到任何东西。但我脑子里保留了一些幻象，我知道它们在那里，我还存在，我还在那里。真是奇怪，一个人失去了记忆，忘了自己的名字，忘了所有他曾经知道的事，怎么还能像个正常人一样和人谈话呢？你怕我吗？”

康斯坦斯很坚定地说：“不。你只是病了，你很快会恢复记忆的。”

“哦，我知道了，这就是遗忘症。失去记忆，对维持精神正常有帮助，你忘掉那些太可怕以至你不愿记得的事来保持神志正常，把那些可怕的事都关在一扇紧闭的门后面。”他能把失忆的发病原理分析得头头是道，说明他对自己的病情还是有一定了解的。

“所以，我们得打开那扇门。”

假爱德华惊恐地说：“我知道那扇门后面有什么——谋杀。”

康斯坦斯出于一种单纯的直觉，相信眼前这个人并没有杀过人，一定是什么地方出了问题，所以毫不犹豫地说：“不！你这是典型的妄想狂症状。你能不能信任我，诚实地回答我提的问题？”

“我相信你，但这没有用。我不能思考，我不知道我是谁。我不知道，我什么都不知道。”假爱德华很无助地说着，走到另一张沙发边，颓然坐了下来。

康斯坦斯想到了一个突破口，她问道：“昨天是谁给你打的电话？”

“给我打电话？”

“是啊，你在办公室接的那个电话。”

“哦，我想起来了。”

康斯坦斯走到他身边，问：“那她说了些什么？”

“她说，她是我的助手，还说什么我很久没和她联络了，很为我担心。”

康斯坦斯纠正他说：“应该说，她是爱德华医生的助手，她很久没有他的音信了。她还说了些什么？”

“她说，我的声音不对，我不是爱德华医生。”

“然后，你就很生气地挂了电话？”

“我那时很慌张，头就开始痛了。”

彼特森医生试着帮他一点儿一点儿地找回记忆。她问道：“那是你第一次开始怀疑自己作为爱德华医生的身份吗？在那之前还发生过类似的事吗？”

“对了，我在饭店收拾东西时，发现大衣口袋里有一只香烟盒，这让我很害怕，我不知道它是从哪儿来的。”那人说着，起身到立柜抽屉里把那只香烟盒拿了过来，指给彼特森医生看，“这上面有两个字母缩写——J.B.，看到了吗？当我在饭店房间见到这个时，我的头就开始痛了。”

康斯坦斯分析说：“那可能就是你名字的缩写。”

那人走到镜子前，盯着镜子里的自己，“J.B.……J.B.”他反复念着这两个陌生的字母缩写，想找回一点儿记忆，却一点儿用都没有，头又开始不舒服了。他十分无助地抱住了自己的头。

康斯坦斯走到他身后，安慰他说：“你现在必须去睡觉。如果你信任我的话，等你睡了一觉醒来，可能会有更多的东西告诉我。”

“我信任你。”那人转过身来，握住康斯坦斯的双手，说，“太晚了，你也去睡吧，我没事。”他疲惫不堪地走到床边坐下，低垂着头，万分沮丧。

“我想，这几天警察应该还不会来，趁这段时间我们好好谈谈，会把这件事弄清楚的。”康斯坦斯走到门口，又叮嘱他，“你好好休息，我明天早上再来，我会帮你请假。”

但这个忘了自己是谁的人并不想留在这里，他收拾好自己的东西，准备连夜离开了。他给康斯坦斯写了一封信：

我不想把你牵扯进来，因为我爱你。我准备去纽约的帝国饭店住一阵子。再见。

J.B.

他把信装进信封，从下面门缝里塞进了康斯坦斯的房间。

事情的发展要比彼特森医生想象的快得多。第二天早上，爱德华医生的助手已经来到格林玛纳斯精神病医院，和她一起来的还有一名警官和几名警察。爱德华医生的助手对默奇森医生说：“我在爱德华医生的办公室里工作了五年。在电话里和我说话的那个人，根本不是爱德华医生。爱德华医生去度假时让我也休假，但直到上个星期，我都没有接到他的电话。我很担心。我想，他是不是直接来了你们这儿。所以我就往这里打了电话。”

警官说：“给他们看看照片。”爱德华医生的助手从包里拿出照片，旁边的几位医生都凑过去看了看。“完全是另外一个人。”富尔洛医生说。

“应该有人知道爱德华医生长什么样啊。”警官有些疑惑，他问前任院长：“您从没见过爱德华医生本人吗？”

默奇森医生说：“没有，从没见过。不过，从见到那个所谓的爱德华医生的第一眼起，我就觉得有些不对劲儿，他给我的感觉一点儿都不像是个精神分析专家。但是直到昨天晚上他在手术台旁晕倒，我才警觉起来。”

富尔洛医生插进来问：“您认为，他昨晚为什么会突然晕倒？”

“现在看来已经很清楚了，是因为贾木斯先生。我几乎能够肯定，这个冒牌的爱德华医生失去了记忆，而贾木斯先生的病态表现把他拉回了现实，让他无法面对自己的真实身份，所以他就昏过去了。”

警官问：“您认为，他可能杀了爱德华医生？”

“这一点毫无疑问。他杀了爱德华医生，然后自己取代了他，伪造出受害者仍然活着的假象，以掩盖自己的罪行。这种不切实际的行动、缺乏远见的诡计，是妄想狂患者的典型症状。先生们，我们别再浪费时间了，他的房间在楼上。”

一群人到了楼上的院长房间，但这里已是人去楼空。

听到一阵紧似一阵的门铃声时，彼特森医生还没有从床上爬起来。昨天，她几乎彻夜未眠，直到天快亮时才迷迷糊糊地睡了一会儿。她裹好了晨衣，整整头发，匆匆忙忙地出了卧室，一眼就看到地板上放着一封信。她快走几步过去，正要弯腰把信拿起来，门已经被外面的人急不可待地推开了。彼特森医生慌忙直起身，默奇森医生走了进来，后面还跟着一大帮人，杂沓的鞋纷纷从那封信上踩了过去。

“这位是彼特森医生。”默奇森医生向紧跟在他旁边的一个陌生人介绍说，又对彼特森医生说：“这位先生是从警局来的。”

“警局？发生什么事了？”彼特森医生大吃一惊，她没想到警察会来得这么快，难道J.B.已经被他们抓住了？

“没什么大不了的事。”默奇森医生说，语气里多少带了点儿幸灾乐祸的意味，“那个‘爱德华医生’是个冒牌货，他极有可能谋杀了真正的爱德华医生。现在他已经不见了。”

彼特森医生听了这话，才知道J.B.暂时还是安全的，她装作对此事一无所知的样子，说：“他不在自己的房间吗？”她用眼睛的余光瞟着人群脚下的那封信，看来这封信一定是J.B.临走时留下的。她的心都悬到了嗓子眼儿，她在心里默默地祈求，千万不要让这群人看到这封信。

警官上前问道：“女士，您昨晚把他一个人留在房间里，是吗？”

“是的。”

“他跟您说过他为什么会晕倒吗？”

“没有，他失忆了，一直处于混乱状态，说起话来语无伦次。”

彼特森医生的表现让警官有些起疑，于是直接把自己的怀疑说了出来：“当您听说那个爱德华医生是假冒的，而且可能是个杀人犯时，您并不吃惊。”

彼特森医生笑着说：“我在工作中经常遇到令人惊讶的事，我已经习惯了。”

“那您之前有过怀疑吗？”

“没有，我觉得他昏倒是由于他精神上的某种幻觉。”

警官嘲讽地说：“这个诊断真是有趣，您是否还会把他的逃跑解释为外出度假？”

彼特森医生有点儿生气地说道：“我并没有做出任何医学诊断。看到他突然昏倒时，我很吃惊，但并没有想更多。”

这时，站在后面的富尔洛医生说话了：“我们都很吃惊，这家伙把我们所有的人都骗了，除了默奇森医生。”

警官转而问道：“他也没向您透露他想去哪儿吗？”

彼特森医生的余光令人难以察觉地瞟了一眼地板上的信，是的，他可能在那封信中提到了这一点，果断地说：“没有。”

“他也许还躲在附近，我们先去周围找一找。”警官说完，转身就要走。一帮人浩浩荡荡地出去了。一只只脚从那封信旁边经过，警官一下子把那封信踢到了门外。彼特森医生的心再次悬了起来。

默奇森医生留在最后，安抚她说：“我很遗憾，这样的事发生在您身上，康斯坦斯。我本该事先提醒您提防他一下，但我也不是太确定。别担心，这不是您的错，他们会找到他的。警察那边一有消息，我就来告诉您。”默奇森医生转过身朝屋外走去，一眼就看到了那封被踢出门外的信，他弯腰拾起了信。彼特森医生紧张得几乎快要窒息了。

默奇森医生看看信封——谢天谢地——他并没有把这封信和冒牌的爱德华医生联系起来，随手把信交给了彼特森医生，彼特森医生也装作很随意的样子接过了这封信。

门一关上，康斯坦斯就迫不及待地拆开了信，虽然只有短短几行字，但这里面已经提供了足够多的信息，当然，还有J.B.对她的爱意和信任。

晚上，医生们聚集在院长办公室里谈论着这件事。葛拉夫医生坐在壁炉前烤着火，说道：“要我说，他这绝对算得上是计划性犯罪了。”

“胡说八道，很显然，这就是一个遗忘症病例，他根本不知道自己是谁，都做了些什么。”富尔洛医生驳斥了他的观点，对自己的见解有些自鸣得意。

彼特森医生坐在一旁的办公桌边装模作样地看书，不由自主地被他们俩的对话吸引了过去。富尔洛医生看到她其实在听他们说话，突然问道：“您怎么认为，康斯坦斯？”

彼特森医生慌忙把注意力拉回书上，掩饰着说："我不知道。"

"您知道，如果医生是别人而不是康斯坦斯·彼特森——一个高尚而且富有正义感的人，我想说——"

彼特森医生毫不客气地问道："您想说什么？"

"亲爱的，请原谅我，有些话说出来会不大好听。我是想说，有些事情，您可能没讲真话。我可是个很敏感的人。您还从来没有为任何一个男人这样神魂颠倒过，不管是正常的还是不正常的。"

坐在一旁看报纸的默奇森医生有些看不下去了，他说："我建议你们换个话题，富尔洛医生。"

葛拉夫医生很不服气地对富尔洛医生说："不管您怎么想，等他们把那家伙带回来，我倒是很想问问他。"

"您永远别想问他任何问题了。"

"为什么不行？"

富尔洛医生分析说："警察不可能把他活着带回来。这种遗忘症病人发现有警察在追他，多半会自杀。这家伙要么会用把枪打爆自己的头，要么会跳楼，来结束这种痛苦和噩梦般的幻觉。"

康斯坦斯听到这些话，十分担心，不能否认，这种分析是有道理的，一个孤独无依的遗忘症病人被警察追逐，的确是一件非常危险的事。

"别用这些话吓唬彼特森医生了。"默奇森医生似乎不太喜欢富尔洛医生在这里高谈阔论，又对彼特森医生说："对不起，康斯坦斯，我们的同事还像医学院学生一样喜欢乱说话。"

"没关系。我觉得富尔洛医生说得很对，但我太累了，不能听你们继续讨论下去了，晚安！"彼特森医生抱着书出了办公室，心事重重地回自己房间去了。

"插播一条警方消息，从格林玛纳斯精神病医院逃走的男子现在已经逃往曼哈顿方向，警方正设法追捕。本地附近的危险解除……"

将近午夜时分，收音机里播报的这条新闻让康斯坦斯打定了主意。她迅速地收拾好衣物，拎起皮箱出了门。

帝国饭店的大堂里人来人往，不时有穿着制服的警察出入其间。彼特森医生找了条长椅坐下，想着该怎样打听到J.B.的房间号。漂亮的女人走到哪里，都会格外引人注目。她刚坐下，一个叼着雪茄的男人就跟过来，紧挨着她坐下来，自言自语："还是坐下来舒服。"见彼特森医生不搭理他，他就开始没话找话地跟她搭讪："我是从匹兹堡来的，对您来说那只是个小城镇，可那是个好地方，人情味儿浓，这里的人都特别冷漠。"

彼特森医生正心烦意乱地观察中大厅里的情形，可旁边这个家伙一个劲儿地往她身上靠，觍着脸说："既然我们都这么熟了，一起去找个地方喝一杯，怎么样？"

彼特森医生脸上挤出一丝不情愿的笑容，说道："不用了，谢谢。"她尽力往长椅扶手边挪，想离这家伙远一点儿。

"您好像很了不起的样子。"那人从嘴里拿下雪茄，露出一副无赖的嘴脸，"我得让您知道，在匹兹堡，比您了不起的人多得是。"

彼特森医生忍不住讽刺地回应了一句："是啊，我相信，都跟您一样了不起。"

"您终于肯跟我说话了。"那家伙得寸进尺，几乎把半个身子都靠在彼特森医生的肩膀上。

彼特森医生说："请您往那边坐坐，好吗？"

"太过分了，走开！"一位男士站在他们面前，对那家伙呵斥道。

那个老色鬼气势汹汹地说："我得让您知道，我是这家饭店里的客人，您是干什么的？"

那人冷笑着说："我是这里的警探，快点儿走开！"

那家伙乖乖地起了身，嘴里还在念叨着："这座城市真是越来越糟糕了。"

一听是警探，彼特森医生也想起身离开，却被那名警探拉住了："没事了，女士，您不用走。"彼特森医生只好重新坐了回去，那人也在她旁边跟着坐下，"我很抱歉，让您受困扰了。我已经注意您很久了，就是怕有类似的事情发生。我们警探的主要职责就是要预先发现并制止这种麻烦。您登记了吗？"

"没有。"

"我还以为您登记过了呢。我看您刚才在这里走来走去的，是在找人吗？"见女孩不愿搭话，警探就拍拍她的腿，说，"您不用怕我。帮助有困难的女士是我的职责，您是从别的城市来的吧。您是教师吗，还是图书管理员？"

彼特森医生随便选了一个："教师。"

"我猜就是，您有教师特有的那种气质。"那人得意地说着，又开始大献殷勤，"也许，我能帮上您什么忙。"

"不用了，谢谢！"彼特森医生简短地说，她只希望这个过于热情而且来历不明的警探快点儿离开。

"我猜，您肯定是在找一位男士，而且是很亲近的人。从您焦虑不安的神情来看，我敢肯定，您是在找一个和您关系很亲密的人，比如说，您的丈夫。"

这家伙自以为是的口气和富尔洛医生很像，倒是提醒了彼特森医生，她意识到这名警探有可能帮她找到要找的人，于是夸张地说："真是太让我惊讶了！"

警探天真地说："我猜对了，是吧？"

彼特森医生故作惊讶地问："您是怎么推断出来的呢？"

"从某种程度上说，我也算是个心理学家。"警探得意地说，"您愿意向我提供一些基本情况吗？"

“没什么，我们只是拌了几句嘴。”彼特森医生抛出了一个很好的开头，让警探再接下去。

警探果然开始了自己的推测：“然后他就走了。您觉得很后悔，追到了这里，但是您现在又不敢去面对他。”

人们总是倾向于相信自己的推断，而不是陌生人的诉说。彼特森医生巧妙地迎合着警探的心理，让他满足于自己的推断，然后才提出了自己的需求：“不，不，我只是不知道他住在哪个房间。他告诉一个朋友他来了这家饭店，不过他可能用了假名字登记，这样我没法儿找到他。我现在必须找到他并向他道歉，让他感觉好一些。”

“他是什么时候来的？”

“昨天早上。”

“他大概长什么样？”

彼特森医生像个自豪的妻子一样描述着J.B.的容貌：“他个子很高，长得很帅，黑头发，棕色的眼睛，脸部线条分明，带着一只手提箱。”

“我去帮您找找。”

警探去服务台了。那个老色鬼见旁边的人走了，又磨磨蹭蹭地往这边走过来。彼特森医生厌恶地转过脸去不看他，可他又在旁边坐了下来。警探很快就回来了，站在前面紧盯着他，那个家伙只得无奈地站起身离开了。彼特森医生急切地问道：“您找到他了吗？”

“我想，我们有了线索，昨天登记入住的人中大约有二十五个符合您的描述，这些是登记卡，您大概能认出他的笔迹。”

“您真是太聪明了。”彼特森医生从包里拿出眼镜戴上，一张张翻看着登记卡，很快就找到一张登记名为“约翰·布朗”的，说道，“这是他的笔迹。”

警探接过登记卡看看，说：“约翰·布朗，这个名字取得一点儿想象力都没有。他住在3033房间。”

“太谢谢您了，我得去找他了。”

“我可以理解您急切的心情，能帮您找到他，我也很高兴。我也是已婚的人，知道妻子追来道歉会是什么感觉，祝你们和好如初。”警探热情地把她送到电梯口。

当这个暂时给自己取名为约翰·布朗的人听到门铃声打开门，见到彼特森医生时，不禁吃了一惊：“康斯坦斯！”彼特森医生立即关上了房间门。

布朗有些冷淡地说：“你来干什么？你不欠我什么。”

“我来，是为了做我要做的事。”康斯坦斯缓缓地走到他面前，坚定地说，“我要照顾你，把你的病治好，我要和你待在一起，直到弄清楚事情的真相。”

“但是你不能这么做，你不能窝藏一个杀人犯。你是一位医生，不应该让自己陷入这种危险境地。现在只是开了个头，我的情况我自己都弄不清楚，我不能让你做这样的傻事。”

“离开你让我难以忍受，你不知道我昨天是怎么过的。我一整天都提心吊胆，仿佛被追捕的是我自己，我吃不下饭，无法工作，什么都做不了，只是一个劲儿地想着你，所以我不得不来。我会在这层楼里订个房间。在这里，我仅仅只是你的医生，与爱情无关。”

听康斯坦斯说到这里，布朗已经控制不住，把她搂在怀里，热烈地亲吻着。康斯坦斯紧紧地拥抱着爱人，喃喃自语：“完全无关，完全无关。”

康斯坦斯开始试着用精神分析疗法帮布朗找回记忆。她让他平躺在床上，以他自己觉得舒服的姿势尽量放松，然后开始引导他：“试着回忆，让你的思绪回到童年时代。你的童年快乐吗？还有你童年认识的那些人。”

“我脑子里好像有一些画面，却看不清楚。这根本没用。”布朗灰心丧气地说。

但是彼特森医生很有耐心，她继续说：“你住在某个地方，你有母亲，她很爱你，你还有朋友。”

布朗故意有些赌气地说：“是啊，说不定还有一位妻子。”

没想到康斯坦斯当了真，再说也的确有这种可能，但她仍用专业医生的平静语气问道：“你能想起她来吗？”

“我可没说我有妻子，我只是说可能有。”布朗看着康斯坦斯，摇着头说，“没有，亲爱的，感谢上帝，我完全不记得我有过妻子。”

康斯坦斯想先弄清楚他的职业，就握住他的手说：“回答我几个医学上的问题。”

“康斯坦斯，你能别再折磨我好吗？我脑子里一片混乱，我记不起任何东西，除了对你的爱。”

康斯坦斯提了一个专业问题：“你会如何诊断右上腹的持续疼痛？”

布朗竟然很流利地说出了诊断：“可能是肝病，也可能是心脏病，或者是肺炎，具体还要看病人的病史。”

总算得到了一点儿信息，康斯坦斯非常兴奋地说：“显然你是一位医生。”但布朗并没因这样的结果而乐观起来，仍然灰心地说：“是啊，我是著名的某医生。”

“只要我们能找到哪怕一点点的记忆，它就能成为我们找回其他所有记忆的钥匙。”康斯坦斯信心十足地鼓励着爱人。

“一点儿也想不起来。”布朗翻身从床上坐起来，说道，“我脑子里只有一件事。我反反复复地想，想弄明白其中的逻辑关系。”

“什么逻辑？”

“我曾经和爱德华在一起，还有另一个人，不知是什么人。”布朗拿起报纸念着上面的相关报道，“‘警方认为，从格林玛纳斯精神病医院逃出来的那个他们正在追捕的假冒者，就是在坎伯兰山拜访过真正的爱德华医生的那个病人。从那天起，这位著名的精神病学家就消失了。自从他跟那个假定的精神病人离开坎伯兰山度假地之后，人们就再也没有发现爱德华医生的任何踪迹。’”

“你记得这些事吗？”

“不记得。”

“那你凭什么相信你当时跟他在一起呢？”

“不管我们去了哪里，反正我是以他的身份回来的。如果不是知道爱德华医生已经死了，我怎么会假冒他的身份回来呢？如果他死的时候，我没和他在一起，我怎么会知道他死了呢？”

“你是当时和他在一起吗？”

“我不记得了，但从逻辑上讲，我知道我肯定在场。从逻辑上讲，我也应该知道为什么没找到尸体，因为我把尸体藏起来了。”布朗顺着这个思路推断下去，越说越觉得自己就是杀人凶手。

康斯坦斯认为，这一切都要归因于布朗那病态的负罪感：“你怎么知道这些不是你自己想象出来的呢？在没有任何证据的前提下，坚称自己是凶手，你知道这是怎么回事，不是吗？不管你是什么人，你正陷于负罪感的折磨中，而这种犯罪幻觉的产生要追溯到你的童年时代。”

布朗握着康斯坦斯的手说：“我觉得你也疯了，比我还不正常，为一个连自己名字都不知道的人做这么多，跟一个只有名字缩写的男人私奔。”

听着爱人的话，康斯坦斯脸上满是甜蜜的微笑，她看着放在床头柜上的报纸说：“报纸上没有登你的名字，也没有你的病史，这只能说明一件事，爱德华医生的约谈记录中并没有你的名字。”

康斯坦斯摸着爱人的手，突然发现他的左手手背上有一大块烧伤疤痕。“你出过什么意外事故，是在哪里？你的手怎么了？”

她仔细地察看伤疤，说道：“你的手被烧伤了，应该在过去六个月中动过一次手术。皮肤三级烧伤。你的手被烧伤了，还记得是在哪儿烧伤的吗？”

布朗看着自己手背上的伤疤，头开始眩晕，脑子里一片混乱，受伤时那种疼痛的感觉突然又回来了。“很痛。”

“试着想想！”

他紧紧地抓住那只受过伤的手，表情痛苦地说：“我的手很痛。”

“这说明你受伤的记忆回来了，这也许能让你记起整个事件，然后疼痛就会消失。你还记得是在哪儿被烧伤的吗？”

“我想不起来，太痛了！”

“是怎么发生的？”

“着火了，火烧到了我的手！”布朗惊慌地喊道。

“再好好想想。”看到布朗一下子晕了过去，康斯坦斯赶紧搂住他在床边坐了下来。过了一会儿，布朗才慢慢地清醒过来，手上的疼痛感也消失了。

“亲爱的，你还好吗？”

“我很好。”布朗如梦初醒，似乎对刚才发生的一切一无所知。他一脸茫然地问，“发生什么事了？”

“你刚才重新经历了一遍上次的意外事故，但是你的记忆只停留在你自己的感觉那一部分。这是个好的开始，真的，你很快就会好起来的。”康斯坦斯搂着爱人的肩膀兴奋地说。

门铃突然响了，两人紧张万分地朝门口看去，“会是谁呢？”布朗问。

“哦，想起来了，我刚才让他们送份报纸上来。”康斯坦斯过去开了房门。

侍者手上拿着一份报纸：“是您要的报纸吗？报纸一到，我就给您拿上来了。”

“是的。”康斯坦斯拿钱去了。等在门口的侍者不经意地看了一眼手里的报纸，警方发布的针对康斯坦斯·彼特森医生的追捕令已经登出来了。侍者发现照片上的女人和刚才开门的女人很像。康斯坦斯把钱给了侍者，拿过报纸，见侍者的神情有些怪异，立即关上了门。她一眼就看到了自己的照片，这才明白刚才侍者的怪异神情。

“我的照片登在报纸上了，他认出了我。”康斯坦斯当机立断，“我们得马上走。快点儿，没时间收拾行李了。”

两人穿上外套，拿了大衣，康斯坦斯只来得及带上随身的小包，便和J.B.出了门，下了电梯。大厅里，刚才送报纸的侍者正急急忙忙地和那名警探说着什么。康斯坦斯和布朗不动声色地从那两人不远处走过，出了饭店，直奔火车站而去。侍者把报纸拿给警探看，警探认出竟然是那个被自己当成中学教师的女子，不禁大吃一惊。

到了车站，康斯坦斯想趁这个机会帮布朗找找回忆，看看能否找到一条至关重要的线索：“听我说，你从坎伯兰山离开时，肯定经过纽约，不管你从哪儿来，要到哪儿去，你都在这个火车站待过，你在售票窗口前一定听到爱德华医生买了去哪里的票。”

“我不记得了。”

“你会想起来的。当你一点点地接近售票窗口时，试着在脑子里重现你和爱德华医生一起排队买票时的情景，尽量重复当时爱德华医生说过的话，买两张去往同一地方的车票。”

“我试试吧。”

两人找了个窗口排进队伍中。身处嘈杂的车站大厅里，看着眼前人头攒动的队伍、装着栏杆的售票窗口，听着卖票人和乘客间的对话，一些零零星星的记忆似乎在布朗脑中闪过。他拼命地想要抓住，拼命地想要看清，却完全无能为力。

他们离窗口越来越近，听买票的人报出一个又一个地名，布朗的情绪也越来越紧张，他转身想从队伍里逃走，却被康斯坦斯挡住了。她在他耳边低声重复说：“你和爱德华医生一起去的地方，买两张去那个地方的车票。”

前面的人走了，轮到他们俩站到了窗口前。布朗张开嘴，可大脑里一片空白，什么都没有想起来。“去哪儿？”窗口里的售票员问，“请问您要去哪儿，先生？”这样一来，布朗更紧张了。他瞪大眼睛，皱紧眉头，他越是想尽力抓住一点儿回忆，越是抓不住，于是像个傻子一样愣在窗口前，连在旁边帮他鼓着一股劲儿的康斯坦斯都有些泄气了。

售票员以为他还没想好要去哪里，就对他说：“那您先让后面的人买吧。”

“我要买两张票。”布朗艰难地开了口。

“去哪儿的？”

布朗抬起头，痛苦地闭上眼睛，嘴里冒出一个完全不着边际的地名：“罗马。”

售票员也没明白过来：“什么罗马？”

布朗求助般地朝康斯坦斯看去，她只好随口替他说了一句：“他说的是佐治亚州的罗马。”布朗像是虚脱了，一下子无力地趴在窗口边。

后面排队的人群一阵骚动，附近值班的警察走过来问：“出什么事了吗？”

康斯坦斯扶着布朗说：“我丈夫病了，我要带他回家去。”

“给，两张去佐治亚州罗马的票。”售票员把票推出窗口。

康斯坦斯生怕引起警察的怀疑，于是跟他解释说：“他没什么事，这种阵发性的头晕一会儿就过去了。”但布朗还是趴在窗口，一动不动。警察说道：“他看上去病得很重，我去帮您叫医生。”

“不，不用了，他很快就好了。”康斯坦斯连忙拒绝了警察的好意，低下头叫布朗，“你感觉好些了吗，亲爱的，亲爱的？”又压低声音在他耳边说，“振作起来，你会没事的。”

康斯坦斯拿起票和找回的零钱，问售票员：“去罗马的车什么时候开？”

“十分钟之后，在17号站台。”

康斯坦斯用力扶起了布朗，布朗也只得打起精神站起来，只觉得一阵头晕目眩。

康斯坦斯对警察说：“谢谢。”

“不用客气，夫人，我帮您把他送上车吧。”

“他已经恢复了。您真是个好人，不过我应付得了，谢谢您。”康斯坦斯一边说着，一边扶着布朗走远了。警察有些疑惑地看着这对举止奇怪的夫妇，看着他们过了检票口，进了站台。

康斯坦斯对布朗说：“我们假装上这趟车，走到前面再绕回来。”

“为什么，车上会有什么麻烦吗？”

“刚才警察听到我们要去哪儿了。”

“他怀疑了吗？”

“没有。他很友善，可是当他晚上回警局看到报纸后，会发现我们的相貌和通缉令上的一样，就要打电话到佐治亚州的罗马了。”

布朗说：“我们也不能回饭店了，这时候那儿可能到处都是警察。”

“不回饭店，我们去罗切斯特。走吧，我们再去买票。”

两人绕着站台走了一圈，又回到售票厅，避开那名警察和刚才去过的窗口，买了去罗切斯特的车票。布朗也不明白康斯坦斯到底是怎么打算的，他问道：“我们去罗切斯特干什么？”

“去找布尔洛夫医生。”

“哦，就是那个讨厌调料罐的人。”布朗想起了他们在医院餐厅一起吃饭时，康斯坦斯说的那件趣事。

“他是我的精神分析导师，给我做过精神分析。”

布朗诧异地问：“是吗？你也有病要治吗？”

康斯坦斯解释说：“每个精神病医师在正式执业之前，都要让别的医生诊断一下自己。”

布朗开玩笑地说：“哦，这样可以确保精神病医生们自己疯得不是太厉害。”

康斯坦斯针锋相对地回应说：“显而易见，一个人脑子再有病，也不耽误他开精神病医生的玩笑。”

布朗搂着恋人，笑着说：“对不起，我太蠢了。”

“我也一样，我经常会忘了你是一个病人。”

“我也是。当我这样握着你的手时，就觉得自己完全是个正常人。等我的病好了，你还会爱我吗？”布朗问。

康斯坦斯羞涩地说：“那就轮到我为你患恋爱症了。”

布朗看看周围，检票口前到处都是深情吻别的情侣，于是他像个调皮的孩子一样搂着康斯坦斯说：“我很正常，一个甜蜜的长吻就可以把我的病治好。”

“我还从没试过用这种方法治疗负罪感。”康斯坦斯笑着推开他。两人穿过人群走到检票口时，布朗不由分说，把康斯坦斯搂过来，就要亲吻。康斯坦斯半推半就地说：“不要弄得太引人注目了。”

“周围的人都这样。”

两人像即将分别的情侣一样来了个长时间的热吻。然后，康斯坦斯把两张票递给检票员。检票员诧异地问：“你们两个都去吗？”

“是的，没错。”康斯坦斯拿回票。两个人一起进了站，留下一头雾水的检票员在检票口发愣。

上车落座后，布朗就拿起了那份报纸，康斯坦斯却说：“别看报纸了，我们接着前面的进行。”

“进行什么？”

“努力找回你最初把自己当成爱德华医生的那一刻。”

布朗有些不满地把报纸扔到一边，说道：“亲爱的，我要和你好好谈谈。”

“说吧，我听着呢。”

布朗拉过坐在对面的康斯坦斯的手，说：“作为一位医生，你让我恼火。我现在正沉浸在爱情的幸福甜蜜中，但你一个突然的问题就把我弄得很不舒服了，我不喜欢这样。我觉得，你就像个搞突然袭击的中学教师。”

“我是搞突然袭击了，作为精神分析医生，我必须这样做，我得帮着病人揭示真相。患者都容易对医生产生反感，作为医生，我也会越来越让你讨厌。”

“你喜欢这样吗？”

“站在医生的立场，是这样的。”康斯坦斯说着，站起身，脱下外套。布朗帮她接过外套，开玩笑地说：“如果我控制不住把你打一顿，你会把身上留下的伤痕当成一种医生的荣誉勋章吗？”

“是的，不过，不能打得太疼。好了，我想，我们还是继续我们的治疗，我们现在有了一些新线索。”两人重新坐了下来，康斯坦斯又从恋人恢复到医生的身份。

“什么新线索？”

“你是一个医生，你遭遇了一场意外事故，你的手和前臂被烧伤了。还有，你在罗马待过。”康斯坦斯列举了目前已经掌握的几条线索，但最后一个被布朗否认了：“我从没去过罗马。”

“你可能在那里待过，或者去过，也许和你手上的烧伤有关系。罗马，你好好想想，可能是在意大利的罗马。你是什么时候去罗马的？你在罗马做什么？好好想想。”

在康斯坦斯的引导下，布朗开始努力回忆。不经意中他的目光投向窗外，看到急速行驶的火车边一道道平行排列的铁轨，头又开始眩晕了，但这种眩晕触动了他的回忆：“是的，我想起点儿什么了。战斗机在朝我们开火。”

“你在飞机上？”

布朗语速飞快地说着：“运输机，医疗队，我们正经过罗马上空，朝北飞去。”

“发生了什么事？”

“他们击中了我们，着了火，我的衣服也烧着了。”

“还有呢？”

布朗困惑地抬起头：“我不知道，记忆中断了。”

“你离开了部队？”

“是的，我可能是逃走的。我讨厌军队，讨厌杀人。我只能记起这么多了。”

康斯坦斯分析说：“你的犯罪妄想显然源于你的从军经历。”

布朗突然像只火药桶爆炸似的爆发了：“别说了！你像个冒牌的所罗门王一样喋

喋不休，像个愚蠢的恶魔一样坐在那里说着毫无意义的话！我讨厌自以为是的女人！”

康斯坦斯苦笑着说：“亲爱的，我们才刚刚开始，别把我打击得太厉害。”

晚上，他们来到罗切斯特布尔洛夫医生的家。“我在实习期结束后为布尔洛夫医生当了一年助理，现在的工作也是老师介绍的。你肯定会喜欢亚历克斯的。”在进门之前，康斯坦斯对布朗说。

“我只要有你一个心理医生就够了。你准备怎么跟他说？”

“就说我们在度蜜月。”

布朗对恋人说：“医生小姐，这是你开出的最好的处方了。”

但布尔洛夫医生不在家，帮他收拾屋子的清洁女工也正要回家去。把客人迎进门后，清洁女工告诉他们，屋子里还有两位客人也在等布尔洛夫医生，就走了。

他们走进客厅，屋里的客人起身和他们打过招呼后坐回沙发上。两人脱了外套，各自找个位置坐下。两拨彼此陌生的客人在一间屋子里等着主人回来，气氛有些沉闷尴尬。过了一会儿，那两个人继续之前的对话，其中的一个对另一个说：“你母亲最近怎么样？”

另外一个说：“还是在抱怨她的风湿病。她一直要我申请调去佛罗里达。我说，难道您希望我因为您的风湿病就牺牲掉自己升职的机会吗？”

听到这里，彼特森医生略微有些不安。

“你跟上头提过这事吗？”

“他们说调职可以，但我可能得重新从巡警干起……”

原来坐在对面的是两名警官。康斯坦斯和布朗有些不安地交换了一下眼色，康斯坦斯从包里拿出眼镜戴上，随手拿过茶几上的一份杂志翻看着。

突然，电话铃响了，四个人你看看我、我看看你。离电话机最近的康斯坦斯正要去接时，那名为是否要调职而烦恼的警官站起来，说：“我来接吧，可能是打给我的，我给局里留了这个电话。”

那人接起电话，说：“是的，我是库利警长，有什么新进展吗？……你们什么时候知道的？……好，我一会儿就过去。再见！”

这个电话说不定就是关于彼特森医生和她的病人的。警长放下了电话，凑到同事旁边耳语几句，这让两人更加担心了。

正在担心之际，布尔洛夫医生回来了。康斯坦斯赶忙迎了过去：“亚历克斯！”

布尔洛夫医生见到自己的学生来看他，高兴地说：“瞧瞧这是谁来了！我最最亲爱的——”

赶在老师喊出自己的名字之前，康斯坦斯急忙给了他一个热烈的拥抱，说：“我刚刚到，还没来得及通知您。”

“我猜你就会来，我该早点儿回来的，刚才去部队医院做了场演讲。”布尔洛夫医生见客厅里还有几个人，问道，“这些先生是和你一起的吗？”

警长已经站起身介绍自己了：“布尔洛夫医生，我是警察局的库利警长，这位是吉莱斯皮警官。”

老医生问：“你们有何贵干？”

“我想，您可能会给我们提供一些关于爱德华医生的资料。”警长问出这样的话，果然是为这事而来。康斯坦斯悄悄地走过去，紧紧地搂住了布朗的胳膊。

“资料？你们怎么总是来烦我？我昨天就已经告诉警察了，我对爱德华一无所知。”

“但昨天您还是做了一些推测的。”

布尔洛夫医生边脱外套边说：“我是跟警察说过，如果爱德华带着那个妄想症病人一起去度假，那他就是个十足的傻瓜，这就跟玩一把装满子弹的枪一样危险。”

“您是不是认为那个病人杀了他？”

布尔洛夫医生可不想随便下什么定论：“我什么都没想，我又不是侦探。”

“爱德华医生不是您最好的朋友之一吗？”

“你在说什么？那是个不可救药的家伙。”

库利警长严肃地说：“据我所知，您在纽约时和他吵过架。”

“不是纽约，是在波士顿的精神病学会议上。他把病人带去滑雪或者打保龄球，认为这样能治愈他们，这是什么精神病医生啊？”

“我听说，您威胁说要打断他的鼻子。”

“可我实际上只是起身离开，踢翻了几把没人坐的空椅子而已。所以，你们不必再问我其他任何问题，没有别的什么了。”

“好吧，谢谢，很抱歉来打扰你。”库利警长和同事拿起大衣和帽子准备告辞了。临走前，警长又补了一句，“如果事情有什么变化，我们还会和您联系的。”

直到两名警官离开，康斯坦斯和布朗悬起的心才暂时放了下来。送走警察，布尔洛夫医生仍是余怒未消：“你都不知道他们到底想来打听些什么，下次来就该对我严刑逼供了！”

康斯坦斯拉着布朗走到老师面前，满脸喜悦地说：“亚历克斯，见到您，我真是太高兴了，我本想写信把这个好消息告诉您的，但是事情发生得太快了——我结婚了！”

老医生一时还没反应过来：“你结婚了？”

“是啊，这是我的丈夫约翰·布朗。”

布朗朝老医生伸出了手：“很高兴正式认识您。”

“这么说，你已经结婚了。”老医生热情地握着布朗的手，对两人说，“没有什么比新婚更让人高兴的事了，没有精神病人，没有攻击行为，没有什么犯罪妄想症。恭喜你，祝愿你们早日生个小宝宝。我们要不要像从前那样喝杯啤酒庆祝一下？”

康斯坦斯有些不好意思地说明来意：“老实说，我们没找到饭店，城里的饭店都满了。”

“为什么要去饭店？饭店不适合度蜜月的人。你们就住我这儿，这里只有我一个人住。”老医生热情地邀请着这对“新婚夫妇”，把他们领到厨房里，“我的管家参军去了，秘书也去了陆军妇女队，我请的清洁女工又不会做饭，你来了，就可以早上帮我煮咖啡了。”老医生拉着康斯坦斯的手，像慈爱的父亲看自己宠爱的女儿一样看着她。

“您真是太好了，亚历克斯。”康斯坦斯充满感激却又有些不安地捏捏老师的手。

老医生神采飞扬地对布朗说：“能见到以前的助手，我真是太高兴了，她是我带过的最年轻、最优秀的助手，现在不知怎么样了。我的一个老朋友说过，女人可以成为最优秀的精神分析医生，可一旦坠入爱河，她们就可能成为最典型的病人。”

送他们去楼上房间休息时，布尔洛夫医生对布朗说：“只要你是康斯坦斯的丈夫，我这里随时欢迎你。晚安，做个好梦，明天早上我来分析分析你们的梦。”

两个人进了房间，才舒了一口气。布朗关上了门，背靠着门对康斯坦斯说：“你在警察面前表现得太棒了。”

“我有吗？”

“就像A级军火贩子一样，干净利落地甩掉了他们。”

康斯坦斯想想刚才的场面，还有些后怕：“有那么几分钟，我觉得自己很傻，不过后来就好了。”

“希望那位教授没有看上去那么精明，他刚才像是话里有话。”

“你是说亚历克斯？不。”康斯坦斯打量着房间，这是她以前给布尔洛夫医生当助理时住过的房间，“这房间和以前有些不同，在我之后应该有人住过。亚历克斯不会乱想的，他很亲切。”

布朗还是对老医生抱有戒心：“也许吧，他甚至都没问我们为什么没带行李。”

“他这人就是这个样子，有时候稀里糊涂的。”康斯坦斯走到梳妆台前，把外套和手提包扔到椅子上，对着镜子整整头发。看着镜子里的自己，她突然有感而发，“你知道吗？这房子看起来像是变了，其实根本就没有变，变的是我，我的心境变了。”

布朗走到她身后，看着镜子里那一对幸福的人：“什么意思？”

“这房间里的一切看上去都是那么美妙。”康斯坦斯有些羞涩地离开镜子，走到旁边坐下。

“原来如此。”

“刚才警察让你不安吗？”

“没有，一个正在度蜜月的人会忽略这些琐事。”布朗走到爱人身边坐下，深情地看着她说，“我想，这应该是你第一次度蜜月吧。”

康斯坦斯脸上浮起幸福甜美的微笑：“当然。如果是真的蜜月就好了。”

布朗给了爱人一个甜蜜的热吻，说：“我一点儿也没有以前和别的女人接过吻的印象。”

“我也没有过这样的经历。”

布朗把爱人拥入怀中，热烈地拥抱着她，说道：“你真是太可爱了。”

康斯坦斯从他怀中挣脱出来，说：“当然了，我又不是小孩子，早就不是了，所以我们得控制自己。”

“管他呢！”布朗说着，又要去亲吻她，但被康斯坦斯避开了：“不行，请别这样。”她有些不安地站起身来，走到一边。

“为什么不行？”

康斯坦斯换了一副严肃认真的表情：“这有违医生的职业道德，现在我是你的医生。”

布朗无可奈何地说：“好吧，医生，你不用再担心了，我待会儿睡沙发。”

这个提议也被医生否定了：“不行，这同样有违医生的职业道德。”

布朗起身朝恋人走去：“还要扯上这么多医学道德伦理，这个蜜月过得可真够麻烦的，要不然我就睡在地板上。”

康斯坦斯避开他，绕到床的另一边，打开床头柜上的灯：“病人通常都是睡在床上，医生可以和衣躺在沙发上。”

“我知道，你熟悉这套规则。”布朗嘴里还开着玩笑，可当他看到床上的被单时，脸色马上就变了。康斯坦斯顺着他的目光看过去，却没看出有哪儿不对劲儿：“你又想起什么了吗？”

“没有。”

“可能是这个房间让你想起了什么？”

“没有。”

康斯坦斯走到病人面前，盯着他说：“你在逃避某种回忆，你的脑子里出现了什么？”

“没有。”布朗坚称。

“是的，肯定是，你在逃避它！”康斯坦斯极快的语速给病人带来了莫大压力，他又爆发了，喊道：“你又来了，你又在表现你有多了不起了，我讨厌你这样对我说话！”

“你刚才在看床，到底是什么让你害怕呢？白色，条纹……”康斯坦斯看着被单上的白色条纹苦苦地思索着，突然想起了几个类似的场景，“当我用叉子在桌布上划出线条时，它们引起了你的不适；那天晚上你吻我时，突然把我推开了，当时我穿着一件有黑色条纹的白色晨衣。你好好想想，你为什么会害怕白色？为什么会害怕线条？想想白色……白色。”康斯坦斯摇晃着病人的胳膊，追问道。

布朗转过脸去，不再看床：“我也不知道，反正它就是让我害怕。”

康斯坦斯拉着他说：“不要逃避，看着那张床！看着它，好好地想想！”

布朗回过头看了一眼，一阵猛烈的眩晕突然袭来，他一头栽倒在地上。康斯坦斯紧紧地抱着爱人，亲吻着他的头发，喃喃道："亲爱的，你不可以害怕，不可以。我们已经有进展了，我们现在有'白色'这条线索了。"

布朗苏醒过来后，发现自己躺在沙发上，肯定是康斯坦斯担心他害怕床上白色的被单，所以她自己睡了床。他从沙发上坐起身来，只觉得浑身无力，脑子里仍是昏昏沉沉的。他踉踉跄跄地走进卫生间，从水龙头里接了杯凉水喝下去，脑子这才清醒了一点儿。看看镜子里的自己，他发现胡子长了不少。洗脸盆上的搁架上正好放着剃须刀和剃须膏。他打开折叠的剃须刀，往杯子里挤了点儿剃须膏，机械地搅着剃须膏。杯子里搅出的白色泡沫又令他头晕目眩，他像烫着手一样，飞快地把杯子放回架子上。可是，白色的洗脸盆、白色的浴缸，卫生间里到处都是白色，这可怕的颜色像梦魇一样，死死地困住了他。他回过身来，无力地靠在卫生间门边，大口大口地喘着气，手里还拿着那把打开的剃须刀。

房间里，皎洁的月光透过窗子洒到床上，康斯坦斯正在白色条纹被子下熟睡。布朗鬼使神差地朝床边走来，定定地看着睡梦中的恋人的脸。过了一会儿，他缓缓地转过身，像梦游一样打开房门，走了出去，一步步下了楼梯。他眼神呆滞，步伐僵硬，锋利的剃须刀刀刃在手中闪着寒光。

布尔洛夫医生正坐在书桌后面看书。"是你吗，布朗？"老医生听到楼梯上的动静，问了一句，但布朗并不答话。老医生说道，"哦，我就知道是你。我睡不着觉，干脆起来工作，人上了年纪，睡觉的时间就越来越少了。我刚给自己准备了牛奶和饼干，你要不要也来一点儿？我去给你拿个杯子。我很高兴能有个伴儿，一个人喝牛奶、吃饼干挺无聊的。"

布尔洛夫医生从书桌后站起身来，一边说着，一边朝厨房走去。他从布朗面前走过，却没意识到布朗的异样，甚至连看都没看他一眼，就进了厨房，嘴里还在念叨："我年轻时，总觉得和别人待在一起是浪费时间，只有一个人独处我才会快乐。现在……"

老医生从厨房里拿了杯子出来，再次从布朗面前经过。布朗仍然站在原地，一言不发，一动不动。老医生走到桌边倒牛奶，继续说着："现在正好反过来了，人老了就会这样，所有事情都朝着相反的方向发展。你知道，世界上是什么人在制造最大的麻烦吗？就是老人。他们总是担心他们死后世界会变样，所以喜欢挑起事端，因为除此之外，他们再也找不到什么好玩儿的事了。"

老医生端着牛奶走到布朗面前，把杯子递给了他，还是没有发现布朗不对劲儿。布朗一手拿着剃须刀，另一只手机械地接过牛奶。老医生则回去拿起自己的那杯牛奶，向布朗举起杯："来，让我们为你干一杯，为热爱生活的年轻时代干一杯！"布朗把杯子里的牛奶一口喝了下去。

彼特森医生早上起来时，发现布朗不在房间里。她慌慌张张地穿上衣服，下了楼，一眼就看到布尔洛夫医生瘫坐在靠背椅里，头耷拉在胸前，胳膊垂在扶手外面。她心头猛地一沉，三步并作两步跑了过去，扑在老师身上：“亚历克斯！亚历克斯！您还好吗？”

受了突然的触动，布尔洛夫医生睁开了眼睛，看见是康斯坦斯，笑着说道：“早上好！”康斯坦斯长舒了一口气，不过仍是心有余悸。老医生疼爱地伸出手摸摸她的脸：“是的，我没事，谢谢。我在椅子上睡着了。现在几点了？”

“7点。”

布尔洛夫医生拉着她的手，像小孩一样调皮地说道：“我梦到今天早上有好喝的咖啡。”

康斯坦斯有点儿心虚地说：“我丈夫好像很早就出去了，您有没有——”

老医生打断她的话：“他没出去，他在那边的沙发上。”

康斯坦斯连忙走过去，看见布朗躺在沙发上。

“他很好，睡得正香。”老医生从椅子上坐直了身子，风趣地说，“我亲爱的孩子，你是不是以为老亚历克斯·布尔洛夫——精神分析界最聪明的人之一，现在已经老得连二加二等于四都不知道了？”

康斯坦斯不好意思地说：“我早该知道逃不过您的眼睛。”

“我第一眼看到你们时，就发现你那个丈夫瞳孔有些放大，左手还在微微地颤抖。你们说是度蜜月，却一件行李也没带，还有约翰·布朗这个名字，也普通得太像假名了，我当时就知道是怎么回事了。”

“昨晚发生了什么事？”

“一切正如我所料。应付一个危险的病人，只能以静制动。我坐在这里等着，一旦你发出尖叫声，我就会冲上去。后来他下楼来了，情况非常危险，这一点我能从他脸上看出来。于是我一边和他攀谈，一边倒了杯放有镇静剂的牛奶给他，剂量足以放倒三匹马。等他睡下后，我就跑到楼上看你怎么样了。看到你睡得像个婴儿，我又回到这儿守着。”

康斯坦斯对老师敏锐的观察力和不露声色的沉稳表现十分钦佩，但对老师使用大剂量的镇静剂这一做法并不认同：“他的确有时候会很激动，但他并不危险。”

老医生拿起那把剃须刀，严肃地说：“这是昨晚我在他手里发现的。”

康斯坦斯也有点儿疑惑，不过非常坚持：“他自己并不知道手里拿着这个，亚历克斯，您要相信，他是不会伤害您的，绝对不会。”

“亲爱的孩子，他没有那么理智。”

“可那样处理是不对的。”

老医生看看沙发上沉睡的病人，说：“对付这种病人，我比你有经验。”

“我承认您比我经验丰富，但在这个——”

“行了，别说了，女人就喜欢说这种自相矛盾的话。你承认我比你懂得多，但另一方面，你又觉得自己比我懂得多。”老医生说着，就朝电话机走去。

“亚历克斯，你要干什么？”

“主要是为你着想，我要去通知警方。”

康斯坦斯拉着老师的胳膊请求道：“不，不，求您了！”

布尔洛夫医生一字一顿地说：“你这是在命令我，我的好学生？”

“您不了解这个男人，您知道的只是理论。您了解他的精神状态，但不了解他的心。”

学生的话更加激怒了老医生，他愤愤地说道：“我们是在谈论一个精神病患者，而不是一个浪漫情人！”

康斯坦斯还是坚持道：“我们在谈论一个男人。”

“哦，我明白了，爱情。看看你，彼特森医生，一位前途不可估量的精神分析学家，现在却像个坠入情网的女中学生，什么都不顾了。”老医生边说边拿起烟斗，往里面装着烟丝。

“亚历克斯，让我跟您谈谈他。”

“没什么可说的。我们两个都知道，女人一旦谈了恋爱，智商就低得惊人。医生不许我早上抽烟，可我太激动了。”老医生越说越气，他叼上烟斗，要划火柴，可手抖得厉害，把火柴撒了一地。

康斯坦斯看看沉睡中的爱人，转过身对老师说：“您说得对，我现在不是一个精神分析专家，甚至不是一个医生，但是我相信我的感觉。重要的不在于他的精神状态，而在于他的心。”她蹲下身，爱怜地抚摩着恋人的脸庞，“警察介入调查，会对他造成严重的冲击，会将他康复的机会完全毁了，而我了解他，我能救他。”

“如果是他杀了爱德华医生，你怎么帮他？”

“他不会，绝对不可能！”

老医生走到康斯坦斯对面的沙发上坐下，说道：“如果真是他呢，这种事完全有可能发生。”

“不会的。您也告诉过我，弗洛伊德曾经说过，一个人即使在失忆状态下，也不会做出有违他真实性格的事。”

“但是，你知道他的真实性格吗？”

“我知道，我当然知道。”

老医生叹了口气，说：“你知道？这是与科学背道而驰的。谁告诉过你他是什么样的人？是弗洛伊德，还是魔法水晶球？”

康斯坦斯端详着恋人的脸，转回身对老医生说：“我感觉不出他是坏人，甚至是个杀人犯，我不可能为一个邪恶的人感到痛苦。”

“你比他还要疯狂二十倍，‘她的爱情能判断正义与邪恶’，这是孩子气的话。

那么，你想要我怎么做呢？”

“给我一点儿时间，让我赶在被警察找到之前对他进行治疗，帮助他康复，不然他就治不好了。”

“这得需要一年。”

“不，不用。”

“好吧，就算是半年。我们躲在这里，坐着等上半年，等着哪一天他割断你和我的喉咙，然后一把火烧了这房子。哦，我亲爱的小姑娘，即便对恋爱中的女人来说，这也太不理智了！”

“只需要几天时间，问题就可以理出头绪，但需要我们两个一起努力。如果这办法还是没用，您就通知警察好了。您不是在窝藏杀人犯——除了他脑中的犯罪妄想，没有任何证据表明他杀了人。警察追捕他，主要是因为他可能是事件的目击者，但以他目前的状态来看，他根本不可能给警方提供任何信息。”康斯坦斯搂着老师的肩膀，说，“您得明白，我们并不是在做违法的事。对一个病人来说，我们的治疗要比警方的调查有效得多，医生比警察更想了解真相。”

老医生仔细地想了想，觉得学生说的也有道理，于是说道：“好吧。”

“您愿意等，是吗？”

“去帮我煮咖啡吧，我先观察观察他。”

康斯坦斯激动地扑进了老师的怀里，高兴得眼泪都出来了：“谢谢您，太感谢您了！我这就去给您煮咖啡，还有鸡蛋。”

老医生把学生送进厨房，叼着烟斗回到了客厅。他费了好大劲儿，才把昏睡中的病人弄醒。

“你是谁？”布朗睁开了眼睛，看见一个老头儿正趴在沙发背上看自己，一时间不知道自己身在何地。

“我是布尔洛夫医生。”

“布尔洛夫？哦，我想起来了。镇静剂，谁给我下了镇静剂？”

“是我，为了让你好好睡一觉。”

“布尔洛夫。哦，我是在罗切斯特。”布朗这才想起昨天晚上和康斯坦斯一起来了她老师家。他费劲儿地从沙发上直起身子。

“你叫什么名字？”布尔洛夫问道。

“我不知道。”布朗脱口而出，又奇怪地看了医生一眼，带着几分怨气说，“康斯坦斯都告诉你了。”

“没有人告诉我。要是我连一个遗忘症病人都看不出来，那我还知道什么？你不记得你的父亲或母亲吗？还有妻子或者情人？”

布朗坐起来，揉着头说：“不记得了。”

“不要对我怀有敌意，我只是想尽力帮你。我的年纪都可以做你的父亲了，我要你把我想象成你的父亲，要信任我、依赖我。这是个取巧的办法，因为我们没有太多时间了。”

布朗双手抱着头说：“好的，开始吧。”

布尔洛夫医生绕到沙发前面，在布朗身旁坐下：“也许你有些事情想告诉我，可能是一个简单的想法，或者是你头脑角落里的几个单词。告诉我，把出现在你脑子里的所有东西都说出来。”

可怜的布朗摇着头说：“什么都没有。”

“那你梦到什么了吗？”

“是的。”

“梦到什么了？”

布朗随口说道：“我不相信梦境，弗洛伊德的那一套都是骗人的。”

这让老医生有些恼火，他晃着手里的烟斗说：“好大的口气！你失去了记忆，又有犯罪妄想，你不知道自己从哪里来、要到哪里去，竟敢批评弗洛伊德。你这自作聪明的家伙！”

布朗仰靠着沙发背，无精打采地说：“你不喜欢我，爸爸。”

这下把布尔洛夫医生弄糊涂了，他问道：“你到底要不要我帮你？”

布朗侧过头，给了老医生一个希望和解的笑容：“对不起。”

布尔洛夫医生挥舞着烟斗，兴致勃勃地开始了理论阐释：“我和你说说梦是怎么回事，这样你就不会认为它们是骗人的了。你是谁，是什么让你逃避真实的自我，所有这些秘密都深埋在你的脑海中，只是你不愿意去面对。人们经常会不想知道关于自己的某些事实，因为会触痛他们的伤口，所以他们为了忘记这一切而让自己得了很多病。你能理解吗？”布朗点点头。

这时，康斯坦斯已经做好早餐端了过来。布尔洛夫医生停止了谈话。三人一起往餐桌边走去。老医生告诉他的学生：“病人打算告诉我们他所梦见的事情。”

“太好了，我来做记录。我去拿眼镜。”康斯坦斯把餐盘放在桌上，回房间去了。

布尔洛夫医生给自己倒了一杯咖啡，加进糖和奶搅拌着：“现在，我们从梦入手。梦能告诉你，你想隐瞒什么；梦还能告诉你，造成你要隐瞒这些事的原因是什么。精神分析医生的工作就是要检查这些杂乱无章的梦，并把这些残片恰当地拼接起来，然后找出邪恶之源。你描述梦境时，就当是在自言自语好了。”

布朗在一把躺椅上坐了下来，若有所思地说：“我一直在想，我所做的梦有什么含义，我总觉得有其他意思蕴含其中，我应该把它找出来。”

康斯坦斯拿着眼镜回来了。“我们会把它找出来的。”她坐到餐桌边，戴上眼镜拿起笔，准备开始记录。

布朗靠坐在躺椅上，开始叙述他的梦境："我不太清楚那是个什么地方，看上去像是个赌场，但那里没有墙壁，只挂着一些布帘，上面画了很多眼睛，一个男人拿着一把巨大的剪刀走来走去，把所有的布帘都剪成两半。然后，一个穿得很少的女孩进来了，她亲吻赌场里的每一个人。她首先来到了我这一桌。"

布尔洛夫医生问："你能认出这个献吻的女孩吗？"

布朗有点儿难为情地说："我觉得，她看起来有点儿像康斯坦斯。"

老医生安慰他说："这很正常，我们通常会梦见心里经常想着的人，继续说。"

"我坐在那里，和一个长着络腮胡子的人打牌。我翻出一张梅花七，那个人说：'正好是二十一点，我赢了。'当他翻开他的底牌时，牌面上一片空白，什么都没有。这时，赌场老板进来了，说他作弊。老板叫道：'我不允许你在这里玩。这是我的地方，如果再让我抓到你作弊，我就会好好修理你的！'"说到这里，布朗转过头，带着歉意对康斯坦斯说："对不起，我把你梦成了那个献吻小姐。"

康斯坦斯笑着说："我很高兴，你没把我梦成打蛋器。我有一个病人就做过这样的梦。"

"为什么，那又是什么意思呢？"

"别提那个了。"康斯坦斯低下头，继续往本子上写着。

"从我梦到的这些，你能看出点儿什么来了吗？"

"还没有。你得再多说一点儿，我们才能知道那意味着什么。"

"还有很多很多。"

老医生俯身对他说："继续说吧，尽量描述细节，问题越详细，解决起来越容易。"

"后来，那个留络腮胡子的人站在一栋高大建筑物倾斜的屋顶上。我对他大叫着，让他小心点儿。然后，我就看见他慢慢地翻了下去，脚上还穿着滑雪板。然后，我看见那个赌场老板戴着面具躲在一座高高的烟囱后面，手里提着一只小轮子，他把轮子扔到了屋顶上。突然，我开始拼命地奔跑。我听见有什么东西在我头顶上空拍击，抬头一看，那是一对巨大的翅膀。那对翅膀一直在追赶我，当我跑到山脚下时，它几乎要追上我了。我应该是逃脱了，但我不记得了。就是这些。然后我就醒了，看到了布尔洛夫医生。"

康斯坦斯走过来递给布朗一杯咖啡。他坐直身子，接过咖啡正要喝，窗口那边透进的强光吸引了他。他缓缓地朝那边转过头去，又猛地转了回来，突然脸色大变："那边发生了一些事。"

"你怎么了？"康斯坦斯担心地问，她和老师一同朝窗外看去，"是雪。"

客厅的窗口正对着一道长坡，坡上覆盖着皑皑白雪，几个小孩在雪坡上滑雪。

"他害怕强光，是畏光症。"布尔洛夫医生说。

“不，是雪。”康斯坦斯摘下眼镜，看看窗外的雪景，又转身看看低着头一眼都不敢再往窗外看的布朗。孩子们的雪橇在雪坡上划出一道道黑色的痕迹，再联系之前有过的种种状况，康斯坦斯恍然大悟：“我知道他为什么害怕白色了，是因为雪和那些轨迹。”

“什么轨迹？”

“雪橇在雪上划出的痕迹。”康斯坦斯指指窗外的雪坡，对老师说，“他第一次表现出这种症状，是看到我在白色桌布上用叉子画出的线；我那件上面有黑色线条的白色晨衣也令他惊恐；再就是昨天晚上有条纹的白色被单，正像雪面上留下的深色印迹。”

“我们最好把百叶窗拉下来。”老医生说着，走到窗口边。

“爱德华医生喜欢运动，他在书中曾提到，打网球和滑雪都是很有价值的精神障碍治疗方法。”康斯坦斯帮着老师拉下了百叶窗，“滑雪。对了，就是在雪地上留下的滑雪轨迹，他怕的那些线条实际上就是滑雪轨迹。他害怕它们，这就意味着，这些轨迹跟他之所以失忆有着紧密的联系。”

“没错。”布尔洛夫医生补充说，“凶杀就发生在滑雪时。”

布朗听到这里，脆弱的头脑再也支撑不住，又晕过去了，手中的咖啡杯当啷一声掉落到地板上。

过了好一阵，布朗才苏醒过来。“爱德华医生去哪里滑雪了，我们一定得找出来。”康斯坦斯对布尔洛夫医生说，又问布朗：“你能告诉我们是在哪儿吗？好好想一想。”但布朗只是直愣愣地看着前方，一声也不吭。

布尔洛夫医生对康斯坦斯说：“线索应该就在他的梦境中，把你的记录拿给我看看。”

布朗的状态让康斯坦斯很担心，她拿过记录本交给老师，问：“我们能为他做点儿什么吗？”

老医生从口袋里掏出笔，瞪了学生一眼，说道：“你不是他的妈妈，而是他的精神分析医生。没事，不用管他，他自己能走出来的。”

老医生低头看着记录本，鼻子尖都快碰到本子了。他用笔在上面指指点点，说：“倾斜的屋顶，只可能是山坡。”

康斯坦斯接着说：“他们在那里滑雪。那个留络腮胡子的男人应该就是爱德华医生了。这就很简单了，爱德华医生滑雪时掉下了悬崖。”

老医生抬起头，对康斯坦斯说：“他说被一对翅膀从山上追到了山下，这意味着他是从一座山谷中逃脱的。”

“滑雪场通常都以山谷命名，比如说太阳谷。追逐他的那双翅膀代表的是女巫，还是别的什么怪物呢？”

“不，这个意象指的是你。”老医生开玩笑说，“如果你长了一对翅膀，你就是天使了。”

“地名应该就在梦里。天使，天使谷。”康斯坦斯反复念着这个名字，问布朗，“是不是天使谷？”

“不是。”布朗摇摇头，仍在脑子里苦苦搜寻着碎裂的记忆。

康斯坦斯对老师说：“我们可以打电话到旅行社，问问所有滑雪场的名字。”

“那不是天使谷。我想起来了，是一个叫加布里山谷的地方。”

康斯坦斯趁机追问道：“还想起其他事了吗？”

老医生也凑过来问：“你梦中那个戴面具的人可能是谁？”

康斯坦斯在布朗耳边语速极快地说着：“只是一场意外。你想起来了吗？只是一场滑雪意外事故。爱德华医生是不慎失足掉落悬崖的。”

但梦境分析到这一步，布朗越发觉得正是自己谋杀了爱德华医生，他又爆发了。他从椅子上站起来，冲到一边，疯狂地大叫道：“胡说，那不是意外！我再也忍受不了，我受够了！求你们了，去叫警察吧！”

康斯坦斯追过来，拉着他说：“不，我们得去加布里山谷，你一定要跟我去！”

等布朗情绪稳定下来后，康斯坦斯就打电话订好车票，对布朗说：“火车一个小时后开，我们得去加布里山谷寻找线索。”

可布朗自己另有打算：“我知道我该怎么做，我不能再次让你陷入危险的境地，我知道昨天晚上发生了什么事。让我自己去解决这件事吧。我爱你，但我不值得你为我冒这么大的险。亲爱的，你可以以后再帮我。”布朗把爱人紧紧地抱在怀里。

康斯坦斯说：“以后就帮不上忙了。如果你以现在这样的状态去找警察自首，那对我们俩来说就都没有什么以后了。我一定能把你治好。”

布朗松开了爱人，绝望地说：“可你没法儿让一起凶杀案从没发生过——”

“它根本就没发生。”

布朗坚持说：“我杀了他。”

“别说了。”

“可是现在，你……昨天晚上我就对你构成了巨大的威胁。别拦着我，我一定自己去。”

“犯罪的自责感已经困扰你很久了吧？”

布朗甩开康斯坦斯，走到一边，说：“是的。”

“从童年就开始了。”

布朗猛然转过身问：“什么？”

“从童年开始，你就在逃避一些事，你总会对你身边发生的一切产生负罪感。”康斯坦斯盯着布朗说。布朗心烦意乱地走到一边，康斯坦斯又追了过去，继续说道：“你小时候到底发生过什么事？对你来说，那件事一定比你臆想自己杀了爱德华医生还可怕，所以你才不愿意想起。”

布朗的情绪越来越不安。他在屋子里急躁地走来走去，试图甩掉康斯坦斯，不用再听她嘴里冒出来的那些可怕的话，但康斯坦斯一把抱住他：“你不是说你爱我吗？看着我。知道我为什么要这么逼你吗？因为我爱你，我需要你。”

“什么事都没发生。”布朗说完，就要将康斯坦斯的手臂挣开，但被康斯坦斯紧紧地拉住了：“我要你跟我一起去加布里山谷。”

“去那儿有什么用呢？”

“当你回到意外事故发生的地方时，你就有可能记起事情发生的经过。我们一起去滑雪，重演一遍你和爱德华医生滑雪时的情形。”

布朗连连摇头：“我去过那儿了，我杀了他。”

“你会发现你是无罪的，你会看到实际上发生了什么。”

布朗问：“你的意思是说，发生过的事可能会再次发生？”

“是的。”

“那如果真的是我杀了他呢？”

这时，布尔洛夫医生从楼上下来了。两人听到动静，都往楼梯上看去。布朗问老医生：“如果同样的情景重现，我是不是会再做我以前做过的事？”但布尔洛夫医生并没有回答他，只是紧皱着眉头，看着他和自己的学生。

布朗又转过头问康斯坦斯：“你怎么知道我不会再杀人呢？”

康斯坦斯毫不迟疑地说：“因为我坚信你根本就没有杀人。”

“你真的这么相信我，甘愿去冒这种风险？”

“是的，我愿意。我们一起回到滑雪场，我们会发现隐藏在你的潜意识中困扰你多年的童年阴影，我们也会弄明白爱德华医生到底发生了什么事。”康斯坦斯扑向了爱人的肩头。

康斯坦斯看到楼梯上的布尔洛夫医生正面色阴沉地盯着自己。老医生当然知道学生此举有多疯狂、多危险，但他也知道自己肯定改变不了她的决定。见老师摇着头走回楼上，康斯坦斯靠在布朗肩头，她心头闪过对老师的愧疚之情，又夹杂着一丝恐惧。

警察局里，从格林玛纳斯精神病医院逃出来的精神病人的相关资料交到了库利警长手中，其中有一张彼特森医生的照片。照片上的人看上去很眼熟。警长拿起笔在眼睛外添上了一副眼镜框，递给旁边的警官看：“以前见过这人吗？”警官一眼就认出了这正是昨晚布尔洛夫医生家的访客，于是心领神会地对警长说：“我们出发吧。”

这时，康斯坦斯和布朗已经坐在去往加布里山谷的火车上了。康斯坦斯胃口很好地吃着晚餐，兴致高昂地跟布朗聊天：“其实我一直喜欢很女性化的衣服，只是从来不敢穿，从今往后，我要穿我自己喜欢的衣服了。”

但布朗一直皱着眉头，沉默着。他知道，这是一次危险的旅行。他担心自己会毫无能力把控自己。他出神地看着康斯坦斯手里切肉的餐刀，在车厢灯光下，餐刀反射出一道道令人胆寒的冷光。康斯坦斯注意到了布朗的眼神，于是不动声色地把餐刀放到一边，嘴里继续说着："甚至还要戴非常夸张有趣的帽子。你知道吗，你看上去有点儿像喝醉了。"她想尽力把病人心中的负面暗示驱逐出去。

第二天上午，天气晴朗，两人拿着滑雪杖、扛着滑雪板爬上长长的山坡，上到了山坡顶端。康斯坦斯俯身去穿滑雪板，但布朗站在旁边一动不动。他看着恋人，似乎还在犹豫。"穿上啊！"康斯坦斯催促他。

两人都准备好了。他们对视一眼，康斯坦斯冲布朗点点头，准备出发。他们一齐朝坡下冲去。一路上，两人保持着同样的速度。康斯坦斯在旁边密切观察着布朗的表情，而布朗只是看着前方，似乎在回忆什么，又像是什么都没想。康斯坦斯明白，自己确实已经把自己置于不可预知的险境，不知道下一刻这个人会变成什么样子，也不知道下一刻他会突然做出什么事，可是为了深爱的人，她不得不这么做。

坡道长得像是永无尽头，他们下滑的速度越来越快，耳边冷风呼啸，坡道边的树林在眼角余光中依次闪过，每一秒钟似乎都被无限延长了。疾驰的速度给了病人很大的刺激，康斯坦斯看到布朗脸上已经出现了精神病人特有的那种扭曲的表情——他脸部的肌肉抽搐着，牙齿叩击有声。康斯坦斯的心情越来越紧张。就在这时，更紧急的情况发生了，她看看前方，发现他们正朝一座悬崖的边缘滑去。这应该就是爱德华医生掉落下去的地方。康斯坦斯向布朗投来了求助的目光。

眼前的情景刺激了布朗，一些丢失已久的回忆突然回来了，他终于想起类似的情形在他的童年时期出现过。那些画面，就在这紧要关头一一闪现在他脑海中。儿时的他调皮地从台阶旁边滑梯般的扶手上滑下，小弟弟正坐在前面扶手的尽头。他大声喊弟弟快躲开，但弟弟没听到，而他如滑雪般疾速滑下，就像他和恋人现在正朝悬崖边滑去一样，他把弟弟撞到了前面的铁栅栏上。

悬崖边缘越来越近了。不！他绝不能再让这样的悲剧重演！于是他侧过身朝恋人猛扑过去，两人一起重重地摔倒在雪地里。

只听布朗大声喊道："我没有杀我弟弟，那只是个意外，那只是个意外！"

康斯坦斯对他说："那就是你一直在逃避的可怕过去。"一对恋人紧紧地拥抱在一起。

加布里山谷的度假屋里，温暖的火焰在炉子里熊熊燃烧。经历过一番生死考验之后，布朗像是获得了新生，他倚在壁炉边，对康斯坦斯说："那种感觉，就像是翻开一本尘封已久的画册，以前那些熟悉的画面依次呈现出来。我就读于哥伦比亚医学院，认识了一个女孩，后来她嫁给了我的室友。对了，我叫约翰·巴兰坦。还有，我的部队经历也是真实的，后来我因伤退伍了。我在坎伯兰山碰到了爱德华医生，请他帮我治疗在飞机坠毁事故中造成的精神过度紧张。当时他正在度假，便邀请我同他一起去滑雪。我们经过纽约时，我还记得在某个地方吃了午饭，但是关于那顿饭的具体细节，我记不太清了。然后我们到了滑雪场，就是在刚才那个地方发生了意外，也是在那个地方你救了我。”

“是你救了我。”康斯坦斯说。

巴兰坦搂过恋人，说：“在谁救谁这个问题上，我们可不能弄混了。对，就是在那个地方，但这一块的记忆还是有些模糊。不过，我很清楚地记得，爱德华医生就在我面前大约五十英尺的地方，我看见他掉了下去。”

康斯坦斯把双手搁在恋人的肩膀上，说：“就在那时，你被童年时期的负罪感刺激到了，使你产生了错觉，以为自己杀了他。于是你从那儿逃了出来，并且冒名顶替了爱德华医生，以此向自己证明他并没有死，这样一来，你就不是杀人凶手了。”

“医生小姐，我处在失忆状态时，还从来没发现你是这么聪明可爱。”这个终于找回记忆、找回自己真实姓名的人抱着恋人说。

康斯坦斯亲昵地揉揉他的脑袋，说道：“那你可别再失忆了，不然这些也要失去了。”

巴兰坦摇着头说：“不会的，我已经完全好了。做一个伟大的精神分析专家，感觉怎么样？”

“不错啊。”

“做个优秀的侦探呢？”

“很好。”

“做个疯狂的恋人呢？”

“非常好。”

“如果你穿上白色礼服，戴上发饰，看上去一定美极了。”

“听上去像求婚。”

“分析得非常正确，医生小姐。”

两人搂抱在一起，有说不完的甜言蜜语。没想到，新的麻烦又来了。几个人突然闯进了屋子，是本地的两名警察，还有罗切斯特的库利警长和吉莱斯皮警官。

康斯坦斯对库利警长的出现有些吃惊，她问道：“你们是怎么找到这儿来的？”

库利警长说：“你们的朋友布尔洛夫医生嘴严得很，我们是在火车站打听到的。”

“你们来得正是时候。”

库利警长说：“我相信你们会合理的解释。”

旁边的本地警察说：“我们在您报案时说的那个地方找到了爱德华医生的尸体，您说的那个地点一点儿都没错。”

康斯坦斯松了口气，说：“感谢上帝，现在一切都清楚了。”

“还有一点不清楚，彼特森医生，我们在爱德华医生的尸体上发现了一颗子弹。”

库利警长的话如同一声惊雷，康斯坦斯脱口而出：“这不可能！”

“子弹是从背后射入的，这是一桩谋杀案。我们得逮捕您，先生，您所说的话都将成为呈堂证供。”

局面突然发生转变，巴兰坦被捕了，这让康斯坦斯万分担忧。她担心，在警察的逼问之下，巴兰坦又会旧病复发。在警察局里，她一再叮嘱巴兰坦：“不，你绝不能说你杀了他，亲爱的。好好想想爱德华医生掉落悬崖之前发生了什么事。”然而没办法，巴兰坦还是对警察说，是他杀了爱德华医生。

康斯坦斯又试图向警察解释：“他说是他杀的，是因为他精神不正常。你们不能把他抓起来，不能！这样会毁了他的，你们明白吗？”可警察还是把巴兰坦押入了监牢。

看着恋人离去的背影，康斯坦斯伤心欲绝，她流着泪说：“再见了，亲爱的，千万不要放弃希望，我一定会找到证据，还你自由的。”

康斯坦斯回到了格林玛纳斯精神病医院。布尔洛夫医生也特意赶过来了，说道：“我亲爱的女孩，你不能总这样逃避现实。现在证据确凿，而我们无法靠心中的愿望改变一个犯罪事实。”

康斯坦斯神色黯然地说：“他相信我，可我让他陷入了圈套，我把他送上了审判席，这是不争的事实。”

“这不是谁的错，这个病例比你想象得要严重，这也是常有的事。你现在必须相信一件事，对你们两个来说，事情已经结束了。”

“没有结束。”

“你还有其他病例要处理。”

康斯坦斯根本无法接受这样的现实，对她来说，巴兰坦已经远远不是一个病例那么简单了。她痛苦地说：“事情没有结束，永远也不会结束！别要求我放弃，不能，我不可能放弃！”她伏在桌上痛哭起来。

不一会儿，她擦着脸上的泪水，对老师说道：“对不起，谢谢您对我的帮助，还有默奇森医生、每一个人。”

布尔洛夫医生走到她身边，语重心长地说：“失去所爱的人，的确是一件很痛苦的事，但你总会忘记的，然后又会恢复以前的生活，努力工作。在工作中你会找到快乐的，也许这才是最大的快乐。我会给你写信的。”布尔洛夫医生亲吻着康斯坦斯的额头，跟她告别。

康斯坦斯拉过老师的手，感激地说：“亚历克斯，您真是太好了。”

这时，默奇森医生敲门进来了，提醒布尔洛夫医生，车已经在门口等着了。两人一起把布尔洛夫医生送上了车。在送康斯坦斯回房间的路上，默奇森医生说：

“他人真不错。”

“我应该送他去车站的。”

“您太累了，我知道这种心力交瘁的感觉，要么去适应它，要么被它击倒。我以后会在各方面尽力帮您的。”

送康斯坦斯到房门口后，默奇森医生又不大放心地问了句，“您能照顾好自己吗？”

“没问题。”

“努力忘掉那些最好要忘掉的事，康斯坦斯，您还有大好的前程。”

“谢谢您。不管怎么说，我们还是有一件好事的，您又能回来继续工作了。如果爱德华医生当了院长，谁知道又会怎么样呢？”

“我对爱德华医生所知不多，我不怎么喜欢他，不过我想，从某方面来说，他也是个好人。好了，好好休息吧。希望您明天早上精神能好些。”

康斯坦斯进了房间，但默奇森医生的那几句话还留在她的脑子里：“我对爱德华医生所知不多，我不怎么喜欢他”“我对爱德华医生所知不多”。“所知不多”。康斯坦斯反反复复地想着这句话。这么说，默奇森是认识爱德华医生的。既然他认识爱德华医生，当冒牌的爱德华医生在医院出现时，他为什么没有戳穿呢？他对不得不离开院长的职位，本来就很不满。这些信息联系在一起，能说明什么问题呢？

康斯坦斯心里一惊。她从包里找出记录本，翻看着巴兰坦的梦境记录。对啊，在上次的分析中还漏掉了一个人——那个赌场老板，那个戴着面具、手里拿着轮子的人。康斯坦斯一下子全想明白了，于是拿着记录本出了房门，上了楼。这时，院长房间的门缝底下还透着光亮。她敲开了门，看见默奇森医生正坐在办公桌后。

康斯坦斯说道：“我想和您谈谈，默奇森医生。”

默奇森医生从办公桌后站起身来，说道：“太晚了，您需要休息，康斯坦斯。”

康斯坦斯固执地说：“我必须和您谈谈。”

“晚上聊天会影响睡眠，是工作上的事情吗？”

“是的。”

“就不能等到明天早上吗？”

“我不能等了。”

默奇森医生指了指桌边的位置，示意她坐下，他自己也走回办公桌后坐了下来，问道：“到底是什么事？”

“是我一个病人报告的梦。”

“我可以问问是哪个病人吗？”

“这个病人叫约翰·巴兰坦。”

默奇森医生点点头，说：“我一猜就是他。您还在为争取他的清白而努力？这可是你花费精力最多的一个病例了，康斯坦斯。他梦见了什么？”虽然默奇森医生看上去并不太认可彼特森医生的这种执着，但他还是起身绕到桌子前，坐在上面，从口袋里掏出烟盒，准备倾听病人的梦境记录。

康斯坦斯开始了叙述："他梦见他在一个赌场里，周围都是玩白板牌的古怪的人。"

默奇森医生从烟盒里抽出一支烟，说："白板牌，这显然说明，病人梦到的赌场实际上不是真的赌场。"

"有一个男人在那里剪布帘，还有一个衣着暴露的姑娘在亲吻每一个人。"

"这倒是很容易让人联想起格林玛纳斯精神病医院里的情形。"

"我也是这么想的，默奇森医生。"康斯坦斯用眼镜布擦着镜片。

默奇森医生在屋子里踱着步，说道："真是挺有趣的幻象，您继续说。"

"周围的布帘上印着很多只眼睛。"

"哦，这应该是格林玛纳斯精神病医院的看护人员。"

康斯坦斯戴上眼镜，看了看记录本，继续说："病人在玩牌，这次不是白板牌，他在和一个留着络腮胡子的人玩二十一点。这个留着络腮胡子的人，显然就是爱德华医生。"

"是的，病人经常会把他们的精神分析医生梦成一个留着络腮胡子的权威专家。"

"他发给爱德华医生一张梅花七，爱德华医生说他正好二十一点。"

默奇森医生捏着手中的烟卷说："我觉得，这大概是在暗示场所，梅花牌意味着俱乐部。"

"是的，牌面还包含有数字二十一，一个梅花三个瓣，梅花七正好是二十一。纽约就有一家二十一俱乐部。"康斯坦斯目不转睛地看着默奇森医生，想从他脸上看出点儿什么。

默奇森医生点点头："我听说过。"

康斯坦斯收回目光，看着记录本继续说："病人梦到，赌场老板进来了，开始指责爱德华医生作弊。他命令爱德华医生出去，说：'我不允许你在这里玩。这是我的地方。如果再让我抓到你作弊，我就会好好修理你的。'"

"梦中出现的赌场有双重含义——二十一俱乐部和格林玛纳斯精神病医院，赌场老板看上去更像是格林玛纳斯精神病医院的人。"

默奇森医生慢慢地朝壁炉走过去，扬手把烟卷扔进壁炉里，双手插进裤兜，转过身来说："实际上，我想说，那个骂爱德华医生的赌场老板指的是我。"

康斯坦斯摘下眼镜，说："我也是这么想的。"

"我想，您是今天晚上才发现的吧？"

"是的。"

“还没有把您的发现告诉别人。”

“还没有。”

默奇森医生板着面孔，一边问着，一边回到办公桌后坐下，拉开了抽屉，接着又问：“梦里还有别的内容吗？”

“有。病人梦到他和爱德华医生在一个很高的斜屋顶上，他看见爱德华医生从屋顶上摔下去，死了。他还看到那个赌场老板躲在烟囱后面大笑，手里拿着一只小轮子，后来把那轮子扔了。”

默奇森医生坐直了，交叉着双手放在桌面上，说道：“这只小轮子代表的是什么呢？”

彼特森医生探身朝向默奇森医生，目光逼人地说道：“应该是一把左轮手枪。那个在二十一俱乐部威胁过爱德华医生的赌场老板，从背后开枪杀了爱德华医生，然后把枪扔在了加布里山谷的雪地里。那把留有凶手指纹的枪现在应该还在那里的某棵树下面。”

“我不太同意您的推断，一个很好的理由是，那把枪还在我手里。”默奇森医生说这话时，已经从抽屉里拿出了一把左轮手枪，将枪口对准了彼特森医生，“当我今晚说漏嘴，说我认识爱德华后，我就猜到会有什么事发生了。我知道，您会想到那个人是我。”

面对黑洞洞的枪口，彼特森医生保持了一位优秀的精神分析医生所特有的理智与沉着，面不改色地继续分析道：“您听说爱德华医生要来取代您的位置，很恐慌，几乎要崩溃了。您在他常去的俱乐部找到了他，他当时正和约翰·巴兰坦在那里吃午饭。您指责他窃取了您的职位，还威胁要杀了他。他设法让您平静下来，还告诉您，他正在休假，准备去滑雪。于是您尾随他到了滑雪场，躲在树后面，开枪杀了他。”

默奇森医生的罪行被当面揭穿，于是恼羞成怒地冲彼特森医生大吼道：“够了！您的故事真是荒谬可笑，您只能骗你自己！一个遭受感情打击的精神分析医生妄想通过解释梦来侦破案情。”

“在警察那里就不只是梦了，他们只要询问二十一俱乐部的侍者，就能知道您去过那里，侍者还会指认出，您就是那个和爱德华医生争吵过的人；在去加布里山谷的火车上，一定也有人看到过您，他们可不是在做梦。”

在这些很容易被警察找出的证据面前，默奇森医生再也无法辩驳，终于原形毕露：“我明白了。您的确是一名优秀的精神分析专家，彼特森医生，却是一个相当愚蠢的女人。当您把所有这些都告诉我之后，您以为我会怎么做？向您表示祝贺吗？您一心想着为您的病人找回清白，却忘了一件事——对杀人犯来说，杀一个和杀两个，惩罚是一样的。”他冷酷地摸摸枪管，眼里露出凶光。

彼特森医生直视着默奇森医生，冷静地说道：“您不会再犯杀人罪了，默奇森医生。”

默奇森医生冷冷地说道：“我本来没有这样的计划，但您就在这里。谁让您什么都知道了呢？”

“像您这样的聪明人，绝不会犯这么愚蠢的谋杀罪。上次您杀人，还可以说是因为精神不太正常，他们可能会考虑到您的具体境遇而不判您死刑，把您送进精神病医院，您仍然可以活着，读书、写作、从事研究。您可以好好地想想，默奇森医生。”彼特森医生说着，从椅子上慢慢地站起身，朝门口走去。

默奇森医生举起手中的枪，一直瞄准她。彼特森医生抑制住心头的恐惧，她知道，这个时候一定要保持冷静，不能流露出恐惧的神色，不能大声叫喊，也不能有激烈的动作，以免刺激到对方那脆弱的神经。她说道：“我现在就去打电话叫警察，默奇森医生。如果您现在开枪，那就是故意杀人，您会被视为一个心智健全的杀人犯，像一个心智健全的杀人犯那样被处决，为您犯下的罪行而坐上电椅。”

在枪口的威逼下，彼特森医生从容不迫地打开门，走了出去。对着已经关上的房门，默奇森医生的枪口终于绝望地掉转过来，结束了自己的生命。

案情真相大白，约翰·巴兰坦重获自由。热闹的火车站里，布尔洛夫医生把一对恋人送到了检票口。他热情地握着巴兰坦的手，说道：“记住我说过的，只要你是康斯坦斯的丈夫，我这儿随时欢迎你。”

两人到检票口检了票。巴兰坦正要拿回票时，看到检票员又是上次那个人，就故意搂过爱人热吻起来，然后拿过票，一起进了站。看着这对并不分离却在检票口忘情亲吻的奇怪情侣，那个检票员又一次露出了无法理解的困惑表情。

历劫佳人

1770年，库克船长发现了澳大利亚。六十年后，澳大利亚新南威尔士州的首府悉尼，就在这片不知名的广阔土地边沿不断地发展着。这个殖民地出口原材料，它所进口的原材料则更加原始——囚犯。其中，许多囚犯并没有被定罪，便成了这座城市的开拓先锋。

1831年，威廉国王派了一位新的官员来掌管这片殖民地，而我们的故事也就要从这里开始。

在宽阔的广场上，身穿红色军装的士兵正列队欢迎新任长官上任。交接仪式过后，军乐队奏响了雄伟的乐章，长官按照程序在两名士兵的陪同下，在一排排队列前检阅。

阅兵仪式结束，奏乐停止，长官开始发表就职演说。他站在队伍的右前方，中气十足地说道："作为威廉国王派遣来的代表，我需要你们表达对国王陛下的忠诚和喜欢。陛下对进步和财富有着非常浓厚的兴趣。"说着，长官将帽子摘下，又戴好，以此表示敬意，接着说道，"先生们，我对你们的国家了解并不多，而你们也不大了解我。你们中的一些人，曾有过不太美好的记录……"

演说还在继续着，观众中有一位身穿灰色西装、红色丝绸衬衫，头上戴着一顶黑色礼帽的俊俏小伙子格外引人注目。此时，他正面带微笑地看着长官演讲。另一位穿黑色燕尾服的人显然也注意到了他，于是走过去，礼貌地和他攀谈起来。

穿黑色燕尾服的人说："我不知道自己有没有这个荣幸，可以见一见伟大的查尔斯·阿代尔？"

那个俊俏的小伙子就是阿代尔。他转身看向那个人，说道："可以，请问您是哪位？"

"我叫帕特，先生，西瑞尔·帕特。"

阿代尔点了点头，又将目光转向了长官的方向。帕特则继续看着他，并且做起了自我介绍："我是新威尔士的管理长官，我也是刚刚才了解到跟随长官来到这里的还有包括您在内的两个人。只要是我们能做到的，我们都会为您尽己所能的，先生。”

阿代尔原本正微笑地直视前方，突然，他的笑容消失了。他没有看帕特，而是看向地面的某一个地方，严肃地说道：“我想，这里不是一个谈生意的地方。”

帕特一脸谄媚地笑着说：“当然，先生，一点儿都不合适。您可能会认为这是一个很传统的程序，不过我们还是可以好好谈谈的。”

“我会再和您谈的。”阿代尔又堆起了笑容。

帕特说：“我想，这位长官上任后可能会有所改变，特别是这个地方会发生变化的，先生。”

“当然，他会的。”阿代尔说道，“在您和我谈生意前，您得先让我安顿下来吧……我明天早上再给您打电话。”

“好的，”帕特说道，“您是长官的第二个堂弟吧？”

“没错，我是。”

“你们之间的关系还真是有趣，”他笑了笑，说道，“那我就翘首以盼与您的下次会面了。”

阿代尔终于将目光转向他，微笑着说：“明天早上11点吧。”

“当然可以，先生，完全没问题。”

阿代尔说道：“我也要走了。”

只听长官在做最后的陈词：“先生们，我想要说的话，已经说得差不多了。最后，我想说，我希望你们可以热烈地欢迎我。”

人群中有人喊道：“我们要不要唱首歌，来表达我们的心情……”大家开始用自己的方式表达激动之情。有人喊口号，有人唱歌，有人大声喊着好话，巴结着……总之，人群嘈杂不已，这真是独特的欢迎方式。

阿代尔走到长官身旁。长官说：“今天太热了，对吧？”然后随手轻轻地擦拭了一下自己出汗的鼻尖。阿代尔说：“时间紧就是这样的。”

长官说：“威廉和我说，他想给你一个在教堂工作的职位。”他侧身看了看嘈杂的人群，然后说，“我们还是回去说吧。”

此时，站在他们旁边的警卫机智地做出了恰当的反应，他伸出一只手说：“请从这边走，先生。”

军乐队再次奏响了礼乐，几匹白马驾着一辆华丽的车子驶向远方，后面跟着整齐划一的士兵队伍。热闹的人群还没有散去，写着“欢迎”的横幅还在随风飘动。

第二天一早，整座城市忙碌起来。无论昨天发生过什么惊天动地的大事，第二天都会归于平静。在这座忙碌的城市里，已经完全看不到昨天留下的一点儿痕迹了。阿代尔如约来到了帕特工作的银行，两个人兴致勃勃地聊起了生意经。

“啊，您之前也做过这方面的生意？！”帕特有些吃惊地问。

“当然。”阿代尔说，“我是家里最小的男丁，在整个爱尔兰家族里也是最小的。之前我也做过一些事，但是在大多数时间里，我不需要做什么事。说来也有些不幸，是不是？”

帕特或许无法理解这种“不幸”，他迟疑了一会儿，但最后还是严肃地说了一句：“的确。”

就在这个时候，突然有人敲门，是手下人来报：“弗莱斯基先生想要见您，帕特先生。”

帕特转过身，有些犹豫地说：“你去问一下，他是否介意再等一会儿。我现在正在和长官的堂弟谈事情。”

“弗莱斯基……”阿代尔重复着这个名字，“弗莱斯基，这个名字怎么这么耳熟呢？”他不由得站起身来，向外面望去。然后他重复了这个名字不下四次，最后还是忍不住问帕特：“他是谁？”

“哦，他只是我们这里的一位好公民而已。”帕特也站起身，走到阿代尔身边，“他原本也是伦敦人，但后来被送到了这里。他可谓一位金融界的天才。在我们这片殖民地上，他的才能得到了充分的发挥。他做得非常不错。我不得不说，他的工作也十分努力。”

帕特说了这么多，但没有一条信息可以让阿代尔想起这个人到底是谁。“弗莱斯基、弗莱斯基……我肯定在什么地方听到过这个名字。”阿代尔打算暂时放下这件事，于是对帕特说，“好吧，我想，您或许可以先告诉我，怎样才能变得更有钱？”

帕特给出了一个很官方的答案：“我想，努力才是唯一的途径，阿代尔先生。”

听到这个答案后，原本正踮着脚、一脸俏皮模样的阿代尔立刻变得严肃了，他默默地说了句：“我还是去问问别人吧，或许弗莱斯基可以帮我解答。先生，我们听听他怎么说吧。”

帕特若有所思地说：“哦，好吧，先生……但是，很抱歉，先生，在这个国家，我们一般不会问别人是如何成功的。”

“他的公司叫什么名字？他是怎么到这里来的？”

含糊其词已经不能满足阿代尔锲而不舍的追问了，帕特只能老实地回答：“是的，他是一名罪犯，先生。”

阿代尔并没有对“罪犯”两个字有太大的惊讶反应，而是微笑地问：“那他犯了什么罪呢？是破产，还是……谋杀？”

“谋杀”这字眼让帕特明显有些不自在，他立刻向阿代尔做了一个暂停的手势，说道：“不要这么说。在悉尼，我们从来不谈论这些事。无论这个人的过去怎么样，那都是他自己的事。在这里，过去的，就让它永远过去。”

“您也是这样吗？”阿代尔笑着说，“我可不行，我总是对别人的过去很感兴趣。我们可以叫他进来吗？”

“当然，我非常乐意。”帕特转身对外面的人喊道：“嘿，弗莱斯基先生，请来这里！”

不一会儿，一位身穿灰色风衣、头戴灰色礼帽、身材伟岸的男士，一脸严肃地从外面走了进来。帕特向他介绍说：“这位是查尔斯·阿代尔先生，他的堂兄就是现任长官。他来悉尼的目的，是想要赚钱。”

“是吗？”弗莱斯基礼貌但毫不谄媚地和阿代尔打了招呼，然后说，“我觉得，您想要在这片贫瘠的土地上赚钱很难。”

“是的，”帕特的音调比弗莱斯基的高了许多，“我已经和他说过这样的话了，弗莱斯基先生。”

阿代尔微笑着说：“我可没想过这么快就要放弃，在这里赚点儿钱，真的有那么难吗？”

“那就取决您的手到底有多快了。”弗莱斯基说。

“这方面的能力，我已经在我的国家训练过了。”

“您是哪里人？”

“爱尔兰，爱尔兰西部。”

弗莱斯基听到这个地名，不由得沉思了一会儿，好像是想到了什么，接着，他问道：“您刚才说您的姓氏是？”

“阿代尔。您知道这个国家吗？”阿代尔问。

“或许我知道。”弗莱斯基的声音依旧低沉，“那么，您来这里就是为了赚钱？您可不是唯一来这里赚钱的人，我仍然希望您可以打消这个念头。”

“那我就不得不和帕特先生商量一下了。”阿代尔又将皮球踢给了帕特。阿代尔既聪明，又任性。这或许和他的出身有关，谁让他是大家族中最小的一个孩子呢。

弗莱斯基继续问：“您是克莱里·阿代尔家族的成员吗？”

“是的，克莱里是我的父亲。您认识他吗？”

弗莱斯基看了看阿代尔，又看了看帕特，没有说话，只是沉默地站到了一边。帕特为了缓和这种尴尬的气氛，就满脸堆笑地对阿代尔说：“哦，阿代尔先生，您得给我一点儿时间才行，这样我才能想到更适合您的建议。如果您明天再来的话——”

没等帕特说完，弗莱斯基就转过身，用手杖的上端指着阿代尔说：“我和您——如果您跟我来，那么我就可以告诉您要做些什么。”他看了一眼帕特，说：“我还有些别的事，现在得走了，下次再见。”

话音刚落，弗莱斯基已经走出了门。阿代尔踱了几步，也走到了门边。帕特叫住他，说道：“阿代尔先生，他可是一个怪人。不过，能看得出来，他对您很友好。如果您想要建议的话，我可以先给您一个——如果他邀请您去他家，请不要去。”

“为什么？”

“那位先生的府邸位置不是很好，而且——”

帕特的话再一次被弗莱斯基打断了，此刻他又走回门口，对着门里的阿代尔说：“可以走了吗，阿代尔先生？”

阿代尔没有丝毫犹豫，就跟着弗莱斯基一起离开了帕特的办公室。当他们走出银行办公大楼的时候，弗莱斯基很直接地问：“您介意我问您刚才他对您说了什么吗？”

阿代尔不想挑起他们之间的矛盾，又或许有些事情还需要再想想，于是说：“哦，我听得不太清楚。”

如果换成别人，一定会让这个话题不了了之，但弗莱斯基显然不是那样的人。只听他说：“‘如果他邀请您去他家，请不要去。’是这句吧？”

但阿代尔还是说：“我没注意他说了些什么。”

弗莱斯基是骑马来的，不过此时他想要和阿代尔步行一段路，所以他要求侍从牵着马跟在他们后面。他的眼睛盯着前方的地面，说道：“您想赚钱，对吗？有一片宽阔的土地，阿代尔先生，在它上面种植了几千种植物，我想要您把它买下来。”

阿代尔不明就里地说：“我自己也有很多东西要买，但是首先需要考虑一个问题：我没有钱。”

“您可以找帕特给您贷款。”弗莱斯基说，“然后，我会在您之后买下那片土地周边的地区。”

“弗莱斯基先生，如果我能拿到那片土地的所有权的话，您最好给我一笔数量可观的钱。”

“是的，我会的。”

“这是为什么？”

弗莱斯基说：“我买下周边的所有土地，这是法律允许的。对这方面私人交易是没有限制的。”

“听起来不错。”阿代尔说，“弗莱斯基先生，我还有一个疑问。为什么您要给我提供这个赚钱的机会呢？”

“我有我的理由，还有我的计划。”此时，弗莱斯基和阿代尔已经走到了一个办公场所的门前。弗莱斯基说道：“这里就是土地管理办公室，我们就是在这里谈买卖的。如果您喜欢的话，可以一起进去，这样可以节约时间。”

走进办公室后，弗莱斯基轻车熟路地填写起了表格，而矮矮胖胖的管事过了一会儿才从办公室里出来。他热情地说：“您来了啊，还是老时间，老习惯……”他看了一眼陌生的阿代尔，没有和他打招呼，而是继续和弗莱斯基说，“您新买的绵羊，我给您找了一个人来看管。”

“先把那件事放放，等我回来再说。”

胖管事笑着说：“我已经找好了，他可以把羊照顾得很好，您要不要看一看那位先生？”他的笑声很爽朗，却透着一丝巴结和不自信。他双手叉腰，腆着圆滚滚的肚子，又看了一眼阿代尔。

“您来这里几年了？”弗莱斯基问道。但他没有抬头，手中的笔也没有停下。

“五年了。”

“那让我看看他吧。”

管事又看了一眼阿代尔，转身走回自己的办公室，对里面的人喊道：“温特。”

从里面走出来的温特个头儿很高，一头金色的头发，面容俊朗，只是有些瘦弱。弗莱斯基站起身，看着温特，说道：“张嘴。”

主人挑选奴仆，就像挑选牲畜一样，需要看这个人的牙口如何。弗莱斯基摆弄着温特的脑袋，让他的嘴巴里可以尽量多进一些光线，方便他看得清楚些。然后，他又将温特的袖口撸上去，露出来白嫩的肤色。

“你的胳臂就像鸡腿一样，”弗莱斯基绕着温特走了一圈，问道，“你看管过牛吗？”

“看管过，先生。”温特怯生生地回答。

“你是为什么进口到这里的？”

“我不大明白您的意思，先生。”

“你怎么会来这里？你对这个问题有什么疑惑吗？”弗莱斯基说。

“没有，先生，事实上——”

胖管事此刻正在签着弗莱斯基刚刚填写过的表格，毕竟文件还是需要一层层签字送审的。显然他并没有审核任何内容，只是负责签字而已。当他听到温特那笨嘴拙舌的回答时，急忙转过身来，替他说道：“他是因为在那边遇到了麻烦。”

“不是我的错。”温特说，“是她的父亲不肯让我们在一起——”

“好了，”弗莱斯基说，“在我的地盘上，不会让任何人来惹麻烦的。你的名字叫什么？”

“温特，先生。”温特低下头，但语气很坚定地说，“如果您要我，我保证会做得很好。我向您保证，我以我的名誉担保。”

“如果我相信一个年轻人的名誉，那我早就在这里混不下去了。如果你做得不好，就只能回监狱去了。”弗莱斯基转身对胖管事说：“就这样吧。”

胖管事又向温特强调了一遍：“你听清楚了吧？如果你能把弗莱斯基先生的活儿做好，那么也是为了你自己好。但如果你做不好……”管事用不着把下面的话说完，因为不好的结果只有一个。

他从桌子上拿起一张红色的纸，递给温特看：“这张就是契约书，你现在把你的名字填写在上面，否则你依然是罪犯。听明白了吗？”

弗莱斯基在一旁强调说：“我房子的周围全是野兽，有个劳工在那里，他曾经是杀人犯。我曾经也相信过别人。可是我不想在我的房子里也有个杀人犯，不想再有类似的事情发生。我想，还是找个卫兵保险一些。”

“如果您希望这样。”胖管事说。

“您不喜欢那些人吗？”阿代尔问道。

“是的，我不喜欢。”

阿代尔继续问道：“不要杀人犯吗？”

“不要。”弗莱斯基的回答简洁明了。他看了阿代尔一眼，然后将土地申请表递给了他。等他们走出门来，弗莱斯基的马已经在门口等着了。弗莱斯基摸着马鬃说：“好家伙。”他又问阿代尔：“您是喜欢骑马，还是喜欢走路？”

“这取决于心情。”

“心情对您的影响真大。”

“是的。”

就当他们在路边随意闲聊时，一个戴着红色围巾的男人手里拿着一个白色包裹，鬼鬼祟祟地向弗莱斯基走来。他轻声说：“弗莱斯基先生。”然后把嘴凑到弗莱斯基的耳边，低声耳语了几句。刚开始弗莱斯基还低下头，听他说了几句，可当他看到包裹里的东西时，就一把将他推开。那个男人一个踉跄倒在了地上，从白色的包裹里掉出来一颗人头——如干尸一般的灰色人头，面容枯瘦，双眼紧闭，头发披散着，嘴巴张开，可以看到魔鬼一样的獠牙，十分吓人。

阿代尔并没有很吃惊，只是问道：“这颗人头是真的吗？”

“我不知道，但这种交易是不合法的。”

那个男人从地上爬了起来，恶狠狠地对弗莱斯基说：“你给我小心点儿。你这个杀人犯！”

弗莱斯基愤怒的目光逼得他跌跌撞撞地离开了。阿代尔在弗莱斯基身后小声唤着他的名字，弗莱斯基才缓缓地转过身，定了定神，说：“哦，明天您来我家做客，好吗？晚餐在晚上6点半左右开始。”

“非常感谢您的邀请，您真是太热情了。只是我还有一些小问题需要解决。”阿代尔说。

“什么问题？”

阿代尔将那张土地申请表用双手递给弗莱斯基，说道：“我想，我现在还不行，做不了这件事。”

“为什么不行？”

“我想，我大概也没有时间去筹集资金。我是说——”

弗莱斯基将手伸进自己的衣兜里，拿出一沓钱，递给他："您需要钱，是吧？这个您拿着。现在，您有机会来做客了，我们明天晚上再详谈。"

阿代尔目送弗莱斯基骑马离开，又看了看手里的钱。他不明白，为什么弗莱斯基原本已经拒绝帮他，但后来不仅给他提供了赚钱的机会，甚至给了他启动资金。反正一时半会儿也想不明白，他就干脆把钱收进了衣服口袋。

阿代尔坐着马车回到了长官的府邸。那是一座广阔奢华的庄园，进入大门后，还要驾着马车走一段路才能抵达府邸正门。遥看过去，一片绿色中，几栋白色的小楼格外显眼。门前几根高大的罗马柱下，有穿着红色军装、扛着枪的士兵把守。

阿代尔下了马车，脚步轻快地跑进了房子。在宽敞奢华的大厅内，管家看到阿代尔先生，便叫住了他："长官很快就要召开他的宴会。"

"谢谢您的通知。"阿代尔将手杖和礼帽放好，快步跑到了二楼。他推开走廊尽头的一扇门，问道："长官在什么地方？"

"就在里面，先生。"

阿代尔走进房间，敲了敲里面隔间的门。只听里面传来了长官的声音："是谁？"

"查尔斯。"

"哦，快进来，亲爱的。"

阿代尔进入屋子里，毫无拘束的感觉。长官此刻正光着身子在浴盆里洗澡，浑身都是泡沫。浴盆很小，只容得下长官盘腿坐在里面，膝盖还露在外面。长官旁边还有一个参谋官坐在一张单人板凳上，前面是一张简易的单人小桌子。此时，他的手中正拿着一张纸和一支笔。

长官低着头，专心地用香皂打着泡沫。他对阿代尔说："你自便吧，后面有喝的东西。"

阿代尔将右腿伸进澡盆和桌子的夹缝中，侧着身子，跷起左腿，从长官的身后艰难地拿到了酒瓶和杯子。

"刚才说到哪儿了？"长官对旁边的参谋官说。

参谋回答："长官希望大家要注意。"

"注意什么？"

"您还没说呢，长官。"

"哦，是的，告诉他们要注意，一定要学习好之前的那些规章制度，告诉他们，要提前做好准备，不要总是漠不关心的样子。告诉他们，赶快行动起来，否则我就扒了他们的皮。"

"长官希望你们能注意港湾的情况，按照大家希望的样子离开港口。"参谋官用长官的语气补充说。

"是的，就这样写。"

“长官，我希望——”

参谋官还想再说些什么，但被长官打断了，告诉他等等，自己要先同阿代尔说说话。于是，参谋官站起身打算离开，但又被长官制止了。长官只是说：“不，你不用走。”然后对阿代尔说：“你今天很忙吗？”

“是的，谢谢关心。”

“去银行了，是吗？”

“是的。”

长官问道：“你觉得，你的生意前景如何？”

“非常好。”

如果听到沮丧的话，长官反倒觉得正常，可他现在看到阿代尔信心满满的样子，不由得有些不放心，于是说道：“查尔斯，我希望你这次很努力地去尝试。”正说着，手一打滑，香皂掉进了澡盆里。长官也顾不上说教，就立刻用两只手在澡盆里摸索那块滑溜溜的香皂。等他找到香皂后，阿代尔才跷起二郎腿，信心满满地说：“我和当地的一位金融才俊打上了交道。”

“哦，那很好。”长官说，“我也想认识一下，他叫什么名字？”

“弗莱斯基。”

长官听到这个名字后，立刻问旁边的参谋官：“你认识他吗？”

“是的，先生，我认识。”

长官继续问：“他有什么问题吗？”

“没有问题，”参谋官用眼角的余光瞥了一眼阿代尔，继续说，“他是一个挺老实的人。在这片殖民地上，他和克里甘先生一起做事。”

“克里甘又是谁？”长官一边用香皂擦着腋窝，一边问。

“他是一位将军，您还记得吗？”

“哦，是的，我记得。”

参谋官继续说：“几乎所有的人都和他有矛盾，弗莱斯基先生却从来没和他发生过冲突。”

“我有没有见过这位先生？我是指在正式场合中。”

“哦，没有，当然没有。”

阿代尔听了他们之间的对话后，说道：“是银行的帕特先生向我介绍了他。”

长官正在用香皂揉搓肚皮的手突然停了下来，问：“你是说，他特意给你们介绍的吗？”

“哦，不是的，不是。”

“听着，查尔斯……哦，”长官习惯性地将手搭在坐在旁边喝酒的阿代尔的肩膀上，可他忘了自己的手上满是泡沫，于是连忙用身后的毛巾给阿代尔擦了擦，继续说，“我是想说，你是我的堂弟，我觉得，你不要和他们来往得太过密切了。”

“我明天晚上要和他一起吃晚餐。”阿代尔说。

“这个弗莱斯基以前究竟做过什么？”

“关于这一点，我也不大清楚。我想，也就是些微不足道的罪行吧。”

“你应该知道我想问什么。他到底犯了什么罪？”

“我还没问清楚。”阿代尔说，“他们和我说，在这里最好不要过问这些事。”

关于这一风俗，长官又需要请教他身旁的参谋官了。参谋官说：“在这里的确有这样的规矩。我认为，阿代尔先生的话是真的。不要轻易过问别人的往事，已经成为这里一个不成文的风俗了。当然，关于这一点，确实没有明确的立法。”

长官在嘴里重复着“弗莱斯基”这个名字，觉得自己好像在哪里听说过，但就是想不起来。这一点，他和阿代尔的反应倒是出奇地一致。

参谋官介绍说：“他可是这里的有钱人，而且是非常有钱的人。”

“弗莱斯基，好像跟某个女人有关。”长官好像回忆起了什么，但记忆往往就是这样，越是费力地去思索，它就越是躲闪。一时间，他想不起这个人到底是谁，也只得暂时放弃了。他洗完澡，用浴巾包好自己的身体，对参谋官说：“你跟我来吧，我穿衣服的时候再跟你说些需要注意的事。”然后又对阿代尔说：“我们晚餐的时候再见。你最好不要参加明天的宴会。你得谨慎小心些，你对我来说可是很重要的人。估计明天的宴会对你来说不是一件好事——一点儿也不好。”

他看了看阿代尔满是疑惑的脸，然后换了一种更加强硬的保护方式，他说道：“这是命令，查尔斯。”

查尔斯可不是那种听话的乖孩子，他的无畏与任性可不是一两天养成的，何况在他的衣服口袋里还有一沓钱在说服他去赴约。于是，第二天晚上，他乘着马车来到了一个方圆几十里都荒无人烟的地方。那个地方只有弗莱斯基家一座宅邸，在夜色中更显得凄凉阴森。

他对驾车的马车夫说：“我可以让他们安排你到厨房吃饭。”

“不了，先生。我宁可先回去。”

“来回一趟很远的。”

“是的，先生，但我不介意。”马车夫说，“和您说句老实话，我不大喜欢这个地方。”

“哦？为什么呢？这可是一栋很漂亮的房子。”阿代尔仔细地打量着面前的房子。

弗莱斯基的宅邸是二层小楼，主建筑的屋顶是圆形的，应该是经过精心设计的。两边的侧楼是单层，像一对鸟的翅膀在主楼的两侧展开。在月光的照射下，房子看起来是青色的，而房间里的灯光又投射出粉红色的光线。再加上门前的三棵古树，整体仿佛巫婆的宫殿。

马车夫说：“这里看起来很阴森，就像随时都有可能发生恐怖事件一样。您明白我的意思吗？”

“哦，不大明白。”

“不管怎么说，我就是不喜欢这里，一分钟都不想多待。”马车夫问道，“我什么时候过来接您？”

“10点吧。”阿代尔看到门口立了一根木桩，上面写了一行字，他问车夫，“这是什么意思？”

“白色石房子。”车夫说完，便驾着马车离开了。

阿代尔缓步走向那栋泛着青色粉光的白房子。当他走到房子的大门前，刚想拉动门铃时，从房子的另外一边传来的对话声引得他停下了手中的动作。他顺着声音的方向，沿着外墙走过客厅的两个窗口后，看见了另一扇侧门。他本想从侧门进去，但屋子里通往厨房的门突然有了响动。于是他快速地退了出来，在侧门口窥视着里面。

只见弗莱斯基从厨房里走了出来，后面还跟着一位穿着黑色上衣、白色裙子，年轻美貌的女管家和一名侍从——温特。弗莱斯基向女管家交代说：“长官的堂弟马上就要来了，晚餐的时候，我有些事要和他谈。”

“夫人呢？”女仆问道。

“不要叫夫人过来，我不是已经和你说了吗？”弗莱斯基又转身对温特说：“还有，这样的晚餐，你应该很有经验了。我的要求是，所有的事情都必须井然有序，不能出岔子。”

“是的，弗莱斯基先生。我已经交代下去了，房间各处都会很明亮。”温特回答。

“你亲自去督促就行，我对这种事不大在行。”

温特问道：“先生，您需要我去询问夫人的意见吗？还是——”

话音未落，弗莱斯基还没来得及去想，女管家就已经给出了回答。她立刻转过身，用快速而毋庸置疑的音调说：“不用了，温特先生。不用担心这种事，温特先生。这间屋子里的所有事，都是我在掌管。”

管家的话不仅没有遭到弗莱斯基的质疑，反而得到了他的赞许：“是的，有什么事就和她说吧。”

又一阵吵闹声响起，阿代尔继续沿着外墙向声音传来的地方走去。透过窗口，他看到，此时厨房里的女仆们已经扭打成一团，或者说是三个女仆正在整治另外一个女仆。被整治的女仆被按在桌子上，一个人从后面拉住她的两只胳膊，另外两个则一边按着她，一边在她身上挠痒痒。笑声中带着痛苦的嘶吼，四个人闹成一团。

这声音不仅引来了阿代尔，也引来了刚才正和弗莱斯基先生说话的女管家。她见状，并没有出声命令她们停止，而是从墙壁的挂钩处取下一条鞭子，从后面用力地抽打闹事的女仆们。她的表情很严肃，抽打的不仅是她们的躯体，还有她们的头和耳朵。几鞭子下去，女仆们自动散开了，但鞭子并没有停下来，女管家仍旧抽打着已经卑躬屈膝站在原处的女仆们。她们没有躲闪，只是出于本能地缩着脖子、低头耸肩，每个人都表现得服服帖帖。

弗莱斯基和温特也走了进来。主人和侍从都没有说话，只听女管家问道："现在，你们要告诉我，刚才发生了什么事？"

刚才被按在桌子上的女仆弯着腰，低着头，毕恭毕敬地说道："刚才，她们说我是绑架犯。"

"别把时间浪费在这种小事上，管好你自己！我们要开始准备晚餐了。"女管家高声说道。

女管家已经把事情解决了。虽然手段有些残暴，但从目前的结果看，这种解决方式是快速并且有效的。

弗莱斯基说道："你们都给我听好了，把后灯拿到前面的桌子上来。"

"我来吧。"女管家立刻去执行命令了。但当她走到厨房窗口的时候，突然看到了一位男士——阿代尔先生。她吃了一惊，不过保持着镇定。

"晚上好，我希望自己没有打扰到你们。我正在寻找正门呢。"阿代尔继续沿着墙往前走，从厨房的门进了屋子。一屋子的女仆和侍从站在那里，吃惊地看着这个陌生帅气的绅士。阿代尔显然为了赴宴精心打扮过，他穿了一身暗绿色、质地笔挺的礼服，更显得英气逼人。

"前面的门铃没有响。"阿代尔试图解释他贸然出现在这里的原因，"所以我只能从这条路过来了。"

可是他孩童般的谎言太容易被识破了，因为他的话音未落，门铃声就传到了这里。他只能装作可爱的样子，笑着说道："哦，这事可真是奇怪。"

弗莱斯基没有揭穿他的谎言，只是依旧用他特有的低沉嗓音说："很高兴见到您。"他拍了拍阿代尔的胳膊，"从这边去饭厅，您不介意吧？"于是，他们双双从厨房走到了餐厅。

"欢迎来到这里。"温特说道。

"这场宴会好像很隆重，弗莱斯基先生。"阿代尔根据餐厅上摆放的众多餐具猜测到，晚上来的人一定不少。

"温特。"弗莱斯基看到餐桌上对号入座的名卡，拿起其中一张对温特说道，"她还不能来参加。"

温特接过卡片，疑惑地看了看弗莱斯基。他感觉到这个家的氛围有些奇怪，女主人不能掌控厨房事务，不能安排招待晚宴，居然一切都要听女管家的。现在就连晚餐都不参加。

弗莱斯基没有解释，只是引着阿代尔走向门厅。此时，客人们已经陆续到了，女管家正站在门口迎接。弗莱斯基带着阿代尔走了过去。门口已经站了两位男士。弗莱斯基说："我来给你们介绍一下。这位是斯迈利先生……这位是瑞格先生，我们的经理。"

斯迈利对弗莱斯基说："我妻子让我跟您说一声，她对于不能接受您的邀请而感到遗憾和不安。您也知道，她的身体一向不好。另外，瑞格先生的妻子也有事不能过来了。"

瑞格说："是的，我妻子也对此事感到抱歉，她也很遗憾。我想，弗莱斯基先生一定很失望。"

弗莱斯基看了看他们，然后一个人走向客厅，说道："这边请，先生们。"

"我想，您还没有见过我的妻子吧？"斯迈利先生对一旁的阿代尔说。

阿代尔说："哦，当然，的确没见过。"

"我妻子的身体一向都不好，不过她仍然喜欢交朋友。"斯迈利对阿代尔说着，又赶了两步站在弗莱斯基的面前，"我真的很难和您解释，弗莱斯基先生。去教堂那天，我一定会尽量让我的妻子见您一面。当然，还是得在她的身体允许的情况下。"

阿代尔走到瑞格面前，两个人寒暄起来。瑞格说："阿代尔先生，您认为悉尼这个地方怎么样？"

阿代尔面带笑容地说："哦，我非常喜欢悉尼。这里的人很特别，这里的景色也很特别，都是我没见过的。再加上我从来没有见识过的那些人文景观、繁荣的贸易，还有袋鼠……我以前也没有见过袋鼠。"

瑞格听得有些莫名其妙，但还是礼貌地笑着说："我不是说这些，我是指这里的社会。"

"有什么不同吗？"阿代尔问。

"嗯，或许没什么特别。它是一座小镇，或许不能说是社会，我总是和我的妻子这么说。这一任长官打算做些什么事呢？"

瑞格的话让阿代尔觉得有些可笑，他也真的笑了出来，只是掩饰得还可以。对于瑞格的问题，他礼貌地回答说自己一点儿都不知道。

"我的名字叫瑞格曼，瑞格是我的姓，我妻子也是一位很出色的女士。"

阿代尔的双眼看向天花板，俏皮地踮着脚，好像再不克制就会哈哈大笑。他努力地抿起嘴唇，点着头。他想，这种呆板的自我夸奖还真是有趣。

"我觉得女士就应该出现在高雅的地方，而不是这里。我想，您什么时候也见见她。"瑞格很坦率地说。

"能够见到瑞格夫人，简直是我的荣幸。"阿代尔努力地寒暄着。

“其实，我们可以找个时间……您觉得呢？”瑞格对阿代尔说。

可阿代尔对这个并没有什么兴趣，于是他采用了最官方的解决方式，说道：“看您方便就好。我先失陪一下。”

阿代尔转身离开，身后的斯迈利还在为自己的妻子没能来参加这次晚宴而向旁边的人解释着。当阿代尔将目光转向门厅时，弗莱斯基又在迎接另一位男士。这位男士依旧说道：“很抱歉，我的妻子不能过来……”总之，无非是有事不能过来，或者是身体不好之类的话。

阿代尔转身对瑞格说道：“好像这座城市的女士都不大喜欢出门。”

瑞格回答这个问题时，音量很小，以至阿代尔不得不把耳朵凑近了才能听清楚。只听瑞格说道：“嗯，很抱歉，这的确有些困难。”

“阿代尔先生，”弗莱斯基叫他，“这位是威尔金少尉。”

“很高兴见到您。”阿代尔说。

这位来参加家庭宴会的少尉依旧穿着军装。他的身材敦实，脸型肥圆，或许是因为他的身材不够高大，或许是他那习惯性的高傲，他总是抬着下巴看人。他伸出手，与阿代尔礼节性地握手，说道：“认识您，我很荣幸。”然后开门见山地说，“长官到这里后还算习惯吧？”

“习惯，谢谢。”

“那就好，那就好。”威尔金少尉说，“我曾经见过他，那时候他还在威灵顿的军队，而我还是一个小兵。我希望他能够很快适应这里，这里是一片很好的殖民地。我会尽己所能地去做好每一件事。”

看来，威尔金少尉只是想把阿代尔当成一个传声筒，此刻他俨然是在向长官表达忠心。阿代尔礼貌地说：“如果您能亲自和他说，那就更好了。”

“哦，不，不，不，我不能这样做。”威尔金少尉笑着说道，“这些事还是留给他的参谋官去做吧。实在很抱歉，先生。”

阿代尔转过身来，因为他又要憋不住自己的笑容了。待他平复自己的心情，瞬间恢复了严肃的表情时，他才转回身来。

“您在这里过得不错，是吗？”威尔金少尉继续问道。

“是的。”

“那么，我相信长官也一定过得很好。”

“是的。”

“那就真的太好了。我希望我们之间的谈话可以传达给长官。”威尔金少尉居然很直白地做出了要求，“我希望能够结识他。”

“我堂兄对这些还是很感兴趣的。我觉得，他是一位非常有同情心的人。”

门铃响后，又有人来了。这个人的第一句话也是向弗莱斯基道歉，内容是：“很抱歉，先生，虽然我也不想，但我必须说，我的妻子在临出门时突然牙疼了。”

“这位一定是阿代尔先生吧，我是马考赛医生。”来人第一眼就看到了阿代尔，并且走过去向他问好。可两个人的寒暄还没开始，就听到门厅里又传来了同样内容的开场白：“弗莱斯基先生，很抱歉，我的妻子不能来了。她在最后一刻改变了主意。”

“可以理解。”弗莱斯基说。

弗莱斯基向阿代尔介绍道：“克里甘先生，他是这里的将军……这位是阿代尔先生。”

克里甘对阿代尔说：“您好，我很高兴能够认识您这个圈子里的人。或许您贵人多忘事，已经不记得我了……”

弗莱斯基似乎已经习惯了这种交际方式。一些道貌岸然的男士可以为了利益和他会面，却耻于让自己的妻子进入这样的家庭。

“米莉小姐！”

女管家应声而来，她的眼神中有些特别的东西。她看着弗莱斯基，但毫不畏惧主人的威严。她殷勤地问道：“有什么事吗？”

“上去看看夫人是否在房间里。”

“好的，我这就去看看。”

弗莱斯基说道：“让她冷静些。”

“我会的。”米莉说，“我会做好自己的工作的，先生。”

交代好一切后，弗莱斯基冲着客厅里的男士们喊道：“各位先生，晚餐已经准备好了！阿代尔先生，请您到这边来。”

瑞格是第一个走过来的，他和弗莱斯基一起往餐厅方向走，并且小声问道：“夫人的身体状况怎么样了？她要下来用餐吗？”

“她很好，”弗莱斯基看了一眼楼上，说，“我的妻子也向你们道歉。貌似今晚到处都在道歉。”他指着餐桌说，“请各位自己找自己的座位，坐下吧。”

弗莱斯基坐在长桌的一头，两边沿桌各坐了三位男士。阿代尔坐在离弗莱斯基最远的地方，他的对面则是威尔金少尉。

弗莱斯基说：“彼此之间的座位都离得那么远，请你们往前坐吧。”于是，原本分散坐着的男士们都凑到一块儿，长长的餐桌空出了一半。

“弗莱斯基先生，您来为我们说祷告词吧。”

“是的，请吧。”

弗莱斯基先生待所有人都坐好并且虔诚地低下头后，开始说道：“敬爱的上帝，我们感谢您降临到这个世界上的慈悲。您的慈悲给了我们所有的东西，教会我们如何在这个世界上生存，阿门。”

祷告刚刚结束，从弗莱斯基的身后传来了温特的声音：“我想，我还得很冒昧地打扰一下，我正要——”

话还没有说完，便是一阵安静。每个人都好奇地看向弗莱斯基先生的背后，这让弗莱斯基感到不安。他似乎猜到了什么，慢慢地转过头去。

一双裸露的脚出现在长裙下面。一位女士慢慢地走到弗莱斯基身后，双手搭在他的肩膀上，说道：“请坐下，先生们。我希望我没有迟到太久。我希望能和你们共进晚餐。”

弗莱斯基抚摩着这位女士的手，有温情，也有痛苦。然后他向大家介绍：“先生们，这是我的妻子，亨利特·弗莱斯基女士。”

此时，亨利特穿着一件很花哨的裙子，头上戴着一朵粉红色的花。这种穿戴似乎不大符合大家闺秀或者贤妻良母的身份，说得严重些，这或许更像一个风尘女子。只是她面容姣好，无论怎样打扮，都是一位可人儿。

她让大家坐好，自己踉跄地走到桌子的另一边——原本就属于女主人的位置。阿代尔很绅士地为她拉出了椅子。

“请坐吧。”弗莱斯基夫人说。等阿代尔坐好后，她看着他，问道：“对不起，我刚才没有听清楚您的名字。”

“阿代尔。”

“对不起，我……我真的有点儿愚蠢，我觉得，我好像认识您。”弗莱斯基夫人说。

阿代尔温柔地看着她，说：“我想，我们不算认识，亨利特女士。我们最近一次见面的时候，我还是一个小男孩。”

弗莱斯基夫人的脸上出现了淡淡的红晕，回忆让她感到温馨：“我们是在哪里见过？”她看起来有些呆呆的，但依旧在努力地回想着，“阿代尔……那您一定是个小孩。我的印象很模糊。”

“是的，亨利特女士，我是查尔斯。”阿代尔温柔而且耐心十足地配合她缓慢的语速和思维。

弗莱斯基夫人笑了，阿代尔也笑了，她想了起来。她说：“是的，您看，我现在已经记得您了。那个时候，您还非常喜欢骑马。您的姐姐戴安娜有一天带你过来，你还把您最喜爱的东西借给我呢，我永远都不会忘记您的。”

阿代尔看着弗莱斯基夫人一直用双手抱着一只空酒杯，就说：“让我给您倒一杯酒吧。”

“不用了。”弗莱斯基夫人立刻用手遮挡住杯口。她的手有些颤抖，嘴上在不停地说：“不，不用了，谢谢。”

她脸上的微笑消失了，好像陷入了某些痛苦的回忆，她说：“我嫁给了弗莱斯基。那一定是很久以前的事了。”说着，她低下头，闭上了眼睛。沉默了一会儿，她看向阿代尔，而阿代尔一直专注地看着她。

她问道："您的姐姐戴安娜怎么样了？我已经有好几年没给她写信了。"

"哦，她很好，"阿代尔说，"她已经结婚了。"

"她嫁给了那个法国人，是吗？"

"是的。"

弗莱斯基夫人欣慰地笑了笑，说："那就好了，非常好。我已经有很久没听过这样的事情了——关于一个男人和一个女人。没有人知道我的生活是怎样的，除了……除了……"她的声音有些哽咽，没有把想说的话继续说下去，只是说，"现在我有些不舒服，您能扶我一下吗，查尔斯？"

阿代尔绕到她的左边，将她从椅子上搀扶起来。弗莱斯基夫人对餐桌上的其他人说："你们会原谅我的，对吧，先生们？见到你们，真的很高兴。"弗莱斯基夫人的动作虽然依旧不是很灵便，好像喝醉了一样，但尽量迈着高雅的步伐，"山姆，不用起来，你陪着先生们吧。我很快就没事了。山姆，我坚持认为，阿代尔先生和我已经是老朋友了——非常好的老朋友。"

餐桌旁的男士们在起立目送弗莱斯基夫人离开后，重新坐好。弗莱斯基看起来忧心忡忡。

阿代尔看着弗莱斯基夫人走上楼去。她说道："非常感谢，查尔斯，见到您，我很高兴。现在，我要回到床上睡觉去了。上帝会保佑您的。"

阿代尔刚刚想走回餐桌旁，却听到从楼上的房间里传来弗莱斯基夫人凄厉的叫声："查尔斯！"

阿代尔不由自主地回头问道："怎么了？"

"请您快点儿过来，快点儿，快点儿！"

弗莱斯基站起身，看向楼上，对阿代尔说道："您最好赶快过去。"

阿代尔快步跑上楼梯，只听弗莱斯基夫人满脸恐惧地说："有一个恶魔。是的。您有枪，对吧？快点儿……"

阿代尔看到弗莱斯基夫人正站在门边，双手扶着门外的墙壁，甚至不敢再往屋子里多看一眼。

"就在里面，在我床上……那里，就在我床上。您往里看，可以看到它。"

阿代尔一个人走进屋子，在床尾看了一眼，甚至弯下腰仔细地辨认着是否有细小的东西，但依旧什么都没看见。他耸了耸肩，刚想出门，便看到了自己手上的枪。他站在原地想了想，然后冲着屋子里的壁橱开了一枪，才慢慢地走出了房间。

他不明白弗莱斯基夫人为什么会变成这样。当他走出门口后，他还是温柔地对她说："事情已经解决了，您可以进去了。"

弗莱斯基夫人将放在自己嘴上的两只手拿了下来，终于舒了一口气，说道："谢谢您。很抱歉，打扰您了。有您在，真的是太好了，查尔斯。您真的很善良。

晚安。”

弗莱斯基夫人走进屋子，在里面将门关上。阿代尔这才下了楼。他装作镇定自若的样子，摸了摸枪口，对弗莱斯基说道：“您深受老鼠的困扰，是吗？”

弗莱斯基说：“是的，非常讨厌那些老鼠。”

“在不同的领土上，每位男士都有自己的品位。新威尔士也有老鼠。”阿代尔对在座的男士们说。

晚饭后，阿代尔和弗莱斯基来到屋子外面的长廊上。

“我还记得过去发生过的很多事，也记得自己的梦想——关于有块土地的梦想，还有……”阿代尔对弗莱斯基说。

“什么？”

“她的堂兄一直都在困扰着你们的生活。”

弗莱斯基吸了一口烟，说：“我并不害怕。我已经是成年人了。”

“是的，”阿代尔说，“但我认为，他们并没有意识到这一点。”

“在我还是一个小男孩的时候，我曾用了一年的时间去那里学习。大部分知识都是那个家庭教给我的。在那座岛上，总是有很多东西可以学习。我还教了她怎么骑车。我们一起做过许多事，都是需要勇气才能完成的事。那时，我就像一个国王在开拓自己的领地一样。而她以前也是像她哥哥一样的女孩。即便现在，她依旧是，但总是过得不好。您知道吗？我不再像以前那样可以时刻讨她的欢心了，而她也觉得自己身处危险的边缘。就如同您所知道的，她的个性很鲁莽。我喜欢的就是她的个性，虽然那有时会给生活带来些麻烦，但我很愿意为她解决麻烦。”弗莱斯基见阿代尔有些出神，便问道，“我的话是不是让您觉得烦了？”

“不，不，请继续说下去吧。”

于是，弗莱斯基继续说：“人们总是想让我这样或者那样做，您应该明白，我不喜欢这样。我想要逃离那里，就如同在这里七年的流放生活，我总感觉马上就要结束了，却始终没有结束。她也总是要求我带她离开这里。”

阿代尔问：“那她为此做过什么？”

“她在等待。”弗莱斯基说，“当我出现在她面前的时候，她总会张开期盼的眼睛。我从开始赚钱到现在，时间并不长。我在这方面做得很成功，但她一直都不开心。我这样做根本没用。这些年来，我把一切都看得很清楚——我和她根本就不是同一类人。所以，我们之间根本就不需要交流，也没有任何话题可以用来分享。您还记得一句俗话吗？‘两个不同的人最合拍’。事实也正是如此。我曾想过要改变，但她……不可能的。您想想，她现在已经失去了自己生活的方向，这就是最糟糕的地方。我们根本没有谈论过这样的话题，只是自己想想而已，根本没办法解决这个问题。我只是想知道，我该怎么做，却一直都不知道……”

弗莱斯基心里一直装着一件事，但他不能说出来。那件事一直纠缠着他，或者说，不是他，而是她。他想要她忘记那些一直折磨她的记忆，让她放弃对自己的折磨。

弗莱斯基和阿代尔还在长廊里散步、聊天，此刻弗莱斯基夫人正站在二楼卧室的小阳台上吹着夜风。她换上了一身白色的睡衣，比刚才清丽脱俗了许多，但脸上一直带着焦虑和痛苦的神情。她迎着风，不停地摇着头，身体无力地倚靠在门窗上，似乎听到了他们的对话，又像是没听到。

弗莱斯基继续对阿代尔说："您知道我为什么今天晚上邀请您过来吗？"

"知道，您想多了解我一些。"

弗莱斯基很坦白地说："我想让当地的一些官员把我们之间的关系看成我想要和长官攀交情。那也许是我的目的之一。另外，我想，如果她可以看见一些从她的家族那边过来的人，或许神志可以清醒一些。我可以让我想赶走的先生们走开，天哪……我要给这些先生买一大堆东西。"

阿代尔听完这些，目光看向远方，说："我或许能明白您为什么可以在这里既有钱又有名望了。"

"什么？不，这不同。"弗莱斯基立刻反驳道，"当我看到一位真正的绅士时，我心里是有数的。"弗莱斯基始终都不觉得自己是有名望的人，更不是什么绅士。但阿代尔说："可我知道，您甚至能够改变我的命运。"

"不，不，我告诉您，我不是这样的人。"弗莱斯基沉默了一会儿，说，"您的父亲不是威廉斯吗？您的做法很对，我很欣赏。那些只是交易场上的事。"

"可我就是想熟悉交易场上的事，这也是很偶然才可以实现的。"

"如果您想做，没有什么可以阻止您把自己手上的土地卖掉，这一点是法律允许的。"

阿代尔会意地笑着说："我不是在找借口。"

弗莱斯基说："其实这和我没有一点儿关系。"

当他们一起走到门厅时，只听弗莱斯基夫人突然凄厉地喊着米莉的名字。阿代尔本想上去看看发生了什么，但同样紧张的弗莱斯基只是按住了他的肩膀，说："就让米莉过去吧。"

房间恢复沉寂后，弗莱斯基转过身，赞赏地说："她真的是一个好姑娘，总是知道该如何处理这些事。她现在已经成了我不可或缺的帮手。"

阿代尔听到这番话，只是说："我们最好多做一些事。"

"我们吗？"

阿代尔突然觉得自己刚才的话有些冒昧，就改口说："好吧，这原本不是我分内的事，但看到她，我会想起自己的姐姐。"

"她不知道这会让您这么伤感。"

但阿代尔做出很了解弗莱斯基夫人的样子，说："我知道，她愿意知道。"

弗莱斯基默默地说："我想，她会的，毕竟她还是有感觉的。"

"这种事需要长期的努力。"

"我想，我还是对此抱有希望。"弗莱斯基说，"或许，或许，衣服，女人总是喜欢新衣服。如果我们可以一起去悉尼，如果您能和她一直不停地聊天……谁知道呢……我想，她还是喜欢您的。"弗莱斯基的脸上露出了充满希望的笑容。

"这会有用的，我记得，我以前的一个朋友就是这样……"

阿代尔在和弗莱斯基交谈时，米莉则在楼上照顾着弗莱斯基夫人。米莉在给她倒酒，她的眼神中满含着深意，但只有她自己懂。弗莱斯基夫人神志不清地看向米莉，说："米莉，为什么你这么小呢？"

对长官来说，阿代尔一直是一个捣蛋鬼，但他很宠爱这个堂弟。这天早上，阿代尔带着土地申请表来让长官签字。长官看到那张表后，便开始滔滔不绝地指责他，但阿代尔始终保持着微笑。或许在善良的阿代尔看来，没有任何事可以让人感到伤感和难过，也没有任何事是长官不会顺从他的。

"前几天我收到一个通知，说是要把这些人聚在一起。但是现在我决定不这么做了。你已经严重违反了这个殖民地的规则。"长官生气地说。

"克里甘将军也在那儿啊。"阿代尔说。

长官说："克里甘将军去哪里，是他自己的事。"

阿代尔说："我也不想知道他的事。"

长官以为，在这件事上是克里甘将军利用阿代尔。所以他很反感克里甘将军。但听阿代尔这么说，他便诧异地问道："你是什么意思？"

阿代尔说："我是说，我代表我自己做这件事。"

"你是这样想的吗？"

"是的，我非常确定。"

长官站起身，从办公桌后面走过来，说道："克里甘将军是我的联盟咨询员，他曾帮助我解决了许多现实问题，而你只知道给我制造麻烦。"他指着申请单上的签名问道，"这是你的签名吗？"

"是的，这正是我的签名。"

长官有些生气，但又无可奈何地说："礼貌点儿，和我说话时要叫先生。"

"好了，我知道了，您别这么激动。"阿代尔摆出了投降的手势。

"激动？你拿了政府的土地，就换给我这么一张纸！"

阿代尔笑着说："这种事情得分两方面来看。"

长官简直要被这个小鬼气炸了，无奈地说："哦，看在这些受苦受难的人的分儿上，你觉得你已经拥有这块土地了吗？你打算用这块土地做什么？"

“我正想用这块土地开一个绵羊农场。”

“绵羊农场？”长官生气地将申请表丢在桌子上，踱着步说，“黑色的绵羊农场！你知道，你这样做会让这座城市失去什么吗？”

“哦，”阿代尔丝毫不受长官情绪的影响，还是不紧不慢地说，“那可能会是一件很有趣的事。”

“另外，你是打算自己掏钱买那些绵羊吗？”长官问道。

阿代尔装作一副吊儿郎当的样子，笑着说道：“这可是一个很奇怪的说法。”

“你想自己做些事情，我不反对。但是我不希望你把大家都牵扯进去。克里甘曾和我说过，那个弗莱斯基可谓当地的一个财主，他的买卖就是这样做下来的。”长官缓和了一下自己强硬的态度，“好了，查尔斯，你一直是我非常关心的孩子，对于你可能做出的任何蠢事，我都有心理准备。但我不能接受你把你那些愚蠢的事变成我的财政危机。如果是你先提出申请，我就对这件事既往不咎。如果你失败了，那我也无能为力。你就离开这里吧……”

“可是，如果您真的关心我，那我为什么不能用这块土地呢？”

“我觉得这是两码事。”

“可是为什么我一这么做，你就要让我离开这里呢？”

长官有些无言以对，于是问道：“那你到底想要怎么做呢？”

“我得问问弗莱斯基想要我怎么做。”阿代尔给出了一个很坦诚的答案。

“你们在哪里见面？”

“就在那块土地上，”阿代尔说，“这就好比一场考试。考试的题目就是为什么我们要开始。这将会是一笔很有趣的生意。”

长官说：“那不就是弗莱斯基住的地方吗？”

这时，在一旁安静了许久的参谋官走近他们，说道：“是的，我知道——”

长官示意参谋官停止说话，自己说：“我让克里甘给了我一些弗莱斯基的资料。他可是一位消息很灵通的人，而且为人很坚定……他告诉我，弗莱斯基曾在西方犯下了不可饶恕的罪行。在那里，他杀死了他妻子的哥哥。如果这起案件被定案，他就会像狗一样被吊死。而他现在已经背负着杀人的罪名在这里被流放了七年。你看，这就是你交到的朋友。现在，你还要交这个朋友，让他来玷污你的名誉吗？”

长官将头转向旁边的参谋官，问道：“我说得没错吧？”

参谋官在一旁应和道：“就是这样的，长官。”

长官将手搭在阿代尔的肩头，语重心长地说：“查尔斯，你对这个地方还不了解，做事前一定要三思而行。你也要站在我的立场上考虑考虑。”

阿代尔说：“这件事跟您的官职没有任何关系。我只是在想，我应该怎么去做……”说着，他拿起桌子上的鹅毛笔，递给了长官。长官虽然不赞成，但还是在文件上签了字。

阿代尔和弗莱斯基的合作开始了。在业务上，他并不需要做太多的事，但他与这对夫妇之间的接触更紧密了。

这一天，在白色石房子外，在黄昏温暖的阳光里，阿代尔与弗莱斯基夫人正在聊天。弗莱斯基夫人坐在门口，靠着后面的玻璃门。阿代尔站在她的旁边，身体斜靠着身后的柱子。弗莱斯基夫人今天比起以前要清醒许多。她说："查尔斯，这样对他很好，难道不是吗？他在这里已经很好了，我也很高兴，您还能这么好心地帮助他。"

"哦，这件事也让我很高兴。"阿代尔说道，"能够和这样一位具有经济头脑的人合作，我也很高兴。"

弗莱斯基夫人一脸惆怅地说："我是说，这其中还有一些丑恶的事。您不知道有多么丑恶，只是我不方便在这里提醒你什么，我……我的身体不是很好。"

"我知道。"阿代尔说，"您看起来神经很脆弱。"

弗莱斯基夫人有些手足无措，她紧张地说："以前没有人和我这样说过这个。"

"我觉得，说出来也没什么。"

"是的，"弗莱斯基夫人低下头，有些羞愧地说道，"只是我不习惯。"

"您很伤心吗？"

"我想，您不会明白我和山姆之间的感情，在我们之间发生了太多的事情，也有太多的事是我们两个都不会去触碰、更不会讨论的。我……我的弱点会一一暴露出来。"

阿代尔看见此刻的弗莱斯基夫人就如同一个无助的孩子——缺乏自信，没有安全感，总是在自责。他走到她旁边，蹲了下来，轻柔地说："您需要帮助，是吗？"

弗莱斯基夫人摇摇头，说："一切都太迟了。"她将脸转向一边，眼睛里充满了回忆，"都已经这样过了七年，我本以为这七年我们可以过得很快乐，事实恰恰相反。在这漫长的岁月里，我们的情感都迷失了。"

她猛地转过头，看向阿代尔，坚定地说，"这样不好，查尔斯，这样一点儿都不好。"

"您不能这么说。"

"我也希望不是这样，我原本想要过好自己的生活，能够有人守护我，我就是这样希望的。"

阿代尔劝慰道："您别这样想。"

弗莱斯基夫人想到了那天的晚宴，于是问道："那天晚上，我是不是很失态？我不想这样的。我现在甚至想不起来那天自己穿成了什么样子，我一点儿都记不得了。就好像是一个愚蠢的梦，是吗？"弗莱斯基夫人将手放在自己的唇边，既渴望听到回答，又害怕答案是自己不想听到的。

阿代尔笑着回答："您很好，什么蠢事都没做过。"

弗莱斯基夫人对这个答案很满意，她发自内心地笑了。这个笑容背后是一种解脱。

"这是我第一次看到您笑。"

她害羞地用手抚摩着自己的脸庞，说道："是吗？您真的太善良了。"

"不，是您太善良。"阿代尔说，"是您让我走进了您的内心世界，让我知道自己还可以做些什么。我们都是爱尔兰人，应该为自己感到自豪。"

"我们吗？"弗莱斯基夫人已经太久没有把自己和家乡联系在一起了。

"当然。"阿代尔说，"我想，是这样的。您的情感十分丰富，对吗？而我的生活很枯燥。请原谅我这么说，您对我而言，意味着更多的事。您在自己的世界中航行，您要相信自己是正确的，而山姆就是您的一个导航员。他知道关于您的一切。"

"哦，我告诉您，这样没有用。我……我做不到。"弗莱斯基夫人有些憎恨自己的软弱。

"您看，您可以先从掌管这栋房子开始。"阿代尔说，"让我想想，您可以先自己做晚餐……"

"哦……米莉已经把这里所有的事都做好了。"

"是吗？那您可以想想，有什么漂亮的衣服可以让您更光彩照人，迷倒更多人。"

弗莱斯基夫人皱着眉头说："哦，查尔斯，这一切都由米莉掌管了。我……我都已经告诉您了，我已经没有什么用了。我以前也试过，但是山姆说这样没用。"谈论这件事情让弗莱斯基夫人烦躁不安，她将手里的东西往旁边一扔，"您不要这样看着我了，这样就可以看穿我吗？"

"我可以。"阿代尔的回答很笃定，他问道，"您会时常照镜子吗？"

"我现在没有镜子。一年前，我就把它们收走了。"

阿代尔看了看旁边的玻璃门，将自己的外套脱了下来。他将深色的外套放在玻璃后面，阳光照在颜色变深的玻璃上，如同一面茶色的镜子。弗莱斯基夫人转过头，看到了自己俏丽的脸庞，还有悲伤的眼睛。

阿代尔重新把衣服穿好，对弗莱斯基夫人说："您看见了什么？是一个非常美丽的女人。"他牵起她的手，温柔地问，"现在您打算怎么做？我会给您买一面新镜子，让您时刻提醒自己，看到自己。每天都看着自己，然后对自己说，要快乐点儿。您知道快乐是从哪里来的吗？镜子会回答您。没错，我知道。从今往后，您会觉得自己的生活充满色彩。"

弗莱斯基夫人刚刚露出些笑容，却被意外的响动惊动了。她看向屋子里面，是米莉从房间里走过。弗莱斯基夫人的笑容又不见了。阿代尔开玩笑地说："我还以为有人从坟墓中走出来了呢。"

弗莱斯基夫人觉得好笑，问道："您怎么这样说米莉？"

“我想，她不是很喜欢我。”

弗莱斯基夫人低下头，说：“其实她很好，她愿意为山姆献身……她对我也很好。”

阿代尔说：“如果看见一个女人就知道她会为了谁献身，那岂不糟糕了？”

这句话让两个人都笑了起来，或许对弗莱斯基夫人来说，这不只是一句玩笑话，也是一种宽慰。就在他们两个人咯咯笑的时候，弗莱斯基从外面回来了。他好奇地看着他们，问道：“有什么好玩的事吗？”

阿代尔立刻站起身，说：“哦，我不知道，只是有些话引得她笑了。”

弗莱斯基来到妻子身边，扶着她的肩膀，想让她靠在自己身上，但是她有些排斥，甚至一言不发地站起身回屋去了。弗莱斯基捡起妻子刚才丢到一边的东西，原来是绣花。他感慨地说：“她又开始做这些手工活儿了吗？”

第二天，阿代尔真的为弗莱斯基夫人买了一面镜子。在蒙着镜子的包装纸撕掉的瞬间，一位美丽的贵妇人出现在镜子里。弗莱斯基夫人痴痴地看着镜中的自己，她很久没有这样端详过自己的容貌和衣着了。

“您看到了谁？”阿代尔问道。

“您是什么意思？”弗莱斯基夫人反问道。

阿代尔说：“镜子里有一位非常漂亮的女士，对吗？”

弗莱斯基夫人左右摆着头，仔仔细细地看着，说道：“看起来的确是。”镜子中，那张美丽的脸庞露出了迷人的微笑。

“我真为您感到骄傲，亲爱的。”阿代尔说着，在弗莱斯基夫人的脖子上亲吻了一下。弗莱斯基夫人有些不自在地叫了他的名字，阿代尔却毫不在乎地说：“为什么不呢？这只是对您表示敬意。”

“是这样表达敬意吗？”

“我是这样认为的。”

弗莱斯基夫人仰起头，问道：“那么，您为什么要向我表达敬意？”

阿代尔挽住她的胳膊，将她转向自己，说道：“因为我要庆祝您重新做回自己，您就是这栋房子的女主人。”他又亲吻了一下她的脸颊，这次她没有拒绝。

阿代尔笑着说：“首先，要做一些您没做过的事。您真的是一个又美丽又善良的女人。”

弗莱斯基夫人笑着说：“查尔斯，别这么夸我。”

“可是我还没说完呢。我们要从哪里开始好呢？来看看下一步要做些什么。”阿代尔想了想，说，“嗯，家里所有的钥匙都在哪里？”

“在米莉那里。”

阿代尔说：“米莉吗？她以为自己是谁？钥匙应该在房子的女主人手里。现在您可以走过去，让自己看起来更加自信些。让我想想，这第一仗应该怎么打呢？”他仰起头，想了想，说，“我知道了——厨房。”

弗莱斯基夫人说：“如果我要干涉厨房的事，米莉会拒绝的。”

“哦，管她怎么样呢。”阿代尔高声说，“您必须去，您得把失去的东西收回来。您一定要记住。我们就把这个作为第一步。我们要改造这栋房子……”

弗莱斯基夫人头一次哈哈大笑。这听起来太美好了，未来又有了希望。她笑着说：“哦，查尔斯，如果没有您，我该怎么办呢？”

阿代尔说：“现在，您就走出您的第一步，到厨房去吧。”

然而，弗莱斯基夫人和阿代尔的对话都被站在房间角落里的米莉听到了。分其说米莉是无意中听到的，不如说她一直躲在角落里偷听。当她听说女主人要重新掌控这栋房子时，她的眼睛转动着，在想着该如何应对。她好不容易才掌控了这里的一切，现在却要失去它了，她绝不允许。

阿代尔离开了弗莱斯基家，弗莱斯基夫人则奔赴她的战场——厨房。此时，米莉悄悄地爬上楼梯，正巧遇到温特，便对他说：“跟我来。”

米莉要带温特进女主人的房间，温特却站在门口，不敢多走一步。米莉撤下床上的一条床单，铺在地上，对温特说：“你是一位绅士吗？”

“是的，我认为是这样。”温特回答。

“绅士总会帮助别人做事的。我希望你现在可以帮我。”米莉打开一旁的柜子，从里面拿出了至少六个空香槟酒瓶，对温特说道，“现在，你要帮我把这个拿过去。”

她用床单把酒瓶包裹好，递给了温特，并且对他说：“她现在需要我们来帮助她恢复神志。”

温特跟着米莉下了楼，两个人往厨房的方向走，一路上都能听到里面传来的吵闹声。

“你们怎么可以这样？”这好像是女主人发出的声音。然后一个粗声粗气且乖张的声音回应道：“我们从来就没有接受过这样的命令。”

“你们怎么可以这样和我说话，你们觉得自己是谁？”

米莉将厨房的门打开，看见弗莱斯基夫人正站在四个女仆的对面，其中一个女仆居然坐着和她对话。弗莱斯基夫人对进来的米莉说：“这些人到底是怎么回事？她们居然不听我的话，还敢和我顶嘴！”她的声音中有怒气，也有胆怯，像是在向米莉投诉，又像是向米莉告状。

米莉说：“那就让我来处理这些事吧。”

“不，不，”弗莱斯基夫人强迫自己振作起来，说道，“我希望你在处理这件事之前先问一下我的意见。我已经让你做了太多我自己应该做的事。你应该每天早上……不，是我要求你，要求你每天早上来我的房间，听从我对你的安排。现在……

我……我要去别的地方看看。你有钥匙吧？一直都是这样的。”

“是的。”米莉回答。

“那你现在可以好心地把钥匙给我吗？”弗莱斯基夫人不习惯用命令的方式和米莉说话。

米莉不能直接拒绝，于是向温特使了个眼色。温特便将手里的酒瓶都放在厨房的桌子上。一个女仆看见这么多空酒瓶，便哈哈大笑起来。在这个家里，人人都知道弗莱斯基夫人是一个酒鬼，人人都可以嘲笑她，她没有任何权威可言。

刚刚才振作一些的弗莱斯基夫人被眼前的一切吓坏了，她感觉自己就像一个小丑，如果此刻有一道地缝，那么她会毫不犹豫地跳进去。她踉跄地快速走出厨房，里面的嘲笑声还响在耳畔，此时的她已经泪流满面。她掩面跑上楼，将自己关在房间里。

晚饭过后，阿代尔和弗莱斯基在长廊下聊天。

“她一定要继续这样做。”阿代尔说。

“不，我觉得这样做没用。您最好还是放弃吧。她只能这样了，我也只能这样了。”弗莱斯基似乎并不想做什么改变，或者他此时已经嫉妒阿代尔对他妻子的事这样上心了。

阿代尔不明就里，继续说：“您没看到她在努力地尝试改变吗，她有多辛苦，您看不出来吗？”

“您比我看得深入多了。”弗莱斯基含沙射影地说。

但阿代尔没有听出这番话的含义，只是说：“您也可以做到啊。您想要见她，想要跟她说话吗？我相信她一定可以做到，我向您保证。”

弗莱斯基说：“她看起来就如同黑夜，她以前不是这样的，可是现在已经没有办法了。”

“事情总会发生变化，我肯定会找到办法做些什么的。”阿代尔笃定地说。但弗莱斯基劝他最好不要这样做。

阿代尔不明白弗莱斯基为什么这样不关心自己的妻子，于是说道：“听着，山姆，我猜想，您绝对不知道今天她在厨房里发生了什么事。这一切都是米莉的错。”

弗莱斯基突然看向他，有些急迫地为米莉开脱：“您不知道米莉要为此忍受多少。请您管好您的嘴，不要再说这件事了。”

阿代尔不明白，为什么一个丈夫不为妻子着想，反倒极力为女仆开脱。他只好默默地说：“这是您的事，不是我的。如果我是您，我就会去做。”

“去做您喜欢做的事吧。”弗莱斯基一脸惆怅地说。

阿代尔回到屋子里，跑上楼梯，用力地敲着弗莱斯基夫人的房门，不停地叫着“亨利特”，但始终没有人开门。他悻悻地走下楼，对已经站在门口的弗莱斯基说：

"一点儿声音都没有。"

此时，弗莱斯基反倒有些高兴，毕竟这证明他还是了解妻子的，也证明阿代尔在亨利特的心里并没有那么重要。他说："我已经告诉过您了，她不仅对您如此。"说完，他便离开了。阿代尔看着他的背影喊道："但我还是要试试！"

阿代尔走到室外，看着门柱上攀爬的树枝，心生一计。他对着弗莱斯基夫人的卧室窗口喊道："亨利特，我上来找你了！"

弗莱斯基吃惊地看着阿代尔的行为，并没有阻止。阿代尔身手矫健地爬上了二楼的阳台，幸好阳台上的玻璃门是开着的，于是他走了进去。此时弗莱斯基夫人正穿着睡衣躺在床上，床头点着一盏灯。

阿代尔叫了她的名字，但她没什么反应。他走了过去，看到床头柜上放着的酒杯，便明白了原因。他轻轻地呼唤着她的名字，弗莱斯基夫人带着哭腔说："我不想看见您，我不想看见您，查尔斯，我不想看见您。我不行，我根本就不行。"

阿代尔在床边坐下，俯身抱住她。弗莱斯基夫人哭着说："我觉得，我都快被她们羞辱死了！"

"她们只是在胡说八道。"

"可是她们特别凶。"弗莱斯基夫人说，"我要离开这栋房子，离开弗莱斯基的房子。可是，这真的是一栋很漂亮的房子。"

阿代尔做了一个滑稽可爱的表情，笑着说："我也这么认为。看着我，您必须起来。"说着，他搬动她的上身。弗莱斯基夫人虽然不是很愿意，但任由他摆布。终于，她站了起来，哭着说："我这样活着真的很痛苦，好像寄居在别人家里一样。"

阿代尔抱着她的双肩，帮助酒醉的她站直了。他耐心地劝慰道："您要耐心一点儿。"

"不，我做不到。"

"您可以的，所有的事都会好起来的。"阿代尔看着弗莱斯基夫人的脚，说，"您的脚还有力气，永远都有力气。它们要您别放弃。"

弗莱斯基夫人将头埋进阿代尔的臂弯里，绝望地说："我想，我永远都做不来。"

"不是的，您可以的，您一定可以。"阿代尔说，"我是在很认真地和您说这番话。在我之前的生命中，我从来没有如此认真过。您要有勇气尝试。"

他将弗莱斯基夫人重新扶起来。两个人对视着。

被酒精催化的弗莱斯基夫人脸颊绯红，她摇摇晃晃地说："以前我是有过勇气，但后来我失去了它。"

阿代尔看着眼前这个可人儿，不由得将自己的唇印在了她的唇上。这个长长的拥吻让弗莱斯基夫人完全失去了力气。她气喘吁吁地说："我感觉自己很虚弱，您刚才究竟说了些什么？我已经尽力了，结果还是这样。我用尽了全力，但还是没用。"

阿代尔说："您可以的。"

"您知道今天厨房里发生了什么事吗？"

阿代尔轻轻地摇了摇头。

弗莱斯基夫人说："我实在控制不了她们。那个女仆说得对，我和这个家庭好像没有任何关系。我想为这个家做一顿新年晚餐，我却……我却什么都做不了。"弗莱斯基夫人泣不成声，将头垂在阿代尔的肩上，"我只能记得他。"

"您必须努力去尝试，"阿代尔的眼中充满了回忆，他说，"您还记得那次晚宴吗？您那美丽的眼睛就像被辣椒呛过一样，红红的。上帝一定会眷顾您的。您感觉到上帝对您的眷顾了吗？现在，您需要好好睡一觉。"

弗莱斯基夫人的脸上又露出了微笑，阿代尔总能让她破涕为笑。他把她送回床上，拉响了铃。正当他安慰她时，门外响起了敲门声。

"进来。"阿代尔说。

但门是锁着的，他似乎忘记了这一点。于是他让弗莱斯基夫人躺在床上，自己去开门。

"你来了，你可不可以帮助女主人宽衣睡觉？"阿代尔对米莉说。

米莉只是扫了一眼床上的弗莱斯基夫人，就说道："可她看起来已经睡着了。"

听到这句话，阿代尔觉得很奇怪，为什么这栋房子里的仆人总是不服从命令？他严肃地问道："你这句话是什么意思？"

米莉没有回答，只是转身离开了。阿代尔愤怒地将门关起来，咒骂了一句。但当他看到可爱的弗莱斯基夫人像孩子一样睡在床上时，脸上又有了笑容。他轻轻地走了过去，为她盖上被子，并在她的脸颊上亲吻了一下，说了声："晚安。"

当他想要离开屋子的时候，发现阳台上的玻璃门还开着，窗帘被风吹得猛烈飘动。于是他走过去想关上门，却看到弗莱斯基一直手拿雪茄站在楼下。

第二天一早，米莉便开始向弗莱斯基先生诉苦。"我没办法管了，弗莱斯基先生。我不知道该怎么向您表达我现在的想法。弗莱斯基先生，您的夫人已经觉得不再需要我做什么工作了。我不知道该用什么话来反驳她。但是她居然闯进了我的厨房，还对我说，这以后不再是我的工作了。您知道管理这么一个家有多么辛苦吗？"

正当米莉说话时，阿代尔先生从外面走了进来。他说道："对不起，我不知道你们在忙，我再——"

阿代尔本想离开，但弗莱斯基让他留下来。米莉继续说道："反正，我坚持我的说法，如果要我改变立场，那么我就不是米莉了。"

阿代尔站在她旁边说："那是你自己的事。"

米莉说："如果你们一定要坚持你们的想法，我就辞职不干了。看看如果没有我管理这个家，你们怎么办。"

阿代尔还是第一次见到这样嚣张的女仆。米莉转身要走时，他说：“等一下。我想，我要跟你说一下，山姆。”他对弗莱斯基说，“我想，我已经有点儿了解这栋房子的管理方式了。昨晚——”

“是的，昨晚，”米莉不给阿代尔说话的机会，她用粗大的嗓门儿盖压过了阿代尔的声音，并且装作愤怒的样子说，“我可以告诉您，昨天晚上到底发生了什么！”

阿代尔说：“我相信你可以描述得非常好，亲爱的。”

弗莱斯基站起身，说：“好了，我不想再听你们两个在这里继续争执了。”

阿代尔说：“弗莱斯基先生，我想，您应该知道昨天发生在您夫人身上的事。她去了厨房，遇到了一些事。那些不听管教的仆人惹得她再一次生病了。”

米莉对阿代尔大声说：“您还好意思说昨天晚上的事！”她用手指着阿代尔说，“你们两个在房间里，还锁上了门。只有你们两个人。这就是您想要告诉主人的事吗？”

“那么对于发生在厨房里的事，你怎么说？”

自知理亏的米莉始终不提厨房的事，只是喊道：“反正我发现了你们……好了，告诉您吧，弗莱斯基先生，他还想要来质问我！”她本已走向弗莱斯基，但突然像一只狼一样快速地转过头，凶狠地看向阿代尔，“您！您以为在这里您是谁？”

正当所有的节奏都被米莉掌控住的时候，温特在一旁说：“先生，我想，事情不是这样的，当时我也在现场。”

三个人齐刷刷地看向他。米莉立刻说道：“哦，他也在那里，是的。”于是她假装责怪他的样子，说：“你这个人也真是的，把一大堆瓶子都放在桌子上，你知道这会造成怎样的后果吗？就是你把女主人吓病的。”

温特立刻辩解道：“弗莱斯基先生，事情不是这样的。您是个绅士——”

“绅士”这个词，弗莱斯基向来不喜欢，于是他打断了温特的话：“好了，别和我说什么绅士，出去！”

“你们两个都出去！”米莉好像把自己当成了女主人。这话一出口，弗莱斯基也吃惊地看着他，她立刻改口道：“我也要出去，在这栋房子里，我一秒钟都待不下去了。”她又给自己一个台阶下，“如果您还要让这一切继续，那就是您的事了。”

温特和米莉都离开了。阿代尔站在一旁说：“您摆脱了他们两个。”

“总是这样的，走了一个又一个。”

“您是这栋房子的主人，您有权这样做。”阿代尔看着厨房的方向，说，“您的运气似乎不大好，但这也是她自作自受。”

“什么？”

阿代尔说：“她当然是自作自受，可是您不会这样认为，是吧？”

“我不知道我该怎么想。”

在弗莱斯基看来，阿代尔可能是受大家族的绅士观念影响，对仆人的要求很高。但对弗莱斯基自己来说，他所需要的只是一个女管家，一个可以把事情做得井井有条，还可以帮助他照顾自己妻子的人。他对阿代尔强调说："这个人一定是女人，因为女人和男人各自有着独特的思考和做事方式。而米莉小姐和我就像是同一类人。"

阿代尔听明白了弗莱斯基的潜台词，他连忙说："是您说我给了您希望。现在您要放弃了吗？"

"还没有。"

"那就听我的，换一个管家吧。"

"但是米莉已经在这里工作很多年了。"

阿代尔用讽刺意味十足的语气说："什么时候米莉的闲言碎语让您厌烦了，我才会和她握手。"言外之意，他不明白为什么弗莱斯基总是能容忍米莉对自己妻子的诋毁、对他朋友的诋毁，还有她那嚣张的态度。

弗莱斯基想了想，说："我想，她会理解的，就按您说的去做吧。"

来接米莉的马车已经在门口等候了。米莉上车时，弗莱斯基下意识地去扶了她。米莉转过身，伸出一只手，对他说："再见，弗莱斯基先生，再见……并且，全心全意地祝福您。"

弗莱斯基和她握了握手。米莉继续说："我会在上帝面前祈祷，让他赐福给您的。"

"再见。"弗莱斯基说。

马车走时，米莉流下了眼泪。她太过相信自己对这个家的重要性了，她也太过相信弗莱斯基对她的感情了。总之，这种嚣张的态度迫使她离开了，但如果不这样做，她也会失去对这个家的掌控。她在心里盘算着，或许有一天，她还会回来。

弗莱斯基夫人在楼上看到米莉离开，感到大惑不解，连忙跑下楼去。此时，温特正在询问弗莱斯基先生，该如何解决早饭问题。

"有什么问题吗？"弗莱斯基不解地问。

"以前都是米莉小姐负责这件事，厨房都归她管。您要找别的女士来做吗？"温特问道。

弗莱斯基背着手，低头说："好了，我知道了，我会在中午之前解决这件事。还有那群疯婆娘，对你来说很神秘，是吗？"

"我会尽力去做的。"温特说完，便去了厨房。

这时，弗莱斯基夫人从楼上跑下来，说："山姆，米莉去哪儿了？"

"她离开了。"

"为什么？"

弗莱斯基回答说："我也不知道。"

“她不能走啊，不能。你得把她找回来。”弗莱斯基夫人着急地说。

“你知道吗？她已经下定决心离开了。”

“哦，山姆，这简直太可怕了。肯定有什么原因。”弗莱斯基夫人正急得团团转时，看到了从楼上走下来的阿代尔。

阿代尔说：“早上好，你们好吗？我正要来谢谢您呢。我已经拿到邮件了，还有账单。这可真是个美丽的早晨。”

他兴高采烈地说完这段话，却看到了弗莱斯基夫妇两个人奇怪的表情，于是问道：“发生什么事了？”

弗莱斯基夫人如同发生了什么大事一般，夸张地说：“米莉走了。”

阿代尔却说：“我就说这是一个美丽的早晨嘛，看起来的确如此。”

弗莱斯基夫人说：“但是，没有她，我是不行的。”

弗莱斯基对她说：“你可以的，我给你一个月的时间。”

这个时候，温特突然从厨房里跑了出来，急切地对弗莱斯基说：“先生，恐怕我得亲自和您谈谈。”

当温特向弗莱斯基反映问题的时候，阿代尔对弗莱斯基夫人说：“是谁给了您这么好的开始呢？”

当气愤的弗莱斯基说要把那些仆人送回悉尼的时候，弗莱斯基夫人再次鼓起了勇气。她拉住弗莱斯基，说道：“山姆，我去。”

温特在后面提醒道：“夫人，我想，您现在最好不要过去。”

弗莱斯基命令道：“你给我安静些！”

在弗莱斯基夫人越来越接近厨房的过程中，她听到里面的仆人正在为米莉的离开而叫好。这样就没有人约束她们的行为，她们就可以天天喝酒，不干活儿了。弗莱斯基夫人还在门口偷听了一会儿里面的抱怨，大概是为了米莉打人的事。米莉打人已经成了家常便饭。

弗莱斯基夫人推开厨房的门，走了进去。仆人们看到她，抱怨声立刻停止了，厨房归于一片平静。她缓步走到墙边，将那条抽打仆人的皮鞭拿了下来。这一举动让所有的女仆都紧张起来，她们纷纷停下手里的事，怯生生地站在一旁。

弗莱斯基夫人将皮鞭扔到了炉火里。女仆们目瞪口呆地看着她不寻常的举动，不明白是什么意思。她对大家说：“你们看到我刚才做了什么吗？”

“是的。”

“那你们知道这是什么意思吗？”弗莱斯基夫人见没有人回答，便继续说，“从今天开始，在这栋房子里没有人会再挨打，你们明白了吗？”

其中一个仆人点了点头，说：“是的，是的，我的夫人，是的。”

弗莱斯基夫人说：“如果……如果你们还想继续在这里工作，我就告诉你们，有三件事，我不喜欢吵闹、打架和偷窃。如果我发现你们做了其中一件，我就会把你们送回监狱。你们明白了吗？”

“是的，我的夫人。”

弗莱斯基夫人看着其中一个坐在椅子上的仆人，问道：“你叫什么名字？”

那个女仆立刻站起身，来到弗莱斯基夫人身边，说：“苏珊，夫人。我刚来不久。”

“为什么她们叫你‘杀千刀的’？”

“因为我做了许多罪恶的事，类似那些恶毒的妇人做过的事。”

弗莱斯基夫人对旁边的人说：“以后还是叫她‘苏珊’。”

这时，弗莱斯基夫人听到外面的口哨声，她知道这是阿代尔在为她鼓劲儿加油。于是她又定了定神，看着旁边的女仆，说：“你是厨师吗？”

女仆殷勤地回答：“是的，我是，夫人。”

另一个更年长的女仆说：“她在说谎，夫人，不要相信她。我才是厨师，她只是打下手的。”

弗莱斯基夫人严肃地说：“都给我安静！”她又问另一个女仆：“你也可以做厨师吗？”

“是的，夫人。”

于是弗莱斯基夫人说：“今天早上，你们三个人各做一份早餐。我要咖啡、烤面包片和咸肉，这就是早餐的内容。我要看看。你们三个谁做得好，谁以后就是厨师。”

女仆们纷纷表示赞同，也踊跃地要求表现。当弗莱斯基夫人说完“开始”后，三个人便争前恐后地奔向灶台。只是事情并没有想象的乐观，三个人又为用锅争吵了一会儿。

弗莱斯基夫妇和阿代尔已经坐在餐桌前很久了，却始终不见仆人送早餐来。于是，弗莱斯基夫人再次摇响了铃，催促她们快些。

终于，女仆们排着队将自己做好的早餐送了过来。眼前的情形让阿代尔哭笑不得。他用右手遮住侧脸，皱着眉头看着眼前的食物，手指动了几下，终究不知道该如何动用餐具。弗莱斯基夫人看了看自己盘子里的食物，又用余光瞥了一眼阿代尔和弗莱斯基的，一脸羞愧。只有弗莱斯基已经开始动餐具了。

弗莱斯基避开完全没熟的煎蛋，用刀子切着卷曲在旁边的咸肉。没熟的肉和蛋粘在刀叉上，很难切下一块。阿代尔也用叉子摆弄着餐盘里的鸡蛋液，蛋黄与蛋白混在了一起，他用叉子将它们挑起后，还能看到长长的拉丝。他反复玩了几次，不明白为什么会做出这样的食物。

弗莱斯基夫人看着他，面带歉意地说：“查尔斯，要不要我给您换——”

阿代尔立刻向她摆摆手，说：“对了，我有个消息要告诉您。”他从桌子上拿起一张请柬，“长官诚挚地邀请山姆·弗莱斯基先生和亨利特·弗莱斯基女士参加政府舞会——科斯将军。”

弗莱斯基说："您是在开玩笑吧？"

阿代尔说："不是，这是我从政府那里拿过来的。"

亨利特说："我不明白，山姆，我和政府机构从来都没什么来往。"

弗莱斯基也说："我和他们也没有任何交情。"

阿代尔则说："我的堂兄可以邀请任何他想邀请的家人啊。你们一定要去。"

"查尔斯，您这么说会伤害我和我的丈夫。我非常同意我丈夫的意见。"弗莱斯基夫人说完，便低下了头。

而弗莱斯基用低沉的嗓音说："你还是去吧，你们可以一起去。"

弗莱斯基夫人看着自己的丈夫，而弗莱斯基目光呆滞地看向餐桌的一角。此刻。他认为，他所做的一切都是为了妻子的健康，或许这场舞会有助于她恢复健康。

阿代尔在一旁高兴地说："我们可以跳第一支舞，第一支舞是华尔兹吧？总之，您一定要去，以显示对长官的尊敬。"

"别犯傻了，在我出发之前，他们就已经跳过第一支舞了。"弗莱斯基夫人自信满满地说。

"您还记得？"阿代尔惊喜地问道。

"是的，我以前去过。"

"那就更好了。"

"不。"弗莱斯基夫人看了看丈夫的脸，她考虑到丈夫的感受，所以即便心里想去，嘴上也说着不。

"为什么不去？不要就这样拒绝，不要说不啊。"阿代尔极力劝说道，"我想，长官希望自己发出去的请柬能够再飞回他那里。您还会遇到瑞格夫人、斯迈利夫人、威尔金夫人，可以看到她们的风采。"

阿代尔说得天花乱坠时，弗莱斯基夫人则一直用期盼的眼神看着自己的丈夫。等到阿代尔在不间断的劝说中喘口气时，弗莱斯基说道："你应该是她们当中的一员。"

弗莱斯基夫人羞赧地笑着说："不过，我没有可以穿着出门的衣服。"

"这个您不用担心，"阿代尔说，"您可以问问——"

弗莱斯基看着妻子，说："我给你买一件，好吗？"

"那太好了。"阿代尔好像比弗莱斯基夫人还激动。

突然，刚才还一脸笑容的弗莱斯基夫人又变得脸色阴沉了，她说："不，不，还是先别说这件事了。"

阿代尔说："这可不行，我想要看到您融入自己的家庭。我想，她们见到您去，一定会非常高兴的。别再怯懦了，好吗？"

阿代尔很了解弗莱斯基夫人的心思，他句句都说中了。于是她答应了去参加舞会。她转身对弗莱斯基说："你也去吧，山姆。"

“我就不去了。我不会跳舞，不想场面太尴尬。阿代尔先生可以带你去。那里也不是很远，不会是几千里之外的地方。我会为你感到骄傲的。”他站起身，抚着妻子的肩膀说，“我们会把一切噩梦都终结的。”

亨利特歪着头，用脸颊感受着丈夫宽大厚实的手背。她很久没有感受到丈夫对她的支持和爱了。

弗莱斯基将桌子上的钥匙拿了起来，对妻子说：“拿着这个。”

“你替我拿着吧，山姆。等我有需要的时候，我再向你要。”

“不，让我帮你挂上，”弗莱斯基说，“就挂在你的腰上，像米莉之前那样……这样会不会有些松？”他为妻子将钥匙系在腰间，“没人能把它从你这里拿走。我再去为你买一件漂亮的衣服。今天我就到悉尼去。”

阿代尔在一旁看着这对甜蜜的夫妻，不由得有些孩子般的嫉妒，于是说道：“不用带我一起去了。我还是留下来陪她吧。”

弗莱斯基说：“或许您是对的。”可以看得出，他也有些不情愿，不过还是妥协了，“我再去买一些日用品，还有一些耐用品。”

阿代尔看着他们，又看了看手里的信，说：“哦，对了，我还没把给姐姐的信写完呢，您要加上几句吗？”

亨利特说：“不了，您替我代笔几句就好了。”

“可以，您说吧，我来写。”阿代尔拿起笔，说，“那我们现在就开始吧：‘这是我这几年来很开心的一天——’”

“不，您写，”亨利特说，“‘戴安娜，我最亲爱的朋友，我希望自己还可以这样称呼您，您的弟弟一定向您说过我的一些故事。但他不能告诉您他也不知道的事——我的丈夫有多么感激您，而我也一样。我们都很高兴能有您的弟弟这样一位客人。’”

阿代尔说：“别这么写，我想，她一定会觉得很奇怪的。”

亨利特依旧坚持说：“‘他是我们的客人，我非常喜欢他。就像从前那样，您一定也会为他感到骄傲。他经常来看望我，我可以和他倾诉我的情感。如果有一天我可以去新威尔士，我会把所有的故事都告诉您。’”

门外的弗莱斯基默默地听完了亨利特说的最后一个字，才离开。

参加晚会的这天晚上，弗莱斯基为亨利特精心准备了惊喜。他从外面走了进来，阿代尔正在楼下叫亨利特快点儿下来。两个男人相视一笑，似乎都在盼望着女主人惊艳亮相。弗莱斯基的手始终背在身后，因为此刻他正拿着那份惊喜。楼上的门发出了声响，两个男人都迫不及待地来到楼梯前，抻着脖子往上看。

弗莱斯基夫人如同一位女神，出现在楼梯口。她穿着一袭白色的礼服，脚踩钻石般闪亮的鞋子，宫廷贵妇般的发髻配着珍珠发卡，手里一把精美的折扇更衬托出了她的美丽。

“我看起来还好吗？”弗莱斯基夫人看着自己的丈夫，问道。

“很好。”弗莱斯基回答。

阿代尔则说：“只是还好吗？远远不止。”他非常绅士地伸出自己的手，让亨利特可以牵着他的手走下最后两级台阶，然后说道，“有人说长得一般就是还好，心地一般也是还好。哦，山姆，这可比那些还好要好得多吧？”

“我只是在想，如果佩戴上珠宝，一定会更好。”弗莱斯基一边说着，背在身后的手指一边把玩着一串红宝石项链——这就是他为妻子准备的惊喜。

“你是这样认为的吗，山姆？”弗莱斯基夫人说。

弗莱斯基开玩笑地说：“不过，我只是想想而已。暗红色、琥珀色或许不错。”他的手指对项链的搓动越来越快了，就好像即将揭晓悬念的心情，十分兴奋。不过，阿代尔完全不知道他的这番心思，只是说道：“暗红色、琥珀色不是最好的。我倒是觉得圣诞绿更适合她。”

亨利特说道：“我也这么觉得……山姆，我穿成这样去参加宴会，合适吗？我想，如果不要珠宝，可能会更好些？”

弗莱斯基听了亨利特的话，立刻将项链捏了起来，藏在身后，掖进衣服里，然后说：“我只是随便想想。你这样已经很好了。”

“走吧，我们要迟到了。”阿代尔催促着。

亨利特转过头，微笑地说：“山姆，再见。”

夫妻二人的告别没有深情的眼神交流，因为阿代尔担心时间来不及，所以在不停地催促着弗莱斯基夫人。弗莱斯基有些失落地看着他们两人的背影，他只是跟在他们身后走了两步，甚至都没走出房子。

马车还没走，他就已经转身回去了，形单影只的孤独感油然而生。但马蹄踩踏和车轮滚动的声音还是引得弗莱斯基转过身来，他又看向楼梯上妻子的房间，不由得有些难过。

“我必须承认，她看起来很漂亮。”一个女士的声音从门外传来。此时，米莉正站在门口，痴痴地看着弗莱斯基：“你们真的是很般配的一对夫妇，我想，也是非常完美的一对。”

弗莱斯基转过身，看着她，没有说话。米莉说：“我只是回来拿我的箱子。我明天就要和克里甘将军一起出远门了，所以这么晚了还要过来一趟。我可以在这里住一晚吗，就在我以前住过的那个房间？这样，我明天一早就能拿着我的箱子离开了。”

米莉一连串的话语，换来的只是弗莱斯基一声冷漠的“可以”。他的心思完全不在她的身上。米莉受不了这种漠视，于是说道：“或许……或许我可以为您带来一些火热的东西，这曾经是您熟悉的东西。这栋房子曾经让您那么开心，对吗？可现在变得冰冷了，弗莱斯基先生。您从来不会很小心地照顾自己，向来如此。”

米莉见弗莱斯基没有任何反应，只是背对着她站在那里，于是换了个话题："哦，我想，在这些日子里，夫人应该已经在尽她所能地来管理这栋房子了，这或许是件好事。今天晚上，她看起来真的很可爱。但……她面若桃花是源于您给她的爱吗？"

米莉故意提高了音调，而她预料得没错，听了这番话，弗莱斯基开始有所触动，并且转过身来。

看到自己的话起了作用，米莉更知道该如何说下去了："我知道，她今天是去参加长官的舞会。在那里会有许多绅士——许多高尚的人。整座镇上的女人都会去讨论她今晚的美艳，而且她是由阿代尔先生带去的，并不是她自己的丈夫带去的。"

米莉冷笑了一声，继续说道："她们总是说这样的闲话，这很好笑，对吧？身为丈夫，不带自己的妻子出门，反而让其他男士这样做，这还真够人们遐想一番的。她们会嘲笑您，用她们自己的想法和标准来嘲弄您，弗莱斯基先生。她们还会到处散播这种谣言。"

米莉见弗莱斯基一直沉默不语，心里也没了底，不知道自己是否触怒了他，还是已经达到了自己的目的，成功地挑拨了他们的夫妻关系。她摸了摸自己的后颈，说道："我……一直都是我一个人在说话。我想，您很孤独吧。我想，是的。"

这时，她看见弗莱斯基沉思的面容，越发大胆了："女人去找自己的快乐了，却把自己的丈夫留在家里。您怎么能就这样让他们走了呢？怎么可以发生这样的事情呢？我原本以为，作为男人，绝对不会容忍这种事情发生的。"她将自己的帽子摘下来，深情地说，"您是一个男人，这是您的尊严，弗莱斯基先生。这也是我一直很崇拜您的原因。这里，米莉总是……哼，这真是太好了。女士出门了，坐着一辆漂亮的马车走了，去了一个到处都是灯光和音乐的地方。他们和我说，这是现在最时髦的事情——男人和女人手挽着手在房子里跳舞，哦，他们管这个叫华尔兹。他们一定不会去长官的舞会的。不会有哪个矜持的女人让一个陌生男人握着自己的手，看着自己的身体……"

米莉越说越疯狂，但她所说的这些话似乎还不足以对参加过上流社会舞会的弗莱斯基造成什么强烈的情感冲击。她见他除了沉默，仍然没有别的反应，便快速地转动着眼珠，想到了可以更加刺痛他的点——阿代尔。

"阿代尔……哦，弗莱斯基先生，我觉得我快要死掉了。"她抚着自己的胸脯，用女人发情时才会有的娇嗔声音说道，"我希望您没有把我之前说的事放在心上——在亨利特女士的卧室里发生的事。哦，这当然不是她的错，但她也应该负些责任。我知道她不是有意的，但她毕竟只穿了一件衣服，还解开了一半。如果您注意到了，他们两个可是在房间里待了很长一段时间。这可真让人生疑。"她见弗莱斯基将头侧过来一些，便变本加厉地说，"或许是我猜错了，这也说不定。我祈祷，是我错了。"

另一边，弗莱斯基夫人挽着阿代尔的胳膊走进了舞会大厅。阿代尔递上了请柬，但门口负责登记的迎宾人员始终没有查到相对应的名单。

阿代尔说："你们肯定是哪里出错了。我作为长官的亲戚，要求你们一会儿过来道歉。"说着，他便带着弗莱斯基夫人走进了大厅。

迎宾人员再三核对，终于发现了问题所在，这个给阿代尔先生和亨利特女士的请柬签名并不是长官的。

弗莱斯基夫人走进大厅后，立刻引来了男士的注目、女士的羡慕。克里甘将军首先走到她的面前，邀请她跳一支舞。亨利特优雅地答应了。

她的舞步毫不生疏，在舞池里游刃有余地旋转、舞动着，她本来就属于这里。阿代尔则站在一旁，自豪地听着旁人对亨利特的夸赞。他们在谈论她是谁，为什么看起来如此与众不同，如此气质高雅。也有人认出了她是弗莱斯基的妻子，但在场的人里没有几个见过她。即便是长官，也被她的美貌征服了。他问一旁的参谋官："那个可爱的尤物到底是谁？"

参谋不解风情地说："先生，您说的是哪位？"

"你应该知道我在说谁。我不是一直看着她吗？"

"是的，但我不认识她，先生。"参谋官说，"我去查查吧。"说着，他便离开了。这时，门口的迎宾人员走到长官的身边，小声说："长官，我能和您说几句话吗？"

"可以。什么事？"长官的确是在和他们说话，眼睛却没有离开亨利特。

迎宾人员说："我们发现了一件奇怪的事，先生。您能不能看一下这张请柬？"

长官接过请柬，只看了一眼，便生气地说："这不是我的签名！"

"您确定没有邀请过她吗？"

"当然没有，为什么这么问？"

就在这时，阿代尔笑容满面地走了过来，很直白地说："是不是发生什么奇怪的事了？"

长官说："你好像也发现了。你在这里做什么？"

"没做什么，我还没开始跳舞呢。"

长官说："跳舞和你无关，我不想让你的名字出现在这样的社交场合。"

"为什么？"

"你应该知道为什么。"长官说，"你不服从我的命令，你的公司经营不善。许多人都比你做得好很多。早在几个星期前，我就应该说说你了。"

阿代尔毫不在意地说："理查德，在这里出入的都是高级军官，另一些则是他们的家眷。这就是这里的社交吗？"

"不管你说什么，我都不想听。你得小心自己的言行，做好自己的事。"

"可是我已经来了啊。"阿代尔说。

“那么就在两分钟内离开这里。”长官说这番话的时候，表情还很严肃，可当他看见亨利特向他这边走来时，脸上立刻堆满了笑容。

“阁下，我想向您介绍，这位是亨利特·弗莱斯基女士。”克里甘将军为她做了介绍。

长官说：“此前，您没有来过这里，但是没有关系，我认识您的父亲。不过，我想，我之前应该没有见过您，否则一定会记得的。”

亨利特优雅地微笑着，用平静匀速的语调说道：“不，我们以前见过，只是您那时一定没有注意到我。您的身边永远围绕着很多漂亮的女孩。”

“很难相信，您居然这么会开玩笑。”

“因为感觉和您很熟悉。”亨利特笑着说，“您曾给我留下的印象太深刻了。我还记得您以前教过我骑马呢。”

“现在您还经常骑马吗？”

“不了，已经很久没骑了。”

长官说：“真的很遗憾，我们现在更多拥有的是牛。不过如果您愿意，我们可以一起去骑马。”

“我很愿意，如果阿代尔先生——”亨利特还没说完，阿代尔便说：“哦，对不起，夫人，我想，我得马上离开了。我刚刚接到一项很紧急的命令，”说着，他俏皮地瞥了长官一眼，“虽然我不想，但我还是要离开了。我也是身不由己。”

亨利特有些无助地看着长官和阿代尔，说道：“为什么……怎么……”一脸失望的样子。

阿代尔指着身边的长官，说：“哦，我的命令是我身边的堂兄刚刚下达给我的，我想，我必须走了。”

长官为了不让美女失望，连忙收回了成命。阿代尔调皮地说自己一定要去，长官则再三要求他留下。一旁的亨利特也看出了阿代尔的调皮，于是笑着帮腔：“一定要这样吗？”

长官看着亨利特，说：“您都这样说了，我怎么可以不下达新的命令呢？”于是，他对阿代尔说：“阿代尔先生，你在部队服过役，所以你应该知道，当你接收到不同的命令时，你必须遵守最新的一条。现在，我命令你留下！”

亨利特笑了。面前的两个男人都很可爱。

长官抬起手臂邀请她跳舞：“亨利特女士，我可以有这个荣幸吗？”

亨利特笑着挽住他的胳膊，两个人一起走到了宴会厅的另一边。长官一边走，一边说：“查尔斯是我们家族最小的成员，所以有点儿被宠坏了。希望您不要介意他的玩笑。”

克里甘将军一直跟在两个人身后，直到无法继续跟下去，才停住脚步，转过身，对阿代尔耸耸肩。

正当阿代尔笑容满面，很得意亨利特今晚的表现时，他无意中一转身，看到了弗莱斯基。此刻，弗莱斯基正在人群中搜寻着妻子的身影。阿代尔先是皱了一下眉头，又看了看亨利特，然后脸上满是笑容，向弗莱斯基迎了过去："我说过，您也许会改变主意的。"

迎宾人员本想拦住弗莱斯基，但阿代尔让他们退出去了。阿代尔看着弗莱斯基一副不安的样子，便说："山姆，您的夫人就在那边，正在和长官共进晚餐呢。要不，我也带您去吃些东西？"

弗莱斯基说："她在哪儿？"

"我已经和您说了，她在和长官共进晚餐。我说，您也应该来这里尝试一下，不该在家里浪费时光。"阿代尔本想平息此事，但弗莱斯基此时已经怒火冲天，他大声喊道："她在哪儿？！我说，我现在就要见到我的妻子。马上就要看到！"

"哦，别胡闹，弗莱斯基——"

阿代尔显然已经拦不住他了。弗莱斯基不顾阿代尔的阻拦，穿过人群，看到了正在和长官笑着聊天的亨利特。他不出声地走到了她身边，当她发现他时，脸上的笑容立刻凝固了。她太了解自己的丈夫了，她看得懂他的表情。

"山姆，你怎么来了？"她故作镇定地对长官说："我想向您介绍一下我的丈夫。他非常喜欢马，也养了一大群马——"

"但我更喜欢过宁静的生活！"弗莱斯基突然大声说道，"你不是也一样吗？"

"那么，您现在过来，是想给我一个惊喜吗？"亨利特巧妙地提醒道，"在这么多人面前，想给我惊喜吗？"

"是的。"

亨利特看了看手中的餐盘，对长官说："理查德，我实在抱歉，您的父亲原来也是不赞成我们的。但……但我和山姆还是违背了他们的意愿，是吗，山姆？"亨利特勉强挤出了一丝笑容。

"不仅如此，我还咒骂他、羞辱他、诅咒他……"弗莱斯基看着长官说，"这样听起来，我是不是很过分？即便是这样的人，依旧成了她的新郎。您是不是觉得她嫁错人了？"

长官说："毫无疑问，是这样的。"

"这么看来，我原本就不该出现在这里。但我还是来了，我的钱和其他人赚来的一样干净，"他将一块金币丢了出去，"山姆·弗莱斯基先生有钱，付得起他妻子的晚餐。我不希望您的那位堂弟用这个来讨好她。我已经把话说得很清楚了。要是我不给他钱，那么他一分钱也赚不到。非常明显，他一分钱都赚不到。"

长官生气地说："我不会假装您已经知道了我的姓氏，但我还是要告诉你，对于您的妻子，我记得非常清楚。她是我的亲戚。我想，您应该知道这一点——"

亨利特不想再听下去了，她默默地将餐盘放在餐桌上，心如死灰地走了出去。走到最后，她甚至在跑。阿代尔连忙跟了出去。

他们又回到了白色石房子。亨利特坐在桌边，哭着说："他为什么要这么做？是他要我去参加的，为什么又来破坏这一切？"

"因为嫉妒。"

"嫉妒什么？"

"在他的内心里有一种憎恨——对浅薄的憎恨，对财富的嫉妒。您是怎么忍受这样一个人的？您应该回到爱尔兰去。"对于今天晚上的事，阿代尔也很气愤。

"怎么可以这样？"亨利特说，"我已经做了许多错事，爱上他是我的错，嫁给他也是我的错。我们也没有孩子。他想在这个新的国家拯救自己的灵魂，可他为什么要恨我呢？"

阿代尔说："我可以非常确定地说，你们之间已经结束了。您不欠他什么。"

这句"不欠他什么"，让亨利特更加激动了，因为她心里一直有一个不能说出来的秘密。她严厉而愤怒地说："如果您知道，您就不会这么说了。我是山姆的一部分，这将永远不会改变。在很久以前，在我还很年轻的时候，我就知道是这样的，什么都不能改变我们。"

亨利特看向天花板，开始回忆他们的过往，"我们曾一起骑马，骑很远很远的路，然后一起度过许多许多个小时。山姆总是跟在我的后面，安静并充满敬意地看着我。我在阳光下颤抖着，因为我能感受到他对我的爱意。我哥哥对这件事从来都不干预，即便我们去了很远的地方，因为他信赖山姆，他相信山姆绝对不会让我受到任何伤害。山姆总是会坐在台阶上，看着太阳西沉，看着海洋，看着陡峭的海岸线，这就是他对我的爱。我知道，他对我的爱无须挂在嘴上，他的爱尔兰口音也让我觉得非常甜蜜。其实我们之间从来都没有说过……只是有一次，我们骑马回来之后，山姆牵着我的马站在外面的街道上，他就要跨上马走了，突然用沙哑的声音向我表白。那一刻，我感觉自己快要死掉了。然后我对他说，亲爱的山姆，让我来拯救你吧……就是在那天晚上，我拿着我骑马的装备跟他去了海边，我们骑了一整夜的马，直到天空下起了细雨。那里有一艘船，船上有一个人跟他换了衣服，虽然很不情愿。然后，我们两个继续骑两匹马，又一起骑了非常远的路，一直走到绿色的森林边缘。乌云还在我们的头顶，它们见证我们成了夫妻。"这段回忆在亨利特的心里十分甜蜜，她笑着继续说道，"我们还一起吃了婚礼的早餐，这是一个很好的结尾。我就坐在桌子的这边看着山姆。虽然他很累，但他是一个很爱整洁的人，在这方面他一直都很在意，和我在一起的时候更是如此。他笑着，唱着，就像一个顽皮的孩子。可就在这时，我的哥哥达蒙进来了，他是铁石心肠，而这是他唯一的优点。他的手里拿着枪，我看到了他眼中的杀意。他对我说：‘你结婚了吗？’我说，是的。他说，那么这个人就应该死掉。他把枪对准了我。山姆连忙跳了过来，用他的身体挡在我的前面。而我马上从抽屉里拿出了手枪，紧接着，我就开了枪。就这样，达蒙死了。他就死在山姆的手边，就死在他的手边……”

亨利特说到这里，便开始哽咽，她难过极了，但还是坚持说下去：“当时，我哥哥的眼睛里充满了惊讶，当他倒下去的时候，他的手枪并没有保护他。一段时间过后，他们在窗边找到了一颗子弹。他们说是山姆开的枪，因为他认了罪。”

她终于说出了心里埋藏多年的秘密，这个秘密折磨了她这么久。在七年后，她终于说了出来。压力释放出来，亨利特不禁掩面而泣。她哭得像个孩子。她说：“我不知道怎么做才能偿还欠山姆的债。我……我是这样软弱无助……这么多年来，我的家族不让任何人接近我，他们不想要我这个有丑闻的成员。最初的几个星期里，我一直躺在床上，我想清楚了他为我做的事。他有机会为自己辩白，他可以摆脱罪名，也可以离我远远的，但他都没有，他为我做的太多了。如果我是一个诚实的人，知道了他和我的事，就没有仁何 一个字可以表达他为我所做的一切。”

亨利特将手伸向阿代尔：“我不能再说了，您能理解的，对吗？我不敢去自首，但是我……我已经做了我可以为他做的一切。我跟着他到了这里，有的时候，我会和他说说心里话……”

这一番倾诉让阿代尔心疼不已，他对亨利特说：“您怎么可以一直这样生活？”

“除了这样，我还有更好的选择吗？我……我已经……如果他知道我在他身边，他会觉得安慰。”亨利特说，“查尔斯，我把希望寄托在您的身上了。当您出现的时候，我就不用只想着自己所承受的痛苦了。我原以为，可以在这个新的国家终止一切痛苦。但有太多愚蠢的事……我不能再说了。那……那就得看运气如何了，看命运如何对待我们了。我心里的痛苦几乎快要把我烧死了。我是如此邪恶的女人！我……我实在不应该让他来替我顶罪。我心里太难受了。这让我变得……山姆没有时间陪我，所以他想要尽力补偿，但是……这样一点儿也不好，查尔斯，这样一点儿也不好。因为这原本是我的责任。有时候甚至我自己都觉得我很沉闷，很沉闷，很沉闷。我实在沉闷得无法忍受了。没有人可以来帮我。”

阿代尔看着亨利特痛苦的样子，立刻站起身来，从背后抱住她，说：“没有一个男人会白白牺牲的，您觉得他可以理解，是吗？哦，亲爱的，让我来给您依靠吧。好了，好了，亲爱的！当山姆不再心疼您的时候，他也就失去了所有。”阿代尔吻着亨利特的脸颊。亨利特虽然没有反抗，但一直说：“不，查尔斯，您不会明白的，您不会明白的……”

这温情的一幕，都被从外面走进来的弗莱斯基看在眼里。他不禁气愤地说道：“您在长官家里的时候，不会做这种事吧？”

阿代尔看着弗莱斯基，并没有惊慌，而是走向他。

“给我出去！”弗莱斯基命令道。

亨利特立刻跑过来，站在两个人中间，对弗莱斯基说：“山姆，我想，你误会了。”

“您听到我的话了吗？”弗莱斯基喊道。

阿代尔说：“是的，我听到了。即便如此，我还是要和她说话。您知道她做出的牺牲吗？她根本不欠您任何东西。”

“查尔斯，求您了，别说了。”亨利特焦急地劝说着，“我们明天再谈吧。”

弗莱斯基说道：“我觉得，他今晚是不能待在这里的。”

阿代尔说道：“您觉得，我不敢和您待在一起吗？”

两个人针锋相对，亨利特在中间劝慰着。气急败坏的弗莱斯基突然又大喊一声：“给我滚出去！”

整栋房子立刻恢复了安静。

阿代尔在往外走的时候，突然回过头，说：“我会的。但您给我记住，您是个傻瓜。我明天还会回到这里的。”

门外的马车声响起，车夫已经驾车离开了，阿代尔立刻骑马追了出去。弗莱斯基夫妇看向外面，亨利特突然说：“天哪，他怎么可以这样？山姆，快去阻止他，求你了，一定要阻止他。他不会骑马，会摔死的。”

“那更好，随他去好了。”弗莱斯基说着，转身离开。

亨利特跟在他身后，说：“你到底是怎么了？你今天晚上到底是怎么回事？”

弗莱斯基突然停下了脚步，回过头来。亨利特吃了一惊，但继续说：“你之前不是这样的，你从来不会这么鲁莽的。现在，你就像个男人一样回答我，你到底是怎么了？”

“你应该知道我是怎么了，你喜欢的男人也知道。你们两个这样对我……可恶！”弗莱斯基说完，刚想上楼去，却听到了门口传来的脚步声。

只见阿代尔半身都是泥，从门外走了进来，他说：“那匹母马陷进泥坑里了。我……我没能拉住缰绳。它现在还在乱踢蹬，根本停不下来。我也没办法。”

“那就好，我有办法。”弗莱斯基立刻冲上楼去。下楼时，他手上拿了一支手枪。

亨利特在后面追问道：“你是要射死那匹马吗？哦……可是，你还没弄清楚事实呢！”

震耳欲聋的枪声过后，弗莱斯基回到了房子里。他怒视着阿代尔，说：“你！这位绅士！你这位该死的绅士！”他怒气冲冲地举起拳头挥向阿代尔，阿代尔当然做出了防卫。一阵混乱，枪声再一次响起，阿代尔倒了下去。

几天的光景，白色石房子又恢复了往昔的样子。米莉的腰上又挂上了这栋房子的钥匙。她给站在门外的弗莱斯基送上咖啡，并且说：“先生，我知道有人给您惹麻烦了。您要承受的困扰实在是太可怕了。”米莉想了想，又说，“我是指阿代尔先生。当然是他，我已经和您说过了。”

这时，马车从外面回来，但车上只有温特，没有女主人。于是弗莱斯基问道：“她在哪儿？”

温特回答说：“亨利特女士没有见到阿代尔先生，她坚持要等到见到他后再回来。”

亨利特一直坐在走廊的长椅上，她对过来送咖啡的女仆说：“你好，我想见见阿代尔先生。我已经等了好几个小时了。”

女仆说：“我们被下达了严格的命令，不能让您进去，亨利特女士。”

屋子里，除了躺在病床上的阿代尔，还有长官、医生和克里甘将军。长官问医生：“您知道为什么会发生这样的事吗？到底是什么让他这么鬼迷心窍？我就是想不明白。”

他又对虚弱的阿代尔说：“查尔斯，对不起，我还有自己的事务，让这位将军留下来陪你吧。他们肯定会替你把弗莱斯基捉拿归案的。”

“在我看来，长官，最好还是别让他说话。他现在还有生命危险，您明白吗？”医生在一旁建议道。

“你不能继续这样保护这个女人了，如果你死了，我身边就没有亲人了。”长官对阿代尔说。

阿代尔用尽力气露出了一丝微笑，虚弱地说道：“我想，我不会死的。”

“查尔斯，这可不是开玩笑。”

“关于这一点，我也同意。”

医生说：“你们两个还是出去吧。他的身体非常虚弱，他需要休息。现在你们必须离开。”

长官说：“是的，我想，我也是时候离开了。不用你在这里啰唆，你以为你是谁啊？”他又对一旁的克里甘将军说：“走吧，我们得开始行动了。”

当他们走出病房的时候，亨利特立刻站起身，关切地问道：“告诉我，他怎么样了？”

与之前的见面不同，这次长官没有刻意讨好她，而是严肃地说：“您最好去问问医生。到目前为止，我能告诉您的就只有这么多了——如果查尔斯好起来，我会马上送他回家；如果他死了，我就吊死您的丈夫。无论是哪种情况，我都不会让弗莱斯基先生在我的殖民地上肆意妄为。您最好回去祈祷。”

“可是，这可能吗？”

“什么都有可能发生。”长官说，“在这片殖民地上，那些犯过罪的人只有安分守己，才能拥有自由。”

“可这是一场意外。”亨利特极力为自己的丈夫开脱，“他不该受到这样的指控，他不是有意的。”

“我亲爱的女士，昨天晚上我和查尔斯的对话，让我对弗莱斯基先生已经有了初步的印象。他原本不是有暴力倾向的人，他只是想要保护属于自己的东西。”

“我知道，他不是那样的人。”

长官说：“可他本来就是一个罪犯，他已经不能为自己辩护了。”

亨利特听到这里，不得不说出了另一件事：“全都错了。但他从来都不是罪犯……”

“我的天，夫人，”长官吃惊地问，“他可是杀害了您哥哥的凶手啊！”

亨利特虚弱地瘫坐在椅子上，说道：“不，是我杀死了自己的哥哥……”

长官走了过来，坐在她身边，问道：“您知道自己在说什么吗？”

“是的，是的，我知道……山姆替我顶了罪。我向他承诺过，我永远不会让他孤单。也许他会原谅我的，因为他知道这是为什么。”亨利特啜泣着说了这段话。

长官不知道该如何是好，只能说：“但是，亨利特女士，如果您还坚持这么说，我就要履行自己的职责了。您得知道，我是这里的长官，这是我坚持的原则，也是我的职责所在。这位将军会告诉您，我的职责是什么的。”

“是的，长官说得很对，夫人。”站在一旁的克里甘将军走过来，说道，“如果您承认您犯了死罪，我们就必须把您遣送回爱尔兰，给您定罪。”

亨利特看着长官，说：“是的，我告诉您的都是实情。山姆和我是私奔的，您知道。我们是因为害怕，所以才私奔的。”

当亨利特回到家时，弗莱斯基正坐在沙发上抽烟，他一直这么焦急地等待着。亨利特对他说：“他们派人送我回来了。他们不让我见查尔斯。我想，他也许会死。如果他还活着，他们会把他送回国。但看起来，如果他死掉了，事情更好。我……我见到长官了，还有一位将军，他叫什么名字来着？克里甘。他就叫克里甘。他们都不相信我说的话。这真像一场噩梦。他们要把我遣送回爱尔兰。”

听到这里，弗莱斯基突然抬起了头，看着她。

“你知道吗？”她趴在弗莱斯基坐着的沙发的扶手上，抱着他的胳膊哭泣，“我告诉他们，是我杀死了达蒙。”

“你……”弗莱斯基立刻从沙发上跳了起来，却被亨利特按住了。她继续说：“我知道，山姆，我知道我违背了当初的承诺。但是我必须这样做。这是我唯一的办法了。哦，上帝，为什么会这样？你为什么一点儿都不怜悯我呢？”

“是送回爱尔兰吗？”弗莱斯基说，“那就是他们要送你回去的原因——他们已经安排好了。他们靠着政府这个后盾，倚仗强大的势力。现在，你那尊敬的查尔斯·阿代尔已经收拾好行李了。而他的女士会紧紧地跟随他而去。那么我要怎么做呢？坐在自己的房子里，然后告诉你下一步该怎么做吗？眼睁睁地看着自己的妻子跟别人回去吗？看着喜欢自己妻子的人跟她在一起吗？”

“你错了！你错了！”亨利特哭喊着，“如果你真的这么想，山姆，你就跟我一起走吧。”

“跟你一起走，又能怎么样？这不过是一场交易，就是一个骗人的幌子！我一直都在自欺欺人，你早就变了心，但我不会！你践踏了我这么多年为你做的一切，你居然愚蠢到自己把事情说出去。那你就自己去承担后果吧，我不再管了！”弗莱斯基气愤地说。

亨利特抱住他的胳膊，说道：“我这么做都是为了你。否则他们会逮捕你的。”

弗莱斯基正在气头上，他不相信她的话，于是甩开她的手，说道：“你会因为说谎而被吊死。那天晚上，我看到你笑得如此灿烂。你是那么喜欢跟你那个家族、那些有共同语言的人在一起！如果你想去，就去吧，我不再管了！”说完，弗莱斯基便气冲冲地离开了这栋房子。

亨利特在后面哭喊着要他留下：“山姆，你不知道自己在说什么！山姆，你想错了，你错了……”

在亨利特就要追上山姆的时候，米莉突然出现在他们中间。她假装善意地伸出双手把亨利特抱住，说道：“哦，别当真，他只是在气头上，不知道自己说了什么。我想，迟一些他会想明白的。”

亨利特趴在她的肩头上，大哭起来。

阿代尔已经回到了长官的府邸，只是伤口并没有痊愈，右手还缠着绷带。此时，他正坐在椅子上，用左手写字。

“我以为你是左撇子呢。”长官穿着睡衣从另一个房间走过来看他。

阿代尔笑了笑，说：“没办法，这是我刚学会的。”

“哦，抱歉，我打扰你了。”长官坐在他身边，说，“但是我还得说，这对我来说很难，事情很棘手。我刚刚见了医生，他说你已经好很多了，没有危险了。”

“哦，我没事，下个星期就可以出门。”

长官问道：“那我们应该拿他们怎么办呢？我该怎么向你的父亲解释这件事？这可不是一个笑话。我必须和你的家人坦白这件事。”

“哦，是的。”

“你也许并不觉得这有多严重，但我不能容忍在我的殖民地上出现丑闻。这太难堪了。”长官说，“实际上，你跟那位女士还得坐一艘船回去。”

“什么意思？”阿代尔激动地问道，“她要离开这里的家吗？”

“她要被遣送回国。”长官说，“不过，这都无关紧要，反正你们都要离开这片殖民地。”

“这到底是怎么回事？”阿代尔有些着急地问道。

“克里甘将军要尽到自己的职责，而对我们这些留下的人来说，也是一样。虽然我的职责范围比较广……”

“到底怎么了？你对她做了什么？”

长官不再隐瞒，于是说：“她自己认了罪。她自己亲口承认，是她枪杀了自己的哥哥。”

“认罪了？”阿代尔自言自语道，“这对她来说，可不是一件容易的事。”他又问道：“她现在还好吗？”

“你最好问问医生，医生正在去她那里的路上。好了，我得先走了。你好多了，这一点让我很高兴。”

长官离开了，阿代尔又发了一会儿呆。

夜幕再次降临了，与以往不同，今天风很大。弗莱斯基站在窗前发呆，突然听见有人叫他，便走到沙发那里。

“先生，您在吗？”米莉来到客厅里，对弗莱斯基说，“医生已经走了。晚餐很快就好。”

“医生怎么说？”

米莉没有直接回答问题，而是说：“我可以坐下来吗？”

弗莱斯基抬了下手，示意她坐下。今天米莉显然精心打扮过，她没有穿女仆装，而是选了一身青色长裙，再加上腰间挂着的钥匙，俨然一副女主人的做派。她优雅地在他对面坐下，说道：“她不想相信自己有多勇敢，现在已经好多了。她现在已经好了，您知道的，您知道她之前是什么样子的。她总是要吃安眠药，没有它就睡不着。现在她又需要了。”

米莉将药瓶放到了桌子上。弗莱斯基将药瓶拿起来看了看，说：“她还说了什么？”

“她有时太激动了，她总说自己有麻烦了。”

“她说什么？”

“没什么。她不是很清醒。”米莉一边回答问题，一边摆弄着自己的裙子，“她也不需要说什么，如果让她去一趟长官的府邸，她就会好一些。我想，她有些神志不清。”

弗莱斯基站起身，抽了口烟。这些话是他不想听到的，但他又觉得米莉说得没错。

米莉继续说：“如果那样，我想，她很快就又成了之前的样子。上帝总是把最好的带给大家。”她悄悄地瞥了一眼身后的弗莱斯基，“如果夫人真的回去了，那么您需要再找个人来照顾您。唉，她永远都不会知道，她对您亏欠了多少。”

“我会和她一起回去。”弗莱斯基坚定地说道。这句话让米莉十分吃惊，她猛地回头看向他，重复道：“您要和她一起回去吗？”

“是的，我必须和她一起回去。”

“但是这栋房子呢，弗莱斯基先生，您打算怎么处理它？”

“我会把这里的一切都卖掉。”

“但是，如果您离开了这里，您就什么都没有了。她也不一定会领情啊。”米莉极力说服他留下，但又不能说得太直白，只能找出各种让他留下的理由。但显然这些都不是弗莱斯基看重的。

“我知道，现在什么都不重要了。”

米莉连忙说：“她还有一个什么都可以为她做的朋友呢，无论如何，她都是一个女人，她会和阿代尔先生在一起。”米莉想再次用这个理由来说服弗莱斯基，但他不为所动，于是她站起身来，激动地说，“您要离开这里，可是一件很重大的事，弗莱斯基先生。不要这么做，先生，不要。留下来，和我在一起吧。我会好好地照顾您。我会为您而死，您是知道的。我可以为您做任何事，山姆。”

弗莱斯基穿上外套，站在原地说：“我已经下定决心了。我们永远都不能回到过去了。”

“米莉，米莉……”亨利特又开始用凄厉的声音喊她了。米莉不得不往楼梯口走去。弗莱斯基先生说：“让我去。”

米莉却极力劝阻道：“您还是待在这里吧，弗莱斯基先生。或许她现在不想见您。”

“你去把窗户关上。”

“我会照顾好夫人的。让我来吧，弗莱斯基先生。”米莉依旧跟在弗莱斯基的身后，试图阻止他。但她的“主见”惹怒了他。他转过身，严厉地说：“按我说的做！”

弗莱斯基走到楼上，敲了几下门，里面有些动静。当他推门进去时，发现亨利特正站在床尾找东西。她看见他后，说道：“山姆，过来。”她在窗边的沙发上坐下来，“过来我身边，我想和你说说话。”

弗莱斯基走过去，坐好。亨利特用很神秘的语气说：“请你让它快点儿离开，好吗？让它走吧。”

弗莱斯基拉着她的胳膊说：“好的。”

“那里……就在床上。它总是在那里，总是这样，看着我，朝我尖叫。”

弗莱斯基看了看床，对她说：“没事了，它不在了，不会再来了。”

“你别骗我，难道你没看到吗？”亨利特情绪低落地说，“山姆，对不起，我太虚弱了……”

“别再想了，它也是人，只是存在于你的想象中，知道吗？我告诉你，那里什么都没有。”弗莱斯基厚实的双手抓住她的胳膊摇晃着，想要她清醒过来。他把她扶起来，并且把她带到床边，让她自己看清楚。亨利特怯生生地靠近床边，然后被弗莱斯基扶到床上躺下。他温柔地说：“这上面什么都没有，你刚才只是在做梦。别害怕。”他为她盖上被子，“我会给你多点上几根蜡烛的。不要发抖，你一定可以战胜自己。面对它，只要你敢于面对，你就可以战胜它，你可以做到，把它从你的头脑中赶走。”

弗莱斯基一直认为亨利特的反应是由于她的精神出了问题。他见她已经乖乖地躺在床上，便离开了屋子。可弗莱斯基刚刚迈出房间的门，亨利特便又起身找起了那个可怕的东西。外面雷声轰鸣，还打着闪电。亨利特走到床尾，又绕到另一边。她鼓足勇气将被子掀起，一颗可怕的头颅出现在白色的床单上。那是一颗如干尸一般的灰色人头，面容枯瘦，双眼紧闭，头发披散着，嘴巴张开，可以看到魔鬼一样的獠牙。这一切不是亨利特的想象，也并不是噩梦，那个吓人的东西就这样真实地出现在她的眼前。而这颗人头，就是上次有人要卖给弗莱斯基的那颗。亨利特晕倒在床边，眼睛里还噙着泪水。

不知过了多久，亨利特的意识慢慢恢复过来，她微微地睁开眼睛。她的头就枕在床边，只是身体还很僵硬，不能动弹。她当然记得那颗人头，于是小心翼翼地看向它曾出现的地方。然而这一次，亨利特不仅看见了那颗可怕的人头，还看见了一只手——一只属于女人的手。她慢慢地把它拾起，并且轻手轻脚地走向旁边的柜子，将人头放进柜子上的篮子，再仔细地盖好。

亨利特看得很清楚，这个人不是别人，正是米莉。她不知道米莉还会做些什么，于是假装还没有清醒，又将眼睛闭了起来。当她听到脚步声时，她又睁开眼，看见米莉从壁柜里拿出一瓶酒。酒瓶碰到壁柜，发出一阵轻微的声响。亨利特连忙又将眼睛闭起来，因为她知道米莉一定会注意她是否醒了。

亨利特在确保不被米莉发觉她已经醒了的前提下，偷偷地注视着米莉的一举一动。米莉将酒倒进一只杯子里，随后又从口袋里拿出一瓶东西掺兑到酒里。亨利特不敢相信自己的眼睛，她当然知道那一小瓶东西一定是毒药。她吃惊地睁大了眼睛，看着米莉拿着酒杯走了过来。

“好了，亨利特女士，现在您可不能放弃，我带了一些喝的东西给您，喝了它吧。”米莉像平时一样用温柔的声音对亨利特说道，“然后您就会睡得很香甜。把它喝了吧。”

亨利特吃惊地看着她，无法动弹，唯一能做的事情就是大喊山姆的名字。突如其来的叫喊声把米莉吓了一跳，于是她尽力劝慰亨利特说：“女士，您这样叫会把主人吵醒的，会吓到主人的。”

“山姆！”亨利特又用尽全力，喊叫着丈夫的名字。

米莉小声对她说："我想，您这样做是没用的。您要冷静。您在做什么啊？"米莉不明白为什么一向听话的亨利特今天如此反常，便在她旁边小声念叨着："小声点儿，小声点儿……"

亨利特满脸恐惧地看着她，不停地喘着粗气。

就在这时，弗莱斯基从门外走了进来。他诧异地问道："发生了什么事？怎么了？"

米莉镇定自若地说："她不肯喝药。"

亨利特则哭喊着说："这个女人想杀了我！"

弗莱斯基很吃惊地问："你在说什么？"

米莉则在旁边说："她现在有点儿神志不清。"

亨利特挣扎着，想从地上起来，并且说："她想让我喝了这个有毒的药。是我亲眼看见她把毒药倒进去的。"

弗莱斯基走到妻子身边，扶她起来。

米莉突然将酒杯扔在地上，说道："不，我没有。"

亨利特哭着说："去看看那只篮子，你去看看那只篮子。"

米莉本想抢先一步过去，但弗莱斯基还是早她一步打开了篮子。他看了看篮子里的人头，又看了看米莉，紧接着又看到桌子上有一只药瓶。他拿起它，仔细地看了看药瓶上的文字，确定那是毒药。

他看着她，问道："所以，这些都是怎么回事？你真的想害死女主人？用最恶毒的毒药！"他步步逼近，米莉步步后退躲闪。

"您……您告诉我了，我怎么可以让您离开呢？我怎么可以让您白白地自我牺牲呢？我知道，我必须阻止您！"米莉依旧把理由说得冠冕堂皇。

"我……我没有办法理解。"弗莱斯基激动地对走到他身边的亨利特说，"亨利特，你不会以为……"

"不，不，我当然不会……但我知道她为什么要这么做，我想，她的想法是对的……"说着，亨利特放声痛哭起来。

米莉丝毫没有悔意，依旧强势地说："我不是您的仆人。她毁了自己，也会毁了您。"

弗莱斯基对米莉吼道："是你投的毒！"

亨利特说："米莉，我……我不知道该怎么说……你爱他，是吗？"

这个问题使得米莉立刻转过头来看她，说道："不，不要这么说，我会原谅您这么说我。"

"可是，为什么不能这么说？"亨利特说，"你想杀了我，可这也杀了你自己。我已经对这种事见怪不怪了。我现在知道了，为什么每天晚上都会有那么多的怪人头，这么多年来，我都是这样度过的。而你，一直都想取代我，对吗？你不想让我待在这个位置上，你想让我的丈夫恨我，所以采取了这样的方式。”

此时，米莉还想极力否认自己过往的行为，她对弗莱斯基说道：“听我说，她现在已经疯了。她喝了很多酒。”她看了一眼弗莱斯基，继续说道：“医生没能及时赶来，那就让上帝来惩罚她。”说着，她从自己的腰带上取下钥匙，高举双手向亨利特走去。

弗莱斯基一把拦住她，骂道：“你这个蠢货！你知道自己在做什么吗？”

亨利特抱住丈夫的胳膊，说：“山姆，我要解雇她。”然后又对米莉说：“米莉，我不知道你为什么要做这么可怕的事。我不能理解你的这种爱，如果你说这就是爱。我想，这并不是爱，它与爱差之千里……你是怎么想的，山姆，你呢？不管我们之间发生了什么事，你都知道，不管是谁想杀了我，都是一种谋杀行为。”

“你知道自己想要什么吗？”米莉质问道。她的话引来了弗莱斯基仇视而愤怒的目光。米莉连忙说：“哦，不，弗莱斯基先生，我对您来说才是最好的，我知道。我只是想为您服务，我可以为您杀人，也包括帮您照顾这个酒鬼。”

米莉的话让弗莱斯基越来越愤怒，他冲上前去，一把夺下了她手中的钥匙。

“哦，不……”米莉的反抗显然已经没用了。她并没有自己想象得那么重要。他还是深爱着自己的妻子。现在无论是诋毁还是表白，都没用了。这个伤心的女人哭着逃离了这间屋子。

弗莱斯基本来不想让她这么轻易地走掉，但亨利特说：“山姆，让她走吧。她不会再对我造成任何伤害了。”

弗莱斯基看着米莉跌跌撞撞地跑下了楼梯，突然发现，家里又来了不速之客。

“你们来得很晚，先生们。”弗莱斯基刚刚经历了这么令人震惊的事，但还是能冷静地应付接下来的事。

“是的，我想，我们还是晚上过来比较方便。长官认为，处理丑闻事件，最好还是在晚上进行。”来人说。

“你们想要做什么？”

“我们来这里，只是想得到您的证词，弗莱斯基先生。”

“来我的房间吧。”

“不了，我想，我们可以马上解决好这件事。”来人继续说，“关于您妻子的事，我想，您一定已经知道了。她亲口承认是她自己杀死了她的哥哥。我们希望可以得到您的配合，为我们提供证词，说出事实的真相，以免将痛苦的时间延长，这样对大家都好。”

弗莱斯基默默地听完，然后说：“您的意思是，要我帮助你们吊死我的妻子吗？这样的话，你们也就不用那么麻烦了。”

“我觉得，您不能这样理解问题。”

“可我认为就是这样。”弗莱斯基说，“无论怎样，你们都不会从我这里得到任何证词。”

“从您的角度来说，或许是这样。”

“我认为，就是这样。现在你们可以离开这里了。”

“那就是您的事了，”来人警告他说，“我需要提醒您，您会以谋杀查尔斯·阿代尔的罪名被逮捕。如果您仍然是这样的态度，那么您很快就会被逮捕。”

“那只是一场意外。”

来人说：“我得提醒您，这是您第二次犯罪，除了在新威尔士那次，这是您第二次犯罪。您知道这意味着什么吗？”

“是的，我知道。”

“您要知道，您会因此被吊死。但我觉得，我们不应该这么做。所以我才警告您，您这种态度会让您很快被逮捕。您会发现，您的日常生活很快就会改变。”

弗莱斯基说：“但我没有开枪杀阿代尔先生，只是不小心走火了。我说过了，那只是一场意外。”

“或许吧。对您，我已经付出了足够多的耐心，弗莱斯基先生。我现在还是请您慎重地考虑一下，这已经是您第二次犯罪了。您知道，这有很大的不同，非常大的差别。明天早上，您就会明白我的意思了。”说完，他们便离开了。

亨利特走下楼，问道：“他们是来做什么的？他们是谁？”

“是克里甘将军的助手。”

“他们想要做什么？”

“没什么，只是一些常规的讯问调查罢了。”弗莱斯基用隐瞒的方式保护着自己的妻子。而亨利特说：“他们不会对你怎么样的，我已经认罪了。”

“是的，你认罪了。”

“那他们还想要什么？”

“想要我的证词。”弗莱斯基扶着亨利特的胳膊，“不要害怕，我会一直守在你的身边。”

亨利特哭着抱住了丈夫：“我现在还能做些什么呢？”

“不用了。牺牲，牺牲，一直以来我们都在为彼此牺牲，总是这样。”弗莱斯基看着亨利特的眼睛，说，“误杀已经成为事实。失去的感觉令人痛苦，为什么我们总是要一直这样下去呢？”

“没有人可以打扰你，没有人可以伤害你。我在你身边就是安全的。我们都是珍爱彼此的。”亨利特躺在丈夫的怀里说，像是在陈述，也像是在发誓。

“好了，不说了。明天早上，你要好好地照顾自己——”

"山姆——"

"不要再说了……"山姆搀扶着亨利特走上楼去。

第二天一早，果然有卫士过来，带走了弗莱斯基先生。他走出门的瞬间，突然回头对士兵说："我走了之后，你们不能让任何人骚扰她们。"

"好的，我们会的，走吧。"

亨利特看着弗莱斯基离开，她的眼神立刻变得很坚定，她下了命令："温特，去叫马车，我要去悉尼。"

为了救自己的丈夫，一位原本弱不禁风、一直活在别人保护伞下的女人终于有勇气站在长官的办公室里。她努力地向长官阐述着自己的观点，她要救回自己的丈夫。

亨利特站在长官面前，说道："那样有什么好处呢？他们像对待犯人一样对待他，我想，他们无权这样做。"

"昨天晚上，克里甘将军已经给了他机会。他只需要说一个字。"长官回答她。

"哦，对不起，我今天早上看见他们……他们不可以这样做。"

"他会在他应该待的地方待着。"

亨利特流着泪说："可是，不能这样，我感到了绝望。您想要我做什么？我已经承认是我开枪打死了达蒙，那么山姆就不应该再进监狱。我已经和你们说了达蒙被杀的真相，这一切都和他无关。"

长官说："阿代尔先生受了很严重的伤，等他身体好些后，他会告诉我们真相的。但是现在我们不能把罪犯放出来。这也是对受害者的保护。我已经亲眼看过那个人了，他的确是那种什么事都做得出来的人。"

正在亨利特感觉到无助、无力辩白的时候，阿代尔从门外走了进来。

"你这个人还真是麻烦，你来这里干什么？"长官斥责道。

"您为什么要来这里？"阿代尔没理会长官的话。他向亨利特走去，并且说："亨利特，他们告诉我您来了。我……我听说您病了。他们说的认罪是指什么？"

"不，我不是故意的。您还好吗？查尔斯。"亨利特一直都没有机会对上次的事向他道歉，如今她看见他好好地站在这里，真的很欣慰。

阿代尔问道："您为什么来这里？"

"他们把山姆送进了监狱。"

"我不大明白，到底发生了什么事？"

长官说："他现在被关在城市监狱。而你是现场的见证人之一。"

亨利特走近阿代尔，用深沉的语气说："您知道的事实比其他人都多，现在就帮帮我吧，告诉他们，应该把山姆放出来，告诉他们都发生过什么事。他们必须把山姆放出来，把他还给我。查尔斯，"亨利特用乞求的目光看着他，"他们说他想杀了您，告诉他们，这只是一场意外。"

长官说："我们需要知道在你身上到底发生了什么。这样对你好，对我也好，对亨利特女士也好，我可以这么说。那是我的——"

"哦，不……"亨利特打断了长官的话，"阿代尔先生自己知道。"

长官说："亨利特女士知道发生了什么事，我也知道发生了什么事。你还有什么要说的吗，查尔斯？如果没有，请你马上离开我的办公室。"

阿代尔沉默了一会儿，才慢慢地说："好吧，那天晚上在舞会之后，我送亨利特女士回到了家。很快，弗莱斯基也回来了。他很生气，非常生气，你知道他为什么这么生气。然后，他就命令我立刻离开他的房子。"他巧妙地把弗莱斯基生气的理由都归结到他与长官的争执上。

阿代尔继续说道："我就叫他的仆人送我回悉尼。那天雨下得很大，非常大，我什么都看不见，然后我们就双双陷入了泥坑。我拼命地拉着，但马还是继续下沉，所以我才又回去把这件事告诉弗莱斯基。他听后立刻就出去了，走到马的身边，然后用手枪打死了那匹可怜的马。当弗莱斯基回来的时候，我站得离他很近。发生了一场小意外，我不小心碰到了那把枪，子弹射中了我的肩膀。所以……"

"亨利特女士说发生在门厅里，是吗？当时她也在那里吗？"长官问道。

"是的，弗莱斯基当时不是很高兴，也许就是这样。我记不清了。"阿代尔说。

长官对他说："我可以很明确地告诉你，你所说的话，我一句也不相信。"

"不管怎样，这就是我的证词。"

"可以用你的名义起誓吗？"长官对他说，"作为一个男人，这就是你那天晚上所经历的全部吗？"

长官再次求证，亨利特则坐在旁边的椅子上，将自己的手悄悄地伸进了阿代尔的手掌里。她似乎在给他力量，又是在乞求他的帮助。她亲吻了一下他的手背，只听阿代尔说："作为一位先生，我起誓。"

长官对旁边的参谋官说："告诉他们，放了弗莱斯基。"

"可是，长官，我觉得事情并没有这么简单。"

"按我说的去做吧。"

长官这样解决问题，不仅是在帮助他们，也是在维护自己的声誉，他不想在自己执政期间发生任何丑闻。显然，这样是目前最好的解决方式。他对亨利特说："女士，我知道您已经满意了。我也做了可以为您做的事。请您离开吧。我现在很忙，没有心情去取悦女士。"

亨利特鞠了一躬，倒退着离开。她终于笑了，并且毕恭毕敬地说："我可以理解，先生。"

一切都恢复了往昔的平静，只是这一天阿代尔要离开悉尼，回自己的祖国了。码头上，弗莱斯基和亨利特都来为他送行。阿代尔笑着向弗莱斯基伸出一只手，说：

“再见，山姆。”

弗莱斯基握住他的手，说道：“回去吧，回去寻找您的好运。分别只是暂时的。”

阿代尔笑着说：“我是第一个回到自己祖国去寻找好运的人。我已经准备好了。”他又看向亨利特，温柔地说：“再见，亨利特。”

“再见，查尔斯。”她在他的脸颊上亲吻了一下，“不要把我忘了。”

“我一定不会忘记的。”

他慢慢地走下台阶。帕特先生跟在他的身后，说道：“真的很抱歉，您就要回去了，先生。”

“不要说抱歉。别这么想。要想一些将来发生的事——即将发生的事。”

“可您为什么要离开呢，先生？”

“这是我必须做的事。”他看了一眼身后的夫妻，说道，“或许这是一个好的开始。”

“再见！”

“祝您好运！”

美人计

1946年4月24日下午3时，美国佛罗里达州迈阿密。

佛罗里达州南部地区地方法院里，审判正在进行，记者们在外面拿着相机议论着、等待着。

庭审现场，审判已经进行到最后阶段。

“本案有没有任何不能宣判的理由？”法官问。

“没有，法官先生。”

“我有话要说。你们可以把我关起来，但是你们不能不顾及你们和整个国家所面临的情况，下次，我们要——”说话的是执迷不悟的休伯曼先生。

“别说了，这样对您不利。”律师制止了他。

“本庭判决如下：被告休伯曼，对美国犯有叛国罪，经陪审团审理，依法判处有期徒刑二十年。立即关押该被告，交由执行法官予以监护。退庭。”

终于结束了，人流涌出。休伯曼小姐慢慢地走出来，记者们围了上去。

“请等等，休伯曼小姐。”

“休伯曼小姐，拍个照吧。”

“休伯曼小姐，关于您的父亲，我们想请您谈谈。”

“比如他是否罪有应得？”

“您对您父亲作为德国情报人员而被判刑是否有异议？”

休伯曼小姐只是低垂着眼睛，沉默不语。

两个男人在角落里盯着休伯曼小姐的一举一动。“如果她离开本市，就马上报告我。”其中一个对另一个说。

自那以后，休伯曼小姐家的附近经常有陌生人走来走去。

一天晚上，休伯曼小姐家里在举办私人聚会。这是一次放松而愉快的聚会。休伯曼小姐穿着精致的晚礼服，浓黑的秀发披在肩上，衬得小脸白皙。她端着一杯威士忌，有点儿慵懒、有点儿无力地被众星捧月，在灯下，显得更加美丽了。

“埃莉西亚，真有警察盯着你吗？”一位女士问。

“这酒真够劲儿。等我给他们点儿厉害尝尝。”休伯曼小姐为老船长倒酒，脸上很是不悦。

“哦，够了，可以了。”老船长推辞着。

“我们还没怎么喝呢！”休伯曼小姐说：“来一杯吗？帅哥？我们之前见过吗？”显然是一位陌生人，“没关系，我欢迎不速之客。”休伯曼小姐在他对面坐下来，脸上露出了笑容。

“他不是不速之客，是我带他来的。”一位正在跳舞的女士说。

“我倒不介意有警察跟着我。”另一位女士来倒酒。

“我最恨那些下流的警察在背后死盯着。不过，也难怪，我是被怀疑的人，随时有可能到巴拿马运河去。”休伯曼小姐说道，“要加点儿冰吗？”

“不，谢谢。”那位帅哥淡淡地回应。

“像您这样美丽的女孩整天为警察伤神，真是太不应该了。不过，明天就没事了。”老船长说。

“真的？”休伯曼小姐将杯中酒喝掉了一大半。

“10点开船。”老船长点点头。

“就这么一走了之吗？可是我想，这次聚会要有点儿新鲜感才行。”

“还是早点儿散吧，明天早上9点还要上船。在哈瓦那待一个星期，整件事就可以过去了。”老船长对休伯曼小姐肯离开这里这件事非常有把握。

“您爱我吗，船长？”休伯曼小姐的眼神有点儿迷离，问道。

“您非常美。”老船长回答。

“那么喝一杯吧，我喜欢您这么说。”休伯曼小姐又为自己倒了一杯，抬起头问道：“您还喝吗？您知道吗？我喜欢您。”休伯曼小姐盯着陌生男士说。

“明天早上9点，船上见。”老船长告辞了。

“让我……让我再想想。”休伯曼小姐站起身来送客。

“不用带行李，我们在哈瓦那买就行。”老船长叮嘱道。

“真遗憾，你们要走了，这真是次完美的聚会。”休伯曼小姐举着酒杯，说道。

“晚安！”

“晚安！”

所有的人都走了，除了醉倒在沙发上的人和那位一直不怎么说话的陌生男士。

休伯曼小姐坐回他的对面。

“剩下的还够每人一杯，可是冰不尽如人意。”陌生男士终于开了口，他确实非常英俊，而且很绅士。

“怎么说？”休伯曼小姐已有了醉意。

“没了。”

“什么没了？”

“冰块没了。”

“您为什么喜欢这首歌？”陌生男士又问。

休伯曼小姐笑出声来。“因为它代表离别。”说着，她的神色黯然，“在这个世界上，只有情歌才让人开心。”

她的声音就像耳语，低得只有身边的人才能听见。

“说得对。”

“房间里真闷啊。”休伯曼小姐喝了太多酒，觉得胃里不舒服，想出去透透气。

“有一点儿。”

“刚才没怎么吃东西，您饿了吗？不如……不如我们去野餐吧？”

“去外面？”

“在房间里吃多闷哪。”休伯曼小姐站起来，身子有些摇晃，酒劲儿真的上来了，“您要干杯吗？”

“剩下不是很可惜吗？”那位英俊的男士喝光了杯中的酒。

“真是孩子气。”休伯曼小姐笑着，接过男士手中的酒杯，将最后的一点儿喝光，“我的车在外面。”

“想兜兜风吗？”休伯曼小姐醉意甚浓。

“当然。”

两个人都笑了。

“客人怎么办？”那位英俊的男士想起了这个问题。

“等他们缓过劲儿来，会自己走的。说好了，我来开车。”休伯曼小姐强调。

“不带件衣服吗？”

“有您就行。”

两人走到外面，晚风清凉，休伯曼小姐觉得舒服多了。男士看着休伯曼小姐露腰的上衣，拉住了她：“等一等，把这个围上，免得着凉。”

他将一条丝巾围到休伯曼小姐的腰上。休伯曼小姐温顺地任他这样做。

公路上，休伯曼小姐将车开得拐来拐去，还自得其乐。那位男士也很悠闲，慢慢地点燃了一支烟。

“我开得怎么样？”

“还不坏。”

“您害怕了？”

“不。”

“当然，您什么都不怕。”

“也不尽然。”那位男士其实一直在密切关注着休伯曼小姐。她喝醉了，开得相当危险，有好几次，他都差点儿要亲自去掌握方向盘，但是休伯曼小姐每次都及时稳住了方向盘。

“有雾，看不清前面的路。”休伯曼小姐抱怨。

“是您的头发挡住了眼睛。”

“车速……多少？”

“65英里。”男士笑了。

休伯曼小姐看了他一眼，不高兴了，说道：“我要开到80英里，好让您笑不出来。我可不喜欢男人对我傻笑。”

车子继续歪歪扭扭地飞速行驶，那位男士又忍不住想去握方向盘了。这时，后面有摩托车跟上来，警笛鸣响。

“警察。”那位男士提醒。

“您说什么？”迷迷糊糊的休伯曼小姐没听清。

“后面有个警察在追我们，您看。”男士调整了一下后视镜。

“最讨厌这些警察。”休伯曼小姐的好心情瞬间消失了。

警察追上了汽车，但休伯曼小姐并没有要停车的意思。“好像他要和您说话。”那位男士提醒她。

“酒驾，已经第二次，要坐牢了。一家人全坐牢也好。”休伯曼小姐只得无奈地停下车。

“您倒是自在得很啊！”警察走过来。

“您这种人应该去睡觉。”休伯曼小姐瞪了他一眼。

“喝醉了？”警察问。

“稍等，先生。”那位男士一边说，一边去掏西装内兜。

“您别多嘴，先生，没什么借口可找了。”虽然警察这样说，但那位男士还是将证件递了过去。

“不好意思，您怎么不早说？”警察看过之后说。

“没关系。”

“您能对付得了她？”

“嗯。”

“我想，您知道该怎么办。”警察说完，敬了个礼，走了。

休伯曼小姐察觉到不对劲儿："罚单呢？他没给我开罚单？"那位男士只是对着她微笑，"您叫什么来着？"

"德弗林。"

"您把什么东西给警察看了？我看到他刚才给您敬礼了。"

"是吗？"

"我都看见了！你这家伙！你也是个警察！"休伯曼小姐愤怒了。

"您高看我了。"

"你给我滚下去！滚！"暴怒的休伯曼小姐竟然打着那位男士。

"我送您回家。"德弗林先生依然不温不火地说着。

"我才不用你送！"伯休曼小姐依旧扭打着。

"您坐到这边来。快点儿。"

休伯曼小姐自然不肯，德弗林先生只好一巴掌打开了休伯曼小姐的手腕。休伯曼小姐吃痛，但是不肯妥协，仍然一通乱打。

她喊着："滚开！你这个闯到我家里来的联邦警察！简直就是个蒙面强盗！给我走开！我知道，你跟在我后面就是想害我！"

"安静点儿，好不好？您坐过去。"

"不！放开你的手，我才不会让你……"只见一记手刀，休伯曼小姐没了声音。

第二天早上，休伯曼小姐痛苦地醒来，头痛欲裂。此时她已经在床上，还盖着毛毯，不过是头朝下趴着的。床头柜上放着一杯水。休伯曼小姐看了看周围，才反应过来，这是她自己的家。

"喝了它。"德弗林先生的声音传来。

"我为什么要喝？"

"喝了它。"德弗林先生重复了一遍。

休伯曼小姐勉强喝了两口，想要放下。德弗林先生走了过来，还是那么冷静地说道："喝完。"

从休伯曼小姐的角度看，德弗林先生是倒着的，这让她的头更疼了。"好些了吗？"德弗林先生问。

"你管我好不好呢？你这讨厌的警察……"休伯曼小姐挣扎着坐起来，含含糊糊地问道，"这是怎么回事？你到底想做什么？"

"做什么？就昨天晚上的事来讲，我只想和您做朋友。"

"朋友？你明明是想害我！"

"不，我是想找个事给您做。"

"得了吧，"休伯曼小姐平躺下来，"你们警察找我只有一件事，哦，算了，那你叫……”

“德弗林。”

“什么？”

“德弗林。”

“我可不是告密的人，德弗林先生。”

“局里派我来聘请您为我们做点儿事，地点在巴西。”

“滚开，这种事只会让我讨厌！”休伯曼小姐厌恶地转过身去，不再看德弗林先生了。

但是，德弗林先生并没有如她所愿，还是冷静地待在原地，说道：“曾经收买您父亲的一些德国人，目前在里约热内卢活动。您听说过法本化学工业公司吗？”德弗林先生自顾自地说着，他知道休伯曼小姐在听。

“我没有半点儿兴趣。”休伯曼小姐硬邦邦地回应道。

“法本公司在南美有员工，它建于战前。我们正在和巴西政府合作，要引他们出来。我们的头儿认为您这样一个——”德弗林先生稍有迟疑。

“间谍的女儿！”休伯曼小姐主动说。

“可能非常有助于这项工作的进行。他们会信任您的。您也可以为您父亲弥补一些……过错。”

“为什么我就该去呢？”

“爱国主义！”

“一听到这个词，我就头疼。谢谢你了，什么爱国主义、爱国者，我才不吃这一套呢！”

“这一点值得探讨。”德弗林先生说着，走出了房间。

“一只手挥舞国旗，一只手伸进别人的口袋，这就是你们的爱国主义吧？你自己留着吧！”休伯曼小姐讽刺着，摇摇晃晃地起床了。

“我们在您家窃听了三个月。”德弗林先生在客厅里继续着他的话题。

休伯曼小姐闻言一愣。“约翰·休伯曼和他女儿的对话。1946年1月9日傍晚6:30，佛罗里达州迈阿密，这是审判中没有使用的一些证据。”德弗林先生将唱片放进留声机。

“我不要听。”休伯曼小姐拒绝道。

“放松点儿，好好听。”德弗林先生知道她会听。

“这是给我们两个的，有很多钱，埃莉西亚。”留声机里传来休伯曼先生的声音。

“圣诞夜之前我就告诉过您，我不干。”这是休伯曼小姐自己的声音。

“再好好想想，你可以想要什么就有什么。非常容易。”

“我不想听，爸爸。”

“这不是你的祖国，对不对？”

“我妈妈生在这里，我们是美国公民。”

“你怎能这么想呢？埃莉西亚，在感情上，你是德国人。你应该听我的。”

“我知道你们为了什么，您和您那些杀人的德国人。当我知道这一切时，我就恨死你们了！”她的声音非常激动。

休伯曼小姐一边梳着头发，一边走向客厅。德弗林先生观察着她的反应。

“我的女儿不可以这样对我讲话。”

“别到我房间里来！”

“别那么大声。”

“我恨你们。我爱的是这个国家，您懂吗？我爱她！我宁愿看见你们全被绞死，也不会救你们。现在，马上给我滚出去！天哪，我要控告你们！别再到我面前来说你们肮脏的阴谋了。”

听完唱片里的对话，休伯曼小姐眼含热泪，望了一眼德弗林先生，轻轻地说道：“这说明不了什么。我并没有去检举。”

“我们也没指望您检举。您打算怎么做？”

“走开，我不要你管！我要过我自己的生活。和我喜欢的人快乐地在一起，而不是那些把我当活靶子一样打的卑鄙警察。我要和对我好的、喜欢我的、了解我的人在一起。”

这时，门铃声传来，休伯曼小姐狠狠地瞪了德弗林先生一眼，走过去开门。

“早上好，埃莉西亚。”是老船长。

“您好。”休伯曼小姐依然头痛。

“我担心您今天早上需要人帮忙，因为马上就要开船了，您准备好了吗？”

“是的。”

“您没把这事忘了吧，亲爱的？”

“差点儿。”

“我来帮您收拾一下吧，其实也用不着，船上什么都有。”

“谢谢，我自己来吧。”

“船停在马克旅馆前面，您知道在哪儿吗？”

“知道。”

“您可真美，亲爱的。一会儿见。”老船长走了。

“想好了吗？明天一早的飞机。”德弗林先生点燃了一支烟。

“好吧，去和你的头儿说吧。”

德弗林先生走了。休伯曼小姐一直盯着腰上的丝巾，觉得这结果令人难以置信。

飞机上，休伯曼小姐独自坐着，德弗林先生站在他们斜后方位置的一位男士身边，交谈着。

“你和她说吧。”那位男士说着，德弗林先生便走回了自己的座位。

“他长得很帅。”休伯曼小姐笑着说。

“到了那里，您会时常看见他的。”

“哦，不必了，到了里约热内卢，我谁都不见。”

“要见的，他是我们的头儿保尔·布莱斯特。”

“他说要我做什么？”休伯曼小姐回头望了一眼。

“没说。”

“一点儿也没透露吗？”

“没有。他听到了一些关于您父亲的消息。”

“什么？”

“今天早上，他死了。”

“哦，”休伯曼小姐好半天没有出声，“怎么死的？”

“服毒。”

“自己服毒？”

“是的，在监狱里。”见休伯曼小姐沉默了，他说，“别难过。”

“没想到我会这么难过。”休伯曼小姐笑得很难看，“前几年，当他对我说他是什么人时，我根本不在乎他给我带来的影响。现在想起来，他人还不错，我们在一起相处挺好的。其实是好极了。我有一种很奇怪的感觉，好像出事的不是他，而是我。现在，我再也不用恨他或者恨我自己了……”

“我们马上就到了。”德弗林先生平静地说。

从舷窗望出去，里约热内卢已经清晰在望。“是的，我们到了。”休伯曼小姐幽幽地说。

里约热内卢繁华热闹，人们尽情地享受着战后宁静的生活。

德弗林先生和休伯曼小姐坐在餐厅的露天座位上。

“大使馆能不能帮我找个女佣？那是一套很好的公寓，我可以自己做清洁打扫的工作，但就是不想做饭。还有，您帮我问一下什么时候开始工作，什么工作？”

“请问，还需要什么吗？”服务生过来问。

“要不要再喝点儿什么？”德弗林先生问休伯曼小姐。

“不，谢谢，我不喝了。”休伯曼小姐回答。

“我来一杯威士忌汽水。”德弗林先生说。

“你听见我的话没有？我基本戒酒了，觉得不一样了。”休伯曼小姐一副神清气爽的样子。

“装装样子而已。”德弗林先生不相信。

“你觉得女人改变不了吗？”

“能变，不过就是一时新鲜。”

“你真滑头，德弗林。”

“好吧，好吧，八天了，您没有醉过，据我所知，也没找到新朋友。”

“这算什么？”

“八天了，您简直是白璧无瑕。”

“可是我很快乐。你干吗不让我快乐？”休伯曼小姐盯着德弗林先生。

“没人拦着您。”德弗林先生避开了休伯曼小姐的目光。

“你为什么不让你的警察大脑休息休息呢？”休伯曼小姐以审视的目光看着德弗林先生，“你每次看我，我都觉得你在想——骗子永远是骗子，妓女永远是妓女！来，握住我的手吧，我不会为了这个讹诈你的。害怕了？”

“我……一向有点儿怕女人，可是现在不怕了。”不过，德弗林先生并没有伸出手。

“那么，你是怕你自己了，怕你会爱上我。”休伯曼小姐继续分析着。

“那不是难事。”

“哦，那么当心点儿，当心点儿！”

“您喜欢拿我寻开心吗？”

休伯曼小姐笑了：“不，德弗林，我在拿我自己开心，我假装自己是个心中只有鲜花的天真浪漫的小姑娘。”

“美好的梦。然后呢？”

休伯曼小姐脸色变了变，服务生送威士忌汽水过来了。“我还是再喝一杯吧。”休伯曼小姐说。

“我就知道您改变不了。”

“来个双份。”

“好吧，咱们俩都来个双份。”

“你干吗不信任我，德弗林？哪怕一点点。你干吗不信任别人？”休伯曼小姐表情痛苦地问道，但德弗林先生没有回答。

两人驱车来到海边的山上，海风温柔地吹着，美丽的景色让人沉醉。

“我知道你为什么不信任别人，那是因为你在迈阿密逼我的时候，你发火了。看到我醉了，你不喜欢，打心眼儿里不喜欢，怕别人会笑话你这个情场老手居然会爱上一个不值一提的女人。”休伯曼小姐自顾自地说着，越说越激动。德弗林先生望着别处，一言不发。

“可怜的德弗林，爱上这样一个女人，是一件多么糟糕的事……”休伯曼小姐还没有说完，德弗林先生突然就将她拥进怀里，吻了她。

布莱斯特上校的办公室里，正在举行会议。

“各位，我肯定，休伯曼小姐能够胜任这份工作。”发言的是布莱斯特上校。

“我担心的不是她。我想问，我们为什么不直接把那个德国科学家抓起来？”一位男士问。

“那没有用，即便我们把亚历克斯·塞巴斯蒂安抓起来，也很快会有另一个人去接替他的位置。”另一个人说。

“说得对。布莱斯特上校，我看，还是您说得有道理。”

“是呀，她擅长与男人打交道，而我们正想派一个人去取得他们的信任。”布莱斯特上校说。

“您对这个计划是否有把握，上校？”

“有，只要能派个人……”

“您和那位小姐商量过了吗？”

“还没有。事实上，不久前德弗林才带她到这里，正等着塞巴斯蒂安回来。”

“德弗林和那位小姐谈过工作性质吗？”

“没有，我们还没和德弗林谈呢。不过，对这个女人，你们尽管放心。”

“政治上可靠吗？”

“可靠。”

“那么，就按您说的办吧。这个计划看上去万无一失。”

“那好，我马上给德弗林下指示。”

一对不知情的恋人回到了公寓，心情愉快。阳台上，两人拥抱在一起，又是一个甜蜜的长吻。从阳台望过去，外面就是海岸，海水温柔地轻抚着沙滩，一切都是那么温馨怡人。

“这里多好啊！别出去吃了，就在这里，好不好？”休伯曼小姐深深地陶醉在爱情的甜蜜里。

“那就做点吃儿的。”德弗林先生依然很深沉。

“就在这儿吃，我来做饭。”

“您不是不爱做饭吗？”

“是的，我不爱做饭。冰箱里有只鸡，我们烤来吃。”

“吃完了还得洗很久的盘子。”

“那我们就用手吃。”

“连盘子也不用？”

“用啊，你一只盘子，我一只盘子。”

“那您介意我留下来吃晚饭吗？”

“我开心极了。你去哪儿？”德弗林先生要进屋去。

“打电话问问酒店有没有人给我留言。”

“必须打吗？”

“必须打。”

两人相拥着，慢慢地走到电话机旁，休伯曼小姐的头一直靠在德弗林先生的肩上。

“这种爱情太古怪了。”休伯曼小姐始终不能完全相信这种幸福。

“为什么？”

“或许，实际上，你并不爱我。”休伯曼小姐主动吻着德弗林先生。德弗林先生一边拨电话，一边回吻着她。

“皇宫酒店吗？我是德弗林，有人给我留言吗？”

趁着对方沉默的间隙，德弗林问道：“我不爱您，您又怎么知道？”

“因为你什么都没有说。”

“行动永远胜于语言。有留言？好的，是什么？”

电话终于挂断了。“布莱斯特上校让我马上过去。”德弗林先生说。

“他说什么事了吗？”

“没有。”

“是谈我们的工作？”

“有可能。”两人继续缠绵着，“要我带什么东西回来吗？”

“那就带一瓶好酒回来，庆祝一下。”

“我几点回来合适？”

“7点。”

“好的，再见。”

“再见。”

德弗林先生走了，休伯曼小姐闭着眼睛靠在门上，久久地回味着。

德弗林先生先去买了一瓶香槟，然后来见布莱斯特上校。他以为说完事就可以立刻回到休伯曼小姐那里，并没有预料到这是场并不令人愉快的谈话。

布莱斯特上校说了行动安排。德弗林先生沉吟着，忽然一拍桌子站了起来。

“怎么了？德弗林，你这是怎么了？”布莱斯特上校不明所以。

“我不知道她肯不肯！”德弗林先生略显激动。

“你怎么知道她不肯？你又没有和她谈过。”

“当然没有，因为我现在才知道要她做什么。”

“那你怎么知道她不肯呢？”

“我猜，她不是那种女人，她应该是那种——”

“我不明白你的态度。”布莱斯特上校打断了德弗林先生。德弗林先生转过身去，“为什么你认为她不肯？”

“她没有这种经验。”德弗林先生找到了一个理由。

“得了吧，依你看，她还缺少什么经验？”

“她没受过训练，会被对方识破的。”

“我们不仅仅是因为她父亲的背景才找她，还因为塞巴斯蒂安和她很熟，所以才选择她。没错，塞巴斯蒂安还爱过她。”布莱斯特上校紧盯着德弗林先生。

德弗林先生迅速地转过身来。“哦，这一点我倒不知道。”他不太相信。

“我不知道为什么要争论这样的小事。我们有重要的事要做，塞巴斯蒂安家是一个神秘的地方。不管法本公司在这里做些什么，我们都必须让休伯曼小姐进去看看里面在搞什么鬼。”另一个人说。

“我看，你还是回去和休伯曼小姐谈谈需要她做什么。”布莱斯特上校说。

“我……”德弗林先生的内心在激烈地斗争着。

“有什么问题吗？”

“没有。”德弗林先生仿佛下定了决心。

“你好像有些话没有说出来。”布莱斯特上校琢磨着德弗林先生的表情。

“如何让他们见面？”德弗林先生却对此一个字也不再提了。

“我们讨论过了，骑马俱乐部最合适。塞巴斯蒂安早上经常在那里骑马，你和休伯曼小姐见机行事吧。德弗林，我想，先这样吧。”

“好吧。”

德弗林先生一个人出去了。布莱斯特上校注意到，他忘了拿走带来的那瓶香槟。

休伯曼小姐正在厨房里忙碌着。

“德弗林，是你吗？”

“嗯。”

“幸好你回来晚了，没想到烤一只鸡要这么久！他们怎么说？鸡烤得有点儿过，其实是差点儿烤煳了。”休伯曼小姐一边忙活，一边开心地说着。

阳台上的德弗林先生却不知道该怎样开口。

“我看，我还是先尝尝。我猜，你不想用手吃。我想，还是吃一顿正式的晚餐吧，我已经摆好了刀叉。结婚一定很有趣，每天都要忙这些事。”

休伯曼小姐端着盘子，快步走到阳台上。

“阳台上是不是有些冷？进去吧。”她将盘子放到桌子上，立刻拥抱了德弗林先生，并吻了他，“像我们现在这样，你曾经有过吗？”

德弗林先生没有任何反应，没有回应她的吻，也没有拥抱她，依旧沉默着。

“怎么回事啊？别紧绷着一张脸。发生什么事了？”休伯曼小姐将德弗林先生的手臂放到自己身后，搂住自己的腰，“小帅哥，要和妈妈说说，到底发生了什么事？这样的情绪，连晚餐都吃不好。”

但德弗林先生依然一言不发。

“好了，先生，干吗愁眉苦脸呢？”

“吃完再说，好吗？”德弗林先生终于开口了。

“不，就现在说。好了，不让你为难了，现在是不是该告诉我，你有妻子孩子，我们只不过是一时冲动？”

“您常常听到这种话吗？”德弗林先生问。

休伯曼小姐的脸色变了，她再次受伤了，有些颤抖地说道：“你总是这样对我。这太不公平了。”

“先不说这个。还有更重要的事要说，有一个任务。”

“终于有任务了。”

“你认识一个叫塞巴斯蒂安的人吗？”德弗林先生瞥了一眼休伯曼小姐。

休伯曼小姐脸色又是一变：“亚历克斯·塞巴斯蒂安？”

“是的。”

“是我父亲的一个朋友。”

“他曾经爱过你。”

“我对他没有什么特别的感觉。”休伯曼小姐微笑着。

“他目前就在这里，是一家德国大公司的老板。”

“他们家族一向很有钱。”

“过去的德国战争机器有他一份，现在还想东山再起。”

“这可不是小事。”休伯曼小姐皱起眉头，意识到了问题的严重性。

“没错，不是小事。我们需要和他接触。”

聪明的休伯曼小姐走开一点儿，坐了下来，快速地看了一眼德弗林先生，说道：“那就把话都说出来吧。”

“明天要跟他见面，后面就看您的了。您要想办法留在他身边。”德弗林先生的脸色很平静。

“为了偷文件而牺牲色相？”

“不需要偷文件。只要掌控他，看看他家里究竟在搞什么鬼，他和他周围的人在打什么主意，然后报告给我们。”

“我猜，这个好差使，你早就知道了吧？”休伯曼小姐伤心地问。

“不，我也是刚刚知道。”德弗林先生看上去很无力。

“你就什么也没有说？我的意思是，也许我不适合这份工作。”休伯曼小姐伤心极了。

“由您自己决定。如果您不想接受——”

“你应该说过：‘埃莉西亚·休伯曼小姐用不了多久，就能让塞巴斯蒂安乖乖听话，这方面她最在行。’”当一个女人自我贬低的时候，她的心在滴血。

“我什么也没有说。”

“真的没有替刚刚分手的心爱的人说句话吗？”休伯曼小姐极力忍住哭声。

“我已经说过，这是公事。”德弗林先生艰难地说。

“好了，不必多说了。我是真的希望，我心爱的人能为我说几句这样的话：‘怎么可以，先生们！让埃莉西亚·休伯曼——那个全新的休伯曼小姐，遭遇如此丑恶的命运！’”休伯曼小姐走到他身边。

“这一点儿也不可笑。”德弗林先生点燃一支烟，不去看她。

“你想让我做什么？”

“您自己知道。”

“我是问你。”

“您自己来决定。”

“等你的一句话，就这么难吗？”泪水漫上了休伯曼小姐的双眼，“亲爱的，你不曾对别人说过的话，请对我说吧。说你相信我很好，我是真心爱你的，我永远不变心。”

“我在等您的回答。”德弗林先生没有做出任何表示。

休伯曼小姐彻底失望了：“你可真够朋友啊，还是不相信我，一点儿也不相信。让埃莉西亚见鬼去吧，她活该！哦，德弗林，德弗林！”休伯曼小姐再也受不了了，为自己倒了一杯酒，迅速地喝了下去。

“我什么时候为山姆大叔效劳？”她的情绪终于稳定下来了。

“明天早上。”

两人触目所及，是精心布置的餐桌、鲜花、烛光、精致的餐具和美味的烤鸡。

“哦，真不该把烤鸡摆在这里，让风吹凉了。”休伯曼小姐说，“你在找什么？”

“我买了一瓶香槟，忘记放在哪儿了。”德弗林先生紧皱着眉头。

车上，德弗林先生最后叮嘱着休伯曼小姐，这时她已经换好骑马装，面无表情地听着。

“有人问起我，就说我是泛美航空公司的。”

“叫德弗林？”

“是的。负责对外联络。”

“还有什么？”

“我们是在来里约热内卢的飞机上认识的。总之，说得越少越好。”

林荫道上，德弗林先生和休伯曼小姐并排骑在马上。塞巴斯蒂安先生和一位老妇人就在他们前面不远处。

“您能确定是他吗？”德弗林先生问。

“是的。”休伯曼小姐回答。

“我们骑过去，让他认出你。来吧。”

两人策马上前，很快就与塞巴斯蒂安先生并排，但塞巴斯蒂安先生只是望了他们一眼，并没有打招呼。两人只能继续往前骑。

“我看没有人会记得我。”休伯曼小姐有些开心。

“是塞巴斯蒂安吗？”

“没错。”

“我们继续骑，再给他一次机会。”

德弗林先生踢了休伯曼小姐的马一脚，马受了惊，便向前猛奔。这时，塞巴斯蒂安先生看到后，才立刻跟上去，奋力拉住了休伯曼小姐的马。德弗林先生远远地看着两人握手寒暄，面无表情。

任务的第一步终于完成了。

餐厅里，休伯曼小姐独自坐着，而德弗林先生坐在稍远的位置，两人仿佛不认识。

不久，塞巴斯蒂安先生走进餐厅，看到了休伯曼小姐，他那微笑的眼睛闪着光。

“亲爱的埃莉西亚，我来晚了。”塞巴斯蒂安先生礼貌而热情地吻了休伯曼小姐的手，“对不起，公司临时有会议，您接到了电话吗？”

“是的，没关系，亚历克斯。”休伯曼小姐优雅地笑着，显得甜美可爱。

“让您久等了。我还以为您已经走了。”

“您想甩也甩不掉我的。我心里总想着和您见面这件事。”

“我真的感到累了。做生意容易让人变老，我像个老头儿似的。“

“那为什么您一点儿也不像呢？”休伯曼小姐认真地说。

“四年来的奔波劳碌实在是太可怕了。”

“亚历克斯，其实您比在华盛顿时年轻多了。”这种恭维显然让塞巴斯蒂安先生很受用。

“这只是短暂的变化，完全是因为您在这里。我一看见您，就精神振奋。你要在这里住上一段时间吧？除非您存心要躲着我。要不要再来一杯？”

“好的。”

“两杯马丁尼。”塞巴斯蒂安先生对服务生说。

布莱斯特上校走进餐厅，在一位女士对面坐了下来。休伯曼小姐看到他，脸色一变。塞巴斯蒂安先生回头望了一眼，问道：“您认识那个人？”

“不认识，可是有点儿面熟。”休伯曼小姐回答。

“那是保尔·布莱斯特上校，搞情报的。他在这里纯粹是为华盛顿政府搞间谍活动的。美国大使馆全是这号人。”

“真的吗？”

“他很帅，是不是？”

“一看到间谍，我就反感，他们的优点可不吸引我。”休伯曼小姐聪明地回答。

“您刚来，他们就来找您的麻烦了？”

“不，还没有。”

“在迈阿密，他们找您的麻烦了吗？”

休伯曼小姐点了点头，说道：“所以，一判决，我就走了，省得麻烦。”

“到底为什么离开您父亲？”对面这个已过中年的男人有着鹰一样的眼睛。

“是他坚持的。他不顾自己，总是惦记着我，坚持要我离开。我根本没想到他会死。”休伯曼小姐面色凝重。

“为了我们的祖国，很多人都死了，但是我们的精神不能死。或许我能帮您忘记……那些悲痛，我很愿意这么做。”

“真奇怪，跟您在一起就无拘无束，就像在家一样。”休伯曼小姐垂下眼睛说。

“您知道吗，亲爱的，我知道会是这样的。在我们见面那天，我就知道。我再次见到您，简直和从前一样……一样爱您。亲爱的，您那么可爱……我再也不做傻瓜了。”塞巴斯蒂安先生自嘲了一下，“您一定有男朋友了，是不是？是谁？和您一起的德弗林先生？”

“谁也没有。”提起德弗林先生，休伯曼小姐内心一阵悲伤，但是她控制住自己的情绪。

“他看起来对您非常殷勤。”

“我到了这里，德弗林先生就死盯着我，对我大献殷勤。我们是在飞机上认识的。”

“看起来很般配！”这句话好像是在开玩笑，事实上，塞巴斯蒂安先生还是紧盯着休伯曼小姐。

“行了，亚历克斯，别拿我开玩笑了。德弗林才不吸引我呢，那天是因为太无聊，我才找这个人一起骑马。”

“让我来拯救您的孤独吧！”

“您真好，居然不计较我当年那样顽皮。”休伯曼小姐看上去很真诚。

“亲爱的，您对我的感情，一下子就能试出来。”狡猾的男人说道，“明天晚上能和我一起吃晚饭吗？”

“谢谢。”

“在我家里。”

休伯曼小姐身子微微一震，但是脸上迅速地浮起笑容，说道：“那太好了。”

“我母亲明天晚上请客。”

“她不介意多一个客人吗？”

“老朋友怎么会是多余的呢？”塞巴斯蒂安先生向休伯曼小姐举杯，“我想，我们该点菜了。”

“是的，我真饿坏了。”

“看一看……我们的第一次晚餐吃点儿什么。”

此刻，休伯曼小姐的心思飘到了餐厅的角落里，无法立刻进入状态。她的心正被那伤人的爱情煎熬着，她不知道怎样摆脱这种痛苦。

在休伯曼小姐的公寓里，德弗林先生和布莱斯特上校在客厅等待着。塞巴斯蒂安先生的请柬已经送到了。休伯曼小姐正在卧室里梳妆打扮，德弗林先生假装看着报纸，其实眼睛盯着请柬，布莱斯特上校则看着他。

休伯曼小姐出来后，看到德弗林先生便一愣，但还是打了个招呼：“晚上好！”语气有点儿生硬。

“您真美！”布莱斯特上校赞美道。

“还可以吧。”休伯曼小姐说。

“戴上这个，特地租来的。”布莱斯特上校打开手上的珠宝盒。

休伯曼小姐拿起项链，看了一眼德弗林先生，但德弗林先生没什么反应。“谢谢您，帮我……”休伯曼小姐只能对布莱斯特上校这样说。

“当然可以。”布莱斯特上校帮她戴上了项链。

“谢谢。”

“那老家伙认识我？”布莱斯特上校问。

“他还觉得您很帅。”

“真有这事？”布莱斯特上校笑了，“那我就不送您去了，然后就交给德弗林了。记住您今晚见到的所有人的名字——男性的，还有他们的国籍，这一点很重要。”

“您是说德国人？那对我来说不是难事。”

“不要问任何问题，只要用您的眼睛和耳朵多听、多看。这群亡命之徒非常机警，可别小看他们。”布莱斯特上校叮嘱道。

“谢谢您的建议。”休伯曼小姐说。

“还有一件事，除非有非常紧急的情况需要报告，我建议你们最近几天都不要再见面了。我担心，您去过之后，他们会调查您。”

“我明白了。”

“就这些，祝您成功！”

“再见！”

“再见！”

休伯曼小姐出门走了，德弗林先生自始至终一句话也没有说。

车子将休伯曼小姐送到塞巴斯蒂安先生的家。这是位于海边的独栋大房子。休伯曼小姐按响门铃，来应门的是管家。

“晚上好，我是休伯曼小姐，请通知塞巴斯蒂安先生。”

管家将休伯曼小姐带到会客室，休伯曼小姐一路观察着室内陈设。

最先从楼上下来的是塞巴斯蒂安夫人。休伯曼小姐看到她，有些莫名的紧张。

“休伯曼小姐？”塞巴斯蒂安夫人问。

“是的。”休伯曼小姐回答。

“请原谅，让您久等了。”

“没关系。”

“您很像您的父亲。我是亚历克斯的母亲。”

“一见到您，我就认出来了。”

“亚历克斯很欣赏您，现在我知道为什么了。”塞巴斯蒂安夫人笑着说。

“您太客气了。”休伯曼小姐礼貌地回应道。

虽然塞巴斯蒂安夫人温和有礼，但休伯曼小姐能清楚地感受到一种距离感和压迫感。她知道自己的任务并不容易，甚至困难重重。

“您父亲受审的时候，您没有做证，我们都觉得这不太正常。”的确是一个厉害的女人。

“他不要我做证。”休伯曼小姐有备而来。

“为什么？”

“您好，埃莉西亚！”塞巴斯蒂安先生终于出现了，热情地吻了吻休伯曼小姐的手，“我真高兴。认识我母亲了吗？”

“是的，刚刚认识。”休伯曼小姐甜甜一笑。

“四年前，您没能在华盛顿见到埃莉西亚，是不是，妈妈？”

“当时我不知道您在那儿。亚历克斯，我们去看看别的客人吧。”塞巴斯蒂安夫人显然不高兴儿子对休伯曼小姐这样的态度。

“我帮您放披肩，好吗？”塞巴斯蒂安先生殷勤地问休伯曼小姐。

“谢谢。”

三个人来到客厅里。一屋子的客人都到齐了。休伯曼小姐平复了一下自己的情绪。

“休伯曼小姐，我来介绍一下，埃瑞克·马蒂斯、威廉姆·罗斯曼、伊米尔·胡伯克、诺尔先生、安德森博士。今晚安德森博士是主客。”塞巴斯蒂安先生一一介绍道。

客人们纷纷上前问好，休伯曼小姐应对自如。

“亚历克斯，你不要总谈科学，这会让休伯曼小姐厌烦的，至少不要在饭前谈。”显然，塞巴斯蒂安夫人的话是一种提醒，提醒塞巴斯蒂安先生不要得意忘形，也提醒这些人不要当着休伯曼小姐这个外人的面谈论机密。

“晚餐准备好了，夫人。”用人提醒道。

大家走向了餐厅。

“安德森博士，您坐在我旁边，亚历，你坐在休伯曼小姐旁边。”塞巴斯蒂安夫人分配着座位。

“夫人，您刚从西班牙回来吗？”

“几个星期之前。但是好像很久了。”

“现在的旅行真是快捷，去哪儿都那么方便。”

就在大家陆续落座的时候，伊米尔·胡伯克忽然拉住塞巴斯蒂安先生，指着边柜上的一瓶红酒。他看起来非常紧张，紧张到无法控制自己。塞巴斯蒂安先生很快将他安抚回座位上，他意识到了，毕竟有外人在场。

“下午的电影好看吗？”塞巴斯蒂安问埃瑞克·马蒂斯。

“不怎么样，太令人失望了。”埃瑞克·马蒂斯回答。

“一定是出喜剧，埃瑞克就爱到电影院里哭鼻子。他心肠太软。”塞巴斯蒂安先生说。

休伯曼小姐笑了，刚才的事情就这样掩饰过去了。她知道那瓶红酒有问题，但是又不知道问题出在哪里。

晚宴过后，伊米尔·胡伯克在会客室门外徘徊，惴惴不安。会客室里面，男人们正在讨论着。

“我想，先生们，我们得对伊米尔做些什么了。”说话的是埃瑞克·马蒂斯。

“我不知道该怎么说，这是一个不应该有的疏忽，他可能是太累了。”安德森博士说。

“这是个很危险的疏忽。”威廉姆·罗斯曼说。

“可这不是第一次，已经好几次了。如果不采取任何措施，还会这样的。”诺尔先生说。

“这不好，很不好。”安德森博士说。

“各位，我看，这件事就交给我吧。我有办法。去山顶的那条路崎岖不平，山很高，还有很多急转弯，我要搭伊米尔的车……这没有任何困难，但是要跳车，就不那么简单了。我小心些就是了。这样，刚才的事就不会再次发生了。”说这些的时候，埃瑞克·马蒂斯气定神闲。

他刚说完，伊米尔就推门进来，问道：“夫人问，你们是和客人一起喝咖啡，还是在这里喝？”

“我们就在这里喝。”塞巴斯蒂安先生回答。

“很抱歉，先生们，晚餐时我失态了。”伊米尔艰难地说。

“没什么，您太紧张了。”安德森博士说。

“您太累了，需要休息。您的健康对我们来说很重要。”埃瑞克·马蒂斯说。

“多谢体谅，我确实很累。所以，现在，我看，也许……亚历克斯，您替我跟女士们告辞，我很抱歉这么早告辞……我想先走了。”

“伊米尔，还是我和您一起走比较好，”埃瑞克·马蒂斯站起来，说道，“这么远的路，一个人开车会不舒服的。我来替您开车。”

“不！”伊米尔紧张极了，“这么远的路，我想，您也受不了，而且，怎么可以让您开车？”

“哪儿的话，我愿意和您一起走。走吧，伊米尔。再见，各位。”埃瑞克·马蒂斯搂住伊米尔，将他带出门去。

“再见，亚历克斯。”伊米尔的声音很小，他有点儿惊慌失措了。

“明天您就会恢复精神了，伊米尔。”威廉姆·罗斯曼说。

“谢谢，我真是抱歉，当着外人的面这样失态，真是对不起——”伊米尔再次回头说道。

埃瑞克·马蒂斯打断了伊米尔，点了点头，说道：“多谢这顿丰盛的晚餐。亚历克斯，对您母亲说，那道点心味道好极了。”说完，他关上门出去了。

赛马场上，喧嚣而嘈杂。

看台包厢里，塞巴斯蒂安先生在用望远镜观看，塞巴斯蒂安夫人看着报纸。

“休伯曼小姐去了好一会儿了。”塞巴斯蒂安夫人提醒。

“有必要总是称呼‘休伯曼小姐’而不是‘埃莉西亚’吗？我希望您能对她热情点儿，妈妈。”

“是吗？我觉得我对她很不错了。她跟你抱怨我了？”

“没有。”

“感激之至。”

“您要对她随和些。”

“要是我们俩都像白痴一样对她傻笑，那不是太过分了吗？”

“好了，妈妈，让我好好看一会儿吧。”

“跟我在一起，你真是心烦啊。”

“一点儿也不！”

赛道栏杆外，德弗林先生好容易才找到了休伯曼小姐。

“您好！”

“您好！”

“人可真多。”

“是啊。”

两人像一般的朋友偶然遇见一样，握手寒暄。

“他们在哪儿？”德弗林先生压低声音问。

“看台包厢里。不会看见我们的。”休伯曼小姐回答。

“别再打电话找我，下次我来找您。”

“能听清吗？”

“您说吧。”德弗林先生准备好纸笔。

“你听说过安德森博士吗？”

“没有。”

“好像是个科学家，人很和气，大约六十岁，头发银灰色，前额皱纹很深，身材矮小。听说过伊米尔·胡伯克吗？”

“没有。”

“那天晚上，他为了一瓶红酒紧张了好一会儿。”

“一瓶红酒？”

“他好像觉得有什么东西在瓶子里。”

“是什么？”

“是红酒，我们都喝了。”

“他们后来又做了什么？”

“后来他就不见了。”

“还有什么？”

“没有更重要的了。只是一些供你参考的消息。”

“什么？”德弗林先生准备记下来。

“跟我逢场作戏的人当中，加上德弗林的名字。”

德弗林先生没想到休伯曼小姐说的是这个。“您做得不错。”他这样说。

“那不正是你要的吗？”

“好了……”德弗林先生打断她。

“你下注了吗？”

“没有。”

“10号领先，看来塞巴斯蒂安眼光不错。”

“多谢您的指点。”

“塞巴斯蒂安说，他们整个赛季运气都不错。”

“别跟我说这些，您是他的新女友，他是您的情人兼保镖。”德弗林先生看似若无其事地说。

“你这个白痴！你就只会说这些令人伤心的话吗？你知道我在做什么，你明明知道！”休伯曼小姐既伤心又愤怒。

“是吗？”

“你说一句话就能阻止这一切，但是你没有，你把我扔给了他。”休伯曼小姐落泪了。

“我没有这么做。”

“不都是你自己说的吗？”

“男人不能告诉女人去做什么、不去做什么，除了她自己。您的小把戏差点儿让我相信女人……可以为她喜欢的人做出牺牲。”德弗林先生冷酷无情地说。

“你真可恶！”休伯曼小姐有点儿气急了。

“我之所以没有阻止您，答案在您自己。”

“我懂了，你想试探我。”

“没错。”

“你从来就没有相信过我的感情。”

“我认为，您从来就不定性，一定会移情别恋。”

“如果你曾说过你爱我，哪怕仅有一次……哦，德弗林。”休伯曼小姐的心裂成碎片。

“听着，您得到了新男友，不会有什么伤害的。”

“我恨你！”休伯曼小姐的眼泪终于落了下来。

“别再说了，您干得很出色。10号跑在前面，看来亚历克斯非常有经验。”

“你就只想跟我说这些吗？”休伯曼小姐抬起头望着他。

德弗林先生看了她一眼，又很快转移了视线，冷冷地说道：“把眼泪擦干，这样不合身份。振作起来，还有很多事等着您去做。别哭了，您的心上人来了。”

“哦，亚历克斯，赛马真精彩！您还记得德弗林先生吗？”

“您好！”塞巴斯蒂安先生礼貌地问好。

“您好。埃莉西亚让我买10号，可惜晚了，再见。”

“再见，德弗林。”休伯曼小姐转过身，没有看塞巴斯蒂安先生：“这场比赛太精彩了。您赢了多少？”

“我没看赛马。”塞巴斯蒂安先生盯着休伯曼小姐。

“没有？我看见您在用望远镜看。”休伯曼小姐努力笑着。

“我在看您和您的朋友德弗林先生。我猜，这就是您离开我的原因，您和他有个约会。”

“这太可笑了！我们只是偶然遇见的。”休伯曼小姐差点儿哭了出来，但是她拼命地控制着自己。

“您好像舍不得与他分开。”

“哦，他只是……”

“我都看见了。我想，或许您爱上他了。”塞巴斯蒂安先生也在试探。

“别这么说，我讨厌他。”休伯曼小姐飞快地回应着。

“真的吗？德弗林很帅。”

“亚历克斯，我以前就跟您说过，德弗林先生对我来说并不意味着什么。”

“如果您让我相信，那我愿意相信，埃莉西亚，您对德弗林一点儿感觉也没有。”

布莱斯特上校的办公室里，会议正在进行。

“巴博萨先生，很值得高兴，我们的计划很顺利，已经掌握了一些情况。”布莱斯特上校说。

“太好了，什么情况？”巴博萨先生问。

“奥托教授正在巴西进行研究工作。”

“一个天才的德国科学家登场了。”比斯利先生说。

“我不知道这个人就在这里。”巴博萨先生说。

“他现在住在塞巴斯蒂安家进行研究工作，大家都叫他安德森博士。”布莱斯特上校说。

有人在敲门。“打扰了，上校，休伯曼小姐想见上校或者德弗林先生。”秘书打开门，说。

“她来这里了？”布莱斯特上校问。

“是的，先生。”秘书回答。

“请她进来。”布莱斯特上校说。

“是的，先生。”

“这样不好，她不该到这里来。”布莱斯特上校说。

“像她那样的女人，我不放心。”比斯利先生说。

“哪样的女人，比斯利先生？”一直站在窗边、背对着大家没有说话的德弗林先生忽然转过身，问道。

“我想，我们中的任何一个人都对她的品行不抱幻想。”比斯利先生回答。

“不是全部。休伯曼小姐当然不是一个高贵的女人，但是她可以冒着生命危险去获取情报。说到高贵，先生，她当然不能与您的妻子相比——可以在华盛顿跟那些高贵的女人打桥牌。”德弗林先生平静地说着。

“好了，德弗林。”布莱斯特上校制止他。

“对不起。”德弗林先生立刻道歉。

“您对我妻子的评价完全没有必要。”比斯利先生说。

“我收回，并向您道歉，先生。”德弗林先生微笑着。

正在这时，秘书打开门，休伯曼小姐走了进来。

“您好，休伯曼小姐。”首先问好的是布莱斯特上校。

“您好。”

“这是比斯利先生和巴博萨先生，请坐。”布莱斯特上校为她做介绍。

“谢谢。”

“我代表巴西政府向您表示敬意，小姐。”巴博萨先生说。

“但是您的来访使我们不安。”布莱斯特上校说。

“我保证不再违反规定。我需要请示，但是找不到德弗林先生。事实上，我午饭前就要来的。”

“发生什么事了？”

“有件事让我很为难。塞巴斯蒂安先生向我求婚了。”

“哦，是这样。”

“他要马上和我结婚，要我在午饭前给他答复。可是我不知道，你们对这件事有什么想法。”

“您愿意为我们迈出这一步吗，休伯曼小姐？”布莱斯特上校问。

“是的，如果你们需要。”休伯曼小姐始终面无表情，德弗林先生也一言不发。

“你怎么看，德弗林？”布莱斯特上校问。

“我看，这样不错。”德弗林先生终于说了一句。

“您了解的情况比我们都多。”布莱斯特上校说。

“请问，是什么事情让亚历克斯·塞巴斯蒂安迈出这一步呢？”德弗林先生问休伯曼小姐。

“他爱上我了。”休伯曼小姐望着他，平静地回答。

“他认为您爱上他了吗？”德弗林先生又问。布莱斯特上校一直看着他。

休伯曼小姐并没有马上回答，过了一会儿才说道：“是的，他是这样认为的。”

“各位，机不可失啊。”巴博萨先生说。

“那么，意思就是可以？”休伯曼小姐问，好像难过得快要哭出来了。

“我看可以。”布莱斯特上校看了一眼德弗林先生，说，“当然，对我们来说，这是桩理想的婚姻。”

“只是有一点，会不会耽误正事？”德弗林先生说。

“什么意思？”布莱斯特上校不解。

“塞巴斯蒂安是个风流的家伙，是不是，埃莉西亚？”

“是的。”

“他很可能会带着新娘出去度一个很长的蜜月，这不是一种耽误吗？”

“没想到这一点。”布莱斯特上校说，“不过这也难说，我们可以相信休伯曼小姐，她会想办法尽快回来的。”

“是的，我想，我能做到。”休伯曼小姐无力地说。

“既然一切都安排妥当，我看，这里就用不着我了，是吗，上校？”德弗林先生走了出去。

“休伯曼小姐，我要感谢您，非常感谢您。我认为，这一切都是经过精心安排的。”布莱斯特上校说。

“是的，非常感谢您。”巴博萨先生说。

在塞巴斯蒂安夫人的卧室里，她一边做针线活儿，一边问道：“你肯定她来这里不是为了找你这个……富有的亚历克斯·塞巴斯蒂安做丈夫？”

“别瞎想，她根本不知道我在这里。”塞巴斯蒂安先生说。

“今晚我们得好好谈谈。”

“今晚没什么可谈的。”塞巴斯蒂安先生走近自己的母亲，说道，“所有这些问题都出自嫉妒，您总是嫉妒我喜欢的女人，所以，这件事没什么好谈的。”

“你的意思是，要结婚了？”

“我的意思是下个星期就结婚，不请外人。如果您愿意出席，我们将非常高兴。”塞巴斯蒂安先生心意已决，说完就离开了。

在休伯曼小姐的努力下，蜜月很快结束了。这天晚上，夫妇俩回到了他们海边的家。

约瑟夫一边穿衣服，一边来应门。他先打开门上的小窗，起初还以为是别人，过了一会儿才认出来。他打开门，说道：“晚上好，先生、太太。”

“哦，好像冷冰冰的。”塞巴斯蒂安先生走进门，说。

“真抱歉，先生，老夫人认定您今晚不会回来。”约瑟夫说。

“为什么？我打过电报。”

“是老夫人吩咐我们休息的。”约瑟夫打开了客厅的灯。

“老夫人呢？”

“很早就睡了。”

“对不起，亲爱的，没想到这么冷清。”塞巴斯蒂安先生真诚地道歉。

“没关系，亲爱的。”休伯曼小姐——现在的塞巴斯蒂安太太说，她是真的不在乎。

“是不是让约瑟夫给我们准备点儿吃的？”

“我不想吃什么了，我有点儿累。”

“那我们上楼去吧。”

“晚安，约瑟夫。”

“晚安，夫人。”

第二天早上，用人们在卧室里帮休伯曼小姐整理衣服。

“把我所有的衣服都放在床上，一件也不要挂，我喜欢自己整理。”休伯曼小姐叮嘱女佣，又问道：“约瑟夫，有壁橱吗？”

“有，夫人。”

“哦，这个壁橱不够大，不够放。”休伯曼小姐走向另一个壁橱，约瑟夫跟在后面，“这里锁着？”壁橱打不开。

“这里是当储藏室用的，夫人。”约瑟夫回答。

“能把钥匙给我吗？”

“我没有钥匙，夫人。”

“钥匙在哪儿？”

“所有的钥匙都在老夫人那里，夫人。”

“哦。塞巴斯蒂安先生在哪里？”

“大概在楼下和股东们谈生意。”

在会客室里，大家正在讨论。

“伊米尔·胡伯克，可惜啊，第一流的冶金专家。”安德森博士说。

“格拉金也不错。”塞巴斯蒂安先生说。

“这是您的看法，我不想多加批评。您要写个报告——书面报告。对了，朋友们，工作还是顺利的。”安德森博士说。

“你们成功了？”所有的人一起问。

“是的。”安德森博士肯定地回答。

就在这时，休伯曼小姐敲了一下门就进来了：“哦，实在对不起，我……”

“进来吧。”塞巴斯蒂安先生看到妻子后，走到了门口。

休伯曼小姐退了出来，说道：“不，打扰你们了，我不知道你们正忙着。壁橱锁着，能给我钥匙吗？”

“哦，对不起，我忘了给你拿钥匙。当然可以。”塞巴斯蒂安先生拉着妻子的手上楼去。他们到了老夫人的房间门口，但休伯曼小姐没有进去。

塞巴斯蒂安先生温柔地对妻子说道："我马上就把钥匙交给你，亲爱的。"

不出所料，房间里传出了争吵声。休伯曼小姐在塞巴斯蒂安先生出来之前回到了自己的卧室，并关上了门。很快塞巴斯蒂安先生就进来了，微笑着说道："都在这儿了。我上午恐怕很忙，亲爱的，午饭时见。"

"谢谢，亲爱的。"

休伯曼小姐用这些钥匙打开了家里所有锁着的门，只有一扇门打不开，锁上刻着"UNICA"。

"这里只有塞巴斯蒂安先生有钥匙，夫人。这是酒窖。"约瑟夫解释道。休伯曼小姐只好离开了。

休伯曼小姐和德弗林先生在公园里见了面。两人坐在长椅上。

"应该进酒窖看看。"德弗林先生说。

"钥匙在亚历克斯那里。"休伯曼小姐说。

"去和他要。"

"怎么要？"

"你们还分彼此？"

"拿到钥匙后，我该怎么做？"

"看看有没有让那个家伙失态的那种酒。"

"我看那些酒瓶都一样，我可没那个本事。"

"您做得不错。"

"并不好受，德弗林。"休伯曼小姐望着德弗林先生，表情凝重。

"后悔也来不及了。"德弗林先生没有任何回应，"为什么不说服您的丈夫举办一次酒会呢？将您介绍给社交界，就在下个星期，怎么样？"

"为什么？"

"当然也得请我。我要亲自进去看看酒窖里的东西。"

"依我看，我的丈夫现在没有娱乐的心思。"

"还陶醉在蜜月里吗？"

休伯曼小姐没有回答。

德弗林先生仍然说了下去："别小看您的魅力，塞巴斯蒂安夫人，您能做到。"

"请你来，恐怕不容易办到。他认为你爱我。"

"跟他说，请我到你们家里，让我看看你们的婚姻多么幸福甜蜜。这样，我对您的狂热就会就此打消。"

"真是合情合理。"

“下个星期一定要拿到钥匙。我马上要去柏林，但是会赶回来的。”

“那好，我们就等着再见吧。”

“见到您愉快之至，夫人。”

休伯曼小姐没等他说完，就转身走了。对她来说，这种见面实在是一种煎熬。

休伯曼小姐做到了，酒会如期举行。

休伯曼小姐已经梳妆完毕，塞巴斯蒂安先生还在浴室里。此时，他的钥匙圈就放在卧室里休伯曼小姐的梳妆台上。机不可失，休伯曼小姐立刻走了过去。

“德弗林先生，对您的到来，我感到很意外，”塞巴斯蒂安先生竟然在一个人练习怎么说。他听到了妻子的声音，说道：“有人爱上你，并不奇怪，亲爱的。我只希望这次邀请不要让他误会。我一会儿就出来。”

休伯曼小姐什么也没说，只是迅速地卸下了刻着“UNICA”的钥匙。她刚转过身，塞巴斯蒂安先生就走出来了。“亲爱的，”他握住休伯曼小姐的手，“不是我不信任你，到我这个岁数，有人看你一眼，对我就是威胁。哦，你能原谅我这样说吗？我太多心了。”

塞巴斯蒂安先生说着，就去吻休伯曼小姐的右手。休伯曼小姐一惊，不过摊开的掌心里什么都没有，钥匙在左手。当塞巴斯蒂安先生又要去吻左手的时候，休伯曼小姐仿佛深受感动似的投入了他的怀抱，趁着拥抱的时候，她将钥匙移到右手，扔到地毯上，又踢到了柜子底下。

酒会很盛大，宾客盈门。精心打扮过的休伯曼小姐越发显得端庄美丽，当然，这种场合她应付自如。

夫妇俩站在大门口不远处迎宾。休伯曼小姐手里握着那把钥匙，焦急地等待着，但德弗林先生还没有来。

“我想，我们现在可以进去了。客人差不多都到齐了。”塞巴斯蒂安先生说，休伯曼小姐只能跟着走进了大厅。

“我来晚了。塞巴斯蒂安夫人呢？”德弗林先生终于来了。

“在大厅。”

“谢谢。”

德弗林先生走进大厅。休伯曼小姐很快看见了他，并向他走来。塞巴斯蒂安先生也看见了他。

“您好，德弗林。”休伯曼小姐的举止优雅得体。

“晚上好。”德弗林先生吻了休伯曼小姐的手，休伯曼小姐趁机将钥匙交到德弗林先生手中。塞巴斯蒂安先生一直在远处注视着他们，但是没有发现这个小动作。

“您是第一次来我家吧？”

“这栋房子真不错。”

“我带您到处看看，怎么样？”

“他在盯着我。”

塞巴斯蒂安先生走了过来：“您好！”

“您好！”

“欢迎！”

“谢谢您邀请我。”

“是我们两个人邀请您的，德弗林先生。亲爱的，您好好招呼客人吧？哦，对不起。”塞巴斯蒂安先生有事走开了。

“看来不好下手啊。”

“怎么了？”休伯曼小姐很紧张。

“他很警觉，像鹰一样盯着我们。”

“是的，他这人嫉妒心很强。”

“从哪里拿到的钥匙？他的钥匙圈？”

“是的。”

“但愿酒够喝，不然，塞巴斯蒂安就要去酒窖拿酒了。”

“我没想到这一点。”休伯曼小姐更紧张了。

“这是很重要的一点。”

酒会上，一位夫人认识德弗林先生，拉他过去说话。休伯曼小姐看着冰镇的香槟，还有十瓶。

“约瑟夫？”

“夫人。”

“你觉得这些香槟今晚够不够喝？”

“这很难说，夫人，希望够喝。”

塞巴斯蒂安先生在和朋友们说话，那位夫人仍然缠着德弗林先生不放，休伯曼小姐便走了过去。

“玩得还高兴吗，德弗林先生？”

“非常高兴。”

“我想问您一些关于美国的事，已经好久没有那边的消息了。”

“知无不言。”德弗林终于摆脱了那位夫人。

两人坐在椅子上假装聊天，塞巴斯蒂安先生远远地望着他们。

“要快一些。”休伯曼小姐说。

“不急。”

“不行，约瑟夫可能要跟亚历克斯说拿酒了。恐怕喝得差不多了。”

“这就糟糕了。他还在盯着我们？”

“是的。你先到花园里去，到这栋房子后面等我。我带你去酒窖。”

塞巴斯蒂安先生走了过来。两人起身分开。

“非常成功的酒会，是不是？”塞巴斯蒂安先生说。

“棒极了！”休伯曼小姐附和道。

“你今晚的表现太好了，我很自豪。德弗林先生骚扰你了？”

“没有，亲爱的，他在借酒消愁呢。”

德弗林先生绕到约瑟夫附近点了一支烟，香槟还剩七瓶。不能再耽搁了。于是，德弗林先生貌似悠闲地走了出去。

“对不起，我去让乐队演奏一些巴西乐曲。他们一直在演奏华尔兹。”休伯曼小姐注意到德弗林先生离开，立刻找了个借口。

“好吧。”塞巴斯蒂安先生说。

休伯曼小姐下楼来，德弗林先生正在花园里等着。她赶紧打开门：“快进来。我去让花园的门开着，一有情况就告诉你。”

酒窖里看上去并无异样，除了架子上一排排的酒，墙上还挂着记录的册子。

休伯曼小姐不安地守着门，大厅里的酒会依然热闹，约瑟夫那里的香槟还剩下五瓶。

德弗林先生在一排酒的后面看到另一个记录的册子，他在翻看的时候不小心碰倒了一瓶标注“1934”年产的葡萄酒。酒瓶摔碎后，并没有酒流出来，撒出来的是一地的沙子，颜色和葡萄酒差不多。

“发生什么事了？”休伯曼小姐听到声音，走进来问。

“这些陈酒是沙子？得把这些酒按原样放好。帮我找一个同样牌子的酒瓶来。”

“这不是沙子，对不对？”

“大概是一种矿物。”德弗林先生用随身带的纸袋装了一些沙子回去。

楼上，酒会照常进行，香槟只剩下三瓶，约瑟夫去找塞巴斯蒂安先生。

“这里面一定有鬼。”德弗林先生一边收拾碎片，一边说。

“我害怕极了。”休伯曼小姐非常紧张。

“就当是在狩猎吧，猎人是不会害怕的。”德弗林先生非常沉着。

“我们太慢了。”休伯曼小姐将一只瓶子倒空，递给德弗林先生。

“我们是按计划来的，放松点儿。”德弗林先生将地上的沙子装进了这只瓶子。

“好像有人来了。”

“哦，没关系。”

“他可能跟约瑟夫一起来了。”

“真不走运。”但德弗林先生一点儿也不慌张。

大厅里，约瑟夫已经找到塞巴斯蒂安先生，说香槟马上就喝完了。酒窖里，德弗林先生基本上将地面打扫干净了——时间紧迫，也不可能完全打扫干净。两人将伪装好的瓶子放回原处，立刻关灯出门。他们刚走出通往花园的小门，楼梯上塞巴斯蒂安先生和约瑟夫已经下来了。

“有人来了。是亚历克斯。”休伯曼小姐发现了他们，立刻想走。

“等等，”德弗林先生拉住了她，“那我只能吻你了。”

“不，他会以为我们——”

“就是要让他这么以为。”不容休伯曼小姐再说什么，德弗林先生已经吻住了她。

塞巴斯蒂安先生当然看到了，约瑟夫也看到了。

“你先上楼，上面恐怕忙不过来。”塞巴斯蒂安先生对约瑟夫说。

“是的，先生。”

“哦，德弗林！德弗林！”这个吻让休伯曼小姐无比悲伤。

“推开我。”感觉到塞巴斯蒂安先生走过来，德弗林先生就对休伯曼小姐说。

“对不起，打扰了你们的雅兴。”塞巴斯蒂安先生拉开门，说道，看上去还算平静。

“我一点儿办法也没有……他喝多了。”休伯曼小姐结结巴巴地说。

“所以就抱着你来这里了？”

“别这样，亚历克斯。”

“你爱他？”

“不，我当然不爱他。您走吧！”

“您妻子说的真话远胜于我对您的道歉。我比您先认识她，先爱上她，但是您比我运气好。对不起，埃莉西亚。”德弗林先生说。

“请马上离开！”

“晚安。”德弗林先生走了。

“亚历克斯，别瞎想了，我来这里是因为如果不和他单独见面，他就会吵起来的。”休伯曼小姐试图解释。

“他吻你了。”

“我没办法。”

“我们回头再谈吧。楼上还有很多客人，应该去照应一下。”塞巴斯蒂安先生并没有失去理智。

用人帮德弗林先生穿上大衣，恰好被老夫人看到了。

“德弗林先生，您这就要走了？”

“是的，明天还要早起。多谢款待，再见。”

老夫人一脸狐疑。

“约瑟夫？”塞巴斯蒂安先生喊道。

“是的，先生。”

“现在下去拿酒吧。”

“好的。”

两人走到酒窖门口，塞巴斯蒂安先生这才发现自己的钥匙圈上已经找不到刻有“UNICA”的钥匙了。他看了一眼酒窖，又看了一眼通往花园的小门，就什么都明白了。

“约瑟夫，我看不用拿那么多香槟了。楼上不是还有一些吗？”

“是的，先生。”

“还有威士忌和红酒。”

“是的，先生。”

“那么就用这些招待客人吧。”

“好的，先生。”

酒会终于圆满结束，客人们都走了，用人们在忙着打扫。塞巴斯蒂安先生吻过母亲，老夫人就去休息了。只剩下夫妻两个。

“刚才的事真抱歉。”休伯曼小姐低着头说。

“哦，亲爱的，我永远不能原谅我刚才那种幼稚的行为。”塞巴斯蒂安先生握着休伯曼小姐的手，微笑着说。

“你相信我了？”

“当然。不要再提那件事了。”

“谢谢你。你上楼吗？”

“等会儿再上去，安德森博士在书房等我。你先去睡吧。”塞巴斯蒂安先生吻了吻休伯曼小姐的脸颊，“酒会很成功。”

“晚安。谢谢你对我这样好。”

“晚安。”

休伯曼小姐上楼去了，她没有看到塞巴斯蒂安先生望向她的眼神，阴险，而且充满怨恨。

更晚一些时候，塞巴斯蒂安先生回到了卧室，而休伯曼小姐已经睡着了。他眉头紧皱，想了又想，再次将自己的钥匙圈放在梳妆台上。

第二天早上6点，一直没有睡熟的塞巴斯蒂安先生醒来了，旁边床上的休伯曼小姐依然熟睡着。塞巴斯蒂安先生轻轻地起床去看自己的钥匙圈，刻有“UNICA”的钥匙已经回到了原位。

塞巴斯蒂安先生一个人来到酒窖。标有“1934”的酒瓶都好好地摆在那里，他甚至以为什么都不曾发生过，一切都是自己的错觉。忽然，水池里残留的水迹吸引了他的注意，那是休伯曼小姐将红酒瓶倒空之后冲洗红酒留下的未干的水，而通常情况下这里是常年干燥的。塞巴斯蒂安先生再次去查看那排标着“1934”的红酒，竟然有一瓶上写着“1940”。原来是忙中出错，德弗林先生让休伯曼小姐去找一瓶牌子一样的，紧张的休伯曼小姐没看清楚，拿了一瓶1940年的。这下子，塞巴斯蒂安先生认出来了，再加上封口处的伪装也是匆忙中弄的，仔细一看便能知晓。

塞巴斯蒂安先生蹲下来查看，很快就发现架子底下有没来得及清理干净的沙子和酒瓶碎片，其中一片上分明标着“1934”。

什么都不用说了。

塞巴斯蒂安先生来到母亲的房间。老夫人还在睡着，这个时间实在太早了。

“母亲，母亲。”内心极度慌乱的塞巴斯蒂安先生喊着。

“你怎么起得这么早？”老夫人看了一眼闹钟。

“我需要您的帮助。”

“出事了？”

“出大事了，埃莉西亚。”

老夫人的第一反应竟然是笑了。“我早就料到了，早就料到了。”她简直有点儿亢奋，“是什么事？德弗林先生？”

“不是。我娶了个美国特工。”

这下，老夫人笑不出来了。她拿出一支烟，点着了，迅速地思考着。

休伯曼小姐还在睡着，她还以为放回了钥匙，一切就不会被发现。

“没错，现在一切都清楚了，当时怎么没看出来呢？是因为她父亲的关系才派她过来的。”老夫人说。

“我一定是疯了。她那么温柔体贴，我就像傻子一样相信她。”塞巴斯蒂安先生无力地靠在沙发上。

“别再想那些好事了！”

塞巴斯蒂安先生忽地站了起来：“那我能怎么办？一点儿办法都没有，这下彻底完蛋了。他们会发现的。”

“他们不会发现的。”老夫人平静地说。

“他们会发现的。你忘了他们是怎么干掉伊米尔的，伊米尔其实也没做什么。可我背叛了他们，闯了大祸，就是罪有应得。如果有人背叛了我，我也一定会杀了他！”

“不让他们发现就是了。”老夫人再次说。

“埃瑞克·马蒂斯这个人很精明。”塞巴斯蒂安先生提醒道。

“是的，而且不喜欢你，但是他对你能力的评价还不至于想到你会娶个美国特工。所以我们还能隐瞒这件愚蠢的事一段时间。”老夫人分析着。

“听着，我要亲自对付埃莉西亚。”塞巴斯蒂安先生发狠地说道。

“不可以。”

“站在她床边看她睡觉，我真想——”

“冷静，亚历克斯。你就像你想结婚时那么冲动，将我完全挡在这件事之外。这次让我来安排吧。你听我说，不能让任何一个人知道她的真实身份。不能让任何人怀疑到她、你和我。让她自由地行动，但是要暗地里监视，不能让她得到任何有价值的情报去汇报。我知道你一定要干掉她，但是这事得慢慢来。”

塞巴斯蒂安先生望着母亲，老夫人慢慢地说道：“她可以生病，持续那么一段时间，直到……”

一家人坐在阳台上晒太阳。

“喝点儿咖啡，亲爱的，再不喝就冷了。”塞巴斯蒂安先生一边抽雪茄，一边说。

“你今天下午出去吗，亚历克斯？”休伯曼小姐问道。

“不，亲爱的，我要写几封信。你打算做什么？”

“出去买点儿东西，到商场看看，或者去书店看看有什么新书。”

“那你能不能顺便看看我订的雪茄到了没有？大约一千支。如果到了，请他们替我好好地保存。”

塞巴斯蒂安先生让休伯曼小姐喝了自己的咖啡，老夫人在一旁不动声色地做着针线活儿。

在布莱斯特上校的办公室里，休伯曼小姐一阵阵头晕，难受极了。

“您不舒服吗？”布莱斯特上校看出她不舒服。

“不是的，我有点儿怕光，好像有点儿头痛。您是否介意……”

“那我把百叶窗放下来。”

“谢谢。”

“有人在这里晒太阳过了头，您最好小心些。您一定感到很自豪吧，塞巴斯蒂安夫人？德弗林送来的矿砂是铀矿砂。我们现在有头绪了。您后面的任务就是想办法弄清楚这些矿砂是从哪儿来的。铀矿的地点关系极其重大，我们已经派很多人去调查了，但是我觉得您也要继续努力。”

“好的。”

“今天请您来的主要原因不是这个。”

“不是这个？”

“我是想告诉您，一个星期内我将换掉您的联系人。德弗林先生要调到西班牙去。”

“调去西班牙？他自己知道吗？”

“当然，是他自己请求的。”

“为什么？”

“我猜，他是觉得这里太无聊了。”

“他想离开这儿？”

“也许他觉得西班牙更有趣。”

“是呀，我能想象得到。对德弗林先生这样聪明的人来说，这里确实没有用武之地了。”

“是的，现在这里没什么要紧的事了。”

“那现在我还向德弗林先生汇报吗？”

“是的，新人没到之前，他还在。”

“谢谢，布莱斯特上校，我会留心观察的。再见。”

“再见。别晒太多太阳。”

一个很好的上午，天气晴朗。喝完咖啡，休伯曼小姐和塞巴斯蒂安先生去散步。可是还没走几步，休伯曼小姐就觉得有些头晕。

“亲爱的，你怎么了？”塞巴斯蒂安先生表面上非常着急地问道。

“我不知道。”

“你哪里疼吗？”

“我……我头晕。”

远处的安德森博士跑了过来。“她怎么了？”他关心地问。

“我们在散步，她突然不舒服了。”塞巴斯蒂安先生回答。

“我没事，我们回去吧。”休伯曼小姐说道。

在见面的老地方，休伯曼小姐姗姗来迟，然后无力地靠在长椅背上。

“对不起，我没能准时。”休伯曼小姐的声音也有气无力。

“整天坐在长椅上，真是无聊。”

“是呀，里约热内卢本来就是无聊的城市。”休伯曼小姐盯着德弗林先生说道。

德弗林先生没有回应，转而问道：“有新情况吗？”

“没有。你有新情况吗？”

“没有。那天我走之后，你们有没有吵架？”

“没有。”

“矿砂有线索吗？”

“没有，什么都没有。”

“今天就为了见一面？”

“呼吸点儿新鲜空气有好处。”

“您的脸色不太好啊。”

“还好。”

“病了？”

“不，喝醉了。”

“真是新闻，又开始喝了。”

“借酒消愁嘛。”

“又是大型酒会？”

“家里人相聚。”

“很好。”

“只不过太无聊了。”

“您这样无节制地喝可不行。”

“你不是也觉得这里太无聊了吗？”休伯曼小姐片刻也没有离开这个话题。

“里约并不是座糟糕的城市。瞧您困得！彻夜狂欢了吧？”

“没错。”

“那么，您愿意这么玩下去，就玩吧。没人能阻止您。”

“说得对，德弗林。这个东西是你的，我早就该还给你了。”休伯曼小姐将一条丝巾递给了德弗林先生。

“什么？”

“你在迈阿密借给我的丝巾。”两人终于对视了一眼。

“大扫除发现的？”

“是的。”休伯曼小姐无力地点头，她的心都碎了。“再见，德弗林。”休伯曼小姐准备走了。

“再见是什么意思？”

“没什么，就是再见。空气并不像我想象的那样新鲜。”

“坐回来，您的酒还没有醒呢。”

“我不想坐了。”

“您去哪儿？”

“回家去。”休伯曼小姐重重地说。

在塞巴斯蒂安家的客厅里，几个人都在。

“你太不注意身体了，埃莉西亚。”安德森博士说。

“我好多了。”休伯曼小姐虚弱地说。

“你的脸色太差了，眼圈都黑了。孩子，你应该找个医生看一看，到底得了什么病。”

“我从来没找过医生，他们却总想把我送到医院去。”

“也许你是应该去医院看看。告诉我，你是从什么时候开始不舒服的？”

老夫人又给休伯曼小姐倒了一杯咖啡。

“我不记得了……我想，也许是从前段时间那次酒会……”

“我看，你还是到海上旅行一次，比什么医生和医院都好。去旅行一次吧，西班牙怎么样？很快就能恢复健康。”塞巴斯蒂安先生说。

“我看不一定，我不喜欢坐船。”休伯曼小姐无力地靠在椅背上。

“我陪你去，亲爱的，如果你舍得离开亚历克斯几个星期。”老夫人很少这样和颜悦色。

“我会晕船，我希望亚历克斯陪着我，我一坐船就晕。”休伯曼小姐回答。

“那么你也许喜欢山上，山上空气新鲜。我下星期就走。”安德森博士说。

“您要走了？我会想念您的。”

“我的工作已经耽搁太久了。你愿意跟我去吗？爬山是不会晕的。艾瑞斯群山真美呀，到处都是鲜花。”安德森博士一脸神往。

“埃莉西亚需要休息，不需要爬山。”塞巴斯蒂安先生赶紧打断了他，生怕他再说出有价值的信息。

“我听说过艾瑞斯山。”休伯曼小姐说。

“听说过？真的？”安德森博士很开心。

“是呀，还有那些美丽的城镇。您是不是要去利奥波迪那？”休伯曼小姐又喝了一口咖啡。塞巴斯蒂安母子一直盯着她。

“不，我是到圣·马——”安德森博士一直很喜欢也很关心休伯曼小姐，对她并没有太多防范之心。

“喝点儿白兰地吗，奥托？”塞巴斯蒂安先生再次打断了他。

“不，谢谢。”塞巴斯蒂安先生的两次打断引起了休伯曼小姐的注意，“我一杯就够了，而且一杯都已经太多了。我喝完这杯咖啡吧。”安德森博士端起的是休伯曼小姐的咖啡杯，因为放得太近了，所以安德森博士以为那是他的。

“不要，那杯不是您的……”

“那是埃莉西亚的……”

母子俩同时出声阻止。

“哦，对不起。”安德森博士倒不觉得有什么，休伯曼小姐却意识到不对劲儿了。

“也许亚历克斯是对的，孩子。你还年轻，休息是最好的治疗。”安德森博士继续说着，可是休伯曼小姐再也听不进去了，“如果你好好睡几天，看看书，什么都别想，这比什么治疗都好。等我回来的时候，你一定已经好了，我们又能高高兴兴的了。”

休伯曼小姐看了一眼自己的咖啡杯，又看着塞巴斯蒂安母子的眼神，全都明白了。她用尽全力想站起来，可她刚喝完咖啡，已经晕得站不稳了：“对不起，我要睡觉了，我觉得……”

“哪里不舒服，亲爱的？”塞巴斯蒂安先生问道，“需要我送你回房间休息吗？”

“要我帮忙吗，亲爱的？也许需要热水？”老夫人也站起来问。

“不。我没事。”人影开始晃动，休伯曼小姐痛苦地抱住了自己的头。

“如果她明天早上还这样，我觉得还是叫医生比较好。我看她神色不对，亚历克斯。我很担心她，我觉得，她病得很厉害。”

安德森博士的话，休伯曼小姐已经听不清了，终于，她晕倒了。

“埃莉西亚！埃莉西亚！”最先跑过来的是安德森博士。

“约瑟夫，快来帮忙送上去！”老夫人喊。

“我看她是病了。别紧张，醒醒。”安德森博士和约瑟夫扶着休伯曼小姐慢慢地上了楼。

“不！走开！不！”休伯曼小姐看着走在前面的塞巴斯蒂安先生，拼命地挣扎着，可是根本没有力气，最终还是被送回到卧室的床上。

“她休息一会儿就好了，我想，并没有大问题。”老夫人说。

“一定要找个医生来，这孩子病得不轻啊。我去打个电话，我要亲自和医生说。”安德森博士说着，就要去打电话。

“别担心，奥托，我会找医生的，找个好医生。我们会好好照顾她的。”老夫人说。安德森博士终究没有去找医生。

“约瑟夫，把电话拆了。夫人需要绝对的安静。把电话拿走！”塞巴斯蒂安先生吩咐道。

德弗林先生在老地方等了又等，但是休伯曼小姐再也没有出现。此时，她一直躺在床上，无比痛苦，还被老夫人在旁边监视着。

“五天了，是吗？她这次喝得太不节制了。”布莱斯特上校说。

“我不这么想。”德弗林先生来找上司汇报情况。

“你说上个星期她喝醉了，而且是你亲眼看到的。”

“是的。但是后来我又想了想。”

“想到什么了？”

“她说她喝醉了，我并不相信。”

“那她为什么对你说谎？”

“不知道。她不是喝醉了，好像是病了。也许，就是因为这个才精神萎靡。”

“你这么说，我还是觉得她喝醉了。”

“我要去找她一次。”德弗林先生说着，就要往外走。

“等一下，我希望你不要把事情搞砸了。你也知道，不需要多久就会水落石出。”在布莱斯特上校看来，什么都比不上工作重要。

“我不会搞砸的，只是登门拜访一下。我是他们全家的朋友。”

“你要去就去吧，只是别大意。回来时记得给我打电话。”

“好的。”

德弗林先生很快就来到了塞巴斯蒂安家。来应门的是约瑟夫。

“晚上好，先生。”

“晚上好，都在家吗？”

“都在，先生。”

“请通知塞巴斯蒂安先生，就说我来了。”但是约瑟夫站着没有动，“怎么了，约瑟夫？”

“非常抱歉，先生，塞巴斯蒂安先生说过，不要去打扰他。”

“已经睡了？”

“不是，他和几个股东在谈事。”

“还要多久结束？”

“我不清楚，先生。”

“塞巴斯蒂安太太在家吗？”

“在。”约瑟夫稍稍迟疑了一下。

“那么请你通知她。”

“恐怕不行，先生。”

“为什么？”

“塞巴斯蒂安太太病得厉害，卧床不起。”

“真不幸。病了多久？”

“一个星期。”

“找过医生了？”

“找过了，先生。我们都很担心。您是否可以在这儿等一下，我去通知塞巴斯蒂安先生。”

“好的。”

“打扰了。”约瑟夫匆匆走进了书房。

“什么事，约瑟夫？”塞巴斯蒂安先生问。

“德弗林先生要见您。”

“告诉他，我一会儿就来。”

“好的。”

“往下说，安德森博士。我看，情况很严重。”

“我看也是。”埃瑞克·马蒂斯说。

“星期一发生了什么事？”

“老样子。”安德森博士说，“我一出银行，就有人跟着我。今天早上我去买火车票，那个人又跟着我，站在我身边。”

塞巴斯蒂安先生一言不发，眼睛发直，因为他心里有鬼。埃瑞克·马蒂斯仔细地听着，大家的表情他尽收眼底。

德弗林先生等了半天，塞巴斯蒂安先生还是没有出来。二楼上，老夫人进了一个房间，关上了门。德弗林先生决定自己上楼去看看。他选择进入另一个房间，房间里拉着窗帘，光线昏暗，从门口望进去，里面卧室床上躺着的真的是休伯曼小姐。

“埃莉西亚！埃莉西亚！”看着床上病弱的休伯曼小姐，德弗林先生呼唤着。

休伯曼小姐伸手握住德弗林先生的手。“德弗林！”声音非常微弱。

“埃莉西亚，你怎么了？”德弗林先生凑近休伯曼小姐。

“你来了，我真开心。”休伯曼小姐艰难地说。

“我必须来，我再也忍不住了。”德弗林先生把脸贴在休伯曼小姐的脸上，“再也不能在那里等着，一直担心你。那天你不是喝醉了，你是病了。你得了什么病？”

“是的，我病了。”休伯曼小姐抚摩着德弗林先生的脸颊。

“是什么病，埃莉西亚？”

“哦，德弗林！”

“亲爱的，你哪里不舒服？”

“他们对我下了毒，不让我走。我想走，但是太虚弱，没有力气。”

“多久了？”

“酒会之后。亚历克斯和他母亲发现了。”

“使劲儿坐起来。我要带你离开这里。”德弗林先生将休伯曼小姐扶了起来。

“我以为你已经走了。”休伯曼小姐虚弱地说。

“不，我至少还要再见你一次。我要调走，是因为我爱你。我无法忍受你跟他在一起。”

“原来你爱我，为什么不早点儿告诉我？”休伯曼小姐扑进德弗林先生的怀里，痛苦地问。

“我知道，但是那时候我不能够坦率表达，坦然面对。我就是个浑蛋，没有你，我整个人都被撕裂了。”

“哦，你爱我，你爱我！”休伯曼小姐完全沉浸在巨大的狂喜中，几乎忘记了病痛。无论德弗林的表白多迟，她终究还是等到了。

“很久以前，从我认识你的那一天，我就爱上你了。”德弗林先生吻了她一下。

“来，穿上这个。”休伯曼小姐温顺地穿上了衣服，轻吻着德弗林先生的脸颊，“努力坐好。”

“哦，德弗林，恐怕我坐不起来了，他们给我吃了东西，我就想睡觉。”

“醒醒，说话！大衣呢？”

“壁橱里。他们不想这件事被其他人知道。”

“说话。后来呢？说话。”德弗林先生拿来大衣。

“是亚历克斯发现的。”

“别人都没有发觉？”

“别人知道后会杀了他的。他们杀了伊米尔。”

“哪里疼？”

“吃了药就不觉得疼了。”

“站起来……”德弗林先生帮休伯曼小姐穿上鞋子。

“再说一遍，你的话能让我不睡着。”休伯曼小姐请求。

“我爱你！”德弗林先生又说了一遍，“站起来，站起来，醒醒，说话！”眼看着休伯曼小姐就要倒下去了，德弗林先生焦急地摇着她。

“安德森博士……”

“说下去……说下去……”

“矿沙来自艾瑞斯山脉。”

“他跑不了的。”德弗林先生搀扶着休伯曼小姐，慢慢地往外走。

“那地方叫圣·马……”

“好姑娘！我们会监视他的。别睡着，继续走。”

“不行，他们都在家，我们走不了。”

德弗林先生小心地打开门观察着。门外暂时没有人。“再也别离开我了。”休伯曼小姐请求着。

“你想甩也甩不掉我了。”

“我才不会那样做。”

塞巴斯蒂安先生上楼了。“打起精神，他来了。”德弗林先生提醒着。塞巴斯蒂安先生看见了他们。

“您在做什么，埃莉西亚？这是怎么回事，德弗林先生？”

“我要带她去医院，她中毒了。”

“中毒？”

“您想让你楼下的朋友知道吗？”德弗林先生直接地问道。

“我送她回房间。”塞巴斯蒂安先生说。老夫人听见声音，也走出了房间。几个人一起站在楼梯口。

“您可以试试看，我会大声喊出来。”

“亚历克斯，他知道了？”老夫人问。

“是的。”塞巴斯蒂安先生回答。

“怎么回事，亚历克斯？”安德森博士在楼下问，看来楼下会客室的人也听见了声响。

“埃莉西亚。”老夫人抢着回答。

“她病重了？”

“是的。”

“好了，亲爱的，我们走！”德弗林先生抱扶着休伯曼小姐慢慢地下了楼梯，“他们是怎么对付伊米尔的，您没忘记吧，塞巴斯蒂安先生？”

会客室的几个人都走出了房间，看着正在下楼的几个人。“帮帮他，亚历克斯。”还是老夫人反应快。

“还是您比较有头脑，夫人。”德弗林先生说。

“我并不怕死。”塞巴斯蒂安先生说。

“您想死的话，现在就是机会。告诉他们她是谁。”

“要帮忙吗，亚历克斯？”安德森博士问。

“不用，我们可以。”德弗林先生回答。

“你们要送她去哪儿？”安德森博士又问。

“您来回答，塞巴斯蒂安先生。”德弗林先生说。

塞巴斯蒂安先生不开口，老夫人就抢着回答道：“到医院去，亚历克斯，你说话呀，快！”

老夫人急得声调都变了，但塞巴斯蒂安先生还是不开口，几个人慢慢地往下走着。

“我真高兴你们去……你们不应该耽搁这样久，亚历克斯。”安德森博士说。

“我要怎么做？开枪吗？”德弗林先生问塞巴斯蒂安先生，他的右手放在西装口袋里。这一次，塞巴斯蒂安先生和他母亲都没有回答。

德弗林先生说道：“挺住，亲爱的，离大门只有二十码了。”

“发生什么事了，亚历克斯？”威廉姆·罗斯曼问。

埃瑞克·马蒂斯已经起了疑心。

“嗯……”塞巴斯蒂安先生被问得一愣神，“她……她晕过去了。德弗林先生等我的时候听到了她的叫声。挺住，埃莉西亚。”塞巴斯蒂安先生结结巴巴地回答，终于做出了帮助的姿势，去扶休伯曼小姐。

“我一看见她的样子，就给医院打电话了。”德弗林先生说。

埃瑞克·马蒂斯死死地盯着他们。

“您有车吗，德弗林先生？”老夫人问。

“在门口。”德弗林先生回答。

“快走，亚历克斯。”老夫人说。

“您也跟着去？”埃瑞克·马蒂斯问道。

“不，亚历克斯会打电话回来的。我在这里等着就行。”老夫人回答道。

德弗林先生和塞巴斯蒂安先生扶着休伯曼小姐，已经走到了大门口。

“可怜的孩子……”安德森博士说。

“感觉怎么样？”德弗林先生问。

“头晕。”休伯曼小姐回答。

“试试深呼吸。”德弗林先生说。

“快……快……”塞巴斯蒂安先生催促着。

塞巴斯蒂安先生打开车门，德弗林先生将休伯曼小姐放在车里，自己也上了车，关上了车门。

“等一等，我要和她坐在一起。”塞巴斯蒂安先生请求道。

“没有您的位置，塞巴斯蒂安先生。”

“带上我，他们盯着我呢。”

“您自己看着办吧。”

“求求您。求求您！”

德弗林猛地一踩油门，车开走了。

“卧室里没有电话，怎么可能打到医院里呢？”威廉姆·罗斯曼对埃瑞克·马蒂斯说。

“亚历克斯，请你进来，我想和你谈谈。”埃瑞克·马蒂斯说道。

这时，塞巴斯蒂安先生已无路可走，等待他的是已知的命运。

火车上的陌生人

人们总是因为各种原因聚集在一起，搭乘同一辆火车赶往各自的目的地。在旅途中，总会遇到这样或那样的故事，有温馨的、有趣的，甚至还有类似于下面的这个故事——莫名其妙却又惊心动魄的。

火车开动了，伴随着呜呜的声音，人们踏上了旅程。一个穿着黑白相间皮鞋的男人走进观光车厢，选了一个空位坐下。光看皮鞋的款式，就知道它的主人应该是一个有钱人，并且喜欢追求新鲜事物。他跷起二郎腿，无聊地看着外面的景色。

这个时候，从车厢的另一头走过来一个穿着黑色皮鞋的男人，根据他的皮鞋款式和质地看，他应该是一个保守却很有品位的人。无意中，他选在刚才那个男人的对面坐下，也将腿跷了起来。火车过道的空间有限，他的鞋不小心碰到了对面那位先生的鞋。

穿黑色皮鞋的男人抬起头，看了一眼对面的男人，说了声“抱歉”，便低下头开始看自己带过来的书。被碰到鞋子的男人有点儿不悦，但当他定睛看了看对面的男人后，立刻露出了微笑，就像看到老朋友一样惊喜。只听他问道：“打扰一下，您是不是盖伊·海因斯先生？”

盖伊将眼神从书中抽离出来，看了一眼对面的男人，用微笑做了肯定的回答。那个男人继续说：“没错，我看过您在上个网球赛季的比赛。您在南橘郡把法拉代打得几乎无力回击，最终进了半决赛，对吧？”

盖伊还是笑了笑，没有说话。他有着古铜色的肌肤、健康匀称的体形、俊朗的面容，这些足以让任何女人为他着迷。再加上他或多或少已经是个名人，所以即便是男人，也会愿意和他多攀谈几句的。

“我很钦佩能够在自己的事业上做出成绩的人。”那个男人突然站起身来，坐到盖伊的身边，主动地握住他的手，热情地说道，“我叫布鲁诺，布鲁诺·安托尼。您看……”布鲁诺将自己的领带夹抬起来给盖伊看。他的领带夹形状正是他的英文名字“Bruno”。

“有些俗气，是吧？不过这个是我母亲送给我的，我戴上它，只是为了让她高兴。”布鲁诺说。

“您好。”盖伊正式和他打了个招呼。

布鲁诺指了指盖伊的书，说道：“哦，我话不多，您尽管看自己的书。”

“谢谢。”盖伊继续看书。

布鲁诺先是盯了一会儿盖伊看的书，思考了一会儿，又问道：“做名人的感觉一定很棒吧？”

“网球手可不算什么名人。”

“可是所有取得过成绩的人都很重要。”布鲁诺说，“而我就是做什么事都做不成的那种人。我想，您现在是要去南安普敦参加双打比赛，对吧？”

“您是网球迷吗？”

“真希望可以去看您的比赛，只可惜我明天得回华盛顿了。我来自阿灵顿。”布鲁诺说道。

盖伊没有说话，很显然，他不大喜欢和陌生人聊天。盖伊环顾了一下四周，似乎是想找一个安静的角落静下心来看书，但周围都是人，根本没有空余的位置。

布鲁诺拿出一盒烟，说：“抽支烟吗？”

“哦，不了，谢谢。我不怎么抽烟。”盖伊笑着说。

“我可是个烟鬼。”布鲁诺毫无顾忌地说。他将烟叼在嘴里，然后用双手拍打着上衣口袋找打火机。

盖伊友好地说：“我这儿有。”于是，他将自己精致的打火机递给了布鲁诺。

布鲁诺点完烟，并没有马上将它归还盖伊，而是仔细地看了看这个精致的小玩意儿。打火机上面有一幅凸起的网球拍交叠的图案，还刻有“A to G”几个字母。

“‘安’给‘盖’的礼物。”布鲁诺默默地想了一下，激动地说，“我敢说，我知道这个‘安’是谁。”

“是吗？”盖伊诧异地问。

“安妮·摩顿。”布鲁诺用微小的音量十分神秘地说，“我在看新闻报道的时候，偶尔会跳过体育版直接看社会版——那些照片，她真的很漂亮。她是摩顿参议员的女儿，是吧？”

盖伊低下头，笑了笑，对这个问题不置可否，只是说：“安托尼先生，您关注的事情还挺广泛。”

“是的，您随便问我什么事，我都能回答出来，即便我不认识他们。比如——当他太太与他离婚之后，谁会嫁给他。”

听到这里，盖伊原本微笑的脸上变得严肃了，这句含沙射影的话让他感到不舒服，于是说：“或许，您涉猎的内容太广了。”

布鲁诺连忙道歉：“哦，很抱歉，我的老毛病又犯了。我总是有点儿自来熟，尤其是遇到自己敬佩的人的时候，我的话就会太多了。”

“没关系，您不用太在意。我想，我刚才也是有点儿过度紧张了。”盖伊善意地原谅了他的冒失。

布鲁诺抽了口烟，说道：“我有一个好主意。”他转过头叫侍应生：“请给我两份威士忌和白水。要双打。”

侍应生去拿饮品的时候，布鲁诺又对盖伊说：“这是我唯一会玩的双打。您得把两样都喝下去。”

盖伊笑着说：“没问题。”

“你们的婚礼定在什么时候？”布鲁诺又将话题引回盖伊那里，并且问得很直接。

“什么？”

“我是说您和安妮·摩顿的婚礼。报纸上都登出来了。”

盖伊吃惊地说：“关于这个，报纸可不该登，除非一夜间重婚变成合法的行为。”

“我对这个倒是有一个很棒的理论。改天我会告诉您。”布鲁诺悄悄地抬起眼皮，看了一下盖伊的反应，继续说，“至于现在，我觉得还是离婚最为妥当，也最为简单。”

就在这时，侍应生送上了酒水。布鲁诺兴高采烈地说：“真高兴能遇到您，去纽约的一路上都能有人陪我了。”

“我不去纽约，到麦特卡夫我就下车了。”

“麦特卡夫？为什么要在那里下车？”布鲁诺不熟悉那里，但他知道那只是一个小地方。

“我的家乡就在麦特卡夫。”

“哦，我明白了。您要去和您的太太谈离婚的事。”

“差不多吧。”盖伊把酒倒好，“我想，我会把它喝下去的。”

“祝您好运。”布鲁诺也拿起杯子和盖伊的碰了一下，说道，“干杯……另外，我们可以把食物叫到我的包厢里，一起吃午饭。”

盖伊喝了口酒，说：“非常感谢您的邀请，但我还是想去餐车用餐。”于是，他叫来侍者，问他餐车是否还有位置。侍者给他的答复是，现在餐车的人很多，如果想过去用餐，必须再等上二十分钟。布鲁姆当然也听到了侍者的答话，他摊开两只手，说道：“您看，您得和我一起去包厢用餐了。”说着，他又举起了酒杯，“来，敬您的下一任海因斯太太。”

盖伊虽然有些犹豫，但最终喝下了酒，并与布鲁诺一起来到了他的包厢。两个人在用过餐后，继续闲聊。布鲁诺很直白地说：“我也去读过大学，却接连被三家学府退学——因为我酗酒、赌博。和您的人生十分不同，对吧？”布鲁诺并不为此而感到羞愧，甚至还沾沾自喜于自己这么与众不同。只听他笑了笑，说，“好吧，我承认我就是一个无赖。”

“谁说您是无赖？”盖伊问。

布鲁诺表情严肃地回答：“我的父亲，他恨我。他是一个很有钱的人。他认为，我的人生就应该是朝九晚五的工作、早晚打卡，比如去卖油漆什么的。您是怎么看待这种人的？”

“我想，我或许——”

还没等盖伊表达出自己的观点，布鲁诺就抢了话头：“没错，是的，我恨他。”他的神情很失落，“有时候他让我很恼火，甚至想要杀了他。”

盖伊只将他的话当成一时的气话，于是笑着说：“我觉得，您根本不知道自己想做什么。”

“事实上，我是想做些事的，任何事都行。”布鲁诺说，“我的理论是，人应该在死之前把什么事情都尝试一遍。您试过把眼睛蒙起来，将时速开到150迈吗？”

“最近没做过。”

布鲁诺用拿着香烟的手指了指自己，说：“我做过。我还坐过喷射机……咻……天哪，太刺激了，简直令人头晕目眩。而且，我已经预约了第一枚登月火箭。”

盖伊问：“您想证明什么呢？”

“我和您不同。”布鲁诺说，“您很幸运，也很聪明。您可以娶到参议员的女儿，这样可以少奋斗很多年，对吧？”

这个说法让盖伊有些生气，他和安妮·摩顿之间的感情只是爱情，并不掺杂任何别的因素。他立刻否认道：“我娶参议员的女儿和这没有关系。难道我就不能在网球之外渴望得到一些别的东西吗？”

布鲁诺看见盖伊有些激动，便笑着说：“别紧张，我可是您的朋友，我很喜欢您，甚至愿意为您做任何事。”

“是的，您当然是，布鲁诺。”盖伊的语气有所缓和，或许他真的太紧张了。他看了看手表，说道，“火车马上就要进站了，我得准备下车了。”

“您太太叫什么名字？”布鲁诺问道。

盖伊喝掉酒杯里最后一口酒，看了看布鲁诺，毫无戒心地说：“米瑞安。”

“哦，是的，米瑞安。米瑞安·乔伊丝·海因斯。”布鲁诺默默地念叨着这个名字，然后皱着眉头看向盖伊，“我猜，她一定是个水性杨花的女人。”

“好了，布鲁诺。任何丈夫发现自己的妻子给自己戴了绿帽子都不会好受的。”

“好吧。”布鲁诺先是放松了一下身体，紧接着又正襟危坐，一本正经地对盖伊说，“您想听听我对完美杀人方法的阐述吗？”

盖伊以为这又是布鲁诺天马行空的爱好中的一个，也就没怎么当回事，只是在一旁听着。布鲁诺说：“比如浴室里的插座，或者车库里的一氧化碳。”

“哦，我对这方面并不感兴趣，我是一个很保守的人。谋杀显然是违法的。”

“一两条性命有什么大不了，盖伊？况且，有些人就应该死掉。比如说您现在的太太和我的父亲。我想起我曾经有一个绝好的主意，”布鲁诺舒舒服服地倚在靠背上，眼睛看向上面，就如同回忆那些温馨的故事一样，面色祥和而充满美好的向往，他说道，“我总是在睡觉的时候想它。假如您想除掉现在的太太——”

“这个想法太荒唐了。”

“不，这只是一个假设。假如说您有一个很好的理由——”

“别，我们还是别假设。”

“哦，我们就来假设看看，”布鲁诺坚持说，“您不敢杀了她，只是因为您怕被捕。而什么将成为您被捕的致命理由呢？是动机。所以，我想到的主意是——”

“我可没时间听您说这个了。”盖伊打断了布鲁诺的话。但布鲁诺有着异于常人的固执，他还是说：“您得听。这个主意很简单。两个偶然相遇的人，比如您和我，我们之间没有任何关系，在此之前也不曾见过，却都有想除掉的对象。所以……我们来交换谋杀。”

“交换谋杀？”盖伊听到这个荒唐的想法，哈哈大笑起来。布鲁诺却很认真，他继续说：“我们为对方杀掉想杀死的人。之后没有任何事能将他们两个联系在一起。我们都各自杀死了一个陌生人。您做了我想做的谋杀案，而我做了您想做的谋杀案。”

盖伊不想再讨论这件荒唐的事了，只是笑笑，说：“火车马上就要进站了。”他站起身来，想拿行李出车厢。但布鲁诺依旧不肯放弃自己的想法，说着：“举个例子，您的太太和我的父亲，让这两个人交换。”

“什么？”盖伊没想到他会这样说，有些吃惊。

“我们同病相怜，对吧？”

“是的，的确同病相怜。谢谢您的午餐。”

“我很高兴您能和我一起分享午餐，只是羊排有些熟得过头了。”

盖伊站在门外，布鲁诺则站在包厢的门内。盖伊说道：“很高兴认识您。”

布鲁诺说：“您觉得我的主意怎么样，盖伊？您喜欢吗？”

盖伊以为他只是在开玩笑，并且认为以后再也见不到这个人了，于是随意奉承道：“当然，很好，布鲁诺，很不错。”

说完，盖伊便拿着行李走了，布鲁诺也满意地关上了包厢门。当他转过头时，看到了盖伊落在这里的打火机。他本想给他送回去，但看了看这个具有特殊意义的小玩意儿，他改变了主意。他躺在包厢里的沙发上，用它点燃一支烟，满意地说了句：“交换。”

火车进站后，盖伊拎着行李下了车。显然他在这座小城市已经家喻户晓，他也熟悉这里的许多人，毕竟这里是他的家乡。

“嘿，比尔。”

“盖伊·海因斯！”比尔兴奋地叫道，“你这小子，真高兴能再见到你。”

比尔握着盖伊的双手，说：“你最好赢了南安普敦的比赛，我已经下了两美元赌你会赢。”

盖伊笑了笑，指着自己的行李说：“把这些放到存包处，可以吗？”

“没问题。”

比尔拿着行李，很高兴地离开了。盖伊此时有更重要的地方要去。他匆匆忙忙地来到一家乐器行的门口。玻璃门上赫然贴着：“米勒乐器店”。他并没有急着进去，而是站在窗外仔细地往里面看。乐器行里的人不少。柜台里，一位戴着眼镜的金发女士正在为一位客人结账。盖伊看了看那位女士，走进了这家商店。

等那位客人走后，盖伊隔着柜台和那位戴眼镜的女士面对面地站着。

“嘿，盖伊。”女士主动和他打了个招呼。

“你的气色看起来不错，米瑞安。”

“你也是。”米瑞安盯着自己的丈夫，“你和那些有钱的朋友一起打网球，连皮肤都晒成漂亮的古铜色了。”

米瑞安算得上是一位漂亮的姑娘，她有着俏丽的面容、金色的头发和姣好的身材。她的鼻梁上架着的一副眼镜，让她看起来更有些知性美。

盖伊此行的目的很简单，所以他不想在无聊的寒暄上浪费时间，于是开门见山：“我们什么时候去见你的律师？”

米瑞安看了看旁边的人，问道：“你为什么这么着急呢？”

“我着急？”盖伊上半身趴在柜台上，直视着自己的妻子，“这句话从你嘴里说出来还真是好笑。真正着急的人是你吧。”

“当你拒绝马上和我离婚时……那时你还是有点儿希望的，因为你妒忌我。”

盖伊直起身，说：“可我早就不妒忌你了，米瑞安。”

柜台里还有别的人在，米瑞安为了不让别人听到他们之间对话的内容，就将盖伊带到了乐器店的一个玻璃房间里。他们在那里可以透过玻璃看到外面的动静，却不会被人听到他们的谈话内容。

“在这里说话好多了，有点儿我们从前的那种感觉了，对吗？”

“别说这样的话了，米瑞安。现在你还和被你抛弃的丈夫调情，是不是太迟了？特别是你已经怀上了别人的孩子。”盖伊不屑一顾地说。

盖伊的话并没有让米瑞安感到一丝一毫的愧意。她走近盖伊，用欣赏的目光打量着面前的男人。她说：“我觉得，你比以前更帅了。”

“我们还是去见你的律师，赶快把这件事解决吧。”

“你把钱带来了吗？律师费很贵。”

“当然，”盖伊打开钱包，将钱拿出来，递给她，“给你。”

米瑞安看到钱的表情和看到盖伊的表情差不多，先是诧异，然后是为此着迷。她用手数着钱，说道：“如果我早知道你的网球可以带来……我想，我就不会对你不忠了。”

“你到底想说什么，米瑞安？”

米瑞安看着盖伊，摇着头说：“我不同意离婚。”

“你这个骗子！”盖伊激动地说，“是你提出的离婚，并不是我。你整年都在勾搭别的男人！”

米瑞安笑着说：“但是女人有权改变自己的心思。”她数过钱后，说，“现在，我可以给自己买些漂亮的衣服了。我可不想去华盛顿给你丢脸……在我们参加过的那些时髦宴会里……”

“你到底是什么意思？”

“别生气嘛，盖伊。”她上前拉住他的西装，很暧昧地说，“我在报纸上看到的都是你笑着的模样，特别是当你挽着安妮·摩顿的时候。”

盖伊转过身，说：“现在是我们两个人之间的事，别把安妮·摩顿扯进来。”

“你们两个人是认真的吧？我觉得，你最好把你和她之间的白日梦忘了吧。我要和你一起去华盛顿。”

“为什么？”

“去生孩子，还有陪你。”

“陪我？可那孩子不是我的。”

“的确不是，可别人不知道。”米瑞安笑着说，“这倒是一条很不错的八卦新闻——参议员的女儿和已婚男人交往。特别是这个男人即将荣升为父亲。”

盖伊咬牙切齿地说：“你这个狡猾的骗子！”

“小声点儿。”米瑞安看见玻璃窗外已经有人注视她们很久了。

盖伊问道：“怎么了？他把你甩了吗？”

“没有男人可以甩了我，也包括你。”

“我已经被你除名很久了，我也不想再听见或者再看见你了。”盖伊愤怒地说。

而米瑞尔也露出了刁钻的一面，她同样愤怒地说：“当我出现在法庭上的时候，将会是一个可怜巴巴的母亲，你好好地想清楚。”说完，她又不屑地笑了一下，“你觉得，还有谁会相信你的话？”

盖伊一把抓住米瑞安，用力地摇晃着她。在玻璃房外面，一位长者看到了里面的状况，连忙走了过去。他在打开玻璃门的瞬间，隐约听到盖伊说：“对你这种人，这是罪有应得……”

长者对里面的两个人说：“嘿！这里可不是你们夫妻吵架的地方。”

盖伊看见有人来了，便立刻停了手，并且放开了米瑞安。他说了声“抱歉”，又看了看米瑞安，就往店门口走去。米瑞安跟在他的后面喊道："你听到我说什么了吗，盖伊·海因斯？你不能抛弃我！我要去华盛顿生孩子！我也会对参议员这么说！"

米瑞安如同一只母狼在盖伊的身后大声地吼着，旁边的长者怎么都拦不住。

盖伊走出乐器店后，来到一座公共电话亭，拨通了安妮·摩顿的电话。他告诉她，事情并不顺利，米瑞安不肯和他离婚。电话另一端的安妮对这个结果吃惊不已，但她首先照顾到的是盖伊的情绪。她温柔地说："哦，我知道你现在的感觉。听起来你现在非常生气，盖伊。"

盖伊拿着电话说："是的，我的确很生气，我非常生气。我真想扭断她的脖子。"这时候，火车从电话亭旁边驶过，盖伊听不到对面的声音，便更大声地怒吼，"我说，我要扭断她的脖子！她那个没有用处的脖子！"

长列的火车还在盖伊的身边吭哧吭哧地行驶着，他听不到安妮·摩顿在说什么，此时是他发泄的一个好机会。

"我说，我要勒死她！"随着这一声怒吼的结束，盖伊挂断了电话。

布鲁诺已经到家了。他的心思依旧放在火车上的奇遇上。此时，他正坐在椅子上，手心相对，十指在不停地捏着空气。

"我希望你的手指可以安静一会儿。"布鲁诺的妈妈拉过他的一只手，给他做指甲护理，并且说，"我发现，你最近非常烦躁。"

"我要它们看起来刚刚好。"布鲁诺看着自己的指甲说。

"是我把它们锉得太短了吗？"

"没有，妈妈，它们挺好的，谢谢您。"

布鲁诺的妈妈看着自己的儿子，担心地问道："出什么事了吗？"

"我没事，放心吧，妈妈，不用担心。"

"但是你的脸色很苍白，亲爱的。"布鲁诺的妈妈突然想起了什么，于是问道，"你的维生素都吃完了吗？"

布鲁诺凑近妈妈，亲昵地说："昨天我刚刚又买了一瓶。我已经吃了整整五瓶。"

"可是通过你的那种表情，我总能看出来……亲爱的，你没做什么蠢事吧？"她抚摩着儿子的脸颊问道。儿子将头微微扭向一旁，亲吻着母亲的手心。但这个动作并没有给母亲多少宽慰，她还是很担心地说："我真心地希望你已经忘掉了那个愚蠢的计划。"

这句话让布鲁诺有些吃惊，他抬起头问道："哪个计划？"

"关于……嗯……炸毁白宫。"

"哦，妈妈，我那是在开玩笑。再说，我真的这样做了，总统该怎么办呢？"

布鲁诺的妈妈听完儿子这顽皮的话，哈哈大笑，说："你真是个淘气的孩子，布鲁诺。你总是能逗我开心。”大笑过后，她严肃地对儿子说，“在你父亲回来之前，你最好把胡子刮了。”

只听砰的一声，布鲁诺用手狠狠地拍了一下桌子：“我已经厌倦对那个国王永远卑躬屈膝了。”

“好了，别失控。”布鲁诺的妈妈站起身，对儿子说，“来看我最近画的画。”她想转移他的注意力，于是将儿子拉到了她的画板前面。她一边走，一边对他说：“布鲁诺，我很希望你能开始画画，因为画画可以磨炼一个人的心智，可以让心情平静下来。”

布鲁诺在画前目不转睛地看了一会儿，突然大笑起来，甚至开始鼓掌，连腰都笑得弯下来了。这番大笑让母亲错愕不已，不明白是为什么。

“妈妈，您画得简直是太棒了！”他抱住自己的母亲赞叹道，“就是那个老小子没错，就是父亲。”

画面上是一张凶残丑陋的脸，线条粗糙，用色大胆，笔调夸张，这一切在布鲁诺看来，就是他那个十分可恶的父亲的形象。

听过夸奖的母亲本来还很欣慰，可当布鲁诺说这个夸张的丑老头儿是他的父亲时，她皱起了眉头，吃惊地问：“是吗？哦，不……不，我是想画圣方济各会创始人圣方济各的。”

正在这个时候，仆人对布鲁诺说：“打扰一下，少爷。拨到南安普敦的电话已经接通了。”布鲁诺正要去接电话，他的父亲从外面回来了。他们在门厅相遇，他的父亲对他说：“我正有话要对你和你的母亲说。”

“很抱歉，父亲，我有一个长途电话。”

布鲁诺去接电话，母亲则对父亲说：“你一定要用这种口气和他说话吗？”

布鲁诺的母亲和父亲又开始为儿子的事情争执起来。布鲁诺已经见怪不怪，此时有更重要的事需要他去关心。

“盖伊，我是布鲁诺。”

接到电话的盖伊很吃惊地说：“什么？你说你是谁？”

“我是布鲁诺，盖伊，布鲁诺·安托尼，您不记得了吗？在火车上，还记得吗？”布鲁诺继续问道，“您顺利离婚了吗？”听了盖伊的讲述后，布鲁诺说道：“看来，她是要缠着您了。您还会去见她吗？”

当他问到这里的时候，盖伊挂断了电话。布鲁诺不解地看了看电话听筒，又看了看正在他身后争吵的父母。只听他的父亲说：“必须在太迟之前送他去治病。我必须把那个孩子监禁起来。”布鲁诺对此只是微微一笑。

火车把布鲁诺带到了麦特卡夫。下了火车，他走进一座电话亭，翻看着当地的电话黄页，顺利地找到了米瑞安的住址：米瑞安·乔伊丝·海因斯，麦特卡夫2420号。

晚上，他坐在米瑞安家对面公共汽车站的椅子上，一边抽着烟，一边盯着她的一举一动。

天黑之后，米瑞安在两个年轻男人的陪同下从房子里出来了，而她的母亲一直坐在外面乘凉。

“晚安，妈妈。”

“别在外面待得太晚了。”

正在这个时候，公共汽车来了。只听米瑞安大喊：“嘿！公共汽车来了！司机，等一下！”布鲁诺看见两个年轻男人一左一右地搀扶着米瑞安往公共汽车这边赶。三个人有说有笑。米瑞安此刻的装扮与白天的职业装完全不同。她将头发披散开来，穿上了一件花色艳丽的裙子，拿着一只精致的手提包，只是那副眼镜没有换过。等他们三个人上车后，布鲁诺也跟着上了那辆公共汽车。

车子开到一个夜间游乐场的门口时，他们三个下了车。当然，布鲁诺也跟在他们后面下了车。游乐场的门口立有四根灯柱，上面用荧光灯拼写出“手工艺品、二十种大型游乐”这么几个字。在门外就可以听到里面商家的叫卖声。“热狗！趁热来买啊！热腾腾的热狗……爆米花，现爆的爆米花，一包五毛钱……”

米瑞安已经有些饿了，于是他们三个先到了食品摊位前面。米瑞安买了一个冰激凌，又要买热狗。旁边的男人调侃道：“我从来就没见过有哪个女孩吃这么多东西。”但米瑞安对此并不在意。她满足地吮着香草味冰激凌，无聊地看了看四周。

突然，门口一位西装革履的绅士映入她的眼帘。布鲁诺也无所顾忌地看着她。米瑞安只得先错开交织的目光，对一旁的男人说：“我们要去爱情隧道吗？”

“好啊！”

“好极了，来吧。”另一个男人也应和着。

米瑞安搂着其中一个男人的胳膊往游乐园深处走，她的目光被各种有趣的东西吸引着，却始终不忘回头寻找布鲁诺的踪迹。布鲁诺也没有让她失望，总是让她能够看到自己。就在他跟着前面三个人抬头向前迈大步时，一个稚嫩的声音对他说：“抢劫。”只见他面前出现了一个小男孩，一只手拿着玩具手枪，另一只手拿着气球。

“乒……”小男孩用嘴模仿着开枪的声音，布鲁诺则配合地向后倒了一下。当小男孩满意地离开时，布鲁诺却用他的烟头在小男孩的气球上戳了一下。“砰”一声，气球爆了。小男孩错愕地看着他，而布鲁诺面带微笑地离开了。

他继续跟踪米瑞安。米瑞安正在和那两个男人玩一种游戏——用槌子砸下地面的圆盘，与此同时，位立在一旁的刻度表上就会有一个砝码向上跳起。如果力度够大，砝码就会触碰到刻度表顶端的铜铃。当然，只有听到铜铃清脆的声响，才会赢得礼物—— 一个丘比特娃娃。

米瑞安的一个男友想在女士面前展现他的力量，为她赢得一个丘比特娃娃，于是猛力地挥动槌子。砝码高高地跳起，仍旧离铜铃有一段距离。随后，米瑞安的另一个男友不服气地上场了。

米瑞安虽然在和两个男友玩着游戏，心思却在那个穿西装的男人身上。她转过身，想再次寻找先前那道与她对视的目光，这一次没有找到。她有些失望地回过身来。当她想看向另一边的时候，却发现布鲁诺已经站在她的身边。她吃惊地颤抖了一下，又娇羞地看向正在做游戏的男友们。她的另一个男友也未能碰响铜铃，依旧不能为她赢得娃娃。

布鲁诺走上前去，交了钱，他想一试身手。他先搓了搓自己的两只手，又看了一眼米瑞安。米瑞安也在微笑地看着他。于是布鲁诺拿起槌子，猛地向下砸去。只见砝码高高地飞上去，狠狠地撞了铜铃后，又被反弹下去。

“您赢了一个丘比特娃娃。”

“哦，你们看，他都把那东西打坏了。”

周围人纷纷发出了赞叹声。布鲁诺也赢得了米瑞安的微笑。只是米瑞安的两个男友对此可没什么兴趣，甚至有些不屑地带走了米瑞安。他们三个人又蹦蹦跳跳地去玩旋转木马了。

布鲁诺继续紧跟其后。他坐在米瑞安后面的一匹木马上。米瑞安回过头看到布鲁诺后，很安心，也很开心。她想要在他的面前尽情地表现自己，就向旁边的两个年轻男人提议一起唱首歌。当歌声响起的时候，布鲁诺也跟着哼唱起来，引得米瑞安不停地回头看。

“我们去坐船吧。”在木马停下来的瞬间，米瑞安大声说。两位男友架着她走下木马的旋转台。其中一个男友去为他们买爆米花，另一个男友想拥吻米瑞安。但此时米瑞安对他的亲密动作很反感，给出的借口是：“满嘴的爆米花亲热，可一点儿也不好玩。”

他们即将乘坐的游船很特别，每艘船最多可以乘坐三个人，由游客自己驾驶。游客驾驶游船穿越一条爱情隧道到了奇幻岛，可以在岛上观光游览。只是这个项目并不景气，根本没有人排队，他们随时买票，随时登船。米瑞安和她的两个男友坐上一艘船，布鲁诺则自己驾驶一艘紧随其后。

米瑞安的船在前面缓慢地行驶，布鲁诺在后面跟着，但保持着一段距离。米瑞安不时地将头转过来，布鲁诺也不避讳地和她做任何眼神的交流。

小船驶进了爱情隧道，里面很黑，只有稀疏的灯光，游客的影子映在石壁上。米瑞安的一个男友已经把持不住了，想和她亲热。但米瑞安挠他的痒，半推半就地喊着不可以，石壁上映出了两个人亲密嬉闹的景象。玩闹间，游船靠岸，三个人下了船，走上奇幻岛。布鲁诺也将船停好，紧紧地盯着他的目标。

米瑞安和她的两个男友似乎在玩捉迷藏的游戏，或者她故意要甩开他们，总之，现在布鲁诺和她已经面对面地站在一片无人打扰的空地上了。黑漆漆的晚上，岛上人又不多，布鲁诺打开了盖伊的打火机，火苗的光亮映在米瑞安的眼镜上。

“您叫米瑞安，是吗？”

“是的，您是怎么知道——”

没等米瑞安说完话，甚至没等她准备好含情脉脉的眼神，布鲁诺便将打火机熄灭，用双手掐住了她的脖子。米瑞安没有尖叫一声，甚至来不及挣扎，随着眼镜的掉落，她倒在了草地上。

“米瑞安！”

“米瑞安，你在哪儿？”

“米瑞安，拜托，别闹了。”

“你以为能骗过我们吗？”

她的两个男友还在四处找她，叫喊声传遍了空旷的小岛。布鲁诺捡起米瑞安的眼镜，又将自己掉在地上的打火机捡了起来，快速地登上那艘他开来的小船。正准备离开的时候，他听到岛上的人说：“看哪，她晕过去了……醒醒，米瑞安，快起来啊……怎么回事……她死了！死了！谁来救救她！谁来救救她！快找医生来！”叫喊声越来越大，而布鲁诺的船已经驶过湖面，抵达了码头。人们被凄厉的呼喊声惊动了，连忙赶过来看到底发生了什么事，码头上瞬间挤满了人。当人们都在注视着小岛时，只有布鲁诺一个人逆着人群的方向走远了。这一切引起了守船人的注意。他好奇地看着这个西装革履的男人，又不知道究竟发生了什么事，只得对旁边的助手说：“快去报警，真不知道那边到底发生了什么事。”

布鲁诺在走出夜间游乐场大门的时候，正好碰到一位盲人要过马路。他好心地扶住了他，等一辆车子驶过，他才搀扶着盲人走到了马路对面。对刚刚杀完人的凶手来说，不知这种善良的行为对他来说是一种慰藉，还是别的什么。或者说，在布鲁诺的心里，哪怕杀人也是一种助人为乐的表现。他看了一下时间，已经是晚上9点29分。

就在这个时候，盖伊正坐在火车上翻看杂志。夜间的观光车厢里，只有他和另一个男人。那个男人显然已经喝醉了，他的两条腿直挺挺地拖在地上，身体陷在椅子里，嘴里不住地哼唱着。

“您觉得我唱得怎么样？”男人问道。

盖伊幽默地说：“这种水平可去不了大都会歌剧院。”

男人笑笑说：“我叫柯林斯。我是特拉华州科技大学的教授。我正在休假。很高兴能认识您。”

盖伊礼貌地点点头，并没有要和他聊天的意思。但柯林斯自顾自地和他聊了起来：“我刚刚做完在纽约的微积分演讲。”他一边说，一边比画着，“在微积分学中，给予一个函数……取得一个微积分，这个您明白吗？”

“是的，我明白。”

柯林斯诧异地问道：“您明白？”他没有继续说下去，而是又哼唱起刚才一直哼唱的关于羊的歌。盖伊笑了笑，继续看着自己的杂志。

盖伊搭乘出租车回到自己家楼下，抱着两只手提箱刚推开家门，就听见有一个男人的声音在叫着他的名字。他转过身，四处望了一圈，除了黑漆漆的夜，什么都没看见。叫声第二次响起的时候，他看到远处的铁门后面有一个穿着西装的人影。那个人影向他招手说：“在这里，盖伊。”

盖伊将行李放进门，将门关好后，向人影的方向走去，步伐有些犹豫。

“你好，盖伊。”布鲁诺对盖伊说。

“你在这里做什么？半夜三更的。”

布鲁诺将盖伊拉进铁门后面的阴影里，说：“你见到我，好像不大高兴。我带了一个小礼物给你。”

“什么意思？”

布鲁诺将一副破碎的眼镜递给了盖伊。盖伊接过眼镜后，并没有明白布鲁诺的意思。布鲁诺让他好好地辨认一下，并且说：“事情办得很干净利落，她没有受苦，很快就结束了。”他看着盖伊吃惊的表情，说，“我就知道你一定会大吃一惊。不过我们不用担心，除了米瑞安，没有人看到我。我做得很小心，盖伊。虽然我不小心把你的打火机掉在了现场，但我还是想起并拾起来了。”

盖伊半天才反应过来，又看了看手里的眼镜，气愤地说：“你是在告诉我……哦，你这个疯子！”

“可这是你所希望的结果，是我们两个在火车上谋划好的。你不记得了吗？”

盖伊不想在这个疯子身上浪费时间，他要离开，却被布鲁诺一把扯住衣袖，说：“你要去哪儿？”

“你说呢？当然是去报警。”

“你不能去报警。这样的话，我们两个都会被捕的。”

盖伊疑惑地问：“我们两个都会被捕？”

“是的，你和我的罪行一样重。”布鲁诺用无辜地眼神看着他，说，“这件事是我们两个一起谋划的——交换杀人。我已经做了你的谋杀……”

盖伊被这种荒唐的话气得不知道如何是好，他说：“你以为你逃得掉吗？”

“哦，得了，我为什么要千里迢迢地跑到麦特卡夫去谋杀一个陌生人呢？除非那是计划的一部分，你也参与了这个计划。你现在已经是这个计划的受益人了，盖伊。你现在拥有自由身了。我甚至不认识她。”

盖伊看着他，说：“我和这件事情毫无关系，警方会相信我的。”

“盖伊，如果你现在去报警……你也会以帮凶的身份被捕。想想看，真正有杀人动机的人是你。”

在安静的夜里，突然从屋子里传来的电话铃声让两个人都吃了一惊。布鲁诺对他说：“看样子，是有人来通报消息了，盖伊。”电话铃声还没断，一辆车子又停在了盖伊家门口。从车子里下来一名警察，他走到门口，按响了门铃，见里面没有人出来开门，又回到车里。等车子缓缓开动后，盖伊对布鲁诺说：“都是你，逼得我表现得像一名罪犯。你真是一个疯狂的蠢货！”

“别这么和我说话。”布鲁诺的眼神犀利，充满杀气，但只维持了几秒钟，他又立刻变得温柔了，说，“哦，好了，我知道你一定累了，我知道我也累了，整个下午都在操心这件事。好了，现在我们来谈谈我父亲的事。我已经画好了我家里的平面图。”盖伊不想听他这疯狂的言论，但被布鲁诺有力的双手一把扯了回来，“我还有一把从旧金山的当铺买来的旧手枪。”

盖伊挣脱了布鲁诺的双手，气愤地向自己的房子走去。布鲁诺在他后面追赶着他，说：“可是盖伊……盖伊，等一下！我们得谈谈，有些事情得安排好。”

“滚开！否则我也要做你对米瑞安做过的事了！”

“盖伊，你现在的举止很不正常。你一定累了。你在仔细考虑之后，就会发现我是对的，我们明天……”

布鲁诺一直追着盖伊到他家的楼门口。盖伊猛地转过头，对他说：“我从来都没见过你！以后也不想再见到你！”

“但是，我们还有……”

盖伊已经冲进了屋子，电话铃声又响了。布鲁诺有些失落地走下楼梯，又时而回头张望。

盖伊接起电话，打来电话的人是安妮。盖伊对着电话深表歉意：“对不起，亲爱的，我刚刚进门……哦，我当然没事。可是你的声音听起来不大对劲儿，发生什么事了吗……好，我马上过去。”盖伊放下电话，才发现他手上一直摆弄着米瑞安的眼镜。

他连夜赶到了安妮的家。两个人一见面就拥吻在一起，盖伊感觉到安妮在发抖。她对他说：“盖伊，你知道我有多么爱你吗？”

“这句话应该由我来问。”说着，他又将自己的唇印在了她的唇上。两个人久久才分开。安妮说：“在此之前，我得让你知道我很爱你……我爸爸想见你。”

两个人相拥着走向书房。到门口时，安妮先走了进去。盖伊走进屋子后，在关门的时候，用手绢擦了擦唇上的口红印。

“晚上好，参议员。”盖伊看着屋子里的男人，说。

此时，屋子里并非只有盖伊、安妮和她的父亲，还有另一个女孩，她坐在沙发上。盖伊看着沙发上的年轻女孩，说：“你好，芭芭拉。”

芭芭拉立刻满脸堆起欢快的笑容，并且迎上前去抱住盖伊，亲吻了他的脸颊。芭芭拉是安妮的妹妹，她和安妮不同。姐姐属于端庄优雅型，而芭芭拉属于活泼开朗型。她的个子不是很高，梳着齐肩的短发，容貌上有点儿像米瑞安，也戴了一副厚厚的圆眼镜。

这时，她快乐的小脸瞬间变得忧伤起来，对盖伊说："发生了一件可怕的事。"

"过来坐下，芭芭拉。"她的父亲命令道。芭芭拉看向父亲，然后乖乖地回到椅子上坐好。参议员说："我想，传达一个不幸的消息好像没有什么委婉的方法。我很遗憾地告诉你，盖伊，这件事与你的妻子有关。她被谋杀了。"

盖伊装作吃惊的样子，将脸转向一边，低头向前走了几步。与此同时，安妮对他说："警方本想联系你的。"参议员也说："你现在得和麦特卡夫警察局取得联系。"

盖伊走到屋子的一个角落，慢慢地坐了下来，问道："米瑞安被谋杀了？"

安妮说："她是被人掐死的。"

盖伊听到这里，猛地抬起头，看向安妮。

参议员补充道："是在一个游乐场中的小岛上，叫什么情人小径的地方。那里总有些低贱的气氛。"

芭芭拉站起身去倒酒，并且说："是和她一起出去玩的男孩们发现的，所以他们没有杀人嫌疑。嫌疑人是你。"

"我们没有办法忽略发生在自家门槛的这起谋杀案……但是，还是不要把他牵扯进来。"参议员的话还没讲完，芭芭拉就说："别自欺欺人了，好吗？警方会说盖伊要她死，这样他就可以娶安妮了。"她将酒杯递给父亲，继续说，"但凡碰到这种事情，警方一定会追查丈夫的。盖伊有杀人的动机。"

"动机？"参议员重复着。

盖伊故作镇定地笑了笑，说："她说得没错。不管您怎么想，反正我是遇到麻烦了。"

参议员说："我确定你不需要担心什么。"

芭芭拉说："如果他没有9点半的不在场证明，那么他就要去担心许多事了。"

安妮担心地说："你可以告诉他们，那个时候，你在哪里，对吗？"芭芭拉递给她一杯雪利酒，安妮六神无主地接过来。她在等着盖伊的回答，因为她非常害怕真的是盖伊杀死了他的妻子。

盖伊想了想，说："9点半？那个时候，我在从纽约开往华盛顿的火车上。"

这个回答让屋子里的人都松了口气。但是芭芭拉继续问道："有谁看到你了，或者你和谁讲话了吗？你需要一个目击证人。"

"是的，有人和我说过话。"

"你认识那个人吗？"参议员问道。

"不，他的名字是……"盖伊使劲儿地回忆他们之间的对话，"柯林斯！对，他是一位大学教授。"

“是哈佛大学吗？”

“特拉华州科技大学。”

听到盖伊有如此明确的不在场证明，安妮终于露出了安心的微笑。她终于坐下来，说道：“这下好了，没有问题了。”

芭芭拉递给盖伊一杯酒，接着说：“那可不一定，他还得回答问题。”

参议员则宽慰道：“没关系的，那只是例行公事，纯粹是形式上的审讯。”

盖伊担心地问道：“那么，明天早上这里或许会聚集很多记者？”

芭芭拉笑着说：“哦，爸爸可不介意这么一点儿丑闻，他是参议员。”

安妮也劝慰他说：“这也是没办法的事，亲爱的，这不是你的错。没有人可以说你和这起案子有任何关系。”

盖伊目光坚定地说：“即便有人这么说，我也会尽力让你们免受波及。”

参议员沉稳地说：“根据我的经验，我得告诉你，不要因为别人指控的罪名而睡不好觉，除非他们能够真的证明你有罪……真是一件可怕的事，那个不幸的女孩。”

芭芭拉喝了一大口酒，目光看向前方，说出了一句没有人会对死者说出的话：“她是一个荡妇。”

参议员纠正她说：“她只是一个人。每个人都有追求快乐的权利。”

芭芭拉用哀伤的眼神看向盖伊，然后默默地说：“据我所知，她在各方面都追求快乐。”

“芭芭拉！”参议员制止了她。

安妮站起身说：“爸爸，已经很晚了，盖伊看起来也很累了。”

“当然，当然，回去睡觉吧，芭芭拉。”

芭芭拉临出门前，对屋子里的那两个人说：“没有任何事情可以阻止你们两个人，现在你们可以马上结婚了。想想看，你们自由了！”

参议员对小女儿说：“你不需要总是把想法都说出来。”

芭芭拉则拽着父亲的胳膊撒娇：“爸爸，我可不是一名政客。”

参议员在出门前对盖伊说：“记得给特特尔局长打电话。”

“是的，参议员，晚安。”

随着房间的门关上，盖伊和安妮也相拥在一起。但调皮的芭芭拉又推开了门，吓得两个人连忙分开了。她俏皮地说：“有一个肯为了你去杀人的爱人，真好。”

这次门真的关上了，房间里只有他们两个人。安妮抱着盖伊，深情地说：“我不断地说自己是一个傻瓜。今天晚上，当我听到这个可怕的消息时，我吓坏了。我忘不了你从麦特卡夫打来的电话，还有你在电话里的怒吼。”

“我说我要——”

安妮不想让他再说出那个可怕的字眼，于是将自己的唇吻上了他的唇，堵住了那可怕的句子。

“别再说出来了，并且忘记你曾经说过什么。比起谋杀本身，更可怕的事情是——如果实施谋杀的人是你——这种可怕的念头。”安妮说，“如果你有那种可怕的念头，那么我们就会分开，也许是永远分开。我无法忍受和你分开，无法忍受……”

第二天一早，盖伊来到了警察局。他对一名警员说：“特特尔局长在等我，我是盖伊·海因斯。”

“请等一下，海因斯先生。”

盖伊在等候的时候，突然看到了在隔壁房间里坐着的柯林斯教授。他很高兴地看着他，刚想进去和他打招呼，却被警员叫到了另外一间办公室。

“感谢您能准时过来，海因斯先生。”特特尔局长向他介绍旁边的警官，“这位是坎贝尔队长。”

“您好。”

三个人打过招呼后，特特尔局长示意盖伊坐下，说道：“我知道您很忙，所以我们也不会耽搁您太多的时间。如果您愿意配合我们的工作，最好把您昨天晚上的行踪告诉我们。我们已经找到了与您在火车上交谈的人……”

“是的，我刚刚看见他了。”

这时候，坎贝尔队长将柯林斯教授叫了进来。特特尔局长问道：“柯林斯教授，这位是海因斯先生。”柯林斯转向盖伊，盖伊亲切地对他微笑。特特尔局长继续说：“昨天晚上，您和他搭乘同一列火车。”

柯林斯教授看了看盖伊，摇摇头说：“真的很抱歉，我真的不记得这位先生了。很不幸，我记不大清楚自己从纽约出发的这段旅程了。我们昨天庆祝了一番。”

“但是，我们就面对面地坐着……在观景车厢里……您还唱了一首关于羊的歌。”

“关于羊的歌？”柯林斯诧异地说。

盖伊连忙说：“还有，您还说到了微积分，您说您刚刚做了一场演讲。”

“我吗？”柯林斯摇摇头说，“真的很抱歉，海因斯先生。我肯定是被庆祝的香槟灌晕了。”

盖伊遗憾地垂下了头，又对特特尔局长说：“局长，柯林斯教授是否记得我，真的有那么重要吗？我能够说出和我搭乘同一列火车的客人，你们也找到了他，难道这还不能成为我9点半人在那里的证据吗？”

随着一个糊涂的证人离开，盖伊也回到了摩顿的家。此时，安妮、芭芭拉和参议员已经围坐在客厅里，等着他回来。参议员问起他的不在场证明是否已经找到时，盖伊说：“那个醉醺醺的不在场证明根本无法成立。”

“那个教授当时喝醉了吗？”芭芭拉一边递给他咖啡，一边问道。

“醉得一塌糊涂。”盖伊接过咖啡，说，“他完全不记得我了。”

安妮说："可是你知道他搭乘哪一列火车，难道这还不能成为你的不在场证明吗？"

盖伊说："显然不行。警方暗示我，可能在米瑞安被谋杀后，我才在巴尔的摩上的那列火车。他们已经把时间表排出来了。"

"真是可笑，他们的行为表现得好像你就是杀人犯一样。"安妮又担心起来了。

芭芭拉连忙安慰说："别担心，不会有事的。警方只是在谨小慎微地调查而已，对不对，爸爸？"芭芭拉看向自己的父亲。

参议员面色凝重地说："但愿是这样。那么，你下一步有什么打算？"

盖伊叹了口气，说："接下来，无论我做什么事，警方都会了如指掌的。对了，他们还送给我一份礼物，"他站起身走到窗口，"你们看！我的守护天使。"

参议员和姐妹两个从窗口向外望去，只见一个男人正在路灯下徘徊。"你被跟踪了。"芭芭拉说。

"那个人叫雷斯利·汉尼斯。他每天工作十六个小时，剩下的时间就换成另外一个人。"盖伊笑着说，"事实上，他这个人不错。"

参议员气愤地说："我会要求他们把他撤走。"

芭芭拉夸张地说："您要妨碍司法公正吗，爸爸？"

盖伊也笑着说："恐怕接下来无论我去哪儿，汉尼斯都会跟着。即使我去参议院，也是一样。"

"你是说，他有可能在我的办公室外面也这么守着？"参议员问道。

"非常有可能。"

参议员看了看窗外，又看了看盖伊，说："为了能让你安心，我建议……嗯，你还是在家办公吧。这样你就会不那么尴尬了。"

"可是，练习怎么办？或者，森丘的比赛，我就不参加了。"

"哦，我亲爱的孩子……如果你突然取消所有的计划，你不会觉得尴尬吗？"参议员问道。

安妮也紧接着说："是的，你不应该做让别人生疑的事。越是在这个时候，你越要表现得像什么事都没有发生一样。"

"还有汉尼斯先生护送呢。"芭芭拉开玩笑。

正在这个时候，仆人从外面进来，说有海因斯先生的电话，是要紧事。盖伊接起电话，就听到了布鲁诺的声音，他的神色立刻恍惚起来，随即挂断了电话，并和大家解释说，只是打错电话而已。

盖伊虽然面临着麻烦，可他的事业正风生水起。在球场外面，他刚刚被通知已经成了第五位种子选手，这是一件非常幸运的事。

此时，汉尼斯正与盖伊并肩行走，只听他高兴地说道："我从来没看过森丘锦标赛，所以我很期待。"

“您是说，您会和我一起去吗？”

“哦，别担心，到那个时候这件事应该已经水落石出了。”汉尼斯问道，“您考虑过当一名职业选手吗？”

“我不用这么做，在网球比赛之后，我打算从政。希望如此。”

“从政？我想，我不向局长汇报这件事，对您来说是好事。”汉尼斯说，“如果他知道，一定会派十个人盯着您，他说——”

正当盖伊和汉尼斯交谈的时候，盖伊看到远处的台阶上出现了布鲁诺的身影。他大吃一惊，急忙打断了汉尼斯，说道：“我们去搭出租车吧，已经很晚了。”

“五角大楼。”盖伊对司机说。

汉尼斯则在后座上抱怨道：“哦，别去那里，我总是会迷路。”

车子开动了，盖伊看到布鲁诺的人影越来越小，心情才轻松了一些。他看了看对此毫无察觉的汉尼斯，暗自庆幸汉尼斯没看见布鲁诺。

第二天一早，盖伊穿好睡衣从卧室里走出来，突然在门厅的地板上看到了一封信。他将信封打开，一张白纸上写着：

亲爱的盖伊：

我们必须聚一聚，然后拟订一个计划。我父亲马上就要离开了，请给我打电话。

布鲁诺

盖伊将信纸揉成一团，用火柴将它烧掉。

在一家高级会所的大堂里，安妮正挽着盖伊从里面走出来。正当两个人含情脉脉地看着彼此时，布鲁诺出现了，他在不远处叫着盖伊的名字。盖伊转过头，看见是布鲁诺，便对身旁的安妮说：“先失陪一下。”

他走到布鲁诺的面前，小声说：“你可不可以别再纠缠我了？”

“这是你的错，是你逼我公开露面的。我试过给你打电话，你收到我的便条了吗？”布鲁诺很严肃地说。

“你打电话给我做什么？”

“我父亲下个星期就要到佛罗里达州去了——”

盖伊打断了布鲁诺：“你听好了，现在，在这家会所的外面就有一个探员，他会看到我们两个人在一起。”

布鲁诺看了看盖伊，又看了看不远处的女人，问道：“那个人不就是安妮·摩顿吗？的确比米瑞安迷人多了，是吧，盖伊？”

“我警告你，离我远点儿！”

说完这句话，盖伊便离开布鲁诺，走向安妮。就在他们对话的时候，安妮虽然听不清他们对话的内容，却注意到了布鲁诺的领带夹——那个写着他名字的领带夹。

“那个人是谁，盖伊？”安妮问道。

“只是一个你从未见过的网球迷。”

布鲁诺没有追他们，只是默默地看着他们两个走远。

在摩顿的家里，书房里只有盖伊、芭芭拉和女仆。仆人正在整理信件，芭芭拉则在书架前翻找着书。女仆拿着一封信递给盖伊，说道：“很特别的信件，上面标有‘私人’的字样。”

“谢谢。”

芭芭拉问盖伊：“你今天要去练习吗？”

盖伊一边拆信，一边回答说：“如果能在俱乐部订到球场，我就要去练习。”

芭芭拉听到盖伊的回答后，对着窗外挥起手来。女仆好奇地问：“您在和谁挥手？”

“汉尼斯先生。”芭芭拉俏皮地回答，“可惜爸爸不让我们请他进来。你见过他吗，露易丝？”

“没见过。”

“他很可爱，是吧？”

盖伊已经把信拆开了。信纸上画的是一栋房子的平面结构图，上面还贴有一把钥匙。钥匙旁边写着“前门钥匙”。地图上画有一段楼梯，爬上楼梯后，二楼右手边第二间屋子标明是布鲁诺父亲的房间。

终于到了比赛的日子。淘汰赛的前期并没有引起盖伊的关注，毕竟他的能力也是数一数二的，于是他轻松地只身前来。安妮她们并没有来到看台，而是待在上面的露台餐厅上喝茶、聊天。

盖伊无意中看了一眼看台。原本在座无虚席的观众台找一个人是很难的事，但布鲁诺的行为太与众不同。当所有的观众都随着网球运动的路线而左右摆动脑袋的时候，只有布鲁诺一个人死死地盯着备战席上的盖伊。布鲁诺在确定盖伊看到自己后，离开了看台，走到上面的露台餐厅去了。盖伊比赛完后也连忙往上走，老远就看到布鲁诺已经和安妮一起围坐在一张餐桌旁。餐桌旁除了安妮和布鲁诺，还有一对老夫妻。安妮看见盖伊走过来后，就笑着对他说：“亲爱的，这是安托尼先生——达维尔夫妇的朋友。”

布鲁诺立刻站起身，和盖伊握手说：“海因斯先生，我一直都是您的球迷。我追看您的各种新闻报道，关心您做过的任何事。”

达维尔夫人说：“安托尼先生刚才还给我们讲了一个很有趣的故事呢，非常好笑。”她又和布鲁诺用法语说起了那个故事的一些暗喻，两个人大笑起来。布鲁诺笑得尤其开心，身体前仰后合。就在布鲁诺身体后仰的片刻，安妮无意中看见了他的领带夹。她又看了看盖伊奇怪的神色，认定这其中一定有什么问题，但是她并没有声张，也没有追问。

“盖伊。”芭芭拉在一旁叫他。盖伊走了过去，只听芭芭拉说：“我和你的‘跟班’说过话。盖伊，你知不知道汉尼斯先生协助警方破获过斧头杀人案，就是那起把尸体切开藏在肉店里的案子？他曾和一条左腿一起被锁在冷库里，长达六个小时。”

“他说起那种事情，就像变魔术一样。”

芭芭拉将目光投向布鲁诺，问：“那个和达维尔夫妇在一起的法国人是谁？”

“他叫安托尼，但他不是法国人。”

芭芭拉优雅地走过去向大家问好。

“您好，芭芭拉小姐，很高兴见到您。您看起来真是甜美可人。”达维尔夫人夸奖道。

芭芭拉高兴地说：“我希望您不会忘记我们星期四的宴会，夫人。”

“我们计划去参加。”达维尔夫人看向丈夫，达维尔先生连忙说道：“当然，我们是要去的。”

当芭芭拉和达尔维夫妇对话的时候，布鲁诺也在看着芭芭拉。安妮为他们二人做了介绍，两个人目光交织在了一起。布鲁诺直勾勾地看着芭芭拉，面对芭芭拉向他问好，只是点头示意。他看向她，在她的眼镜里，看到了谋杀米瑞安时打火机的火苗，而他的耳朵里也响起了那天的对话：“您叫米瑞安，是吗？”

他的眼神让芭芭拉感到很不舒服，就连坐在一旁的安妮也察觉到了异样，更别提盖伊了。

星期四晚上，盖伊收到了一把旧手枪。正当他陷入沉思时，门铃响了。来人是汉尼斯探员。

“今天晚上我不会让您在外面待得太晚。”盖伊对他说，“森丘锦标赛明天就要开赛了，我需要足够的睡眠来养精蓄锐。”

“哦，真遗憾，哈蒙再过两个小时就来接班了。我还想看到他赚他的薪水呢。”

“那只猎犬从来不休息吗？”盖伊开玩笑说，“他跟得我这么近，都快长在我身上了，就像霉菌。”

汉尼斯直言道：“他觉得您很可疑。不过，他怀疑任何人，甚至都不相信他自己。”

在说话的空当，盖伊悄悄地打开抽屉，拿出了那张地图，然后对汉尼斯说：“我们走吧，别忘了拿上您的睡袋。”

“好。如果我在人行道上等太久，我真的会冻脚。而如果我在石阶上坐太久，我——”

“别担心，”盖伊笑着说，“自从您告诉芭芭拉冷库的故事之后，您就成了她最关爱的慈善对象。她会派管家去给您解冻的。”

“哦，真是个可爱的孩子。”

宴会上，安妮穿着抹胸礼服，轻纱绕过她雪白的颈部，突显出她迷人的锁骨，凹凸有致的身材、散开的裙摆，既大气又不失妩媚。只是迷人的她同盖伊一样，满脸心事。此时安妮虽然陪在父亲身边，目光却一直跟着盖伊。帅气俊朗的盖伊正出神地把玩着一只空酒杯，活泼的芭芭拉走上前去，和他说了几句，才看到他脸上出现了笑容。安妮因为他的笑，自己也宽慰地笑了。

芭芭拉去给盖伊拿酒，盖伊的目光又变得茫然。突然，他神色一变，变得严肃而意外。安妮也顺着他的目光看向门口——布鲁诺出现在那里。她看到布鲁诺主动去和盖伊打招呼，可盖伊严肃地和他说了一些什么，然后布鲁诺不顾他的阻拦，就直奔安妮而来。

“晚安，摩顿小姐。”布鲁诺极其热情地握住了安妮的手。安妮向一旁的父亲介绍说：“爸爸，这位是安托尼先生。”

“安托尼先生。”

“您好，参议员。”布鲁诺绕到参议员的另一边，小声对他说，“如果有机会，我想和您谈谈……告诉您我对驾驭生命力的观点和办法……它会让原子力看起来更像是马和马车。我已经发展出千里眼的能力了，参议员先生，您现在能够嗅到火星上的花香吗？我希望能和您共进午餐，到时候我 们再细聊。”

“好的，到时候再见。”

“再见。”

等布鲁诺走后，参议员一脸疑惑地问自己的女儿：“这个人到底是谁？我不记得邀请过他。”

“达维尔夫妇的朋友。”

“真是一个奇怪的人。”

布鲁诺离开了参议员，又来到唐纳修法官跟前。两个人寒暄过后，布鲁诺问道：“我想请问您一个问题，当您判处一个人死刑后，出门用餐会不会感觉不舒服呢？”

唐纳修法官不大理解布鲁诺诡异的思维，但他尽量回答他的问题：“谋杀犯被捕后，会被审判，被证明有罪后会被判刑。如果被判处死刑，那就必须被处决。”

“哦，非常客观的解答，对吗？”

“是的，这种事并不是每天都发生。”

“那是因为只有少数凶手被捕。”

芭芭拉在给盖伊送酒的时候，注意到了布鲁诺。盖伊被人叫走谈事去了，芭芭拉便一直观察着这个诡异的人。

安妮看到唐纳修法官难看的脸色，便过来解围，将法官带走了。可坐在一旁一直听着布鲁诺和唐纳修法官对话的法官夫人对布鲁诺很感兴趣。她仰起头，主动问道：“安托尼先生，您似乎对谋杀很感兴趣？”

“哦，我的兴趣并不比别人的大，或许，还不及您的。”

“我？”法官夫人做了一个夸张的表情，笑着说，“我对谋杀可没什么兴趣。”

“哦，得了，每个人都对谋杀有兴趣。”布鲁诺顺势坐在她的身边，“每个人的心里都有想除掉的人。哦，夫人，您是不是也有段时间……想杀掉某个人？比如，您的丈夫？”

“我的天哪，”法官夫人大笑着说，“我才没有。”

“啊，啊，啊，您确定吗？”布鲁诺伸出手指指着她，反问道，“难道您不曾有过那么一个时刻，被他惹得非常生气？那个时候，您会说什么呢？”

法官夫人笑而不答，而且是那种大笑。

“这就对了，是不是？”布鲁诺很满意地坐到她的对面，“现在……您要制订一个谋杀方案。”这位夫人和她旁边的密友听到这里，纷纷凑近了他。布鲁诺说：“您打算怎么下手？这部分可是最迷人的。您打算怎么做呢……您的名字是？”

那位夫人非常爽快地回答说：“康宁汉姆太太。”

布鲁诺继续说：“那么好，康宁汉姆太太，您要怎么下手呢？”

康宁汉姆太太装作真的要实施谋杀一样，小声说道：“我想，我得先弄来一把手枪。”

“哦，不行，康宁汉姆太太……乒、乒、乒……弄得到处都是血？”

坐在一旁的妇人说：“下毒怎么样？”康宁汉姆夫人也一脸同意地看向布鲁诺，等待他独特的解答。

“哦，对，下毒这个办法要好多了，这位太太是？”

“安德森太太。”

布鲁诺说：“这个办法好多了，安德森太太。但是您想，康宁汉姆夫人，虽然太过着急，可是如果您想让康宁汉姆先生看起来是自然死亡的，用下毒的办法至少需要十到十二个星期才能见效。”

康宁汉姆夫人说：“我曾经读过一个案例，我认为那个主意应该不错。我可以开车把他带到一个非常偏远的地方，然后用铁锤把他的头打破，往他身上洒上汽油，然后放火把车子烧了。”

“然后，您要大老远地步行回家吗？”

“不行吗？”

“不行。我有一个最好的办法，还有一个很棒的工具。”布鲁诺举起自己的双手，“它既简单、安静又快速。要知道，谋杀最重要的一个部分就是安静。我可以向您展示一下我的做法。您可以把您的脖子借我用一下吗？”

康宁汉姆夫人笑着说：“哦，只要不用太久就行。”

布鲁诺喝了一口酒，然后用自己的双手掐住康宁汉姆夫人那肉乎乎的脖子，说道：“当我点头时，您可以试着叫出来。我敢打赌，您一定叫不出声。好了……等我点头。”康宁汉姆夫人有点儿紧张，但也感觉很刺激，始终微笑着。

布鲁诺的双手开始用力了。正在这个时候，他抬头看见了看着他的芭芭拉。她使布鲁诺想到了米瑞安，想到了那天的谋杀。他用凶狠的眼神看着芭芭拉，双手不断地用力，甚至忘了他正掐着康宁汉姆夫人的脖子。他越是看着芭芭拉，双手越是用力，而芭芭拉被他的眼神吓得动弹不得。

直到一旁的安德森太太过来掰他的双手，并且喊着：“安托尼先生，安托尼先生！救命！快来人啊，快来人啊！救命！”他才松开了双手。但他的双手依旧不是自己醒悟后松开的，而是被许多人一齐掰开的。紧接着，他也晕倒在地上。

布鲁诺晕倒时，椅子也倒向地面，巨大且不和谐的声响引起了盖伊和参议员等人的注意，再加上康宁汉姆夫人的哭泣声，更引人注目。盖伊连忙赶了过去，看到了昏倒在地上的布鲁诺。

盖伊和服务生联手将布鲁诺抬到了书房里，安妮则去安抚康宁汉姆夫人，将她带上了楼。人们议论着到底发生了什么事，最后只是推论说他们在玩一个什么游戏，事情也就不了了之了。此时，芭芭拉无力地站在房间的角落里，还在回想着布鲁诺当时的眼神。

在书房里，布鲁诺被放在沙发上。参议员对盖伊说：“当我看到他出现在这里的时候，就觉得奇怪了。他是谁？”

盖伊说：“我也不认识他，先生。”

“尽快把他弄走。这又成了一个小报消息的好题材。人们很快就会胡说八道，说我们又在狂欢了。我想，我最好先回去看看。”

“是的，先生。”

待参议员走后，布鲁诺也缓缓地睁开了眼睛，晃晃悠悠地站了起来。盖伊一把将他推倒在沙发上。布鲁诺摸了摸自己的头，无力地说：“发生什么事了？我好像是在坐旋转木马，它让我觉得头晕。”

“你这个疯子！你就应该被关起来！你就不能滚出这里，别来烦我吗？”盖伊虽然很生气，但还是不能用很大的音量对布鲁诺发出怒吼。

布鲁诺站起身，深情地对他说：“可是，盖伊，我喜欢你。”

盖伊感觉自己已经没办法和他用言语沟通了，于是一记重重的直拳打了过去。他揉搓着自己的拳头，看着布鲁诺又倒在沙发上。

布鲁诺摸了摸自己的脸，说道：“你不该这么做，盖伊。”

“来吧，给我振作点儿。”

布鲁诺站起身，整理着散开的领带。

“我来吧。”盖伊帮他把领带打好，“你的车在这边吗？”

“司机在外面等着。”

芭芭拉看着盖伊把布鲁诺搀扶出门口，她像失了魂似的走回宴会厅，正巧遇到从楼上下来的安妮。

安妮扶住妹妹的肩膀问道："你怎么了？你看到了什么，对吗？"

"他看着我，他的手放在她的脖子上……我知道他是在掐我！"

"什么意思？"

芭芭拉吞了口唾沫，她的脸颊上还带着泪水。她压抑着内心的恐惧，说道："刚开始，他只是看着我，然后眼神就变得凶狠了，开始瞪着我。他有点儿恍惚……哦，不，这太可怕了……他以为他在谋杀我呢。"说着，芭芭拉将眼镜摘了下来，擦了擦眼泪，说道，"为什么是我？为什么？和我有什么关系？"

安妮看着芭芭拉手上的眼镜，目光里充满了恐惧。她连忙问芭芭拉："你知道盖伊在哪儿吗？"

"和那个人一起出门了。"

安妮亲吻了一下芭芭拉的脸颊，连忙追了出去。当她出来时，正巧看见盖伊送布鲁诺乘车离开。安妮立刻迎了上去，对盖伊说："那天你们不是第一次见面，对吗？"

"你是指在会所的大堂里吗？"

"是的，"安妮说，"你注意到他看着芭芭拉的眼神了吗？"

"不，我没注意到。"

安妮立刻直盯着盖伊："今天晚上，他用同样的眼神瞪着她，那时他的两只手掐在康宁汉姆太太的脖子上。"安妮质问道，"米瑞安的长相是什么样子？"

"你怎么突然问我这个？你看过她的照片。"

"回答问题，我要你亲口告诉我。"

"肤色很深，个子不高，但是很漂亮。"

"还有呢？"

"还有什么？"

"她也戴眼镜，对吗？"

"是的。"

"她看起来和芭芭拉有点儿像，对吗？"

盖伊突然不知道该说什么好。安妮看到他吃惊的眼神，立刻联想到布鲁诺可能是盖伊雇的杀手，就严肃地问道："你是怎么让他去实施谋杀的？"

"我让他去实施谋杀？"

"是你杀了米瑞安，对吗？告诉我，是或不是？"

"是！"盖伊有些气愤地说，"他就是一个疯子。我们是在去麦特卡夫的火车上遇到的。他告诉我，他有个交换谋杀的计划。我谋杀他想谋杀的对象，而他谋杀我的。"

"什么意思？什么你的谋杀？"

"他曾经在报纸上看到过有关我的报道，他知道米瑞安，也知道你。他说，如果他肯为了我杀死米瑞安，那么我就应该为了他去杀死他的父亲。”

安妮摇摇头说：“哦，你一定知道他只是在说胡话。”

“但他不是！我万万没想过我们会再次相遇，现在这个疯子想要我去杀他的父亲。”

“这件事太不可思议了。”

“的确。”

安妮定了定神，说：“你是说，你知道米瑞安是被谁杀死的？”

“在她被谋杀的当天晚上，他就给了我她的一副眼镜。”

“那你为什么不报警？”

盖伊说：“然后让他们也问我刚才你问过的那句话：‘海因斯先生，你是怎么让他去实施谋杀的？’然后，布鲁诺也会承认我们是共谋。”

安妮开始觉得事情麻烦了，她无助地问道：“盖伊，现在我们该怎么办？”

“我不知道，安妮，我也不知道……”

突然，安妮意识到汉尼斯还在街对面监视着他们，便叫盖伊回去再说。盖伊深情地看着安妮，说：“亲爱的，这就是我不告诉你的原因。我想保护你、芭芭拉和你的父亲。你看，你现在知道了，就表现出一副我有罪的样子。”

“可……可如果我们可以和父亲谈谈，或许事情还有转机。”

“不，我们不能再将其他人牵扯进来了……”盖伊看了看汉尼斯，“我们还是先进去吧。”

街对面的汉尼斯一直注视着他们。盖伊和安妮进屋后，哈蒙恰巧来了。哈蒙看出汉尼斯的神色有些古怪，便问怎么了。汉尼斯说道：“我感觉事情有些蹊跷，得警觉些。”

当天晚上，宴会结束后，盖伊回到自己的房间，急匆匆地拨响了布鲁诺的电话。他在电话里告诉布鲁诺，今天晚上，他就要去做布鲁诺要他去做的事了。他会去找他的父亲，把这件事彻底地解决。他还告诉布鲁诺，今天晚上最好离开家，天亮前都不要回去。

盖伊拿出手枪，装在自己的西装内兜中，又看了看窗外正在值班的哈蒙，从房子的后楼梯离开，只身前往布鲁诺的家。他用钥匙顺利地打开了布鲁诺的家门，屋子里一片漆黑。他翻出地图，打开手电，按照上面的路线来到通往二楼的楼梯。出乎意料的是，楼梯上居然站着一只凶狠的大狗。此时，它正发出哼哼的声响。盖伊镇定自若地慢慢走上去，将自己的手伸给它。大狗闻了闻，又舔了舔他的手，并没有敌意。于是盖伊摸了摸它的头，顺利地绕过它，来到了二楼的走廊。他走到第二扇门，悄悄地推门进去。

他没有拿枪，也没有靠近床边，只是隔着一段距离悄悄地喊道：“安托尼先生，安托尼先生。”他见床上一个人影坐了起来，便继续说道，“您别害怕，我来这里，是想和您谈谈您儿子布鲁诺的事。”

床头灯打开了，照出了布鲁诺的脸。布鲁诺正坐在他父亲的床上。他对盖伊说：“是的，海因斯。我父亲今天晚上不在家，海因斯。我本来想在电话里告诉你这件事，但是你的决定太突然了，我想知道是为什么。”

“是你邮寄给我你家的钥匙，所以我决定利用它……来拜访你的父亲。我猜想，他会很关心他的儿子是个疯子的事。”

布鲁诺走到盖伊的面前，又在他旁边的椅子上坐下，说：“我想，你是不想遵守我们两个人之间的协议了。”

“是的，我从来都不曾制订什么协议。”

“我明白。那么你也就不再需要我的钥匙了。”

盖伊将钥匙还给他，将那把旧枪也丢在床上，劝慰他说：“听好了，布鲁诺，你真的病了，而且病得很严重。关于这方面，我不是很了解，但是你为什么不去接受治疗呢？这样不仅对你好，你也不会继续给偶然相识的人带来灾难了。”

“我不喜欢被人背叛的感觉。”布鲁诺绕到盖伊的身后，用枪指着他的后背，“没错，我潜意识里是想去实施谋杀，但我真正实施谋杀行为并不是出于我的思想，而是为了你。既然你从中获益，就应该付出代价。”

“我想，我这次来没有起到任何作用，布鲁诺。我们之间没什么好说的了。”说完，盖伊便向外走，布鲁诺则一直拿着枪跟在他的身后。盖伊当然知道他正面临着危险，所以他将脚步放得很慢，以免激烈的行为刺激到布鲁诺。

布鲁诺拿着枪站在楼梯上面，盖伊抬头看着他。布鲁诺说道：“别担心，我不会开枪。我不想惊扰我的母亲。我可是很聪明的，我会想出更好的办法。”

盖伊顺利回到了家中，但是他所面临的危险并没有解除，而且这次行为给他带来了更大的麻烦。警察已经知道他外出了。

“他在3点25分回来，我甚至不知道他不在家……他的电话连续响了半个小时，没有人可以睡得那么沉。我让清洁工给我开的门，等我进去一看，海因斯根本不在家。他能去哪儿呢？”哈蒙向汉尼斯汇报说，“或许一会儿我们就会听到另一个女人被谋杀的消息。”

“闭嘴。要我去联络麦特卡夫警察局吗？我们有理由讯问海因斯先生更多的问题。”汉尼斯说道。

“讯问？咱们去逮捕他。”

汉尼斯严肃地说：“亲爱的哈蒙先生，我还需要对你强调多少次，我们没有确凿的证据，我们没有证据指控他去过谋杀现场，难道你听不懂吗？在原地等我回来。”说完，他便离开了。

第二天一早，安妮为了能够帮助盖伊，一个人来到了布鲁诺家里。她想和布鲁诺的母亲谈谈。显然这是一位慈母，或者说，是一位溺爱孩子的母亲。布鲁诺的母亲对安妮说："我知道布鲁诺曾经有过一些不太好的状况，但一定不至于荒谬到去杀人。"

"安托尼太太，您得帮帮自己的儿子。"安妮说，"难道您看不出来，只要他讲一句话，就能让盖伊从这件可怕的事中逃离出来吗？"

"摩顿小姐，我确定这整件事不过是一场恶作剧而已。我知道布鲁诺有时玩得有些过火……哈哈……我本不该对外人这么说，可他有时的确不太会负责任，会弄出各种恶作剧。"

"安托尼太太，难道您还不明白吗？您儿子杀死了一个女人。"

安托尼太太睁大眼睛，问道："是布鲁诺亲口告诉您的吗？"

"当然不是，安托尼太太。"

安托尼太太笑了笑，说："那就是了。摩顿小姐，我很高兴您能来拜访我，但是很抱歉，我得去画画了。您喜欢画画吗，摩顿小姐？我发现，画画可以修身养性，让人的心灵趋于平静。"她站起身，和安妮握了握手，"有空再来玩。"说完，便转身离开了。

客厅里只留下安妮一个人。突然，布鲁诺从后面叫她的名字。安妮转过身，看向他。布鲁诺穿着一身睡衣，从楼梯上下来，对她说："我想，我妈妈没帮上您多大的忙，是吧？她已经病了很久。她有一点儿……怎么说呢？应该叫困惑吧。唉，我那可怜的妈妈。"

布鲁诺绕到安妮的身后，一边从盒子里拿出一支烟，一边对她说："我很生盖伊的气，他不该让您跑这一趟。"

"盖伊不知道我来这里，安托尼先生。"安妮说话时没有回头。

"我想，他是让您误会了。"布鲁诺看了看盖伊的打火机，说道，"他是下定决心一定要把我牵扯进去的。从我们在火车上认识开始，我一直在保护他。当时他就和我说，他多么憎恨自己的老婆。他想让我在某天夜里返回那座小岛上，捡回他落在那里的打火机。这样就不会让警方发现他曾经去过那里。他把打火机掉到那里了，当他……就是那一晚掉的。警方一直在等那个能够证明盖伊就是凶手的证据。这也让我很担心，但是我真的做不到，这太危险了。再说，这样一来，我们就会变成共犯了。"

安妮一直都在控制自己的情绪，但她听到这里时，一直在眼圈里打转的泪水忍不住夺眶而出。布鲁诺走过来，安慰说："摩顿小姐，我很理解您现在的感受。但是很抱歉，我还有一个重要的约会……我现在真的必须离开了。"

安妮看着他的背影，痛苦地回想着他的话。她不相信他说的是真的，但依旧泪水直流。

当天下午，安妮和盖伊约在网球场上面的露台餐厅吃饭。这一天，也是盖伊比赛的日子。她向他提到了布鲁诺的事，她说："他和我说，如果警方发现了你的打火机，那么它就会成为你去过现场的证明。"

“关于这一点，他的真正意图是说，他要把打火机送到那座小岛上去。”

安妮听了盖伊的分析，痛苦地按着自己的额头说：“我本想去帮忙的，但恐怕让事情变得更糟了。在你之后，我紧跟着又去了他家，这只会让他更加生气。”

盖伊说：“不，亲爱的，这不是你的错。他昨天晚上就和我说过，他会想出一个计划。看来，他的确想出来了。”

“盖伊，你必须赶在他前面，到麦特卡夫去。”安妮说，“你现在没时间去比赛了，去跟主办单位申请退赛吧。”

“如果他们宣布我退赛，那么汉尼斯一定会怀疑的，他会阻止我去麦特卡夫。”

“那我替你去那里。”

“不行，安妮。”盖伊为了保护自己的女友，不想让她去犯险，只得说，“你留在这里，帮我在比赛后溜走，别让汉尼斯发觉。”

“可是那样就太迟了。”

盖伊说：“布鲁诺不是说，他要在某一天的夜里去岛上吗？”

“是的。”

“那就对了，这也是他的想法。他是不会在白天去岛上的。如果我能连赢三局，那么我就可以——”

“盖伊，几分钟后你就要上场了。”一位网球选手过来通知盖伊需要做准备了，顺便也和安妮小姐打了个招呼。

“好的，蒂姆，我马上就过去。”

盖伊紧接着站起身来，拿起自己的网球拍，和安妮小声说着接下来的计划。在贵宾观众席的入场处，汉尼斯和哈蒙在尽职地看守着他们的嫌疑人。

“如果特特尔局长批准，我们就立刻逮捕他。”哈蒙说。

汉尼斯皱了一下眉头，说道：“先让他好好比赛。”

“这可是我第一次等一名谋杀案嫌疑人先去参加网球比赛，再逮捕他。如果被总部的人知道了，他们会调我去——”哈蒙的话还没说话，汉尼斯就示意他闭嘴，因为盖伊和安妮已经朝他们走过来了。

“祝您好运，盖伊。”汉尼斯对盖伊说。

“谢谢。”

盖伊陪安妮进入贵宾观众席后，对她小声说：“你明白了吗？你得确保芭芭拉在第三局开始时就把一切都准备妥当。”说完，盖伊走向他的网球场，而安妮赶到芭芭拉的身边坐下来，急忙和她耳语了几句。

这是一场相当受人瞩目的比赛。偌大的体育场里已经座无虚席，高高看台上的最后一排也坐满了人。观众的心思只在比赛上，运动员却分心于两件事情：一是比赛，二是赶往麦特卡夫。

广播里传来了解说员浑厚的嗓音："先生们、女士们，请注意。本场单打比赛的选手是盖伊·海因斯和弗雷德·雷诺。"正式比赛前，双方开始试球。解说员说："在这两位选手中，盖伊·海因斯是一个比较冷静且技术很全面的一位选手。他向来都采用慢攻的方式来积累比分，从不过分地使用自己的体力。"

裁判坐在高椅上问道："边线员准备好了吗？比赛开始。"

从开始挥打网球拍的那一刻起，盖伊就用了全力。对手显然不太熟悉他这样的打球套路，第一局盖伊便以40:15的比分取得胜利。

中场休息时，盖伊看了一眼时间，已经是下午4点20分了。此时，布鲁诺也离开了家门，赶往火车站。

解说员对盖伊这次的表现很意外，评价说："盖伊·海因斯在全力猛攻，加快了比赛的步调。我从未看见过他这样冒险地进攻，这和他平时比赛冷静的策略完全相反。"

第二局开始了，紧张的比赛氛围让所有的人都不敢大口地呼吸。人们随着网球的运动路线，左右摆动着头。即便是汉尼斯和哈蒙，也很投入地看着这场比赛。

布鲁诺此时已经坐在火车车厢里，用盖伊的打火机点燃了一支烟。隔壁的人看见了，便向他借个火。他看了看手里的打火机，然后从西装口袋里翻出一盒火柴，替那位先生点上了烟。那位先生虽然有些不解，但还是说了声"谢谢"。

第二局虽然不像第一局那么快速，但依旧被盖伊拿下了。解说员赞叹道："盖伊·海因斯轻松拿下了前两局，如果按这个势头发展下去，那么他将连赢三局。"

贵宾观众席上，安妮对芭芭拉说："听着，如果他再赢了这一局，你就把一切都准备好。这里有十美元，是付给司机的。"

"可我真的很想知道这是怎么回事。"

"我稍后再和你说，现在你最好快一点儿。"

可爱的芭芭拉走出了贵宾观众席，她并没有被汉尼斯怀疑，于是她很顺利地做好了要做的事。她不仅找好了出租车，还在车后座上为盖伊准备好了上衣和裤子。当她回到观众席上时，第三局比赛已经结束，但是盖伊输掉了这一局。就连解说员也不得不说："我想，我可能把话说得太早了。当我预计这场比赛即将结束的时候，雷诺却取得了这一局的胜利。"

盖伊焦急地看着时间，时钟已经指示到5点25分了。与此同时，布鲁诺已经下了火车。他走到站前广场，将兜里的打火机拿出来看了看。正在这时，突然有一个人从他旁边走过，不小心撞了一下他的胳臂。打火机一滑，掉到了地上。恰巧布鲁诺站在下水道旁，打火机在下水道拦污栅栏上弹跳了一下，掉进去了。

此时比赛已经进入僵持阶段。解说员评论道："现在的比分是2:1，盖伊·海因斯领先。现在已经是第四局的第十次平分了。这场比赛由海因斯的快速取胜演变成了一场拉锯战。”

盖伊在第四局奋力拼搏，而布鲁诺在为掉进下水道的打火机发愁。他请来保安，指着拦污栅栏说：“我的烟盒就在这下面，非常值钱的。”

“在这下面？”

“是的，得马上把这个栅栏盖儿抬起来。”布鲁诺一边比画，一边说着。

“有什么事情需要帮忙吗？”路人过来问道。

“难道我们就不能做些什么吗？”布鲁诺着急地说，“我的烟盒掉进去了。”

保安说：“无论我们做什么，可能都没用了。或许它已经被污水冲到排水管里去了。”

“排水管？”布鲁诺惊呼。

另一个好心人说：“或许它正卡在边缘上呢。”

“难道没有那种水槽下的凹形弯管吗？”

总之，所有的人都在出主意，甚至弯腰向里窥探，就是没有一个人肯动手做些什么。保安说道：“我们可以联络市政工程师。最糟糕的结果就是他要我跳进去。”

“听着，先生……”布鲁诺说。

“好了，放轻松点儿，先生。”保安说。

“我可不想放松！”焦急的布鲁诺见没有人愿意做些什么，只好自己跪在地上，将手伸进栅栏里，试图将打火机拿上来。

布鲁诺的手指已经碰到了打火机。他开始用自己的食指和中指夹住它，想将它拿上来。可沾有潮湿泥土的打火机表面太滑了，他的手腕被卡住，手指又使不上劲儿，一个不小心，打火机又掉了下去。这下，它掉落的位置比刚才更深了。还好，它没有掉到水沟里，而是在一级干爽的石阶上。

这一边，盖伊坚定地挥动球拍，努力要快速赢得比赛。另一边是布鲁诺汗流浃背，将自己的手伸向下水道深处。栅栏的缝隙太小，粗糙的铁栅栏刮着他的手腕。他的手每向下伸一寸，手腕的疼痛感就会增加一分。

终于，布鲁诺将打火机捏在手里，拿了上来。围观者也从最初的两三个变成了七八个。还有人感叹道：“不管那是什么东西，对您来说一定非常重要。”布鲁诺没有时间耽搁，也不想让自己和手里的打火机太引人注意，就快速地跑走了。

网球场上，阳光炙烤着大地，盖伊的衣衫已经被汗水浸透了，他却没有片刻喘息。再大的事情也不会阻碍他发挥自己的智慧，这才是真正有能力的人。终于，盖伊凭借自己的能力拿下了这一局。

安妮和芭芭拉在看台上高兴地鼓掌。随后，安妮在芭芭拉的耳边说了几句，芭芭拉便离开了。盖伊来到看台上，将自己的网球拍递给安妮。安妮说：“出租车已经在入口等你了。”

芭芭拉高兴地走到汉尼斯身边，要分散他的注意力。她一边说话，一边故意将脂粉盒碰洒在他的西装上，然后连忙蹲下去帮他擦干净。但是一旁的哈蒙看到盖伊从另一扇门溜出了网球场，连忙喊汉尼斯。而芭芭拉依旧抱着汉尼斯的双腿，假意给他擦拭着。汉尼斯再也顾不上怜香惜玉，急忙将芭芭拉扶起，将两条腿撤了出来，使得芭芭拉的身体向前一倒，两只手碰到了地上，不过力道不是很大。

盖伊走到门口，看见一辆出租车，连忙问道："您是在等我吗？"

"是的，先生。"

"去宾夕法尼亚州车站。"盖伊便上了车。当两位探员追出来的时候，车子已经开远了。极富经验的汉尼斯拍了一下哈蒙的肩膀，说："跟我来。"然后冲向路中间，张开双臂，拦下了一辆小汽车。

车子还没停稳，汉尼斯就冲进了后座，并将自己的警察证出示给后座的女士："我们需要您的协助，现在我们要追一个人。"

坐在后座的女士是一位五十多岁的老妇人，她身材臃肿，但衣着华贵。估计她这辈子经历过的最刺激的事就是这一件了，她惊呼道："真的吗？这太刺激了！"

等哈蒙上车后，他们便开始追前面的出租车。

盖伊在车里穿上了事先为他准备好的衣服，等车子停稳时，他也穿着完毕。他匆匆付了车费，走进了火车站。此时，两位探员也紧随其后下了车。他们在售票窗口看到了盖伊，但没有直接过去，而是等他买完票后，问售票员："刚才那位男士买了去哪里的车票？"

"麦特卡夫。"

哈蒙一听，连忙要去逮捕他，但被汉尼斯拦了下来。汉尼斯说："让他去吧，可能会有重大发现。我们去联络麦特卡夫的警察，让他们在那边接手。"

当盖伊顺利地坐上火车的时候，布鲁诺已经到了游乐场。此时天还没黑，所以他不得不按照计划在游乐场里等着。他来到一家烤肉摊前坐下，着急地问里面的服务员："什么时候天黑？"

服务员看了看眼前的人，又看了看旁边的顾客，好奇地问道："您怎么这么着急要天黑呢？"

"我是想问，这里什么时候天黑？"

"快了，不用很久。"

盖伊在火车上坐着等火车到站。这时，车厢里来了一位陌生男士，他走到另一位男士的对面坐下，也在跷二郎腿的时候碰到了对方，两个人便交谈起来。其中一个人问："我们大概什么时候能到巴尔的摩？"另一个人回答："还有半个小时吧。"这种从陌生到熟悉的过程，盖伊是再熟悉不过了，也是他现在的心结。他叹了口气，连忙将脸转向一边。

游乐场里，布鲁诺坐在一棵树下翻看着报纸。一个老人走过来和他搭讪："自从这里发生了谋杀案，守船人的生意好了很多。人们都想看犯罪现场。"听他这么一说，布鲁诺才仔细看了看当初他搭乘船只的码头。那里原本人迹罕至，如今却排起了长队。

布鲁诺说："这可不是什么赚钱的好办法。"

"哦，也不能这么说，守船人也得吃饭。有一阵子，他那儿的生意差得不行，就连搂抱的男女也不去光顾那里。"

布鲁诺看着老人，问道："搂抱的男女，是指什么？"然后不屑一顾地继续看报纸。老人生气地说："好吧，就当我没说过。"

为了同一件事的两个人，一个在游乐场里盼日落，一个在火车上盼夕阳能够晚一会儿落山。终于，太阳要落山了，盖伊也下了火车，连忙搭乘出租车赶往游乐场。早在车站等候的警察也获知了他要去游乐场的情报，立即给总部发出信息："61号车报告，盖伊·海因斯已经抵达火车站，正搭乘出租车赶往游乐场。"

太阳逐渐消失在地平线下面，游乐场的霓虹灯越来越亮。布鲁诺悄悄地走到游船项目的队伍里，等候实施他最后的计划。他将帽檐儿拉低，以免其他人看清他的长相。

警察已经比盖伊早到了一步，其中一位便衣被安排在游乐场的大门口守着，另外两个则走了进去。盖伊下车后，看到了一辆警车，意识到自己已经被跟踪了，但他还是要做自己的事。

从这辆警车上下来的人是特特尔局长和他的警员。见盖伊进入游乐场后，特特尔局长便嘱咐警员："你先去和正门的便衣警察会合，然后过来找我们。"兵分两路，大家展开了追捕行动。

两名警员拿着照片来到了守船人身边，悄声告诉他："把你的眼睛睁大点儿，如果看见这个人，就来通知我们。"然而这一切都被排队的布鲁诺看在眼里。他一直盯着守船人。突然，守船人不经意地抬起头，看到了他。布鲁诺立刻低下头，急忙避开守船人的目光。但他的脸和他的穿着打扮曾给守船人留下了十分深刻的印象，守船人思考了一会儿，赶忙向两名警员走去。布鲁诺见情形不妙，决定立刻离开。就在左顾右盼选择逃跑路线的时候，他看到了盖伊，盖伊也看到了他。

"嘿，布鲁诺！"盖伊冲他大叫，并向他跑去。跟踪盖伊的两名警员则在盖伊的后面喊："海因斯，站住！"于是，三拨人互相展开了追逐与躲避。

布鲁诺跑上了正在旋转的木马，盖伊也跟了上去。警察以为他要逃跑，连忙举起了手枪。可就在一声枪响之后，应声倒下的并不是盖伊或者布鲁诺，而是控制木马转速的工作人员。没了他的控制，木马的转盘开始狂转不止，原本一个和缓的娱乐项目变得疯狂起来。两名警员想冲到转盘上面，却被巨大的离心力甩了出去。场外根本没一个人能接触到旋转台。正在乘坐木马的女孩害怕得尖叫起来，有个无知的小男孩却认为这疯狂的转动异常好玩，哈哈大笑个不停。

在快速旋转的转盘上，布鲁诺和盖伊扭打着。下面的警察纷纷聚齐，守船人也跟了过来，指着扭打的人说道："对，就是他，他在上面。是他杀了她。"

"我们知道。"特特尔局长说。

扭打还在继续着，转盘仍然在旋转着，场外的母亲痛苦地喊叫起来，因为上面有她的孩子，就是那个无知的小男孩。

"得叫人把那玩意儿停下来。"特特尔局长说。

"我去。"一个老头儿拉住局长的胳膊，自告奋勇地走了过去。他矮小瘦弱的身体趴在地上，想从高速旋转的转盘下爬到里面，从而控制住那个能控制速度的传送带。一名警察忙喊："嘿，停下，您要做什么？"

特特尔局长对他说："不，我认为他办得到。"

老人的动作虽然缓慢，却带着一种沉稳和坚定。

盖伊和布鲁诺仍旧在旋转台上扭打着，巨大的离心力迫使他们必须用一只手抓住一个固定的物体，否则就会被甩出去。那个无知的小男孩还坐在木马上哈哈大笑。盖伊和布鲁诺扭打到他身边的时候，他也想参与到这场搏斗中去，于是挥舞着弱小的拳头往布鲁诺身上捶打了两下。布鲁诺一生气，就用他那强而有力的大手将小男孩一把推下了木马。小男孩顺着旋转台向外滚去，场边的母亲吓得惊叫起来。眼看他就要被甩出去，盖伊一把抱住了他，并艰难地把他放进了相对安全的马车里。

布鲁诺逮住机会，从后面勒住了盖伊的脖子，又顺势将他按倒在旋转台上。布鲁诺想用双手将盖伊掐死，盖伊双脚用力踢蹬，不停地向前挪动着身体，但还是被布鲁诺掐紧了脖子。旋转木马上的女孩在尖叫，小男孩在哇哇大哭。后来盖伊虽然挣脱了布鲁诺的手臂，却被他踢到了旋转台的边缘，身体已经被甩在外面。盖伊双手死命地抓住了一根钢管，布鲁诺则用力地踹着他的手，眼看他的手被踹得红肿起来。

旋转台下面的老头儿马上就要接近目标了。他拿出手绢，擦了一下汗水，继续往里爬。就在千钧一发之际，他终于爬到了控制杆的位置，用力将控制杆闭合。快速旋转的皮带被瞬间制动，导致偏离了轨道。紧接着，木马转台塌了，木马甚至被甩了出去。一声巨响过后，一切都停止了，除了漂浮的尘埃和还在冒火的电线。

人们赶紧围了上去，虽然有警察制止，但阻挡不了母亲们要救孩子的心。特特尔局长找到了盖伊，问道："你还好吗，海因斯？"

"我想，还好。"此时，盖伊已经满脸是伤，庆幸的是，都是些皮外伤，他还能好好地站在那里。

这个时候，警员突然带着守船人走过来，说："他说，我们要逮捕的不应该是这个人，而是另一个。是刚才和他扭打在一起的那个。"守船人不住地点头，表示认可。

"什么？不是海因斯？那你刚才指着他？"

“我没有，警官，我发誓我从来没有见过他，我说的是另一个人。”

特特尔局长问道：“这到底是怎么回事，海因斯？”

“他有我的打火机。”盖伊满脸是汗，焦急地说，“他想把它放到这座小岛上，然后栽赃给我。让我和他谈谈，让我证明给你们看。他在哪儿？”

当盖伊找到布鲁诺时，他已经被压在一匹木马下面，奄奄一息。木马被巨大的棚顶压着，根本抬不动，只能等起重机过来。

“你好，盖伊。”布鲁诺看见盖伊后，笑着和他打了个招呼，又看了看旁边的人问道：“您是谁？”

“这位是特特尔先生，是警察局局长。”盖伊回答他。

布鲁诺笑了笑，用虚弱的声音说：“他们终究还是抓到你了，是吗，盖伊？”

盖伊焦急地问道：“布鲁诺，你现在可以说话吗？你可以告诉局长，你有我的打火机吗？”

布鲁诺睁大他那无辜的双眼，看向盖伊，说：“我没有。它还在那座小岛上，是你留在那里的。”

“布鲁诺，别再坚持了……别再说谎了。”盖伊因焦急而变得磕巴起来。

布鲁诺说：“我知道，不过很抱歉，盖伊。我的确很想帮你，但是我不知道自己可以再做些什么。”

盖伊见他还是那样顽固，便对局长说：“特特尔局长，我可以搜他的口袋吗？”

“当然不行，况且，他已经说了，东西不在他手上。”特特尔局长坚决拒绝了他的请求。

盖伊失望地说：“可是，他快要死了。”

旁边的人看见布鲁诺的眼睛闭上了，头也歪向一边，于是说：“他死了。”只见布鲁诺原本握紧的手慢慢地松开，露出了那个刻有“A to G”的打火机。

特特尔局长将它拿起来，问盖伊：“是这个吗？”盖伊点了点头。局长说：“您说得对。最好由我来暂时保管这件东西。我们明天早上再来澄清这件事。您是否要留在这里过夜？我想，您应该有很多话要告诉我。我们9点见，好吗？”

“好的，特特尔局长……谢谢您。”盖伊终于如释重负，转过身问后面的守船人：“这里哪儿有电话？”

“入口处就有。他是谁，老兄？”守船人问道。

盖伊看了看后面，说：“布鲁诺，布鲁诺·安托尼。一个很聪明的人。”

安妮已经在书房等了很久，一直坐立不安地等着电话铃声响起。这会儿，电话铃刚响了一下，她就急急忙忙地接起了电话。

“盖伊？是的，亲爱的，我当然愿意过去……”听到盖伊的讲述，她终于喜极而泣。她挂断电话后，对家人说：“盖伊明天早上就会回来，他要我给他带一些东西……”

芭芭拉高兴地冲过来抱住姐姐，就连一向稳重的参议员也高兴得不由自主地从椅子上站了起来。

第二天，盖伊解决了所有的问题，和安妮一同坐上了回家的火车。坐在他们对面的一位老人原本在看报纸，这会儿，他突然把报纸放下，问盖伊：“很抱歉，打扰一下，您是不是盖伊·海因斯？”

盖伊刚想笑着说“是”，话到嘴边，却咽了下去。他连忙拉起安妮，换了节车厢坐。对他来说，在火车上透露自己的信息可是大忌。

MURDER

蝴蝶梦

那是从法国南部开始的故事。

海浪冲击着黑色的礁石。一个男人站在岸边的悬崖上，低头望着喧嚣的海浪，面色凝重。

他又向前迈了一步。

“不！不要跳！”一个女孩在他身后大声喊。

男人骤然回过头：“你在喊什么？”冷峻的面孔让女孩不知所措了，“你是谁？你在看什么？”

“对不起，我不是有意偷看的，但……我只是以为……”女孩笨拙地解释。

“你是有意的，不是吗？你在这里做什么？”男人有些咄咄逼人。

“我只是散步而已。”女孩局促极了。

“那就继续散步吧，别在这里乱喊。”男人冷得像块冰。而女孩像一只受惊的小鹿，转身就跑。随后，男人也离开了。

夜色中的蒙特卡洛是一座美丽的城。在一家高档酒店的大堂里，白天那个女孩和一位胖太太坐在一起，神情落寞。

“我再也不会淡季来蒙特卡洛了。酒店里一个知名人士也没有。”胖太太左顾右盼，大声喧哗，“咖啡凉了，服务生！去喊人！让他……”她命令着身旁的女孩。

这时，两人同时回头，看到一位绅士走进了大堂。

“天哪！是马克斯·德·温特先生！您好！”胖太太立刻笑成了一朵花。

绅士听见有人喊他的名字，便停下脚步望过来，还是面无表情。女孩看清楚了，这位绅士正是白天她在悬崖边遇见的那个男人。此时他已很不同，没了白天那种冷峻凝重，只剩下了沉稳。五官算得上英俊，年纪不到四十岁，有着非常迷人的绅士气质。男人显然也看到了女孩，于是朝这边走来。

“您好！”他微笑了一下。

“我是伊迪丝·范·霍珀，很高兴在这里遇见您。我刚刚绝望了，在弗里蒙特，一个老朋友都没有遇见。坐下来喝杯咖啡吧。”范·霍珀太太热情而聒噪，等转向女孩时，她立刻换了表情，板起脸说：“德·温特先生要跟我一起喝咖啡，喊那个愚蠢的服务生再倒一杯。”

“恐怕我必须反驳一下，是你们二位和我一起喝咖啡。”德·温特先生坐了下来，叫道：“服务生，咖啡，谢谢。”

“好的，先生。”

“抽烟吗？”范·霍珀太太问道，自己拿出了一支。

“不，谢谢。”

“您一进餐厅，我就认出您了。那晚在棕榈滩的赌城见过之后，我就再没有见到您，也许您不会记得我这样一个老妇人了。您在这里玩过桥牌吗？”范·霍珀太太继续聒噪着。

“没有，那只是几年前我用来消遣的玩意儿。”德·温特先生替她点燃了烟。

“我非常理解。如果我能拥有一座像曼陀丽一样的庄园，我肯定不会来弗里蒙特。那是全国最大的庄园之一，您会被那里的美景深深地吸引。”范·霍珀太太极尽恭维之能事，但德·温特先生没有理会她，而是将头转向一旁拘谨的女孩。

“您觉得弗里蒙特怎么样？或者您根本不屑于谈论它？”德·温特先生抱起胳臂，问道。

“我觉得，斧凿痕迹过重。”女孩认真而坦率地回答。

“她被宠坏了，德·温特先生，”范·霍珀太太立刻插嘴道，“这就是她的毛病。多少姑娘情愿用自己的眼睛做代价，换得看一眼弗里蒙特的机会。”

女孩什么也没说。

“这样一来，不是达不到目的了吗？”德·温特先生问。

范·霍珀太太的尴尬稍纵即逝：“现在我们再次相遇，希望能不时地见到您。您一定要来我的房间坐坐。我想，他们一定会为您提供一个好房间，空间很大。所以，如果您觉得不舒服，千万别慌。您的行李，侍从一定都为您打理好了吧？”

“我没有侍从，也许您愿意去为我打理行李吧？”德·温特先生再次微笑了。

“我……我可不是说……”范·霍珀太太一时不知怎么回答，但是立刻用笑声掩饰了过去。她再次板起面孔转向身边的女孩：“假如需要，也许你能帮德·温特先生的忙，你在许多方面都是个能干的孩子。”

女孩依旧很安静，什么也没说。

“好极了，但是我信奉家乡的俗语，‘单身旅客行路最快’。”德·温特先生站了起来，“也许您从来没有听过这句话吧？晚安。”说完，他就走了，甚至没等范·霍珀太太有所回应。

“多滑稽啊！”范·霍珀太太皱起眉头，“你觉得他突然离开是不是太可笑了？走吧，别傻愣在那儿，上楼去。你带钥匙了吧？”

“带了，范·霍珀太太。”女孩回答得很快。

“我记得，曾经有一位著名的作家，每次见我走过来，他就绕道。我想，他大概对我很着迷，但是又缺乏自信。这就是生活。”两人一边走着，范·霍珀太太一边痴人说梦。女孩依然保持安静。

“顺便说一下，”女孩一惊，知道范·霍珀太太又要说她了，“亲爱的，别怪我又数落你。你在德·温特先生面前毕竟是个小人物，你的错误是竟然想加入大家的谈话，这让我很尴尬，我敢说他也有同感。男人不喜欢这个样子。”范·霍珀太太神色很严厉，“好了，别不高兴，毕竟我要对你在这里的行为负责。也许他没有注意到这个，可怜的孩子。我想，他只是无法从他妻子过世这件事里走出来。他们说，他非常爱她。”

电梯终于来了。

正是午餐时间，女孩轻快地走进酒店餐厅。服务生搬开椅子，请她坐下。女孩拿餐巾的时候不小心打翻了桌上的花瓶，水洒到了桌布上。

“哦，我真笨。”女孩一个劲儿道歉，“看我做的蠢事，真对不起。”服务生便帮她换桌布，“别麻烦了，真的没关系。”

德·温特先生恰好坐在旁边的位子上。看到这种情形，他走了过来。“这样吧，在我桌上添一副餐具，这位小姐将与我共进午餐。”

“哦，这绝对不行。”女孩站了起来。

“为什么？”

“请不必客气，您真好。不过，换了桌布就没事了。”

“我不是和您客气，即使您没有冒冒失失地撞翻花瓶，我也会邀请您的。来吧，如果您不愿意，我们不一定要说话。”

女孩拿起自己的东西，跟着德·温特先生到了他的餐桌前。

“非常感谢。我只要一些炒鸡蛋就可以了。”

“好的，小姐。”

“您的朋友怎么样了？”德·温特先生问。

“她有点儿着凉，卧病在床。”

“对不起，我昨天的言行很失礼。对此，我只有一个借口，单身生活使我变成了粗鲁的乡下人。”

“谈不上粗鲁，您只不过是想一个人。”女孩的善解人意让德·温特先生笑了。

“告诉我，范·霍珀太太是您的朋友，还是只是雇佣关系？”德·温特先生问。

“她是我的雇主，我就是所谓的有偿同伴。”女孩大方地回答，没有丝毫扭捏。

“我真不知道同伴还能花钱买。”

“我曾在字典里查到‘同伴’这个词，释义是‘同伴就是知己’。”女孩笑着说道。

“我并不嫉妒您的特殊待遇。”德·温特先生也笑了。

“她真的很友善，而我需要生活。”女孩温和而充满善意地说着。她并不特别美，可以说看起来非常普通，但是她身上有种天然的亲和力，很容易就能让人感受到她内心的善良。

“您没有家人吗？”

“没有，我妈妈很多年前就去世了。还有父亲，去年夏天他也去世了。”女孩的神色黯然了，“然后，我就找了这份工作。”

提到工作，女孩稍微振作起来。

“对您的打击很大。”德·温特先生说。

“是的，非常大的打击。我们关系很好。”

“跟您父亲吗？”

“是的，他生前是个可爱又不同凡响的人。”女孩沉静地说。

“他是做什么的？”

“是个画家。”

“哦，他画得好吗？”

“我觉得很好，但是世人并不理解他。”

“是的，这是艺术家的烦恼。”

“他画树，至少那是一棵树。”

“您是说，他一直重复画同样的树？”德·温特先生很感兴趣地问道。

“是的，他有个理论，如果发现一个完美的事物、地方或者人，就应该坚持画这个。是不是很愚蠢？”

“不。我是个坚信自我的人。他在画树的时候，您在做什么？”

“我坐在他身边，画点儿素描什么的，虽然画得不好。”

“下午您还要去画吗？”

“是的。”

“去哪儿？”

“我还没想好。”

“我开车带您去。”

“不用了，谢谢，我的意思不是……”女孩立刻不安起来。

“不多说废话了。快吃完，然后我们马上走。”德·温特先生语气很肯定。

“谢谢，您人真好，但我不是很饿。”

“快吃，要像乖孩子一样吃完。”德·温特先生催促着。女孩听话地拿起了叉子。

海边的长廊上，德·温特先生倚着栏杆眺望远方，女孩坐在一旁安静地画着画。

“您已经画很久了。我很期待一件艺术品诞生。”德·温特先生走了过来。

“不要，别看，画得一点儿也不好。”女孩有点儿不好意思。

“也不至于那么差吧。快给我看看，别擦掉，先让我看看。”德·温特先生坚持着。

“是透视画法，我永远都画不好。”女孩还是躲闪着。

“让我看看。”原来画的就是德·温特先生，“亲爱的，告诉我，就是透视画法……让我的鼻子中段看上去歪歪扭扭的吗？”

“作为素描模特儿，您不太容易画。”女孩解释。

“不容易吗？”

“您的表情一直在变。”

“有吗？我要是您，就专心画风景，那更值得画。”两人都笑了，德·温特先生说道，“这里使我想起家乡的海岸线，您知道康沃尔吗？”

“知道，放假的时候，我和爸爸去过那里。”女孩的眼睛闪着光，“我还在一家商店里看到一张明信片，上面印着一栋坐落在海边的美丽房子。我问那栋房子是谁的。店主老太太说，那是曼陀丽庄园。我为自己的无知感到惭愧。”

“曼陀丽很美。可对我来说，那只是我出生的地方罢了，而且要在那里终老。”德·温特先生的表情有些阴暗，“但是现在，我不知道该怎样去面对它。”他的眉头皱了起来。

女孩看着他的表情，尽力安慰他：“我们很幸运，天气恶劣的时候没有待在家里。在英格兰，直到6月才能尽情地游泳。”很明显，她很笨拙，她的话安慰不了这个心思深沉的男人。

“这里的海水很温暖，所以我可以整天待在里面。那边的回头浪很危险，去年有个男人在那里淹死了。我对溺水从来不觉得害怕，您呢？”笨拙的女孩不知道自己说了什么，但是这个话题让德·温特先生不高兴了。

“走吧，我带您回去。”他转身就走。女孩在心里懊恼着。

女孩回到房间时，范·霍珀太太正在打电话，护士在旁边等着。

“是的，我认识德·温特先生，我也认识他太太。她结婚前是漂亮的丽贝卡·希尔德莱斯，后来在曼陀丽附近航行的时候淹死了。”女孩一脸惊愕地听着，“他从不谈论此事，但是他的心碎了。”

“您该吃药了。”护士将药喂进范·霍珀太太口中。

“真恶心！”范·霍珀太太没好气地喊道，“给我块巧克力，快点儿！你回来了，正是时候。”范·霍珀太太终于看到了进门的女孩，便阴阳怪气地说，“快点儿，我想玩拉米纸牌。”女孩赶紧收回思绪，为她服务。

夜里，女孩做着梦，范·霍珀太太的声音一直困扰着她：“漂亮的丽贝卡·希尔德莱斯。他们说，他非常爱她。漂亮的丽贝卡·希尔德莱斯，她在曼陀丽附近航行的时候淹死了。我想，他只是无法从他妻子过世这件事里走出来。漂亮的丽贝卡·希尔德莱斯，但是他的心碎了。”

终于又迎来了早晨。女孩穿着网球服、拿着网球拍轻快地走出了房间。

“您好！”她笑着和护士打招呼。

“你要去哪儿？”范·霍珀太太问。

“我想去上网球课。”女孩回答。

“知道了。我猜，你已经看到教练了。他太帅了，你肯定在幻想着什么爱情故事吧？”躺在床上的范·霍珀太太依旧阴阳怪气，女孩只得无声地忍耐着。“好了，去吧，好好地享受。”得到了允许，女孩迅速地离开了，留下范·霍珀太太龇牙咧嘴地照着镜子。

女孩走到大堂，正要出门时，遇见了德·温特先生。

“下班了吗？”德·温特先生问。

“是的。范·霍珀太太从普通的着凉变成流感了。所以，她请了一位专业护士。”

“真替那位护士难过。您喜欢打网球？”

“不……不是特别喜欢。”女孩不知该怎么回答才好。

“那太好了，我们开车去兜风吧。”德·温特先生不由分说，将女孩的网球拍丢到盆栽后面。

这是一段愉快的时光，对两个人来说都是。在车上，女孩忍不住去看德·温特先生，德·温特先生也微笑地望着她。

愉快的时光总是转瞬即逝，很快就到了下午。女孩回到酒店的房间里，脚步轻快，满面笑容。

“下午好，范·霍珀太太，感觉怎么样？”女孩问道。

“你跟他相处得不错吧？”范·霍珀太太观察着女孩，女孩瞬间收起了笑容，“除了网球，那个教练肯定还教了你别的吧？快点儿，我要打几个电话。”范·霍珀太太摁灭了烟头，“我想知道，德·温特先生是否还在酒店里。”

听到德·温特先生的名字，女孩的唇角不由自主地漾起笑容。

一直没能再见德·温特先生，范·霍珀太太便写了张便条给他。

“亲爱的德·温特先生，您这讨厌鬼，怎么也不回我电话。我保证，等这恼人的感冒一好，我就会把您从蒙特卡洛这无聊的地方解救出来，因为我知道，您此刻一定无聊至极。无聊，无聊，无聊！伊迪丝·范·霍珀敬上。”且不说字迹很潦草，这种纯自我的表达方式，不知道德·温特先生看了后做何感想。

美好的夜晚，美好的音乐。德·温特先生正与女孩共舞。两人的舞步轻盈和谐，音乐因此也格外婉转动人。女孩沉醉地闭起眼睛，尽情地享受着这一刻。德·温特先生看到她一脸甜蜜的样子，不由得笑了。感受到德·温特先生的注视，女孩睁开了眼睛，看到德·温特先生的笑容，她有点儿不好意思，但是又很开心他看到了自己如此陶醉。

又一个早晨，女孩拿着网球拍问道：“我可以走了吗？”

“你已经上过很多次网球课了。你要准备去温布尔登了？”范·霍珀太太讽刺道，“不过这是最后一堂课了，尽情地享受吧。麻烦的是，像我这样卧病在床，你基本上就没什么事可干。今天我要辞退护士，从现在开始，你要重新回到你的工作岗位上。”

“好的，范·霍珀太太。”女孩的脸上掠过一片乌云。

“护士。”

“是的，范·霍珀太太。”

“你确定给德·温特先生留言了吗？”

“是的，夫人，怎么了？”

“我只是无法相信。他一定会给我回电话的。可怜的孩子，我实在不忍心看到他孤身一人。”范·霍珀太太继续自说自话。

德·温特先生带女孩开车出游。一路上，女孩在一个人想着心事。

“您知道吗，我希望我有种发明，能将记忆像香水一样装在瓶子里，那该有多好。记忆就永不褪色，永远新鲜。什么时候需要，随时打开瓶子，就能够重温那一刻。”

“有哪些特别的时候是您想重温的呢？”德·温特先生温柔地问道。

“所有，过去几天的所有时刻。我简直想……收集一整架的瓶子。”女孩深情地说。

“有时候，那些小瓶子装着魔鬼，会突然跑出来瞪着您，比如您拼命想去忘记的那些事。”德·温特先生的话让女孩瞬间没了兴致。

“别咬指甲了。”德·温特先生说道。女孩望着他，心情显然受到了严重影响。

“但愿我是一个三十六岁左右的女人，穿一身黑缎子衣服，戴一串珍珠项链。”女孩充满懊恼，显然，她不知道该怎样做才能让身边这个男人喜欢。

“如果是那样，此刻您就不会和我在一起了。”女孩的天真让德·温特先生笑出声来。

“请您告诉我，德·温特先生，为什么要约我出来？”女孩的心里极度困扰，“显然您是想表示友好，但为什么是我呢？”

德·温特先生的眉头皱了起来。突然他将车子停下，转过身，快速地说：“我邀请您和我一起出来，是因为我想与您为伴，替我抹去过去的影子，您的力量比灯红酒绿的蒙特卡洛大得多。但如果您认为我只是出于好意约您或者可怜您，那么此刻您就可以下车，自己找路回去。快呀，开门下车。”

女孩伤心地哭了起来。德·温特先生又有些于心不忍，将手帕递过去，说：“擤擤鼻涕吧。”

“谢谢。”

“别再喊我德·温特先生，”德·温特先生的语气缓和下来，“我有一个令人印象深刻的名字——乔治·福特斯克·马克西米利安，您不必称呼我的全名，家人都喊我马克西姆。还有一件事，答应我，您一辈子也不要穿黑缎子衣服、戴珍珠项链，也不要假装自己是三十六岁。”德·温特先生抚摩着女孩的短发。

“好的，马克西姆。”女孩望着他，温顺地点头。德·温特先生吻了一下自己的手指，又将这个吻印在女孩的额头上。

第二天，女孩收到了一束美丽的玫瑰，卡片上写着：“谢谢您昨天带给我的美好，马克西姆。”女孩细心地将玫瑰插进花瓶，又将卡片收进了自己的包里。

范·霍珀太太的声音忽然传来：“以圣彼得爱之名，快来！”女孩飞快地跑了过去，“你觉得怎么样？我女儿要结婚了！”

“真的吗？太好了！”女孩真心地说着，笑容甜美。

“我们必须马上起程去纽约。在亚奎丹尼亚订票……”听到这话，女孩瞬间像被冰冻了一样，“我们坐12点半的火车前往瑟堡。快点儿，找个女仆帮忙收拾行李。我们已经没有时间可以耽误了。快去啊，别磨磨蹭蹭的！”范·霍珀太太大声喊起来，女孩受惊般地跑了出去。

回到自己房间后，女孩立刻拨通电话：“请接德·温特先生。他出去骑马了？中午才能回来？请帮我喊一个搬运工。”随后，她失望地挂了电话。

马上就12点了。她们所有的行李都已经打包好，适合旅行的服装也已经穿戴好。

“我去看看是否有东西落在房间里了。”女孩终于找到了一个借口。

“德·温特先生回来了吗？回来了？请帮我接通他的电话。”女孩问道。这时，等得不耐烦的范·霍珀太太忽然走进了房间，女孩吓得立刻挂断了电话。

“哦，我在找我的书，我想……已经打包了。”女孩结结巴巴地解释道。

“快点儿，车在大门外等着呢。”范·霍珀太太训斥道。

女孩无奈地跟了出去。就在她刚刚离开房间的时候，电话铃响了，可惜她没有接到。

她们走出大堂，行李已经搬上了车子。

“我要去留一个转寄地址，如果他们能找到那本书。”女孩又跑回了大堂。范·霍珀太太上了车子。

“请帮我接德·温特先生的电话。”

“是的，小姐，122房间。没人接。”122房间里，德·温特先生正在洗澡，所以没有听见。

“谢谢。”焦急的女孩向里面跑去。

“让她快点儿！”车上的范·霍珀太太实在等得不耐烦了，大声吩咐着司机。

“好的，夫人。”

“我找德·温特先生。”女孩跑进了餐厅。

“德·温特先生刚订了早餐送去房间，小姐。”餐厅服务生回答她。

无奈之下，女孩只好自己去敲德·温特先生的门。

“请进。”是德·温特先生的声音。

女孩走进房间，客厅里没有人。女孩往里走，卧室也没有人。正在这时，德·温特先生穿着浴袍从浴室走了出来，手上还拿着毛巾，脸上还有残留的剃须膏，问道：“您好，怎么了？发生什么事了？”

“我是来道别的，我们就要走了。”

“您在胡说些什么？”德·温特先生不相信。

“是真的。我们马上就要走了，我怕再也见不到您了。”女孩无比伤感地说道。

“她要带您去哪儿？”德·温特先生想了一下，坐了下来。

“纽约，可我不想去。我恨纽约之行，我会很苦恼的。”女孩快哭出来了。

“我去换衣服，很快就好。”德·温特先生重新走进浴室，“您比较喜欢哪里？纽约还是曼陀丽？”

“别开玩笑了，范·霍珀太太正在等着……我最好马上说再见。”女孩向门口走去。

“我再重复一遍，您要跟范·霍珀太太去纽约，还是跟我一起回曼陀丽？”

“您是说，您想雇一个秘书之类的人？”女孩试探着问。

“我是要你嫁给我，你这个小傻瓜。”德·温特先生的语调很轻快。

女孩显然被这句话吓到了，一时无言，她无意识地后退，又无意识地坐在了椅子上。

敲门声响起，进来的是餐厅服务生。“是我的吗？我饿死了，一点儿早餐都没吃。”德·温特先生终于换好衣服走出来，拉了把椅子放在餐桌旁。女孩慢慢地坐了下来，她还没有办法面对现实。

“你对我的建议好像不领情。”德·温特先生看着她。

“您不懂。男人不会找我这种类型的人结婚。”女孩抬起头，飞快地说。

“这话是什么意思？”德·温特先生问。

“至少有一点，我不是您那个世界的人。”

“什么世界？”

“曼陀丽啊，您明白我的意思。”

“你是否属于那个世界，只有我才能判断。当然，如果你不爱我，那就是另一回事了，这对我的自负倒是一个很好的教训。”德·温特先生施施然地说。

“我爱您，非常非常爱。”女孩急了，“我整个上午都在哭，因为我以为再也见不到您了。”

“愿上帝保佑你。”德·温特先生认真地望着女孩，握住了她的手，“也许有一天我会让你想起这件事。你不会相信的，我非常遗憾你必然要长大。”他深情地说，当然，女孩不可能全都懂。

“现在事情解决了，你可以帮我倒杯咖啡了。加两块糖和一些牛奶，谢谢。茶也一样，别忘了。谁去和范·霍珀太太谈这件事，你去，还是我去？”

“您去和她说，她一定会气个半死。”女孩像受到了惊吓，眼睛瞪得大大的。

“她房间的电话是多少？”德·温特先生拿起电话。

“她不在房间，她在楼下的车里。”

“您好，请帮我接大堂。您好，您会看到范·霍珀太太在外面车里，去请她，并代我向她致意，问她是否愿意来我的房间。是的，到我的房间。”

“范·霍珀太太，德·温特先生问您是否愿意到他的房间一趟。”大堂服务生问。

“德·温特先生？非常乐意。”刚才还板着脸的范·霍珀太太立刻兴高采烈地下了车。

用完早餐的德·温特先生已经穿好了西装，走过去拥抱那个温柔、满脸喜悦的女孩，一直笑着。

“这并不是你理想中的求婚，是不是？应该在温室中，你穿着白色连衣裙，手里拿着一枝红玫瑰，远处有人演奏着小提琴，我该站在棕榈树后向你求爱。亲爱的小可怜儿，别担心。”德·温特先生吻了吻女孩的脸颊。

“我不担心。”

敲门声响起，女孩惊得跳了一下。“别担心……你不需要开口。”德·温特先生安慰道。

打开房门，门外站着又笑成一朵花的范·霍珀太太。

“很高兴您喊我来，德·温特先生。我正急着离开，没告诉您，实在太不礼貌了。今天早上我接到电报，我女儿要结婚了。”范·霍珀太太自顾自地说着，竟然没有注意到站在门另一侧的女孩。

“那太巧了，范·霍珀太太，我请您来这儿，正是要告诉您我订婚的事。”

“您不会是开玩笑吧？太棒了！多么浪漫！那位幸运的姑娘是谁？”

“我为用如此唐突的方式夺走您的同伴而道歉。我真希望不会给您带来太多不便。”

范·霍珀太太转过身，看到了女孩，脸色顿时变了。

“这是什么时候发生的事？”范·霍珀太太冷着脸问女孩。

“就在刚才，范·霍珀太太，就在几分钟前。”女孩显然还是很怕她。

“我简直不敢相信。”范·霍珀太太看了看女孩，又转身看了看德·温特先生，很快转换成了笑脸，看起来又热情又亲密，“我想，我应该是因为您没跟我透露哪怕一丁点儿消息而责怪你，我在想什么呀？我该祝福你们，我真替你们开心，什么时候、在哪里举行婚礼？”

“就在这里，越快越好。”德·温特先生面无表情地说。

“闪电结婚！好极了，我可以推迟船期一个星期，这可怜的孩子没有母亲，所以我该承担所有安排事物的责任——嫁妆、接待等等，并且要由我将新娘交给新郎。但是我们的行李——下去告诉搬运工，把所有东西都从车里搬出来。”范·霍珀太太又习惯性地板起脸命令女孩，女孩也习惯性地不加反驳地往外走。

“等等。”德·温特先生立刻拉住女孩，“我们不胜感激，但是我们想低调处理这件事。我们不能让您改船期。”他礼貌地拒绝了范·霍珀太太的好意。

“哦，但是——”范·霍珀太太还想说什么。

“不用……”德·温特先生用行动打断了她，“亲爱的，我下去看看，把你的行李拿回来。”

“谢谢，马克西姆。”女孩说道。

德·温特先生出去了，房间里只剩下女孩和范·霍珀太太。

“那么，这件事是在我生病期间发生的——网球课，真是见鬼！我想，我得颁一个闪电结婚奖给你。你是怎么做成的？人不可貌相啊。”范·霍珀太太跟在女孩后面，不停地讽刺着，“你说，你有没有做不该做的事？”她点燃了一支烟。

“我……我不明白您在说什么。”女孩有点儿愤怒了。

“好吧，没关系。我常说英国男人的品位很怪异，而你今后要担负起曼陀丽女主人的职责。坦白说，亲爱的，我看你根本应付不了。你没有经验。你一点儿也不懂得做一个贵妇人的意义。”这话戳到了女孩的痛处，她低下了头，“当然，你知道他为什么娶你，你不会自欺欺人地以为他爱着你吧？实际情况是，一栋空房子让他受不了，简直要把他逼疯了。他只是无法独自居住。”这句话戳到了女孩更痛的痛处。

“范·霍珀太太，您该走了。您会赶不上火车的。”女孩忍无可忍地说。

“哼！”范·霍珀太太从鼻子里哼了一声，“德·温特太太！”她讥讽道，“再见，亲爱的，祝你好运！”范·霍珀太太走到门口，还不忘回头撇撇嘴。

女孩独自一人站在那里，猜不透自己未来的命运。

在一个美好的日子里，德·温特和女孩从市政厅走出来。

“先生，您忘了拿结婚证书。”楼上的人喊，当然说的是法语。

“他说，我忘了拿我们的结婚证书。”德·温特先生解释给女孩听，她现在已经是德·温特太太。

“天哪！”女孩笑着。

两个人跑到窗口下，德·温特先生用帽子接住了飘下来的结婚证书。然后两个人幸福地拥抱在一起。

“啊，有人跟我们有同样的想法！”

这时，一支结婚的队伍走过，新郎和新娘走在最前面，新娘穿着美丽的婚纱。

“她很美，是不是？”女孩羡慕地看着。

“是的。”德·温特先生为她拉开车门，“你喜欢那件婚纱，是不是？或者至少……”德·温特先生走向卖花人：“夫人，多少钱，我全都要了。非常感谢，夫人，谢谢。”

“哦，马克西姆，真美。太美了……哦……太美了！”德·温特太太手里有了一大捧美丽的花，开心极了。

蜜月旅行结束，汽车载着德·温特先生和他新婚的小妻子回到了曼陀丽庄园。车子刚到大门口，大铁门就已经打开了。

“欢迎回家，德·温特先生。”

“谢谢，史密斯。”

车子驶入长长的车道，两旁的树木郁郁葱葱，车道蜿蜒曲折，看不到前方的景物。

“冷吗，亲爱的？”德·温特先生问。

“有一点儿。”德·温特太太缩着肩膀，抱着自己的手臂。

“没必要害怕，你只要态度真诚自然，他们肯定会喜欢你的。至于家务，你一点儿也不用过问，丹弗斯太太是管家，交给她就行了。”德·温特先生安慰着小妻子，她勉强笑了笑。

“下雨了，我们最好开快一点儿。披上这个，盖在你头上。”德·温特先生递过来一件雨衣，车子飞快地向前驶去。

“到了，那就是曼陀丽。”德·温特先生说道，而他的小妻子惊讶得说不出话来。

一座美丽的庄园终于出现在视野里。雨中的曼陀丽有一种别样的韵味。

“我们到了。”

车子停在门口，两个人打着伞出来迎接。年长的一位将伞遮在德·温特太太的头上，年轻的一位去拿车子后面的箱子。

“弗里斯，大家都好吗？”德·温特先生问道。

“很好，谢谢，先生，很高兴您回家，先生。”年长的一位回答。

“您好！”进门之前，披着雨衣的德·温特太太与弗里斯握手。

刚进门没走几步，德·温特先生和他的小妻子就停住了。在他们面前，庄园里所有的用人站成两排，恭敬地等候着。

“没想到所有的人都出来迎接了。”德·温特先生对妻子说。

“是丹弗斯太太吩咐的，先生。”身后的弗里斯解释道。

“抱歉，不会太久的。”德·温特先生搂着妻子走上前去。

就在这时，一个有些年纪的女人在二楼出现了。长长的发辫盘在头上，非常干净利落，但是她板着一张实在谈不上好看、更谈不上亲切的脸，既给人距离感，又给人压迫感。那种僵硬的、俯视般的眼神，让人极不舒服。

“这位是丹弗斯太太。”德·温特先生介绍道。原来，这就是他说的管家。

“您好！”头发湿漉漉、紧张又寒冷的德·温特太太机械地问好。

“您好！我已为您准备好了一切。”丹弗斯太太毫无感情地说道，脸板得就像一块木板。

“谢谢您的好意，我不需要什么。”德·温特太太显然被这种气势吓到了，拿在手上的手套掉到了地上。丹弗斯太太和她同时弯腰去捡，将一只递给了她。可能就是从这个时候开始，丹弗斯太太的强势就一直压迫在德·温特太太的头上。

“弗里斯，为我们倒点儿茶。”德·温特先生吩咐。

“在书房里准备好了，先生。”弗里斯回答。

“过来，亲爱的。”德·温特先生喊道。他的小妻子慢慢地走了过去。丹弗斯太太注视着她的背影。

房间里，女佣正在为德·温特太太系裙带，外面响起了敲门声。

“哦，马克西姆，快进来。”德·温特太太热情地喊着。

“晚上好，丹弗斯太太。”

进来的是丹弗斯太太。

“晚上好，夫人。希望爱丽丝让您满意，夫人。”

女佣退了出去。

“满意，谢谢，很满意。”德·温特太太笑着说。

“她是客厅女仆。她会照顾您，直到您的专属女佣到来为止。”

“哦，但是我不需要女佣，我相信爱丽丝会做得很好。”德·温特太太依旧友好地说着。

“恐怕不会很久，夫人。作为女主人，有专属女佣很平常。我希望您喜欢房间里的新布置，夫人。”

“哦，我不知道已经重新布置过了。我希望没给你们带来太多麻烦。”

“我只是依照德·温特先生的指示办事而已。”

“之前是什么样子的？”

“各种各样的帷幕和窗帘。除了偶尔接待宾客，这套房间不大使用。”

“这么说，这不是他原来的卧室？”

“是的，夫人，过去他从未住过东边的房间。当然，从这里看不到海景。西边的房间才是唯一的海景房。”

“房间很温馨，住在这里一定会非常舒服。”

“夫人，如果您有什么需要，只要告诉我就行了。”

“您来曼陀丽好些年了吧？可能比其他人待的时间都长。”德·温特太太对什么都好奇。

“弗里斯比我来得早，老先生在世的时候，他就来了。那时候，德·温特先生还是个孩子。”

“这样啊。您是之后才来的？”

“我来的时候，恰好是第一位德·温特夫人嫁过来的时候。”

这个问题让德·温特太太有点儿不舒服，但是她很快调整了自己，走上前去真诚地说：“丹弗斯太太，我希望我们能互相了解，您对我要有点儿耐心，因为这样的生活对我来说是全新的，我一定会努力适应这里，给德·温特先生带来幸福。我知道，一切家务安排都是由您来负责的。”这位善良的姑娘心无城府。

“好的，但愿一切都能让您满意。自从德·温特夫人离世，都是由我来管理家务，德·温特先生从未表示过不满意。”丹弗斯太太的回答没有任何热情，一副冷面孔似乎永远板着。

“我现在要下楼了。”德·温特太太走出门去。她还不怎么认识路，提着裙摆慢慢地走着，丹弗斯太太跟在后面。

“走廊尽头那扇门，就是我刚才说的西边的房间。现在那里不用了，那是这栋别墅里最漂亮的房间，是唯一能越过草坪遥望大海的房间。那里，曾经是德·温特夫人的卧室。”丹弗斯太太说着。德·温特太太不由得打了个冷战。

晚餐并没有冲淡德·温特太太心中的不安与不快。长长的餐桌上，她与德·温特先生分坐两头，食物虽然丰盛，餐具虽然精美，装饰虽然豪华，用人虽然周到殷勤，但是缺少普通家庭的温暖。她努力使自己显得愉快，然而餐巾上的“R.W.”让她忽视不了，那是前任德·温特太太的标志。

一个崭新的早晨终于到来，穿戴整齐的德·温特太太走进了书房。

"早上好！"关门声惊动了正在工作的男人，他立刻站起身问好。

"早上好！"

"您是德·温特太太吗？"

"是的。"

"我是克劳莱，为马克西姆管理财务。"这个人比德·温特先生年长一些，笑容温厚，"很高兴见到您。每次马克西姆一段时间不在，事情就堆到一块儿了。"

"是的，肯定会这样。我真希望能帮上忙。"德·温特太太笑着说。

"不，弗兰克才不允许任何人帮他。"就在这时，德·温特先生走了进来，对妻子说道，"他就处理像账单、房租和税务这些琐事。走吧，弗兰克，我们必须看看这些评估。"

"我去拿文件。"弗兰克·克劳莱先生回答。

"你会发现那边有很丰盛的早餐。必须都吃完，不然就是对厨师的不敬。"德·温特先生叮嘱自己的小妻子。

"我会尽力的，马克西姆。"小妻子甜蜜地笑着。

"我得跟弗兰克去个地方，以确保万无一失。你会好好的，是不是？开始了解你的新家了吗？看看《纽约时报》，有一篇关于英格兰板球问题的尖锐文章。"两人开始往外走，德·温特先生忽然想起了什么，"哦，对了，我姐姐比阿特丽斯和她的丈夫贾尔斯·赖斯要来吃午饭。"

"今天吗？"小妻子又紧张起来。

"是的。我猜，姐姐迫不及待要来见你。你会发现她很直率，如果她对你没什么好感，她就会当面说出来的。别担心，亲爱的，我会及时回来保护你。再见，亲爱的。"

"再见，马克西姆。"

"再见。"

"再见。"弗兰克·克劳莱先生说道。

德·温特太太试着去找食物，但最后只给自己倒了一杯咖啡，坐到餐桌旁。

"早上好，夫人。"

"早上好，弗里斯。"

"有什么需要我为您效劳的吗，夫人？"

"不用，谢谢，弗里斯，我真的不是很饿。谢谢。"德·温特太太站起身，准备走。

"报纸，夫人。"

“哦，谢谢，弗里斯。”

罗伯特赶去给德·温特太太开门，她像逃一般地出了餐厅，没想到差点儿摔倒。

“夫人。”弗里斯走上前扶住她。

“没事，滑了一下。谢谢，弗里斯。”

往前面走就是大厅。“真大呀。”德·温特太太说。

“是的，曼陀丽是个很大的地方。这里过去曾是宴会厅，现在仍旧用于宴会或者舞会。这是这里的传统，一星期一次。”弗里斯简单地介绍着。

“真好。”

德·温特太太走进了书房。书房里的窗户都开着，风冷飕飕地刮进来。

“夫人，您需要什么？”弗里斯跟进来问，“书房里通常下午才生火。这个时间晨室里已经生火了。当然，如果您此刻吩咐……”弗里斯永远温和恭敬。

“不必，我没有这个意思。”德·温特太太立刻往外走。

“德·温特太太，过去德·温特太太早餐后总是在晨室里写信、打电话。”

“谢谢，弗里斯。”

“怎么了，夫人？”

出了门的德·温特太太不知该往哪边走。

“哦，没什么。晨室怎么走？”

“那里左边那扇门。”

“好的，谢谢。”

德·温特太太想立刻去一个封闭的、独立的环境，虽然弗里斯的态度一直很好，但是她实在不愿意去想这恭敬后面隐藏着什么——探究或者不屑？

晨室里果然生着火，小狗看到她，便低着头慢悠悠地走了出去。德·温特太太坐到写字台边，台面上整齐地摆着饰品、电话和各种笔记本，每个笔记本的封面上都是大大的“R”。她打开其中一本，扉页上写着“丽贝卡·德·温特”。电话铃突然响了起来，吓了德·温特太太一跳。但是没有人来，她不得不接起了电话。

“德·温特太太？恐怕您弄错了吧，德·温特太太已经去世一年多了。”对方电话挂上后，她才想起自己的身份，“哦，我是说……”可是已经晚了。不知是这座庄园的气氛太诡异，还是前任德·温特太太留下的标记太多，新来的女主人显然对自己的身份缺少自信和应有的认同。

丹弗斯太太走了进来，德·温特太太又吓了一跳。

“那是内线电话，夫人。可能是园丁长想要请示什么。”丹弗斯太太说。

“您要见我吗，丹弗斯太太？”

“德·温特先生通知我，他姐姐赖斯太太和姐夫赖斯少校要来用午餐。我想知道，您是否满意今天的菜单。”

“哦，挺合适的，好极了。”德·温特太太想也不想就回答了。

“请您看一下，在‘调味’这个词旁边，我留出了空白。过去德·温特夫人非常讲究调味汁。”这是又一重压迫。

“我想，就按照德·温特夫人喜欢的去做吧。”德·温特太太说。

“谢谢，夫人。您的信什么时候写完？罗伯特会送去邮局寄。”

“我的……我的信？”德·温特太太说，“哦，是的，当然，谢谢，丹弗斯太太。”

丹弗斯太太走了，德·温特太太终于松了口气。她想看看最右边的一个笔记本，却不小心将摆在旁边的一件饰品碰到地上打碎了。这下子，德·温特太太简直是惊慌失措。幸好没有人进来，她捡起碎片，将它们通通塞到了抽屉最里面，又用信封和信纸盖好。

快到中午时，一对中年夫妇来到了曼陀丽庄园。弗里斯上前迎接。

“你好，弗里斯。”

“早上好，赖斯太太。”赖斯太太很清瘦，赖斯少校却已经发福了。

“德·温特先生在哪儿？”

“跟克劳莱先生去农场了。”

“真讨厌，我们来的时候，他总是不在。”赖斯太太抱怨着。

德·温特太太躲在二楼柱子后面悄悄地看着他们，看到他们走进会客室后才下楼。会客室的门虚掩着，赖斯夫妇的谈话从里面清晰地传出来。

“我必须说，老丹弗斯将庄园管理得挺不错。她肯定是跟丽贝卡学了花艺。”赖斯太太的声音。

“我想知道她现在有多喜欢——被一个交际花不断地差遣着。”赖斯少校说。

“你到底从哪里知道她以前是个交际花？”赖斯太太的嗓门儿提高了。

德·温特太太推门走了进去，但是两个人都没有发现她。

“他是在法国南部搭上她的，不是吗？”赖斯少校问道。

“是又怎样？”赖斯太太反问道。

“我的意思是说，那就是了。”赖斯少校说。

还是赖斯太太先发现了德·温特太太，然后赖斯少校也发现了。他站起身，和太太一起惊讶地望着朴素纯真的德·温特太太。

“你们好，我是马克西姆的太太。”德·温特太太自我介绍道。

“你好！你跟我想象的完全不一样。”赖斯太太先伸出手去，直率地说。

“别说傻话了，她跟我和你讲过的完全一样。觉得曼陀丽怎么样？”赖斯少校握着德·温特太太的手拼命地摇着。

“很美。”德·温特太太简单地回答道。

“跟丹弗斯太太相处得怎么样？”赖斯太太关心地问道，她似乎很喜欢这个单纯的女孩。

“以前我从未见过像她那样的人。”德·温特太太回答。

“你是说她令你害怕？她那副尊容可实在上不了油画。”赖斯少校很幽默。

“贾尔斯，你的话有点儿多，到别处去吧。”赖斯太太说。

“我去找马克西姆，可以吗？”赖斯少校问德·温特太太。

“贾尔斯！”赖斯太太又提醒了一遍，赖斯少校便低着头走出去了。

“我无意说丹弗斯太太什么坏话。”德·温特太太解释。

“你没必要怕她。但是我应该比她好相处。我们可以坐下来吗？”

“哦，当然，请坐。”

“她起初一定会疯狂嫉妒的，而且肯定会对你极度不满。”赖斯太太说。

“为什么？”

“你不知道吗？我还以为马克西姆和你说起过。她对丽贝卡崇拜得五体投地。”赖斯太太的确是个直率的女人。

午餐时间，德·温特先生已经回来了。一家人围坐在餐桌旁，还有克劳莱先生。

“你好吗，罗伯特？”罗伯特端着餐盘走过来时，赖斯太太问。

“很好，谢谢，夫人。”

“牙还疼吗？”

“还会疼，夫人。”

“应该全部拔掉，讨厌的东西——牙齿。”

“谢谢，夫人。”罗伯特不知道该如何回答。

“好大一盘。”赖斯太太感叹道。

“你会打猎吗？”赖斯少校问德·温特太太。

“不会，我连骑马也不会。”德·温特太太据实相告。

“一定要在这里骑马，我们都会。你骑哪种？横座马鞍还是跨骑？哦，我忘了，你不会骑马。你一定要学，这里没什么事情可做。”赖斯少校一边享用他的午餐，一边一个人语无伦次地说着。

“马克西姆，你什么时候再举行宴会，像以往一样呢？”赖斯太太问德·温特先生。

“我还没想过。”德·温特先生回答。

“但是大家都期待着你和——”

“是啊，我肯定他们很期待。”

“你怎么不再举办化装舞会了呢？”

德·温特先生还是没有回答。

"亲爱的，你喜欢跳舞吗？"赖斯太太转向德·温特太太。

"喜欢，但是我跳得不好。"德·温特太太笑着说。

"你会跳伦巴吗？"赖斯少校问。

"从未跳过。"

"一定要向我请教。我说，老弟，我在试着找出你太太到底会做什么。"赖斯少校对德·温特先生说。

"她会一点儿素描。"德·温特先生回答。

"素描？我希望不是什么现代主义的玩意儿。你知道的，画一只倒置的灯罩来表现痛苦中的灵魂。那么，你会开船吗？"

"不会。"

"谢天谢地，幸亏你不会。"赖斯少校突然意识到自己说错话了，立刻捂住了嘴巴，终于不再说话。气氛一下子变得凝重起来。

午餐后，会客室里，赖斯太太与德·温特太太聊着天。

"你很爱马克西姆，是不是？我看得出来。别介意我这么说，我觉得，你的头发应该好好地弄一弄。为什么不剪一下，或者拢到耳朵后面去？"于是，德·温特太太站到镜子前，试着弄了一下。"不行，不行，这样更糟。"赖斯太太立刻否定了，"马克西姆怎么说？他喜欢这样吗？"

"他从来没提过。"德·温特太太坦白说。

"那就别听我的。从你的穿着看，你对服饰打扮根本不在乎，真奇怪，马克西姆怎么也一点儿不在乎呢？他对穿着总是很挑剔。"赖斯太太不解道。

"我看，他根本不注意我穿戴什么。"德·温特太太说。

"这样说来，他的性格可能是变了。"赖斯太太搂着德·温特太太的肩膀往外走，"你无须担心马克西姆和他的心情，没人知道他脑子里在想什么。他经常大发脾气，当他发脾气的时候……但是，我觉得他不会对你发脾气。你是个沉静的小东西。"

"快走，老太婆，3点钟我们还要去看高尔夫球赛呢。"赖斯少校催促着。

"好了，我来了。"赖斯太太回答。

一行人走到门口。

"再见，马克西姆老弟。"赖斯先生告别。

"再见，贾尔斯，感谢你的光临，老兄。"德·温特先生说。

"再见，亲爱的，原谅我问了你那么多无礼的问题。我们俩真的希望你们能幸福。"赖斯太太吻了吻德·温特太太的面颊。

"谢谢，比阿特丽斯，非常感谢。"感受到对方的喜爱和真诚，德·温特太太开心极了。

"我得恭喜你，马克西姆现在看起来很开心。去年这个时候，我们都很担心他。

另一方面，当然了，你知道整件事。”

听到这话，德·温特太太觉得，有片乌云始终笼罩在他们头上。

“再见，比阿特丽斯，亲爱的。”德·温特先生说道。

“再见，老弟。”

“谢天谢地，他们走了。现在我们可以去散散步了。”德·温特先生拥抱着自己的小妻子，“要下雨了，看来我们要变落汤鸡了。你不介意吧？”

“我不介意，但是我要去拿一件外套。”德·温特太太往里走。

“花房里有一大堆塑料雨衣。罗伯特，快去花房拿雨衣给德·温特太太，好吗？”

罗伯特去了。

“你觉得比阿特丽斯怎么样？”德·温特先生问。

“我非常喜欢她。”小妻子真心地说，“她说，我和她原来想象的不太一样。”

“她想象中的你究竟是什么样子？”

“我想，她肯定觉得我既漂亮又老练。你喜欢我的发型吗？”

“你的发型？当然，怎么想起问这个？”德·温特先生好像第一次注意到她的发型。

“没什么，随便问问。”

“你真奇怪。”德·温特先生笑了。

罗伯特拿来了雨衣。

“谢谢。”

“必须穿上吗？”小妻子问。

“当然，你不能总像个小孩一样需要人关心。快来，杰斯珀，去溜溜腿，跑掉一点儿脂肪。”

“杰斯珀，这边，不是那边。过来这边。”

风景很好：愉快的午后，愉快的两个人，还有一只愉快的小狗。

走着走着，德·温特太太看到有木质台阶通向海边某个地方。“那里通向哪儿？”她问道。

“那是过去我们用来停船的小海湾。”德·温特先生回答。

“我们去那里吧。”小妻子很好奇。

“不，那是个非常无聊的地方，绵延的海滩很无趣，和其他海滩并没有两样。”德·温特先生并不想去。

“哦，求你了。”小妻子请求道。

“好吧。如果你真想去，我们就下去看看。”德·温特先生做了让步。

两个人向下走着，小狗杰斯珀怪叫着冲向海滩，很快不见了踪影。

“是杰斯珀，肯定有什么不对劲儿。它可能受伤了。”德·温特太太担心地说。

“不，它没事。”德·温特先生安慰道。

“我最好过去看看。”德·温特太太固执地向小狗的方向跑去。

“别担心，它不会受伤的。它会自己回来的。”德·温特先生的声音越来越大，越来越生气。

德·温特太太踩着礁石追过去，留下了生气的德·温特先生，他走上了台阶。

“杰斯珀！杰斯珀！”德·温特太太忽然发现了一间小屋，而杰斯珀站在门口叫个不停，“你在这儿。你在这儿干吗？杰斯珀，快回家吧。我们回家，杰斯珀！杰斯珀！”

门竟然渐渐打开了，一个有些肮脏、衣衫褴褛的老头儿慢慢地走了出来，大睁着双眼。

“哦……我不知道有人住……”德·温特太太说。

“我认识这只狗，它来自那栋房子。它不是您的狗。”老头傻傻地、慢慢地说。

“这是德·温特先生的狗。您有什么东西可以拴住它吗？”

老头儿不再回答，德·温特太太慢慢地蹭进了屋子。

房子里家具混乱，到处是灰尘和蛛网，显然已经太久没有打扫过。很多东西上标着大写的“R”。德·温特太太不再往里走，随便找了根绳子就退了出来。

“来，杰斯珀。”德·温特太太给小狗拴上绳子。

“您不会告诉别人在这里看到过我吧？”躲在角落里的老头儿又吓了她一跳。

“这屋子不是您的吗？”德·温特太太问道。

“我什么也没做，我只是在整理我的贝壳。”老头儿答非所问，“她被大海带走了，是吗？她再也不会回来了。”

“是的，她再也不会回来了。快走，杰斯珀。”德·温特太太牵着小狗离开了。

她跑回原处时，德·温特先生已经走了。她上了木质台阶，终于看到走在前面的他，其实，生气的德·温特先生是看到她已经上来后才走的。

“马克西姆，怎么了？”小妻子小跑着追了上来，“对不起，我去了那么久。我去找了根绳子来拴住杰斯珀。”

“快点儿，杰斯珀！”德·温特先生不理她，还是很生气。

“天哪，请等等我，马克西姆。你怎么了？你看起来很生气。”

“你明知道我不想让你去那边，可是你非要去。”德·温特先生终于说话了。

“为什么不让我去？下面只有一间小屋和一个奇怪的男人。”

“你没进那间屋子吧？”

“进去了，门——”

“别再去那儿了！听见了吗？”德·温特先生发火了。

“为什么？”

“如果你和我有同样的回忆，你就不会去那里，连想都不会想！”

“怎么回事？对不起，求你了！”小妻子急得快哭了。

“我们应该离开这里。我们原本不该再回到曼陀丽。”德·温特先生有气无力地说，“我是多么愚蠢！”

“我让你难过了，我伤害了你。我无法忍受看到你现在的样子……因为我太爱你了。”小妻子伏在德·温特先生肩头哭了起来。

“真的吗？真的吗？”德·温先生温柔地抚摩着妻子的头发，将她的头抬起来。

“我把你弄哭了，”他吻着她的额头，“原谅我。有时候我会无缘无故地发脾气，是吗？走吧，我们回家，喝点儿热茶，将所有的事都忘掉。”

“是的，忘掉所有的事。”小妻子破涕为笑了。

“给我，让我来牵杰斯珀。”德·温特先生说。

但是，他手帕上的“R”让德·温特太太的笑容凝固了。

几经犹豫，德·温特太太还是走进了书房。

“您好，请进。”克劳莱先生叼着烟斗站了起来。

“请别站起来，克劳莱先生。我只是想问问您，前几天您说教我做事的话，是不是真的？”

“当然是真的。”

“现在，您在做什么？”

“通知所有的佃户，为了庆祝马克西姆新婚，本星期的租金全免。”

“是马克西姆的主意吗？”德·温特太太兴奋地问。

“是的，还将多付一星期的薪水给全体用人。”克劳莱先生也很开心。

“他没告诉我。我可以帮您吗？至少我可以帮忙贴邮票。”

“您真好，请坐。”

“好的，谢谢。前几天我去过沙滩上的小屋，有个男人在那里，是一个奇怪的人，杰斯珀一直冲着他叫。”德·温特太太一边贴着邮票，一边说。事实上，有很多事情，德·温特太太无人可问。

“那肯定是本。不好意思，他并无恶意。有时我们会给他点儿零活儿干。”

“那间小屋看起来破旧不堪，为什么不去处理一下呢？”

“如果马克西姆有意处理那间屋子，他会对我说的。”克劳莱先生小心翼翼地说。

“那些都是丽贝卡的东西吗？”终于问到了正题。

“是的，是的。”德·温特太太提了一连串问题，让克劳莱先生谨慎起来。

“她用那间小屋做什么？”

“以前船就停在那里。”

“什么船？她的船后来怎么了？她是不是开那艘船出海的时候淹死的？”

“是的，船翻了，她被海水冲出了船舱。”

“一个人驾船出海，难道她不害怕吗？”

“她什么都不怕。”

“最后在哪儿找到她的？”

“大概两个月后，在离海峡大约四十英里的埃其库姆附近。马克西姆去认领尸体，那对他来说太可怕了。”克劳莱先生闭上了眼睛，摇了摇头。

“是的，肯定。克劳莱先生，请别责怪我的好奇心。不是那样的，我只是感到有点儿处于劣势。一直以来，不管什么时候我见到任何人——马克西姆的姐姐，甚至是用人，我知道他们都在想着同一件事，一直拿我和丽贝卡做比较。”德·温特太太努力地表达自己的想法。

“您不该这么想。”克劳莱先生站到德·温特太太面前，“您跟马克西姆结婚，我心里有着说不出的高兴，他的生活因此完全改变了。依我之见，怎么说呢……找到一个像您这样与曼陀丽完全不协调的人，其实非常新鲜。”他真心地说。

“您真好，我敢说，我曾经很傻。在这里，我每时每刻都意识到美丽、风趣、智慧……这些东西对一个女人来说是多么重要。”

“但是，要我说，您所具备的那些品质更为重要——心地善良、待人诚挚，还有，如果您不见怪，对做丈夫的来说，谦逊、端庄比世界上一切机智和美貌都重要。任何人都不想活在过去，尤其是马克西姆。能否引导大家从过去的束缚中挣脱出来，就全靠您了。”克劳莱先生真诚地鼓励着德·温特太太。

“我保证，我再也不提这件事了。不过，在结束谈话之前，您能不能如实回答我一个问题？”

“如果我知道，我会尽量回答。”

“告诉我，丽贝卡到底长什么样子？”

“我想……”克劳莱先生犹豫了，“她是我有生以来见过的最美丽的女人。”他终于说了实话。

两个人都不再说什么了，各自忙着手上的事。

德·温特太太决心改变自己，丽贝卡给她带来的压力太沉重了，她觉得自己总得努力一下，离那些美好的词近一些。她在杂志上看到一款美丽的长裙，立刻被它迷住了，那绝对是丽贝卡式的优雅。她订购了它，很快就收到了。

这天晚餐前，德·温特太太穿好这条黑色的曳地长裙，又在头发上束了丝带，小心地走到德·温特先生面前。

“晚上好，马克西姆。”德·温特太太充满期待。

“晚上好。”德·温特先生正埋头于放映机，“蜜月旅行的胶片终于送到了。我们晚餐之前看看，好吗？”终于，他抬起头，看到了那含羞带怯的小妻子。黑色的长裙包裹着她苗条的身体，胸前是一串白色的玫瑰花，有两条细细的肩带，裸露的肩膀与手臂纤瘦白皙。

“你到底对自己做了些什么？”德·温特先生略带惊愕地问。

“没什么，只是从伦敦订了件新衣服。希望你不会介意。”小妻子微笑着说。

“不，只是……你觉得这件衣服适合你吗？”德·温特先生哑然失笑，“它看起来完全不适合你。”

“我以为你会喜欢。”小妻子失望极了。

“还有，你对你的头发做了什么？”德·温特先生大喊着，又发现了新大陆，“我知道了，亲爱的。亲爱的，对不起。你看起来可爱极了。改变一下也很好。”迟钝的德·温特先生后知后觉，不过终于明白了小妻子的心意。他安慰着，吻了吻她的额角，问道：“可以看电影了吗？”

“是的，我很想看。”小妻子别别扭扭地坐了下来。

“快看，看那个！”

“太棒了，亲爱的，以后我们还会再去那里吗？”

“当然可以。瞧你……当我们的子孙看到你如此可爱，一定会非常开心的。”

画面中，德·温特太太跪坐在草地上，在她旁边，几只胖胖的鹅摇摇摆摆地经过她身边，憨态可掬，德·温特太太开心地笑着。

“哦，瞧你！我喜欢那张。”

德·温特先生拿着望远镜在看什么，不停地笑着，还做了个鬼脸。德·温特太太看得大笑起来。

“记得那张吗？”

“记得。哦，马克西姆，我希望我们能永远度蜜月。”

“糟糕，见鬼，等等。我又跟以前一样接错线了。”

正在这时，弗里斯走了进来。“弗里斯，什么事？”德·温特先生问。

“打扰一下，先生，我可以和您谈一件事吗？”弗里斯肯定是遇到了为难的事。

“好的，说吧。”

“事关罗伯特，先生。他和丹弗斯太太发生了矛盾。”

“哦，天哪。”德·温特先生按住了额头。

“罗伯特心里很难过。”

“真麻烦，是什么事？”德·温特先生开始头疼了。

“丹弗斯太太责备罗伯特偷拿了晨室里的一件贵重物品，但是罗伯特矢口否认。”

“究竟是什么东西？”德·温特先生坐在了沙发扶手上。

“是那尊爱神瓷塑，先生。”弗里斯回答。旁边的德·温特太太脸色变了。

“天哪，那可是我们家的一件宝贝。告诉丹弗斯太太，想办法弄清楚真相，我肯定不是罗伯特干的。”

“太好了，先生。”

“他们干吗连这种事都来找我？这件事该由你来管，亲爱的。”德·温特先生说着，又开始埋头弄他的线。德·温特太太觉得浑身不自在。

“马克西姆，我早就想告诉你，可是……可是我忘了。”德·温特太太艰难地说了出来，“其实，是我打碎了。”

“你打碎了？那你刚才在弗里斯面前怎么不说？”德·温特先生问。

“我也不知道，我不想那么做。我怕他当我是傻瓜。”德·温特太太不敢看德·温特先生。

“你这个样子，他才真的当你是傻瓜呢。现在你可得把事情向他和丹弗斯太太讲清楚。”

“哦，不，马克西姆，你去解释吧，我要上楼去了。”德·温特太太立刻惊慌失措了。

“别像个小傻瓜一样。大家会认为你怕他们。”

房门推开了，弗里斯和丹弗斯太太走了进来，德·温特先生立刻说：“完全是一场误会，丹弗斯太太，是德·温特太太自己把瓷塑打碎了，后来又忘记了这事。”

“非常抱歉，没想到给罗伯特惹了麻烦。”德·温特太太像做错事的小孩子在和家长承认错误一样。

“还能修补一下吗，夫人？”丹弗斯太太问。

“怕是不行了……已经摔得粉碎。”德·温特太太结结巴巴地解释道。

“你是怎么处理那些碎片的？”德·温特先生问。

“我把它们放在写字台的抽屉里面了。”

“瞧德·温特太太的样子，好像害怕您会把她送进监牢一样，是不是，丹弗斯太太？找出那些碎片，看看能否修好，再告诉罗伯特，擦干眼泪。”德·温特先生对丹弗斯太太说。

“我会向罗伯特道歉的。”这时，弗里斯偷偷地溜了出去。“如果以后再发生这样的事，德·温特夫人是否可以向我说明一下？”丹弗斯太太的样子仿佛她才是女主人。

“好了，谢谢，丹弗斯太太。”德·温特先生制止丹弗斯太太再说下去了，于是丹弗斯太太转身出去了。

“我猜，片段都是完好的，我也不知道。”电影又可以继续放映了，但是德·温特太太已经没有了观赏的心情。

“亲爱的，太抱歉了，我真是粗心大意。丹弗斯太太肯定会对我大发雷霆的。”德·温特太太忍不住说。

“别管丹弗斯太太，你为什么要怕她？你的举动哪儿像个女主人？倒像是家里的女佣。”

“我知道，可我就是感到很不自在。每天我都竭尽全力，但是上上下下都在打量着我，好像我是一头得奖的良种母牛……”

“就算如此，那又怎样？你必须记住，曼陀丽的生活是唯一能引起别人兴趣的事。”

“那我一定让他们大失所望了。你大概是因为这个才和我结婚的吧？你知道，我这个人呆板无趣，不爱说话，又没见过世面……所以，这里的人都不屑于对我说长道短。”德·温特太太冷冷地说道。

“说长道短？这话是什么意思？”德·温特先生敏感地问，严厉地盯着她。

“我……我也不知道，我没有别的意思。”德·温特太太立刻惊慌起来，“你为什么要这样？马克西姆，怎么了？我说什么了吗？”

德·温特先生打开台灯，又关掉放映机，说道：“你说的这些话可不怎么动听，不是吗？”

“是的，既无礼，又让人讨厌。”德·温特太太低下了头。

“我怀疑，自己娶你，是不是做了一件极其自私的事。”德·温特先生俯身看着自己的小妻子。

“你是什么意思？”德·温特太太已经满眼是泪。

“对你而言，我并不是个好伴侣，不是吗？你并没有得到很多快乐，不是吗？”德·温特先生捏了捏小妻子的下巴，“你应该嫁给一个与你年龄相仿的小伙子。”

“马克西姆，你为什么这么说？我们当然会是终身伴侣。”德·温特太太努力笑着，不让自己哭出来。

“是吗？我不知道。我这个人恐怕很难相处。”德·温特先生慢慢地说。

“不，一点儿也不难相处。我们的婚姻很美满，不是吗？简直是天赐良缘。我们很快乐，是不是？非常非常快乐。”

德·温特先生走到了一旁，好像不太想回答。德·温特太太就快哭出来了，说道：“如果你认为我们不开心，我并不希望你言不由衷地假装。我会选择离开的。你为什么不回答我？”

“我该怎么回答你？连我自己也不清楚。如果你说我们是快乐的，那就别再往下说了。我对幸福这件事一无所知。”德·温特先生又关掉台灯，打开了放映机，“看那张……我把相机放在三脚架上拍的，记得吗？”

画面中，德·温特先生和他的小妻子紧紧地拥抱并亲吻了对方。现实中，德·温特太太含着眼泪，低下了头。

德·温特太太早上醒来，就看到德·温特先生留的便条：

因为庄园事务去伦敦赴宴，会在晚上之前赶回来。这儿没有我的短暂假日，应该会很悠闲。马克西姆。

看完便条，德·温特太太一个人坐在晨室的沙发上流泪了。女佣送来早餐，她转过身，不想让女佣看到自己在哭泣。

“不好意思，夫人，有什么可以为您效劳的吗？”

“没事，希尔达，非常感谢。”

“我马上去拿三明治，夫人。”

希尔达走出房间。德·温特太太走到窗边，竟然发现最西边房间的窗户打开又关上了，里面闪现着她并不熟悉的人影。

“希尔达？”

“是的，夫人。”

“最西边的房间，再没有人住过了，是吗？”

“没有，夫人，自从德·温特夫人去世后就没人住了。”

有些不对劲儿。德·温特太太无心吃早餐，出了晨室。刚要上二楼，忽然听到说话声传来，德·温特太太躲了起来。

“到这边来，杰克先生，不然会有人看到您的。”是丹弗斯太太的声音。

“哦，丹尼，老女妖，很高兴再次见到你。得知所有的消息，简直让我呼吸不了了。”是一个陌生的男声。

“杰克先生，我认为您不应该来这里。”

小狗叫了起来。“杰斯珀，过来。”德·温特太太轻声喊着它。

“胡说，我就像回家一样。”

“轻点儿，杰克先生。”

“是的，我得小心，别惊扰了灰姑娘。”这个玩世不恭的声音令人生厌。

“她在晨室里。如果您从花园离开，她就不会看到您。”

“我感觉有点儿像穷亲戚，从后门偷偷地离开。再见，丹尼。”

“再见，杰克先生，小心点儿。”

小狗哼哼着。“杰斯珀，别出声。”德·温特太太轻声喝止它。

“在找我吗？”声音忽然从背后传来，德·温特太太吓了一跳。

“我没吓着您吧？”一个男人站在窗外问，一副君子的模样。

“没有，当然没有，我根本不认识您。”德·温特太太回答。

杰斯珀叫着跑过去，它显然认识这个人。“很高兴见到我吧，老伙计？很高兴有人欢迎我回到曼陀丽。亲爱的马克斯老兄好吗？”

“很好，谢谢。”德·温特太太回答。

“我听说他去伦敦了，留下他的小新娘独守空房。实在太糟糕了。难道他不怕有人把您抢走？”

德·温特太太又吓了一跳，再次感觉到背后有人，回头一看，是丹弗斯太太。

“丹尼，你百般提防，结果还是枉费心机。房子的女主人就躲在门背后。怎么不向小新娘介绍我？”

“这位是费福尔先生，夫人。”丹弗斯太太说。

“您好！”德·温特太太勉强说。

“您好！”他竟然迈进窗户，和德·温特太太握手。

“请留下来用茶点吧。”德·温特太太看了一眼丹弗斯太太。

“这样盛情相邀，岂不让人心动？请我留下来用茶点，丹尼，我还真想留下来。”丹弗斯太太赶紧对他使眼色。“也许您是对的。可惜了，我们刚刚相处得很好。我们不可以带坏小新娘，对吧，杰斯珀？再见，很高兴见到您。顺便说一下，如果您不在马克斯面前提起我来过的事，那就太好了，他对我可能有点儿意见。”

“好的。”德·温特太太回答。

“您可真够朋友！我还真希望有个结婚三个月的新娘在家里等着我。我是个孤苦伶仃的单身汉。祝您好运！刚刚介绍错了，丹尼没告诉您吧？我是丽贝卡喜欢的表兄。再见。”他又从窗口迈走了。

德·温特太太松了口气，回过头，却发现丹弗斯太太不知什么时候已经像个幽灵一样走了。

德·温特太太快步向楼上走去，她要去看看最西边的房间。走廊里没有人，德·温特太太鼓起勇气扭开了门锁。所有的窗户都拉着窗帘，光线昏暗，德·温特太太拉开了一扇窗的窗帘，又打开了一扇窗。阳光立刻射了进来。的确是一间精致可爱的房间。梳妆台上摆着德·温特先生的相框，所有东西的摆放都井然有序。打开的窗户被风刮得拍打了一下，德·温特太太吓了一跳。

“夫人，出什么事了？”丹弗斯太太的声音又吓了她一跳。

“我没想到会在这里见到您，丹弗斯太太。我看到一扇窗没有关，所以上来看看。”

“您何必对我说窗子开着呢？我离开之前关好了。是您自己开的窗，对吗？”德·温特太太不再回答了，丹弗斯太太说，“您一直想看看这个房间，不是吗，夫人？您为什么不让我领您来看呢？我每天都准备陪您来这里。这是个可爱的房间，对不对？”丹弗斯太太拉开了所有的窗帘，“您从来没有见过这么可爱的房间吧？一切仍然按照德·温特太太喜欢的样子摆放。自从那天晚上起，所有的东西都没有变过。来，我带您参观她的衣帽间。”德·温特太太梦游一般跟了过来，“我把她所有的衣服都放在这里，您想看，不是吗？”德·温特太太点点头，“感受一下。”丹弗斯太太拿出一件皮草，先把袖子放在自己脸上感受了一下，又放在德·温特太太的脸上，

“这是德·温特先生送给她的圣诞礼物，他总是送给她贵重的礼物，整年都是。我把她的内衣放在这边，”丹弗斯太太打开抽屉，“都是圣克莱尔的修女们专门为她做的。过去，我会一直等她回来，不管多晚。有时候，她和德·温特先生直到黎明才回来。她换衣服的时候，会告诉我有关聚会的事、她认识的人和所有爱她的人。她洗完澡后，会走向梳妆台。”

丹弗斯太太向德·温特太太伸出手，示意她过去。德·温特太太顺从地走了过来。丹弗斯太太将手按在她的肩膀上让她坐下。“您动过她的梳子，是不是？”丹弗斯太太重新调整了梳子的位置，“这样就好多了，就像她一直摆放的那样。她会说：‘快点儿，丹尼，梳头发。’我就这样站在她身后，每次梳二十分钟。然后她会说‘晚安，丹尼’，然后上床休息。”德·温特太太一直望着相框里的德·温特先生。丹弗斯太太已经走向大床，等着德·温特太太过来。“我亲手为她绣的这个衣套，一直放在这儿。”上面又是一个大大的“R”。丹弗斯太太拿出里面的黑色透明蕾丝睡衣，展示给德·温特太太看：“您见过如此精美的东西吗？”丹弗斯太太示意德·温特太太走近一点儿，“瞧，您可以透过它看到我的手。”

这个时候，德·温特太太再也看不下去了，再也听不下去了，她受到的打击与震撼都太大了。她的眼里含着泪，努力支撑着自己向门口走去。但是丹弗斯太太还不放过她。

“您不会以为她已经离开很久了吧？有时候我经过走廊，简直觉得她就跟在我身后，听得见她急促而轻快的脚步声。我绝不会搞错，不仅在这个房间，在这栋房子的任何角落都一样。此刻我差不多也能听到。您相信死去的人会回来看活着的人吗？”

“不，我不相信。”德·温特太太终于哭出声来。

“有时我真怀疑，她是不是悄悄地回到了曼陀丽，注视着您和德·温特先生的一举一动呢？”丹弗斯太太紧盯着德·温特太太的脸，德·温特太太靠在门上不让自己倒下，“您看起来很累，为什么不在这儿休息一会儿呢？听听大海的声音，非常宁静。听，听，听大海的声音。”丹弗斯太太仿佛进入了某种梦境，自顾自地转身说着。趁此机会，德·温特太太拉开门，逃一般地出去了。

德·温特太太回到晨室，一直在哭。写字台上笔记本封面的“R”再次刺激了她，她拿起电话，说道：“告诉丹弗斯太太，我要马上见她。”

德·温特太太将写字台抽屉里所有印着“R”标志的笔记本、信封和信纸都拿出来，摆在桌面上。忽然，她看到一张卡片，上面写着：“德·温特夫妇诚邀杰克·费福尔先生至曼陀丽庄园。”卡片的右下角写着：“丽贝卡，我会在那儿等你。杰克。”

德·温特太太还没想明白是怎么回事，丹弗斯太太已经走了进来。她立刻擦干了眼泪。

“您喊我吗，夫人？”丹弗斯太太问。

“是的，丹弗斯太太。我要您把这些东西都扔掉。”

“这些是德·温特夫人的东西。”

“现在，我才是德·温特夫人。”德·温特太太第一次像个女主人一样说。

“好的，我会按您的指示去做。”丹弗斯太太无可奈何。

窗外笛声响起，德·温特太太跑到窗边，是德·温特先生回来了。“请等一下。”德·温特太太喊住正走出去的丹弗斯太太，“丹弗斯太太，我不会告诉德·温特先生有关费福尔先生来过的事。事实上，我宁愿忘掉今天下午发生的一切。”

德·温特太太刚走出晨室，德·温特先生已经走进了大厅。德·温特太太跑了过去，扑到德·温特先生怀里。

“马克西姆，马克西姆，一整天没看到你了。”

“你让我喘不过气来了。”德·温特先生笑着拥抱他的小妻子，“你都做了些什么？”

“我在思考。”

“思考什么？”

“进去后我再告诉你。亲爱的，我们可以举办一次化装舞会吗，就像以前一样？”小妻子热切地问道。

“怎么会有这个想法？比阿特丽斯给你灌输什么想法了吗？”

“不，不是，我只是觉得我们应该做些什么，让人们觉得曼陀丽和以前一样。求你了，亲爱的，可以吗？”

“你不知道那意味着什么，要招待数百人——全国的人。会有很多年轻人从伦敦赶来，将房子变成夜总会一样。”

“我知道，但是我想要这样，我从未参加过大型聚会，我可以学习怎么做。我保证，我不会让你丢脸的。”小妻子被一种狂热的情绪支配着。

“好吧，如果你喜欢，你最好找丹弗斯太太帮忙。”德·温特先生点燃了烟斗，终于同意了。

“不，不，我不需要丹弗斯太太帮我，我可以自己解决。”

“好吧，我的小心肝儿。”

“谢谢，亲爱的，谢谢。”小妻子热烈地拥抱德·温特先生，“你会化装成什么？”

“我从不化装。那是作为主人的特权。你会化装成什么？漫游仙境、头扎缎带的爱丽丝吗？”

“不告诉你，我会亲自设计我的服装，给你一个终生难忘的惊喜。”小妻子热烈地吻着德·温特先生的脸颊，德·温特先生开心地笑了。

自从德·温特先生答应举办舞会后，德·温特太太就忙碌起来，最主要的当然是忙着设计她自己的舞会礼服。她画了无数张画稿，包括雅典娜，也包括中世纪的公爵夫人，还有其他很多，但是没有一张设计稿让她满意。她不停地画，不停地否定。

“请进。”丹弗斯太太走进了卧室，德·温特太太还趴在床上画着。

“罗伯特在书房里发现了这些画稿，夫人，您打算扔掉吗？”

“是的，丹弗斯太太。这些只是我为舞会服装画的设计稿。”

“德·温特先生没有给您什么建议吗？”

“没有，我要给他惊喜，不想让他知道。”

“我只是想，您也许在家族肖像中会找到适合您的服装。”丹弗斯太太少有地献着殷勤。

“您是说挂在楼梯边的那些画？我去看看。”德·温特太太说着，就起身去看。这个心思简单的小女孩没有丝毫警惕。

德·温特太太一幅幅地看过去，丹弗斯太太跟在她身后。

“比如这幅，也许就是您要定做的。我肯定您能复制一件出来。我听德·温特先生说过，这是所有油画里他最喜欢的一幅。画中是卡洛琳·德·温特夫人，他的一位祖先。”丹弗斯太太说。

画中的女士穿着一件白色的露肩飘逸长裙，胸前和裙摆上缀着鲜花，一头鬈发，戴着宽边草帽，草帽上也缀着鲜花。

“真是个好主意，丹弗斯太太。非常感谢。”德·温特太太大声道谢，但是丹弗斯太太头也不回地离开了。

舞会的日子终于到了。

“一切都在掌控之中吗，弗里斯？”第一个出现在大厅里的是克劳莱先生，他戴着博士帽，穿着长袍。

“是的，先生。抱歉问一句，先生，您是要假扮一位校长吗？”弗里斯问。

“不是，这只是我的旧行头。”

“无疑是一件不错的服装，先生，而且很省钱。”弗里斯笑着说。

“没错，”克劳莱先生愣了一下，“我就是这么想的。”

第一对到来的宾客是赖斯夫妇。

“晚上好，罗伯特，天气不太适合办舞会。雾太大，很冷。”赖斯少校脱下大衣，摘下围巾。

“是的，先生。”罗伯特回答。

“这顶假发太紧了，我应该吃片阿司匹林。”赖斯太太戴着一顶金色的假发，两条长长的发辫一直垂到腰际。

“假扮的是什么人物？亚当和夏娃吗？”德·温特先生来迎接他们。

“哦，马克西姆，别恶心人了。”赖斯太太说。

“是大力士，老弟。”赖斯少校身穿豹纹的斜肩裙，“我的杠铃呢？”他问。

“什么？”德·温特先生没听明白。

“你没落在车里吧？”赖斯太太提醒道。

“没有，在那儿。”用人送了进来，原来是仿制的武器，不过看样子很轻。

“你是第一个下来的吗？那个小丫头呢？”赖斯太太问。

“她的着装要对外保密，不让我进她的房间。”德·温特先生无奈地回答。

“真可爱。”赖斯太太望着客厅的布置说，“我上去帮她一下。”

“我可以去喝一杯。”赖斯少校说。

“你穿成这样，不会感冒吗？”德·温特先生问。

“别傻了，这可是纯羊毛的，老弟！”赖斯少校大呼小叫。

“等一下，先生，您忘了拿这个。”罗伯特将赖斯少校的武器递给他。

“谢谢。”他没接稳，结果武器掉在了地上，让他很不满。

赖斯太太来敲德·温特太太的房门：“我来了，亲爱的，是比阿特丽斯，我来帮你。”

“请别进来，比阿特丽斯，我不想任何人看到我的装束。”

“哦，不会很久吧？因为总统随时都会驾临。”比阿特丽斯转身走了。

房间里，德·温特太太和女裁缝正忙得不亦乐乎。裙子已经穿上身，只是还需要修整。

“您肯定是缝在那儿吗？”德·温特太太问。

“是的，夫人，肯定没错。”女裁缝在裙摆上缀满鲜花。

“很激动人心吧？”

“没错，夫人。我一直听说曼陀丽庄园有舞会，现在终于可以亲眼见到了。我肯定没人能与您媲美，夫人。”

“您真的这么认为吗？我的扇子在哪儿？您确定我还不错吗？”德·温特太太最后整理了裙摆。

“您看起来美极了。”

“那么，走吧。”

德·温特太太跑到画像前，她对自己的装束充满自信。德·温特太太一直跑过走廊，才在楼梯口停下来，先在柱子后面偷偷望了一眼，然后像个标准的淑女缓缓地、优雅地迈着步子走下了楼梯。

没有一个人发现她，德·温特太太笑容甜蜜，内心充满渴望与期待。德·温特先生和赖斯太太，还有克劳莱先生站在一起谈笑着，都背对着楼梯。

“晚上好，德·温特先生。”德·温特太太走到他们身后说，然后行了个屈膝礼。

德·温特先生最先转过身，然后三个人都看见了她，同时脸色大变。

德·温特太太的笑容僵住了，慢慢地起身。

“你知道自己干了什么好事？”德·温特先生的声音虽然不大，但是充满愤怒。

“丽贝卡！”赖斯太太失声说道。

“是那幅油画——画廊里那幅。”德·温特太太急切地解释，德·温特先生按住了自己的额头。

“怎么了？我做错了什么？”德·温特太太要哭了。

“去把衣服换掉，随便换什么都行，哪一件都行！”但是德·温特太太一动不动地傻站着，“你还站在那儿干吗？没听到我的话吗？”德·温特先生简直是在咆哮，惊动了客厅里的所有人。

德·温特太太跑上楼梯，看着那幅油画。回过头，丹弗斯太太正走向最西边的房间。德·温特太太终于明白了。她跟了过去，连帽子落在台阶上都没发觉。当她推开门冲进去时，丹弗斯太太好像知道她要来，正等着，慢条斯理地整理着花瓶中的花。

“我看着您下楼，就像一年前我看着她一样。尽管穿着同样的衣服，但是您无法与她相比。”丹弗斯太太静静地说。

“您知道的，您知道她曾经穿过这件，还故意建议我穿成这样。您为什么这么做？我究竟对您做了什么，让您如此讨厌我？”德·温特太太愤怒地质问道。

“您没法儿取代她的位置，哪怕您能让他娶您。我看着他的脸、他的眼神，跟她去世后的前几个星期一样，我曾经常常听到他整夜走来走去，一夜又一夜。他想念她，因为失去她而遭受着身心的折磨。”

“我不想知道，我不想知道。”德·温特太太泪流满面，这是她永远解不开的心结。

“您以为您可以取代德·温特夫人，住在她的房子里，走她走过的楼梯，扔掉属于她的东西。但她对你来说太强大了，您根本无法打败她。没有人比她好，永远不会有，永远不会！她最终被打败了，但不是被男人或者女人，而是被大海打败！”丹弗斯太太继续攻击道。

“别说了……别说了……”德·温特太太的承受力达到了极限，她哭着倒在床上。

丹弗斯太太若有所思，说道：“您太累了，夫人，我为您打开窗户，空气流通对您有好处。”德·温特太太挣扎着走到窗边，丹弗斯太太没有停止说话，“您为什么不走？为什么不离开曼陀丽？他不需要您，他有他的回忆，他不爱您，他只想和她在一起。您没必要留下。您还活着做什么？”丹弗斯太太继续可怕的攻心术，“看下面，很容易，不是吗？为什么不？为什么不？”丹弗斯太太低沉的声音像是在催眠，“跳下去……跳下去。别害怕。”

德·温特太太正准备跳下去时，突然传来烟火的爆炸声，空中真的有烟花，远处的海面依稀有一艘船。人们拥出大厅，传来了嘈杂的声音。

“船只失事，是船只触礁。那是搁浅的一艘船发射的烟火。”

“船只遇难，大家快点儿到海湾去，通知海岸巡逻队。”

德·温特先生也在人群里，很多人穿着舞会的服装奔向海滩。

“马克西姆！马克西姆！”德·温特太太哭喊道。

“船靠岸了！”

“大家快点儿！快点儿！”

“马克西姆！马克西姆！”德·温特太太跑出去了。丹弗斯太太的阴谋落空了。

已经是凌晨5点10分，海滩上雾气弥漫，能见度很低。已经恢复了日常装束的德·温特太太一个人在找着什么。

本的出现吓了她一跳。“哦！本，您见过德·温特先生吗？”德·温特太太问道。

“她不会回来了，是吗？您说的。”

“谁？本，您在说什么？”

“另一个人。”

本一直活在自己的世界里，德·温特太太只好走了。她很快遇见了克劳莱先生。

“弗兰克，您见过马克西姆吗？”德·温特太太问。

“一个小时前见过，我以为他去那间小屋了。”克劳莱先生回答。

“没有，他根本没去过那间小屋。我担心他出事了。”

克劳莱先生的目光闪烁，敏感的德·温特太太立刻注意到了。

“弗兰克，怎么了，有什么不对劲儿吗？”她问道。克劳莱先生的表情回答了她：“是有些事不对劲儿。”

“潜水员下去检查船底，发现了另一艘船的船体——一艘小帆船。”

“弗兰克，那是……”

“是的，是丽贝卡的船。”

“怎么认出来的？”

“潜水员是当地人，立刻认出来了。”

“这对可怜的马克西姆来说太残忍了。”

“是的，又将所有的回忆带回来了，比以前还糟。”

“他们为什么一定要找它呢？为什么不能让它安静地待在海底呢？”

“我还是去为这些人准备早餐吧。”

“好的，弗兰克，我去找马克西姆。”

克劳莱先生走了，又剩下德·温特太太一个人。她又来到小屋这边，远远地就看见屋子里亮着灯。她走了进去，德·温特先生果然在里面。

“嘿。”德·温特先生的声音疲惫而虚弱。

“马克西姆！你整晚没睡？你原谅我了吗？”德·温特太太的声音带着哭腔。

“原谅你？你做了什么事竟要我原谅？”

“昨晚的事，和衣服有关的蠢事。”

“那个啊，我早忘了。我对你发脾气了，是吗？”德·温特先生一直坐在那里，一动不动。

“马克西姆，难道我们不能从头开始吗？我不奢求你爱我，我不做非分之想。让我做你的朋友和伙伴，那样我就很开心了。”德·温特太太伤心欲绝地说。

“你很爱我，是吗？”德·温特先生慢慢地站了起来，摸着小妻子的衣领，吻了吻她的面颊，说道，“一切都迟了，宝贝儿。我们失去了绝无仅有的过幸福日子的机会。”

“不，马克西姆，不。”

“没错，现在一切都结束了。事情还是发生了。”德·温特先生走过去，抚着额头，“我一直觉得某天会发生什么事，日复一日，夜复一夜。”

德·温特先生又坐了下来，他看上去累极了。

“马克西姆，你在说什么？”德·温特太太跟着他。

“丽贝卡赢了。”德·温特太太蹲在他面前。“她的幽灵总在你我之间徘徊，阻止我们在一起。她知道这件事会发生。”

“你在说什么呀？”

“他们派了一个潜水员下去，找到了另一艘船。”

“我知道，弗兰克告诉我了，是丽贝卡的船。那对你来说太残酷了，对不起。”

“潜水员还有一个发现。他打破其中一个舱口，检查了船舱，里面有一具尸体。”德· 温特先生轻轻地说着。

“她并不是单独出海的？这说明她当时和另一个人在一起。现在得查明这个人是谁。就是这么回事，是不是，马克西姆？”

“你不明白，没人和她一起出海，躺在船舱里的就是丽贝卡。”德·温特先生的语气平静极了。

“不。”小妻子被吓到了。

“被冲到埃其库姆海岸的女人——现在埋在家族墓地里的那个女人，不是丽贝卡。那是无人认领的尸体，不知属于何方。是我去认领的，但我知道那不是丽贝卡。一切都是谎言。我知道丽贝卡的尸体在哪里，她陈尸于海底船舱。”德·温特先生像在讲述别人的故事。

“你怎么知道，马克西姆？”

“因为是我放在那里的。”说出真相并不那么困难，“现在你还能看着我的眼睛，告诉我你爱我吗？”受惊的小妻子站起身走向门边，扶住门框不让自己倒下去。

“你看，我没说错，太迟了。”德·温特先生转过身去。

“什么太晚了，不许再说这样的话。我爱你胜过世间的一切。”小妻子从背后抱住德·温特先生，“求你了，马克西姆，吻我，求你了。”

“不，没用了，太迟了。”德·温特先生捏住了小妻子的肩膀。

“我们不能失去彼此，我们必须永远在一起，没有秘密，没有阴影。”小妻子坚定地请求道。

“我们可能只剩下几天、几个小时。”

“马克西姆，之前你为什么不告诉我？”

“有时候我差点儿就讲出来了，但你的态度太冷漠。”

“我看出你在想念丽贝卡，还叫我怎么和你热情呢？我看出你仍然爱着丽贝卡，怎么能要你再来爱我呢？”小妻子痛苦地说。

“你在胡说些什么？你是什么意思？”

“每当你抚摩我的时候，我就在想，你在拿我和丽贝卡做比较。每当你和我说话，每当你看着我，每当我们一起在花园里散步，我就知道你在想，‘我曾和丽贝卡做过这件事’，我说得不对吗？”

“你认为我爱丽贝卡？你这么认为吗？我恨她。”小妻子又吓到了，但是震惊中有着喜悦。“我曾为她着迷、为她心醉，像所有的人一样。我娶她的时候，别人都说我是世界上最幸运的男人。”德·温特先生点燃了一支烟，“她那么美，又非常聪明，非常风趣。大家都说，‘一个妻子要有三种美德：教养、头脑和姿色’。我完全相信了他们所说的。但是和她在一起，我从未有过幸福的时刻，她根本不懂什么是爱、温柔和宽容。”

“你不爱她？你不爱她？”小妻子沉浸在巨大的喜悦中。

“还记得那天我开车带你上蒙特卡洛山顶的情景吗？我曾和丽贝卡在那儿度蜜月。我们就在那儿相遇，四天后，我和她结了婚。她站在那儿笑着，一头黑发被风吹起来，告诉了我关于她的事——所有的事。我绝不能告诉别人，我想杀了她。那样做太容易了，记得那座悬崖吗？我吓到你了吧？你以为我疯了。说不定我真是个疯子。跟魔鬼一起生活的人神志不可能健全，是不是？她说道：‘我要和你做笔交易。你刚结婚四天就想和我离婚，看起来相当愚蠢，所以我会扮演一位贤妻，你珍贵的曼陀丽庄园的女主人。我可以让这座庄园成为全国首屈一指的闻名去处。人们会来做客，羡慕我们，然后说我们是世界上最幸福、最美满的一对。这是多么愚蠢，又是多么大的成功！’我不该接受她那肮脏的交易，可我还是接受了。我太年轻气盛，太在乎家族荣誉……她知道我宁愿牺牲一切，也不愿站在离婚法庭上抛弃她，承认我们的婚姻是一场骗局。你鄙视我了，是吗？连我都鄙视我自己。你不可能明白我的感受，你能吗？”

“我当然能明白，亲爱的，我当然明白。”小妻子含着泪点头，热切而痛苦。就在这一刻，她不再是当初单纯的小女孩了，她的表情和眼神都说明她长大了。

“我遵守协议，显然她也是，她非常遵守游戏规则。但是过了不久，她就渐渐放肆起来。她在伦敦买了一套公寓，会在那儿定期住几天。她开始把自己的一群狐朋狗友带到家里。我警告她，她却毫不在意地一耸肩，说道：‘这和你有什么关系？’后来她竟然和弗兰克调情，可怜的忠实的弗兰克。她有个表哥，名叫费福尔。”

“我认识这个人，你去伦敦那天，他来过。”

“你为什么不告诉我？”

“我不想告诉你，我怕一说，又会勾起你对丽贝卡的回忆。”

“勾起我的回忆？难道我还需要别人来勾起回忆吗？”德·温特先生回到原来的话题，“费福尔常常来这间小屋探望她。我发现了这件事，又一次警告丽贝卡，如果费福尔再来这里，我就会开枪打死他们两个。某天夜里，我发现她悄悄地从伦敦回来，以为费福尔和她在一起。我知道，我已经无法再忍受这种充满污秽和欺诈的生活了，我决定和他们同归于尽。但是她只有一个人，她盼望着费福尔到来，而他没有赴约。她躺在长沙发椅上，旁边是一大盘摁灭的烟头，看上去她生病了，很不舒服。

“突然，她起身向我走来，说道：‘假如我有了孩子，你跟我都无法证明孩子不是你的。马克斯，你想要个继承人，不是吗？为了你钟爱的曼陀丽。’她放声大笑，‘多么有趣，真是有趣到了极点，妙不可言！我要做一个十全十美的良母了，像做一个十全十美的贤妻那样，谁也不会了解事实真相。但是应该会让你的生活充满恐惧，马克斯——看着我的儿子一天天长大，一旦你死了，这一切将全部归他所有。’她看着我，一只手插在口袋里，一只手拿着烟，微笑着说，‘马克斯，你将如何？难道要杀了我吗？’我想，我那一刻失去了理智，我要打她。她站在那儿盯着我，看起来得意扬扬，然后又微笑着向我走来。突然，她绊倒了。”德·温特先生像是耗尽了力气，无力地倚着门。

“过了很久，当我低头看的时候，她好像就躺在地上，”德·温特太太瞪大眼睛看着地上，“我揪着她的头，往一块很重的船用索具上撞，”德·温特先生离开了门，“我依然记得，当时还纳闷她为什么还在微笑，然后我意识到，她已经死了。”

“你没有杀她，那是意外。”德·温特太太说。

“谁会相信我？我不知所措。我只知道我得做些什么。我把她的尸体拖上了船。外面一片漆黑，那天晚上没有月光。我把她的尸体拖进船舱，当船看起来离海岸有一段距离的时候，我拿一根大钉子猛钉船板，又打开了通海阀，水快速地流了进来。我爬进小船，划走了，眼看着帆船倾斜下沉。等我返回小海湾时，天还在下雨。”

“马克西姆，还有别人知道这事吗？”德·温特太太抓着他的袖子问。

“没有，除了你跟我，没人知道。”德·温特先生回答。

“我们必须去解释清楚，因为你之前从未见过那具尸体。”

“不，他们一定认识她。根据她一直戴的戒指和手镯，他们会认出她，然后记起另一个女人——另一个埋在墓地里的女人。"

"如果他们发现那是丽贝卡，你必须说你认错了尸，因为去埃其库姆那天你生着病，无法对自己的所作所为负责。丽贝卡已经死了，那才是我们要记住的。丽贝卡已死，无法再开口说话，死无对证，她不能再伤害你了。我和你是世上唯一知道真相的人。"长大了的小妻子思路清晰地叮嘱道。

"我曾告诉过你，娶你为妻，是我多么自私的行为。现在你明白是什么意思了吧。"德·温特先生叹息道。

"我爱你，亲爱的，我会永远爱你。"

德·温特先生紧紧地拥抱他的小妻子，吻着她的额角："但是，我自始至终都知道丽贝卡最终会赢。"

"不，她没有赢，不管现在发生什么事，她都没有赢。"小妻子抱紧他，坚定地说。

电话突然响了起来，惊醒了两人。那落满灰尘、看不出颜色的电话竟然功能完好。德·温特先生接起电话。

"你好，弗兰克。是。谁？卡洛祖兰？告诉他，我会尽快去见他。什么？就说等我们确定事态之后再谈。"

"怎么回事？"小妻子问。

"朱利安·卡洛祖兰上校要召见我。他是郡警察局长，警察局请他去停尸间，他想知道我是否有可能认错了那具尸体。"德·温特先生解释道。

克劳莱先生陪德·温特先生去了停尸间。

"卡洛祖兰，显然我是认错了。"从那里出来后，德·温特先生说。

"在那种情况下，认错很自然。再说，那时你状态不好。"克劳莱先生抢着说。

"我当时状态很好。"德·温特先生否认道。

"别担心，马克西姆，没人会因为你认错而责怪你。"朱利安上校理解地说，"可是，你得重新经受同样的事。"

"什么意思？"克劳莱先生问。

"理所当然，会有另一次审讯，会有同样的手续和繁杂的程序。"朱利安上校解释道，"我希望你可以避免公众的注意，但是恐怕很难办到。"

"是啊，公众的注意。"德·温特先生这才意识到这个问题。

"我猜想，德·温特太太走下甲板去拿东西……然后无人掌舵的船遭遇飓风。我猜是这么回事。你觉得呢，克劳莱？"朱利安上校说。

"是的，可能是门卡住了，她无法再回到甲板上。"克劳莱先生回答。

"对，泰伯——那个造船的人，毫无疑问会得出这样的结论。"

"为什么，他知道些什么？"克劳莱先生问。

“他正在检查船只——完全按照惯例。明天会进行审讯，马克西姆，是完全非正式的审讯。等所有事情都结束了，我们一定要一起打一场高尔夫。”

“好的。”

“再见。”

在曼陀丽庄园。

德·温特太太走下楼梯，弗里斯好像在等着她。

“这里有晚报，夫人。要看看吗？”

“不，谢谢，弗里斯。我觉得，德·温特先生也不想看。”

“明白，夫人，请允许我说句话。我们都承受着外界最大的困扰。”

“谢谢，弗里斯。”

“恐怕那些新闻让丹弗斯太太受惊了。”

“是啊，我多少预料到了。”

“好像有一场验尸官审讯，夫人。”

“是的，弗里斯，完全是形式上的审讯。”

“当然，夫人，我……我想说，如果我们中的任何人被传唤取证，我将很乐意做任何能帮到家族的事。”

“哦，谢谢你，弗里斯，我确定德·温特先生听到这些话后会非常开心，但我不认为有任何必要。”昔日的小女孩仿佛一夜间长大，完全有了女主人的样子。

弗里斯走了，德·温特太太走进书房，德·温特先生一个人低着头站在壁炉边。

“马克西姆！”

“亲爱的。”

德·温特太太快步走上前去，两个人的手握在了一起。

“马克西姆，我很担心明天审讯时你会做什么。”德·温特太太内心充满不安。

“什么意思？”

“你不会发脾气吧？”

“我向你保证，我不会发火。”德·温特先生倒是很平静。

“不管问你什么，你都不会失去理智。”

“别担心，亲爱的。”德·温特先生亲吻着他的小妻子。

“他们无法马上解决，是吗？那我们还剩一点儿时间在一起？”小妻子问道。

“是的。”

“我想陪你去审讯。”

“我宁愿你不去，亲爱的。”

“但我无法一个人在这里等着。我向你保证，我不会给你带来任何麻烦。不管发生什么事，我必须待在你身边。我们一刻都不要分离。”

“好吧，亲爱的。”德·温特先生亲吻着小妻子的额头，“整件事我都不在乎，除了你。我无法忘怀对你做过的事。自从这一切发生后，我别无他想，永远都回不去了。”德·温特摸着小妻子的脸，“我所爱的风趣、年轻和美丽，永远不会回来了。当我告诉你有关丽贝卡的事时，这些就被我毁掉了，都离开了。几个小时之内，你就变得成熟了。”

“马克西姆！马克西姆！”小妻子哭泣着，拥紧了德·温特先生，主动吻了他。这个深沉的吻包含着无数的痛苦与柔情。

审讯在学校的一间教室里进行。

本·伯米正在受审。他还是那副傻傻的样子，瞪着一双圆眼睛。

“你记得前任德·温特太太吧？”验尸官问。

“她死了。”本回答。

“是的，我们知道。”

“她出海，被大海吞没了。”

“是的……我们希望你告诉我们，那晚她出海时，你是否在岸边。那晚她出海，当她没有回来的时候，你在岸边吗？”

“我什么都没看见，我不想去精神病医院。那儿有坏人。”本显然不配合，答非所问。

“没人要送你去精神病医院，我们只希望你告诉我们你所见到的。”

“我什么也没看到。”

“那晚，你看到德·温特太太上了她的船吗？”

德·温特太太、克劳莱先生和丹弗斯太太都坐在下面。费福尔先生也来了，坐在边上，远远地和丹弗斯太太打招呼。

“我什么都不知道，我不想去精神病医院。”

这样的审讯显然没什么意义。“好了，你可以走了。”验尸官让本走了。

“泰伯先生，请上前。你所说的证供属实，绝无半点儿虚假？”

“我敢向上帝发誓。”泰伯先生将手放在《圣经》上发誓。

“前任德·温特太太过去常常把她的船送到你的船坞维修？”

“是的，长官。”

“你还记得任何使得她开船出意外的原因吗？”

“没有，长官。我经常说，德·温特太太是个天生的水手。”

德·温特太太一直望着德·温特先生，德·温特先生朝她微笑。

“当德・温特太太走下甲板的时候，如果一场突如其来的飓风刮来，就足以将船吹翻，不是吗？”

“不好意思，长官，还有其他原因。”

“什么意思，泰伯先生。”

“长官，我是说通海阀。”

“什么是通海阀？”

“通海阀……通海阀是船抽水的阀门。船在海上航行的时候，通海阀一直都是紧闭的。”

“然后呢？”

“昨天我检查船只的时候，我发现它们打开了。”

“会有什么后果？”

“就是因为这样，海水渗进来，淹死了她。”

坐在下面的人都很惊讶。

“你是说……”

“船根本就不是被风吹翻的。长官，我知道这样说……但是依我所见，她是淹死的。还有洞。”

人们开始议论纷纷。

“什么洞？”

“在翼板上。”

“你在说什么？”

“当然，船在水下超过一年，潮水会使她的船撞到海脊，但那些裂口看起来好像是从里面弄出来的。”

费福尔先生认真地听着，眼珠在骨碌碌地乱转。

“那么，你认为她肯定是故意弄出来的？”

“以她对船的认识，不可能会出这种意外。”

人群又开始议论起来，德・温特太太无力地闭上了眼睛。

“我相信，你对前任德・温特太太很了解吧？”验尸官又与朱利安上校低语。

“是的。”

“你相信她有自杀倾向吗？”验尸官问。

“不，坦白讲，我不相信，不过很难说。”朱利安上校回答。

随后，验尸官说道：“你可以下去了，泰伯先生。”

“德・温特先生，请。抱歉，又让你来做进一步审讯。你已经听到泰伯先生的陈述了。我想知道你能否给予帮助。”

“恐怕我帮不上忙。”

“你能想到为什么会有洞吗？前任德·温特太太船板上的洞。”

“我当然想不出任何原因。”

“之前有人跟你谈论过这些洞吗？”

“自从船沉入海底以来，我几乎没想过。”

“德·温特先生，我想，你相信，我们都很为你难过，但我不是为了自己的娱乐而进行这场审讯的。”

“显而易见，不是吗？”

“希望如此。因为德·温特太太单独出海，难道我们就认为是她自己凿的那些洞吗？”

“随你怎么想。”德·温特先生的情绪有点儿失控了。德·温特太太焦急地望着他，眼里含着泪。

“你可以给我们启发，关于德·温特太太为何想结束她自己的生命。”

“我不知道什么原因。”

“德·温特先生，不管有多么痛苦，我必须问你一个非常私人的问题。你和前任德·温特太太幸福吗？”德·温特先生被戳到了痛处，“你和前任德·温特太太幸福吗？”验尸官又问了一遍。

“我不能再忍受了，你不妨现在就知道——”德·温特先生咆哮着。就在这时，德·温特太太急火攻心，一头栽倒在地上，德·温特先生连忙跑过去将她扶起来。

“休庭到午餐后。德·温特先生，我相信，那时你能为我们腾出时间来吧？”验尸官问道，德·温特先生点了点头。

“我告诉过你应该吃点儿早餐。你饿了，所以才会晕倒。”德·温特先生扶着他的小妻子走了出去。

家里的司机等在外面，说道：“弗里斯先生认为您愿意吃家里做的午餐，所以让我送过来。”

“太好了，穆勒，可以把车开到拐角处吗？”德·温特先生说。

“好的，先生。”

“我真是太笨了，这样都能晕倒。”德·温特太太说。夫妻两个走到了拐角。

“胡说，如果你没有晕倒，我真的要发脾气了。”

“亲爱的，请小心。”

司机打开车门，德·温特先生扶德·温特太太上车，说道：“亲爱的，在这儿等一会儿，我去看看是否能找到老弗兰克。”

“去吧，亲爱的。别担心我，我会没事的。”

“确定？好的。喝点儿这个，会舒服的。”德·温特先生给她倒了一杯酒。

“谢谢。”

“你确定没事吗？”

“确定。”

“不会很久的。”

“好的。”

德·温特太太喝了一口酒，她不喜欢这个味道。忽然，车窗外有个声音响起：“您好。”德·温特太太吓了一跳，原来是费福尔先生。

费福尔先生打开车门，探进半个身子，说道：“小新娘今天感觉如何？我是说，跟马克西姆的婚姻并不如意吧？”

“我觉得，您最好在马克西姆回来前离开。”德·温特太太警告着，向窗外看了看。

“他会吃醋？我根本无权指责他。但您并不认为我是个大坏蛋，是不是？我可不是，我是个非常平凡又和善可亲的人。我觉得，您将这件事处理得很好，简直非常棒。上次见过您之后，您变得成熟了些，怪不得——”

“你想干什么，费福尔？”德·温特先生回来了。

“你好，马克斯，你过得很好吧？比你以前预想的更好？起初我还很担心你，所以过来听审。”费福尔先生点燃了一支烟。

“我为你的关心而感动，但是如果你不介意，我们想吃午餐了。”

“午餐！多好的主意，更像是野餐，不是吗？”费福尔先生不但没走，还上了车，自顾自地拿起一只鸡腿啃了起来，“不好意思，是否介意我把帽子放在这儿？马克斯老兄，我真的觉得，我应该跟你商量点儿事。”

“商量什么？”德·温特先生忍耐着，德·温特太太一言不发。

“首先，船板上那些洞是从里面凿开的。穆勒？”

“什么事，先生？”司机回应道。

“可以把我的车开去加油吗？快没油了。”

“好的，先生。”

“还有，穆勒，把门关上吧。”

“好的，先生。”

“烟熏到你了吗？”费福尔先生扔掉烟头，又摇上车窗，“老兄，我有种强烈的感觉，不出一天，有些人就会用婉转的方式表达一般人所说的‘谋杀’。你们觉得无聊吗？没有？很好。”费福尔先生给自己倒了一杯酒，“马克斯，我发现自己处在一个相当尴尬的境地。只要看一下这封信，你就明白了。是丽贝卡写的。”费福尔先生从西装的内兜拿出一封信，“她真是有先见之明，她在去世那天写给我的。”他将信晃了一下，又放回去，“不巧的是，那天晚上我去参加聚会了，所以第二天才看到。”

“你为什么会觉得我对这封信感兴趣呢？”德·温特先生问。

“我不会跟你讨论信的内容，但我可以肯定那不是一个打算当晚自杀的女人会写的信。”费福尔先生一边说，一边继续啃鸡腿，“顺便说一下，你怎么处理的以前那具骨骸？埋葬，还是怎样？马克斯，坦白说，我真是受够了做汽车销售的工作，我不知道你是否有过那种感觉——开着一辆价值不菲却不属于你的汽车，真的会气死人。你知道我的意思，每个人都想拥有自己的车。我经常问自己，迁居到乡下会是什么样，拥有一个有几英亩猎场的漂亮小地方？我花了一年的时间都没弄明白。但是我想和你谈谈，我想听听你的建议——怎样才能不用努力工作就能过上舒适的生活。”费福尔先生肆无忌惮地展示着自己无耻的嘴脸。德·温特夫妇忍耐着。

“你好，费福尔。”克劳莱先生打开了车门：“你找我吗，马克西姆？”

“是的。费福尔先生和我有点儿事要谈，我想，我们最好去小酒馆解决。那儿也许有包间。”德·温特先生率先下了车。

“待会儿见。”费福尔先生也跟了下来。

“去找朱利安上校，告诉他，我要马上见他。”德·温特先生又折回来，对车里的德·温特太太和克劳莱先生说。

“走吧，费福尔。”德·温特先生说。于是两个人去了旁边不远的小酒馆。

“请问有包间吗？”德·温特先生问老板。

“当然有，先生，这边请，先生。”老板殷勤地回答。

“谢谢。”

“希望这位就是德·温特先生。”老板将两个人带进包间。

“很豪华……的确是豪华的酒馆。”费福尔先生说。

“需要点餐吗，先生们？”

“给我一大杯白兰地苏打水，你呢，马克斯？一杯酒，我还请得起。”费福尔先生说。

“谢谢，好的。”

“来两杯，好伙计。”

“好的，先生。”

“德·温特先生在哪里？”门外有人问。

“开门就是了，先生。”

进门的正是朱利安·卡洛祖兰上校，后面跟着德·温特太太和克劳莱先生。

“朱利安上校，他是费福尔先生。”德·温特先生介绍道。

“我认识朱利安上校，我们是老相识了，是吧？”费福尔先生说。

“既然你们是老相识，我猜，你也知道他是这里的警方首脑。我想，他会有兴趣听你的陈述。说吧，告诉他所有的事。”德・温特先生说。

“我只不过是说，我希望放弃卖车的工作并退休。”费福尔先生说。

“事实上，他提出，如果我酬谢他，他将保留一份很重要的证据。”德・温特先生说。朱利安上校立刻转向费福尔先生。

“我只是想见识一下司法的公正，上校。那个造船人的证据透露出某些有关丽贝卡之死的指向，其中之一，当然是自杀，但是我这儿有封信可以驳回那个可能性。读一读吧，上校。”费福尔先生将信递给了朱利安上校。

“‘亲爱的杰克，我刚看完医生，我要马上回曼陀丽。我整晚都会待在小屋，并为你留着门。有事相告，丽贝卡。’”朱利安上校将信的内容读了出来。

“这像是一个决定自杀的女人写的信吗？除此之外，上校，难道你要自杀，你会特意出海，还拿着锤子和凿子，然后费力地凿穿船底吗？得了吧，上校，作为一名执法官，难道您感觉不出什么可疑之处吗？”费福尔先生问。

“谋杀的嫌疑？”朱利安上校问。

“还能有什么？”费福尔先生反问，“您认识马克斯很久了，所以您知道他是个老古董，会誓死捍卫自己的荣誉或者扼杀它。”

“纯粹是敲诈。”克劳莱先生忍不住说。

“敲诈并不单纯，也不简单。它可以给很多人带来很多麻烦，有的敲诈者最终将自己送进了监牢。”朱利安上校说。

“我知道，您会为德・温特辩解……只因为他是这里的富豪，而您是他的座上宾，是他的酒肉朋友。”费福尔先生说。

“说话小心点儿，费福尔，你所指控的是谋杀，”朱利安上校严厉地说，“你有证人吗？”

“我确实有一个证人，就是本。如果那个愚蠢的验尸官是内行，他就会看出那个傻子在隐瞒些什么。”

“本为什么要隐瞒？”朱利安上校问。

“因为丽贝卡和我曾抓住过他，他透过小屋的窗户偷看我们。丽贝卡威胁说要送他去精神病医院，所以他不敢说。但是他一直在那里闲逛，所以他一定看到过整件事。”费福尔先生回答。

“听起来真是荒谬。”克劳莱先生说。

“你们所有的人像个小内阁，不是吗？如果我猜得不错，克劳莱，在你的内心深处对我有点儿敌意，不是吗？”费福尔先生又开始攻击克劳莱先生，“克劳莱追不到丽贝卡，但是这次他应该更幸运，小新娘会感激你伸出友谊之手。克劳莱，一个星期前，每次她晕倒，实际上——”

德・温特先生忍无可忍，走了过去，给了费福尔先生重重一拳，将他击倒。

“德·温特！”朱利安上校大喊。

“马克西姆！别这样！”小妻子焦急地喊道。

“你会为你的臭脾气付出代价的，马克斯。”费福尔先生站起来，甩了甩头。

老板敲门进来送酒，说道：“打扰一下，先生们，还需要什么吗？”

“需要，你可以拿一支镇静剂给德·温特先生。”费福尔先生说。

“不，不用了，什么都不需要，出去吧。”朱利安上校说。

“好的，先生。”老板退了出去。

“费福尔，我们来做个总结。你好像对整件事做了仔细了解，或许你能给我们提供一个动机。”朱利安上校说。

“我知道您会提出这个问题，上校。我曾读过很多侦探小说，知道肯定会有杀人动机。容我失陪一下，我会提供动机的。”费福尔先生出去了。

“我希望你先回家，你不该在这儿承受这一切。”德·温特先生对他的小妻子说。

“请让我留下，马克西姆。”小妻子请求道。

“毫无疑问，朱利安上校，你不会允许这个家伙——”克劳莱先生说。

“我和你一样，觉得费福尔不怎么样，克劳莱。”朱利安上校打断他，“但是作为警察，我别无选择，只能继续听他的指控。”

“我完全同意你的说法，上校。”费福尔先生走进来，“在一定程度上，如此严重的案件，我们必须弄清楚每一个要点，寻求各种途径。事实上，如果我千方百计地捏造事实……她来了，这是一个缺失的环节——帮忙提供动机的证人。”进来的是丹弗斯太太。

“我无意冒犯，上校，但是我想，由我来问丹尼，她会更容易理解。丹尼，谁是丽贝卡的医生？”费福尔先生说。

“德·温特太太一直在看村里的麦克林医生。”丹弗斯太太回答。

“你听好了，我是说丽贝卡在伦敦的医生。”费福尔先生追问道。

“我对此一无所知。”丹弗斯太太拒绝回答。

“别跟我打马虎眼，你知道丽贝卡所有的事。你还知道她和我恋爱，不是吗？你肯定没忘记过去她跟我在下面小屋里的美好时光。”费福尔先生无耻地炫耀着。

“她有权让自己消遣，不是吗？对她来说，爱情是一场游戏，只会让她发笑。过去，她就常常坐在床上嘲笑你。”丹弗斯太太也有点儿忍无可忍。

“你能想得出任何理由对德·温特太太的自杀做出解释吗？”朱利安上校问。

“不，不，我拒绝相信此事。我知道她所有的事，我不相信她是自杀。”丹弗斯太太哭了。

“听到了吧？不可能自杀，她和我是同样的看法。”费福尔先生说，“听我说，丹尼，我们知道丽贝卡去伦敦看过医生，医生是谁？”

“我不知道。”丹弗斯太太依然拒绝回答。

“我明白，丹尼，你以为我们要你泄露丽贝卡的秘密，你想保护她。但我也是，我想澄清她自杀的嫌疑。”费福尔先生说。

“丹弗斯太太，有人指出……德·温特太太是被蓄意谋杀的。”朱利安上校说。

“你简单地说明一下，丹尼。但是还有一件事，你要说的凶手的名字是一个可爱的名字，乔治·马克西米利安·德·温特。”费福尔先生说完，丹弗斯太太惊讶地盯着德·温特先生，后者表情很平静。

“是有一位医生，德·温特太太有时会私下请他看病，她没有结婚之前就常常去找他。”

“丹尼，我们不想听你回忆往事。他叫什么名字？”费福尔先生等不及了。

所有人都盯着丹弗斯太太，德·温特先生站了起来。丹弗斯太太终于说道：“贝克医生，谢菲德小镇，葛德霍克路165号。”

“听见了吧，上校，那里将是您找到动机的地方。”费福尔先生开心极了，“去问问贝克医生，他会告诉您为什么丽贝卡会去找他，去确认她怀孕的事实，孕育一个可爱的、满头鬈发的小孩子——”

“那不是真的，她会告诉我怀孕的事的。”丹弗斯太太打断他。

“她告诉过马克斯。马克西姆知道自己不是孩子的父亲，所以他像传统的绅士一样杀了她。”费福尔先生一边说，一边盯着德·温特先生。

“恐怕我们得去问问贝克医生。”朱利安上校说。

“是啊……但是为了安全起见，我想，我也要一同前往。”费福尔先生说。

“遗憾的是，我想，德·温特先生有权要求一同前往。我要去见见验尸官，让审讯推迟，直到找到进一步的证据。”朱利安上校走了出去。

“难道您不担心犯人……可能会逃跑吗？”费福尔先生问。

“记住我的话，他不会那么做的。”朱利安上校回答。

“再见，马克斯。一起走吧，丹尼。别打扰这对不幸的夫妇一起度过最后的时光了。”费福尔先生觉得自己胜券在握。

丹弗斯太太最后看了一眼相互扶持的德·温特夫妇，转身走了。

德·温特先生打开了车门。“你确定不要我和你一起去吗，马克西姆？”上车前，德·温特太太问。

“是的，亲爱的，那会让你不堪忍受的。我一大早就会过去。我会不眠不休地赶回去。”德·温特先生回答。

“我等你。”小妻子乖乖地说。两人吻别。

“好了吗，马克西姆？”朱利安上校走过来问。

“好了。”德·温特先生回答。

“你们俩走在前面，我跟着费福尔。”朱利安上校说。

车开得很快，一行人很快到了贝克医生的诊所。

“贝克医生，也许最近您在报纸上看到过德·温特先生的名字。”朱利安上校开门见山地说道。

“是的，跟一具在船上发现的尸体有关。我太太看了所有的报道，那是起令人伤心的案件。”贝克医生回答。

“同情……这将花去数小时，容我——”费福尔先生又想插嘴。

“别费心了，费福尔，我想，我可以告诉贝克医生。”朱利安上校制止他，“我们想了解某些有关前任德·温特太太去世当天的活动真相。去年10月12日，如果您记得，我希望您告诉我，那天是否有叫这个名字的人拜访过您。”

“非常抱歉，恐怕我帮不上忙，”贝克医生想了想，说，“我记得有个叫德·温特的人，但是我从未给德·温特太太看过病。”

“您怎么可能记得所有病人的名字？”费福尔先生问。

“如果您希望，我可以从预约本上找找。”贝克医生说。

费福尔先生盯着德·温特先生，不怀好意地笑了。

“去年10月12日吗？”

“是的。”

“找到了，没有叫德·温特的。”贝克医生说。

“您确定吗？”费福尔先生不相信地问。

“这是那天所有的预约。露丝、坎贝尔、斯蒂尔、佩里诺、丹弗斯、马修……”贝克医生将名字一个个地读出来。

“丹尼！见鬼！”费福尔先生跳了起来。

“可以再念一遍名字吗？您念到丹弗斯？”朱利安上校问。

“是的，下午3点，有位丹弗斯太太预约。”贝克医生回答。

“她长什么样？您还记得吗？”费福尔先生问。

“是的，我记得很清楚，她是一个非常漂亮的女人。个子高高的，头发黑黑的，穿着很精致。”贝克医生回答。

“是丽贝卡。”克劳莱先生肯定地说。

“那位女士肯定是用了假名字。”朱利安上校说。

“是吗？真是令人吃惊，我认识她很久了。”贝克医生觉得难以置信。

“她得了什么病？”费福尔先生问。

“尊敬的先生，我们是有职业操守的。”贝克医生看了费福尔先生一眼，拒绝回答。

“您可以提供德·温特太太自杀的原因，贝克医生。”克劳莱先生说。

“是谋杀。她怀孕了，不是吗？”费福尔先生急迫地问，“快点儿，快说。她这种高尚的女人怎么会做出这样污秽的事？”

“对我来说，有必要使您相信——”贝克医生对费福尔先生的态度很不满。

“如果没必要，我们就不会来打扰您了。”朱利安上校说。

“你们想知道我是否可以指出任何有关德·温特太太会自杀的动机？我想，可以。”所有的人都很震惊，“那位自称丹弗斯太太的女人得了很严重的病。”

“她不是怀孕了吗？”德·温特先生艰难地问了一句。

“她以为是，但是我的诊断不是。我让她去找一位知名的专科医生做检查，拍X光片。”贝克医生在盒子里翻找着，“那天她是拿她的检查报告来给我看的。我记得，她站在那儿拿着X光片，她说：‘我想知道真相，我不要听假话，如果我有病，请您马上告诉我。’我知道她不是那种听了假话就会信以为真的人，所以告诉了她。她跟我道谢之后，我再也没有见过她。所以我猜想——”

“她得了什么病？”德·温特先生问。

“癌症。”贝克医生回答。

在场的人更惊讶了，最不能接受的就是费福尔先生。

“是的，癌症晚期。动手术也完全无济于事。要不了多久，她就得靠吗啡来止痛了。除了等死，没什么可做的。”

“您告诉她病情的时候，她说过什么吗？”德·温特先生又问。

“她怪异地微笑着。您的妻子是个很不错的女人，德·温特先生。对了，我记得，当时她说了一些让我觉得很奇怪的话。当我告诉她只剩几个月寿命的时候，她说：‘不，医生，不用那么久。’”

贝克医生终于说完了。

“很好，您已经告诉我们所有我们想知道的事了。可能会有一次正式的庭审做证。”朱利安上校起身告辞。

“做证？”贝克医生一时没反应过来。

“是的，以确定自杀的裁决。”朱利安上校解释道，当然也是说给费福尔先生听的。

“我明白。可以请你们喝杯酒吗？”贝克医生问。

“不用，太客气了。我想，我们该走了。”朱利安上校说道。而德·温特先生已经走出门去了。

一行人走出贝克医生的诊所，深夜的街头非常寂静。

“谢天谢地，我们终于知道真相了。”克劳莱先生说。

“可怕的事，太可怕了。像她这么年轻美丽的女人，难怪……”朱利安上校说。

“我一点儿也不明白，丹尼肯定也是。我希望，我是喝醉酒了。”费福尔先生还是接受不了。

“还需要进一步审讯吗，朱利安上校？”克劳莱先生问。

“不用，我看得出，马克西姆也不想再被打扰了。”朱利安上校回答。

“谢谢，长官。”德·温特先生低声说。

“准备走了吗，上校？”费福尔先生问。

“不用，谢谢，今晚我要待在城里。费福尔，敲诈勒索可不是什么好行当，我们这儿的人都知道该怎么对付讹诈。”朱利安上校警告他。

“尽管在您看来有点儿新鲜，但是我的确不知道您在说什么。上校，如果您什么时候需要买车，就请来找我。”费福尔先生终于走了。

“不知道该如何感谢您帮我们解决了这件事，任何语言都显得苍白无力。”德·温特先生与朱利安上校握手。

“别客气了，别说感谢的话。最好先通知你太太，她会担心的。”朱利安上校提醒道。

“是的，我马上给她打电话，然后直接回曼陀丽。”德·温特先生飞快地说着，然后转身走了。

“再见，克劳莱。”朱利安上校与克劳莱先生告别，“马克西姆是个很好的朋友。”他由衷地说道。

车子旁，克劳莱先生帮德·温特先生穿上了大衣。“弗兰克。”德·温特先生叫他。

“什么事，马克西姆？”

“有些事，你不知道。”德·温特先生直视着他。

“不，我都知道。”克劳莱先生说。

“我没有杀她，弗兰克。可我现在明白了，当她告诉我关于怀孕的事时，是想让我杀了她。她故意撒谎，她早已预料到整件事。所以当她……站在那儿笑……”

“别再想了。”

“谢谢你，弗兰克。”

“丹尼，我只是想告诉你一件事。”费福尔先生在电话亭里打着电话，“丽贝卡戏弄了我们两个人，她得了癌症。是的，是自杀。从此以后，马克斯和他亲爱的小新娘将会继续幸福地生活在曼陀丽。再见，丹尼。”

费福尔先生刚走出电话亭，警察就在等着他。“这是您的车吗，先生？”警察问。

“是的。”

“可以马上开走吗？这里不是停车位。”

“不是吗？如果我想……我就有权停在这里。真遗憾，你们这些家伙竟然没什么好事可做！”费福尔先生发泄着对警察的不满。警察不再理会他。

德·温特先生和克劳莱先生开车回到了曼陀丽。

“你打电话回去的时候，她说会等你回来吗？”克劳莱先生问。

“我让她先睡，可是她不听。”德·温特先生回答，“真希望能开得再快一点儿。”

“你在担心什么，马克西姆？”

“总觉得有什么事情不对头。”

凌晨的曼陀丽庄园，黑暗而静谧。但今天夜里与以往不同，有个人不打算睡了，这个人就是丹弗斯太太。此刻，她正拿着一座烛台四处走动。一支蜡烛的光在这么大的庄园里实在微弱，只能飘忽地照着她的脸——死板的面孔，无声的脚步，活脱儿是一个幽灵。

丹弗斯太太走进了书房。德·温特太太歪在沙发上睡着了，杰斯珀趴在她的腿上。看到熟悉的人，杰斯珀没有叫，只是瞪着圆溜溜的眼睛望着丹弗斯太太。丹弗斯太太转身走了。

飞速行驶的车子突然停了下来。

“弗兰克！”德·温特先生喊道。

“怎么了？为什么停车？”已经睡着的克劳莱先生有点儿迷糊。

“现在几点？”德·温特先生问。

“我的表不准，肯定有三四点了，怎么了？”

“那不可能是黎明的光线。”德·温特先生一直望着前方。

“现在是冬天，你看到北极光了吧？”

“那不是北极光，那是曼陀丽！”德·温特先生急得声音都变了调。

车子再次飞速行驶，来到近前的时候，曼陀丽已经火光冲天。用人们在忙乱着，有的整理着抢救出来的东西，有的忙着照看受伤的人。

“弗里斯！弗里斯！”德·温特先生发疯般地抓着弗里斯，“德·温特太太呢？她在哪儿？”

“我想，我看到过她，先生。”这已经是最好的消息。

“在哪儿？”

此时，德·温特太太牵着杰斯珀在人群中穿行。忽然，她看到了自己要找的那个人。

“马克西姆！”德·温特太太悲喜交加地喊道，“谢天谢地，你回来了！”她跑过去，扑进了他的怀抱。

“你没事吧？快点儿告诉我！”德·温特先生紧紧地抱着他的小妻子，一遍遍地亲吻着她。

“我没事，没事！”

“你没事吗？”

“是丹弗斯太太放的火，她疯了。她说，宁愿毁掉曼陀丽，也不想看到我们在这里幸福地生活。”

德·温特先生抱紧了自己的妻子。

“看！快看西边！”用人喊道。

火光里的人，正是丹弗斯太太。她的确疯了，就那样站在一片火光中。下面的人眼看着烧毁的房顶倒塌下来，就这样，丹弗斯太太和曼陀丽同归于尽。

曼陀丽不复存在了，和丽贝卡有关的一切也终于和昔日的曼陀丽庄园一起化为灰烬。

那段诡异的、痛苦的日子终于结束了。在以后的日子里，德·温特太人常常做噩梦，梦见自己又回到了曼陀丽庄园，回到生命中那段奇怪的日子。

恍惚中，她站在那扇通往车道的大铁门前，被挡在门外好一会儿。忽然，她像所有的梦中人一样，不知从哪里获得了超自然的神力，幽灵般飘过了前面的障碍物。车道在她眼前伸展开来，蜿蜒曲折，依稀如故。但是当她向前走去时，很快就觉察到车道已经发生了变化，大自然已恢复它本来的面目，渐渐将它细长的手指顽强而悄无声息地伸到车道上来。即便在过去，对车道来说，树林也始终是个威胁。后来，她终于到了曼陀丽庄园前面。曼陀丽，还是像过去一样隐蔽、幽静，时光丝毫没有损害它完美对称的围墙，风平浪静的银色海面犹如明镜，任月光爱抚。一朵乌云遮住了月亮，徘徊不去，犹如一只黑手遮住了曼陀丽的脸庞。

霎时间，幻觉消失了，德·温特太太遥望着远处孤零零的小屋。那堵闪闪发光的墙上，没有留下一丝岁月的痕迹。

西北偏北

忙碌的纽约，忙碌的人群。

在写字楼一楼大厅里，电梯中涌出新的人流。桑希尔先生和他的秘书一边走着，一边说着什么。秘书在快速地记录着。

“桑希尔先生，您好。”大厦保安向桑希尔先生问好。

“晚上好，埃迪，代我向您太太问好。”

“我们闹别扭了。”

桑希尔先生不再说什么了。

“‘我的建议不变，尽量在控制的时间段内散布好消息，让对手获得高度评价，我们只需要去银行诉苦。下星期我们一起吃午饭。萨姆，期待您的来信，祝您愉快。’”桑希尔先生买了份报纸，又吩咐秘书，“你和我走到广场去。”

“我没有穿外套。”秘书说。

“正好消耗血糖，快点儿，孩子。下面是谁？”桑希尔催促着。

“格雷琴·萨宾森。”

“送她一盒糖果，十美元——你知道的那种，都包着锡纸，她会喜欢的。她会以为是钱呢。”

秘书看了一眼桑希尔先生，笑他。

“告诉她，亲爱的，我简直每天每分每秒——”

“您上次就是这么说的。”秘书提醒道。

“是吗？那就说，送给你甜蜜的牙齿，宝贝儿，还有你身上甜蜜的一切！”桑希尔先生从来也不会词汇匮乏。

“我们不坐车去吗，桑希尔先生？”秘书问。

“就这么点儿路？”

“您要迟到了，而我累了。”秘书请求道。

“这就是你的问题了，麦琪。你不好好地吃饭。”虽然这样说，桑希尔先生还是同意坐车去。

出租车来了，有位先生排在他们之前。桑希尔先生临时说了个谎：“我这里有位女士得了重病，您不介意吧？”说完，他和秘书先上了车。

“不介意。”那位先生脾气很好。

“多谢。”秘书道谢。

“太好了。先到广场去。别回头看了。”桑希尔先生对秘书说。

“他真可怜。”秘书比较有同情心。

“行了，这样他会很开心的，觉得自己是个好人。”

“他知道您在说谎。”秘书既有点儿受不了桑希尔的行为，可又不愿放弃坐车的机会。

“在广告界，没有说谎这回事，只有‘不得已的夸张’，你应该知道。”没错，桑希尔先生是个标准的广告人。

“你觉得我胖了吗？”桑希尔先生解开西装的扣子，因为他坐下来后觉得衣服明显紧了。

“什么？”秘书一时没反应过来。

“我觉得我胖了。以后早上要在我的桌上放一张字条，写上‘瘦下来’。”

“瘦下来。”秘书认真地记了下来。

“请开到第59大道入口。”

“好的。”

“哦，你回到办公室后，给我母亲打个电话，提醒她，我们今晚去戏院，晚餐7点开始。我要先去橡树酒吧喝两杯，这样她就不用闻我的味儿了。”

“她不会那么做的。”秘书严肃地说。

“会的，像猎狗一样。”桑希尔先生不认同。

“明天第一件事是见毕格楼，中午做预演，然后和法尔肯夫妇吃午饭。”秘书提醒桑希尔先生。

“在哪儿？”

“‘拉瑞和阿诺’餐厅，下午1点钟。”

“哦。”

“您一会儿还回来吗？”

“当然不回来。请把这位女士送回上车的地方。”桑希尔先生付了车费。

“好的。”

“钱应该够了。别忘了给我母亲打电话。”桑希尔先生叮嘱秘书。

“好的。晚安，桑希尔先生。”

“晚安，甜心。”桑希尔先生下车后看了下手表，忽然想起了什么，“等一下，麦琪，她现在正在……”桑希尔先生大声喊着，可惜出租车已经开走了。

桑希尔先生走进了橡树酒吧。

“晚上好，桑希尔先生。”侍应生上前问好。

“晚上好。我要找维尔特纳和另外两位先生。”

“好的，请走这边。”侍应生在前面引路。

“赫尔曼！我有点儿晚了，抱歉。”桑希尔先生道歉。

“嘿，罗杰！”

“罗杰·桑希尔，范宁·内尔森。”赫尔曼介绍。

“您好！”

“您好！”

“拉瑞·韦德。”

“我们已经喝晕了。”韦德先生说。

“我很快也会这样。”桑希尔先生回答。

“我正和拉瑞和范宁说，您开始喝得慢，但越喝越厉害。”赫尔曼说，他注意到桑希尔先生一直在看手表，“怎么回事？您看上去坐立不安。”

“我刚才做了一件蠢事。我让秘书给我母亲打电话，可是她那里没有电话。”桑希尔先生还在想着这事。

“为什么？”

“她正在和别人打桥牌。”

“您的秘书？”赫尔曼觉得不可思议。

“不，我母亲。刚建好的公寓油漆还没干，也没有电话。”这件事情不解决，桑希尔简直有点儿坐立不安了，“也许应该发个电报。”

正在这时，有个声音在喊：“乔治·卡普兰？”

桑希尔先生恰好在这时回头喊侍应生。在离他不远的地方，有两个人正密切注意着这里。桑希尔先生的举动让他们觉得，桑希尔先生就是他们要找的人。

“我要马上发个电报。如果在这里写，能帮我发出去吗？”桑希尔先生问侍应生。

“我们不允许这样。先生，请跟我来。”侍应生回答。

“失陪一下，先生们。”

“没关系。”

“先生，就从这里过去。”

“谢谢。”

桑希尔先生刚走了几步，就被四只手拦住了，正是刚才观察他的两个人。

“你们要干什么？”桑希尔先生问道。

“车在外面等着。走在我们中间，不许出声！”肤色较黑的一个说。

“这是什么意思？”桑希尔先生还没有明白状况。

“跟我们走。”另一个人抓住了桑希尔先生的手臂。

“去哪儿？你们是谁？”桑希尔先生终于意识到情况不大对。

“我们手里有枪，正对着你的心脏。不要错误地判断形势。”

“这是在做什么？开玩笑吗？”桑希尔先生还是不大相信。

“是的，到车上再笑吧。”

就这样，桑希尔先生被绑架了。一把手枪就抵着他的腰。

门口的确有一辆车等在那里。三个人坐进了后座，桑希尔先生被夹在两个人中间。

“这真是荒唐。别告诉我去哪里，给我个惊喜吧！”桑希尔先生说，但没人理他，“我的朋友还在橡树酒吧等我，他们会觉得我很没有礼貌。能不能在商场停一下？我好打个电话告诉他们，我被绑架了。这应该算是绑架，对吧？”还是没人理他。桑希尔先生突然扑过去开车门，但是完全没用。他大声说道：“锁上了？”

汽车一直开到了郊区，很快来到一座庄园，门口的牌子上写着“汤森”。

“汤森是谁？”桑希尔先生问道，依旧没有任何回答。“真是有趣！”桑希尔先生很无奈。

汽车开过长长的车道，终于来到一栋红色的大房子前。那两个人将桑希尔先生带下了车。桑希尔先生看了看这栋气派的房子。肤色较黑的那个人按响了门铃。女佣来应门，肤色较黑的那个人带桑希尔先生进了门，另一个人显然要去报告。

“他在哪儿？”肤色较黑的那个人问。

“在楼上换衣服。”女佣回答。

“告诉他，是我。”

“晚餐的客人就要到了。”女佣说。

“没关系，就说是卡普兰来了。”肤色较黑的那个人又说道。女佣上楼去了。

“请问吃什么甜点？”桑希尔先生问。

“书房里有人吗？”肤色较黑的那个人问女佣。

“没有。”女佣回答。

“这边请。你就老实地待在那儿。”

桑希尔先生被带进了书房。

“不着急，我会找些书看的。”没等桑希尔先生说完，书房的门就锁上了。

书房里面的摆设和它的外观一样气派。桑希尔先生观察着书房里的一切。写字台上有还未开封的邮件，上面写着“莱斯特·汤森，纽约戈兰湾贝武德大街169号”。窗外就是草坪，去报告的那个肤色较黑的人正和一个年轻人说话。那个年轻人听了他的报告，立刻向房门走去。

书房的门打开了，进来的是一个穿深色西装的中年人，样子沉稳老练。

“晚上好。”来人观察着桑希尔先生，桑希尔先生也观察着他。来人慢慢地走到窗边，拉上了窗帘，打开了台灯。

他说道：“和想象中的不太一样，高一些，比其他的要文雅。”

“您能满意，我很高兴，汤森先生。”桑希尔先生说道。

“恐怕仅仅是外表不错。”中年人的语速很慢。

“搞什么名堂？带我来这里做什么？”这是桑希尔先生最关心的问题，“玩游戏吗？”

中年人又打开一盏台灯，然后坐在沙发上。

“我倒不在乎玩绑架，可我买了今晚的戏票，是我很想看的演出。发生这种事，我会变得不讲理的。”

“演技真是超一流，您把这当作剧场了。”刚才窗外的那个年轻人走进了书房，他有一双精明的眼睛。

“哦，莱昂纳多，见过客人了吗？”中年人问道。

“穿得倒是很体面，不是吗？”莱昂纳多说。

“我的助手非常钦佩您，卡普兰先生。很隐蔽，而且很迷惑人——”

“等一下，您叫我卡普兰？”桑希尔先生打断了中年人。

“我知道您用过很多名字，不过，我尊重您现在的选择。”中年人一边微笑，一边将手伸向助手。莱昂纳多将一盒雪茄递给了他。

“现在的选择？我叫罗杰·桑希尔，没有别的名字。”

“当然。”中年人回答，和莱昂纳多一样笑着。

“很显然，您的朋友把我劫持到车里时搞错了对象。”

“请坐，卡普兰先生。”中年人说。

“我说了，我不是卡普兰，我管他是谁……”桑希尔先生已经失去了耐心。

正在这时，一位中年女士打开了门，同样衣着体面，举止优雅。“打扰了。”她说道。

“什么事？”中年人问。

“客人们都来了。”女士回答。

“好好地招待他们，我一会儿就过来。”中年人说。女士关门走了，中年人转向桑希尔先生：“有话直说，怎么样？”

“完全赞成。”

“您对我们知道多少，还有得到消息的途径？这些可不会是凭空获得的。”中年人一连串地发问。

“当然不是。”桑希尔先生有点儿抓狂了。

“我不认为您会完全听从我，不过，我给您活过今晚的机会。”中年人说这些，就像说吃饭、喝水一样平常。

“这是什么意思？”桑希尔先生并不适应这样的对话。

“为什么不给我个惊喜，卡普兰先生，对我说‘好吧’？”中年人看起来还很有耐心。

“我已经告诉过您——”

“我们知道您要去哪儿。”莱昂纳多打断了桑希尔先生。

“我也知道我要去哪儿，我要去纽约冬季花园剧院。现在，我必须走了。”桑希尔先生说着，走向书房门。但是打开后，他发现那个肤色较黑的人正堵在门口。

“汤森，您在犯一个可怕的错误！”桑希尔先生有点儿愤怒了。

“这样没有好处，卡普兰先生。”中年人语气平和。

“我不是卡普兰！”桑希尔先生提高了声调。

“希望您再想想。”中年人说。

“我们知道，自从杰森自杀后，您是在匹兹堡的联络人。”莱昂纳多说。

“什么联络人？我从来没有去过匹兹堡。”桑希尔先生觉得莫名其妙。

“6月16日，您住进匹兹堡舍温酒店，登记为加利福尼亚伯克利的乔治·卡普兰。一个星期后，住进费城富兰克林酒店，登记为匹兹堡的乔治·卡普兰。8月11日，是波士顿的斯塔德酒店。8月29日，波士顿的乔治·卡普兰住进了底特律的维蒂亚酒店。现在作为底特律的卡普兰，住在纽约广场酒店796房间。”中年人拿着一张纸，耐心地读给桑希尔先生听。

“真的吗？”桑希尔先生觉得匪夷所思。

“两天后，您会出现在芝加哥大使馆东区，然后是南达科他州的拉皮德市的喜来登酒店。”

“不是我！”桑希尔先生只能否认。

“再骗我们就没有意思了，您根本骗不了我们。”中年人不再微笑了。

“看来，让你们看证件也没有用，信用卡、驾驶执照，还有——”

“他们给您做得很逼真。”莱昂纳多打断了桑希尔先生。

“时间已经不早了，我还有客人。”中年人看了一下手表，“您想不想合作？只要简单地说想还是不想？”

“当然是不想，因为我根本不知道你们在说什么！”桑希尔先生回答。

“给卡普兰先生一杯酒，莱昂纳多。”中年人不再看桑希尔先生了，“旅途愉快！”他开门走了。

绑架桑希尔先生的两个人走了进来。

“威士忌？黑麦？波本？伏特加？”莱昂纳多一边问，一边打开柜门，里面是各种酒。

“谢谢，我只想尽快回城里。”桑希尔先生回答。

“已经安排好了，不过，首先还是压压惊。波本。”

“您自己喝吧，我受的刺激太多了。”

“您最好自己喝下去，否则就得我们动手了。”莱昂纳多刚说完，桑希尔先生就忽然行动起来，将莱昂纳多撞到一边，向门口冲去。可想而知，他再次被站在门口的那两个人制住，被强行按到沙发上。

“干杯！”莱昂纳多给他灌了一大杯波本。

不远处就是海滨公路，已是深夜。桑希尔先生已经醉得站不起来了，绑架他的两个人架着他，将他塞进一辆敞篷车的驾驶座。肤色较黑的那个人坐在副驾驶位置，发动了汽车。

“别担心我，朋友，我去坐公共汽车。”桑希尔先生闭着眼睛说胡话。

汽车向前驶去，不远处就是海岸。桑希尔先生忽然趁肤色较黑的那个人不备，将他推下了汽车，自己勉强支撑着，驾车逃走了。看来，汤森先生和莱昂纳多都低估了桑希尔先生的酒量。有时，好酒量也是一技之长，关键时刻还能救命。

不过桑希尔先生还是醉得不轻，虽然在最根本的问题上是清醒的，但是他被灌下去那么多酒，大脑和四肢在一定程度上都已经不听使唤了。海滨公路弯弯曲曲，又是夜间，也没有路灯，这一路开过去，惊险连连，车好多次差点儿撞在海边的礁石上，或者撞上公路另一面的山体；好多次差点儿与对面来车相撞，导致公路上的鸣笛声不断；最惊险的一次是几乎掉进海里，车子有一半已经悬在岸边了，一只后轮在空中打转，还好桑希尔先生拥有一流的开车技术，竟然将车又开回公路上。后面车里，绑架他的两个人也看得目瞪口呆。

桑希尔先生就这样开着车横冲直撞，终于遇上了警察。他旁若无人地高速驶过警车，警察拉响了警笛，在后面追赶。晕晕乎乎的桑希尔先生听见警笛声，觉得有点儿不对劲儿，但是又想不起来哪儿不对劲儿，依然高速行驶着。当然，后面的警车紧追不舍。

路口处，有个人骑着自行车经过。大脑迟钝的桑希尔先生直到近前才看到，立刻急刹车。他并没有撞到骑自行车的人，但是后面追来的警车由于和桑希尔先生开的车距离太近，来不及避开，砰的一声撞到了他车子的车尾。后面一辆车也是同样的情况，又撞上了警车，造成三辆车严重追尾。警察跳下车来执行公务，而一直穷追不舍的绑架桑希尔先生的两个人将车掉头，开走了。

两名警察将桑希尔先生带回了警局。

“谢谢让我搭车。”桑希尔先生继续说着胡话。

“警长，他需要接受酒后驾车检查。”

“他们想杀我，他根本不相信我。在一栋大房子里，他们想杀我。”桑希尔先生对警长说。

“好了，我们进去吧。”一名警察说。

“我不想进去。我要报警。”桑希尔先生一点儿也不配合。

“进来，进来。”一名警察扶着桑希尔先生走进去，另一名警察留下来做记录。

“坐下。”

“我不想坐下。我什么事都没有，明白吗？要抓住他们，指控他们袭击和绑架，用手枪、波本和跑车袭击。我们会抓住这帮坏蛋的。”桑希尔先生说着，躺下了。

“您睡上一觉就会好的，我们给您准备了一间不错的牢房。”警察说。

“我不要牢房，我要警察。”桑希尔先生说。

“那辆车刚刚报失。特温宁街，巴博森夫人。”做记录的警察进来说。

“我得打个电话，电话在哪儿？”桑希尔先生费力地爬起来，问道。

“您可以打一个电话。这边。”警察扶住桑希尔先生，“您最好打给律师。”他善意地提醒道。

“布特菲尔德81098。”桑希尔先生报出了号码。

“难道我是接线员吗？”警察很不满。

“布特菲尔德81098。”桑希尔先生坚持道。

“稍等一下，给您。”好脾气的警察替他拨号。桑希尔先生醉得摇来晃去。

“谢谢。”桑希尔先生永远有礼貌。

“妈妈，是您儿子罗杰·桑希尔。等一下，我来看看，我在哪儿？”桑希尔先生问警察。

“戈兰湾警察局。”这名警察的脾气简直好极了。

“不，妈妈，我没喝酒，不，是有两个人拿酒灌我。他们没给我中和饮料。不。”

“好了，我们走。”警察觉得时间到了。

“等一下，我还没讲完。”

“您已经讲完了。”

“妈妈，我必须走了。您要立刻让律师保释我出去。”桑希尔先生一直保持着一定程度的清醒。

“明天早上，告诉她。”警察说。

“明天早上，他说。我不知道，我会问他的。”桑希尔对着电话说道，然后问那名警察，“她想知道是谁说的。”

“艾米尔·克林格警官。”

“艾米尔？艾米尔·克林格警官。不，我也不相信。我没事，妈妈，晚安。晚安，亲爱的。”对方显然早已挂了电话。桑希尔先生将没了声音的电话递给了警察，好脾气的警察替他挂断了。

“是我妈妈。”桑希尔先生不忘解释道。

“我们走。”克林格警官拉着桑希尔先生走出电话间。医生已经来了。

“就是这个人，医生。”

“叫什么名字？”医生问。

“罗杰·桑希尔。”

“伸舌头，说‘啊’。”

“您最好退后一点儿，啊……”桑希尔先生酒味大得熏人。但医生就是做这个的，他很有敬业精神。

“您喝酒了吗？”

“医生，我被灌醉了。”

“您喝的是什么？”

“波本，那两个家伙，他们——”桑希尔先生见谁和谁解释。

“您认为自己喝了多少？”医生打断他。

“您说什么？”桑希尔先生还沉浸在自己的不幸中，没听清医生的话。

“您认为自己喝了多少？”医生重复道。

“大概有这么多。”桑希尔先生用手比画着。

“桑希尔先生，结论是，您现在处于烂醉状态。”

“废话。”

“而且我现在要给您抽血。”

“真是恶心。”桑希尔先生说着，竟然躺到了医生的办公桌上。

“您可以拒绝检查，但是驾照就要被吊销。您也有权指定医生……”医生敬业地念着公文，对桑希尔先生的举动见怪不怪。

而桑希尔先生已经睡着了。

“就在这个时候，桑希尔先生逃脱了……差点儿就被谋杀。歹徒们在后面追赶，这种危急状况下，他不得不开快车。”法庭上，辩护律师正在陈述。克林格警官和医生都在。

“律师，您认识您的委托人多长时间了？”法官问。

“七年了，法官。”律师回答。

“您觉得，他是个正常人吗？”法官问。

“当然。”律师回答。

“哼！”坐在下面的桑希尔太太翻着白眼。

“妈妈！”桑希尔先生不满地喊道。桑希尔太太耸了耸肩膀。

“您觉得这个故事可信吗？”法官问。

“可信？”桑希尔先生反问道。

“是的，法官。如果委托人这么说，我当然这么认为。”律师回答。

“说得太对了。”桑希尔先生没什么可说的。

“警官，我把此案交给县里的警察调查，您让他们立刻过来。”法官说。

“好的，法官。”克林格警官说。

“律师，明晚7点半此案最后判决，希望您和被告在这里听从审判。目前则由县里的警察调查他的故事是否属实。”法官继续说。

“属实？就算把我的尸体抬来，您还是不信——”桑希尔先生大叫道。

“罗杰，不要这样。”律师制止他。

“难道我在法庭上还会编故事吗？”桑希尔先生不听他的劝告。

“这恰恰是我们要调查的，桑希尔先生。”法官倒是并不恼怒。

桑希尔先生带着律师和县里的警察重新来到汤森的庄园，同行的还有桑希尔太太。

“什么事？”来应门的还是上次那个女佣。

“记得我吗？”桑希尔先生问。

“是的，先生。”女佣回答。

“很好。”

“汤森先生在吗？”县警察问。

“对不起，先生，他一整天都在外面。”女佣回答。

“那汤森太太呢？”

“报谁的名字呢？”

“县里的警察。”

“请进。这边请。”女佣将一行人直接带进了书房。

“就是这个房间。”桑希尔先生对律师和警察说。

“我去喊夫人。”女佣说。

“好的。”

“这是他们压住我的沙发，我给你们看酒渍。”桑希尔先生拿起的沙发垫子却是干干净净的，“一定是有人洗干净了。这就是他们放酒的柜子，威士忌、金酒、伏特加……”他拉开柜门，里面整整齐齐地全是书。

“还有波本。那时候，你一喝好几瓶呢。”桑希尔太太讽刺道。

桑希尔先生解释不了这一切，尽管他相信自己的记忆，但现实就是这么不可思议。正在这时，汤森太太来了。

“罗杰，亲爱的，我们非常担心你，你顺利回家了吗？”汤森太太一进门就直接走向桑希尔先生，语气充满了担心，还拥抱了他。

“当然。”桑希尔先生惊讶地看着汤森太太，不明白状况。

“让我看看，眼睛有点儿红，不过，大家都是这样。昨天的聚会没意思，一点儿也不遗憾。”汤森太太撇下一屋子人，只顾看着桑希尔先生。

“告诉你们，我从未见过这个女人。”

汤森太太听了大笑起来。桑希尔先生实在受不了了，走到书房的另一头。

“汤森太太，我是纳苏县强科特探长，这是哈丁警探。”

“您好！你不是有麻烦吧，罗杰？”

“不许叫我罗杰！”桑希尔先生大声说。

“昨晚桑希尔先生酒后驾驶被抓，而且是一辆失窃的车。”强科特探长说。

“失窃的车？”汤森太太很惊讶。

“特温宁大街巴博森夫人的车。”

“罗杰，你说要去坐出租车的。你没有借劳拉的梅赛德斯吗？”汤森太太问道。

“不！我没借劳拉的梅赛德斯！”桑希尔先生忍无可忍。

“桑希尔先生告诉我们，昨晚他是被强迫带到这里来的，您丈夫的朋友强行灌醉了他，然后把他扔在路边。您是否知道此事？”强科特探长问。

“警长，罗杰昨晚来的时候就已经醉了。”汤森太太回答。

“她在说谎！”桑希尔先生快要抓狂了。

“晚一些时候醉得更厉害，最后他说要回家睡觉。我应该早些开始晚餐——”

“表演实在太精彩了！”桑希尔先生匪夷所思地看着汤森太太。

“汤森太太，您听说过乔治·卡普兰吗？”强科特探长问道。

“乔治·卡普兰？没有。”

“我也这么认为。”强科特探长说。

“她丈夫在哪里？应该问他。”桑希尔先生说。

“可以找到他吗？”强科特探长问。

“可以，在联合国。”汤森太太回答。

“联合国？”桑希尔先生不太相信。

“今天下午，他要在会议楼发表演讲。”汤森太太说。

“好吧，既然他要演讲——”桑希尔先生越发搞不清楚状况。

“很抱歉打扰您。”强科特探长说。

“不客气。”汤森太太说。

“等一下！”桑希尔先生喊道。但是，再没有人理会他，桑希尔太太将他带出了书房。

“你们还想找我丈夫吗，警长？”汤森太太问。

“不，汤森太太，没必要了。”强科特探长回答。

“那您的意思是不再调查了吗？”桑希尔先生大声问。

“罗杰，付两美元罚款吧。”桑希尔太太不耐烦地说。律师笑了，警察摇着头。

“再见。”汤森太太送众人出了门，她热情周到，一切都表现得无懈可击。

所有的人都没有看到，一个人正在房子的侧面修剪花草，那正是昨天绑架桑希尔先生两个人中的一个——肤色较黑的那个。

桑希尔先生带母亲来到了纽约广场酒店。

“我不明白为什么喊我来。”下了出租车，桑希尔太太抱怨着。

“因为您令人尊敬。”

“说话别太刻薄了，罗杰。”

两人来到酒店大堂。“就是这里，待在这儿。”桑希尔先生用酒店的电话打电话：“接线员，请问这里有一位乔治·卡普兰先生吗？没错。有吗？”接线员的回答显然是肯定的，“796房间。帮我接通他的房间。您看！”

“我知道，你得赶快弄清楚这件事。我的一整天都被你浪费了。”桑希尔太太还是抱怨着。

“您先别说话。他说过他什么时候回来吗？是吗？谢谢。真奇怪，他两天没接电话了。”

“也许被锁在洗手间里面了。”桑希尔太太有点儿幸灾乐祸。

“妈妈，帮个忙，好吗？您要露出那种天真甜蜜的笑容，去拿796房间的钥匙。”桑希尔先生一边说，一边掏口袋。

“别荒唐了，我可不干。”桑希尔太太断然拒绝了。

“十美元。”桑希尔先生用物质引诱她。

“多少钱都不行。”桑希尔太太看起来依然很坚决。

“五十美元。”桑希尔先生加了码，一副很有经验、志在必得的样子。

“罗杰，你真丢人。”桑希尔太太没好气地拿过钞票，转身走了。

两人很快上了七楼。一点儿没错，桑希尔太太成功了。

“偷车、酒后驾驶、袭击警卫、欺骗法官，现在又乱闯房间。”桑希尔太太一路抱怨着。

“是闯酒店，这可是有区别的。”桑希尔先生不为所动，显然他对桑希尔太太的抱怨习以为常。

“能判你五到十年。”

“请稍等一下。”一名女清洁工快步从隔壁房间走了出来，吓了桑希尔先生一跳，“需要换床单吗？”这只是一个没有威胁的问题。

“是的，但现在不要。”桑希尔先生很快恢复了常态。

“我就是问问，因为看起来这床没人睡过。我想换一床亚麻布床单。”

“谢谢关心。”桑希尔先生并不想和这名女清洁工多说。

“不客气。”

“看来她以为我是卡普兰，是不是我真的像卡普兰？”进到房间里，关好房门，桑希尔先生问母亲。

“看看是谁在这儿。”桑希尔先生说道。写字台上有张照片。

“谁？在哪儿？”桑希尔太太问。

“今天要演讲的那位朋友。”其中一人赫然是汤森先生，只不过照片里的他还比较年轻。

“罗杰，我们该走了。”桑希尔太太非常不安。

“不要太紧张。”桑希尔先生一定要有所收获才出去。

“不是紧张。我打桥牌要迟到了。”

“那样您会少输一些。”桑希尔先生按了呼叫铃，然后去了洗手间，看了一眼洗漱台上的梳子，“告诉您，卡普兰有头皮屑。”

“我认为，应该离开了。”门铃响了。这次是桑希尔太太吓了一跳。

“太晚了。”桑希尔先生去开门。

“您喊我吗，先生？”是刚才的女清洁工。

“是的，请进来。”

“您叫什么名字？”桑希尔先生问道。

“埃尔西，先生。”

“埃尔西，您认识我吗？”

“您是卡普兰先生。”艾尔西微笑着。

“那您最早是什么时候见到我的？”

“门外。走廊里，几分钟前，您不记得了吗？”

“那是您第一次见到我吗？”

“因为您从来都不在，卡普兰先生。”

“您怎么知道我是卡普兰先生？”

“什么？”埃尔西没听明白。

“您怎么知道我是卡普兰先生？”

“您当然是，这是796房间，不是吗？而您就是796房间的客人。”

“好的，埃尔西，谢谢。”

“没别的事吗，先生？”

“目前没有了。”桑希尔先生刚要给埃尔西拉开门，门铃再次响了，桑希尔先生又吓了一跳。他看了一眼埃尔西，还是打开了门。

“衣服。”原来是洗衣工。

“好的，请进。”

“要挂起来吗，卡普兰先生？”桑希尔先生问她。

“是的，谢谢。”

“告诉我，我是什么时候把衣服给您的？”

“昨晚，大约……6点钟。”

“哦，是我本人给您的吗？”

“本人？不，您给我们打电话，说了是哪件，而且在衣柜里。您一直是这样做的。有什么问题吗？”

“不，只是好奇。给您小费。”

“谢谢。很高兴见到您，卡普兰先生。”

“太奇怪了。我几乎可以认为，整个酒店就没人见过卡普兰。”洗衣工走后，桑希尔先生对母亲说。

“也许他的西装具有隐形功能。”这是桑希尔太太的说话风格，桑希尔先生偶尔也会无法接受。

“我们来看看。”桑希尔先生去试穿刚才送来的西装，发现袖子短了很多。

“你穿着一点儿都不合身。”桑希尔太太说道。桑希尔先生又比量了一下裤子，也短了好大一截。

“这样就好多了。”看着儿子穿着这身西装的滑稽样子，桑希尔太太第一次笑了。

“他们误以为我是一个矮个儿。”身材高大的桑希尔先生非常愤怒。

电话铃响了，他问母亲：“我接吗？”

“当然不接。”桑希尔太太回答。但桑希尔先生显然不这么想，他还是接过了电话。

“您好。”

“很高兴找到您，卡普兰先生。”

“您是哪位？”

“昨晚才见过，您就听不出我的声音了吗？那我可不高兴了。”

“我知道您是谁了，但我不是卡普兰。”

“当然不是。您接他的电话，住他的房间……您却不是卡普兰。反正，我们很高兴能找到您。”对方说完这句话，就把电话挂了。

“等一下……接线员吗？”桑希尔先生立刻拨了回去。

“什么事？”

“这里是796房间卡普兰，刚才那个电话是从哪儿打的？外面还是大堂？”

“请等一下，我要查查。”

“请快一点儿。”

“刚才是谁？”桑希尔太太问。

“昨晚想杀我的人中的一个。”

“还是那件事？”桑希尔太太一听，就觉得有些泄气。

“喂，接线员？”

“卡普兰先生？是从大堂打的。”

“是吗？”桑希尔先生立刻起身，“他们可能要上来了。快走！”

“我倒是想见见这些杀手。”桑希尔太太还是保持着幽默，她可不相信。

下行的电梯很快来了，上行电梯也来了。桑希尔先生和母亲走了进去。上行电梯里最先走出的那两个人，就是曾经绑架桑希尔先生的，他们也跟了进来，站在桑希尔先生一侧。桑希尔先生示意母亲，桑希尔太太却不屑一顾。

“你们真的要杀我儿子？”桑希尔太太问两人。

两人聪明地笑起来，电梯里的人跟着笑起来，桑希尔太太也笑起来。所有的人都把这当成了笑话，只有桑希尔先生笑不出来。

“大堂到了，请慢走。”电梯工提醒道。

那两个人刚要先一步走出电梯，就被桑希尔先生飞快地拦住。他说：“绅士们，女士优先。来吧，女士们，这就对了。”桑希尔先生引导女士们先出去，然后飞快地向酒店外面跑。

“罗杰，你回家吃晚饭吗？”桑希尔太太问道。到了这个时候，她还是没把这件事当真。桑希尔先生根本没工夫回答她。

桑希尔先生从一对夫妻手里抢了一辆出租车。“去哪儿？”司机问。

“不知道，开车就是了。”

后面的两个人滞后了一点儿时间，也飞快地跑了出来，也从那对夫妻手里抢了一辆出租车。两次被抢的那对夫妻既生气又无奈。

桑希尔先生看着从卡普兰房间的写字台上偷出来的照片，说：“请到联合国会议楼。”他决定去找汤森先生。

“好的。”

“有人在跟踪我，您有办法吗？”

“是的，我能做到。”司机很自信。

“那就快点儿。”

联合国会议楼一层大厅。

“需要帮助吗，先生？”服务台小姐问。

“是的。在哪里能找到莱斯特·汤森？”桑希尔先生问道。

“联合国大会的莱斯特·汤森？”

“是的。”

“你们事先约好了吗？”

“是的，他正在等我。”桑希尔先生迟疑了一下，决定说谎。

“请问您的姓名。”

“我的名字？”桑希尔先生又迟疑了一下。

“是的。”

“卡普兰，乔治·卡普兰。”

“请等一下。”服务台小姐写了一张字条，然后打了个电话。

后面的出租车里，两个杀手已经赶到了。“到第47大道的拐角等我。”肤色较黑的那个对另一个说。

“请把这个给信息联络台的服务员，她会帮您。”服务台小姐对桑希尔先生说。

“非常感谢。”

“不客气，卡普兰先生。”

“请找一下莱斯特·汤森。”桑希尔先生将字条交给信息联络台的服务员。

“好的，卡普兰先生。”

“联合国大会的汤森先生，联合国大会的汤森先生，请到信息联络台来。联合国大会的汤森先生，请到信息联络台来。”

不远处，杀手戴上了一副黑色手套。

“您在喊我吗？”一位先生很快赶了过来。

“卡普兰先生？”服务员问道。

“是的。”

“您找汤森先生？”

“是的。”

“这位就是汤森先生。”

“您好，卡普兰先生。”汤森先生伸出了手。

“这不是汤森先生啊。”桑希尔先生一边握手，一边对信息联络台的服务员说。

“就是我。”汤森先生回答。

“一定是搞错了，莱斯特·汤森吗？”桑希尔先生再次问道。这位先生和他被绑架那天见到的汤森先生根本不是同一个人。

“就是我，有什么事吗？”汤森先生礼貌地引着桑希尔先生走到一边。

杀手藏了起来。

“您是住在戈兰湾的汤森吗？”

“是的。我们是邻居吗？”

“一栋大红砖的房子，车道两旁有树？”

“没错。”

“昨晚您在家吗，汤森先生？”

“您是说戈兰湾？”

“是的。”

“这个月我住在城里，开会时我都这样。”

“汤森夫人呢？”

“已经过世很多年了。”显然这里有太多的问题，汤森先生皱起了眉头。

“对不起……”

“卡普兰先生，请问您到底有什么事？”

“冒昧问一下，您戈兰湾的房子里住的是什么人？”

“什么人？房子完全封了。只有园丁和他的妻子住。”汤森先生的态度不再那么友好，“卡普兰先生，您是谁？有什么事？想干什么？”

“您认识这个人吗？”桑希尔先生给汤森先生看他偷来的照片。可是汤森先生还没有看，就忽然低呼一声。桑希尔先生不知道发生了什么事，而远处的杀手已经逃走了。汤森先生睁大眼睛、张大嘴巴向前倒下去，桑希尔先生连忙扶住了他，这才发现他的背上插着一把刀。汤森先生倒了下去，桑希尔先生握着这把刀的刀柄，在汤森先生倒下去的时候把刀顺势拔了出来。

大厅里的人察觉到了异样。“看！”最先看到的人喊。

“他有刀，当心！”有人大喊道。现场恰好有采访的记者，于是立刻拍下了照片，还是桑希尔先生持刀的正面照。

“听我说，和我无关。”桑希尔先生握着刀，急于解释。

“去报警！”有人喊。

“别再靠近了。后退！”这下，桑希尔先生知道解释也没用了。

在暂时无人靠近的情况下，桑希尔先生迅速逃离了现场。

中央情报局正在召开小组会议。

“经指认，照片里的人是罗杰·桑希尔，曼哈顿广告公司的主管。他自称乔治·卡普兰，他在联合国大会会议楼告诉服务台的名字是假的。杀人动机可能是……早些时候，桑希尔在戈兰湾警署被指控酒后驾驶、盗窃车辆。在申辩过程中，他指控死者汤森前晚企图杀死他。就这些。”一个人读着报纸上的报道。

“这是什么情况？”另一个人问。

“有谁知道这个桑希尔吗？”一位中年女士问。

“不知道。”

“从来没有听说过。”

“教授呢？”

年纪最老的教授摇摇头，显然他的地位最高。

“他被误认为乔治·卡普兰。”

“乔治·卡普兰根本不存在，他怎么会被误认呢？”

“不用问我，这事已经发生了。一定是梵丹的人想杀他，用的是莱斯特·汤森的房子。”

“不知情的汤森却挨了一刀。”

“这本应令人难过，我却想笑。”

短暂的讨论，揭示了事情的全部真相。

“现在怎么处理他呢？”那位中年女士问道。

“谁？”

“那位桑希尔先生。”只有中年女士关心桑希尔先生的安全。

“我们……什么都不做。”教授迟疑了一下，说。

“什么都不做？”中年女士问。

“没错，静观其变。我们应该祝他好运，本来不存在的诱饵乔治·卡普兰是为了转移他们的视线，以掩护我们真正的特工。现在，他成了活诱饵。”

“是的，教授，您认为他还能活多久？”女士显然对这个略有些不满。

“那就是他的问题了。”教授无动于衷。

“芬利女士的意思是——”有人说。

“我知道她的意思。”教授说。

“我们不能坐视不管，等着看谁先把他杀掉——梵丹那伙人或者警察。”一位戴眼镜的男士也觉得这样袖手旁观不妥。

“如果去救他，我们的特工不就危险了吗？”教授站在窗前，窗外正对面就是白宫。

“是不是有点儿太残忍了？”芬利女士问道。

“不，我们并不残忍，我们假造出一个并不存在的人，取名乔治·卡普兰，还精心制造出一种行为模式，把东西在酒店里搬进搬出，可不是为了好玩儿。我们假造卡普兰这个人，让梵丹相信他就是我们的特工，有着非常重要的原因，明白吗？”

“没有人能否认这一点。”戴眼镜的男士回答。

“那就对了。如果我们透露没有乔治·卡普兰这个特工，让梵丹起了疑心，那么在梵丹身边工作的真正特工就会马上被发现，然后被杀害，就像以前的两位。”

“桑希尔先生，无论您在哪儿，别了。”芬利女士说。

纽约火车站里，人群熙熙攘攘，警察们忙碌着。

“请注意，纽约中央铁路，第25号列车，20世纪号限速车，下午6点开往芝加哥，驶离30号站台。”广播一遍遍地重复着。

桑希尔先生正在车站电话亭里打电话。

“是的，亲爱的，我知道。听我说，妈妈，求您了。我打给广场酒店，卡普兰去了芝加哥大使馆东区，所以我……我不能去警署，至少现在不能。您看到报纸了吧？我的指纹留在刀上了，我是个偷车贼，还酒后驾驶，为了报复而杀人，我已经没机会了。不找到卡普兰，我绝不罢休。他肯定知道这是怎么回事。不，火车，安全点儿。如果在飞机上被认出来，我连藏的地方都没有。您是要让我跳飞机吗？好的，太感谢您了，妈妈，再见。”

“请注意，纽约中央铁路，第25号列车，20世纪号限速车，下午6点开往芝加哥，驶离30号站台。”广播还在重复着。

人群中的桑希尔先生发现很多人都在看报纸，就戴上了墨镜，希望自己别被认出来。车站新增了很多警察巡逻，桑希尔先生很清楚自己此时的处境。

“什么事？”售票员问。

“我要20世纪号的卧铺票。”桑希尔说。

“还有五分钟就要发车了。”

“知道，所以请您快点儿。”

“卧铺卖完了。”

“卖完了？”

“您可以去硬座车厢。”

“不行，下一班是什么时候？”

“10点。您很着急吗？”售票员一直观察着桑希尔先生。

“能再看看有卧铺票吗？”

“您是眼睛有问题吗？”

“它们对提问过敏，快点儿吧。”桑希尔先生不耐烦了。

“好的，当然。”原来，售票员的工作台上就摆着桑希尔先生的照片。“不要走开。”他叮嘱了桑希尔先生一声，就去了里间。

“他在15号窗口，快！”售票员压低声音报警。

“您真走运，先生……”当售票员回到窗口的时候，桑希尔先生已经警觉地走开了。

桑希尔先生打算直接进站。“票？”检票员拦住他。

“我只是送个朋友。”后面的警察已经追来了。

“抱歉，要知道名字才可以进去……回来！”桑希尔先生不等检票员同意，就直接闯了进去。

桑希尔先生径直上了卧铺车厢。他从窗口看下去，两名警察马上就要从前面车门上来了，他赶紧掉头准备下车，在狭窄的走廊上差点儿撞上一位年轻美丽的小姐。两人互相让路，可是每次都让到同一面，场面非常尴尬。

“对不起。”桑希尔先生道歉。

“是我的错。”那位小姐笑了，“对不起。”

警察已经上了车，桑希尔先生情急之下躲进了洗手间。“他往那边去了，可能下了车。”那位小姐对警察说。警察追了出去。

“谢谢。”桑希尔先生道谢。

“不客气。”

“我有七张违规停车的罚单。”桑希尔先生临时编了个谎言。

“哦。”那位小姐了解地一笑，转身就走了。桑希尔先生盯着她美丽的背影很久，但还是没有摘下墨镜。

列车终于驶离了站台，桑希尔先生看着站台上的警察，感到暂时安全了。

乘警正在检查车票，桑希尔先生则躲在洗手间里。乘警走到另一节车厢的时候，桑希尔先生决定去餐车，他认为那里是安全的。进门之前，他看到了吧台旁边有报道自己的报纸，就立刻把报纸放到其他东西底下，以免被更多人看到。

“晚上好，先生，一位？”桑希尔先生刚走进餐车，侍者就立刻走上来问道。

“是的。”桑希尔先生回答。

侍者将他带到一个位置，对面坐着的竟然就是刚刚帮过他的那位年轻小姐。桑希尔先生便坐了下来。

“鸡尾酒？”侍者递上餐单。

“要吉布森。”

“马上来。”

“又见面了。”桑希尔先生说。对面的年轻小姐一直在盯着他。

“是啊。”

“有什么建议吗？”

“鳟鱼。有点儿硬，不过还不错。”

“鳟鱼。谢谢。”桑希尔先生点了餐。

“好的，先生。”侍者送来了吉布森。

桑希尔先生前后观察了一番，发现对面的那位小姐总是盯着他，就说道：“我知道我很面熟。”

“是的。”那位小姐并不否认。

“您是不是觉得见过我？”桑希尔先生又问。那位小姐点了点头。

“看来，我这张脸太有吸引力了。”桑希尔先生说。

“这张脸不错。”

“您真的这么想？”

“否则我不会这么说的。”

“看来您是那种类型的。”桑希尔先生终于摘下了墨镜。

“什么类型？”

“诚实型的。”

“不见得。”那位小姐忍住了笑意。

“诚实的女人会吓到我。”桑希尔先生用力擦着墨镜。

“为什么？”

“我也不知道，她们总是让我头痛。”

“那是因为您对她们不诚实。”

“确实如此。”桑希尔先生承认。

“比如说，那七张违规停车罚单？”那位小姐不客气地指出。

“我是说，一旦遇上让我心动的女人……我总是假装对她们没有任何意思。”桑希尔先生解释。

“是什么让您这样隐藏自己？”

“她有可能不喜欢我。”

“也有可能喜欢。”

“我真走运，能和您坐在一起。”桑希尔先生举起了酒杯。

“和运气没关系。”

“缘分？”

那位小姐还是摇头。

“我给了服务员五美元，如果您进来，就带您过来。”那位小姐坦率地说，随后又羞涩地垂下了眼睛。

“这是表白吗？”桑希尔先生放下酒杯，紧盯着那位小姐的脸。

“我从来不在饿着的时候谈论爱情。”

“您已经吃过了。”

“可您还没有。”

侍者送来了鳟鱼。“您不觉得应该互相介绍一下吗？”桑希尔先生问。

“伊芙·肯德尔，二十六岁，未婚。您全都知道了。”

“除了在火车上把男人迷死之外，您还做什么？”

“我是工业设计师。”肯德尔小姐优雅地喝着咖啡。

“杰克·菲利普斯，金壁公司经理。”

“不，您不是。”肯德尔小姐立刻戳穿了这个谎言，“您是罗杰·桑希尔，麦迪逊大道……全美各大报头版通缉的杀人犯。别那么谦虚。”

“真是的！”桑希尔先生再也吃不下去了。

“别担心，我不会说出去的。”肯德尔小姐倒是说得气定神闲。

“为什么？”桑希尔先生严肃起来。

“我已经说过了，您的脸不错。”

“这是唯一的原因？”

“今晚很漫长。”

“没错。”桑希尔先生放松了点儿。

“我又不喜欢带的书。这回您明白了吗？”

“我想想。”桑希尔先生思索着，“我明白您的意思。”肯德尔小姐的态度让他放松了不少，一段艳遇的发生也让他大胆起来。

肯德尔小姐拿出一支烟，桑希尔先生拿出火柴。“这是我的标志，R.O.T[①]，罗杰·桑希尔。”火柴盒上有几个字母，桑希尔先生解释道。

“O是什么意思？”

“没什么。”桑希尔先生为肯德尔小姐点烟，肯德尔小姐顺势握住了他的手。点着烟后，桑希尔先生想收回手，但是肯德尔小姐稍用力拉近，将火柴轻轻地吹灭，然后才放开他的手。

“如果我有包厢，我会请您过去的。”桑希尔先生说道，他们四目相对。

“卧铺呢？”

“没有，连票都没有。火车从纽约开出来，我就一直在和乘警捉迷藏。”

“很尴尬。”

“说得没错。没地方睡觉。”

“我有个大房间。”

“不太公平，是不是？”

“E包房，3901车厢。”肯德尔小姐慢慢地说。

“这个数字很好。”

“容易记住。”

“3901？”桑希尔先生重复道。

“记住了？”

“我没有行李。”

“那么，您？”肯德尔小姐看了一眼窗外。

“您不会多一套睡衣吧？”

---

① 罗杰·桑希尔的英文名为Roger Thornhill。

“不会吗？如果我是您，就不要甜点。”肯德尔小姐开始整理自己的东西。

“您说得对。”桑希尔先生会错了意。

“我不是说这个。火车不应该停在这里的，进站时，有两个男人从警车里出来了，表情非常严肃。”肯德尔小姐说完，就走了。

桑希尔先生看了一眼窗外的警察，立刻留下晚餐的钱离开了。他刚走，警察就进来了。

在肯德尔小姐的包厢里，她正躺在沙发上看书。

“您最好让那些警察快点儿走。”桑希尔先生的声音从某个地方传来。

“耐心是美德。”肯德尔小姐一动不动。

“那也得呼吸。”

“安静地躺着吧。”

“有没有橄榄油？”原来桑希尔先生在锁起来的床铺内。

“橄榄油？”

“要做鱼罐头，我就得蘸点儿油。”到了这个时候，桑希尔先生还不忘幽默。

敲门声响了起来。

“请进。你们是？”

进来的正是刚才上车的两个便衣警察。

“州警署的。您的姓名？”胖便衣出示了自己的证件。

“伊芙·肯德尔，出什么事了？”

“今晚在餐车里，您和一个男人在一起？”

“是的。”

“是您的朋友吗？”

“以前从未见过。”

“是这个人吗？”便衣递了张照片给肯德尔小姐。

“我想，是的，照片不太清楚。”

“这是传真照片，刚从纽约警察局传过来。”

“警察局？”

“他是被通缉的杀人犯。”

“上帝，不会吧？”肯德尔小姐吃惊得坐了起来。

“侍者说，你们一起离开了。”

“我们可能是同时，但不是一起。”这是个聪明的回答。

“你们谈了些什么？”

“谈了些什么？”

“侍者说，您和桑希尔聊得很开心。”

“这是他的名字？桑希尔？”

“您是说，他没告诉您？”便衣令人不易觉察地笑了笑。

“他什么也没告诉我。我们聊的只是各种食物，火车和飞机，他非常镇定。如果他是个逃犯……他杀了谁？”

“他说过要去哪里吗？”警察并没有回答她。

“没有，我想，是芝加哥吧。会不会你们上车时，他已经下去了？”

“如果您再见到他，就请……您贵姓？”

“肯德尔。”

“就请肯德尔小姐告诉我们。”

“我很快就睡了，我会把门锁好，所以今晚不会再见到什么人了。”

“万一您见到，可以到后面的警车找我们。”

“这样我就放心多了。晚安。”

警察终于走了，一无所获。

“还活着吗？”肯德尔小姐问锁在床铺里面的桑希尔先生。

“快点儿，要不就真变成罐头了。”

“我在找罐头起子。”肯德尔小姐打开锁，床铺连带着桑希尔先生落了下来。

“您好。”

“您好。”桑希尔拿出西装上衣口袋里的墨镜，它刚才被压成了两截，“请告诉我，为什么对我这么好？”

“要我上去告诉您原因吗？”肯德尔小姐的聪明与大胆，总是让桑希尔先生始料未及。

火车继续向前行驶。在肯德尔小姐的包厢里，两个人缠绵着。

“我在想，您要在芝加哥四处寻找您说的那个乔治·卡普兰，这很不安全。您一露面，就会被抓起来。”肯德尔小姐摸着桑希尔先生的西装领口，说道。

“何况还是一张不错的脸。”桑希尔先生吻了下来。

“您不觉得这样更好吗？您待在我的酒店房间里，我去找他，把他带到您的面前。”

“不能把您牵涉进来，太危险了。”

“我是大姑娘了。”肯德尔小姐搂住了桑希尔先生的脖子。

“是啊，该大的地方都大了。”桑切尔先生又给了她一个吻。

“这太荒唐了。您明白的，是吗？”

“是的。”

“我是说，我们刚刚认识。”

“没错。”

“我怎么知道您是不是杀人犯呢？”

“那么，您不知道。”

“也许您正想谋杀我，就在这里，今晚。”

“我会吗？”

“动手吧。”两人开始了一个更加缠绵的吻。

“感觉不错吧？”桑希尔先生问。

“应该停止了。”

“马上？”

“我应该多了解您。”

“了解什么呢？”

“我只知道您是个广告人。”

“是的。哦，火车不太稳。”两个人拥抱着，换了个方向。

“不太稳？”

“您还知道什么？”

“您对衣服和食品都很有品位。”

“对女人也有品位。我喜欢您的味道。”桑希尔先生吻着肯德尔小姐的肩膀，直到唇边。

“您很懂说话的技巧，能让语言为您做任何事，卖给人们不需要的东西，让不了解您的女人陷入情网。”

“我开始觉得，给我的薪水太少了。”这时，门铃声响起，打断了两人的热吻。

“小心。”桑希尔先生躲进了洗手间。

肯德尔小姐打开灯后才开门：“服务生？不用管洗手间了。”

“好的，小姐。”

“我发现了这个，是您的吗？”肯德尔小姐将十字阀交给了服务生。

“是的，我一直在找。”也许这是个暗号。

“我在外面等，谢谢。”肯德尔小姐走了出去。

桑希尔先生在洗手间里无聊地等待，摆弄着洗漱台上的东西。肯德尔小姐的化妆刷、剃毛刀都是迷你型的。

服务生打扫完卫生，肯德尔小姐走了进来，说道：“谢谢服务生。”

“谢谢，小姐，晚安。”

“出来，不管您在哪儿。”肯德尔小姐轻轻地叫了一声。于是，桑希尔先生走了出来。

“是服务生。”肯德尔小姐说。

“我知道。”桑希尔先生关了灯，说道，“现在……我们刚才到哪儿了？”

“这儿。”肯德尔小姐吻住了他。

“哦，是的。我很高兴服务生把床打开了。”

“是啊。”

“只有一张床。”

“是的。”

“这是个好兆头，是不是？”

“是的。”

“棒极了。”

“知道这意味着什么吗？”肯德尔小姐说。

“什么？告诉我。”

“意味着您要睡地上了。”肯德尔小姐再次吻住了桑希尔先生。而桑希尔先生沉浸在柔情缱绻里，根本没有注意到肯德尔小姐的眼神。

另一个包厢门口，刚刚打扫过卫生的服务生按响门铃，说道：“3901包厢的小姐送的字条。”

字条上写着：“早上怎么对付他？伊芙。”看字条的人分明是莱昂纳多。他看完后，将字条递给坐在沙发上的一个中年人，那是汤森先生，不，应该是梵丹先生。

两个人满意地笑了。

芝加哥火车站里，肯德尔小姐走下火车，桑希尔先生拿着三只箱子跟在她后面。不过，他换了一身行头，变成了戴红帽子的搬行李工人。

两名便衣迎面走来。“您继续走，我会追上的。”肯德尔小姐说。

“是的，小姐。”桑希尔先生回答。

“有什么需要报告的吗，肯德尔小姐？”便衣警察问。

“是的，昨晚我睡得很好。”

“我的意思是，您看到我们在找的人了吗？”

“桑尼·克罗先生吗？”

“桑希尔。”警察纠正道。

“哦，没有，不好意思。祝你们好运。”肯德尔小姐走着，很快就追上了桑希尔先生：“我表现得怎么样？”

“我随时都有可能崩溃。”

“先不要放松，要保持镇定，看。”肯德尔小姐提醒道。站台上到处都是警察。

“我习惯了承受重量。可是这些箱子都装了什么？”箱子显然很重。

“当然是保龄球。”

“当然是？哪个里面是我的西装？”

“右手拿着的小箱子。”

“谢谢，这样就更搭配了。”

“卡普兰不会介意您的衣服起皱的。”

“如果他还在。现在是几点？”

“9点10分。”

“9点10分？他可能离开酒店了。”

“一出站，我就去帮您打电话。”

“不用了，谢谢，我自己来。”

“‘小红帽’就在电话亭里？还是小心行事吧。”

“那好，跟他说什么，您知道吗？”

“您想立刻见到他，非常紧急，事关生死。”

“是的。”

“不需要做解释。对了，我打电话时，您可以换衣服。”

“在哪儿换呢？橱窗里？”

“我想，应该是在洗手间里。”

“知道吗？您是和我一起在火车上过夜的女孩子里最聪明的。”

肯德尔小姐并没有回应，一脸伤感。后面不远处是莱昂纳多和梵丹先生，肯德尔小姐显然知道。

“我想，我们成功了。”桑希尔先生说。他们已经到了出站口。

后面的火车车厢门口，一个只穿内衣的老头儿追了下来。

“他去哪儿了？走的是哪条路？”一群警察围着老头儿问。

“我不知道，他抢了我的衣服。”老头儿指着出站的方向。

“快追！”警察们跑走了。只剩下老头儿一个人数着藏在内衣里面的钱。没错，以桑希尔先生的绅士风度，他是不会白借衣服的。

出站处一片混乱，警察们在到处查看“小红帽”。

桑希尔先生早已在洗手间里换下了这身行头，刚刚打好剃须乳，正打算用肯德尔小姐的迷你小刀剃须时，胖便衣走了进来，他没有认出桑希尔先生，很快就离开了。桑希尔先生实在羡慕旁边那位先生用的剃须刀片，但是只有无奈。

肯德尔小姐一边打电话，一边写着什么。与她相隔一段距离的另一间电话亭里，说话的正是莱昂纳多。交代完之后，莱昂纳多很快离去。肯德尔小姐留下来等着桑希尔先生，一脸伤感、凝重。

桑希尔先生终于出来了。两人小心地在柱子后面碰头。

“怎么这么慢？”

“我脸太大，刮胡刀又太小。找到卡普兰了吗？”桑希尔先生笑着，心情很好。

“是的。”

“他怎么说？”

“他答应见您，但是不能在酒店里见。他希望在外面见您。”

“在哪儿？什么时候？”

“都给您记下来了。”

“谢谢。”桑希尔先生一直抚摩着肯德尔小姐的手臂。

“坐下午两点钟从芝加哥开往印第安纳波利斯的灰狗公共汽车，在41号公路平原站下车。”

“41号公路，平原站。好的。”

“从芝加哥出发大约是一个半小时的路程。”

“好的，我去坐出租车。”

“不要出租车，卡普兰坚持要您坐公共汽车，好保证您是一个人去。”

“好的，到那里后做什么呢？”

“在路边等着，他下午3点半会到。”

“我怎么认出他呢？”

“他会认出您的，您也上了芝加哥的报纸。”

“好的。”

“手表调到标准时间了吗？”

“是的，谢谢。您怎么了？”桑希尔先生终于察觉到了肯德尔小姐的异样。

“怎么了？”肯德尔小姐一直没有笑容。

“您看起来有点儿不安。”

“您最好趁警察搜查‘红帽子’时离开。”肯德尔小姐扭过头，不再看他。

“我们会再见的吧？”桑希尔先生追问道。

“总有一天会的，我肯定。”

“我还没有好好地感谢您。”

“快走吧。”

“但是，我去哪里找您？”

“我必须去拿行李了。”肯德尔小姐还是不回答。

“这是箱子的寄存凭证。”肯德尔小姐转身要走，桑希尔先生忽然拉住她的手，说道，“等等。请告诉我。”

“他们来了。”桑希尔先生只得走了，留下了肯德尔小姐，她终于露出了依依不舍的神情，无限伤感。

灰狗公共汽车孤独地行驶在41号公路上，除它之外，一辆车、一个行人也没有，两旁农田里的庄稼已经收割完了，只剩光秃秃的一片。

平原站到了，只有桑希尔先生一个人下了车。孤独的站牌下站着孤独的人。

桑希尔先生无聊地等着。过了很久，除了看到远处的一架农用飞机在撒农药，视线范围内再无一人。又过了很久，终于驶过来一辆白色的轿车，但是它丝毫没有减速就开了过去。之后反方向又驶来一辆黑色的轿车，也没有减速的意思。再后来又来了一辆集装箱货车，扬起满天尘土。可怜的桑希尔先生几乎被尘土吞没了，但这辆车也没有停下来。

远处的田间小路驶来一辆绿色轿车，在桑希尔先生待着的马路对面停了下来。从车上下来一位很瘦的先生，虽然他也穿着西装，但是看上去远不如桑希尔先生那件体面。他交代了一句，轿车原路返回了。这位先生就站在马路对面，一动不动，和桑希尔先生对望着。最后还是桑希尔先生走了过去。

“嘿，天真热。”

“还要热一阵呢。”

“您是来见什么人吗？”

“我在这儿等车，就快来了。如果活得够长的话，有些撒农药的飞行员将会很有钱。”这位先生看着远处撒农药的飞机说。

“是啊。您不是卡普兰吗？”

“不能说是，因为不是。车来了，很准时。真是奇怪。”

“什么？”

“那架飞机在没有庄稼的地方撒农药。”桑希尔先生的注意力都放在了来往的车辆上，竟然没有注意到这个问题。

很瘦的先生坐上公共汽车走了，再次留下桑希尔先生孤独地站在公路边。

撒农药的飞机向桑希尔这边飞来，而且越飞越低。桑希尔先生望着它，并没有应有的警觉，直到飞机再次飞低，直直地向他俯冲过来，他才在最后一秒钟卧倒，躲过了飞机的进攻。飞机拉升高度，再次飞了起来。桑希尔先生爬了起来，满身是土，他还没想明白是怎么回事，飞机就一个盘旋，再次袭来。这次桑希尔先生卧倒在路边的土沟里，飞机还是没有撞到人，而子弹射在土沟边上了。

桑希尔先生密切地观察着周边环境。这时，公路上驶来一辆蓝色轿车。桑希尔先生飞快地跑过去拦车，但是轿车没有理他，径直开走了。飞机第三次袭来，桑希尔先生转身就跑，在飞机俯冲的刹那，他直挺挺地一个前扑，再次躲过了袭击。就在他要起身的时候，发现前面不远处是一小片玉米地，那里玉米棒已经收走，只留下枯黄的秸秆。于是，桑希尔先生拼命向玉米地跑去，终于在飞机第四次袭来之前跑进了玉米地。飞机俯冲下来，但已经看不到桑希尔先生的具体位置了，只能胡乱地扫射。就在桑希尔先生稍微放松的时候，飞机第五次袭来，撒下了大量农药，瞬间将他淹没了，呛得他不停地咳嗽。

桑希尔先生退到玉米地的边缘，看到公路上驶来一辆运油卡车。他迟疑了一下，就奋力向公路跑去。这次他没有像上次那样斯文地叫车，而是直接拦在卡车的前面，即便卡车高声按喇叭，他也纹丝不动。最后，卡车不得不急刹车，将桑希尔先生撞倒后又向前滑行了一段距离，好在桑希尔先生整个人就卧倒在卡车底下，安然无恙。

这次飞机竟然向卡车俯冲过去，不知是没有控制好，还是出了什么故障，它直接撞上了卡车后面的油桶，油桶立刻爆炸了。桑希尔先生眼睁睁看着这一切发生，赶紧逃生。这时，卡车上的司机已经跳下来，大喊道："快离开，油箱要爆炸了！"说完，他立刻向远处跑去。桑希尔先生跑得慢些，油箱立刻在他身后爆炸了。

一辆经过的小卡车和一辆轿车停了下来，车上的人都下车询问道："怎么回事？"桑希尔先生没有回答，他慢慢地溜到这些人身后，开着那辆小卡车飞速离去了。

"嘿！回来！"小卡车的主人发现的时候，桑希尔先生已经开出了很远。小卡车的主人是个牛仔，他追了好长一段路，无奈地放弃了。

桑希尔先生回到城里时，暮色已经笼罩了一切。他将小卡车停在路边，心想，这辆车迟早会被警察发现的。他在喜来登酒店门前简单地擦了擦脸，就走了进去。这是他知道的信息中卡普兰先生最后的落脚处，他必须试试。

"什么事？"大堂经理问。

"嗯……请告诉我乔治·卡普兰的房间号码。"桑希尔先生观察着周围。

"卡普兰？"

"是的。"

"他退房了。"

"退房了？"

"是的。早上7点10分，他退房了。"

"7点10分，您肯定吗？"桑希尔先生不相信。

"是的，他留了字条。'喜来登酒店，拉皮德市，南达科他州。'"

"7点10分？那我怎么在9点接到他的字条？"

"什么？"

"没什么。"桑希尔先生明白了，问题不是出在这个时间上，而是出在提供这张字条的人身上。就在这时，他竟然看到肯德尔小姐走进了大堂。她在乘电梯前特意去买了份报纸，急切地看着头条新闻。桑希尔先生注视着她，她乘的电梯显示停在四楼。

"不好意思，又要打扰您。"桑希尔先生问大堂经理，"我和肯德尔小姐约好了，她的房间号是4字开头，我忘了具体的房间号，麻烦您。"

“463房间。”

“好的，谢谢。”

桑希尔先生直接上了四楼，在463房间门口听了一会儿，然后按响了门铃。开门的正是肯德尔小姐。她看到桑希尔先生后先是惊讶，然后是惊喜。

“您好。”桑希尔先生没经过肯德尔小姐允许，就直接走进了房间，“很意外吧？”

“是的。”肯德尔小姐坦白地说。

“没能甩掉我，是不是？”

肯德尔小姐忽然扑了过去，紧紧地搂住桑希尔先生，无声地哽咽着。桑希尔先生只是抬起自己的手臂，最终却没有拥抱她。

“我想喝杯酒。”桑希尔先生这样说道。

“我有威士忌。”肯德尔小姐放开了他。

“加水，不要冰。”桑希尔先生看着今天的报纸，头条说的就是下午的事。

“今天怎么样？”肯德尔小姐问。

“和卡普兰的会面？”

“是的。”

“他没有出现。”

“哦？”

“很奇怪，是不是？”

“怎么奇怪？”

“他在电话里那么复杂地告诉您怎样见面，结果却没有去。”

“也许是我记错了。”

“您没有记错，您送我去的地方再正确不过了。”

“为什么不打电话问问他，这是怎么回事？”

“我打了，他退房了，去了南达科他州。”

“南达科他州？”

“拉皮德市。”

“那么，您接下来准备怎么办？”肯德尔小姐一直背对着桑希尔先生。

“还没想好。要看您的了。”

“看我的？”

“当然。”肯德尔小姐将酒杯递给桑希尔先生，只听桑希尔先生说道，“您是我的守护神，不是吗？为我们地久天长的友谊。”桑希尔先生举杯，“从现在开始，我再也不让您离开我了，甜心。”

“恐怕您必须离开。”肯德尔小姐回答。

“哦，不。”

“我有自己的计划。您还有麻烦。”肯德尔小姐坦白相告。

“把我的麻烦和您的计划联系起来，不是很好吗？我们就可以始终在一起，而不必各奔东西。在一起，您懂我的意思吗？”

电话铃忽然响起，但肯德尔小姐没有动。“去接呀，肯定不是找我。”桑希尔先生催促着，肯德尔小姐还是没有动。桑希尔先生作势要去接，肯德尔小姐这才转过身来。

“您好，是的。不，还不行，我还没准备好。什么时候？我去找您，地址？”肯德尔小姐在便笺本上简单地记下来，“好的，再见。”

“公务？”桑希尔先生问。

“是的。”肯德尔小姐撕下写的那页，装进了自己的手提包。

“工业设计问题？”

“嗯。”

“只工作，不享受？您这样的女孩应该让自己享受一下，而不是接客户电话什么的。和我一起吃晚饭怎么样？”

“无论在哪里，您不能露面。”

“那就叫上来吃，舒适又温馨。”桑希尔先生搂住了肯德尔小姐的腰。

“不，我不能。”肯德尔小姐拒绝了他。

“我坚持。”

“我想请您帮个忙——很大的忙。”肯德尔小姐走到一边，背对着桑希尔先生说。

“您说吧。”

“我想请您立刻离开，越远越好，不要再靠近我。我们不能再继续了。”肯德尔小姐转身望着桑希尔先生，“昨晚只是昨晚，最多也只能那样。我们不可能再有什么了。所以请您……再见……祝您好运。别再说了，请走吧。”

“立刻就走吗？”桑希尔先生问。

“是的。”肯德尔小姐肯定地回答。

“没有问题了吗？”

“是的。”

“我做不到。”桑希尔先生实话实说。

“求您了。”肯德尔小姐请求道。

“晚饭以后。”桑希尔先生也在请求，甚至有点儿不知所措。

“就是现在。”肯德尔小姐坚持道。

“晚饭以后，您得讲公平。”桑希尔先生还在努力着。

“好吧。”肯德尔小姐做了让步，“不过有个条件，您必须把西装好好地洗洗。您看上去就像是从贫民窟里出来的。”

“好的。”

“电话在那边。”

“请接洗衣部。”桑希尔先生看到便笺本上有肯德尔小姐刚刚写过字的痕迹，“463号房间，多长时间能把一套西装洗熨好？对，要快。二十分钟？好的，463号房间，”

桑希尔先生将口袋里的东西拿出来，说道：“洗衣工马上就到。”

“您最好把衣服脱掉。”

“不穿衣服，二十分钟能做什么？不能有一个小时吗？”桑希尔先生抚着肯德尔小姐的肩膀。

“您可以洗个凉水澡。”

“您说得对。我很小的时候，就不肯让我妈妈替我脱衣服了。”

肯德尔小姐帮桑希尔先生脱下西装，说道：“您现在是大孩子了。”

“是的。告诉我，您是怎么变成这样一个女孩的？”桑希尔先生握着肯德尔小姐的手。

“我想，是幸运。”

“不是幸运，是淘气、邪恶，总之不是什么好的。您杀过人吗？我打赌，您毫不费力就能将一个男人推进地狱。所以，别这样了。”桑希尔先生捏了一下肯德尔小姐的脸，走进了洗手间。

门铃声响，肯德尔小姐去开门。“请稍等。裤子给我。谢谢。”肯德尔小姐将西装交给了洗衣工。

“我还是洗个凉水澡比较好。”桑希尔先生在洗手间里说。很快就传来放水的声音，桑希尔先生吹起了口哨。

“好的。”肯德尔小姐答应着，拿起风衣和手提包，悄悄地出了门。临走之前，她看了一眼桑希尔先生偷来的照片。她不知道桑希尔先生一直透过门缝看着她，而花洒在一边空放着水。

肯德尔小姐走后，桑希尔先生立刻从洗手间里走出来，用铅笔在便笺本上轻轻地画着，肯德尔小姐写过字的痕迹立刻显现出来：“1212拍卖行”。

很快，桑希尔先生来到了拍卖行。拍卖正在进行。肯德尔小姐就坐在那里，一位男士的手放在她的肩上。

“这对路易十四时代的精美座椅还是曾经的绣面，完全的真丝质地。从多少开始拍？出价吧。”

“100美元。”一位女士的声音。

“有人出100。这位出150，有人出200吗？谢谢，有出200的了。有出300的吗？现在300，这位女士出400。谢谢，先生，已经有人出价450，有出500的吗？您出500吗？有没有人出500？最后一遍。卖给第二排斯通先生，450美元。”

“现在是拍卖品103号。这张可爱的法国躺椅还很牢固，请开价吧。多少？800美元，谢谢。现在800，谁出900？900，谁出1000？1000，谢谢，谁出1100？有出1100的吗？1000美元成交。”

将手放在肯德尔小姐肩上的男士正是梵丹先生，坐在他旁边的是莱昂纳多。桑希尔先生慢慢地走了过来，梵丹先生看到了他。

“你们三个在一起吗？”听到桑希尔先生的声音，肯德尔小姐立刻回过头来。只听桑希尔先生说道，“就像查尔斯·亚当斯[①]的漫画。”

“晚上好，卡普兰先生。”梵丹先生说。

“在我们称呼对方之前，您应该告诉我您的名字。不知道我是否有这个荣幸？”桑希尔先生还不知道梵丹先生的名字。

“您真让我失望，先生。”梵丹先生并没有说出自己的真实名字。

“我正要对她说这句话。”桑希尔先生看了一眼肯德尔小姐。

“我知道您的确很厉害。是什么让您闯到这里来的？难道您也对艺术感兴趣？”梵丹先生问。

“是的，生存的艺术。”桑希尔先生看向莱昂纳多，“你们最近有没有灌醉别人？”

“他从酒店跟踪我到这儿。”肯德尔小姐对梵丹先生说。

“他去了您的房间？”莱昂纳多问道。肯德尔小姐点了点头。

“当然，大家不是都去过吗？”桑希尔先生说。

梵丹先生将放在肯德尔小姐肩上的手拿开，死死地盯着她。正在拍卖的是一座雕塑，莱昂纳多示意梵丹先生。

“我不知道您是个艺术品收藏家，我以为您只收藏死尸。”桑希尔先生说。

“500美元。”梵丹先生示意莱昂纳多出价。

“500美元，谢谢。”

“您一定为这座小雕塑花了不少钱。”桑希尔先生说。

“700美元。”梵丹先生示意莱昂纳多出价。

“她值每一个美元，我保证。她全心全意地完成使命，即使用她的整个身体。”桑希尔先生说道。肯德尔小姐极力忍耐着。

“以700美元卖给梵丹先生。”

“哦，梵丹先生。”桑希尔先生终于知道了对方的名字。

“有没有人告诉过您，您过分地扮演了不同的角色，卡普兰先生？”拍到自己心仪的艺术品后，梵丹先生就开始反击，“一开始您是个愤怒的商人，声称被误认成他人。

① 查尔斯·亚当斯（Charles Addams，1912—1988），美国著名的漫画家，以黑色幽默漫画闻名，作品有《亚当斯一家》（The Addams Family）。

然后您扮演的是逃犯，好像要洗清并未犯过的罪行。现在您又在扮演一个被嫉妒和背叛激怒的情人。你们可以少接受中央情报局的训练，而多去上一上表演课了。”

“很显然，唯一能使您满意的演出，就是我的死亡。”桑希尔先生非常平静。

“这是您的下一个角色，您也会演得很逼真，我保证。”梵丹先生说着，莱昂纳多走了出去。

“我想知道下一种屠杀方式是什么。我会不会被扔进炼钢炉，然后变成摩天大楼的一部分？或者让她再来吻我并毒死我？”忽然，肯德尔小姐站了起来，回身就打桑希尔先生，但是他轻而易举地抓住了她的手，“您想骗谁？您可没有感情可以被伤害。”

肯德尔小姐只得坐了回去。而梵丹先生别有深意地看着他们两个。他们都没有注意到，还有一个人在注视着他们，正是中情局那位被称为教授的人。

“卡普兰先生，我们已经忍无可忍了。”梵丹先生警告道。

“那为什么不喊警察呢？”梵丹先生看了一眼门口，那个肤色较黑的杀手就站在那里，但是桑希尔先生没有看到，而是继续说道，“你们最不愿意这样做对不对？我落在警察手里，一定会说些什么，这也是昨晚您让她掩护我的原因。我觉得，还是去找警察，活命机会会更多。”

桑希尔先生又看了一眼肯德尔小姐，说道：“晚安，宝贝儿，不要觉得昨晚不好。”肯德尔小姐没有说话，眼泛泪光。

桑希尔先生还没有走到门口，就看到了那个肤色较黑的杀手。他又走回拍卖大厅。莱昂纳多出现在拍卖品展示台上，望着他。

“现在是109号拍卖品，17世纪早期大师的巅峰之作，一定会为您的收藏增色。起价多少？”

“1000美元。”一位女士的声音响了起来。桑希尔先生挤了个靠边的位置坐下。

“1000美元？现在1250，有出1500了，有出1750的吗？”

梵丹先生带着肯德尔小姐迅速地离开了。

“谢谢，现在是2000，有出2500的吗？”桑希尔先生估量着周围的形势，“2250一次，2250两次，最后一遍……”

“我出1500美元。”桑希尔先生决定主动出击。

“已经出到2250了，先生。”主持人微笑着说。

“我坚持出1500美元。”

“现在是2250，有出2500的吗？”主持人不再理他。

“2250一次，2250两次……”

“我出1200美元。”桑希尔先生越喊越低。

“现在出到2250了。”

“2250买那种次品？”桑希尔先生再次出语惊人。人们开始窃窃私语。

“卖品目录110号，路易·卡尔的雕塑作品。哪位以750美元出价？”

“怎么知道那不是假货？看起来很假。”桑希尔先生故意胡说八道。

“我们只知道您不是假货，是真的白痴！”前排的一位女士忍无可忍，回头对桑希尔先生说。

“谢谢。”桑希尔先生礼貌地回应道。

“那位先生，是否能让拍卖顺利进行？”主持人问。

“好啊，我出800美元。”桑希尔先生回答。

“800美元，谢谢。”主持人以为桑希尔先生变正常了，继续说道，“900？有人出1000，没有出1200的吗？”

“1100美元。”桑希尔先生喊价。

“出到1100，谢谢，谁出1200？1100一次，谁出1200？1100两次。1200，谢谢。出到1200了，谁出1300？”

“13美元。”桑希尔先生再次喊价。

“您是说1300美元吧？”主持人气得鼻子都歪了，但还是保持着礼貌。

“我是说13美元，这都高了。”桑希尔先生回答。人们哄堂大笑。

“有人出1200了，谁出1300？1200一次，1200两次，最后一遍，1200？”

“2000美元。”桑希尔先生看到工作人员在打电话报警，满意地笑了。

“2000？”

“2100美元。”桑希尔先生加了码。

“对不起，先生，我们不能——”主持人不知道该怎么办。

“那么2500美元好了。”桑希尔先生再次喊出了高价。

“让他滚出去！”人群中有人大喊道。

“请这位先生配合。”主持人说。

“最后出价是1200美元。”另一位工作人员补充道。

“2500，我的钱就不是钱吗？”桑希尔先生说。

“现在是……多少？”主持人气得连拍卖价格都忘了。

“1200。”工作人员提醒他。

“1200一次，1200两次……”

“3000美元。”桑希尔先生并没有停止捣乱。

“1200美元卖出。”

“不能就这么完了，这不公平！”桑希尔先生站起来大喊，一副要打架的样子。拍卖会现场顿时乱成一团。

“您最好离开，先生。”工作人员上前制止他。

“拿开你的手，不然我要告你！”桑希尔先生非常蛮横地喊。

桑希尔先生看到警察来了，就一拳打在工作人员的脸上，人群一片惊呼声。工作人员也不甘示弱，和桑希尔先生扭打在一起。教授看到这种情况，便急忙走开了。莱昂纳多一点儿办法也没有，只能干看着，而主持人的鼻子再次气得歪向一边。

警察拉开了桑希尔先生和工作人员。“怎么这么晚才来？”桑希尔先生冲警察抱怨道，“我们出去走走。”

两名警察显然没明白桑希尔先生在说什么。

“等一下，我还没出完价。3000，我出3000美元。”桑希尔先生继续表演着。“对不起，老兄，很遗憾，继续努力。”出门时，桑希尔先生对杀手说。

警察架着他快速地走了出去。“不要那么粗鲁。”桑希尔先生提醒警察。

电话亭里的教授清楚地看到了这一切。

“小心搬运，朋友们。我可是贵重物品。”桑希尔先生还算配合。

“进去！”警察将桑希尔先生塞进了警车。

“谢谢二位救了我的命，谢谢朋友们，谢谢。”桑希尔先生拍了拍警察的肩膀。

“到了监狱再说吧。”警察不为所动。

“你们应该高兴欢呼，你们将成为英雄。知道我是谁吗？”

“等我们控告您酗酒并破坏秩序时就知道了。”

“酗酒和破坏秩序，那是小意思，你们中大奖了。‘芝加哥警方抓获联合国杀手’，”桑希尔先生比画着，这次吸引了警察的注意力，“我是罗杰·桑希尔，看看。”

“是他。”一名警察已经比对过报纸上的图片。

“这就对了，恭喜先生们！”

“是他！”另一名警察看了看他的证件，非常激动。

“我是1055弗莱姆警官，我们抓住一个像罗杰·桑希尔的人，号码76，纽约警署通缉，身份确认，绝对是，没问题。密歇根大道，正在向北前往42区。什么？再说一遍。您肯定？好的，我明白，1055明白。”

“我们去哪儿？”另一名警察问。

“机场。”报告的警察回答。

“为什么？”

“这是命令。”

“机场？我不想去什么机场，我想去警察局总部！”桑希尔先生不高兴了。

“是吗？”

“知道我为什么喊你们来吗？”桑希尔先生问。

“听听吧，查理，是他喊咱们来的。”弗莱姆警官忍不住笑了。

“您没听到我的话吗？我想被带到警察局去，我是个危险的杀手——逍遥法外的杀人狂！”桑希尔先生夸张地说。

“您该为自己感到惭愧。”弗莱姆警官回敬道。

机场售票大厅。

“他说，就在这儿。”警察们找到了约定地点。

“我可以坐下吗？我跑了一天。”桑希尔先生要求道。

教授急匆匆地跑来，在问讯处拿到了自己的机票。

“还以为赶不上了。我干这种工作已经太老了。好了，二位，多谢。”教授给两名警察看了看自己的证件：“我们走，桑希尔先生。”

“等等。”桑希尔先生没见过那位教授，不知道他是什么人，也不明白为什么要和他走。

“没有时间了，这条路近一些。”教授拉着桑希尔先生走了特别通道。

“我没听清您的名字。”

“我根本就没说。”

“是警察吗？或者中情局？”

“调查局，中情局，海军情报局，都是一回事，对吗？”

“您必须弄清楚，我和凶杀案无关。”这是桑希尔先生最关心的事情。

“我们知道。”教授很平静。

“你们知道？那为什么还追捕我？”

“我们从不干涉警察公务，除非迫不得已。现在是时候了。”

“我明白了。那么我清白了。”

“快点儿走，否则就错过飞机了。”教授催促道。

“去哪里？纽约还是华盛顿？”

“拉皮德市，南达科他州。”

“拉皮德市？为什么？”

“在拉什莫尔山附近。”

“谢谢，我已经去过拉什莫尔山了。”

“您的朋友梵丹也是。”

“梵丹？”提到梵丹先生，两人停了下来。

“不好对付的家伙，对不对？”

“还有那个阴险的女人。”

“肯德尔小姐？”

“是的。”

“是他的情人，我们很了解她。”

“告诉我，梵丹要做什么？”

“可以说，他是个进出口商。”

“商品呢？”

“哦，也许是国家机密。”

“为什么不抓他？”

“我们还不太了解他的组织。”

“我知道了。这和拉什莫尔山有什么关系？”

“梵丹在那里有一栋房子。他明天晚上从那里潜逃出国。”

“你们准备阻止他吗？”

“不。”

“我们去做什么？”

“让他看到乔治·卡普兰。”

“哦，您是乔治·卡普兰？”

“不，桑希尔先生，没有乔治·卡普兰。”

“怎么会没有这个人？我去过他的房间，试过他的衣服，袖子很短，有头皮屑。”

“桑希尔先生，相信我，他并不存在。所以需要您再假扮他二十四小时。走吧，到飞机上再谈。”教授再次催促道。

“听着，您开始这个诱饵计划的时候没有我，完成时也不该有我。”

“本来是这样的，要不是您横插了一杠子……”

“你们应该给我发勋章、放长假，而不是让我继续扮演诱饵，好让你们的特工不被干掉！”

“不是被干掉，是被发现。一旦被发现，就会被杀害。多亏了您，疑云已经布好了。”

“因为我？”

“先上飞机吧。”教授一个劲儿地催促着，生怕误了飞机。

“不，听我说，我是广告商，不是诱饵。我有工作、秘书、母亲，两个前妻和几个下属都指望着我呢。我不想被人杀死，让他们失望。我的回答是‘不’。”桑希尔先生非常严肃地说。

“您决定了？”

“是的。”

“那么，再见。”

“再见。”

“想让您改变主意，就得谈肯德尔小姐，看来您对她很有意见。”教授使出了最后一招。

“是的，她利用性诱惑男人。”

“如果她是迫不得已在保护自己，您还对此耿耿于怀吗？”

“她保护自己什么？”

“暴露身份，被杀害。桑希尔先生，她就是我们的特工。”

“哦，不可能。”桑希尔先生万万没有想到，真相竟然是这样。

“我知道您是无意的，但是您让她身处险境。受到威胁的，不仅仅是她的生命……”

拉什莫尔山公园里，桑希尔先生用望远镜观赏着，教授则在一边看报纸。

“他们会不会不来？”

“会来的。”

“我不喜欢罗斯福看我的样子。”

“也许他想给您警告，卡普兰先生，要轻声说话，要带根木棍。”

“我想，它在劝我，不要再进行这么危险的计划了。”

“也许它不知道您有多重要。”

“我不知道为什么来蹚这浑水。”

“要不是因为您这么有魅力，让肯德尔小姐爱上了您——”

“我也爱上了她。”桑希尔先生强调。

“梵丹就不会对她失去信任。昨晚他看出来，肯德尔小姐已经坠入情网，而且是爱上了他以为的政府特工。”

“您是想说，我是不可抗拒的？”

“我想提醒您，您有责任来帮助我们重新建立起梵丹对肯德尔小姐的信任，直到今晚他出国。”

“好吧，那过了今晚呢？”

“那就祝福你们了。”教授不动声色地说道。

“他们来了。”教授立刻起身躲到了别处。

桑希尔先生走进餐厅，点了一杯咖啡，找了一个正对门的位置。肯德尔小姐和梵丹先生以及莱昂纳多走了进来。莱昂纳多走到一边，肯德尔小姐和梵丹先生直接走到了桑希尔先生面前。

“下午好，卡普兰先生。”梵丹先生礼貌地打着招呼。

“让她离开。”桑希尔先生语气坚决。

肯德尔小姐走开，莱昂纳多在旁边不远处坐了下来。

“我误会了，您不想让她来吗？”梵丹先生问。

“等会儿再说这个。接到我的电话，很吃惊吧？”

“我知道警察会放了您，卡普兰先生。另外，我想大大地称赞您逃出拍卖会现场的精彩方式。”梵丹先生说话永远慢条斯理。

“谢谢。”

“今天有什么演出？我不认为您约我到这里是要和我谈生意。”

“我不仅知道您今晚离开的时间，还知道确切的地点以及目的地。”桑希尔先生直奔主题。

“您是想替我拿行李吗？”

“也许您和我一样对价格感兴趣。”

“价格？”梵丹先生一时没明白。

“我不阻拦您的代价。”

“那您想要多少？”

“那个女孩。”听到这话，梵丹先生的脸色变了，桑希尔先生继续说道，“我要让她付出代价。把她交给我，我会让她后半生的每一天都过得很舒服。”不远处，肯德尔小姐站在吧台旁边，她的右边就是教授。桑希尔先生说：“如果您答应，我就放您走。”

“她真的伤害您很深，是不是？”

“先不说我的伤害，现在说的是您。我在给您活命的机会。”

“为了交换？”

“随您怎么理解。”

“我很好奇，卡普兰先生。是什么让您推断出我对肯德尔小姐的感情已退化到我会拿她做交易，来换取我的平安呢？”

“我不推断，只是观察。”

肯德尔小姐走了过来，对梵丹先生说：“如果你不介意，我要回房了。”说完，转身就走。梵丹先生跟了上去，让莱昂纳多陪她离开。

眼看着肯德尔小姐就要走了，桑希尔先生追了上去，一把拉住她的手臂，说道：“请您等一下。”

“离我远一点儿，放开我。别碰我！放开我。”肯德尔小姐压低了声音，但是语气非常愤怒。

梵丹先生想跟上去，但莱昂纳多阻止了他。

“放开我，别碰我！”肯德尔小姐试图挣脱桑希尔先生的钳制，但是一直被桑希尔先生拉着走。

“收起您鳄鱼的眼泪吧。”

“你给我退后！”肯德尔小姐掏出了枪，指着桑希尔先生。

“别做傻事……”桑希尔先生放开了手。

“离我远点儿。”肯德尔小姐慢慢地后退。桑希尔先生往前追了几步，肯德尔小姐就开了枪。她连开了两枪，桑希尔先生应声倒地。

人群一阵骚乱，肯德尔小姐转身就跑。梵丹先生想追上去，莱昂纳多再次阻止了他：“您不能牵连进去。”

“别碰他，往后站！”教授推开围观的人群，上前检查桑希尔先生的呼吸，最后表示遗憾。站在人群后面的莱昂纳多注视着这一切。

肯德尔小姐飞快地跑了出去，上了一辆车。餐厅的服务生没有追上。

桑希尔先生被教授的人用担架抬上了车，车开走了。

车子很快来到一片树林里，停了下来，桑希尔先生安然无恙地下了车。不远处站着的，正是肯德尔小姐。

“桑希尔先生，要节省时间。”教授叮嘱道。

“您好。”肯德尔小姐先开口。

“您好。”

“您没事吧？”

“我想，是的。”

“我问教授是不是还能再见到您，我们的时间不多。”

“是吗？”

“我很想对您说，我很抱歉。”

“不必抱歉。我了解，您是在履行职责。”桑希尔先生走上前去。

“我确实伤害了您。我——”

“我因此而恨您。”

“我不想让您认为我是——”

“我说了很多难听的话，真对不起。”

“我深受伤害。”

“如果我早知道——”

“我不能告诉您。”

“当然不能。”

“我能吗？”

“我想，不能。”

“您没有受伤，我就放心了。”两人走向远处。

“当然受伤了。如果是您，您会怎样？”

“我是说，在餐厅，当我用空枪射击的时候，您摔倒了。”

“哦，那时候没有。”

“您装得非常像。”

“我想，我的演技不错。”

“关键是，那不是您真正的职业。”

“我是偶然进来的，您呢？”

“我在一个聚会上遇见菲利普·梵丹，被他吸引住了，可能那个周末我无所事事，所以……我就决定去恋爱。”

“真不错。”

“后来，教授和他的同事们接近我……告诉我菲利普做的那些坏事。他们说，我对他们具有独特的价值。”

“于是您成了特工？”

“也许这是第一次有人请求我做一点儿有意义的事。”

“这就是您的生活？怎么会呢？”

“您这种男人……”肯德尔小姐摸着桑希尔先生的肩膀。

“我这种男人怎么了？”

“你们不相信婚姻。”

“我结过两次婚。”

“您明白了吗？”

“我还是改回恨您好了，更有趣。”桑希尔先生笑了，温柔地拥抱了肯德尔小姐，吻了吻她的脸颊。

“再见，亲爱的。”肯德尔小姐主动吻了他，伤感极了。

“等一会儿，别这么快。”桑希尔先生的情绪显然不到位。

“我还要赶回去说……我绕了个圈子，好让别人无法跟踪我。”

“我们不能就这样站几个小时吗？”桑希尔先生再次抱住肯德尔小姐，不舍得就这样离开。

“这时候，您应该受了重伤。”肯德尔小姐推开了他，快哭了。

“我觉得精力充沛。”

“您站在谁的一边？”

“永远是您那边，亲爱的。”

“那就不要在我最需要决心的时候摧毁它。”

教授鸣笛催促了，正在拥抱的两个人不得不分开。

“现在我要回到医院，而您要回到危险中去，这可不好。”桑希尔先生搂着肯德尔小姐的肩膀往回走。

“现在安全多了，要谢谢您。”

“不要谢我，我可受不了。”

“那么，好吧。”

“等梵丹离开之后，我们在一起要互相道很多歉呢。”

“您知道，那不可能。”

“当然可能。”

肯德尔小姐立刻看向教授，直到这一刻她才意识到什么。

“他告诉过您了吗？”肯德尔小姐问。

“告诉我什么？”桑希尔先生不解。

“肯德尔小姐，您必须走了。”教授看着表走过来。

“等一下，您有什么没告诉我吗？”桑希尔先生问教授。

“为什么不说？”肯德尔小姐简直是在质问教授。

“她要和梵丹一起离开。”教授终于说了实话。

“她要和梵丹一起走？”桑希尔先生的脸色变了。

“所以我们费这么大力气将她变成一个逃犯，梵丹就不用好长时间带着她了。我没必要告诉您，她对我们多么重要。”

“您骗了我。您说，过了今晚……”桑希尔先生愤怒了。

“我需要您的帮助。”教授继续强词夺理。

“我已经帮过了。”桑希尔先生强调。

“别生气。”肯德尔小姐说。

“我还会让您再做这个吗？”桑希尔先生反问肯德尔小姐。

“她必须做。”教授的语气永远没有感情。

“没有人必须做什么。我不喜欢您的游戏，教授！”桑希尔先生依然愤怒。

“战争是地狱，即便是冷战。”教授开始说教。

“如果你们不能靠自己的力量把梵丹们从世界上清除，而是让这样的女孩出卖自己，和他们在一起，还有可能回不来，那么你们也许要输掉好几次冷战。”桑希尔先生的诘责让教授哑口无言。肯德尔小姐流下了眼泪。

“我想，我们已经在这样做了。”最后，教授说道，不再振振有词。

肯德尔小姐忽然掉头向汽车跑去。“我不能让您回去！”桑希尔先生追了上去。

“请不要破坏这一切。”肯德尔小姐请求道。

教授的司机拍了一下桑希尔先生的肩膀，他刚回头，一记重拳就狠狠地打在他的脸上，将他打昏了。

酒店房间里，桑希尔先生围着浴巾在听广播。

“卡普兰先生被射中两次，旁边站满了受惊的人，都是来观赏拉什莫尔山雕像的。目击者说，枪杀卡普兰的是一位二十多岁的金发女郎。卡普兰被送到拉皮德市立医院，初步被认定是一位联邦政府雇员，悲剧来得相当突然。克里斯·斯文森是咖啡厅男侍者，他说，他听到他们大声……”桑希尔先生走来走去，门已被从外面锁上，他打开窗户一看，楼层太高了。他气愤地关掉了收音机，这时，外面传来开锁的声音，他急忙躺回床上。

“拿来了。”进来的是教授。

“您好。”

“长裤、衬衫，还有这双鞋。”

“谢谢。”

“接下来两天都够穿了。”

“接下来两天？”

“嘿，怎么了？这是什么？”教授指着桑希尔先生腰上的淤青。

“咖啡厅里假摔时撞的，就是那个开空枪的计划。”

“别的地方都还好吧？”

“很好。”

“您的司机力气够大的。”桑希尔先生摸了一下自己的下巴。

“真对不起。”

“没关系，我活该。还有这扇锁上的门。”

“如果有人看到您健康地到处乱跑，肯德尔小姐可就危险了。”

“我已经开始准备忘记她了。”桑希尔先生瞥了一眼教授，穿上了新衬衫。

“很好。最好是那样。”

“是的，好多了。”

“还有一个小时，她就走了。”

“拉皮德市一切都好吧？”桑希尔先生迟疑了一下，故意转移了话题。

“一切都好。卡普兰先生被枪击事件成了热点，每个人都在积极地配合着这件事。”

“现在也包括我了，我是合作者。”桑希尔先生穿上了裤子。

“我非常感谢。”

“能否帮我个忙，作为报答？”

“请讲。”教授这次很慷慨。

“我想喝点儿酒，波本，可以吗？一点儿就行。”

“我能一起喝吗？”

“如果您想一起喝，最好是一大瓶。”

“过几分钟就来。”教授打开门，走了。

“好的。”桑希尔先生迅速地穿好皮鞋，带好自己的东西。他走到门口听了听，试了下，门当然还是锁着的。桑希尔先生沮丧极了，他看了下手表，拉开了窗户。幸运的是，窗台下面有个不算窄的平台，刚好可以踩上去。桑希尔先生从这里走到隔壁房间的窗前，进了隔壁房间，终于成功地从隔壁房间的门出去了。

出租车将桑希尔先生送上山，他到了梵丹的房子附近。房子里灯火通明。桑希尔先生小心地顺着车道走上去，很快就来到房子的阳台下面。远处的停机坪两侧闪着灯光，看来离梵丹先生出逃的时间不远了。

桑希尔先生攀着石壁往上看，有个人开着车进来，是那个肤色较黑的杀手，迎接他进门的是他在汤森先生家见过的女佣。

客厅里，梵丹先生正在安抚着肯德尔小姐。桑希尔先生爬到客厅窗下。

“没什么值得担心的。”梵丹先生安慰道。

“可是，我已经六神无主了。”肯德尔小姐语带哭腔。

“我不是为了讨好你才这么说，我是说真的。”

“我不知道当时在做什么。”

“他要毁了你，你必须保护自己。”

“但是不该危及你。”

“别乱说。很快我们就会离开，我会尽全力让你幸福的。”梵丹先生深情地承诺道。莱昂纳多冷眼旁观。

“情况怎么样，莱昂纳多？”梵丹先生问。

“您是指飞机吗？”

“当然。现在是什么情况？”

“惠斯顿上空六千英尺，要降落了。”

“只有十分钟，是吗？”

“最多十分钟。现在……能不能和您说几句话？”莱昂纳多问。

“当然。”梵丹先生一直关注着肯德尔小姐。

“只有我们两个人。”莱昂纳多更进一步地说道。

“我要上去拿东西了。”肯德尔小姐知趣地离开了。

“莱昂纳多，我真不愿和你就这样分别。”梵丹先生看起来很放松。莱昂纳多一直看着肯德尔小姐上楼，回到房间，关上门，听不到他们谈话，他才开了口。

“看来，您应该尽快离开这里。我知道您有多么喜欢肯德尔小姐，可我并不觉得她有多么迷人，她这个人也不可信。”桑希尔先生听得清清楚楚。

“你真是疑神疑鬼。”梵丹先生不信。

“我才没有疑神疑鬼。”

桑希尔先生所在的位置刚好能看到楼上房间里的肯德尔小姐，他捡了一块小石头，扔向她房间的玻璃门，石头撞击石壁发出了一点儿响声，显然扔得不够高。肯德尔小姐虽然听到了响声，但是并没有特别在意。桑希尔先生又扔了一次，这次正好打到玻璃上。肯德尔小姐听到声响，打开了门，走到阳台上。桑希尔先生刚要喊她，只见莱昂纳多听见声音也出门查看，他赶紧躲了起来。这时，肯德尔小姐已经回了房间。

“没什么事。”莱昂纳多对梵丹先生说，“可能您自己也对她有点儿怀疑，尤其是现在。”莱昂纳多坐了下来，将一把手枪放到身后。

“胡说。”

“那您为什么不告诉她这座雕塑中藏着微型胶卷呢？”他指的是他们在拍卖会上拍来的那座雕塑。

“你是想灌输一些东西给我。”

“有的时候，真相总是让人难以接受。”

“真相？我只听到了暗示性的话。”

“或者您认为她只是个女人，但我不相信她会那么干脆利落。那只可能是事先计划好的。”

“她在惊恐和愤怒中开了枪，你自己也看见了。”梵丹先生替肯德尔小姐辩白道。

“是的，这样才能把一切干脆利落地隐瞒起来。”莱昂纳多拿着手枪站了起来，不过还是藏在身后，“首先，她消除了您的怀疑，您怎么说来着？献身？其次，她有新的理由和您在一起，以免您改变主意。”

“你知道我在想什么？我想，你是出于嫉妒。”梵丹先生笑了，“说真的，我很感动，真的……”梵丹先生自以为明白了，莱昂纳多却亮出了手枪。

“莱昂纳多！”梵丹先生还没明白是怎么回事，莱昂纳多就开了枪。但是，梵丹先生什么事也没有，他着实吓了一跳。

“这是她向卡普兰开的枪，在她的行李中找到的。这是老花样，朝自己人开枪，来证明他们不是一伙的。只不过他们改良了，用的是空膛的枪。”莱昂纳多解释道。

梵丹先生承受不了真相，一拳打在莱昂纳多脸上，莱昂纳多倒在了沙发里。这一拳显然用力不小，梵丹先生揉着手关节，龇牙咧嘴。

“刚才是什么声音？”肯德尔小姐走出房间，问。

“我们也在奇怪，是吧，莱昂纳多？”两人立刻恢复了常态，梵丹先生说道，“赶快下来，宝贝儿，快出发了。”

“这就好了。”肯德尔小姐回到房间去。梵丹先生久久地注视着她的背影。

“您不会把她带上飞机吧？”莱昂纳多问。

“当然要带。就像我们的老朋友一样，我也相信干脆利落。在高空过海的时候解决……最好不过。”

桑希尔先生都听见了，他再也不能等了，决定爬上二层，进入肯德尔小姐的房间。攀爬并不容易，等他上去的时候，肯德尔小姐已经穿好外套，关灯下楼了。桑希尔先生打开房门，楼下的声音清晰可闻。

“我们离开前喝点儿香槟，怎么样？”梵丹先生提议。

“好啊。”肯德尔小姐回答。

“酒可能不太凉。”

“架子上的可能会好些。”

“你肯定？”

“嗯。”

“亲爱的。”

手心的疼痛让桑希尔先生发现自己的手受伤了，肯定是刚才攀爬石壁时伤到的。他用手帕临时擦拭了一下，手帕上的“R.O.T”字母提醒了他。于是，他拿出口袋里有同样字母、肯德尔小姐也认识的火柴盒，简单地写上一句话：“他们已经发现了你，我在你房间里。”然后，他出了门，寻找机会。

梵丹先生递了一杯酒给肯德尔小姐。

“谢谢。”

“为你，亲爱的，为我们共度的美好时光。”梵丹先生举杯说道。

“谢谢，菲利普。”

外面传来了飞机螺旋桨的轰鸣声。“他们来了。”莱昂纳多说。

“香槟，莱昂纳多，香槟不错。”梵丹先生也向门口走去。

“没时间了。”莱昂纳多回答。

桑希尔先生将火柴盒扔到楼下，但是因为火柴盒太轻，所以落地位置并不准。火柴盒落在地毯上，肯德尔小姐并没有看见。

“你总是扫人家的兴吧？”

“这是我最宝贵的美德。比如现在，如果您在旅途中能够想起我，我会非常开心的，即便只是想想。”莱昂纳多走过来对肯德尔小姐说。

“我会的，莱昂纳多。”

这时，莱昂纳多发现了地上的火柴盒，但是并没有多想，就捡起来扔到了烟灰缸里。

“飞机在北边旗子旁边，飞得非常高。”

肯德尔小姐终于看到了火柴盒，惊讶地四处张望着。打开火柴盒后，她看到了桑希尔先生的留言。

“它飞得这么慢，只是想降落得稳些。”

“没有比今晚更适合的了，没有障碍。它过来了，开始转弯。我们动身吧。三分钟内就会完全降落。”

桑希尔先生退回房间里。

“走吧，伊芙。”梵丹先生说。

“好的。哦，我把耳环落在楼上了，马上下来。”肯德尔小姐假装刚刚想起了一件事。

肯德尔小姐刚回到房间里，桑希尔先生就抱住了她，说道：“从窗户爬出去，下面有车。”

“您在干什么？您会把一切搞砸的。”

“他们知道了开空枪的事，就要对您下毒手了。”

“到底是怎么回事？”

“莱昂纳多在您的行李中找到了那把枪。他们昨晚买的雕塑中藏着微型胶卷。”

“原来他是这样得到信息的。”肯德尔小姐恍然大悟。

“肯德尔小姐？”莱昂纳多催促着，肯德尔小姐紧张得浑身一颤。

肯德尔小姐转身出了门，桑希尔先生一再叮嘱道：“不管怎样，千万别上飞机。”

莱昂纳多就在楼梯口等着。

“别担心，安娜，都安排好了。明早你和你的丈夫就已经到加拿大了。”客厅里，梵丹先生对女佣说。

“非常感谢，先生。”

“小心。”

“一路平安，上帝保佑您。”

梵丹先生只带了那座雕塑，肯德尔小姐披上了披肩。一行人向外走去，边走边告别。

门关上了，只有女佣一个人回到客厅里，整理着刚刚用过的东西。桑希尔先生轻轻地下楼去，警觉的女佣从电视机屏幕上看到了他，不动声色地回房去了。桑希尔先生刚下完楼梯，女佣便拿着枪正对着他。

“站住，别动。坐下。飞机一起飞，我丈夫和莱昂纳多就会回来。”

桑希尔先生只得乖乖地坐了下来。

梵丹先生带着肯德尔小姐向远处的停机坪走去，莱昂纳多和杀手跟在后面。飞机已经降落了。

“怎么回事？”梵丹先生问道。肯德尔小姐心事重重，不停地回头看。

“我还在想我的耳环。”肯德尔小姐敷衍道。

“以后会找到的。”

马上就要登机了。

“回到纽约，替我向我姐姐告别，并为她扮演汤森太太而感谢她。”梵丹先生叮嘱莱昂纳多。

“我会的。”

“就这些了，莱昂纳多。”

梵丹先生拉着肯德尔小姐正要登机，房子里突然传来了枪声，桑希尔先生跑出房间，上了停在门口的汽车。肯德尔小姐看到这一切，立刻夺过梵丹先生手里的雕塑，往汽车方向跑。

“把雕塑夺回来！”梵丹先生命令道。莱昂纳多和杀手立即追了上去。

肯德尔小姐很快上了桑希尔先生的车，汽车向大门口驶去。

“安娜将我看住五分钟后，我才发现那把枪就是你射击我时用的枪。”桑希尔先生解释道，“看来，你拿到东西了。”

“是的。”

大门锁住了，桑希尔先生下车去开门，可是努力了半天也没能打开。后面的人已经追来，眼看翻墙是不可行了，桑希尔先生就拉着肯德尔小姐向树林里跑去。

肯德尔小姐的披肩挂在树上，拉不下来，于是两人放弃了披肩，继续跑着。不远处，莱昂纳多和杀手决定分头去追。

两人眼看就要跑出树林了，却发现前面是岩石，再往前就是大海。

“这边不行，我们在石像的头上。”桑希尔先生说。

追赶的人已经来到不远处。两人牵着手继续跑，很快来到岩石边上，就在杰弗逊石像的头上。

“现在怎么办？”肯德尔小姐问。

“爬下去。”

“我不行。”

“他们来了，我们别无选择！”两人从华盛顿石像和杰弗逊石像间往下爬，杀手来到华盛顿石像头上，莱昂纳多则来到林肯石像头上，都开始往下爬。

“如果我们过了这一关，我们就坐火车回纽约，好吗？”桑希尔先生问道。

“这是在向我表白吗？”

“这是在求婚，亲爱的。”

“您的前两次婚姻是怎么回事？”这个时候，肯德尔小姐还不忘问这个，女人就是女人。

“是我的太太们要离的。”

“为什么？”

“我想，是因为我的生活太乏味。”

“哈哈。”

“来吧。”

突然，肯德尔小姐的高跟鞋鞋跟断了。她一脚没踩实，跌了下去，还好被凸出的岩石接住了，只是伤了手肘。

“您没事吧？”桑希尔先生将肯德尔小姐搂进怀里，“没事，好了。来吧，咱们走。”这次他们又放弃了肯德尔小姐的外套和鞋。

杀手和莱昂纳多的速度都不慢，实际上，他们比桑希尔先生和肯德尔小姐快得多，因为没有女人需要他们照顾。莱昂纳多曾出现惊险时刻，不过掉下去的时候也被岩石接住了。

桑希尔先生和肯德尔小姐终于下到了杰弗逊石像的下巴底下，刚要往左边走，那边的莱昂纳多已经出现在林肯石像的下巴底下。两人赶紧改走右边。莱昂纳多追了过来。

他们两个刚走了一段，没想到就和杀手遇个正着。杀手就在一块岩石背后等着，走在前面的桑希尔先生没有发觉，等到后面的肯德尔小姐喊出声来，杀手已经扑了过来，和桑希尔先生扭打着，向下滚去。杀手拿着刀，拼命地压在桑希尔先生身上，要刺死他。桑希尔先生用力掀翻了他，杀手尖叫着，滚下了山崖。

在岩石上面，莱昂纳多和肯德尔小姐抢着雕塑。很快，莱昂纳多就抢到了雕塑，并将肯德尔小姐推了下去，还好肯德尔小姐抓住了岩石。桑希尔先生伸出手想拉她上来，好不容易才握住她的手，她脚下却踩空了，整个身子都吊在桑希尔先生的手臂上。

桑希尔先生也快坚持不住了。“救我，帮帮我。”他向莱昂纳多求助道。莱昂纳多走过来，却踩向桑希尔先生的手。正在桑希尔先生疼痛难忍的时候，忽然一声枪响，莱昂纳多也掉下了山崖。雕塑掉在岩石上，摔碎了，露出了里面的胶卷。

在总统头像顶端，教授向警官致谢：“谢谢，警官。”警官收起了他的枪。

“这可不公平，你们用了真子弹。”旁边说话的正是梵丹先生。

“来，抓住！”桑希尔先生鼓励道。

“我正在努力。”肯德尔小姐确实在努力。

“我抓住你了。上来！”

“我做不到！”

“你可以的，快上来！”

“用力拉我一把！”

“来吧，桑希尔太太。”

肯德尔小姐，现在的桑希尔太太，并不是被拉上山崖，而是被拉上了火车包厢的床铺。穿着睡衣的她被桑希尔先生抱进怀里。

“哦，罗杰，这样做太傻了。”

“谁让我喜欢制造气氛呢？”桑希尔先生给了她一个绵长的吻。

这时，火车驶进了山洞。

POLICE LINE DO NOT CROSS

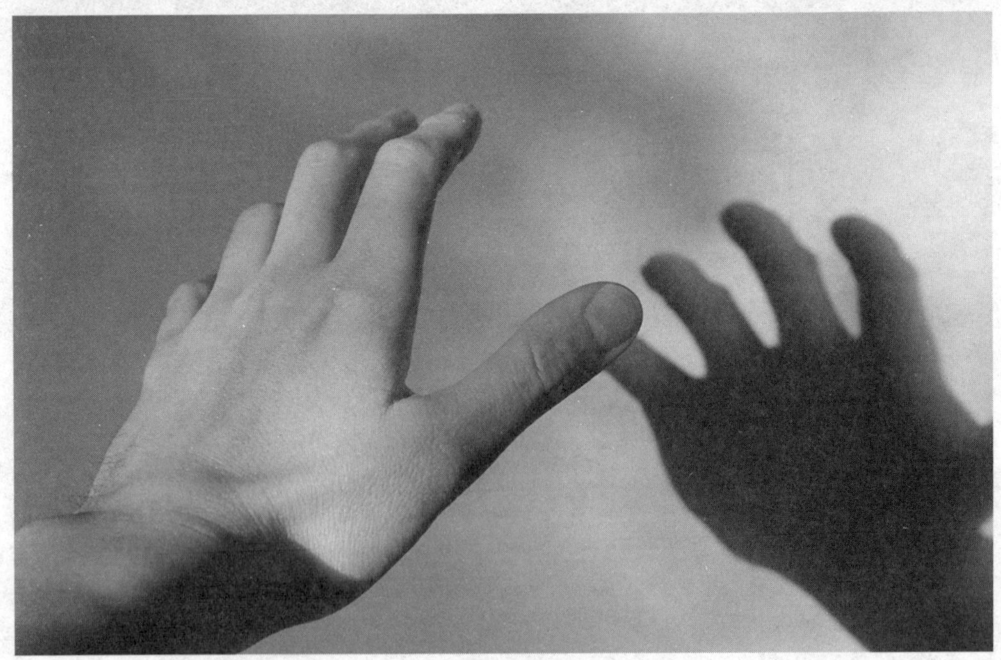